선택받은 사람

한국연구재단 학술명저번역총서
서양편 412

선택받은 사람

2020년 7월 20일 발행
2020년 7월 20일 1쇄

지은이   토마스 만
옮긴이   김현진
발행자   趙相浩
발행처   (주) 나남
주소   10881 경기도 파주시 회동길 193
전화   (031) 955-4601 (代)
FAX   (031) 955-4555
등록   제 1-71호 (1979. 5. 12)
홈페이지   http://www.nanam.net
전자우편   post@nanam.net
인쇄인   유성근 (삼화인쇄주식회사)

ISBN 978-89-300-4042-6
ISBN 978-89-300-8215-0 (세트)

책값은 뒤표지에 있습니다.

'한국연구재단 학술명저번역총서'는 우리 시대 기초학문의 부흥을 위해
한국연구재단과 (주)나남이 공동으로 펼치는 서양명저 번역간행사업입니다.

한국연구재단
학술명저번역총서
412

선택받은 사람

토마스 만 장편소설

김현진 옮김

Der Erwählte

by

Thomas Mann

옮긴이 머리말

독일의 중요한 산문작가 중 한 사람인 토마스 만(1875~1955)의 여러 소설들은 그의 사후 50년이 지난 2000년대에 들어선 이래 국내의 토마스 만 전공자 내지 번역 전문가들에 의해 계속 새롭게 번역되어 왔다. 1929년 작가에게 노벨문학상을 안겨 준 자전적 장편소설《부덴브로크 가의 사람들》을 비롯해《마의 산》,《파우스트 박사》,《사기꾼 펠릭스 크룰의 고백》등 중요한 소설들이 다시 번역되어 국내에서 독일문학의 발전에 기여한 바가 크다. 그럼에도 불구하고 현대 독일문학의 거장이라 할 수 있는 이 작가의 중요성을 생각할 때, 원숙한 노년의 세계관과 더욱 세련된 문체를 보여 주는 후기 소설들을 포함한 여타의 작품들 또한 현대적 언어로 새롭게 번역될 필요가 있다는 생각이 절실했다. 특히 진지한 소재를 작가 특유의 해학 속에서 그려 내면서 후기의 세계관과 산문의 대가로서 그 진수를 보여 주는《선택받은 사람》같은 소설은 수십 년 전 국내 1세대 독문학자에 의해 번역 작업이 이루어진 이래 몇몇 번역본이 출간된 바 있지만, 토마스 만의 산문적 특성을 살리는 정확한 번역을 새로이 해야 할 필요성을 절감했다. 그리고 짧지 않은 기간의 준비와 작업 끝에 마침내 새 번역본을 출간하게 된 것이다. 최대한 원문에 충실하면서도 현대의 독자들이 공감할 수 있는 언어를 사용하고자 했으며, 그런 가운데서 토마스 만의 그 섬세하고 치밀하면서도 매력적인 산문을 어떻게 국내의 독자들에게 전달할지 고민한 만큼, 이번 번역에서 그러한 목적이 어느 정도 달성되었기를 바라는 마음이다.

그런데 《선택받은 사람》의 이 새로운 번역 작업에는 '한국토마스만학회' 회원 선생님들의 학문적 협력이 밑받침이 되었다는 사실을 이 자리에서 밝히고자 한다. '한국토마스만학회'에서는 10여 년에 걸쳐 매월 독회를 열어 토마스 만의 작품들을 읽으면서 적절한 번역과 해석을 위한 공동연구를 시도해 왔다. 《선택받은 사람》은 그처럼 열띤 논의 속에서 함께 꼼꼼히 읽으면서 새로운 번역을 시도해 온 작품 중 하나로서, 수년간에 걸쳐 학회 회원들이 공동으로 작업한 번역문 초안을 역자가 수정하며 재작업을 한 결과 이처럼 새로운 번역이 완성된 것이다. 따라서 이 새 번역본의 출간에는 안삼환 교수님을 비롯해 토마스 만 문학에 대한 애정을 지닌 '한국토마스만학회' 제 회원들의 학문적 열정과 짧지 않은 세월에 걸친 수고가 밑거름이 되었다. 긴 시간 토마스 만을 중심으로 학문의 길에 동역해 온 모든 분께 이 번역의 공로를 돌리며 감사를 드린다.

2020년 4월
김 현 진

차 례

옮긴이 머리말   5

누가 종을 울리는가   9
그리말트와 바두헤나   20
아이들   28
못된 아이들   46
아이젠그라인 씨   58
아이젠그라인 부인   71
아이를 내버리다   80
다섯 자루의 칼   89
성둔스탄섬의 어부들   101
불어나는 돈   122
슬픔에 잠긴 사람   132
주먹싸움   147
비밀을 알게 되다   157
논쟁   165
포아트뱅 씨   181
해후   197
결투   211

손에 키스하다   229

지빌라의 기도   239

결혼식   251

예슈테   258

이별   274

바위   289

참회   302

계시   312

두 번째 방문   331

발견   351

변모   365

위대한 교황   372

펭크하르트   385

알현   397

옮긴이 해제   415

지은이 · 옮긴이 약력   440

✠

누가 종을 울리는가

종소리, 도시의 하늘에, 온 도시 위에, 여운으로 가득 찬 공중에 울려 퍼지는 노도와 같은 종소리! 종, 종, 수많은 종이 진동하고 흔들리고 있다. 그것은 종루 안 들보에 매달려 파도처럼 넘실대며 커다랗게 요동을 치면서 바빌론 언어의 혼란처럼 뒤엉켜 각양각색의 소리를 내고 있다. 장중하고도 민첩하게 여운을 남기듯 윙윙거리면서 박자도 조화도 없이 무수한 종이 동시에 울려, 모두가 서로의 말을 가로막고 자기 스스로의 말조차 가로막는다. 말하자면, 종의 추가 계속 울리면서 자극받은 한쪽 금속에 충분히 울릴 틈도 주지 않고 다른 쪽 언저리를 치기 때문에 스스로의 울림 속으로 섞여 드는 상황이어서, "주여, 당신에게 소망이 있나이다" 하며 아직 메아리치고 있을 동안에 벌써 "그 죄가 감추어진 자는 복될지어다" 하는 울림이 또다시 섞여 들어가는 것이다. 그러나 복사 소년이 조그만 변형 종[1]을 치기라도 하듯이 종소리는 여기저기의 작은 종각으로부터 청명하게 울려온다.

9

높은 곳에서도 종이 울리며 낮은 곳에서도 종이 울린다. 가장 신성한 일곱 순례지에서도, 두 번 굽이진 티베르강 양쪽에 있는 일곱 교구의 모든 교회에서도 울리고 있다. 아벤티노에서도 울리고, 팔라티노 언덕의 모든 성전에서도 울리며, 라테란궁2 내의 성 요한 성당에서도 울린다. 천국 열쇠를 쥔 자3의 묘지 위로도 종이 울리고, 바티칸의 언덕에서도 울리며, 성 마리아 마조레 성당에서도, 광장에서도, 돔니카에서도, 코스메딘에서도, 트라스테베레에서도, 성벽 밖 아라 첼리에서도, 4 바울 성당에서도, 성안 베드로 성당에서도, 예루살렘의 예수 십자가 성당에서도 종이 울린다. 그뿐 아니라 공원묘지 곳곳의 예배당에서도, 거리거리의 회당 교회와 예배실의 지붕에서도 종이 울린다. 누가 그 이름을 일일이 들며 칭호를 다 알겠는가? 바람이, 아니 폭풍우가 아이올로스5의 하프를 파고들어 울림의 세계가 모조리 깨어나면, 서로 멀리 떨어져 있고 가까이 함께 있는 모든 것이 서로 소용돌이쳐 전체적인 조화를 이루어 울려 퍼지듯, 비록 청동의 소리로 표현된 것이긴 하지만 하늘이 파열될 듯한 음향이 일고 있다. 왜냐하면 종이란 종은 모두 성대한 제전과 숭고한 입성식을 위해 울리고 있기 때문이다.

---

1 독일 쾰른 대성당에 있는 시계 종. 14세기 초에 주조되었다.
2 교황좌가 바티칸으로 옮겨지기 전 중세까지 교황의 거처.
3 예수로부터 천국 열쇠를 받은 사도 베드로를 말한다. 《신약성서》〈마태복음〉16장 19절 참조
4 '돔니카', '코스메딘', '트라스테베레', '아라 첼리'는 모두 로마에 있는 성당의 이름.
5 그리스 신화에 등장하는 바람의 신.

누가 종을 울리는가? 종지기는 아니다. 그들 또한 이렇듯 엄청나게 울리는 종소리 때문에 다른 모든 사람들과 마찬가지로 거리로 뛰어나간 것이다. 분명히 알아 두어야 할 일은, 종각은 텅 비어 있다는 것이다. 밧줄은 축 늘어져 있다. 그런데도 종은 큰 물결처럼 넘실거리고 종의 추가 흔들리고 있는 것이다. 종을 울리는 사람이 **아무도 없다**고 말할 수 있겠는가? 아니다. 논리를 분간하지 못하는 비문법적인 두뇌를 가진 사람만이 그렇게 말할 수 있을 것이다. "종이 운다"는 것은 아무리 종각이 비어 있다 하더라도 종은 울리고 있다는 말이다. 그렇다면 대체 누가 로마의 종을 울리는 것인가? 그것은 **이야기의 정령**이다. 그러면 대체 이야기의 정령은 어디에나 편재할 수 있는가? 이곳에 그리고 도처에, 이를테면 벨라브로의 성 조르지오 성당의 탑 위에 있으면서 동시에 저편의 혐오스러운 다이아나 신전의 원주(圓柱)를 보존한 성 사비나 성당 안에도 있을 수 있단 말인가? 수많은 성스러운 장소에 동시에 있을 수 있는가? 물론이다. 이야기의 정령은 그럴 수 있다. 그것은 공기와 같고 형체가 없어 도처에 편재하는 것으로서, 이곳이든 저곳이든 장소에 얽매이지 않는다. "종이란 종은 모두 울렸다"라고 말하는 것은 이야기의 정령이며, 따라서 종을 울리는 것도 이야기의 정령인 것이다. 이야기의 정령은 매우 정신적이고 추상적이어서 문법적으로 보자면 그에 대해 삼인칭으로만 말할 수 있을 뿐이고, 그래서 "그것은 그이다"라고 얘기하는 수밖에 없다. 그렇지만 그는 또한 인물로, 즉 일인칭 인물로 집약될 수도 있다. 그래서 육체화되어 일인칭으로 말하는 어떤 사람이 되어서는 다음과 같이 말하는 것이다. "그것은 나다. 나는 이야기의 정령으로서 지금의 장소, 말하자면 옛날 말더듬이 노트커6가 앉아 있던 알라마넨7 땅의 성 갈렌 수도원 도서실에 앉아서 즐거움과 특별한 교화를 위해 이 이야기를 하고 있다. 이 이야기의 은총 가득한 결말에서부터 시작하며 로마의 모든 종을 울리면서 말이다. 말하자면 나는 그 입성식 날 종이 온통 저절로 울리기 시작했음을 알리는 바이다."

그러나 제2의 문법적 인칭에도 권리를 주기 위해 다음과 같은 질문을 해본다. '나'라고 말하며 노트커의 책상 앞에 앉아서 이야기의 정령을 인물로 체현하는 당신은 대체 누구인가? 나는 아일랜드 사람 클레멘스라는 베네딕트회8 사제로서, 아일랜드에 있는 나의 집인 클론마크노이스 수도원 원장 킬리안의 사도요 형제 대우를 받는 객으로서 이곳을 방문했다. 이는 콜롬바누스와 갈루스의 시대 이래로 내 고향과 그리스도의 이 견고한 성 사이에 이어져 내려온 오래된 관계를 잘 유지하기 위해서이다. 여행 도중에 나는 풀다와 라이헤나우, 간더스하임, 레겐스부르크의 성 에메람, 로르쉬, 에히터나흐, 코르바이같이 경건한 학문의 장이기도 하며 뮤즈 신의 보금자리라 할 수 있는 수많은 장소를 방문했다. 그러나 이곳에서는 복음서와 〈시편〉 속에 있는, 주홍색과 초록색, 푸른색을 배합한 자색 바탕에 금은으로 그려진 너무나 아름다운 삽화를 보며 눈의 피로를 풀고 있다.

---

6   카롤링거 왕조 때의 학자이자 시인으로서 '말더듬이 노트커', 혹은 '성 갈렌의 노트커'로 불리기도 한다.
7   프랑스인들이 독일을 지칭한 말.
8   6세기 초에 창설된 로마 가톨릭 소속의 수도회. '평화', '기도하고 말하라'가 모토이다.

또한 형제들은 음악 선생의 지휘에 맞춰 내가 어디서도 들어 본 적이 없을 정도로 아름다운 합창을 계속 하고 있다. 몸의 자양분은 훌륭하며, 곁들여 나와 원기를 북돋워 주는 포도주도 잊지 못하겠다. 또한 식사 후 수도원 뜰 분수 주변을 거니는 것도 건강에 매우 좋다. 여기서 나는 늘 완비되어 있는 손님용 방 하나를 빌려 상당히 오랫동안 머물렀는데, 이 방 안에 고츠베르트라는 이름의 지극히 존경스러운 수도원장이 나를 위해 아일랜드식 십자가 하나를 세우는 배려를 해주었다. 그 십자가상에는 뱀들로 휘감긴 한 마리의 어린 양과 생명의 나무, 입 안에 십자가를 물고 있는 용의 머리, 그리고 에크레시아9가 새겨져 있는 것이 보인다. 여기서 에크레시아는 그리스도의 피를 성배에 받고 있는데, 악마가 그것을 덥석 물어 꿀꺽 한입에 삼키려 하고 있다. 이 세공은 우리 아일랜드의 공예가 일찍부터 높은 수준에 도달했음을 입증해 준다.

나는 내 고향에 대단히 애착을 느끼고 있다. 거기에는 성 패트릭 성당이 있는 포구가 많은 섬, 그리고 목장, 부화장, 습지대가 있다. 그곳의 대기는 습기를 띠면서도 온화하며, 우리 클론마크노이스 수도원의 분위기 또한 온화하다. 말하자면 적당한 금욕생활로 절제된 교양이 내 마음에 든다. 야만성을 극복하기 위해서는 예수의 종교와 고대 연구의 보호가 병행되어야 하며, 이 중 한쪽 혹은 다른 쪽에 대해 아무것도 모르는 것은 똑같이 무지한 일이라는 것, 전자의 뿌리가 내린 곳에서는 항상 후자도 동시에 전개되고 보급되었다는, 충분한

---

9 원래는 아테네의 민회를 뜻하는 말이지만 여기서는 교회라는 의미이다.

음미를 거친 견해는 우리 수도원장 킬리안과 더불어 내가 동감하는 바이다. 실제로 우리 교단의 교양 수준은 상당히 높다. 내 경험으로 볼 때 로마 사제들의 수준조차 능가할 정도인데, 로마 사제들은 흔히 고대의 지혜와 접촉하는 경우가 거의 없고, 그들 사이에서는 때때로 정말 한심한 라틴어가 쓰인다. 물론 독일 수도사들이 쓰는 라틴어처럼 졸렬하지는 않다. 독일 수도사 중 한 사람은, 물론 아우구스티누스회10 사람인데, 최근 내게 "저는 귀하에게 어떤 비밀을 말씀드리려 합니다. 저의 육체는 매우 강하지만 가끔 악마의 유혹에 굴복하는 일이 있습니다"라고 써서 보냈다. 이 서신은 사실 문체로 보나 그 외의 점으로 보나 참기 어려운 것으로, 그런 촌스러운 글이 로마 사제의 붓끝에서 흘러나오는 일은 결코 없을 것이다. 그렇다고 내가 로마와 그 종주권에 대해 험담하려 든다고 생각한다면 오산이다. 오히려 나는 로마 종주권의 충실한 신봉자임을 고백하는 바이다. 우리 아일랜드 수도사들이 항상 행동의 자주성을 존중하고, 대륙의 수많은 지역에서 선봉이 되어 그리스도의 가르침을 전파하며, 또한 부르군트와 프리슬란트, 튀링겐, 알라마니엔 등 도처에 신앙과 전도의 보루인 수도원을 창설하면서 특별한 공로를 세운 것은 과연 사실이다. 그렇지만 그런 사실에 구애받지 않고 우리는 예로부터 라테란궁의 대사제를 그리스도 교회의 수장으로 인정하고 그를 거의 신적 존재로 여겨 왔다. 기껏해야 그리스도가 부활한 장소만을 베드로 성당보다 더

---

10 로마 가톨릭교회 소속의 기독교 수도회. 13세기에 기존의 여러 아우구스티누스회
    수도 단체를 하나로 통합하여 정식으로 구성되었다.

신성하게 간주할 뿐이다.

솔직히 예루살렘과 에베소, 안디옥 교회가 로마 교회보다 더 오래되었다고 말할 수 있다. 또한 그 확고부동한 이름을 들으면 본의 아니게 모종의 닭 울음소리를 연상시키는 베드로가 로마 교구를 창설했다고 한다면(사실 그가 창설을 했다), 의심할 여지가 없이 안디옥 교구에 대해서도 똑같은 말을 할 수 있다. 그러나 이 모든 일은 진실의 주변부에서 그저 일시적 소견의 역할을 할 수 있을 뿐이며, 진실은 무엇보다도 먼저 〈마태복음〉에서, 확실히 〈마태복음〉에서만 읽을 수 있는 것인데, 우리의 주 예수 그리스도가 베드로에게 현세에서의 주님의 나라를 보호할 사명을 부여했고, 뒤이어 베드로는 로마의 주교에게 대리직을 물려주어 그에게 속세의 어떤 성직보다도 높은 지위를 부여했다는 사실이다. 실제로 우리는 매우 오래전 교황의 교령서와 회의록 속에서, 사도 베드로가 그의 최초 후계자인 교황 리누스의 안수식에서 직접 한 말을 읽을 수 있다. 나는 그것을 진정한 신앙의 검증이라 여기며, 정신적인 면에서 그 힘을 입증하고 믿는 것이라면 무엇이든지 이루어 낼 수 있음을 보여 주는 일종의 도전이라고 생각한다.

이야기의 정령이 육체화된 나의 자격이 그다지 대단한 것은 아니지만, 그런 자격을 가진 나로서는 사람들이 내 생각처럼 '교황의 지위에 임명되는 것은 최고로 은총받은 선출이다'라고 여겨 주기를 간절히 바라는 바이다. 내가 '클레멘스'라는 이름을 지니고 있다는 것 또한 이미 로마에 대한 나의 헌신의 표시이기도 하다. 원래 내 이름은 '모르홀트'인데, 야만스럽고 이교도적인 느낌을 주기 때문에 나는 그 이름을 좋아한 적이 없다. 그래서 성직자가 되면서 베드로의 세 번째 후계자 이름을 내게 붙였다. 그러니까 띠를 두른 바지와 소매 없는 사제복 속에서는 더 이상 비천한 모르홀트가 아니라 세련된 클레멘스라는 인간이 되어, 성 바울이 에베소인들에게 '새 사람을 입으라'라고 한 복된 말을 실현하게 된 것이다. 정말이지, 그것은 더 이상 예전의 모르홀트의 재킷을 입고 뛰어다니던 육신이 아니라 띠를 두른 정신적인 몸이다. 그래서 그것은 내 안에 어떤 것, 즉 이야기의 정령이 '육체화되어' 있다고 한 앞서의 내 말이 완전히 인정받을 수 있을 정도의 육체는 아닌 것이다. 나는 '육체화'라는 말을 그다지 좋아하지 않는데, 그것은 바로 내가 모르홀트라는 이름과 함께 벗어 버린 육체 내지 육신에서 나온 말이기 때문이다. 육체는 사탄의 영역으로서 사탄을 통해 역겨운 짓을 할 수 있는 능력을 부여받았고 늘 그럴 태세를 갖추고 있는데, 사람들은 육체가 그런 짓을 거부하지 않는다는 것을 결코 알지 못한다. 다른 한편, 육체는 영혼과 신적 이성을 지니고 있는 것이어서 육체가 없으면 영혼과 신적 이성이 그 토대를 상실해 버린다. 그러니 육체를 필요악이라고 부를 수밖에 없다. 이것이 육체에 걸맞은 해석이며, 욕구와 역겨움을 지닌 육체에 대해 더 찬탄할 만한 해석은 적절치 않다. 그런데 육체의 혐오스러움에 가득 찬 이야기, 육체가 주저하거나 거부하지 않고 저지를 수 있는 모든 짓을 끔찍할 정도로 입증하는 이야기를 이제 어떻게 서술하고 반복해야 한단 말인가. 반복한다고 말하는 것은, 그에 대해 불충분하긴 해도 이미 여러 차례 얘기되었기 때문이다. 우리가 육체화된 존재라는 것을 어떻게 떠들썩하게 자랑할 수 있겠는가!

아니다. 이야기의 정령은 아일랜드의 클레멘스라고 하는, 나의 성직자 신분으로 인칭이 축소된 가운데서도 그 도시의 이름난 교회의 종을 모조리 동시에 울릴 수 있을 만큼 대단한 추상성을 지니고 있어, 나는 곧바로 이를 입증해 주는 두 가지 특징을 들려고 한다. 지금까지의 내용을 읽은 독자로서는 아마 느끼지 못했겠지만, 첫째, 다음의 사실은 언급할 필요가 있겠다. 즉, 나는 독자에게 내가 앉아 있는 장소, 다시 말해 내가 성 갈렌 수도원 안 노트커의 책상 앞에 앉아 있다는 것은 알려 주었지만 그 시기에 대해서는, 즉 내가 여기에 앉아 작으나마 세련되고 교양 있는 멋진 글씨로 양피지를 메우고 있는 시기가 우리의 구세주 탄생 이후 몇 년, 몇백 년이 지났을 때인가 하는 것은 말하지 않았다. 그에 대한 확실한 기준은 없다. 우리 지방 수도원장인 고츠베르트라는 이름도 그 기준이 되지는 못한다. 그 이름은 세월이 흐르는 동안 너무나 많이 반복되었으며, 그것이 무엇인지 파악하려고 하면 어느덧 프리도린이나 하르트무트라는 이름으로 변하게 된다. 만일 나를 조롱하거나 악의를 가진 사람이 "당신은 자신이 있는 장소는 알면서 그 시기는 모르느냐"라고 묻는다면, 나는 "전혀 모르는 일"이라고 친절히 대답할 것이다. 그럴 수밖에 없는 것이, 이야기의 정령이 의인화된 존재로서 나는 추상성을 즐기고 있기 때문이다. 그러면 이제부터 그러한 추상성의 두 번째 특징을 말하겠다.

이렇게 쓰면서 나는 경악할 만하면서도 동시에 상당히 교훈적인 이야기를 하려고 한다. 그러나 내가 라틴어나 프랑스어, 독일어 혹은 앵글로색슨어 등 어떤 말로 쓸지는 아주 불확실한데, 어떤 말로 쓰든 마찬가지다. 만일 내가 지금 헬베티엔11에 사는 알라마넨 사람들이 쓰는 티우디스크어로 쓴다고 해도 그 다음 날엔 영어가 지면에 쓰여 있을 것이니, 결국 내가 쓴 것은 영어 책이 될 것이다. 내가 그 모든 언어를 구사한다고 주장하는 건 결코 아니다. 그러나 모든 언어가 내가 글을 쓰는 가운데 서로 섞여 흐르면서 하나가 된다. 말하자면 언어 그 자체가 되는 것이다. 이야기의 정령이란 추상성에 달하리만큼 아무 구속도 없는 정신이며, 이때 사용되는 수단은 언어 자체이기 때문이다. 그것은 그야말로 언어 자체로서 스스로를 절대적으로 여기고 방언 내지 언어적 지방신들에 대해서는 대수롭게 생각하지 않는다. 사실 이것은 다신교적이며 이교적일지도 모른다. 그러나 신은 영(靈)이며 모든 언어를 넘어선 곳에 언어 그 자체가 있는 것이다. 한 가지 확실한 것은 내가 쓰는 것이 산문이지 시는 아니라는 것이다. 나는 시 전반에 대해 과할 정도로 존경심을 품고 있진 않다. 오히려 이 점에 있어 나는 카롤루스 대제12의 전통에 서 있는데, 그는 만민의 위대한 입법자요 재판관이었을 뿐 아니라, 문법의 보호자요 제대로 된 순수한 산문의 열렬한 후원자이기도 했다. 운율이나 운이야말로 엄격한 형식을 부여한다는 말은 들었다. 그러나 왜 셋이나 넷의 강약격의 운각(韻脚) 위에서 날뜀이 있고, 게다가 왜 매 순간 온갖 강약약격이나 강강약격의 과실을 계속하다가 마지막 단어에서 약간 익살맞은 반음계를 둔 시가, 훨씬 정교하고 비밀스러운 율동적 의무를 지닌, 잘 엮인 산문에 비해서 좀더 엄격한 형식을 보여 주는지 알고 싶다. 또 내

---

11   스위스를 지칭한 말.
12   고대 게르만족 중 가장 강력했던 프랑켄족 카롤링거 왕조의 왕. 서기 800년 교황
      으로부터 황제의 관을 받게 되고, 이로써 게르만족의 기독교화가 공식화되었다.

가 다음의 투로 이야기하기 시작한다면, 문법적으로 확실한 산문보다 한층 더 엄격한 형식이 되는 걸까.

옛날 어느 군주가 있었다네. 이름은 그리말트,
실신하여 쓰러졌도다.
분명 두 아이를 남기었으나
아, 그들은 한 쌍의 죄인이었도다!

그런 식의 산문으로 지금부터 나는 은총에 관한 믿기 힘든 이야기를 할 것이며, 본이 되도록 그것을 제대로 만들어 보여 줄 것이다. 그렇게 하면 프랑스인이든 영국인이든 독일인이든 후세의 많은 사람들이 이를 토대로 창작하고 시를 짓게 되리라.
서론은 이쯤 하고 다음의 이야기를 시작하겠다.

✠
그리말트와 바두헤나

옛날 플랑드르 및 아르투아에 그리말트라는 이름의 군주가 있었다. 그의 장검은 '에케작스'라 하였고, 카스타리엔산(産)인 그의 말은 '구베요르스'라고 불렸다. 어떤 군주라도 그만큼 신의 총애와 보호를 받는 자는 없는 듯 보였다. 그의 시선은 풍요로운 여러 도시와 견고한 성들이 있는 세습 영토를 넘어 대담하게 주변으로 향했고, 자존심을 엄격하게 지키며 시종이나 요리사, 주방의 젊은 일꾼들, 나팔수나 북치는 자, 바이올린 켜는 자와 피리 부는 자들뿐 아니라 자기 측근이나 신하들에게는 물론, 호종들에 대해서까지도 주의를 기울였다. 호종들은 훌륭한 혈통과 예의범절을 겸비한 스무 명의 소년들로 구성되었는데, 그중에는 사라센인의 아들도 두 명 있었다. 그리말트 공은 이들이 자기네 우상인 마호메트를 섬긴다는 이유로 기독교도인 동료들이 그들을 놀려대는 것을 용서하지 않았다. 대공이 부인 바두헤나를 동반하여 교회나 연회석상에 나갈 때면, 이 시동들은 알록달록한 바

20

지를 입고 대공 부처에 앞장서서 두 사람씩 손을 마주잡은 채 두 발을 번갈아 디디며 머리를 흔들면서 뛰어가곤 했다.

그리말트 공이 평상시에 기거하던 궁성은 선조 대대로 내려온 벨라페르성인데, 그 성은 양을 치는 아르투아의 고원지대에 위치하고 있었다. 멀리서 바라보면 수많은 지붕과 발코니, 성채, 그리고 탑을 세워서 견고하게 두른 울타리가 보였는데, 이는 마치 세공품이 녹로대 위에서 회전하고 있는 것 같았다. 사나운 외적이나 자기 신하들의 무뢰한 반란에 대항해서도 군주된 자가 필요로 하는 방어에 적합한 피난처였고, 더욱이 정말로 살기 좋은 동시에 오감의 쾌적함을 맛볼 수 있는 곳이기도 했다. 이 궁의 중심부는 우뚝 솟아 있는 직사각형의 성탑인데, 내부에는 눈부시게 화려한 방이 여러 개 있었다. 그러나 화려한 방들은 평상시 기거용으로 쓰고 있는 탑뿐 아니라 수많은 별관과 내부의 별채들이 울타리처럼 그 주위를 두르고 있었기 때문에 가려져 있었다. 그리고 성탑 홀에서부터 바깥쪽으로 곧은 계단이 아래쪽 안뜰의 잔디가 깔린 정원까지 통하고 있었고, 담으로 견고하게 둘러싸인 이 정원에는 보리수 한 그루가 넓게 그늘을 드리우고 서 있었다. 여름날 오후가 되면 대공 부처는 그 아래 둥근 의자 위에 놓인 할랍이나 다마스쿠스에서 온 명주 보료 위에 즐겨 앉아 있곤 했다. 그들의 발치를 빙 둘러싸고 있는, 정성껏 가꿔진 잔디밭에 시동들이 깔아놓은 양탄자 위로는 성 주민들이 끼리끼리 무리지어 모여들었는데, 그들은 방랑시인들이 말하는 수많은 옛 이야기에, 진짜이건 꾸며낸 것이건 간에 귀를 기울였다. 방랑시인들은 악기의 현을 튕기면서, 브리튼 사람 전체의 지배자인 아서왕에 대한 이야기, 천하태평의 오렌

델왕이 늦가을에 난파의 고배를 쓰라리게 마셔 얼음거인의 부하가 되는 이야기, 기독교 기사들이 에트니제나 길스트람이나 랑쿨라트 같은 먼 나라의 섬뜩하리만큼 낯선 민족들과 싸운 이야기를 했는데, 그 낯선 민족들이란 검은 학의 머리를 가졌거나 이마에 눈이 있거나 평발을 한 민족이거나 난쟁이족 또는 거인족을 말한다. 또한 자석으로 된 산의 희한한 위기에 대한 이야기, 독수리의 머리와 날개를 갖고 사자의 몸을 한 괴물들의 붉은 금을 지키기 위한 술책에 대한 이야기, 성 실베스테르가 콘스탄티누스 황제의 어전에서 어느 유대인과 종교에 대해 논쟁을 벌인 이야기 등이 있었다. 그 종교 논쟁인즉, 어느 유대인이 황소의 귀에다 자기가 섬기는 신의 이름을 속삭였더니 황소가 그만 땅에 쓰러져 죽었는데, 실베스테르가 그리스도에게 호소하자 황소가 다시 일어나 우레 같은 소리로 울부짖으며 진정한 신앙의 우월함을 알렸다는 것이다.

이 모든 것은 한낱 예를 든 것에 지나지 않는다. 그밖에도 사람들은 서로 교활한 수수께끼를 내거나 애교스럽고 기지에 넘치는 자유로운 대화를 주고받았기 때문에, 남녀의 목소리가 어우러진 즐거운 웃음소리가 주변을 가득 채우는 일이 많았다.

나로서는 웃음을 금치 못할 일이지만, 어떤 사람들은 저녁마다 위쪽 홀을 밝히는 불빛이 짚과 관솔개비로 만든 자욱이 연기를 내는 횃불이라고 생각했을지 모른다. 하지만 그건 아니다! 홀 안 천정에는 떨리듯 번쩍거리는 양초가 빽빽하게 꽂힌 나뭇가지 모양의 촛대가 걸려 있었고, 벽 선반에는 단으로 묶여 열 배나 더 밝게 주위를 비춰 주는 초들이 꽂혀 있었던 것이다. 거기에는 대리석 화로가 두 개 있었으며 그 위에는 침향과 박달나무가 타고 있었다. 바닥은 넓은 양탄자로 덮여 있었는데, 예컨대 칸보레의 군주나 안쇼우베의 왕과 같은 사람들이 공작의 손님으로 오게 되어 "잘 오셨습니다, 폐하!" 하며 맞이할 필요가 생길 경우, 양탄자 위로 어린 나뭇가지와 갈대, 꽃이 뿌려졌다. 식사를 할 때면 그리말트 공과 바두헤나 부인은 아라비아의 아하마르디 방석을 깐 의자에 앉고, 그 맞은편에는 그들이 고용하고 있는 사제가 앉았다. 악사들은 식탁에서 가장 말석에 앉았다. 혹은 일반 백성이 따로 마련된 식탁에 앉아 있기도 했고, 상류층 사람들은 벽에서 떨어진 곳에 흰 식탁보를 씌운 4인용 식탁에 앉았다. 또한 네 명씩 짝을 이룬 시동들은 금잔과 알록달록한 명주수건을 돌리고 나서 꿇어앉은 자세로 고기를 썰었다. 음식은 궁전에 걸맞은 것이었는데, 왜가리나 생선, 양갈비, 덫으로 잡은 새, 기름진 튀김요리 등이었다. 어느 요리에나 고기즙과 후추와 아그라스(과일소스라 생각되는데)가 곁들여 나왔으며, 얼굴이 몹시 붉어진 시종들이(왜냐하면 그들도 문 뒤에서 몰래 술을 마셨기 때문이다) 부지런히 돌아다니면서 술잔에 포도주나 오디주 혹은 적포도주나 향료가 든 청주, 즉 클라레1 같은 술을 따라 주었다. 그리말트 공은 특히 클라레를 좋아해 자주 이 술로 목을 축이곤 했다.

나는 벨라페르의 멋진 생활을 더 이상 찬양할 생각은 없지만, 다음의 사실을 말해 두지 않는다면 그 또한 불성실한 일이 될 것이다. 즉, 성안에 있는 궤짝 속에는 리넨이나 다마스쿠스산 천, 희귀한 종류의

---

1 보르도 와인을 지칭하는 말.

비단 내지 비로드 천, 또 수달 가죽이나 향기로운 검은담비 모피 등이 넘칠 듯 차 있었으며, 시렁이나 배선대에는 아사가우커의 화려한 집기, 말하자면 보석을 도려내어 만든 식기나 금으로 만든 커다란 잔들이 현란한 광채를 발하며 놓여 있어 사람들의 눈길을 끌었고, 서랍에는 공기에 방향(芳香)을 주고 양탄자나 침대에 뿌리는 향료, 즉 약초와 향목, 용연향, 테리아카, 석죽, 육두구, 카르다몸 같은 것이 더이상 들어갈 자리가 없을 정도로 저장되어 있었다. 비밀금고에는 사자 몸에 독수리의 머리와 날개를 한 코카서스산맥의 괴짐승 발톱에서 뜯어 온 몇 마르크나 될지 모를 황금, 그와 함께 금은으로 만든 각종 세공품이나 홍옥, 수마노, 칼치돈, 산호와 그밖에 마노, 살도닉스, 진주, 공장석, 금강석 등 기적을 일으키는 보석류가 종류별로 들어 있었다. 창고나 무기고에는 값진 무기들, 갑옷 밑에 받쳐 입는 쇠사슬로 엮은 옷, 강철투구, 스페인의 톨레도산 방패, 병사와 군마를 위한 무기류, 화려한 비로드로 만든 말옷, 가죽띠, 안장, 방울 줄 같은 것이 가득했고, 마구간이나 우리, 개집, 새장 안에서는 말이나 개, 매사냥에 이용하는 새매와 앵무새 등이 남아돌 정도로 많이 사육되고 있었다.

찬사는 이 정도로 충분하다! 그렇지 않아도 이 많은 찬사를 적절히 배열해 문법적으로 제어하는 일도 보통 일은 아니다. 누구나 다 알 테지만, 그리말트 공과 바두헤나 부인은 주위의 기독교 세계에서 경탄을 받으며 지상의 온갖 재복을 풍족하게 부여받아 그 나날을 지극히 우아하게 보내고 있었다. 그런데 전설 이야기에서는 흔히 볼 수 있듯이 으레 다음과 같은 말이 이어지게 되는데, 즉 "그들의 행복에는 오직 한 가지 부족한 것이 있었다"는 것이다. 인생이란 진부한 선례를 따라 흘러가기 마련이지만, 그러나 말로 할 때만 낡고 인습적인 것이다. 이야기의 전달자로서는 인생에 진부한 말을 부여하는 외에 달리 방법이 없다 할지라도, 인생은 바로 그 자체로는 항상 새롭고 젊은 법이다. 그들의 행복을 완전한 것으로 만들기에는 오직 한 가지 부족한 것이 있었는데, 그것은 바로 자식이 없었다는 것이다. 이야기의 전달자는 어쩔 수 없이 그 사실을 말한다. 이들 부처가 이 부여받지 못한 것을 얻기 위해 비로드 방석 위에서 나란히 무릎을 꿇고 하늘을 향해 두 손 모아 간절히 기도하는 모습을 얼마나 자주 보았던가! 그러나 그 것만으로는 충분치 않아서 플랑드르와 아르투아의 모든 교회에서는 매주 일요일 강론대에서부터 이를 위한 기도가 신에게 드려졌지만, 신은 이 간구에 대해 영원히 귀 기울여 주실 것 같지 않았다. 그 둘의 나이가 어느덧 마흔이 되었기 때문이다. 그래서 자손을 얻어 직계로 계승시키려는 희망이 여전히 이루어지지 않았고, 그렇게 되면 언젠 가는 그 계승을 열망하는 경쟁자들의 투쟁 속에서 지배권이 사분오열 될지도 모를 일이었다.

그런데 쾰른과 우트레히트, 마스트리히트, 뤼티히의 대주교가 몸소 장엄한 미사와 기도회를 집전하면서 중재를 한 덕분이었을까? 난 그렇다고 생각한다. 왜냐하면 전능하신 신께서 오랫동안 주저하신 끝에 마침내 길을 열어 주셔서 대공부인이 어머니가 되는 기쁨을 맛 보았기 때문이다. 그런데 그 기쁨이란 유감스럽게도 분만의 고통으로 소진되어 버릴 것이었다. 분만이 힘들었던 것은 전능하신 분이 이 소원을 성취시켜 주는 것에 대해 여전히 심사숙고하고 계시다는 것을 증명하는 것이었다. 아아, 슬프도다! 부인은 그 쌍둥이를 낳지 말았어야 했는데, 괴성을 지르며 그들을 낳아 세상의 빛을 보게 한 것이다. 대신 그녀에게 세상의 빛은 사라졌고, 그리말트 공은 아버지가 되는 동시에 홀아비가 되고 말았다.

우리 유한한 인간에게 기쁨과 슬픔을 **하나의** 잔 속에 섞어 마시게 하는 신의 섭리는 얼마나 오묘한가! 전능하신 신에게 요구한 무리함이 희비가 엇갈리는 결과를 가져옴으로써 마음을 다친 대주교는 캄브레의 주교로 하여금 아래쪽에 있는 이퍼른 대성당에서 장례미사를 치르도록 했다. 바두헤나 부인이 그 차가운 산욕으로 눕게 된 지하 납골당에 돌 뚜껑이 덮여지자 그리말트 공은 벨라페르로 돌아가, 신께서 자신에게서 앗아간 아내에 대해 모든 예를 갖추어 조의를 표한 후에, 자신이 부여받은 것에 대한 기쁨을 누렸다. 죽음의 대가로 남겨진 더할 나위 없이 사랑스러운 갓난아기들은 사내아이와 계집아이였다. 그의 피붙이이자 가문의 상속자인 이 아기들은 고통 가운데 있는 대공에게 더할 나위 없는 기쁨일 뿐 아니라 성 전체의 기쁨이기도 했다. 따라서 그들은 함께 '쇼이델라구르트', 즉 궁정의 기쁨이라고도 이름 붙여졌다. 그도 그럴 것이, 세상 사람들은 정말로 여태껏 이 아이들보다 더 매력적인 아기는 본 적이 없었기 때문이다. 쾰른과 마스트리히트의 어떤 화가라 할지라도 이보다 더 예쁜 아기를 색채로 그릴 수는 없었을 것이다. 아기들은 흠잡을 데 없는 외모에 귀여움이 넘쳐흘렀고, 솜털같이 가는 머리카락과 무엇보다도 천상의 빛이 가득한 눈을 갖고 있었으며, 입을 일그러뜨리며 우는 일이 좀처럼 없었고, 항상 사람의 마음을 녹이는 천사 같은 미소를 머금고 있었다. 아기들은 다른 사람들에게만 그런 것이 아니라 기저귀대에서 자기들끼리 서로 얼굴을 쳐다보며 가볍게 서로 두드리면서 "여기, 여기! 너야, 너!" 하며 말할 때도 그런 미소를 띠었다.

'쇼이델라구르트'라는 말은 물론 아기들을 한꺼번에 부르는 이름으로 아첨 섞인 농담에 지나지 않았다. 성에 고용된 사제가 집전한 유아 세례식에서 그들은 빌리기스와 지빌라라는 세례명을 부여받았다. "여기, 여기!"라고 말할 때 지빌라보다 훨씬 거칠게 두드리는 어린 주군 빌로2가 나라의 후계자이며 주요 인물이긴 했지만, 그래도 지빌라는 여성이 모두 그렇듯이 하늘의 여왕 성모마리아의 후광에서 나온 광채를 띠며 빛나고 있었다. 그래서 그리말트 공은 그토록 소중하고 딸 못지않게 아름다운 아들을 바라볼 때보다 훨씬 다정한 눈빛으로 딸아이를 바라보았다. 아들은 자신과 마찬가지로 용감하고 강한 기사가 될 것이다. 그렇다, 마상시합을 끝내고 땀범벅이 된 무기의 녹을 몸에서 씻어내고 나면, 여자들의 호감을 사는 그런 사내가 될 것이다. 아마 클라레도 좋아할 것이다. 그렇다, 그런 건 다 알고 있었다. 그러나 부드러운 여성의 천상의 빛을 받은 감미로운 그 신기함은 거친 마음을 사로잡아 감동을 주었는데, 아버지의 마음일지라도 마찬가지였다. 그리말트 공은 아들은 그저 '룅리' 혹은 '버릇없는 녀석'이라고만 불렀지만, 딸에 대해서는 '내 귀염둥이'라고 부르며 입맞춤을 해주었다. 반면 사내아이에게는 그저 토닥여주고 손가락을 잡아 주는 정도에 그쳤다.

---

2 빌리기스를 지칭한다.

✠
아이들

이 고귀한 한 쌍의 남매가 머리와 이마에 두건을 두른 경험 많은 보모
들 손에 의해 얼마나 세심한 배려를 받으며 키워졌겠는가. 그녀들은
아이들에게 달콤한 꿀과 죽을 먹이며 보살폈고 밀기울 물에 목욕을
시켰으며, 이가 나지 않은 턱을 포도주로 씻겨 주어 그만큼 더 빠르고
쉽게 하얀 배냇니가 돋게 하고 그들의 미소를 예쁘게 만들었다. 배냇
니는 아이들을 별로 보채지도 않고 쉽게 돋아났는데, 마치 진주 같으
면서도 매우 날카로웠다. 그러나 그 두 아이는 이제는 갓난아이가 아
니었으며 이 세상에 갓 태어난 여리디 여린 신생아가 아니었다. 그 때
문에 그들이 천상에서 가져온 달콤한 빛은 사라졌고, 동시에 구름의
그림자 같은 것이 그 위를 스쳐 그들은 점점 짙은 색을 띠면서 지상의
형상을 취하기 시작하였는데, 그것은 내가 간구하던 바대로 가장 사
랑스러운 모습이었다. 그들의 작은 머리에 난 병아리 솜털 같던 머리
칼은 윤기 나는 갈색으로 변하였는데, 그것은 노르만 혈통의 상앗빛

창백함과 매력적인 대조를 이루었다. 그 창백한 빛은 그들의 곱고 고운 얼굴과 쭉 뻗은 몸의 피부가 분명 그들의 부모가 아닌 저 먼 조상으로부터 물려받은 유산임을 말해 주었다. 어머니 바두헤나는 희고 사과처럼 붉은 빛이 돌았으며, 아버지 그리말트는 주홍빛을 띤 얼굴을 하고 있었으니 말이다. 처음에는 청람(靑藍)의 빛을 발하던 아이들의 눈은 깊고 그윽해지다가 더욱 깊어져 아래쪽에 푸른 그늘을 띠며 검어졌는데, 그것은 좀처럼 보기 드문 모습이었고, 더 이상 천상의 빛은 없더라도 거의 신비에 가득 찬 눈이었다. 왜 그와 같은 암청색 눈을 가진 작은 천사가 다만 몇이라도 없는지 설명할 길이 없지만 말이다. 또한 이 남매는 둘 다 귀를 곤두세우고 무언가를 기다리는 듯이 구석에서 곁눈질로 바라보는 버릇이 있었다. 그들이 기다리는 것이 선한 것인지 악한 것인지 나로서는 알 도리가 없다.

배냇니를 갈기 시작하는 일곱 살이 되었을 때 그들은 마마에 걸리게 되었고, 세게 긁어댄 바람에 그 둘의 이마에는 하나의 표시, 즉 옴폭한 구멍 같으면서도 평평한 흉터가 남게 되었다. 두 아이 모두 완전히 똑같은 자리에 똑같은 초승달 모양의 흔적을 갖게 된 것이다. 그 흉터 위로 그들의 비단 같은 갈색 머리카락이 흘러내려 가려 주었다. 그러나 그리말트 공은 클라레가 담긴 잔을 오른손으로 잡을 수 있게 놓아둔 채 등받이 없는 의자에 앉아, 매일 한 번 정해진 시간에 두건을 쓴 보모들이 그 앞에다 아이들을 데려다 놓을 때면, 흉터를 쓰다듬어 주다가 가끔 장난으로 깜짝 놀라는 듯한 시늉을 하며 거기서 손을 떼곤 했다. 그럴 때면 보모들은 미소를 띤 채, 비천한 처지에 있는 자신들이 가까이 있으면 고귀한 가족의 행복을 방해할까 봐 머리를 숙이고 홀 안에서 몇 걸음 물러나 있었다. 그렇지 않으면 그녀들은 바로 문 앞에 머물러 서 있는 채로 아이들만 아버지에게 보내기도 했다. 두 아이 모두 머리카락을 어깨까지 내리고 있었으며, 지빌라는 교직으로 짠 옷(또는 정교하게 금실을 엮어 짠 옷이라고들 하는)을 입었고, 빌리기스는 비버털로 가장자리 장식을 한 비로드 상의 차림이었다. 빌리기스는 이미 예절과 법식에 맞게 아버지 앞에서 무릎을 굽힐 줄 알았다. "문안드리옵니다, 드높으신 군주시여"라고 그들은 주눅이 들어 다소 쉰 작은 목소리로 말하였다. 그러면 아버지는 아이들과 함께 이야기를 하고 농담을 건네며 그들을 "깨끗하고 귀여운 아기들" 혹은 "병아리들"이라 부르며 그날 기분이 어떠냐고 물었으며, 마지막에는 빌로는 가볍게 두드려주기만 하고, 지빌라에게는 입을 맞추면서 작별인사를 했다. 그는 "잘 지내거라!" 하고 말했다. 그러면 아이들은 목쉰 작은 소리로 "하느님의 가호가 있으시길!" 하고 한목소리로 말하고는 예의바르게 뒷걸음질을 치며 그 앞에서 물러나왔다. 그러면 문 쪽에 있던 보모들은 황급히 그들 쪽으로 다가가, 아이들이 서로 잡고 있지 않은 바깥쪽 손을 양쪽에서 붙잡아 주었다.

그런데 그 아이들은 여덟 살이 되고 열 살이 되어도 가는 데마다 손을 잡고 다녔으며, 마치 한 쌍의 잉꼬나 앵무새처럼 밤낮으로 늘 함께 있었다. 그도 그럴 것이 그들은 원래부터 침실을 함께 쓰고 있었기 때문이다. 성 위쪽 작은 올빼미들이 날아다니며 우는 탑 안의 침실에 놓인 그들의 침대는 도롱뇽 껍질로 만든 끈으로 살무사 모양의 기둥에 매달아 그 위에 베개를 놓았으며, 베게 밑에는 팔마트 비단으로 된 요가 깔려 있었다. 이들 곁에서 아직 말벗이 되어 주고 시중을 들기 위해 간소한 침상에서 잠을 자는, 두건 쓴 보모에게 그들은 자주 이렇게 물어보았다.

"우린 아직도 어리지, 그렇지?"

"그럼요, 사랑스럽고 고귀한 두 마리의 어린 비둘기이지요."

"그리고 아직 한참은 더 어린 채로 있을 거지, 그렇겠지?"

"그럼요. 분명히 그래요, 사랑스러운 분들. 아직 한참 동안은 더 그럴 거예요."

"우린 이 세상에서 언제나 어린 채로 남아 있고 싶어." 그들이 말했다. "우리는 그러기로 사이좋게 약속했는걸. 그렇게 되면 우리는 천국에 가서 더 쉽게 천사가 될 거야. 죽을 때 배와 가슴이 나와 있거나 수염이 있으면 천사로 변하기가 분명 아주 어려울 테니까."

"어머, 순진하신 분들, 그건 신의 뜻이에요! 두 분께서 무엇을 약속했는지는 몰라도 신은 사람이 언제까지나 어린아이로 머무는 것을 바라지 않으세요."

"만일 우리가 몸을 아끼지 않고 사흘 밤을 새우면서, 우리를 어린 상태로 남을 수 있게 해달라고 신께 기도한다면요?"

"사랑스럽고 순진하기도 하시지! 그렇게 말씀하셔도 두 분은 곧장 잠이 들 것이고 잠자는 동안 사랑스러운 모습으로 자라게 될 겁니다."

사실 그대로 되었다. 그들이 정말로 진지하게 자신들의 몸을 아끼지 않고 잠을 자지 않으려고 애썼는지 알 수는 없지만, 아마 보모의 말을 듣고 그럴 용기를 잃었을 것이라고 나는 생각한다. 그러나 어쨌든 성곽과 국토 위로 꽃이 피고는 담황색으로 바랬다가 서리처럼 희게 얼어붙었고, 다시 봄의 기운이 찾아오면서 세월은 흘러갔으며, 이

제 그들은 열 살이 되고 또 열한 살이 되어 막 피어나려는 두 개의 꽃봉오리가 되었다. 설사 자신들이 원치 않았더라도 더 이상 어린아이는 아니었으며 이제 풋풋한 젊은 소년, 소녀가 막 되어가고 있는 참이었다. 창백한 얼굴과 비단 같은 눈썹, 민첩한 눈, 예민하게 발달한 얇은 콧방울, 그리고 품위 있게 생긴 진지한 입매를 덮고 있으며 약간 볼록하게 튀어나온 윗입술이 있는 창백한 얼굴은 그림처럼 아름다웠고, 신체는 각자에게 정해진 바에 따라 부드럽게 형성되고 있는 중이었으나, 아직은 균형이 완전히 잡히지 않아서 마치 앞다리가 너무 무거워 가누지 못하는 어린 강아지들 같았다. 어쨌든 빌리기스가 아침에 잠에서 깨어나 원기 왕성한 상태로 마치 이교도의 신처럼 발가벗은 채 헝클어진 이마에 새겨진 초승달 모양의 흉터를 내비치며, 장미잎을 뿌려 침대 앞에 놓아둔 목욕통 주변을 뛰어다닐 때면, 그와 그의 누이를 구별시키는 그것, 그의 남성적 부분은 그의 호리호리한 상앗빛 몸에 비해 너무나 크고 발육이 빠른 것처럼 보였다. 그것을 보면 나는 일종의 슬픔을 느낀다. 상반신에는 가냘픈 어깨 위에 그토록 아이답게 예쁘고 영리한 모습으로 작은 머리가 얹혀 있는 반면, 하반신은 그 같은 투박한 야인이라니! 그것을 본 유모들은 감동이라도 받은 듯 쩝쩝 소리를 내면서 서로 눈짓을 하며 "여인들의 동경이여!" 하고 말했다. 한편 어린 소녀로 말하자면, 아직 절반도 피어나지 않은 꽃봉오리 같은 그녀는 밤사이 머리카락이 밀려 빌리기스와 마찬가지로 이마의 흔적을 적나라하게 내보이며 침대 모서리에 걸터앉아서, 거의 음울한 표정으로 빌리기스와 경탄하는 여자들을 곁눈질로 바라보았다. 나는 그녀가 무슨 생각을 했는지 알고 있다. 그녀는 "내가 갖고 싶어. 이 희망은, 이 소꿉친구는 내 것이야. 그에게 수작을 거는 여자들은 눈을 뽑아 버릴 거야. 그래도 난 벌을 받지는 않을 거라고. 나는 대공의 딸이니까!" 하고 생각했던 것이다.

그런 가운데 이제 폰 클레브 백작부인이라는, 귀족의 미망인이 소녀를 맡아 보살피게 되었다. 소녀는 백작부인과 함께 창문 난간에서 찬송가를 불렀고, 백작부인은 소녀에게 값비싼 실로 직물 짜는 법을 가르쳤다. 반면 공자를 위해서는 아이젠그라인 씨라는 한 성주(城主)가 사부(師父)가 되어 그를 지도하게 되었다. 아이젠그라인 씨의 성으로 말하자면, 그것은 견고한 수성(水城)으로서 넓고 깊은 인공호로 에워싸여 있었으며 바다 멀리까지 내다볼 수 있는 망루가 있었다. 이 성은 룰레르 및 투루라 불리는 아래쪽 평지에 위치해 있어서 바다와 매우 가까웠기 때문이다. (주의를 기울여서, 파도 소리 요란한 바다에 인접한 이 수성을 기억해두기 바란다! 이 이야기와 관계가 있게 될 것이기 때문이다.) 나라의 최고 실력자이며 충직한 봉신인 아이젠그라인 씨는 그 성에 처자를 남겨두고, 공자의 부육관이 되어 예의를 가르치는 스승 역할을 하기 위해 그곳을 떠나 일부러 벨라페르로 올라온 것이다. 또한 시종들의 우두머리인 파타프리트가 아이젠그라인의 조수로 배정되어 더 거친 일들을 맡게 되었다. 그리말트 대공은 그 천상의 광휘로 인해 항상 딸아이를 아들보다 더 예뻐하였고, 딸아이가 갈수록 더 활짝 피어남에 따라 그녀에게는 더욱 자상하고 부드럽게 대하는 반면, 공자에겐 그가 성장해 갈수록 더욱더 무뚝뚝하게 대했다. 그럼에도 불구하고, 그 역시 대를 이을 아들의 훌륭한 교육을 위해서는 정말로 아버지다운 마음으로 고심했고, 아들이 행동거지가 훌륭하고 말솜씨도 유창한, 군주다운 군주가 될 것을 요구했던 것이다. 이리하여 공자는 그 두 사람으로부터 기사도와 품위 있는 도덕 교육을 받았다. 그는 파타프리트에게는, 자신이 그것을 특별히 좋아했는지 어쨌는지 몰라도, 등자를 밟지 않고 말 위로 뛰어올라 타는 법을 배웠으며, 아이젠그라인에게는 부드러운 의상을 걸치고 여가승마를 즐길 때 한쪽 다리를 가볍게 앞으로 내밀어 말 위에 얹는 법을 배웠다. 또한 우두머리 시종을 상대로 수아송산 철 갑주를 걸치고 마상시합을 겨뤄야 했으며, 창으로 상대방 방패 위의 네 개의 대갈못을 겨냥하는 법을 배웠는데, 이때 파타프리트는 공자를 보호하기 위해 일부러 말에서 떨어져 안전을 지켜 주었다. 공자는 또한 짧은 창을 던지는 법도 배우고, 말을 달리면서 긴 창으로 찌르는 법도 배웠다. 그는 자신의 스승과 매잡이들과 함께 말을 타고 푸른 숲으로 매사냥을 가기도 했고, 방울을 단 잘 길들인 새를 손 위에서 날려 보내는 법이나 모든 사냥감이 자기 동료의 울음소리로 착각할 정도로 교묘하게 피리를 불어 그들을 유인하는 법도 배웠다.

내가 기사도나 사냥에 대해 뭘 알겠는가! 나는 일개 수도사로서 기본적으로 이 모든 것에 대해 무지할뿐더러 얼마간의 불안감마저도 느낀다. 나는 산돼지 한 마리도 잡아 본 적이 없고, 수사슴이 쓰러질 때 시끄럽게 울려 퍼지는 뿔피리 소리를 들어 본 적도 없으며, 또한 사냥한 짐승의 가죽을 벗기고 고기를 잘라, 잡아 온 짐승의 지배자라는 이유로 맛있는 부분을 숯불 위에 굽게 해본 적도 없다. 나는 단지 공자 빌리기스가 어떻게 자랐는지에 대해 마치 제대로 알아 이야기하고 있는 것처럼 처신할 뿐이다. 변명을 하자면, 나는 손에 짧은 창을 들고 휘둘러 본 적도 없거니와 옆구리에 꽂아 둔 긴 창을 던져 보지도 못했다. 또한 나뭇잎을 불어서 숲속 동물을 속인 일도 없는데, 짐짓 유창하게 사용하고 있는 "피리를 불어서 유인한다"라는 말 역시 그저 어쩌다 들어 본 것에 불과하다. 그러나 내가 체현하고 있는 이야기의 정령이 쓰는 방식이란 무릇 그런 것이어서, 그 영은 자신이 보고하는 모든 일에 있어 충분히 경험을 쌓은 것처럼 유유자적하게 행동한다. 젊은 공자 빌리기스가 성 기슭에 있는 부드러운 골짜기 땅에서 신분이 높은 사람들과 시종들을 상대로 연습한 청백시합이라는 유쾌한 기마경기도 마찬가지다. 그 경기에서는 한쪽 편 무리가 쏜살같이 다른 편 무리를 밀치며 서로 상대방을 경기장에서 쫓아낸다. (그럴 때면 여자들은 투기장을 둘러싼 나무 발코니에 앉아 야유를 보내거나 열광적인 갈채를 보내곤 했다.) 이 달리고 찌르는 경기도 내게는 무척이나 낯설어 심지어 반감마저 드는 것이다. 그러나 나는 이에 대해서도 유창하게 이야기를 하겠다. 즉, 빌로는 자기 편 무리와 함께 흙먼지를 날리며 그곳으로부터 빠져나왔는데, 무장도 하지 않고 다만 목과 어깨의, 가벼운 쇠사슬로 만든 보호대만으로 그 창백하고 품위 있는 소년다운 얼굴을 감싼 채, 빨간 알렉산드리아 실크로 만든 문장이 든 상의와 코르셋을 입은 그는 사람이 상상할 수 있는 한 가장 아름다운 열다섯 살 소년이었다. 또한 사람들은 예의바르게 그를 피해 주어 그가 겉으로는 상대편 무리를 모두 돌파하는 것처럼 보이도록 해주었는데, 그것은 그가 대공의 아들이었기 때문이었다. 또한 부인들은 웃으면서도 숨 막힌다는 듯 헐떡이는 그의 사랑스러운 누이 지빌라에게 그의 승리에 대한 축하인사를 보내는 것이었다.

그것이 가짜 승리였다는 사실은 내가 나 자신의 분수에 걸맞지 않은 일들에 대해 가짜 유창함으로 이야기하고 있다는 사실을 어느 정도 위로해 준다. 그러나 사람은 가짜 승리에도 흥분하는 법이다. 그토록 공손하게 대접을 받았으므로 빌리기스는 흥분하고 의기양양해서 성으로 돌아와 누이동생에게 나아갔다. 누이 역시 서로 짜고 한 경기였다는 걸 잘 알고 있었지만, 그녀는 그럼에도 불구하고, 아니 바로 그렇기 때문에 더더욱 오빠와 마찬가지로 흥분하고 의기양양했다. 이 소녀가 그날 축제에서 어떤 옷을 입었는지 독자 여러분이 알고 싶으시다면 말인데, 그녀는 풀빛 같은 초록색의 아사가우커 비로드로 만든 매우 풍성하고 길고 사치스럽게 걷어 올린 옷을 입고 있었다. 앞에는 폭넓은 주름이 잡혀 붉은 비단으로 된 안감과 흰 비단으로 된 페티코트가 보였다. 그녀의 상앗빛 목덜미에서 옷은 둥글게 죄어 있고 손목 부분과 마찬가지로 진주와 보석으로 가장자리가 장식되어 있었는데, 이 장식은 밑으로 늘어져 가슴 위에서 뭉쳐져 있었기 때문에 폭넓은 가슴 장식을 이루었다. 그녀의 허리띠도 보석으로 촘촘하게 박혀있었고, 늘어뜨린 머리에는 처녀의 화관이 얹혀 있었는데, 그것 또한 초록색과 붉은색의 작은 루비와 석류석으로 되어 있었다. 내가 이런 식으로 대공의 딸의 모습을 묘사해 간다면 많은 처녀들이 부러움에 사로잡힐지도 모르겠다. 그것은 생기 있게 움직이는 검푸른 눈동자를 에워싼 그녀의 속눈썹이 길어서이기도 하겠지만, 그밖에도 내가 나 자신의 눈을 수도사답게 내리깔고서, 이미 꽃을 피우기 시작한 그녀의 가슴이 비로드와 보석 아래에서 출렁거렸다는 것을 전하고, 또한 너무나 빼어나게 아름다운 그녀의 손에 관해서도 말하지 않을 수가 없기 때문일 것이다. 그녀의 손은 오빠의 손보다 더 작지는 않았지만 뼈마디가 특별히 곱고 손가락 끝이 뾰족했는데, 몇몇 손가락에는 윗부분과 아랫부분 마디에 각각 반짝이는 반지를 끼고 있었다. 그녀는 날씬했고 사랑스러운 허리선을 지녔으며, 오빠와 마찬가지로 윗입술이 작고 예쁜 코의 바로 앞쪽으로 튀어나와 가운데가 볼록하게 활 모양으로 부풀어 있었다. 얇은 콧방울은 그녀의 오빠와 똑같이 벌름거렸다.

"아, 소중하신 오라버님."

공주는 오빠의 사슬두건을 벗겨 주고 그의 검은 머리카락을 쓸어 펴주면서 말했다.

"오라버니는 정말 훌륭했어요, 많은 사람들의 무리를 뚫고서 그들을 돌파했을 때 말이에요. 돌격할 때 등자를 밟는 오라버니의 다리를 보며 얼마나 기뻤는지 몰라요. 오라버니의 다리는 이곳에서 으뜸가는 가장 아름답고 젊은 다리예요. 비록 오라버니와는 성질이 다른, 여자의 다리이긴 하지만 오직 내 다리만이 그만큼 아름답죠. 특히 오라버니가 박차를 가하려고 허벅지로 말을 조일 때면 오라버니의 무릎에 깊은 인상을 받아요."

"훌륭한 건 너야, 지빌라" 오빠가 누이에게 대답했다. "청백시합 같은 걸 하지 않고 그냥 가만히만 있어도 훌륭해! 우리 남자들은 훌륭해지려면 움직이면서 뭔가를 해야만 하지. 너희 여자들은 그냥 있는 그대로도 꽃을 피우고, 그것만으로도 이미 훌륭해. 그것이 남자와 여자의 가장 일반적인 차이야. 더 구체적인 차이는 제쳐 두고라도 말이지."

"우리 여자들은 남자들을 부러워해요" 그녀가 말했다. "남자들의 그런 다른 점에 대해 경탄하면서 여자들은 부끄러워하죠. 우리는 어깨 대신 허리 부분이 더 넓으며 따라서 복부도 너무 넓고 엉덩이도 너무 펑퍼짐해요. 그렇지만 내 다리는 아주 길고 날씬해서 이 점에 있어서는 더 바랄 게 없다고 해도 되지요."

"그렇지" 그가 대답했다. "그리고 네가 잊어서는 안 되는 게, 우리 남자들이란 부러워하는 건 아니라도 달콤한 호의를 가지고 여자들의 다른 점을 바라본다는 거야. 심지어는 너희와 마찬가지로 우리도 부러워하는 마음이 있다고 말할 수 있지, 대체 우리의 전성기는 언제인지 모르겠어. 우리는 여기저기를 둘러봐도 가진 게 없잖아. 기껏해야 약간의 힘이 있어서 불리한 입장에서 활로를 틀 뿐이지."

"가진 게 아무것도 없다는 그런 말 하지 마세요! 그럼, 우리 창가에 앉아서 오늘 있었던 청백시합에 대해 얘기 좀 해요. 키가 작아 '난쟁이'라고 불리는 니더란가우의 퀴네불프 백작이 거대한 흑마에 탄 모습은 얼마나 우스워 보였는지요. 또 울테르렉 백작 아들인 클라미데는 발을 헛디디는 바람에 말에서 떨어져 드러누웠는데, 그걸 보고 비퐁탄의 가르쉴로에 부인은 하마터면 정신을 잃을 뻔했지 뭐예요."

여동생이 제안한 대로 이들은 창가에 놓인 긴 의자에 앉아, 비로드와 비단 옷을 두른 팔을 서로의 어깨에 걸치고 가끔씩 그 사랑스러운 머리를 서로 갖다 대곤 했다. 그들의 발치에는 앙겔란트산인 그들의 개가 머리를 앞발 위에 올려놓고 엎드려 있었는데, 하네기프라는 이름의 포인터인 그 개는 온몸이 하얗고 처진 귀를 포함해 한쪽 눈 주변만 검은 특별히 사랑스러운 녀석이었다. 이 개는 그들 남매와 침실도 함께 썼는데, 항상 남매의 침대 사이에 있는 말털을 넣은 매트리스 위에서 잠을 잤다. 창문 너머로는 성의 지붕들과 요철 모양의 성첩(城堞)들이 내려다보였고 그 아래로 보이는 골짜기 안으로는 풀밭과 노란 꽃이 핀 덤불로 둘러싸인 길이 나 있었으며, 털이 수북한 한 무리의 양 떼가 유유히 그 길을 지나고 있었다. 지빌라가 물었다.

"알리스 폰 푸아투가 조각 천을 이어 만든 화려한 스커트에 절반은 금실을 섞어 짠 비단, 절반은 니느웨산 펠렐 비단으로 만든 광대 옷을 걸치고 거만 떠는 모습을 보셨겠지요? 그녀를 무척 아름답다고 하는 사람이 많더라고요."

그러자 그는 이렇게 말했다.

"그녀의 독선적인 아름다움 따위를 감상할 눈이 내겐 없어. 나는 이 세상에서 나의 짝이 되는 여자인 너만을 바라볼 뿐이야. 다른 여자들은 다 이질적인 존재들이며, 나와 동등한 사람은 나와 함께 태어난 너뿐이지. 내가 알기로는 폰 푸아투 부인은 제아무리 화려하게 치장했다 할지라도, 거구인 후게볼트 같은 남자들이나 아니면 어린 나뭇가지처럼 호리호리한 나보다 갑절이나 키와 몸집이 큰 라살리히 폰 로트링겐 씨 같은 작자들의 눈길을 끌 뿐이지. 그런데 내게 수염이 돋아나 입술 위가 거뭇거뭇해지니까 많은 여자들이 넋을 잃고 나를 바라보더군. 하지만 난 냉담하게 반응하지, 너 이외에는 보고 싶지 않으니까 말이야."

그녀는 말했다.

"에스카발론의 왕이 우리 아버지 그리말트에게 편지를 보내서, 나는 혼기에 이르렀고 그는 아직 아내를 얻지 못했으니 나와 결혼하게 해달라고 간청했대요. 내 스승인 폰 클레브한테 들은 얘기예요. 흥분할 필요 없으세요. 대공께서는 그에게 원만히 거절을 하셨대요. 내가 비록 혼기에 이르긴 했지만 아직 너무 어려서 아스칼론 같은 소국의 왕비가 되기에도 부족하니, 기독교계의 다른 공주들 중에서 물색해 보는 게 좋지 않겠느냐고 설득하셨다고 합니다. 부왕께서 에스카발 론 왕을 거절하신 건 오빠를 위해서가 아니에요, 그러니까 우리가 계속 함께 지내도록 해주기 위해서가 아니지요. 아버지는 '저는 아직 한동안은 내 두 아이들과 함께 식탁에 앉고 싶습니다. 딸은 오른쪽에, 아들은 왼쪽에 말입니다. 사내만 데리고, 그 외엔 사제 말고는 마주앉는 사람이 아무도 없이 식사하고 싶지 않습니다'라고 답장을 썼대요. 그게 아버님이 거절하신 이유였습니다."

"이유가 어떻든 상관없어" 오빠는 여동생의 손을 장난치듯 만지작거리며 그녀의 손에 낀 반지들을 유심히 쳐다보며 말했다. "그때가 언제 올는지 난 알고 싶지도 않지만, 때가 되기도 전에 사람들이 우리를 이 달콤한 젊은 시절에 서로 떼어 놓지만 않는다면 말이야. 왜냐하면 네게도 그렇고 내게도 그렇듯이 우리 두 사람에게 어울리는 사람은 아무도 없고, 우리끼리만 서로에게 어울릴 뿐이니까. 우리는 완전히 특별한 아이들이고 태생부터 고귀하니 세상 사람들은 모두 우리에게 정중하고 경건한 태도를 취해야 해. 그리고 우리는 함께 죽음으로부터 태어났고 이마에는 똑같이 깊이 팬 표시가 있어. 그것은 수두 자국에 지나지 않고, 수두는 감기나 홍역, 유행성 이하선염보다 더 나을 건 없지만, 그 표시의 유래가 중요한 것이 아니라 그것이 깊게 패어 창백해져 있다는 점에 특별한 의미가 있는 거지. 신의 호의와 은총 가운데 우리의 부왕께서 당신의 원대로 인간의 천수를 다하신 후에는 내가 아르투아와 플랑드르의 군주가 될 거다. 이곳은 축복받은 영토로서 비옥한 전답에 곡물이 물결치고, 언덕 위로는 고급 모직물이 될 털을 지닌 1만 마리도 넘는 양 떼가 풀을 뜯고 다니고 있으며, 바다를 향한 저 아래 평지에서는 아마(亞麻)가 풍작을 이루어 농부들이 기쁨에 겨워 술집에서 춤을 추며 즐긴다고 들었어. 그리고 이 나라에 훌륭한 도시들이 들어서 있는 것은 마치 너의 손에 반지가 끼워져 있는 것과 같지. 이퍼른은 번영하고 있으며 겐트, 뢰뱅, 그리고 넘칠 만큼의 상품을 쌓아놓고 있는 앙베르와 브뤼제 라 비브도 그러한데, 이 도시들과 맞닿아 있는 깊은 석호(潟湖)에서는 보물을 가득 실은 배가 남해, 북해, 동해에서 쉴 새 없이 드나들고 있단다. 시민들은 비로드와 털가죽을 입고 다니지만, 등자를 밟지 않고 말에 뛰어오르는 법도, 창으로 방패의 네 개의 대갈못을 겨냥하는 법도, 또 청백시합을 하는 법도 아직 배우지 못했어. 그래서 그들에겐 자기들을 보호해 줄 군주가 필요한 거야. 내가 바로 그 군주가 되는 거지. 그들이 모자를 벗어 공중에 던지며 환호하는 동안에 나는 너, 누이동생이자 여군주로서 모든 처녀 중 유일하게 나에게 어울리는 최고의 처녀인 너의 손을 이끌며 시민들 사이를 지나갈 것이다."

이렇게 말한 다음 그는 그녀에게 키스했다.

"난 오라버니와 키스하는 것이 우리의 존귀하신 아버님의 불그스레한 코밑수염에 목이나 뺨을 할퀴이는 것보다 더 좋아요" 그녀가 말했다. "아버님이 우리를 방문하실 때마다, 우리가 진심으로 기뻐한다고 할 수는 없죠. 그런데 아버님은 지금 당장이라도 오실지 몰라요."

그녀가 이렇게 말하는 이유는, 그들이 그렇게 앉아서 이런저런 일에 대해 다정하게 이야기를 나누고 있을 때면 자주 그리말트 공이 그 곳에 나타났기 때문이다. 그것도 그들과 함께 어울리기 위해서가 아 니라, 도리어 사나운 말로 공자를 쫓아내 버리고 어린 처녀인 딸과 둘 이서만 다정히 이야기하기 위해서였다.

"그리말트 공의 아들아" 그는 말했다. "이놈, 너 또 이 어여쁜 아이 곁에, 네 여동생 곁에 있었느냐? 네가 그 애를 돌보는 건 기특하다. 그리고 최선을 다해서 그 아이를 돌봐 주고 힘을 주며 보호해 주는 것 은 칭찬받을 만하다. 이 녀석, 너도 바로 그건 잘 이해하겠지. 그러 나 내가 살아 있는 한 그 누구보다도 내가 그 애의 보호자이다. 또한 나는 아직 충분히 그 애를 돌보는 보호자 역할을 할 수 있어. 혹시라 도 네가 잘난 체하며 이런 사랑스러운 아이가 정정한 아버지보다 오 빠 쪽을 더 따를 거라고 생각한다면, 넌 내 손으로 두세 대 맞을 각오 를 해야 할 것이다. 이곳에서 나가 사라지렷다! 파타프리트 선생과 과녁 맞추기나 해! 대공인 내가 어린 딸과 한담을 나눌 것이다."

이렇게 말하고 나서 그는 벽감(壁龕) 안으로 들어와서 딸의 옆에 앉아 그녀의 비위를 맞추려고 애를 썼는데, 그 노(老) 기사가 하는 언 행은 나와 같은 일개 수도사로서는 가히 상상하기 어려운 것이었다.

"넌 몸매가 아름답구나!" 그가 말했다. "프랑스인들이 '꽃봉오리'라 고 부르곤 하는 그런 한창 시절이 바야흐로 너한테서 찬연히 빛나고 있어. 네 꽃봉오리가 결국 아주 근사하게 피어났구나. 참으로 슬프게 도, 시간은 젊은이들에게만 호의를 보여 그들을 매일같이 점점 더 아 름답게 피어나게 하지만, 우리 늙은이들은 점점 더 보기 흉하게 만들 어, 우리의 두피(頭皮)에서 머리카락을 뽑아내는가 하면 코밑수염엔

서리가 내리게 하지. 그래, 그렇지! 늙은이는 젊은이 앞에서 부끄러워할 수밖에 없어. 늙었다는 건 추한 것이니까! 하지만 그럼에도 불구하고 위엄이 갖춰져 아름다움을 대신하게 되지. 너무나 사랑스러운 딸아, 그리말트가 네 아비임을 잊어서는 안 된다. 너를 이 세상에 태어나게 해준 것에 이 아비에게 감격하고 크게 감사해야 한다. 아주 일찍 네 엄마를 잃은 아비가 아니더냐. 너에 관한 얘기다만, 넌 머지않아 결혼해야 할 것 같구나. 네게 일어난 많은 감미로운 변화의 징표가 네가 혼기가 찼다는 것을 말해 주고 있으니 말이다. 나는 오로지 네 행복만을 염원하고 있다. 하지만 물론 너를 아무한테나 줄 수는 없지. 네 마음에 들어야 하는 건 물론이고 이 아비도 기꺼이 너를 줄 만한 그런 청년이어야 할 게야. 정말이지, 노기사인 이 아비는 그 누구한테도 호락호락 너를 맡길 수가 없구나!"

그리말트 공은 딸과 함께 아치 모양의 창실(窓室)에 앉아 있을 때 대개 이런 말을 했는데, 나는 수도사로서 할 수 있는 최대한의 상상력을 발휘해 그것을 재현해 보이는 것이다.

이듬해에 아이들이 열여섯 살이 되자 공자 빌리기스를 위하여 검례(劍禮)가 행해졌다. 이에 대해 내가 아는 것이 무엇이겠는가마는, 속세의 언어로 이것은 귀공자에게 기사의 칼을 허리띠에 찰 수 있는 권리를 부여하는 의식을 의미한다. 바로 이 의식을 그리말트 공이 아들에게 베푼 것이다. 성 바스트 교회에서 장엄미사를 올린 후, 아라스의 성에 모인 많은 친척들과 신하들 앞에서 만세 소리와 나팔 소리가 울려 퍼지는 가운데, 그는 아들의 어깨를 가볍게 쳐줌으로써 이제 아들이 기사가 되었음을 선포하였다. 그런 다음 그는 두 아이들 사이에서, 즉 오른손으로는 아들을, 왼손으로는 처녀 딸을 이끌면서 환호하는 군중이 지켜보는 가운데 높은 건물로부터 명예의 계단을 내려왔다. 이때 새로이 품격을 인정받은 어린 기사는 사냥용 단도를 허리에 차고 다니는 데에만 익숙해져 있었기 때문에, 자기 앞쪽 허리띠에 매달려 있는 그 지나치게 큰 칼이 자신의 두 다리 사이로 끼어들지 않도록 조심하지 않으면 안 되었다. 그런데 이 순간 두 아이들은 만약 아버지가 그들 사이에 안 계시고 자기네 둘만이 손에 손을 잡고 이 계단을 내려가고 있다면 얼마나 좋을까 하고 생각하고 있었다.

그런데 이제 빌리기스가 검례를 치렀기 때문에, 모든 사람들의 눈에는 오빠와 더불어 동시에 지빌라 역시 성년에 달해 혼기가 찬 것으로 보였다. 그래서 감히 청혼할 자격이 있다고 생각하는 기독교계의 자긍심에 찬 군주들로부터의 구혼이 부쩍 늘어났다. 어떤 군주들은 서신을 보내 왔고, 어떤 자들은 귀족 신분의 중매인을 벨라페르로 파견하기도 했다. 또 어떤 자들은 구혼하러 그곳에 직접 찾아오기도 했다. 예컨대 안쇼우베의 늙은 왕은 아들 샤피요르를 데리고 왔지만, 물론 이 아들은 멍청이에 지나지 않았다. 또 이포탕트의 쉬오라르스 백작, 가스코뉴의 공작 오빌로, 발라이스의 군주인 플리호플리헤리, 그리고 헤네가우와 하스펜가우의 지배자들 등, 이 모든 사람들이 찾아와서 검은담비 모피로 깃 장식을 한 의복을 입고 토끼털 목도리를 한 채 가려 뽑은 수행원들을 대동하고 와서 잘 다듬어진 구혼사를 읊으며 자신들의 근사한 모습을 보여 주고자 했는데, 그 구혼사의 어떤 부분은 종이에 써 와서 읽었다. 그러나 그리말트 공은 아무에게도 지빌라를 내어 주고 싶지 않았기 때문에 그들을 모두 물리쳤다. 심지어 그는 그 구혼자들에 대해 품은 불쾌한 증오심을 숨길 수 없었다. 그래서 아무리 품위 있는 구혼자라 하더라도 그는 단호히 거절하면서 모두를 자기네 나라로 말을 돌려 되돌아가게 했다. 이런 그의 태도는 주위의 기독교계 궁정들에서 많은 원성을 사게 되었다.

이 무렵 공자 빌리기스는 무서운 꿈을 꾸었는데, 온몸이 식은땀투성이가 되어 꿈에서 깨어났다. 꿈의 내용인즉 이렇다. 아버지가 그의 머리 위에서 두 다리를 뒤로 치켜 올린 채 공중에 떠돌고 있었는데, 얼굴은 분노로 인해 구릿빛으로 붉어져 있었고 콧수염은 잔뜩 치켜세워진 채였다. 아버지는 마치 당장에라도 그의 목을 조를 듯 두 주먹으로 말없이 그를 위협하고 있었다. 그것은 말로 하는 것과는 비교가 안 될 정도로 끔찍하고 무서운 광경이었다. 그는 다시 또 그런 꿈을 꾸게 될까 봐 불안해하던 나머지 정말 똑같은 꿈을 바로 다음날 밤에도 다시 꾸게 되었다. 다른 점이라고 한다면, 이번에는 더욱 더 무시무시한 꿈이었다는 것뿐이었다.

✠

못된 아이들

그리말트 공은 아내 바두헤나보다 17년을 더 살았다. 더도 덜도 아닌 17년이 지난 다음, 그는 이퍼른의 성당 안에 있는 묘석 아래 그녀의 곁으로 갔다. 묘석 위에서 그들은 신을 향해 양손을 십자 모양으로 가슴 위에 얹은 모습으로 다시 한 번 기독교의 신랑 신부가 되어 부동의 조각상으로 남게 되었다. 이 군주는 아내가 세상을 하직한 이래 점점 더 많은 양의 클라레 포도주를 마시게 되었는데, 어느 날엔가는 빌리기스가 꿈에서 그를 보았을 때와 정말 똑같이 얼굴이 짙은 구릿빛 적색으로 변했다가 나중에는 누렇게 변했다. 그는 정수리에 중풍을 맞아 죽었다. 처음에는 오른쪽 사지만 못쓰게 되고 말도 부분적으로 못했는데, 그저 왼쪽 입가에서 거품처럼 부글부글 끓어오르듯이 몇 마디 말이 흘러나올 뿐이었다. 주치의 폰 뢰벤과 대공이 불러오도록 한 그리스인 의사 클리아스는 둘 다, 풍이 곧 또 쉽사리 그를 덮칠 수 있으며, 그렇게 되면 그의 왼편 몸마저 피할 수 없이 못쓰게 될 것이라는 사실을 대공에게 숨기지 않았다.

그런데 그들이 이 사실을 말했던 것은, 대공이 너무 늦지 않게 자신의 왕국 일을 정리할 수 있도록 하기 위해서였다. 그들은 이렇게 경고하여 대공이 그런 생각을 하도록 유도했던 것이다. 그래서 대공은 왕국의 중신들과 친척들, 부하들과 수하들을 모두 불러 모아, 이제 죽음이 자신의 길동무가 된다면 자신의 영혼과 아이들을 부탁한다며, 맹세한 대로 충성을 다해 줄 것을 당부했다. 그래서 이제 한쪽 눈이 감기고 한쪽 뺨이 마비되어 축 늘어져 몹시 일그러진 몰골을 한 대공이 누워 있는 침대 주위에 자식들은 물론이고 친척들과 영주들이 모두 모였을 때, 그는 최대한 말을 하려고 애쓰면서 그들에게 다음과 같이 말했다.

"존경하는 그대들이여, 유감스럽게도 내가 한쪽 입가로만 말을 할 수 있으니 이 점 용서하시고, 온전한 입술로 말하는 것처럼 내 말을 들어 주시기 바라오. 죽음이 나를 엄습해 이미 내 머리 위에서 나를 포획했음을 알리는 뿔피리를 불어대고, 이제 무덤 속에서 고귀한 수사슴의 가죽을 벗기려 하고 있소. 죽음은 풍을 이용해 나를 반신불수로 만들어 놓고 언제든 나를 완전히 넘어뜨릴 수 있는 상황이오. 내 의사들도 이 사실을 나에게 숨김없이 털어놓고 있으며 그렇게 해서 자신들의 의술을 증명하고 있다오. 그러니까 나는 이 '벌레의 정원'을 떠나야 한단 말이오. 아담의 악행 때문에 우리가 내던져진 이 불쾌한 '늑대의 골짜기'를 드디어 떠나는 것이지요. 나는 이 골짜기를 여전히 비난하고 싶소. 그것은 내가 이곳을 떠나야 하기 때문이기도 하거니와, 신께서 수난의 상처를 입으신 그 뜻에 따라 천국의 문으로 들어가기를 희망하기 때문이라오. 그대들은 아직 조금 더 이 '벌레의 정원'에 머물러야 하겠지만, 나는 이제 천국의 문으로 들어가면 천사들이 밤낮으로 잘 돌봐 줄 것이오. 그러니 나 때문에 공연히 슬퍼하지는 마시오. 그러나 존경하는 그대들이여, 봉토수여식 때 그대들의 두 손을 포개 내 양손 사이에 끼워 넣고 충성을 맹세했던 그 시간을 부디 잊지 마시오! 내가 완전히 죽거든 이제 그 맹세를 내 아들에게 해주시오. 그대들의 두 손을 그 애의 양손 사이에 끼워 넣고 말이오. 하긴 좀 우스운 기분이 들기는 할 게요. 그대들의 보호를 필요로 하는 건 그 애인데, 그 애가 그대들을 보호해야 한다는 맹약을 하게 되니 말이오. 친족들, 그리고 기사들이여, 보좌하는 신하로서 그 애를 지켜 주시오. 비상시에든 평화시에든 언제든지 내 가문에 충성을 다해 주시오!"

여러 영주들에게 이렇게 분부를 하고 나서 그는 빌리기스를 향해 몸을 돌리고는 이렇게 말했다.

"아들아, 너야말로 공연히 슬퍼할 일이 전혀 없느니라. 내가 유산으로 물려받았던 왕관과 왕홀(王笏), 그리고 국토를 이제 내가 죽으면, 정말로 바라지는 않지만, 다 네게 물려줄 테니 말이다. 내가 지금 떠나가는 이 '늑대의 골짜기'에서 너는 큰 영예를 누리게 될 것이다. 그래서 난 너로 인해서는 별 걱정이 없으나, 네 누이인 저 아름다운 아이에 대해서는 그만큼 더 걱정스럽구나. 내가 저 애의 장래를 망쳐 놓았다는 것을 너무 늦게야 깨닫게 되니 심히 자책하지 않을 수 없구나. 아, 한스럽도다! 아버지는 그런 태도를 보여서는 안 되는데 말이야! 내가 너한테도 어느 정도 잘못을 범했다는 것을 안다. 이 사랑스러운 아이의 배필을 고르는 데에 지나치게 까다롭게 굴었기 때문에, 여러 나라의 궁전에 우리 가문에 대한 많은 불만을 품게 만들어 놓았으니 말이다. 내가 아직 왼쪽 입가로나마 말할 수 있을 때 우리 대신들이 지켜보는 가운데서 너에게 마지막으로 아비로서의 최선의 가르침을 전하는 것 말고는 달리 내 잘못을 속죄할 방법이 없구나."

이렇게 그는 그 자신의 부친도 전에 그에게 했던 말, 즉 유언으로 보통 운위되곤 하는 그런 말을 했는데, 이럴 때 말하는 것이 적합하다고 생각되는 모든 것을 아들에게 말해 준 것이다.

"성실하고 충성해야 한다" 그는 말했다.

"보화를 탐하지 말되 씀씀이가 너무 후해서도 안 되느니라. 자긍심을 지닌 가운데에서도 겸손해야 하며, 사람들을 친절히 대하되 귀족의 덕성을 염두에 두고 쉽게 범접할 수 없는 엄격성을 갖추어야 하느니라. 고귀한 신분을 지닌 자들에게는 위엄 있게 대하고, 창가에서 빵을 구걸하는 자들에게는 부드럽고 후하게 대해라. 네 백성을 존중해라. 그러나 타국의 사람들이라 할지라도 네게 친근감과 유대감을 느끼도록 만들어야 한다. 지혜가 부족한 젊은이들과 어울리기보다 연륜을 쌓은 지혜로운 사람들과 교류하도록 해라. 무엇보다도 중요한 것은 신을 사랑하고 그분의 정의가 실현되도록 하는 것이다. 이상은 일반적인 사항에 대한 당부이다. 그러나 내가 마치 내 영혼을 의탁하듯 네게 의탁하고 싶은 것은 저 아이, 네 아름다운 누이동생이다. 부디 기사다운 오빠임을 보여 주기 바라며, 저 아이에게, 그것도 가능한 한 빠른 시일 내에, 신분에 알맞은 배필을 찾아 주기 전까지는 그 곁을 떠나지 않도록 해라. 네가 그 일을 해내는 것이 유감스럽게도, 사람을 고르는 데에 너무 까다롭게 군 내 죄 때문에 상당히 어려울 것 같구나.

이미 저 아이에게 구혼했던 군주들, 쉬오라르스 백작이나 플리호플리 헤리 공이나 그 밖의 다른 여러 군주들은 이제 두 번 다시 오지는 않을 게다. 내가 그들에게 너무 무례했기 때문이다. 그러나 기독교계 왕국 중 아직 많은 국가의 수장들이 저 아이에게 구혼하지 않았다. 저 아이의 푸른 그윽함을 띤 아름답고 검은 두 눈과 매력적인 콧방울, 이제 막 피어나는 육체, 게다가 내가 저 아이를 위해 문서로 고지해 놓은 고액의 지참금이 있으니 틀림없이 고귀한 구혼자들이 많이 들이닥칠 것이야. 이런 기대를 해보니 어느 정도 마음이 놓이는구나. 하지만, 너 자신도 곧 결혼해서 장차 아르투아와 플랑드르의 지배권을 물려줄 아들을 낳도록 해라. 여기 주위에 여러 사촌들이 둘러서 있는데, 내 한쪽 눈으로 보아도 그들은 이 왕국의 직계 상속이 끊어지는 데에 모든 희망을 걸고 있다는 사실을 간파할 수 있다. 내가 지금 이런 말을 하는 것은, 죽어 가는 자의 진실한 말을 거역해서는 안 되기 때문이다. 내가 죄가 될 만큼 심히 모욕을 준 그런 궁전들 쪽으로는 아마도 네 신붓감이 있나 물어보기도 힘들 것이다. 하지만 브르타뉴, 파르메니아, 에퀴타니아, 브라반트, 그리고 독일의 여러 나라 등 아직도 많은 다른 국가가 남아 있다. 그러나 말을 하다 보니 이제 내 왼쪽 입 언저리가 아프구나. 난 쉬어야겠다. 신께서 너희에게 고통을 면해 주시기를! 잘 있거라!”

이렇게 말하고 나서 그리말트 공은 단 며칠간 더 생명을 부지하다가, 두 번째 풍이 그를 덮치자 완전히 숨을 거두어 버렸다. 높다란 관양 옆에서 타고 있던 밀랍촛불처럼 누런색을 띠고 경직된 모습을 한그는 비록 공작의 성장(盛裝)을 하고 있기는 했지만 그런 것에 대해서는 관심이 없다는 듯이, 이제 영생에 들어가게 되었으므로 아예 현세의 삶 전체에 대해서는 관심이 없다는 듯이 성내 예배당에 누워 있었다. 그러다 마침내는 그의 아내가 안장된 이퍼른 사원으로 옮겨졌고, 성직자들은 그의 곁에서 영혼을 위한 애도곡을 밤새 읊조렸다. 그런데 죽은 지 얼마 되지 않은 관계로, 그 시신은 아직 현세에 있었으나 칸막이로 격리가 되어 있었으니, 그리말트 공이 아버지로서는 더 이상 남매 사이에 끼어 있을 수 없었던 이 밤을 두고 나는 비탄으로 울부짖는다. 바로 이날 밤, 악마 발란데의 사악한 권고에 따라 소름끼치도록 악한 그의 쾌락의 도구가 되어 그 쾌락을 자신들의 것으로 잘못 알면서, 오빠가 누이동생과, 즉 남자로서 여자와 동침했던 것이다. 그래서 올빼미들이 원을 그리며 날아다니는 저 위 탑 안에 있는 그들의 침실은 애무와 오욕과 격정과 피와 악행으로 가득 차게 되어 버렸다. 그래서 나는 연민과 수치와 근심으로 속이 뒤집혀 버려 사건의 전말을 차마 다 얘기하기조차 힘들 정도가 된 것이다.

그들은 현등(懸燈)의 은은한 빛과 침대에 뿌려진 용연향의 향기 속에서 부드러운 담비모피로 만든 이불 아래 알몸으로 누워 있었다. 침대는 고귀한 가문의 예법에 맞게 서로 멀리 떨어져 놓여 있었고, 그 사이에는 착한 개 하네기프가 달팽이 모양으로 누워 졸고 있었다. 그러나 남매는 잠을 이룰 수가 없어서 눈을 뜨고 누워있거나 가끔 억지로 눈을 감아 보기도 했다. 아가씨의 기분이 어땠는지는 알고 싶지 않다. 그러나 빌리기스는 아버지의 죽음과 자신에게 펼쳐질 삶에 대한 생각으로 흥분해 있었으며, 육체의 가시와 악마 발란데의 가시에 찔려 신음했다. 결국 그는 더 이상 참지 못하고 자신의 침대에서 빠져

나와 맨발로 하네기프를 돌아가서 지빌라의 이불을 살짝 들어 올렸다. 그런 다음 신의 버림을 받은 이자는 금지된 키스를 끊임없이 퍼부으며 누이에게 다가갔다.

그녀는 농담인 듯하면서도 농담기가 없는 짓눌린 목소리로 이렇게 말했다.

"아아, 공작님, 생각지 않게 저를 찾아 주시다니 큰 영광이에요! 어떻게 해서 저에게 당신의 사랑스러운 살결을 느낄 수 있는 특권이 주어졌을까요? 탑 주위에서 작은 올빼미들이 이렇게 불안하게 울어 대지만 않는다면 정말 즐거울 텐데요."

"올빼미들은 항상 울어대잖아."

"하지만 이렇게 불안하게 운 적은 없어요. 아마도 당신이 손을 가만 두지 못하고 이렇게 야릇하게 저와 씨름하기 때문일 거예요. 오라버님, 이 씨름이 어떤 의미일까요? 이젠 당신의 감미로운 어깨가 내 입술에 닿아 있네요. 왜 안 되나요? 나로서는 기쁜 일이에요. 다만 내 두 무릎은 생각하지 마세요. 무릎만은 무조건 절대적으로 붙어 있게 해야 하니까요."

돌연 하네기프가 다리를 구부리고 앉더니 대들보를 향해 울부짖기 시작하면서 비탄의 소리를 냈다. 그것은 마치 한 마리의 개가 가슴을 찢으며 영혼 깊숙한 곳에서부터 비통하게 달을 향해 울부짖는 것과 똑같았다.

"하네기프, 조용히 해!" 빌리기스가 소리쳤다. "사람들을 다 깨우겠어! 이놈 자식, 조용히 하고 누워! 에이, 이 악마 같은 놈, 그치지 않으면 영 짖지 못하게 만들어 주겠어!"

그러나 평상시에는 그렇게 말을 잘 듣던 하네기프는 계속해서 울부짖었다. 그러자 공자는 벌거벗은 채로 미친 듯이 난폭하게 침대에서 뛰쳐나와 허리춤의 칼을 잡더니 개를 움켜잡고 숨통을 잘라 버렸기 때문에, 개는 숨 가쁘게 그르렁거리다 쓰러져 뻗었다. 그는 칼을 개 위로 던졌고, 개의 피는 바닥의 모래 속으로 흥건히 젖어 들어갔다. 그리고 공자는 술에 취한 듯이 또 다른 치욕의 장소로 돌아갔다.

아, 슬프구나, 아름답고 착했던 그 개! 내 생각에 이 개를 죽인 일은 이날 밤에 일어난 최악의 사건이었다. 또 하나의 사건이 아무리 부도덕한 일이라 해도 나는 차라리 그것을 더 용서하겠다. 그러나 이 모든 것은 하나로 얽혀 있으니 한쪽을 더 비난하거나 다른 쪽을 덜 비난할 문제는 아니다. 그것은 사랑과 살해, 육체의 위기로 뭉쳐진 덩어리였다. 신이 긍휼히 여기시길. 어쨌든 나는 이를 불쌍히 여긴다.

지빌라가 속삭였다.

"무슨 일을 하신 건가요? 나는 쳐다보지 않고 이불을 머리 위에 뒤집어쓰고 있었어요. 그런데 갑자기 주위가 조용해졌고 당신은 약간 젖어 있네요."

그는 숨 가쁘게 말했다.

"여기까지는 괜찮아. 내 몸종인 아나끌레는 착하고 신의가 있어. 그가 아침 일찍 치워 주겠지. 개를 파묻고 모든 흔적을 없애 버릴 거야. 그 누구라도 우리에게 묻는 것은 허용하지 않을 거야. 아버지 그리말트가 돌아가신 한 그 누구도. 알았지? 여군주인 내 누이여, 나의 사랑스러운 분신이여, 사랑하는 여인이여."

"생각해 봐요" 그녀가 숨을 내쉬며 말했다. "아버지께서는 오늘 돌아가셨고 저 아래 관 속에 성장을 하고 굳은 몸으로 누워 계신다고요. 그만둬요, 이 밤은 죽음의 밤이에요!"

"죽음에서부터" 하고 그가 머뭇거리며 말했다. "우리들은 태어났어. 그러니까 우리는 죽음의 자식들이야. 귀여운 신부여, 죽음 안에서 죽음의 오빠에게 몸을 맡기고 기사의 사랑이 목표하고 갈구하는 것을 허락해 다오!"

그러고 나서 그들은 무언가를 중얼거렸는데, 이것은 더 이상 이해할 수도 없고 전혀 이해해서도 안 되는 것이었다.[1]

"아뇨, 그건 하지 않을 거예요. 무서워요."

"봐! 먹어 봐. 이게 무엇인지 모르잖아! 우리를 위해 준비된 이것을 먹어 보자."

"이게 그렇게 좋은 건가요?"

"알게 될 거야. 그것은 맛보지 않으면 알 수가 없어!"

"오! 빌로 오라버니! 웬 무기예요! 아이고, 저를 죽이시는군요! 아, 부끄러운 줄 아세요! 수말, 숫염소, 수탉과 똑같아! 오 계속, 계속해요, 하라구요! 아, 당신은 천사의 아들! 훌륭한 사람!"

가련한 아이들! 나는 사랑과는 무관한 사람이라 참 다행이다. 늪위에서 춤추는 도깨비불, 달콤한 악마의 고문과도 같은 사랑과 무관하니 말이다. 이렇게 그들은 사랑을 끝까지 몰아갔고 사탄의 욕정을

---

1 이 문장 뒤에 이어지는 대화의 원문은 마지막 지빌라의 일부 대사를 제외하고 모두 프랑스어로 되어 있다. 토마스 만은 비합리적인 장면을 묘사할 때 프랑스어를 사용하곤 했는데, 예컨대 《마의 산》에서 주인공 한스 카스토르프가 쇼샤 부인과 사랑을 나누는 장면도 프랑스어로 묘사되어 있다.

만족시켜 주었다. 악마는 시치미를 떼고, "이제 일은 이미 저질러졌다. 너희들은 그 짓을 한 번 더 해도 좋고 몇 번이고 해도 좋다"라고 말했다. 악마의 말이란 늘 그런 것이다.

아침이 되자 젊은 아나끌레는 주인에게 맹종하여 침실을 정돈하고 충실했던 하네기프의 시체를 아무도 모르게 처리했다. 그러나 이 정돈이라고 하는 것은 실로 표면적인 것이었다. 이 길 잃은 한 쌍, 이 아름다운 두 젊은이들은 얼마나 무질서한 상태에 빠지게 되었던가! 이들을 용서할 수는 없다 하더라도 난 이들에 대해 좋은 감정은 가지고 있다. 물론 욕정에 의해 이들은 그 어느 때보다도 더 견고하게 맺어졌지만, 그럴 정도로 그들은 서로 사랑했던 것이고, 바로 그래서 나는 이들에 대한 호의적 감정을 완전히 떨쳐 버릴 수 없다. 신이여, 도와주소서!

항간에는 "동침하게 되면 권리를 쟁취하게 된다"라는 말이 있긴 하다. 그러나 여기서 얻게 된 것은 불의와 기만적인 전도(顚倒) 외에 무엇이란 말인가! 순서로 보자면 신방의식이 약혼이나 결혼식보다 중요한 일이지만, 여기서 남매가 남녀의 정을 통한 후 약혼이나 결혼식 축제를 생각한다는 것은 미친 망상이었을 것이다. 그리고 지빌라는 더 이상 처녀가 아니었는데도 유부녀가 아침에 하는 머리장식, 즉 묶어 올린 모양을 할 수 없었기 때문에, 남의 눈을 속이며 자신의 오빠에 의해 찢겨진 처녀의 화관을, 틀어 올리지 않은 머리 위에 또다시 쓰지 않으면 안 되었다. 그런 모습으로 그녀는 대신들이 보는 앞에서 오빠의 손을 잡고 그리말트 공의 장례식과 봉토수여식장으로 발걸음을 옮겼다. 이때 아라스성 앞의 풀밭에는 삼색 비로드 지붕(비 올 때

덮는 가죽 덮개를 벗기면 드러나는) 이 있는 무수한 천막이 빽빽이 쳐져 있었으며, 슈페사르트산 나무보다 더 많은 장대들이 식장 주위에 원을 그리며 꽂혀 있었는데, 그 위에는 문장을 새긴 방패와 수많은 깃발이 걸려 있었다. 몇몇 노기사들은 죄지은 젊은 공작 빌리기스의 양손 사이에 그들의 두 손을 끼워 넣었고, 처녀 공작부인 앞에서는 허리를 깊이 숙였다. 본래대로라면 이 처녀 공작부인은 그 몸을 티끌 속에라도 숨겨야 했을 텐데 말이다. 그러나 그녀는 이상야릇한 견해를 피력하였으니, 즉 남편 아닌 남편에게 말하길, 육친인 오빠의 소유가 된 여자는 보통의 의미로는 아내가 된 것이 아니라 여전히 처녀이므로 당연히 화관을 쓸 수 있다고 한 것이다.

이렇게 그들은 날과 달이 거듭해 가는 동안 부당한 부부관계를 끊임없이 맺으면서 살아갔고, 어느 한쪽도 아버지가 지시한 대로 결혼하려는 기색은 조금도 보이지 않았다. 그들은 서로에게 너무 열렬히 매달려서, 식사하러 갈 때도 군주 부부처럼 손을 맞잡고 다녔다. 시동들은 앞서서 폴짝폴짝 뛰어갔다. 그러나 그들은 물론 사라센인 시동들까지 이미 눈치를 채고 눈을 찡긋했다. 하네기프의 석연치 않은 죽음도 어느덧 그 비밀이 새어 나갔기 때문에, 궁정에서는 그들을 둘러싸고 쑥덕거림이 일기 시작했는데, 이따금씩 잡담 속에서 그런 말이 튀어나오기도 했다. 이를테면 비스듬한 어깨에 입이 험한 노기사 비티히 씨라는 사람은 식사 중에, 빌리기스 공작께서 순결한 누이의 품에서 잠든 일각수를 잡아 분명 언젠가는 명성을 떨치게 될 것이라고 말하기도 했다. 이때 젊은 여주인 특유의 창백함은 한층 더해졌고, 그녀의 오빠는 손가락 마디 색이 새하얗게 될 정도로 주먹을 고통스럽게 움켜쥐었다. 그러면서 그가 때맞춰 재빨리 주먹을 식탁 아래로 숨기는 것을 잊어버리는 바람에, 모든 사람들은 다마스쿠스 직물로 된 식탁보 위에서 그 모습을 보고 말았다.

✠

아이젠그라인 씨

그런데 이제 몇 개월의 시간이 국토 위로 흘렀을 때, 공작은 연인이 몹시 혼란스러워하고 당혹스러워하며 수심에 가득 차 있는 것을 알아챘다. 또한 공작도 그러긴 했지만, 그녀는 이따금씩 뭔가에 귀 기울이는 듯이 곁눈질하던 버릇이 완전히 굳어 버려서 이제 다른 식으로는 쳐다볼 줄 모르게 된 듯이 보였으며, 이럴 때면 그녀의 아름다운 입술은 겁먹은 듯 벌어져 있는 것이었다.

"무슨 일이냐, 나의 사랑하는 둘도 없는 연인이여. 무엇을 두려워하고 있지?"

"아무것도 아니에요. 저리로 가세요."

그런 다음 그는 그녀가 탁자에 몸을 던져 눈물범벅이 된 얼굴을 양팔에 파묻고 엎드려 있는 것을 보게 되었다.

"지빌라, 이젠 내게 다 말해 줘야 해! 네가 근심에 빠져 있는 것을 더 이상 참을 수 없어. 그 이유가 뭔지 찾으려야 찾을 수도 없고 아무리 머리를 쥐어짜 보아도 도저히 알 수 없다는 생각 때문에 나는 고통스러워. 제발 부탁하는데, 그 이유를 고백해 다오!"

"아, 바보 같아!" 그녀는 얼굴을 팔에서 거의 떼지도 않은 채 흐느끼며 말했다. "아, 어리석은 사람, 밤에는 그렇게 달콤하면서 낮에는 도통 바보가 되다니요! 무엇을 묻고 있는 거예요? 나를 절망과 지옥의 공포로 떨어뜨릴 수 있는 건 단 하나밖에 없는데, 그것을 생각하지 못하시다니요. 오, 빌로, 사람이 친오빠에 의해 정말로 아내가 되고 또한 어머니가 될 수 있다는 사실을 어째서 당신은 내게 감추었나요? 나는 그렇게 되리라는 걸 알지 못했고, 그런 일은 정녕 있을 수 없다고 생각했어요. 그런데 이제는 그 사실이 명백해졌어요. 설사 아직은 드러나지 않았다 하더라도 곧 소문이 날 거예요. 아무리 폭이 넓고 주름진 옷을 입는다 하더라도 말이에요. 우리 두 사람, 아니 우리 세 사람은 모두 끝났어요!"

"뭐라고, 네가 대체 임신을 … ?"

"당연히 그렇지요! 그걸 질문이라고 하는 거예요? 이런 상태가 된지는 오래되었고, 난 고통 속에서 나의 비밀을, 당신의 씨앗을 뱃속에 기르고 있었죠. 오, 신이시여, 죄를 범해 얼마나 괴로운지 모릅니다! 빌로, 빌로 오라버니, 만일 한 처녀가 배우자도 없고 결혼식도 올리지 않고도 오로지 오빠에게 사랑받는 몸만으로 임신할 수 있다는 사실을 당신이 알고 있었다면, 당신은 내게 아주 몹쓸 짓을 한 거예요. 그뿐 아니라 오라버니 자신에게도, 우리의 아이에게도 마찬가지고요. 이 아이에게는 신이 창조하신 넓은 세상에서는 나의 사랑의 품속 외에는 어디에도 있을 자리가 없을 거예요. 비록 우리가 받은 벌로 태어날 가련한 존재라 할지라도 이미 나는 죄 없이 버림받은 이 아이를 그 무엇보다도 사랑하고 있기 때문입니다. 그런데 여자가 오빠에 의해 축복받은, 아니 저주받은 몸이 될 수 있다는 것을 몰랐던 것과 마찬가지로, 나는 그로 인해 받은 벌도 사랑할 수 있다는 것도 결코 몰랐습니다. 비록 우리 둘 다 지옥의 뜨거운 석쇠에 떨어져 버린다 하더라도 나는 이제부터 신이 우리 아이만은 축복하시길 간구하는 기도 외엔 아무것도 하지 않겠어요!"

그러자 파랗게 질려 몸을 떨면서 서 있던 이 젊은 죄인은 누이동생의 옆에 쓰러지며 무릎을 꿇었으며, 그가 흘린 눈물은 그녀의 눈물과 섞여 뒤범벅이 되었다. 그는 용서를 구하면서 그녀의 양손에 키스를 퍼부었으며 그녀의 젖은 뺨에 자신의 뺨을 갖다 댔다. 아직 젊은 탓으로 그의 목소리에는 쉰 듯한 거칠음이 아직 남아있었기 때문에, 울면서 이야기하는 그의 말소리는 너무나 측은하게 들렸다.

"아아, 너무나도 불쌍한 나의 연인, 나의 사랑" 하고 그는 또 울었다. "너 때문에, 너의 고통과 나의 큰 죄 때문에 내 가슴은 찢어질 듯하다. 용서해 다오, 날 용서해 다오! 그러나 네가 날 용서한다 해도 그것이 무슨 소용이 되며 누구에게 도움이 되겠는가? 우리가 아예 태어나지 않았더라면, 이 세상에서 발붙일 곳 없는, 용서받지 못할 이 아이 또한 생겨나지 않았을 텐데, 우리가 발붙일 곳조차도 빼앗아 우리 둘 모두를 세상에서 살 수 없게 만드는 이 아이 말이야! 나의 연인이여, 너 때문에 내 가슴이 미어지는구나! 절망해도 네 쪽이 나보다는 나은 형편이긴 하지. 넌 우리가 받은 벌을 그나마 모성애로 사랑할 수 있지만, 난 결코 사랑할 수 없고 저주나 할 수 있을 뿐이니까. 이 무슨 불행이란 말인가! 바두헤나는 그리말트와 정당한 부부관계에 있었음에도 불구하고 우리가 태어나기까지 20년이나 기다려야 했는데, 우리는 이렇게 끔찍하게도 빨리 아기를 가지는 축복을 받다니! 죄악이라는 것이 그렇게도 빨리 열매를 맺을 줄이야! 나는 죄가 그렇게 무섭게 열매를 맺을 줄은 몰랐어, 나도 몰랐던 거야! 게다가 교만이라는 죄, 그것이 이렇게 금방 열매를 맺으리라는 건 정말이지 상상도 못했다, 그렇게 되는 것이 죄의 속성인데 말이야! 너무나도 가여운 내 사랑이여. 교만이야말로, 말하자면 우리가 온 세상에서 자신들을 특별한 아이들로 여겨 우리 자신 외에는 그 누구도 알려고 하지 않았다는 것이야말로 우리의 죄였어. 그러나 공손하게 경의를 표하면서 말하지만, 고인이 되신 그리말트 공께도 조금은 책임이 있어. 그분이 우리를 낳아 주셨기 때문이기도 하지만, 귀여운 너에게 기사도를 지나치게 발휘하셔서 종종 열을 올리시며 나를 네 곁에서 쫓아냈기 때문이야. 그 때문에 내가 네 침대 속으로 달려 들어간 거지. 아아, 이런 말을 한다고 무슨 도움이 되겠는가? 아버지 때문에 책임이 줄어든다 한들, 우리 두 사람은 이승에서는 치욕 속으로, 저승에서는 지옥의 석쇠 속으로 떨어질 텐데!"

그렇게 말하고 나서 그는 말없이 또 울었다.

그러자 그녀는 울음을 그치고 말했다.

"빌리기스 공작님, 저는 당신의 그런 모습은 보고 싶지 않습니다. 밤이면 남자가 되듯, 그것도 아주 훌륭한 남자가 되듯이, 낮에도 그런 모습을 보여 주세요. 그렇게 여자처럼 흐느끼며 운다고 해서 그것이 우리를 이 상황에서 구해 주진 않아요. 우리의 처지는 정말이지 아무런 도움도 받을 수 없을 정도로 참담한 것이지만, 그렇더라도 죄 없이 저주받은 우리의 아이, 교만이 낳은 이 가련한 열매를 생각해서라도, 이 상황에서 뭔가 조치를 취해야 합니다. 우리는 이미 이 세상에서나 저 세상에서 모두 설 자리를 잃었다 할지라도, 이 아이를 위해서는 지상과 천국에서 발붙일 곳을 찾아 주지 않으면 안 돼요. 그러니 기운 차리시고 신중히 생각해 주세요!"

그와 같이 타이르자 공자는 눈과 뺨을 손수건으로 닦아 내고 대답했다. "난 그럴 준비가 되어 있어, 그리고 낮에도 남자답게 구는 것을 중요하게 생각해. 너와 함께 울면서 책임 분배와 우리에게 잘못 분배된 생산력에 대해 이런저런 얘기를 했어. 그런데 그렇게 울면서 동시에 잘 생각해 볼 수도 있는 거야. 얘기하면서 나는 조용히 속으로 방도를 모색해 보았어. 아니, 우리에겐 빠져나갈 방도가 거의 없으니까, 이 잔인하고 절망적인 상황으로부터 어떤 결론을 내려야 할지 생각했던 거지. 결론은 가혹한 쪽으로만 날 수 있겠지만 그래도 내려져야 해. 단, 우리끼리만 결론을 낼 수는 없어. 만일 그렇게 한다면 성탑 가장 높은 전망대에 올라가 우리 셋이서 곧장 지옥으로 추락하는 길밖에 없다. 우리끼리 그렇게 행동해야 된다고 생각하니?"

"결코 그렇게 생각하지 않아요. 제 말은, 제 뱃속에서 자라고 있는 이 아이를 위해 지옥이 아닌 지상과 천국에서 있을 곳을 찾아주어야 한다는 것입니다."

"그렇다면 우리는 비밀을 밝혀야만 해. 침대 안에서는 그토록 재앙으로 가득 차 서로 꼭 달라붙어 있는 그 입술을 억지로라도 열어 모든 걸 고백해야 해. 나는 우리가 고해성사 의자에 앉아서, 말문이 막히고 신음이 나오더라도 신부님 귀에 모든 걸 들려주고, 그래서 그가 우리에게 하늘의 지시를 내려 주도록 하는 것이 어떨까 생각해 보았어. 그렇지만 이것은 나중으로 미뤄도 좋을 거야. 이 일에서는 성직자의 처방보다는 세속적 처방이 더 급하다는 생각이 드니까. 나는 이 나라에서 확실하고 현명한 사람인 아이젠그라인 씨라는 분을 알고 있어. 그는 한 성의 주인이며 내 사부이자 예절을 가르치는 스승이었으므로, 난 그에게서 사냥과 간단한 승마법, 그리고 온갖 기사도를 배웠지. 그러나 그 외에도 그는 내게 여러 가지 훌륭하고 올곧은 가르침을 주었어. 난 그를 특별히 좋아하지는 않았는데, 그건 그가 상당히 다부지고 올곧기 때문이었지. 또한 우리 아버지 그리말트 공께서 그를 종종 불러 조언을 구하셨기 때문이기도 해. 그의 지나친 올곧음이 내 마음에 좀 부담이 되기는 했지만, 그에 대한 나의 신뢰는 그의 인품만큼이나 확고해. 그는 수풀처럼 짙은 눈썹 아래 영리하고 자애로움이 넘치는 회백색 눈을 가졌으며 짧은 회색 수염을 기르고 있고, 그에 맞게 옹골찬 자세로, 암사자가 수놓인 긴 망토를 걸치고 걸어 다니지. 그가 방패의 문장으로 삼고 있는 이 암사자는 한 마리의 새끼 양에게 젖꼭지를 물리고 있는데, 그건 힘과 기독교 정신의 상징이야. 그분에게 곤경에 처한 우리의 입장을 고백해야겠어. 그는 우리의 처지에 가혹한 결론을 내릴 것이고, 이 세상에서 우리 불행한 이들이 어떤 일을 당해야 할지에 대해 조언해 주고 우리를 심판해 줄 거야. 나의 시종 아나클레를 그의 수성으로 보내, 와달라고 급히 부탁하면 그는 분명히 올 거다."

이 같은 제안을 들은 순간 지빌라는 믿기 힘들 정도로 큰 위로를 받았다. 이 제안으로 인해 남매의 절망적 상황이 당장은 변하거나 호전될 리 만무했지만, 그러나 기괴한 은총을 받은 처녀로서는 그저 시종을 파견하는 것만으로도 이미 비참한 처지에서 빠져나갈 방도를 찾았다고 생각하는 것 같았다. 그녀가 너무나 사랑하는 오빠 또한 그렇게 생각했다. 그래서 그들은 고개를 들고 손을 잡은 채 시동들을 앞세우고 식사하러 갔다. 아이젠그라인 씨가 지닌 신하로서의 충성심에 대해서도 그들이 잘못 보지는 않았다. 왜냐하면 처녀의 태내에서는 그 불행의 열매가 더 많은 양분을 빨아들이고 있었지만, 그 기사는 2주일도 채 지나지 않아 아나끌레와 함께 벨라페르의 다리를 건너와 성 안에서 무장을 풀고, 죄인들이 기대와 두려움으로 기다리던 거처로 올라왔기 때문이다.

그의 모습은 빌리기스가 자신의 연인에게 상기시켜 주려고 묘사한 것과 똑같았고, 문장이 있는 망토에는 어린 양에게 젖을 물리고 있는 암사자가 수놓아져 있었다. 다부진 모습으로 그는 다가와 아버지에게 하듯 정중하게 인사하고는 공작의 분부가 무엇인지 물었다. 그러자 빌리기스는 더듬듯이 작은 목소리로 말했다.

"경애하는 사부이신 남작님, 분부할 일은 아무것도 없습니다. 다만 나와 나의 이 아름다운 누이동생에게는 부탁할 것이, 아니 탄원드릴 것이 있을 뿐입니다. 그것도 우리가 처한 처지와 극도의 곤란에 대해 들으시고, 우리의 불안한 젊음으로는 내릴 수 없는 결론을 그대의 확고한 손으로 내려 조언과 현명한 처방을 해주십사 하는 것입니다. 곤란이라고 말하는 것은, 그대가 훌륭한 조언을 통해 그대의 충성심을 보여 주고 우리를 구할 수 있는 결정을 내릴 수 있도록 신께서 그대에게 일러 주시지 않는다면, 우리는 명예를 다 잃는 것이나 다름없기 때문입니다. 여기 우리의 모습을 봐주십시오!"

이렇게 말하고 나서 둘은 사전에 약속한 대로 그의 앞에서 무릎을 꿇고 눈물을 흘리며 그를 향해 손을 뻗어 올렸다.

"고귀한 자녀분들이여" 기사가 말했다. "대체 왜 이러십니까! 설사 제가 공작님과 동일한 신분이라 할지라도 이런 식의 인사는 당혹스럽습니다. 부탁건대 이런 모습은 거두어 주십시오. 그러하오나 공작님의 뜻을 알고 싶습니다. 결코 그 뜻에 위배되는 일은 하지 않겠습니다! 공작님의 괴로운 심정을 열어 보이신다면 …. 자, 좋습니다. 저는 공작님의 신하입니다. 그러니 제가 조언으로 처리할 수 있는 일이라면 공작님의 뜻대로 될 것입니다. 꼭 그렇게 될 것입니다! 그러니 말씀해 주십시오."

"그러나 모든 것을 밝히기 전에는 우리는 일어날 수 없습니다" 젊은 군주는 대답했다. "서서는 결코 말씀드릴 수 없는 일이기 때문입니다."

그리고 그는 제법 기사답게 그들 두 사람에 관한 얘기를 했기 때문에, 지빌라는 아무 말도 할 필요 없이 단지 머리를 숙이고 그의 옆에서 무릎을 꿇고 있기만 하면 되었다. 그는 모든 일을 있는 그대로 다 실토했다. 그러나 아무리 무릎을 꿇었다 해도 정말로 말하기가 힘들었던지, 말은 중간 중간 끊기고 때로는 음성이 완전히 사라지기도 하는 가운데, 좀체 떨어지지 않는 입술 밖으로 말이 흘러나왔다. 그래서 아이젠그라인 씨는 이 소년 군주의 말을 이해하기 위해 자주 몸을 숙이고 희끗한 털이 수북이 난 귀를 내밀어야 했다. 마침내 소년이 말을 마치고 입을 다물었을 때, 이 나이 든 영웅이 취한 행동은 정말로 훌륭한 것이었다. 나는 그를 아무리 칭찬해도 모자랄 것이며, 이 자리를 빌려 그의 태도에 대해 확실하게 감사의 뜻을 표하지 않을 수 없다. 그는 그야말로 남자다운 남자였다! 고함이나 비명도 지르지 않았고 저주를 내뱉지도 않았으며, 의자 위로 허물어져 앉지도 않고 그는 이렇게 말했다.

"이건 가혹하다, 너무 가혹해! 아아, 고귀한 자녀분들이여, 어찌 이렇게 무서운 짓을 저지르셨는지요! 그러니까 두 분은 정말로 동침하셨고, 그 결과 누이의 뱃속에 오빠의 열매가 잉태되어 자라고 있다는 거지요. 그래서 정말 어처구니없게도, 두 분의 작고하신 아버님을 한 분께는 장인이 되고 다른 분께는 시아버님이 되며 또한 할아버님도 되도록 만드셨군요. 처녀께서 품고 계신 아이는 그분의 직계 자손이 되기 때문이지요. 아버님께서는 늘 왕위 계승이 단절될까 봐 염려하셨는데, 이제는 계승이 끊어질 염려는 전혀 없을뿐더러 왕위 계승 자체에 대해서는 더 이상 언급할 필요도 없겠습니다. 두 분께서는 두 분을 위협하는 치욕 때문에 두려워하여 제 앞에서 울고 계시지요. 그러나 놀란 저는 두 분께서 세상에서 저지른 일에 대해 제대로 이해하고 계신지 어떤지를 알고 싶습니다. 두 분께서는 너무나 큰 무질서를 야기하고 자연을 정체시키는 바람에, 자연마저도 두 분과 마찬가지로 어찌할 바를 모르고 있을 겁니다. 생명은 신의 뜻에 따라 스스로를 번식시켜 가는 것이겠지만, 두 분께서는 즉석에서 이를 이행하셨고, 그래서 당신들끼리 세 번째 형제를 심으셨는데, 이 정체하는 생명에는 뭐라고 이름 붙여야 좋을지 모르겠습니다. 정체하는 생명이라고 하는 이유는, 아버지는 어머니의 오빠여서 아이의 삼촌이 되고, 어머니는 아버지의 누이이므로 아이의 고모가 되어 어이없게도, 여아일지 남아일지 모르는 자신의 조카를 뱃속에 키우고 계시기 때문입니다. 신중하지 못한 두 분께서는 이 같은 무질서와 혼란을 신의 세계에 야기하셨습니다!"

그 사이 몸을 일으킨 빌리기스는 누이동생도 몸을 일으키도록 도운 후, 이렇게 대답했다.

"사부님, 우리는 잘 알고 있습니다. 저희 자신도 이미 모든 것을 잘 알고 있었지만, 그대의 말을 듣고 보니 이것이 정말 질 나쁜 일이라는 것을 알 것 같습니다. 그러니 스승님, 부디 부탁드리니, 우리를 위한 조언을 생각해 보아 주십시오. 조언이야말로 우리에게 말할 수 없이 다급한 것이니까요! 누이동생이 자리에 누워야 할 때가 곧 옵니다. 우리가 이 지경에 처해 있다는 사실이 드러나지 않고도 그녀가 아이를 낳을 수 있는 곳이 어디일까요? 그대의 말을 앞지를 생각은 없지만, 나로서는 그 사이 자숙하는 마음으로 그녀와 멀리 떨어져 나라 바깥에 머물러야 되지 않을까 생각해 보고 있습니다."

"나라 바깥이라고 말씀하셨습니까?" 아이젠그라인 씨가 물었다. "공작님, 그것은 너무 느슨한 말씀이십니다. 왜냐하면 이러한 사정 하에서는 주변에 있는 기독교 국가들 중 공작님이 계실 곳은 없을 것이기 때문입니다. 이 사태에 대해 깊이 생각해 보겠습니다!"

그렇게 말하고 그는 매우 집중하는 표정으로 잠시 생각에 잠겼다.

"어떤 조언을 드려야 할지 알겠습니다" 마침내 그가 말했다. "그렇지만 저는 두 분께서 주저하거나 반대하지 않고 따르겠다고 미리 약속하셔야만 조언을 올리겠습니다."

그들은 말했다.

"반드시 그렇게 하겠습니다."

그러자 기사는 말했다. "공작님, 공작님께서는 즉시 공작님의 나라를 관리하는 모든 사람들, 즉 나이 든 이들과 젊은이들, 친척들, 하인들, 그리고 전에 아버님께 조언한 사람들, 요컨대 우리를 위한 최선의 사람들을 모두 궁전으로 불러 모아서, 공작님이 신을 위해, 그리고 공작님의 여러 가지 죄들로 인하여('여러 가지 죄들'이지 그냥 '죄'가 아닙니다) 십자군에 참여하기 위해 예루살렘으로 성묘(聖墓) 순례를 떠날 결심을 하셨다는 것을 우리 모두에게 알리셔야 합니다. 그런 다음, 공작님이 안 계시는 동안 공작님의 누이동생이 나라를 다스릴수 있도록, 우리 모두가 그분께 충성을 맹세해 달라고 청해 주십시오. 설령 공작님이 영원히 돌아오시지 못한다 하더라도 말입니다. 순례여행에는 위험이 따르기 마련이고, 혹시 공작님께서 귀환하지 못하고 신께 죄를 범한 육신을 여행 도중에 잃게 되어, 공작님의 영혼이 그만큼 더 빨리 신의 은총을 받을 수도 있기 때문입니다. 그렇게 될경우, 저는 일면 기쁘기도 하고 한편 슬프기도 하겠지만(사실은 슬픔이 더 크겠지요), 공주님께서 우리의 군주가 되기 위해서는 더욱더 충성의 맹세가 필요할 것입니다. 모든 남작들이 보는 앞에서 공작님은 공주님을 저의 충성과 보호에 맡기시는 게 좋을 겁니다. 그러면 그들은 분명 호의적으로 나올 것입니다. 왜냐하면 저는 남작들 중 가장 신망이 높고 또 가장 부유하기 때문입니다. 룰레르나 투루 주변의 모든 아마밭이 저의 소유이기 때문이지요. 그에 대해서는 오로지 신께 영광을 돌립니다. 처녀 공주님은 저와 제 아내가 집으로 모실 생각입니다. 공주님께 온갖 편의를 제공해서 어느 누구의 눈에도 띄지 않게 생질 혹은 질녀를 낳으실 수 있게 해드릴 것을 약속드리겠습니다. 잘 들어 주십시오. 저의 조언은 공주님이 그 죄로 인해 세상을 포기하고 재산을 버리게 하여 그분을 수녀원에 가두어 두자는 것이 아닙니다. 결코 그렇지는 않습니다. 죄와 치욕을 속죄하기 위해서는, 공주님의 자비심과 재산을 함께 남겨 두어 그 두 가지로 가난한 자들을 환대할 수 있게 하는 것이 훨씬 더 나을 것이기 때문입니다. 만약 재산이 없다면 자비심밖에 남지 않는데, 재산 없는 자비심이 무슨 소용이 있겠습니까? 자비심 없는 재산과 마찬가지로 거의 아무 소용이 없을 겁니다. 제 생각에는 공주님께서 재산과 자비심을 간직하시는 게 훨씬 더 좋을 것 같습니다. 그렇게 되면 재산으로 자비를 베풀 수 있을 것이기 때문입니다.[1] 저의 조언이 마음에 드시는지요?"

"좋습니다" 젊은 군주가 대답했다. "그대는 우리의 처지에 맞게, 응당 가혹하면서도 되도록 온건한 결론을 과감하게 내려 주셨습니다. 영원히 감사드릴 것입니다!"

"그런데," 지빌라가 물었다. "제가 받은 벌인 저의 사랑스러운 아이, 오라버니의 자식인 이 아이는, 제가 그대의 보호를 받아 낳게 되면 그 다음엔 어떻게 되는 건가요?"

"그것은 나중의 문제입니다" 아이젠그라인 씨가 대꾸했다. "다리를

---

1 '재산'과 '자비'라는 말은 원문에서 'Gut'과 'Güte'라는 독일어 단어로 쓰어 있다. 이 유사한 두 단어를 아이젠그라인이라는 인물을 통해 반복적으로 사용함으로써 작가는 일종의 언어유희를 하고 있는데, 이는 진지한 이야기 내용을 유희적 서술 방식을 통해 전달하는 토마스 만 특유의 해학이 엿보이는 한 예이다.

건너는 일은 다리에 도달했을 때 생각해 봐야지요. 저는 이미 많은 조언을 두 분께 즉석에서 해드렸습니다. 두 분께서는 주어진 모든 문제를 제가 한꺼번에 해결하기를 요구하셔서는 안 됩니다."

"물론 저희는 그러지 않을 겁니다" 하고 두 사람은 단언했다. "이미 그대는 많은 문제를 해결해 주셨습니다. 그리고 정말이지, 우리 어린 양들에게 젖꼭지를 물려주는 암사자와 같습니다."

"그렇습니다, 제가 보기에 두 분께서는 정말로 어린 양과 같습니다!" 그는 다소 신랄하게 말했다. "하지만 그건 이제 아무래도 좋습니다! 그럼 행동하셔야죠! 공작님, 전령들을 파견하십시오! 최대한 빨리 공작님의 의지와 청원을 신하들에게 알리셔야 합니다. 두 분은, 아니 우리 세 사람, 아니 네 사람은 한시도 지체해서는 안 됩니다!"

✠

아이젠그라인 부인

이 못된 아이들에 관해 이야기 하면서 나는 또 다른 한 쌍의 남매를 정말 여러 차례 떠올릴 수밖에 없었다. 그들은 오이프로부스의 아들이자 우리의 스승인 성 베네딕트와 그의 사랑하는 여동생 스콜라스티카이다. 수블라쿠스 골짜기에서 다정하고 경건하게 함께 살아가던 그들은 사탄의 비열한 술책에 빠져들어 그곳에서 쫓겨나고 말았다. 왜냐하면 사탄이 고르고 고른 일곱 명의 아름다운 창녀들을 그들의 수도원에 데리고 들어간 바람에, 그의 제자 중 몇 명이(모두는 아니지만 많은 사람들이) 육체의 쾌락에 넘어갔기 때문이다. 그래서 남매는 당연히 도망쳤는데, 세 마리 까마귀를 따라 고된 방랑길에 올랐으며, 사랑으로 모든 어려움을 함께 견뎌 냈고, 만나는 이교도를 모두 개종시켰으며, 우상을 섬기는 모든 제단을 뒤엎었다. 그리고 성자 베네딕트는 스콜라스티카의 갈채를 받으며 칠현금을 켜는 아폴로의 최후의 신전을 파괴했다. 이것을 가리켜 나는 기독교도다운 남매의 끊을 수 없는 천사와도 같은 사랑이라 부른다! 그런데 내가 이처럼 죄악에 얼룩진 사랑 이야기를 해야 하다니! 차라리 경건한 마음으로 베네딕트와 스콜라스티카의 이야기를 아주 상세하게 기록해야 하는 것은 아닐까? 아니다, 베네딕트 남매 이야기는 단지 성스러움에 관해 말할 뿐이지만, 빌리기스 남매 이야기는 측정할 수 없고 헤아릴 수도 없는 신의 은총에 관해 증명하는 것이기 때문에, 나는 자발적으로 지금 하고 있는 이 이야기를 선택한 것이다. 그리고 나의 약점을 고백하자면, 나는 죄에 대해서는 아니지만 (부디 그런 일은 없기를!) 이 죄인들에 대해서는 호의를 가지고 있다. 그렇다. 물론 우리의 스승도 수블라쿠스 골짜기가 더럽혀져서 도망치긴 했지만, 그도 죄인들에 대해서는 어느 정도 연민을 느꼈을 거라고 나는 감히 생각한다. 왜냐하면 그는 고된 방랑길을 사랑하는 여동생과 함께 떠날 수 있었지만, 내 이야기 속의 죄인은 (어쩔 수 없었다는 것은 인정하지만) 함께 죄를 지은 여인과 헤어져야 했기 때문이다. 그들은 어릴 때부터 서로 열렬하게 사랑하는 사이인 데다 사악한 쾌락으로 더욱 단단하게 결속되었고, 그런 이유로 나에게는 그들에 대한 연민의 정이 솟아난다. 내가 이래서는 안 되지만 그럼에도 어쩔 수가 없다. 빌리기스는 자신의 시종 아나끌레만을 데리고 숱한 위험이 도사리고 있는 신성하고도 불확실한 곳으로 순례 여행을 떠나야 했으므로, 그의 귀환 자체가 그야말로 신성하면서도 불확실한 일이었다.

서로 헤어질 때 그들의 모습은 마치 죽은 사람처럼 창백했고 몸은 떨리고 있었다. "그러면 무사히!" 하고 그들은 말했고, 감히 또다시 서로 키스하지는 못했다. 이전에 함께 죄를 범하지 않았더라면 그들

72

은 키스했겠지만, 그럴 수 있었다면 빌리기스가 굳이 순례여행을 떠날 필요가 없었을 것이다. 그가 말했다. "우리의 세 번째 남매인 그 아이를 내 눈으로 직접 봤더라면 좋았을 것을. 난 그 아이가 분명 매혹적인 아이일 거라 생각해."

"누가 알겠어요" 그녀가 대답했다. "우리가 다리에 도착하면 우리의 천사 아이젠그라인 공이 이 아이의 일을 어떻게 처리할지 말이에요…. 빌로, 한 가지 분명하게 약속하겠어요. 나는 당신 말고는 다른 어떤 남자의 소유도 되지 않을 거예요. 그것이 절대 용납되지 않을지도 모르지만, 그러나 무엇보다도 내가 그렇게 하지 않을 것입니다."

그 전에, 당연한 일이지만, 벨라페르성에 남작들이 모여들자 공작은 그들을 향해 미리 준비한 연설문을 낭독했다.

'나는 비록 나이는 젊지만 이미 내 몸에는 많은 죄가 쌓여 있으므로 예루살렘으로 성묘 순례를 떠나는 것이 나의 영혼을 위해 절실히 필요하다. 그대들은 길든 짧든 내가 멀리 떠나 있는 동안 나의 누이동생에게 충성을 맹세하고, 그녀를 군주로 섬기기를 바란다. 나는 누이동생을 나의 사부인 아이젠그라인 씨 손에 맡긴다. 그가 누이동생을 보좌해 그녀가 그의 수성에서 나라를 통치하도록, 최고의 신하인 남작의 충성에 누이동생을 맡긴다' 하는 내용이었다.

그런데 충성의 맹세에 관한 일은 그렇게 순조롭고 간단하지가 않았다. 처녀 공주와 그녀의 오빠의 관계에 대한 소문이 눈짓과 수군거림 속에서 실로 많이 나돌았기 때문이다. 그래서 일부 남작들은 이 제안을 듣고 공주를 군주로 받아들이는 것을 내켜 하지 않았다. 그러나 아이젠그라인 씨는 누구든 공작의 희망을 거역하는 자에겐 자신이 긴 창과 단검의 마상시합을 걸어 그 누구의 안전도 보증하지 않겠다는 취지의 말을 몰래 퍼뜨리게 했다. 그는 강철 같은 몸을 가진 데다 여태껏 창검에 찔려 말에서 떨어진 적이 한 번도 없었으므로, 남작들은 이를 곰곰 생각해보더니 한 사람도 남김없이 충성을 맹세했다.

아이젠그라인 씨는 자신에게 맡겨진 공주를 데리고 국내를 빠져나가 해변에 있는 자신의 성으로 내려갔다. 과부가 되고 고아가 된 창백한 지빌라는 앞뒤로 중무장한 병사들의 호위를 받으며 두 필의 말이 끄는 푹신한 마차에서 흔들리고 있었고, 무장한 아이젠그라인 씨는 보란 듯이 기사다운 주먹을 허벅지에 갖다 댄 채 그야말로 위협적으로 주위를 둘러보면서 그녀 옆에서 말을 달렸다.

신께서 그녀에게 이 건장하고 현명한 보호자를 보내주신 것에 감사해야 한다. 비록 그녀의 앞날에 아직 많은 고통이 가로놓여 있고 그녀가 지금 이미 이처럼 비참한 처지에 있다 하더라도 말이다. 가련한 여인! 나는 수도사라서 이 지상의 어느 것에도 집착하지 않아 왔다. 말하자면 나는 행복이나 불행에 흔들리지 않으며, 성스러운 띠를 두른 몸으로서 결코 운명에 틈을 보이지 않는다. 바로 그 때문에 이야기의 정령은 나를 도구로 선택해서 그런 가련한 여인의 탄식을 떠맡겼다. 그렇게 해서 비록 그 자체로는 아무리 명예롭지 못한 일이라 하더라도 이야기를 통해 그녀의 창백한 불행을 명예롭게 만들려는 것이다.

남매에게 작별은 너무나 힘든 일이었다. 이마에 초승달 모양의 흉터가 나 있는 그들은 누이가 오빠의 자식을 잉태하고 있는 처지가 되었다. 그런 그들은 원래 이별하도록 태어나지 않았다. 처녀 공주의 얼굴이 창백한 것은 뱃속의 아기 때문이기도 했지만, 그보다는 그녀가 마음을 잃었기 때문이다. 그녀의 마음은 오직 순례길에 오른 오빠에게 가 있었다. 오빠의 마음 또한 누이동생한테 가 있었다. 오빠는 아나끌레와 함께 도적이나 맹수, 발을 질질 끌며 걸어야 하는 늪지대, 악명 높은 숲, 구르는 바위나 격류를 뚫고 험난한 세상을 헤쳐 나가기 위해서는 자신의 마음을 가다듬는 것이 너무나 절박했다. 그래서 그는 마실리아 항에 도착해 거기서 성지로 들어가는 배를 빌릴 생각이었다. 젊은 군주와 공주, 이 두 사람은 성스러운 띠를 두른 나로서는 일찍이 경험한 적이 없을 정도로 비참한 기분이었다. 그러나 고백하자면, 그래도 아이를 낳을 몸이었으므로 처녀의 처지가 조금 더 나은 편이었다. 그녀는 어떤 의미에서는 삶의 얼굴을 바라보고 있었지만, 젊은 군주는 죽음의 얼굴만을 보고 있었기 때문이다.

그런데 파도가 넘실거리는 바다 가까운 평지에 있는 아이젠그라인 씨의 성에 도착한 지빌라는 대단히 친절하고 호의적이며 안락한 대우를 받았고, 그 비밀을 신중하게 보호받았다. 그리고 이렇게 표현해도 좋을지 모르지만, 그녀의 몸 상태에 대해 전문지식을 지닌 사람으로부터 관심 어린 보살핌을 받았다. 말하자면, 아름다운 죄인을 누구한테 데리고 가야 할지 잘 알고 있던 아이젠그라인 씨는 그녀를 자기 아내인 아이젠그라인 부인에게 데려갔던 것인데, 나는 이 귀부인의 인품을 그 남편만큼이나 칭찬하지 않을 수 없다. 이유인즉, 그녀는 아주 특별하면서도 모범적인 존재였기 때문이다. 남편이 유별나게 늠름하고 건장한 남성상을 구현하고 있다면, 그녀는 태도나 마음씨 면에서 철두철미하게 여자다웠고, 온 정성을 다해 여성적인 일에 마음을 쏟고 있었다. 그렇다, 신에 대한 관심 외에는[그녀는 신앙심이 무척 돈독했고, 산처럼 부풀어 오른 가슴 위에 검은 호박(琥珀)으로 된 커다란 십자가를 달고 있었다〕 그녀는 오로지 여성생활에 관계되는 일, 그것도 출혈이 따르는 가장 경건한 의미를 지니는 일에는 뭐든지 관심을 기울였다. 그러므로 특히 여자의 무거운 짐이나 고생스러운 일, 신성하리만치 고통스러운 출산에 관한 일, 월경불순이나 임신한 몸, 목을 조르는 듯한 고통이나 종잡을 수 없는 정욕, 뱃속의 발길질, 진통, 분만, 경사스러운 비명, 출산과 후산(後産), 행복한 한숨과 뜨거운 물에 적신 천, 미끌미끌한 점액이 묻은 갓난아기를 목욕시키는 일에 관심을 가졌고, 갓난아기가 금방 울음을 터뜨리지 않아 생명의 기운을 보이지 않을 때에는 재빨리 회초리로 때려 주고 양쪽 발을 잡아 거꾸로 세워 주는 것이었다.

결국 이러한 모든 일은 이이젠그라인 부인의 열정이었다. 그런데 성안의 자기 백성들 사이에서는 그러한 일들이 많이 일어나지 않아 그녀가 열정을 발휘할 기회가 충분하지 않았다. 그래서 성주부인인 그녀는 마을에서 아마를 만드는 아낙네들이 해산할 때면 몸소 가서 노련한 솜씨로 도와주었다. 그녀 자신도 버젓하게 여섯 번이나 어머니가 되어 보았다. 그 아이들 가운데 넷은 태어난 지 얼마 안 되어 죽어 버렸지만, 그로 인한 그녀의 비탄은 (나로서는 이상하게 생각되지만) 아이를 낳는 기쁨보다 훨씬 적었다. 내가 보기에는 아이를 낳는 것이 그녀에게는 가장 중요한 일인 듯하다. 그녀의 장성한 아들들 중 한 명은 전쟁터에서 격전 중에 죽었고, 다른 아들은 결혼해서 자기네 성안에서 살고 있었다. 이미 단산한 그녀는 임신한 여성의 자랑거리,

즉 몸이 무거운 상태가 되어 볼록해진 배 위에 흰 손을 조심스레 얹어 놓고 걸어 다녔던 그 시절을 쓸쓸하게 회상하며 아이젠그라인 씨와 단둘이 살고 있었던 것이다. 그녀의 가슴은 풍만했지만, 몸은 이미 한창때를 지나 있었다. 그런 만큼 건강한 그녀는 이제 더욱더 다른 사람의 출산에 관심을 갖고 있었으므로, 누군가 출산한다는 소식이 전해지면 당장 그녀의 물빛처럼 푸른 눈(그녀는 슈바벤 태생이었다)은 따뜻한 빛으로 가득 차고, 솜털이 난 그녀의 보기 좋은 양쪽 뺨은 장밋빛으로 붉게 물들었다. 그런데 이미 오래전부터 그녀가 이러한 기쁨을 맛볼 기회는 드물어졌다. 아니, 이미 수개월 동안이나 주어지지 않았던 것이다. 그래서 그녀는 지빌라가 도착했을 때, 이미 남편으로부터 그 처녀에 대한 비밀을 들어 알고 있던 터라 적잖이 마음이 설레고 있었다. 그녀의 깊은 신앙심이 이 손님의 당치 않고 정말 어처구니없는 처지와 어떻게 타협했는지는 모르겠다. 아마도 그녀는, 아무리 그릇된 행동으로 어머니의 자격을 얻었다 하더라도 모성이란 모두 성스러운 축복이며 거룩한 일이라고 생각했을 것이다. 그것은 모든 여성적인 일과 결속되어, 그러한 일에 탐욕적이다시피 도움을 주는 데서 얻는 그녀의 기쁨에 대한 일종의 동맹을 의미했다.

아이젠그라인 부인은 어머니처럼, 열성과 마음을 더욱 다하여 깊은 슬픔에 잠긴 지빌라를 보살폈다. 지빌라를 곧바로 성 전체와 자신의 백성들로부터 격리시켜 멀리 떨어진 방에 기거하게 했으며, 그곳에서 부족함이 없도록 해주었다. 그녀는 또한 지빌라를 소중한 포로로 생각해, 자기 혼자서만 찾아가 먹을 것을 주고 보살폈는데, 배에 귀를 대어 태아의 움직임을 들어 보기도 하고 맥을 짚어 보기도 했다.

또한 점점 배가 불러오는 창백한 지빌라가 잃어버린 남자, 순례여행을 떠난 남자, 유일하게 사랑하는 그 연인을 그리워하며 울 때는 위로해 주려고 애썼다.

"아아, 어머니 같으신 아이젠그라인 부인, 제가 사랑하는 사람, 저의 유일한 사람, 저의 오라버니는 어디로 갔을까요? 우리가 이 세상에서 서로 떨어져 있는 것을 어떻게 받아들여야 하나요? 저는 그것을 견디지 못하겠고 그것에 익숙해질 수도 없어요! 제가 오라버니를 그리워하며 눈물을 흘리면 저의 죄는 배로 늘고 벌은 더욱 엄중하게 받게 될까요? 아아, 하지만 저는 오라버니의 육체로 생명의 씨앗을 잉태하고 있고 오라버니의 포옹으로 얻은 것을 가슴속 깊이 품고 있습니다! 작은 올빼미들은 울어댔고, 개 하네기프는 피를 흘리며 쓰러져 있었으며, 침상도 피에 젖어 있었어요. 그러나 오라버니가 제 곁에 있었을 때, 그의 사랑스러운 어깨가 제 입술에 닿아 저를 아내는 아닐지라도 여자로 만들어 주었을 때, 이루 말할 수 없을 정도로 감미로웠습니다!"

"그대로 오라버니가 잘 떠나시게 내버려 두세요" 간호하던 부인이 말했다. "남자들은 우리를 여자로 만들어 주고 자기 것을 우리에게 준 다음에는 어디로든 떠나게 되지요. 그렇게 되면 남자는 더 이상 쓸모가 없게 되고, 모든 것은 여자의 문제로만 남게 됩니다. 지금 우리 여자들끼리만 있는 것을 기쁘게 생각합시다! 우리는 훌륭하게 출산하게 될 것입니다. 뜨거운 물로 목욕시켜 드릴 때가 이제 정말 머지않았네요. 몸을 풀어 아이를 이 세상에 나오게 하는 것이지요. 아무리 가벼운 진통이라도 시작되면 저는 곁을 떠나지 않을 것이며, 필요하다면 침대 옆의 이 불편한 의자에서 잠을 자면서라도 분만 때까지 지켜드릴 것입니다. 해산은 정말로 아름다운 일이라는 것을 잊지 마세요. 그까짓 포옹보다 훨씬 아름다운 것이지요."

그런데 지빌라는 짓눌리는 듯한 심각한 꿈까지 꾸었으므로 그것에 대해 성주부인에게 이야기하지 않을 수 없었다. 그녀는 용을 낳는 꿈을 꾸었는데, 그 용은 끔찍하게도 어머니의 자궁을 찢고 나왔다. 그러고 나서 용은 날아가 버려 그녀의 영혼에 엄청난 고통을 주더니, 다시 돌아와 그녀의 찢어진 자궁으로 다시 세차게 파고들어가 더욱 큰 고통을 주었던 것이다.

"제가 보기에는 공주님이 불안한 마음을 가져서 그렇지요, 어린아이 같으신 분, 그 이상 아무것도 아닙니다. 용이라고요? 우리는 제대로 된 인간의 아이를 멋지게 낳을 것입니다. 그 아이가 딸이면 좋겠어요. 아무것도 걱정하지 마십시오. 제가 아이를 받아 탯줄을 끊고, 아이가 금방 울지 않는다면 찰싹 때려서라도 울게 하겠어요."

✠
아이를 내버리다

아이를 때릴 필요는 전혀 없었다. 왜냐하면 처녀인 어머니가 치른 해산의 고통 속에서 이 세상에 태어난 갓난아이는 바라던 그대로 금방 울음을 터뜨렸기 때문이다. 그 아이는 사내아이였는데, 너무나 깨끗하고 잘생겨서 경이로웠다. 긴 눈썹에 길쭉한 머리, 갈색 머리카락과 사랑스러운 이목구비를 가진 아이는 엄마를 닮았으며 따라서 삼촌인 빌리기스와도 닮아 있었다. 한마디로 너무 예뻤기 때문에, 아이젠그라인 부인은 "저는 정말 계집아이이기를 바랐는데, 이 아이라면 사내아이라도 상관없겠네요" 하고 고백했다.

성주부인의 소중한 포로 지빌라는 여섯 달 동안 국수 상자 안에 넣어 기르는 거위처럼 규방(閨房)에서 둥지를 틀고 있었는데, 마침내 해산의 고통이 오자 오직 부인의 도움만을 받아 아이를 낳았다. 세인의 이목을 피해 출산해야만 해, 산파인 부인이 아무도 이 방에 들여보내지 않았기 때문이다. 출산하는 데에는 땀을 뻘뻘 흘려야 했다. 여름이었음에도 불구하고 아이젠그라인 부인이 난로에 불을 활활 타오르게 했기 때문이다. (그녀는 그렇게 하는 것이 좋다고 생각했다.) 그래서 두 사람은 침구 아래에서 상기된 얼굴에 진땀을 흘려 가며 출산의 일을 치렀다. 그러나 모든 것이 너무 자연스럽고 술술 잘 진행되어, 마치 이 아이는 같은 혈육 간에 범한 죄악 속에서 태어난 것이 아니라, 피가 다른 남자와의 사이에서 정당하게 태어난 것 같았다. 두 여자는 죄 같은 것은 완전히 잊어버렸으며, 더없이 기쁨을 주며 호감 가는 이 아이가 이 땅 위에 있을 곳이 없다는 사실조차 완전히 잊어버렸다. 아이를 목욕시키고 수건으로 감쌌을 때 두 사람은 이젠 오직 아이를 아이젠그라인 씨에게 보여 주어 기쁨을 함께 하고 싶다는 열망에 불타올랐다. 그래서 부인이 부르자 그는 와서 갓 태어난 아이를 눈여겨 살펴보며 말했다.

"정말 잘생긴 아이입니다. 그렇게 큰 죄로 인해 태어난 아이라는 것을 감안해도 이렇게 말하는 것이 허용된다면, 이 아이는 황제의 품위를 지닌 아이라는 것을 인정하지 않을 수 없습니다. 아무튼 그러한 사실이 안타까울 뿐입니다. 저도 눈이 있고 감정이 있는 이상 그 사실을 부인하지는 못하겠군요. 단지 제가 묻고 싶은 것은, 이 아이를 어떻게 해야 할 것인가 하는 것입니다."

"어떻게 하다니요?" 어린 엄마는 소스라치게 놀라며 외쳤다.

"당신은 이 아이를 죽일 생각인가요? 이 헤롯 같은 양반!" 아이젠그라인 부인이 물었다.

"내가 언제 죽인다고 했소? 부인, 내가 이 예쁜 아이를 죽음으로 몰아넣기라도 한단 말이오?" 아이젠그라인 씨가 말했다. "이 아이는 살아 있어도 죽어서 이 세상에 태어난 거나 다름없고, 세상에 존재한다고 하더라도 설 자리는 없다는 것입니다. 그것은 모순이오. 내게 이 모순을 해결하라 해놓고도 오히려 그런 칭호를 붙이다니요. 이 아이를 여기 이 방에서 키울 작정이오? 이 아이는 방 밖 어느 한 사람의 눈에도 띄어서는 안 된단 말입니다. 내가 이 나라 영주들로 하여금 이 처녀 공주님께 충성을 맹세하게 하여 공주님을 우리의 군주로 삼은 것은, 공주님의 나쁜 소행과 씻을 수 없는 치욕을 이 세상에 알려 나의 명예를 공주님의 명예와 함께 더럽히기 위한 것이 아니었소. 참으로 당신들 여자의 두뇌는 참새와 다를 바 없어서 감각적으로 육체와 관련된 일이나 예쁜 자식들만 생각하지, 명예와 정치 같은 건 전혀 안중에 없단 말이오."

그러자 두 여자는 울었다. 지빌라는 침구 아래에 놓인 창백한 손에 눈물을 흘렸고, 아이를 안고 있는 아이젠그라인 부인은 아이 위로 하염없이 눈물을 흘렸다.

"잘 생각해 보겠소" 그는 말했다. "어떻게 하는 것이 가장 좋은지 신중하게 생각해 보겠소. 다만 당신들이 내게 붙인 칭호만은 사절이오."

그리고는 손가락으로 갓난아이의 턱을 살짝 어루만져 주었다.

"애야, 예쁜 아가, 귀여운 아가, 가련한 죄악의 자식. 아주 절망적이진 않을 거야. 이미 널 위한 길이 반쯤은 열려 구제할 방법을 찾을 것 같으니!"

그다음 날 그는 아내에게 말했다. "부인, 가능한 한 이 예쁜 아이를 우리 스스로 처리하지 말고 신의 손에 맡기는 것이 가장 좋을 것 같소. 갈 곳 없는 이 아이를 어떻게 할 것인가는 신만이 아실 것이고, 우리는 이 아이의 생사를 겸허하게 신의 뜻에 맡기도록 하지요. 우리는 그야말로 이 아이를 완전히 신의 손에 맡기기 위해 꼭 필요한 것만 하고 그 이상도 이하도 하지 않도록 정합시다. 그래서 나는 이 아이를 바다에 띄워 보내기로 결심했소. 그러나 만약 신께서 아이를 구해 주신다면 우리에게 기쁨이 된다는 것, 이것이 우리에게는 중요하다는 것을 신께서 아실 수 있도록 신중하게 해야 할 것이오. 나는 아이를 작은 통에 넣을 것인데, 이미 내가 보아 둔 매우 단단하고 좋은 통이오. 그 통을 거룻배에 실어 파도에 맡기는 것이지요. 만약 최악의 경우에 파도가 그 통을 삼켜 버린다면 그것은 신의 결단이지 주도면밀하게 준비한 우리의 뜻은 아니오. 그러나 신의 손이 배와 작은 통을 사람이 사는 땅 어느 곳으로 이끌어 주신다면, 이 아이는 거기서 주워 온 아이로서 자라 그 나라의 방식과 그곳에서 자기가 새로 얻는 신분에 따라 생을 누릴 것이오. 당신 생각은 어떠하오?"

"신이 주신 선심치고는 그것 참 가혹하네요, 주인님!"

부인은 이렇게 말하고, 지빌라의 침대에 앉아 자기 남편이 털어놓은 자초지종을 모두 전했다. 지빌라는 아이에게 젖을 물리고 있다가 큰 소리로 통곡했기 때문에, 아이는 놀라 젖꼭지를 놓쳤으며 또한 얼굴이 일그러질 정도로 날카롭게 울어댔다.

"아, 참담하구나, 참담해! 나의 달콤한 형벌인 이 아이가 뱃속에서 처음으로 움직일 때부터 이 아이를 이토록 사랑하고 있는데! 이 아이는 제가 사랑하는 사람이 제게 남기고 간 유일한 존재입니다. 그분의 육체가 준 선물이며, 제가 고통 속에서 품고 다니다가 뜨거운 열기 속에서 진땀 흘려 가며 낳은 아이지요. 아아, 아이젠그라인 기사님, 그대는 배신자예요. 이것이 그대가 한 충성의 맹세인가요? 그대는 정말 너무나 무서운 사람이군요! 그대가 이 아이를 '방긋 웃는 귀여운 아가'라고 부르면서 뭔가 구제할 방법을 강구한다고 약속한 것이 지금 이 아이를 통에 넣어 거친 바다에 띄워 버리기 위해서였나요? 그러면 이제 저는 이 아이가 죽든지 아니면 주워 온 아이로 살아가든지, 두 번 다시 이 눈으로 그 모습을 볼 수 없다는 것입니까? 안 됩니다, 안 되지요, 그것은 견딜 수 없습니다! 차라리 이 몸도 저 아이와 함께 통 속에 넣어 우리 둘 모두가, 저와 제 소중한 담보물인 아이가 함께 사나운 파도에 삼켜지도록 해주세요! 아, 저의 산파가 되어 출산의 고통에서 도와주신 아이젠그라인 부인, 이번에도 저를 도와주세요! 전 지금 절망에 빠져 있습니다!"

"자, 부인, 이제는 정신을 차려야 해요" 노부인은 그녀를 자애롭게 위로하며 충고했다. "당신들 두 분이 바다로 타고 나갈 만한 통이 어디 있겠습니까? 제 남편이 생각하는 통은 단단하고 훌륭한 통이긴 하지만 두 분이 들어가기엔 너무 작습니다. 게다가 당신은 오빠를 대신해 군주로서 나라를 돌봐야 해요. 그렇게 결정되어 있습니다. 그런데 만일 공작님이 돌아오셔서, 아이와 함께 당신도 가버렸다는 얘기를 들으시면 어떠시겠어요? 저를 보세요. 제가 낳은 아이들 중 네 명은 태어난 지 얼마 안 되어 죽었고, 한 명은 분쟁을 일으켜 싸우다 쓰러지고 말았지만, 그렇다고 제가 바로 정신을 놓았던가요? 우리는 임신의 섬세한 일과 훌륭한 해산을 치러냈지만, 유감스럽게도! 아이가 이 땅에서는 살 곳이 없다는 것은 우리도 알고 있었잖아요. 그러니 혹시 바다에서라면 있을 곳을 찾을 수 있지 않을까요? 그렇게 보면 아이젠 그라인의 생각은 정말 옳아요. 하지만 우리가 이 일을 어떤 식으로 시작해야 할지, 그는 아주 대략의 윤곽만 겨우 잡았을 뿐이에요. 세세한 것은 더 생각해야 합니다, 우리 여자들이 말입니다. 남편은 이 귀여운 아기를 그냥 작은 통 안에 넣을 생각이지만, 그래서는 안 되죠, 천만에요! 그러지 말고, 옷을 만들 수 있는 가장 좋은 최고급 비단을 아이 밑에 깔아 주고 위에도 똑같은 것으로 넉넉히 펴놓는 거예요. 또무엇을 더 넣을까요? 순금을 군주의 품위에 맞게 넉넉히 넣어, 아이가 신의 자비로 땅에 닿게 되면 그것으로 최고의 교육을 받으며 자라날 수 있도록 합시다. 어떻습니까? 아이젠그라인 부인이 아이젠그라인 씨의 의도를 이런 식으로 개선한다면요? 하지만 이것이 제 방책의 전부라고 여긴다면 잘못 생각하시는 겁니다. 왜냐하면 아이를 위해 넣어 줄 것이 더 있기 때문입니다. 우리는 아이에 관한 글을 쓴 서판을 넣어 줄 것인데, 그 판에는 조심스럽게 사람이나 나라를 알 수 없도록 해서 아이의 사정을 써놓는 거예요. '태생은 고귀하지만' 하고쓴시다. 하지만 유감스럽게도! 그 부모는 남매간이어서 그 고모가 어머니가 되며, 따라서 그 아버지는 삼촌이 된다, 하고요. 그 때문에 사실을 숨기기 위해 아이를 바다로 내보냈고, 이 통을 발견하신 분이 기독교 정신에 입각하여 (그가 기독교도이기를 바라는 바이므로) 이 사내아이에게 신성한 세례를 베풀어 주시고 양육비는 이 황금으로 충당하시기 바란다고요. 그리고 아이를 기독교도답게 키우며 이 재산을 증식시켜 주었으면 한다, 하고 쓰지요. 또한 이 아이가 이 서판을 잘보관할 수 있게 하며, 무엇보다도 글에 능통하도록 가르쳐 그가 성인이 되면 이 모든 사연을 이 서판에서 읽을 수 있게 해주시기 바란다고 요. 그러면 아이는 자기가 고귀한 태생이긴 하나 너무나 죄 많은 존재 라는 것을 알게 되어, 자신을 높이지 않고 하늘에 마음을 두어 경건한 생활을 하면서 자기 부모의 잘못된 행동을 속죄할 것이므로, 결국 세 사람 모두 하느님께 갈 수 있을 테니 말입니다. 자아, 말씀해 주세요, 이 정도면 어머니 같은 아이젠그라인 부인이 적절한 때에 적절한 방 책을 말씀드린 게 아닐까요?"

산욕의 몸인 지빌라는 그저 아이를 끌어안고 흐느낄 뿐, 더 이상 아무 말도 하지 않은 채 고통스럽지만 이해했다는 표시만을 했다. 그 녀 역시 성주부인이 아이에게 깔고 덮어 주자고 한 고급 비단에다가 그녀에게 보여준 황금 20마르크라는 보물을 보고는 기뻐하지 않을 수 없었는데, 부인은 그 보물을 두 개의 빵 속에 넣어서 아이의 발치에 놓아 둘 것이라 했다. 그러나 가장 훌륭한 것은 부인이 지빌라에게 가 져온 서판이었다 — 신께서 내게도 언젠가 그런 아름다운 서판 하나 를 주신다면! 나는 글쓰기를 좋아해 훌륭한 필기구에 애착이 있지만, 가난한 수도사인지라 최고급 상아로 만들어서 금테를 두르고 주위에 각종 보석을 박은 그런 서판은 결코 내 소유가 될 리 없을 것이다. 그 저 나는 그것에 대해 이야기하고 칭송하는 것으로써 내 가난을 보상 받을 수밖에 없다. 이 귀한 판 위에 아이 어머니는 담즙으로 만든 잉 크로 성주부인이 이미 알려준 그대로 아이의 사정을 쓰고 나서, 눈물 을 흘리며 이렇게 적어 넣었다.

"이름을 부를 수 없는 아가야, 만일 살아 있게 된다면 네 부모를 증 오하거나 나쁘게 생각하지 말아 다오! 네 부모는 서로를 너무나 사랑했는데, 각각 상대방을 통해 자기 자신을 사랑한 것이었다. 그것이 죄악이었고 그래서 네가 태어난 것이다. 부모의 죄를 용서하고 신을 공경하여, 네 모든 사랑을 다른 혈통의 사람에게 쏟으며, 그자가 곤경에 처하면 기사로서 그를 위해 싸우거라 … ."

지빌라는 서판의 가장자리에까지 더 쓰며 구석구석을 채우려고 했으나, 아이젠그라인 부인은 서판을 빼앗아가 버렸다.

아이젠그라인 부인이 아기 어머니를 다정하게 위로하는 가운데 그 품에서 아기를 빼앗을 때가 왔다. 아기는 태어난 지 겨우 17일밖에 되지 않았는데, 성주는 아기를 더 이상 그곳에서 살게 해줄 수는 없을 거라는 것, 그래서 세심한 주의를 기울여 아기를 신의 손에 맡길 수밖에 없으리라는 것을 알았다. 아기는 다시 한 번 어머니의 젖가슴에서 배가 부르도록 젖을 빨아먹어 포만감에 발갛게 화색이 돌며 부풀어 올랐다. 그러자 성주부인은 아기를 데려가 버렸다. 그리고 그녀와 그녀 남편의 손에 의해, 은밀한 가운데, 이 튼튼한 작은 통이 아기의 거처가 되었다. 이것은 새로운 자궁으로서, 신의 뜻이 있다면 아기는 비단과, 황금으로 채워진 빵, 그에 관한 글이 쓰인 서판 같은 지참물과 함께 그 어둠에서부터 다시 태어날 것이었다. 일은 신속하게, 비밀리에 진행되었다. 작은 통의 바닥에 다시 역청을 칠한 다음, 안개가 자욱한 밤에 성에서 아래쪽 바다로의 기묘한 운반이 행해졌다. 뱃사공 차림으로 변장한 아이젠그라인 씨가 그의 뒤를 따르는 말없는 한 하인의 호위 속에서 직접 말을 몰아 모래와 모래언덕의 풀을 헤치며 달려갔다. 그들이 운반하는 몸체가 볼록한 작은 통에는 바퀴 모양의 테가 그려져 있었고 숨구멍이 하나 있었으며, 양 옆으로는 철제 고리가 붙어 있었다. 그 고리는 꼭 필요한 것이었는데, 저 아래 황량한 바다 기슭에 준비해 둔 거룻배 안에도 이런 고리가 달려 있어서 그 작은 통이 새끼줄로 단단히 묶일 수 있기 때문이었다. 일은 묵묵히 진행되었다. 머리 위로는 거침없이 흘러가는 구름이 달빛을 가리는가 하면 다시 비추고 있었다. 이윽고 주인과 하인은 그 어린 뱃사공을 태운 배를 밀어 바다로 띄워 보냈다. 그리고 우리의 그리스도께서 순풍과 적절한 조류를 주시니, 거룻배는 잔잔히 흔들리며 멀어져 갔고, 아이도 미끄러지듯 사라지며 신의 손에 맡겨졌다.

그 시각 성의 망루 홍벽에는 아직 산욕기가 지나지 않은 지빌라가 자리에서 일어나 성주부인의 부축을 받아서 나선형 계단을 돌아 올라가 있었다. 그곳에서 재빨리 스쳐가는 달빛 사이로 모래언덕을 지나 흔들리며 통이 운반되는 모습을 하염없이 바라보았다. 정말이지, 그녀가 계속 보고 싶은 건 저 너머 해변에서 남자들이 통을 다루는 모습과 거룻배가 흘러가는 광경이었다. 하지만 그녀 스스로도 더 이상 아무것도 보이지 않는다는 것을 인정하게 되자, 부축하고 있는 성주부인의 가슴에 얼굴을 묻고 이렇게 탄식했다. "저기 아이가 날아가는군요, 나의 용이. 가슴이 아파요, 아파, 아아!"

"날아가게 내버려 두세요!" 아이젠그라인 부인이 그녀를 위로했다. "남자들이란 항상 저렇게 날아간답니다. 그리고 고통에 찬 우리들은 수수방관하며 보내는 수밖에 없고요. 자, 부축해 드릴 테니 탑을 내려가 신성한 산욕의 침실로 갑시다. 그곳이 당신의 자리니까요!"

✠

다섯 자루의 칼

내가 체현하고 있는 이야기의 정령은 장난기가 심하고 영리한 정령으로서 자신의 직무를 어떻게 수행해야 할지 알고 있어, 모든 호기심을 그 자리에서 곧바로 충족시켜 주지는 않는다. 오히려 몇 가지의 호기심을 유발시켜 놓고선 하나를 만족시켜 주는가 하면, 다른 한편 또 다른 호기심은 풀어 주길 미루면서 그것이 지속되도록 함으로써 심지어 더욱 커지게 만드는 것이다. 신의 거친 바다에 던져진 아이는 어떻게 되었을까, 그것을 지금 당장 알고 싶어 하는 사람이 있겠지만, 여기서는 그 주의를 다른 데로 옮겨 먼저 다른 이야기를 들려줄까 한다. 그 이야기 역시 골수에 사무치도록 듣는 이를 슬프게 하는 것이지만, 아이에 관한 일과 마찬가지로 꼭 알아야 할 필요가 있다. 그러나 그 이야기가 그렇게 슬프다면, 그 때문에 저 바깥, 바다 위에서는 더 행복한 일들이 일어나지 않을까 하는 희망을 더욱 크게 가질지도 모르겠다. 왜냐하면 이야기의 정령은 단지 슬픈 일만을 전해 줄 정도로 그렇게 어리석지는 않기 때문이다.

　이제부터 전해 줄 이야기는 죄를 지은 어머니에 관한 것으로, 그녀가 얼마나 많은 어려움에 계속 시달렸는가 하는 것이다. 이 여자는 정말로 많은 고통에 시달려야 했다. 그래서 내 입을 통해서도 그러한 고통을 제대로 파악해 적절한 말을 찾아 전달할 수 있을지 의문이다. 내 자신의 경험 부족을 나는 절실히 느끼고 있다. 진정한 행복도 진정한 불행도 내게는 여태껏 한 번도 주어지지 않았다. 수도사라는 신분으로 그러한 행복이나 불행과는 동떨어진 어정쩡한 상태로 살고 있으니 말이다. 그렇기 때문에 나는 비유의 힘을 빌려 이 여자의 고통을 묘사하면서 '다섯 자루의 칼이 그녀의 가슴을 관통했다'고만 말할 뿐 결코 그 많은 이야기를 다 할 수는 없다. 그러면 이 은유의 의미를 곧 설명하고 다섯 자루의 칼을 하나하나 이름을 들어 소개하겠다.

　첫 번째 칼은 정신적인 근심이었다. 오빠와 함께 저지른 죄악이 그녀의 마음을 불안하게 했다. 반면 그녀의 육신은 다시금 환희에 차서 그 일을 회상하며 남편이 된 오빠의 귀환에 열렬한 희망을 걸고 있었다. 두 번째 칼은 출산으로 얻은 병과 산욕열이었다. 산파 역할을 한 아이젠그라인 부인의 충실한 간호에도 불구하고 그녀는 상당히 오랜 난산 끝에 그 사내아이를 분만했기 때문이었다. 또한 젖이 나오지 않아 고열이 났다. 그러니 산후 6주일이 지나도 몸이 너무 쇠약한 상태여서 그녀는 거의 서 있을 수도 없을 정도였다. 내가 들은 바에 의하면, 6주일이면 여자들이 산욕을 털고 일어나 첫 교회 출입을 하기까지 충분한 기간이라고 하는데 말이다. 그저 젖몸살 때문에 그랬을까? 아니, 그렇지 않다. 그것은 이제 내가 거론할 세 번째 칼, 즉 아이에 대한 불안과 통한(痛恨), 고통 때문이었다. 더 이상 그녀의 젖을 먹지 못하고 완전히 신의 손에 운명을 맡긴 채 저 바깥의 거친 바람을 맞고 있을 그 어린 뱃사공, 그 아이가 구출되었을지, 아니면 바다가 그를 삼켜 버렸을지 그녀는 알지 못했다. 이 칼이 얼마나 고통을 주었겠는가! 그러나 네 번째 칼, 그것은 양날의 검이었으며 너무나도 잔혹한 손으로 그녀의 가슴을 찔렀기 때문에, 나는 그녀가 어떻게 그것을 견디며 살아남아 나이 들어 갈 수 있었는지 놀라울 뿐이다. 결국 그녀가 구원을 받지 못했을지, 아니면 아주 마지막에 가서야 간신히 구원을 받았을지, 이에 대해 알려 주는 일은 좀 보류해야겠다. 과연 그녀는 이 칼로 인해 두 번이나 정신을 잃었다. 그것이 가슴을 찔렀을 때 정신을 잃었고, 다시 정신을 차렸을 때 아직 그 칼이 눈앞에 있다는 것을 알고 또다시 정신을 잃었던 것이다. 그러나 그 후로는 그 칼에 찔린 채로 살았으며 그 고통을 견뎌 냈다. 어떻게 그럴 수 있었을까? 그건 부드럽고 강인한 여자의 본성에 물어야 할 것이다. 나로선 그대들에게 설명할 수 없다.

자초지종을 얘기하자면, 창백한 지빌라가 교회에 가기로 한 바로 사흘 전에, 시종 아나끌레가 불길한 소식의 표시로서 방패를 거꾸로 들고 성안에 모습을 드러낸 것이었다. 그것은 어떤 소식이었을까? 아나끌레가 그녀에게 말로 그 소식을 알릴 필요는 없었다. 아니, 사람들이 알아채도록 방패를 거꾸로 들고 올 필요조차 없었을 것이다. 그가 혼자 돌아온 것만으로도 충분히 짐작할 수 있는 일이었다. 그가 충성을 다해 받들었던 주인이 세상을 떠나고 말았던 것이다.

아아, 빌리기스를 잃어 나는 걷잡을 수 없는 슬픔에 빠진다! 수도사의 몸인 내가 실제로 진정한 행복을 별로 맛보지 못한 것만큼이나, 그 일에 대해 글을 쓰는 것은 나로 하여금 진정한 비애를 느끼게 한다. 어쩌면 나는 인간의 행복과 고통, 이 두 가지를 어느 정도 내 것으로 만들기 위해 이 글을 쓰고 있는지도 모른다. 아나끌레의 거꾸로 든 방패를 본 순간 나는 눈물을 참을 수 없었다. 저 바다 위 그 슬픔에 대한 보상과 기쁜 부활에 대한 얼마간의 희망이 없었다면, 나는 그 가여운 빌리기스를 차마 죽이지 못했을 것이다. 종들이 저절로 울릴 때 종들을 울리게 하는 것이 이야기의 정령인 것처럼, 노래 속에서 죽게 되는 사람들을 죽이는 것 또한 이야기의 정령이기 때문이다.

그토록 훤칠하고 멋있는 젊은이 빌리기스가 죽었다. 자기와 함께 태어난, 자신만큼이나 아름다운 누이동생 이외에는 아무도 자기와 어울린다고 생각하지 않았기에 그가 그녀와 함께 용서받을 수 없는 죄를 저지른 것은 사실이다. 또한 그토록 선량한 개 하네기프를 죽인 것도 나는 용서하기 어렵다. 그러나 그는 기사답게 속죄할 각오는 되어 있었다. 그가 속죄할 힘이 없었음이 드러났기 때문에 이렇게 말할 수 있는지 모르겠다. 이 젊은이는 죄의 유혹에 약해 거기에는 빠르게 자극받으면서도 마음은 결코 강인하지 못했던 것 같다. 걸핏하면 얼굴이 창백해지며 몸을 떨기 일쑤였고, 용감하긴 했지만 무너지기 쉬웠다. 자신의 여자로 삼은 사랑스런 누이동생과의 이별은 그의 생명을 가혹하게 소모시켰고, 또한 십자군의 기사가 되기 위한 험난한 여정에도 마음의 준비가 되어 있지 않았던 것 같다. 강도와 맹수, 늪지대와 삼림, 절벽, 하천을 그는 아나끌레와 함께 몇 번인가 헤쳐 나갔지만, 마실리아 항구까지 도달할 수 있는 상태는 전혀 아니었다. 그러니 그곳에 도착하기도 전에 그는 가슴을 움켜잡고 하늘을 향해 얼굴을 찌푸리더니 이끼 속으로 쓰러지고 말았다. 그의 말은 동정하듯 킁킁거리며 주인의 몸 냄새를 맡고 있었다. 그러자 또 아나끌레는 얼마나 재빨리 안장에서 내렸겠는가! 그는 주인을 팔에 안고 거기에서 멀지 않은 성으로 데리고 갔다. 성주는 그들을 손님으로 영접하였고 병든 길손을 조심스럽게 자리에 눕혔다. 그러나 심장의 고동은 이미 멈춰 버려, 빌리기스는 이튿날 숨을 거두고 말았다. 그의 머리 위로 아마포가 씌워졌기 때문에, 이제 세상 사람들이 누이동생과 닮은 그의 아주 특별한 모습을 다시 본다는 것은 생각할 수 없는 일이었다. 볼록하게 내민 진지한 입, 푸른빛을 띠는 검은 눈, 냄새를 잘 맡는 작은 코, 검은 머리카락 속에 초승달 모양의 흔적을 감추고 있는 이마, 아름다운 눈썹, 이 같은 모습을 두 번 다시 보지 못하게 된 것이다.

이런 생각을 하면서 나는 눈물을 애써 감추며, 그 낯선 성주에게 찬사를 보낸다. 성주가 경의를 표하면서 군주의 몸인 순례자의 시신을 그의 고국으로 호송하라고 명했기 때문이다. 아나끌레는 장례를 치르기 하루 앞서 달려가 방패를 거꾸로 든 채 고개를 숙이고서 지빌라 앞으로 갔다.

빌리기스의 이름, 단지 그의 이름만 들었을 뿐인데도 그녀는 이미 실신 상태였다. 아나끌레를 보자 그녀는 정신을 잃고 그의 팔에 쓰러졌다. 나는 내 자신의 눈물을 부끄러워하지 않을 수 없다. 내가 흘린 눈물은 오직 잔잔한 비애에서 나온 것이지만, 그녀의 눈물에는 어떤 눈물로도 진정시킬 수 없는 고통이 깃들어 있었기 때문이다. 그녀가 두 번째로 정신을 차렸을 때 눈물은 말라 있었고 표정은 경직되어 있었다. 그녀는 시종으로부터 주인에게 어떻게 그런 일이 일어난 건지 전후 사정을 듣더니, "좋아요" 하고 말했다. 이 "좋아요"라는 말은 정말 좋아서 한 말이 결코 아니었다. "좋아요"는 신의 결정에 복종한다는 의미가 결코 아니며, 오히려 완강하게 신의 권고를 영원히 부인하겠다는 뜻으로 한 말이었다. 그 말은 이런 의미였다. "마음대로 하십시오, 주님이시여. 저로서는 받아들이기 힘든 당신의 조치에서 제 나름의 결론을 내리겠습니다. 지금까지 저는 당신 앞에서 한 명의 여자, 분명 죄 많은 여자였어요. 지금부터는 더 이상 결코 여자로 있지 않겠습니다. 여자가 아니라 영원히 자신을 경직시켜 마음을 터놓지 않는 반항적인 고통의 신부가 되겠습니다. 당신은 놀라게 되실 것입니다." 나는 그러한 칼에 찔려 그 같은 경직에 빠지는 일이 없도록 신의 가호를 비는 바이다! 나는 그러한 칼의 공격을 받을 빌미를 아예 제공하지도 않을 것이다. 그러나 이렇게 내가 하는 이야기를 통해서나마 나 자신이 이 사건을 음미하고 또 어떤 의미에서는 경험을 하게 되는 것을 기쁘게 생각한다.

아이젠그라인 씨는 지빌라에게 말했다.

"공주님 오라버님의 영구가 도착해서 제 성안의 교회에 있습니다. 그분께서는 영혼을 위해서 육신을 신께 바쳤으니, 공주님은 이제 우리의 군주이십니다. 따라서 무릎을 꿇고 인사드립니다! 그와 동시에 공주님과 저의 명예를 위해 정중하게 경고드립니다만, 오라버님의 장례 행렬에 누이동생으로서 걸맞은 정도의 슬픔만 보이시고 그 이상의 슬픔을 보이셔서는 안 됩니다. 누이동생에게 적합하고 어울리는 슬픔보다 더 격렬한 상심의 모습은 절대로 드러내지 말고 감추셔야 합니다."

"기사님, 제게 주신 지시와 부드러운 암시에 대해 감사드립니다. 저는 지나치게 슬픔을 표현하여 저의 보호자이신 당신의 명예를 손상시킬 정도로 뻔뻔한 인물은 못 된다고 생각합니다. 울고불고 해야 가장 깊은 슬픔이 표현되는 것이라고 생각하신다면, 당신은 고통이란 걸 잘 모르시는 겁니다. 저는 세 시간 동안 사랑하는 오라버니의 관 위에 엎드려 기도할 작정입니다. 그 정도면 도를 지나친 예의가 아니겠지요. 그런 다음 당신은 적당히 애도를 표하면서 그이를 묘지로 옮기시면 될 겁니다. 여기 당신의 수성은 제가 더 이상 있을 곳이 아닙니다. 저는 이곳에서 나라를 다스릴 생각이 없습니다. 앞으로도 저는 당신이 충실한 신하로 있어 주길 바라지만, 성주님, 저는 당신을 좋아하지는 않습니다. 저를 당신의 주인으로 삼는다 할지라도 당신은 제 마음에 들지 않습니다. 이 순간부터 그 점을 알아 두셨으면 합니다. 당신은 우리 남매 사이에서 태어난 제 사랑스러운 아이를 빼앗아 가서 거친 바다로 떠나보냈으며, 아이 아버지인 저의 다정한 오빠를 죽음으로 내몰았습니다. … 명예와 정치를 위해 그렇게 하실 수밖에 없었겠지요. 그럼에도 저는 당신에게 한이 맺히며 당신의 가혹한 친절에 증오스러울 정도로 염증을 느낍니다. 저는 이제 수도로 돌아가 깊은 해안에 면한 브뤼주의 높은 성에서 살게 될 텐데, 저는 당신을 집사로도 궁내대신으로도 삼지 않겠으며 제 주변에 두지도 않겠습니다. 당신이 제 주변에 있으면 당신은 직계 후계자를 세우는 문제로 정치적 계획을 세워 저를 무조건 동등한 신분의 기독교계 군주와 결혼시키려고 할 것입니다. 하지만 저와 동등한 신분의 사람은 오직 한 사람이었으므로 저는 그 사람을 영원히 애도할 것입니다. 결혼 같은 건 생각도 하고 싶지 않습니다. 제 마음은 오로지 소중한 혈통을 남긴 행위를 속죄하고 있는 남편을 향해 있다고요. 적선을 하고 단식을 하며 헐벗은 바위 위에서 잠을 자지 않고 기도하는 것, 육신에 불편을 주고 불쾌한 모든 것을 하는 것, 그것이 이 나라 군주로서의 제 삶이 될 것입니다. 신께서 제가 더 이상 죄지은 여자가 아님을, 아니 이제는 더 이상 결코 여자가 아니라 마음의 생명이 끊어진 수녀 같은 군주라는 것을 보시도록 말입니다. 이것이 저의 결심입니다."

그것은 요지부동한 그녀의 결심이었지만 올바른 결심이라고는 할 수 없었다. 아아, 그 결심이 그녀와 전 영토에 다섯 번째 칼이 내리치게 했기 때문이다. 그에 대해서는 곧 말하겠다. 지빌라는 자신의 소녀 시절을 보내고 죄를 범했던 벨라페르로 돌아가지 않았다. 그곳은 성지기 한 사람과 보병 한 소대만이 지키게 하며 그냥 떠나온 채로 두었다. 여군주는 항만에 있는 브뤼주성에 거처를 정했는데, 그곳은 웃음이 없는 경직된 곳이었다. 그뿐 아니라 여군주는 모습을 보이지도 않았고, 혼자서나 두 수도사들과 함께 민둥바위 위에서 기도만 드릴 뿐이었다. 흰옷을 걸친 그녀는 바구니를 든 두 여자만을 데리고 성 아래로 내려가 가난한 사람들에게 자선을 베풀었고, 그들은 그녀를 성녀로 여기며 찬사를 보냈다. 그녀는 기쁨이나 쾌적함은 자신이 누릴 몫으로 남겨두지 않고, 오로지 밤기도를 드리거나 몸에 체벌을 가하기 위해 식사도 절제할 뿐이었다. 그러나 이 모든 것은 신을 위해서가 아니라, 신에게 반항한다는 사실을 신에게 철저하게 알려 신을 경악하게 만들려는 의도에서였다.

이 같은 생활이 여러 해 계속되었다. 그렇다고 그러한 참회 때문에 그녀의 아름다움이 손상되지는 않았다. 그녀는 신에게 보이기 위해 자신의 모습이 나빠지기를 빌었을지도 모른다. 그러나 밤을 뜬눈으로 새우는 까닭으로 자주 눈언저리에 푸른 원이 나타나긴 했지만, 그녀는 죽은 오빠의 모습을 지상에서 간직한 채 해가 갈수록 더없이 아름다운 여인으로 무르익어 갔다. 그토록 아름다운 육체를 어느 남자에게도 허락하지 않고 참회하는 오빠의 미망인으로 머물렀기 때문에, 생각해 보면, 이것도 신의 분노를 돋우려는 그녀의 의도에 부합한 바가 아닌가 생각된다. 그렇지만 그녀가 어렸을 때도 이미 그랬던 것처럼, 여러 기독교계의 군주들이 그녀에게 눈독을 들였으며 서신이나 사신을 통해, 때로는 몸소 찾아와 구혼했다. 하지만 모두 거절당했다. 그녀의 행동은 궁정과 시내, 온 나라뿐 아니라 신의 마음도 슬프게 했다. 그렇게 오랫동안 참회하는 그녀의 금욕생활에 대해 신은 아무런 이의를 제기할 수 없었지만, 당연히 그러한 일은 신을 슬프게 했다. 그녀는 신에게 그러한 갈등을 안겨 주었다.

그러다 6년째 되던 해에 아레라트의 왕 로저 필리푸스라는 정말로 지체 높은 군주가 혼기에 도달한 아들을 위해 지빌라에게 관심을 두기 시작했다. 아들은 '필립'은 빼고 그냥 '로저'라고만 불렸는데, 그는 나로서는 죽어도 상종할 수 없을 만큼 파렴치한 왕자였다. 이미 열다섯 살 때부터 그는 그 눈빛과 같이 검고 뾰족한 수염을 길렀으며, 눈은 활활 타오르는 숯불 같았고, 눈썹은 그의 구레나룻처럼 휘어 있었다. 키는 후리후리하고 털이 덥수룩하며, 싸움질을 좋아하고 수탉처럼 정력이 좋아 여자를 호리는 바람둥이에다 결투까지 해대니, 나 같은 사람은 도저히 참을 수 없는 악마 같은 놈이었다. 그냥 그의 아버지가 호의를 베풀어 그를 가능한 한 빨리 결혼시켜서 안정을 누리게 하는 것이 상책이라고 생각한 것이려니 하고 이해하고 싶다.

그 왕은 그 대상으로 그리말트 공의 고상하고 경건한 딸을 선택하는 것이 적절하다고 생각한 것인데, 그 계획에는 국가정략적인 고려도 한몫을 했다. 왜냐하면 아레라트 왕은 자신의 후계자에게 아름다운 아내만을 얻어 주려고 한 것이 아니었기 때문이다. 후계자가 플랑드르 및 아르투아 영지를 획득해 아레라트와 고지 부르군트의 판도를 넓히는 것, 그것이 왕이 후계자를 위해 무엇보다도 갈망한 일이었다.

그러한 연유로 이 나라에서 저 나라로 사신들이 가고, 청혼서가 보내지고, 은근한 제안이나 구혼을 위한 예물들이 전해졌다. 또한 로저 필리푸스 왕이 몸소 아들과 함께 부르군트의 기사들로 구성된 위풍당당한 시종들을 거느리고 브뤼주 궁정을 방문했는데, 이곳에 도착하자마자 로저는 세 명의 귀부인을 유혹하는 데에 성공했으나 여군주로부터는 냉랭한 시선을 받았을 뿐이었다. 여군주는 지극히 기사다운 그의 모습을 조롱하는 듯한 눈길로 위에서 아래로, 다시 아래에서 위로 재는 듯이 훑어보았다. 그녀의 이런 태도는 이 수탉 같은 호색한으로 하여금 피 끓는 분노를 느끼게 하고 그녀에게 적대감을 품는 가운데서도 영원히 그녀에 대해 열중하게 만들었기 때문에, 그는 자기가 그녀를 소유하지 못할 경우 자신의 명예를 잃는 것이라고 생각하게 되었다. 불과 며칠 만에 그의 유혹에 넘어간 세 명의 귀부인을 포함한 온 궁정은 이 구혼에 호의를 가지고 있었는데, 그것은 지빌라가 이 나라에 남자 군주가 생기게 해주고, 그녀의 처녀성도 마침내 종지부를 찍게 되기를 모두가 바랐기 때문이었다. 그러나 그녀는 아레라트 왕의 관심을 정중하게 피하면서 거절의 말도 승낙의 말도 결코 하지 않고 있다가, 부르군트 사람들이 다시 본국으로 돌아갈 때쯤, 언제까지라고는 말할 수 없지만 생각할 시간을 달라고 요청했다. 부르군트에서는 다시 사신을 보내 구혼하고 때로는 재촉하기도 했으나, 그녀의 여러 가지 애매한 답변에 기대감을 품으며 설득당하곤 했다. 그녀의 답변은 때로는 거절 쪽에 가까웠고 때로는 단지 예의상의 승낙 쪽에 가까워서 만사를 늘 확정짓지 않고 애매하게 남겨놓았는데, 그렇게 해서 아레라트 왕 부자로 하여금 끝내는 이 일에 지쳐 포기하게 만들 속셈이었던 것이다.

그렇게 4년이 흘렀을 때 로저 필리푸스 왕에게는 죽음이 손을 내미니 그는 죽음의 길동무가 될 수밖에 없었고, 뾰족수염의 로저가 아레라트의 왕이 되었다. 로저는 50명에 가까운 궁정의 귀부인들을 모조리 자기 것으로 만든 데다가 상당수 시민 집안의 딸들까지도 자기를 섬기게 만들었지만, 그를 그토록 깔보듯이 바라보는 흰옷 차림의 그 쌀쌀맞은 여자에 대한 열망을 결코 잊을 수는 없었다. 그래서 왕위에 오른 후로는 그녀를 손에 넣고 싶다는 병적 욕망에, 그의 부친의 정략적 유언대로 그녀의 영토를 합해 자신의 제국을 넓히고 싶다는 욕망이 더해져 하나가 되었다. 그래서 그녀에게 서한을 보내고 사신을 파견할 때에는 달콤한 구혼의 말과 함께 몰염치한 위협의 말을 덧붙였는데, 내용인즉, '모든 처녀 중 가장 훌륭한 처녀인 그대를 포기하고 다른 처녀를 아내로 맞이할 바에는 차라리 나는 무력으로라도 싸워 그대를 쟁취하겠노라'라는 것이었다. 그는 그녀의 나라에 남자 군주가 없는 것이 그녀의 책임이듯이, 그의 제국에 왕비가 없는 것 또한 그녀의 책임이며, 그처럼 큰 폐해에 대해서는 그에게 결국은 칼을 잡으라고 신께서 명하실 것이라고 했다. 수탉이자 수말 같은 이 호색한은 대개 이런 식이었다. 그러자 지빌라는 그를 견제하기 위해 다시금 승낙에 가까운 듯이 대응했으므로, 그의 인내심이 한계에 달하기까지는 3년이 더 걸렸다. 그러다 마침내 그는 더는 참지 못하고, 2천 명의 기사와 1만 명의 호위병사들을 거느리고 지빌라의 영토에 침입해 전쟁과 방화로 그 영토를 유린하였다.

"도와주십시오, 아이젠그라인 씨! 우리의 비애 때문에 당신을 우리의 궁정에서 떠나게 한 일은 잊어 주십시오! 고인이 되어 신의 품에 안긴 우리의 부왕께 당신이 다하신 충성을 상기해 주십시오! 나의 기사들을 소집하고 보병들을 모아서 무기고를 열어 주세요, 용감하신 장군님, 그래서 피비린내 나는 손으로 우리를 자기 침소로 끌고 들어가려 하는 저 파렴치한 도적과 맞서 싸워 주십시오! 당신의 여군주, 신에게 바쳐진 저를 보호해 주십시오."

부르군트 대 플랑드르-아르투아 간에 가인(歌人)들이 '연애전쟁'이라 이름 붙인 전쟁은 그렇게 시작되었고, 끈질기게도 지속적으로 판세를 뒤바꾸며 쌍방을 황폐화시키면서 5년 동안이나 엎치락뒤치락하였다.

"여왕이여, 이토록 커다란 참변을 겪으셨으니 부디 이 나라에 평화를 주시오. 당신을 향해 연심을 불태우는 그 대담하고 완강한 구혼자의 뜻을 받아 주시오!" 그러나 그녀는 말했다. "절대로 그렇게 하지 않을 것입니다!"

✠

성둔스탄섬의 어부들

나 클레멘스는 신의 지혜가 이룬 위업을 찬양한다. 지리학에 대해 약
간이라도 배워 본 사람이라면, 대양과 북해 사이에 연결 통로가 하나
있다는 사실은 정말로 훌륭하고 탄복할 만한 일이라고 생각하지 않
을 수 없을 것이다. 설명하자면, 카롤링겐과 엥겔란트 사이로 나 있
는 이 해협은 가늘고 길어서 사람들이 농담 삼아 '옷소매'라고 불렀고
또한 '운하'라고도 불렀다. 물론 엄밀하게 말해 운하란 사람의 손으
로 직접 판 물길만을 지칭하는 것이고, 신께서 만드신, 소금기 있는
자연의 원소인 해협을 운하라고 할 수는 없다. 해협에서는 운하에서
느낄 수 있는, 멈춰선 듯한 고요함은 찾아볼 수 없다. 해협은 오히려
너무 자주 폭풍우에 휘말려 거친 풍랑을 일으키기 때문에 뱃사람에
게 기도를 가르치는 곳이다. 이런 사정은 나 자신이 얼마 전 이 해협
을 건널 때 타고 온 것과 같은, 항해에 잘 견딜 수 있는 제법 큰 배라
할지라도 다를 것은 없다. 그런데 한낱 파도의 장난감에 지나지 않는

하나의 연약한 작은 배, 필시 타고 있는 사람이 전혀 없거나 아니면 정말 기묘할 정도로 너무나 취약하고 위험한 상태로 타고 있을, 그 노출된 작은 배가 이 바다 위에서 어떤 우연에 내맡겨질 것인가에 대해 생각하면 나는 몸이 떨린다. 그렇게 작은 배가 언젠가 무사히 육지에 도달하리라는 희망은 거의 없기 때문이다. 그러나 또한 뜻만 있으면 직접 키를 잡아 그 작은 배가 여러 가지 위험을 헤쳐 나가게 만드실 신의 교묘한 솜씨에 경탄하는 바이다. 그 위험이라는 것도 신이 스스로 작은 배 앞에 겹겹이 쌓아놓으신 것이다. 그러한 것을 다 생각해 볼 때 우리의 입에서는 다음과 같은 말이 흘러나오지 않을 수 없다.

"신 자신 아니면 그 누구도 신을 거역할 수 없다."

이 해협에는 몇 개의 섬들이 있다. 즉, 대양을 향해 이미 넓어지는 모양새인 이곳에는 비교적 큰 섬과 작은 섬, 또 아주 작은 섬들이 있어서 '노르만군도'라 불리는데, 이 군도가 콘월이나 서식스보다는 프란시아와 노르만족의 땅에 가깝게 위치해 있었기 때문인 것 같다. 1 그 작은 섬들 가운데 다른 섬들과 동떨어져 바다 깊숙한 곳에서 엥겔란트 쪽으로 향해 있는 하나의 섬이 있는데, 내 마음은 독자와 함께 그곳으로 옮겨 갈 참이다. 이곳은 조류에 둘러싸인 신의 영지 중 한 부분으로서, 그곳 주민은 다행스럽게도 기독교를 접해 교화를 받고

---

1 '콘월', '서식스', '프란시아'는 모두 중세의 왕국 이름들이다. 콘월은 남서 잉글랜드에, 서식스는 남부 잉글랜드에, 프란시아는 프랑크 왕국으로서 중서부 유럽 대륙에 위치하고 있었다.

있긴 했으나, 그 밖의 다른 점에서는 세상사와는 동떨어진, 그야말로 원시적인 삶을 살고 있었다. 주민의 대다수는 목장과 과수원이 밀집해 있는, 여기저기 드문드문 세워진 마을에서 살았는데, 그들이 아는 바로는 이 마을의 이름은 섬 전체와 마찬가지로 '성 둔스탄'이었다. 이들은 소를 기르거나 버터를 만들고 채소를 재배하거나 물고기를 잡으며 생계를 이어가고 있었다. 내 마음이 그곳으로 끌리는 것은 그 무엇보다도 우선 경건하고 뛰어난 한 남자 때문인데, 그에게 나는 무한한 호의를 보내는 바이다. 그리고 신의 뜻에 맞게 새로워져 가는 나의 이야기를 위해, 그가 자신의 선행을 통해 탁월하게 기여해 준 데 대해 이 자리를 빌려 미리 그에게 고마움을 표하고 싶다. 그의 이름은 '그레고리우스'이며 '아고니아 데이'[2] 수도원의 원장이다. 아주 오래된 독거(獨居) 수도원이나 공동체 수도원에서 유래하여 시토 수도회[3]의 규율을 따르는 이 수도원은 아일랜드의 서쪽 해안에 가깝게 위치해 그곳의 정신적인 지주가 되어 있었는데, 덧붙이자면 오늘날까지도 여전히 그러기를 나는 바라는 바이다. 그곳 담장 안에는 서약을 끝마친 수도사가 우리 주 예수 그리스도의 제자들보다 약간 더 많이, 아마 열네 명 정도 있는 것 같고, 그 외에 아직 서품을 받지 못한 채 수도원 가축을 돌보며 봉사 중인 상당수의 수사들이 있었으며, 또한 수도사가 되기로 결정되어 종교 교육을 받기 위해 '아고니아 데이'

---

2 '신의 고뇌'라는 의미.
3 가톨릭교회의 봉쇄 수도회 가운데 하나로, 1098년 프랑스 부르고뉴의 시토에 세워졌다. 소박한 생활양식과 단식, 노동, 침묵 등이 엄격하게 준수되었다.

수도원의 수사들에게 맡겨져 있는 몇 명의 아이들이 있었는데, 그들 중 일부는 다른 섬 출신이었다. 그런데 그들 모두는 어른이든 아이든, 노인이든 성인이든 소년이든 상관없이 누구나, 선량하고 온화하며 정의감과 배려심이 있는 그레고리우스 수도원장을 한결같이 믿고 존경하며 마치 아버지를 대하듯이 우러러보았다. 그것은 실로 학식이 있는 사람이라면 알 수 있듯이 그레고리우스라는 이름의 뜻4에 맞는 것이기도 하다.

　그레고리우스 원장은 보통 체격에 호감이 가는 남자라고 설명할 수 있겠다. 공들여 수염을 깎은 토실토실한 얼굴에는 작은 입과 동그랗게 튀어나온 아랫입술이 있었으며, 깨끗하게 닦아 윤을 낸 반짝반짝 빛나는 대머리는 얼굴 위에 있는 둥근 천장 같았다. 곱슬곱슬한 회색 머리카락은 관자놀이 부근에서 옆으로 밀려 올라가 있었다. 정연하게 꼬아서 묵주를 꿴 끈으로 띠를 맨 그의 사제복은 보기 좋게 부푼 배 때문에 치켜 올라가 있었는데, 그 배는 무겁다는 느낌보다는 오히려 선한 양심의 표현이라는 인상을 주어 민첩하게 움직이는 원장의 모습을 조금도 손상시키지 않았다. 그의 나이가 오십인 것을 생각하면 그러한 민첩한 몸놀림은 주목할 만한 것이었다. 게으름을 피운다거나 유약하게 자기 몸을 사리는 일은 그와는 무관했다. 그러한 사실은 어느 꼭두새벽 극심하게 궂은 날이었음에도 불구하고 — 왜냐하면 구름이 낮게 걸려 빗방울을 떨어뜨리고, 북북서 방향에서는 불쾌하

4　'그레고리우스'는 원래 '보호자'를 의미하는 고대 그리스어(Γρηγόριος)에서 유래한 이름이다.

게 폭풍우가 휘몰아치고 있었기 때문이다 ─ 그가 혈혈단신으로 말발굽처럼 생긴 만(灣)을 돌면서 해안으로 내려간 모습을 보면 곧바로 증명된다. 만은 해안에서 섬 안쪽으로 들어가 있었으며, 그 안으로 바다가 해안 앞쪽에 놓여 있는 석상(石床)들에 부딪쳐 부서지는 파도를 몰아넣고 있었다. 뒤쪽에는 그의 수도원이 있었는데, 수도원 건물들은 비에 덮여 띠 모양의 거무스름한 숲을 배경으로 두드러지게 솟아 있었다. 수도원장은 긴 지팡이를 앞으로 내디디며 사제복을 말아 올린 채 젖은 모래 위를 걸어 그쪽으로 가면서, 완전히 잔해로 바스라지지는 않았어도 부서지기 쉽고 거친 상태로 그곳에 데굴데굴 굴러다니고 있는 온갖 바위 부스러기를 수차례 헤쳐 나갔다. 비에 젖지 않도록 그는 어깨에 털 도포를 두르고 앞부분을 손으로 여미고 있었으며, 머리에는 전혀 성직자답지 않은, 섬의 어부들이 생업에 종사할 때에나 쓸 법한 챙 달린 비막이 모자를 쓰고 있었다. 눈을 깜박거리면서 그는 바람에 맞서 머리를 비스듬히 돌리고 있었지만, 젖은 얼굴을 여러 차례 옆으로 기웃거리면서 걱정스러운 표정으로 망망대해 쪽을 살피는 것이었다. 그는 이런 생각을 하고 있었다.

'심하다, 심해. 우리 섬에 악천후는 흔하지만, 이건 계절에 비해 정말 불쾌한 날씨다. 불평하는 것은 아니지만 불안하군. 거친 파도가 여기 위쪽 만에서는 이미 상당히 누그러졌는데도 석상들에 부딪쳐 높게 솟구치고 있으며, 때로는 완전히 넘쳐흘러서 내 오른편 소금기 있는 물가로 사납게 밀려들어 오니, 난 파도를 피해 꼴사나울 정도로 재빨리 옆으로 비켜서지 않으면 안 되는군! 저 멀리 드넓은 바다에서는 분명 무슨 일이 일어났을 것이다. 그곳에는 내 지시를 받고 어부 형제

비글라프와 에텔불프가 나가 있으니 말이다! 누군가 내가 여기 있는 것을 보고 있다면, 이런 험한 날씨에도 **불구하고** 바닷가에 나왔군, 하고 말하겠지. 하지만 나는 바로 이런 험한 날씨 **때문에** 마음이 견딜 수 없도록 불안하여 이렇게 일찍 이곳에 나온 것이다. 이 '불구하고' 와 '때문에' 같은 너무나 쓸데없는 사소한 성찰을 하도록 마음을 부추기는 것도 이 불안인데, 이 두 가지 단어도 나의 불안 속에서는 동일한 것이 되고 만다. 신은 인간이 너무 무사태평한 것을 원치 않으셔서 인간을 단련시키기 위해 불안을 갖게 하며, 그 방법은 인간이 자기 스스로 불안을 느끼도록 마음을 부추기는 것이다. 내가 저 어부들을 이런 궂은 날씨에 바다로 내보내어 불안에 떠는 것처럼 말이다. 이런 폭풍우는 물론 어제 오후에는 예측할 수 없었던 것이다. 그렇지 않았더라면 난 스스로 만든 이런 근심 없이 얼마나 무사태평하게 있을 수 있겠는가! 사실 이 섬에서는, 저 뒤쪽에 있는 내 수도원에서도 그렇지만, 그밖에는 만사가 최선의 상태에 있거나 아니면 적어도 상당히 좋은 상태에 있으니 말이다. 이 섬은 가장 나이 든 주민들이 확언해 준 바에 따르면 '성 둔스탄'이라고 하며, 내 수도원 쪽은 의심의 여지가 없이 '아고니아 데이'라는 이름으로 불리는데, 멀고 가까운 여러 섬에 이 이름으로 알려져 있다. 이 수도원에 대한 것은 다만 마음을 낮추고 생각할 수밖에 없으며, 수도원장이라는 것도 자부심을 느낄 만한 그런 심각한 유혹의 자리가 되지 못한다. 이 수도원은 기독교계의 수도원 중에서도 아주 보잘것없는 곳으로 독립된 집회장소조차 없어, 늘 지상의 퀴퀴한 음식물 냄새가 가득함에도 불구하고 식당이 교회당까지 겸하지 않으면 안 되었고, 또한 개인전용 방을 갖고 있는 수도사는 절반밖에 되지 않아, 다른 수도사들은 공동침실에서 밤을 지내야만 했다. 물론 나만은 전용으로 쓰는 넓은 방을 가지고 있었는데, 이를 생각하면서 자만해서는 안 되며 오직 감사하는 마음으로 기억해야 할 일이 있다. 즉, 우리의 작은 수도원에서는 만사가 원만하게 잘 열린 경건한 길을 무척이나 순탄하게 가고 있다는 사실이라든지, 오랜 옛날부터 이미 사용되어 온 잠자리가 있어서 더 이상의 기초공사를 하거나 황무지를 개간할 필요 없이 오로지 그대로 보존하며 그 모든 것을 제대로 유지하기만 하면 된다는 사실이 얼마나 편안한 일인가 하는 것 말이다. 황무지의 개척과 개간은 백 년도 훨씬 전에 공동생활을 한 고독한 수도사들이 해주었다. 그들은 처음 이곳에 와서 삽과 괭이와 호미를 사용해서 돌을 운반하여 수도원을 세우고 또 모래밭을 채소밭으로 일구는 한편, 섬 주민들의 무지한 머리를 계몽시켜 예수의 진리로 그들을 깨우쳐 주었다. 수도사들은 인간의 태만이야말로 모든 유혹의 늪이라는 것을 잘 알고 있었다. 그래서 그들은 명상에만 빠져 있는 것이 아니라, 또한 부지런히 일하고 개간을 했던 것이다. 명상만으로는 그들 역시 살아갈 수 없었을 것이다. 그리고 나 또한 나의 어린 양들이 신에게 침잠하는 일 외에, 늘 얼마간의 거친 손노동이나 정원 일을 해서 성실한 피로를 느끼는 것을 중요하게 여긴다. 물론 나 자신은 그러기에 나이가 너무 많고 위엄을 갖추었다. 나이는 너무 많지만, 위엄을 과하게 갖춘 것은 아니다. '위엄을 갖추었다'라는 말은 나의 겸손함을 망치려고 악마가 나에게 속삭이는 것에 불과하다. 그렇지 않아도 나의 겸손은 언제나 모종의 위험에 노출되어 있는데, 기쁘게 주교로 임명받은 수도원장으로서 나는 길에서 만나는 사람들 모두가 이 손 위로 머리를 숙이는, 이 섬의 일인자이기 때문이다. 이 섬 주민들이 오래전에 기독교로 개종한 것은, 섬을 유린하던 용에게 제물로 바쳐지게 된, 이미 계몽된 한 처녀가 용에게 그리스도의 십자가를 들이대자 그 용이 다시 한 번 목구멍에서 불과 연기를 토하고는 길게 뻗어 죽어 버렸기 때문이라고 한다. 그러나 과연 그 이야기가 사실일까? 그들은 모두 그 이야기에 깊은 감명을 받아 그 즉시 예수를 신봉하겠다고 공언했다고 한다. 나로서는 거의 믿기 어려운 이야기이다. 어떻게 해서 용 같은 것이 이 섬에 건너왔으며, 또 그 용은 어떤 알에서 나왔다는 것일까? 아무튼 나는 처녀를 제물로 받을 용이 이 섬에 있었으리라고는 상상할 수 없다. 하지만 그렇게 믿지 못하는 것은 불경스럽게도 내게 순수함이 부족한 탓인지도 모른다. 비록 나는 거만한 악마의 소굴에 빠져 버릴 위험을 무릅쓰면서라도, 학식 있는 사람이 믿어야 할 것과 일반대중의 신앙 사이에는 모종의 차이가 있으며 그것은 신께서 시인하신 일이라고 생각하지만 말이다. 이 외에도 걱정스러울 정도까지 사료되는 점은, 용이 있건 없건 관계없이 이 섬 사람들의 기독교 정신이 결코 확고부동한 발판 위에 서 있는 것은 아니라는 점이다. 바로 그렇기 때문에 우리 수도사들이 이 '아고니아 데이'에 있으면서 신앙의 파수꾼 노릇을 하고 있다는 사실은 커다란 축복이다. 얻은 것은 다시 잃을 수 있기 때문이다. 가령 들리는 바에 의하면, 여기서 멀리 떨어진 이른바 알라마넨이라는 나라에서는 기독교가 로마 시대부터 확고부동한 기반을 갖고 있었지만, 그 나라는 다시 암흑 속에 빠져들었고 결국 아일랜드의 사도 몇 사람이 나타나서 다시 광명을 주었다고 한다. 너른 바다에 에워싸인 관계로 세상에서 격리되어 있는 지역은 순수함을 간직하고 있어 여러 가지 혼란으로부터 보호받기 때문에 이점을 지니는 것 같다. 그러나 또 한편으로 생각해 보면 좋은 일이라 할 수 없는 것도 있는데, 가령 내가 알기로 선사 시대에 일어난 민족의 격동, 변화, 이주 같은 사건은 고독하게 자기 자신의 삶에만 몰두해 있던 사람들을 멀찌감치 지나쳐 버렸다. 그 결과, 내 생각을 이런 식으로 표현해도 좋을지 모르겠지만, 세상의 사건은 그런 사람들을 일깨워 동행하는 것이 아니라, 그들을 아무것도 경험하지 못한 채 옛 수준에 머물도록 남겨 두고 시대사에서 배제시킨 것이다. 여기에서는 사람들의 정서나 침체된 관습에 있어 모든 것이 시대에 뒤떨어져 있다는 것을 나는 잘 알고 있다. 그래서 기껏해야 드루이드교5 같은 불길한 종교를 신봉하기 쉬운데, 작지만 신의 성이라고 할 수 있는 우리의 수도원은 그런 불길한 종교의 확산을 막는 유일한 보루가 되고 있다. 이 섬사람들에 대해서는 어느 누구도 관심을 가지지 않았기 때문에, 그들은 언제나 일정한 장소에서 자기들끼리만 살고 있었다. 하지만 내 생각에, 다른 곳에서는 지상의 어떤 나라라 해도 원주민들만 살고 있는 곳은 없으며, 모두 강제로 밀려나 또 다른 민족을 밀어내고, 밀려난 민족은 그들대로 이미 버려진 장소를 찾아내거나 아니면 힘으로 강탈해서 새로운 장소를 찾아야만 했다. 나는 그런 식으로 부르군트족의 이야기를 들은 바가 있는데, 그들은 북쪽 끝에 있는 툴레섬에서 로마 국경의 성벽까지 내려가서 얼마간 의기양양하게 라인강 기슭에 정착하였지만, 그만 훈족에 의해 아주

---

5 기독교로 개종하기 전의 고대 켈트족의 종교.

적은 수를 빼고 모두가 학살당하고 말았다. 이뿐만이 아니다. 나는 브리튼족의 왕 보타이잔에 대해서도 알고 있는데, 이 왕은 사나운 픽트족에게 대항하고자 당시 바다를 누비던 게르만족에게 도움을 청했지만, 게르만족은 순식간에 픽트족과 공모해 도움을 청한 왕에게 오히려 반기를 들었다. 예기치 않게 하우겐족, 앙겔른족, 유틀란트족과 작센족이 브리튼국을 건설하였으나, 다시 그곳에 노르만족이 터를 닦아 그 제국을 양손에 움켜잡았던 것이다. 그러고 보니 나의 지식은 놀랄 만한 것이다!

하지만 맙소사, 스스로에게 자신의 지식을 자랑하고 있을 때가 아니라, 내가 왜 비바람을 무릅쓰며 지팡이에 의지하며 여기까지 걸어온 것인가, 그 이유를 생각해 내야 한다. 그리고 내가 장황하게 늘어놓는, 이 본질에서 벗어난 아무 소용이 없는 생각은 모두 남을 배려하는 마음이 없었던 데서 생긴 불안 때문이라는 것도 기억해야 한다. 배려가 부족한 짓을 한 것은 바로 남을 배려하기 위해서였지만 그건 내 책임이다. 왜냐하면 나는 아버지처럼 내 어린 양들을 돌보며, 오늘 금식일을 맞기 전 모두 배가 부를 정도로 그들에게 훌륭한 생선요리를 마련해 주고 싶었던 것이다. 그래서 나는 고기잡이를 하는 비글라프와 에텔불프가 날이 새기 전 바다에 나가도록 했으며, 만약 그들이 맛있는 생선을 정말로 많이 잡아 오면 특별히 두둑한 보수를 주겠다고 약속했다. 그러나 악마는 여느 때 같으면 가을에나 닥쳐올 폭풍우를 불러일으킴으로써 나의 배려를 정말 조악할 정도의 배려 없는 짓으로 뒤집어 버렸다. 그 두 사람이 재물의 신 마몬의 유혹에 이끌려 얼마나 과감하게 멀리 나갔는지는 모르겠지만, 그들이 이 시간에 이미 커다란 파도에 휩쓸렸다면, 내가 그들의 살인자가 되는 것이다. 아, 신께서 지켜 주시길!

사실 그들은 바다에 강하고 소금에 절어 있을 정도의 노련한 뱃사공이며 헝가리 가죽처럼 강인하기 때문에 거친 파도에 맞춰 춤추는 것쯤은 아무 문제가 되지 않는다. 하지만 비록 그렇다 해도 만일 그들이 거친 파도에 휩쓸렸다면 나는 어떻게 해야 하는가? 남편을 잃고 아비를 잃은 이들 앞에 무슨 면목으로 나선단 말인가? 형인 에텔불프는 딸만 하나 있는데, 그 딸은 동쪽 제일 가까운 섬, 대부분의 사람들의 생각대로 성 알트헬름이라 불리는 섬에 사는 남자와 결혼했다. 하지만 동생 비글라프는 여섯 아이를 힘들게 부양하고 있고, 그의 아내는 아직도 막내아이에게 젖을 물리고 있다. 그 모든 일을 생각하면 나의 불안은 더욱 심해진다.

가만! 지금 나는 뿌리박은 듯이 서서 항만 입구 쪽을 주시하고 있는데, 아직 고맙게도 눈이 예리하여 그곳에 돛 하나가 보이는 것 같다. 비록 폭풍은 멈추지 않았지만 비가 그친 덕분에 먼 곳을 내다보는 일이 내겐 수월해진다. 맞아, 신을 찬미할지어다, 저것은 돛이다, 비글라프와 에텔불프의 작은 배다!

안전한 항만에 다시 도착했으니 그들은 살아난 것이라고 볼 수 있으며, 심지어는 내가 원했던 생선을 가져올지도 모른다. 사실 내가 너무하는군, 그 형제의 생존에 대한 얼마간의 희망이 생기자마자 금방 다시 생선을 생각하다니 말이다. 그 위험을 느끼는 사이 생선의 중요성 같은 건 벌써 깡그리 사라지지 않았던가! 인간의 마음이란 이렇게 비겁과 교만 사이를 굴러다니는 놀이공과 같구나! 다만 내가 곧바로 다시 생선을 생각하게 된 것이 남을 배려하는 미덕 때문이라는 것은 다행스러운 일이다.

그런데 도대체 내 눈이 어찌된 것일까? 내겐 저 뒤쪽에 **두 척의** 작은 배가 서로 바짝 붙어서 파도에 흔들리고 있는 것처럼 보이지 않는가? 그것은 내 눈의 착각일까? 분명 내 눈은 대체로 믿을 수 있는데 말이다. 아니, 분명히! 돛 하나와 두 척의 작은 배가 보인다. 아니라면 한순간 그렇게 보였을 뿐이구나. 지금은 또 다른 작은 배는 물안개 속으로 사라졌든가 아니면 물보라에 삼켜 먹힌 것처럼 생각되고, 문제가 되는 그 작은 배만 여전히 있는데, 뒤에서 비스듬히 부는 바람의 힘으로 힘차게 항만으로 들어오고 있기 때문이다. 바다에 능숙한 형제는 석상들을 피하는 데 엄청난 경험과 기술이 있으니 나의 걱정은 그야말로 부질없는 것이다.

그들이 온다, 와! 뒤에서 비스듬히 돛 가득히 바람을 안고 쏜살같이 달려온다! 성직자의 행동에 벗어난 것이 아니라면, 나는 양손을 입 앞에 모아 그들에게 '야호! 호이오!' 하고 힘차게 외쳐줄 것이다. 그들은 저쪽 곶(串) 옆으로 들어와서 암초와 해안 사이 바다가 좁고 얕아져 잘록하게 들어간 곳에 정박하려는 듯이 보인다. 그들을 따라 잡기 위해서는 나는 그쪽으로 되돌아가야 한다. 감사의 마음을 가득 안고서 말이다. 이렇게 되고 보니 설령 그들이 생선을 가득 싣고 왔다 해도 나는 조금도 놀라지 않을 것이다!'

이렇게 작은 배는 수도원장의 신호에 따라 닻을 내렸고, 두 남자는 삿대를 이용해 배를 완전히 갖다 대고는 마침내 물속으로 내려와 두 팔의 힘으로 거룻배를 모래사장으로 끌어올렸다. 그 사이 수도원장이 그들에게 기쁜 심정으로 인사를 건넸다.

"어이, 여보게들, 정말 대단하군. 자네들 용감한 비글라프와 에텔불프, 어서 뭍으로 올라오게. 안전하게 항구에 닿았네그려! 자네들이 이런 악천후 속에서 다시 귀환할 수 있게 되었으니, 정말 하느님 덕분일세! 우리 셋 모두가 당장에 무릎을 꿇고 신을 찬양해야 할 것이네. 보다시피 자네들의 수도원장인 나는 자네들이 너무나 걱정되어 폭풍우와 빗속을 뚫고 헤매며 해변까지 왔다네. 자네들 괜찮은가? 그래, 고기는 잡았나?"

"네네, 원장님, 그럭저럭 잘 돌아왔습니다요" 그들은 대답했다. "고기요? 웬걸요. 고기를 바랄 생각은 아예 못했습죠. 고기는 없습죠. 우리에게 굉장한 파도가 닥친 데다가 돌풍이 불었기 때문입죠. 원장님은 상상하지도 못할 겁니다. 한 사람은 계속 배에서 물을 퍼내야 했고 다른 사람은 죽을힘을 다해 키를 잡고 있어야 했었으니까요. 그것 말고는 아무 생각도 없었습니다요."

'말하는 것 좀 보세. 천박하기 이를 데 없군' 원장은 생각했다. 천박하다고 생각한 것은 그들의 말투에 화가 나서였지만, 실은 그들이 고기를 한 마리도 잡아오지 못한 것에 실망했기 때문이었다. '그들이 돌아온 것만으로도 기쁘기 그지없고 마음이 놓이는군. 그런데 그렇다 해도 고기를 한 마리도 못 잡아오다니 …' 그는 생각했다.

"신께서 자네들을 구해 주신 걸 보니" 하고 그는 말했다. "자네들에게 닥친 시련 앞에서 자네들이 얼마나 간절히 신께 기도했는지 알겠네."

"네, 네, 그러했습죠, 원장님."

"자네들은 기도할 때 행여 다른 종류의 기도까지 섞어 하진 않았나? 이전부터 흔히 쓰던 상스러운 말이나 온갖 허튼소리들까지 말이야?"

"물론 안 그랬습죠, 늘 그렇듯이요."

'왜 안 그랬겠어. 아마도 했겠지'라고 원장은 생각했다. '고기를 한 마리도 못 잡았으니, 저들의 빨간 수염은 뭔가, 근육이 울퉁불퉁 불거진 다부진 몸통은 뻘게 가지고 소금기에 잔뜩 절어 있으며 허리까지 벗어젖혔군. 이런 날씨에 왜 윗도리와 조끼까지 벗고 있는 걸까?'

그의 시선은 작은 배를 향해 있었다. 이 작은 배는 겉이 녹색으로 칠해져 있으나 군데군데 칠이 벗겨져서 하얀 밑칠이 드러나 보였다. 배 안에는 그물이 놓여 있었고 노 두 개와 장대 하나가 있었다. 배 뒤쪽에는 뭔가가 쌓여 있었는데 그 위로 어부들의 옷이 던져져 있었다.

"저기에 도대체 무엇이 있는 건가, 저 높직이 쌓아 놓은 게 무엇이란 말인가?" 하고 그는 물으며 지팡이로 그쪽을 가리켰다.

"가난뱅이들 물건입죠" 그들은 우물거리며 말했다. "원장님 같은 분한테는 전혀 필요 없는 것입니다요."

'저들이 고기를 갖고 있는 게 분명해' 하고 그는 생각했다. '고기를 자기들끼리만 차지하고 싶은 건가? 그게 아니라면 내 앞에서 자기네 옷으로 숨기는 게 뭐지? 그들이 당황한 게 분명한데…. 확실히 알아봐야겠어.' 그래서 "원, 한 번 봐야겠네" 하고 그는 지팡이를 위로 뻗어 그들의 땀에 젖은 옷이 덮고 있는 물체로부터 옷을 벗겨 버렸다. 눈앞에 나타난 것은 손에 쥘 만한 크기의 튼실하게 생긴 작은 나무통이었으며, 통을 이루고 있는 판에는 색이 칠해져 있었다.

"이게 어찌된 일인가! 어떻게 자네들 배에 이런 아름다운 통이 있단 말인가? 그 안에 무엇이 들어 있나?"

"무엇이 있다뇨?" 그들은 얼굴을 돌리며 대답했다. "가난뱅이들에게 필요한 것들입죠. 신선한 물이 있고요, 콜타르가 있고 찔끔찔끔 마실 럼주가 좀 있습죠."

그들의 대답은 우스꽝스러울 정도로 모순되어 있었다.

"자네들 거짓말을 하고 있군" 원장은 나무라면서 말했다. "사람은 꼭 옳은 말을 할 수는 없다 해도 정직하게는 말해야 하는 걸세."

그리고는 그쪽으로 더 가까이 다가가서는 그 작은 통을 만져보다가 더 자세히 살펴보기 위해 몸을 구부렸다. 그러다 그는 뒤로 물러나 양손을 맞잡았다. 마개구멍을 통해 안에서 아이의 흐느끼는 울음소리가 들려왔던 것이다.

"오, 맙소사!" 그는 소리쳤다. "조용히 해. 움직이지 말게. 소리도 내지 말고. 내가 잘 들어 볼 테니!"

그리고는 다시 통 위로 몸을 기울였다. 다시 울음소리가 들려왔다.

"거룩하신 성령과 광명의 사도들이시여." 원장은 목이 메어 이미 더는 크게 말을 할 수 없었으며 몇 번씩이나 성호를 그었다.

"자네들, 한 어머니에게서 태어난 아들들인 비글라프와 에텔불프! 어디서 이 통을 손에 넣었는가? 자네들이 알았건 몰랐건 간에 맹세코 그 안에는 인간의 아기가 숨겨져 있단 말일세."

"사람의 아기뿐이라고요?" 그들은 물었다.

그들은 말하길, 그 사실에 대해 전혀 몰랐고 그 밖의 다른 것이 없다면 실망이라고 했다. 그들이 만으로 들어올 때 사공 없는 작은 배가 떠돌고 있기에 얼어붙은 손으로 거센 파도에서 그 통을 건져 올렸으며,

뱃머리를 돌려 상앗대로 밀고 나아가 뭍에 대고선 그들의 배 안으로 그 작은 통을 옮겨놓았다. 거기에 가난뱅이에게 뭔가 필요할 만한 것이 들어 있을지도 모른다는 생각이 들었고, 그들이 거기에 손을 댄다 한들 아무도 이러쿵저러쿵 말할 사람은 없을 거라 생각했다는 것이다.

"그만 조용히 하게!" 그레고리우스는 그들의 말을 중단시켰다. "지금은 어떤 말도 필요 없고 한시가 급한 때이니만큼 서둘러 그 통을 끄집어내서 해변에다 옮기세, 이리로! 내 어깨덮개를 거기에 깔 테니까. 쓸데없는 말은 하지 말고 꾸물거리지도 말게나! 이 깊은 감동을 주는 신기한 통을 당장 이 자리에서 열도록 하게! 장담하건대 그 안에는 살아 있는 아이가 들어있네. 당장 밑바닥을 깨부수게, 재빠르고도 조심스럽게! 도끼를 잡고 칼을 잡게나! 통 주변의 타르를 긁어내게. 그 통에 무엇이 들어 있는 걸까? 오, 열게나, 열어!"

그들은 시키는 대로 했다. 그의 성화에 못 이겨 그들은 통을 재빨리 뭍으로 들어 올렸고, 그 물건을 어떻게 다루어야 할지 알고 있는 숙련된 남자들답게 능숙하게 통의 측면을 뜯어내고 통을 열었다. 그때 원장은 무릎을 꿇었다. 그리고 그 작은 집이 열리자 경건한 마음으로 나지막이 기도를 드리며 그 안에 숨겨져 있던 것을 끄집어냈다. 그것은 배내옷에 싸인 갓난아기였다. 아기는 알렉산드리아산 비단 보료 위에 눕혀져 같은 비단으로 덮여 있었으며, 그의 발치에는 빵 두 개와 서판 하나가 있었다. 매우 귀중해 보이는 그 서판은 문자가 기록된 편지였다. 몹시 희미한 빛이었지만 아기는 햇빛을 보자 눈을 깜박거리며 재채기를 했다.

수도원장은 이미 무릎을 꿇고 있어서 새삼 그 위로 엎드릴 필요가

진 없었다.

"신께서 주셨도다, 신께서 주셨어!" 그는 두 손을 깍지 끼고 말했다. "이 험한 바다에서 태어난다는 것은 내 평생에 만난 중 가장 거룩하고 신기한 일이다. 이 서판은 우리에게 무엇을 알려 주고 있는가?" 그는 서판을 쥐고 눈앞까지 가져가 그 글을 훑어보았다. 우선 당장은 그가 읽은 것을 대략만 이해할 수 있었지만, 그래도 이 아이의 출생에는 뭔가 고귀하면서도 또한 경악스러운 사연이 얽혀 있다는 것만큼은 곧바로 파악했다.

'내가 무엇을 기대하고 있었나?' 그는 생각했다. '통 안에 넣어져 거센 파도 위를 떠다니던 아기가 정상적인 관계에서 태어난 아이이길 기대하고 있었던가?'

연민의 정에 사로잡혀 그는 죄 가운데 태어난 그 연약한 습득물 위로 몸을 굽혔다. 그런데 세상에, 그의 온화한 얼굴이 자기 위에 그렇게 가까이 있는 걸 알아챈 아기가 그 귀여운 입으로 그를 보고 미소를 짓는 것이었다.

선량한 원장의 눈은 축축해졌다. 갑자기 그의 마음은 너무나 분주해졌으며, 몸을 일으켰을 때 그는 이미 매우 단호한 조처를 취할 준비가 되어 있었다.

"이보게들, 이 버려진 아이는 사내아이라고 적혀 있네. 아이에게 지극히 축복된 일이 일어났어, 신의 가호로 이 작은 통 안에서 기적처럼 살아났으니 말이야. 그러니 분명한 사실은, 명백하게 계시된 신의 계획에 따라 부디 신중하고 현명하게 우리가 아이를 떠맡아야 한다는 것이네. 물론 이 아이는 아직 세례를 받지 않았으니 수도원이 맡아야 할 걸세. 그러나 당분간은 비글라프 자네가 당장 이 아이를 가까운 자네의 오두막으로 데려가 맡아 주게나. 자식 복이 많아 자네 집에는 어차피 아이들로 북적대니 말일세. 마침 다시 젖이 넘치게 나오는 자네의 처 마하우테에게 아이를 건네줘서 따뜻하게 해주며 젖을 물려 주도록 하게. 비록 신께서 자비를 베풀어 이 여행에서 아이의 생명은 보호하셨을지라도, 아이는 충분한 보살핌을 받지 못한 채 분명 죽음의 위험 속을 떠다녔을 테니 말일세. 나를 믿게나! 자네들이 이 가련한 아이를 위해 뭔가를 해준다면 자네들에게도 손해가 되지는 않을 거야. 그 아이의 형편은 분명 떳떳하지는 않지만 초라하지는 않네, 그건 아이와 함께 실려 온 이 귀한 옷감들을 보고 자네들도 이미 눈치 챘겠지."

그는 서판을 이미 자신의 옷에 숨겨 두었는데, 협상을 하기 위해 그것을 다시 꺼내 들어 글을 읽었다. 그런 다음 빵 하나를 집어 갈라서 그 속을 들여다보았다.

"만약 내가 자네에게," 그는 다시 비글라프에게 몸을 돌려 말했다. "양육비로 2마르크의 금을 준다면 그 대가로 이 아이를 거두어서 자네의 아이들과 함께 키우되, 더 각별히 신경을 써서 키우겠는가? 왜냐하면 이 아이는 몇 년 있다가 다시 수도원으로 들어올 것이기 때문이네."

2마르크의 금화는 비글라프가 여태껏 본 적도 없는 큰돈이었으므로, 그는 그렇게 하겠다고 약속했다.

"그러면 집으로 가게!" 원장은 소리쳤다. "이 아이의 절박한 처지를 생각하면 우리는 여기 서서 의논하는 일에 이미 시간을 너무 많이 보냈네. 비글라프, 그 아이를 밑에 깔린 천으로 싸게 ─ 그건 동방의 나라, 알렉산드리아산일세, 알겠는가? ─ 자네 팔로 아기를 안아 최대한 조심해서 데리고 가게나! 위에 덮여 있던 옷감과 두 개의 빵은 내가 가져감세, 아이가 빵을 먹을 수는 없을 테니까 말이지. 그리고 잘 듣게! 누군가가 자네와 자네 처에게, 어떻게 해서 자네 집에 갑자기 여섯이 아닌 일곱 아이들이 있게 된 건지 묻는다면 ─ 하긴 누가 여섯과 일곱의 차이를 알아차리겠는가마는 ─ 이 아이를 성 알트헬름, 아니 뭐라고 부르든 간에 하여간 그 섬에 있는 자네 조카딸에게서 데려왔다고 말하게. 조카딸이 이 아이를 낳았지만 심장이 약해 아이를 돌볼 수 없게 되었으므로 자네들이 아이를 데려왔으며 친족 간의 애정으로 맡아 기르기로 한 것이라고 말일세."

"하지만 그건 거짓말이고 당치 않으신 말씀인뎁쇼" 이제는 에텔불프가 반항적인 태도로 끼어들었다. "제 딸은 조금도 약하지 않고 오히려 사과처럼 반들반들 토실토실합니다요. 만일 자식이 열둘이라 해도 모두 다 키울 수 있을 겁니다. 이건 장난치는 겁죠, 원장님, 말은 잘 못해도 거짓말은 하지 말라고 늘 그러시지 않으셨습니까요?"

"에텔불프, 그렇게 꼭 소리 높여 말대꾸를 해야겠나?" 원장이 물었다. "이토록 그럴듯하게 보이도록 잘 꾸며 낸 구실에 대해서 말이야. 그리고 이렇게 진실에 가까운 일에 추한 용어를 붙여야만 되겠는가? 자네들이 작은 배에 아기를 싣고 들어오는 모습은 적어도 겉보기에는 정말로 성알트헬름섬, 즉 자네의 딸네 집에서 돌아오는 것처럼 보일 수도 있었단 말일세. 내가 자네 딸을 직접 알지는 못하지만, 자넨 분명 일부러 과장해서 건장한 여자라고 말했을 걸세. 자네한테 할 말이 있네. 만일 내가 자네에게 이번 한 번뿐이지만 금화 1마르크를 준다면, 내가 자네 동생에게 분부한 이 경건한 거짓말을 인정하고 우리가 이 아기를 발견한 경위에 대해 거룩한 마음으로 입을 다물고 있을 수 있겠는가?"

에텔불프는 1마르크에 즉시 만족하고 그러겠다고 했다.

"비글라프" 하고 원장이 주의를 주었다. "부자가 된 것이 너무 기뻐 아이를 안고 가다가 발에 걸려 넘어지거나 해서는 안 되네. 그리고 이제 에텔불프도 꽤나 부자가 되었네. 그에게도 이젠 불만이 없을 걸세. 그러니까 자네들, 즉 자네와 마하우테가 식사를 마치면 낮 기도 시간 후에 곧장 사내아이를 수도원으로 데려와, 이 아기는 자네 조카가 낳은 아이인데, 그 어미가 주로 병상에 누워 있기 때문에 자네들이 대신 이 아기의 부모가 되기로 했다고 내게 보고하게나. 또한 모두 나에게 아기의 대부(代父)가 되어 달라고 하고, 아기가 아직 세례를 받지 않았으니 곧 세례를 받게 해달라고 청원하게. 정식으로 품위 있게 말하게! 나는 수도사들이 모인 자리에서 자네들을 맞이하고자 하네. 그러니까 이것은 자네들이 평소에 하듯 편한 대로 입을 아무렇게나 놀려 말할 일이 아니네. 그러면 수도사들이 자네들을 비웃을 걸세. '젖먹이에게 세례인가 뭔가 하는 것을 좀 줍쇼!' 하는 식으로 말하지 말라는 거야. 그건 분위기에 어울리지 않아. 정신을 가다듬고 입술을 오므려, '존경하는 수도원장님, 저희에게 아이를 맡긴 신심 깊은 부모가 갓 태어난 아기를 원장님께 보내, 원장님께서 친히 신성한 세례를 베풀어 주셔서 아기가 축복받은 삶을 얻을 수 있도록 해주시길 바라고 있습니다. 그리고 특히, 만일 황송하게도 허락해 주신다면, 아기의 세례명을 원장님의 성함인 그레고리우스로 지어 달라고 부탁드리는 바입니다'라고 말해야 하네. 비글라프, 따라해 보게나!"

그리하여 비글라프는 입술을 오므리고 무척 애를 써가면서 이 청원의 말을 세 번 반복해서 말해야 했다. 그리고 나서야 원장과 헤어져서 오두막집으로 돌아올 수 있었다. 아내 마하우테에게 아기를 건네주면서, 아기의 출생에 대해 절대로 묻지 말 것, 만일 어쩔 수 없는 경우에는 사람들에게 이러이러하게 말할 것, 아기를 친자식처럼 돌보되 다만 그보다는 좀더 잘 돌볼 것을 명했다. 그렇게 하지 않으면 단단히 두들겨 팰 것이라고 경고했다. 그러나 그녀는 이렇게 생각했다.

'두들겨 팬다고? 그런 비밀을 여자에게 오랫동안 감출 수 있을 거라 믿다니, 그러니까 남자지. 나는 비밀을 들춰내고야 말 테다!'

✠

불어나는 돈

그러면 그리말트 공의 손자, 못된 아이들이 낳은 아이가 작은 통 안에 넣어져 운 좋게도 육지에 닿도록 신께서 어떻게 당신의 과업을 완수하셨는지, 어떻게 당신 스스로를 거역하면서까지 능수능란하게 그 일을 관철시키셨는지를 살펴보도록 하자. 한 가닥의 사나운 조류가 이 아이를 태운 노 없는 작은 배, 사나운 바람의 유희에 내맡겨진 이 작은 배를 육지와 육지 사이의 한 걸음 남짓밖에 되지 않는 해협을 빠져나가 떠돌게 하고 '옷소매'라 불리는 이 해협을 떠내려가 외딴섬 근처까지 밀려가게 하셨으니, 지혜로운 신께서는 이 섬을 세상에서 용서받지 못할 이 아기의 거처로 삼고자 하신 것이다.

이 아기의 여행은 이틀 밤과 하루 낮 동안만 계속되었다. 만일 더 길어졌더라면 단언컨대, 이처럼 튼실하고 그때까지 충분한 영양을 섭취하던 아기라도 더는 견뎌 내지 못했을 것이다. 짐작하건대, 아기는 철썩거리는 파도에 흔들리면서, 모태처럼 어두운 통 속에서 파도로부터 보호받으며 대부분 잠을 잤을 것이다. 통을 모태라고 표현한 것은, 섬에 도착했을 때 아기가 완전히 말라 있지 않았던 것이 단지 바다 때문이라고만은 할 수 없었기 때문이다. 죄를 짊어진 그 생명은 마지막 순간까지도 주변의 파도가 몰아치는 만의 절벽 때문에 큰 위험에 처해 있었다. 그 어귀까지 그의 작은 배가 떠밀려 갔던 것이다. 그러나 이곳에서 어부들은 아기를 발견했고, 그들은 수도원장에게 습득물을 감출 수가 없었다. 그리하여 내가 이야기한 대로 일이 진행된 것이다.

비글라프의 아내 마하우테는 평상시에는 비쩍 마르고 잔소리가 많았는데, 엄마가 되었을 때만은 항상 부드럽고 몸은 풍만해졌다. 이때문에 남편은 오두막에서 지내는 가난뱅이 생활에도 불구하고 가능하면 자주 아내에게 엄마가 되는 기쁨을 안겨 주려고 애썼다. 그녀의 젖은 자기가 낳은 아이에게 주고도 남을 만큼 넘쳐서 막 데리고 온 아기에게도 충분히 먹일 수 있었다. 그녀는 다정하게 젖을 물리며 아기를 따뜻하게 해주었는데, 이 다정함은 잠시 동안에나마 다시 그녀에게 주어진 특성이었다. 그리하여 짚을 깐 자리에서, 아기는 불그스레해진 채 만족스러운 상태로 형편없는 강보에 싸여 이제는 그의 젖먹이 형제가 된 어부의 아들 플란 옆에 누워 있었다.

그리고 어부 부부는 수도원장의 지시대로, 식사를 마치고 나자 아기를 안고 수도원으로 데리고 갔다. 원장은 수도사들을 수도원 식당에 모아 앉혀 놓고, 비단같이 부드럽고 낮은 목소리를 가진 수도사 피아크리우스 형제에게 《숨마 아스테사나》라는 책에서 가장 좋은 장을 하나 그들 앞에서 낭독하라고 지시하고 있었다. 그들이 즐겁게 귀 기울이고 있는 가운데 어부 부부가 배알을 청했고, 나의 친구 수도원장은 낭독이 중단되자 다소 언짢은 듯한 표정을 지었다.

"이렇게 영성이 충만한 장을 읽고 있는데, 그들은 어찌하여 우리를 방해한단 말인가!" 그는 말했다. 하지만 그런 다음엔 놀란 표정을 지으면서도 가난한 어부 부부를 지극히 너그럽게 맞이했다.

"자네들, 반갑구먼" 그가 말했다. "무슨 연유로 이 눈부시게 아름다운 아기까지 셋이서 우리에게 온 건가?"

이제는 비글라프가 입술을 모으고 아기의 신심 깊은 부모이면서 병치레가 잦은 그의 조카딸에 대해, 또 세례에 대해 외운 표현을 앵무새처럼 그대로 읊어야 할 차례였다. 그런데 그가 그렇게 말하는 투는 수도사들 사이에 큰 웃음을 자아냈다. 수도원장은 어부가 상스러운 말투로 이야기하면 수도사들이 웃을 거라고 생각했는데, 오히려 어부가 너무 점잖게 이야기하는 바람에 그들은 웃음을 참지 못했다. 더욱이 그가 표현을 완전히 익히지 못해 중간 중간, 써서는 안 된다고 신신당부한 말을 어기고 기어이 '젖먹이'라든가 '세례를 줍쇼'라는 말을 썼기 때문에 웃었던 것이다.

"가난뱅이 어부 말을 좀 들어 보지!" 수도사들은 외쳤다. "그의 머릿속에 들어 있는 혀가 뭘 말하는지, 그의 멋진 능변을 말이야!"

그러자 수도원장은 자신도 웃음을 참지 못하면서 그들의 비웃음을 꾸짖고는, 경탄해 마지않으며 부드럽게 사내아기를 품에 안았다.

"지금껏 이 성둔스탄섬에서 이렇게 잘생기고 사랑스러운 느낌이 드는 아기를 본 적이 있는가?" 그는 말했다.

"푸른빛을 띤 이 검은 눈동자와 고귀하게 생긴 조그만 윗입술을 좀 보게나들! 게다가 작은 두 손은 정말로 앙증맞지 않은가! 내 손가락 바깥쪽을 이 작은 뺨에 갖다 대니 거품 같고 향기 같은 느낌이 드는 군, 이건 짐짓 실제 육체가 아니야, 육체라면 하늘의 것일세. 멀리 있는 어미가 병치레를 하게 되어 이런 아이가 고아나 다름없는 신세라고 하니 마음이 아프구나! 그리고 비글라프와 마하우테 부부가 이 아이를 맡아 친자식처럼 키우겠다고 하니 나로서는 칭찬해 줄 수밖에 없네. 그런데 크레데미,[1] 무엇보다도 염려스러운 것은 이렇게도 사랑스러운 아기가 아직 기독교인의 신분으로 받아들여지지 않았다는 점이네. 지금이 아이에게 세례를 줄 최적의 시간이네. 우리 모두 즉시 이 아이를 데리고 교회의 세례반(盤)으로 가세. 그곳에서 나는 몸소 아기에게 세례를 베풀고 내 이름 그레고리우스를 세례명으로 붙여 주어 원하는 바대로 이 아기의 대부가 되어 주겠네."

일은 그렇게 진행되었다. 나의 친구는 자신이 말한 것을 이행했다. 그리고 사내아이는 이제 수도원장의 위엄 있는 이름을 받아 '그레고리우스'라고 불리게 되었으나 일상생활에서는 평범하게 '그리고르스'로 통했다. 아이는 이 이름으로 불리면서 가난한 어부의 아이들과 섞여 자라났고 마하우테의 손에서 매우 잘 지냈다. 그러한 상황은 마하우테가 풍만한 몸으로 온유함을 보여주다가 이미 오래 전에 다시 비쩍 마르고 잔소리를 해대는 상태로 되돌아왔을 때에도 마찬가지였다. 왜냐하면 그레고리우스 원장이 그녀가 어머니로서의 의무를 잘 수행하고 있는지 예의주시하고 있었으며, 거의 하루도 빠짐없이 비글라프의 오두막집으로 건너와 자신의 어린 대자(代子)의 안부를 확인했기 때문이

---

1 '내 말을 믿어줘'라는 의미. 이 작품 속에서 수도원장이 쓰는 습관적인 말.

다. 사실 어부의 자식들 모두와 그들 부부도 종전보다 더 잘 지내게 되었다. 수도원장으로부터 받은 2마르크 덕택에 비글라프에겐 일곱 번째 아이를 부양하는 데 들어가는 비용 따위는 대단한 것이 못 되었고, 그보다 훨씬 더 많은 지출을 하며 살 수 있게 되었기 때문이다. 여태까지는 쓰디쓴 가난이 그를 옥죄고 있었다면, 이제 비글라프는 그 손아귀에서 벗어나 살림을 차츰 더 쾌적한 상태로 꾸려 갈 수 있었다. 이전까지는 오랫동안 소금기 있는 짠 바다가 그의 터전이었기 때문에, 그는 혹독하게 고생하면서 그 터전을 갈며 고기잡이로 가족의 굶주림을 가까스로 면해 왔다. 그런데 이제는 사정이 달라졌다. 그는 암소 네 마리와 돼지 두 마리를 샀고, 게다가 초원에 소들을 풀어 놓을 수 있는 방목권을 샀으며, 오두막집에 외양간과 돼지우리와 방 한 칸을 더 늘려 그 방에서 가족과 함께 우유 수프와 소시지, 절인 양배추를 먹으며 앉아 있게 된 것이다. 양배추를 먹게 된 것은 그가 지역 마을로부터 정원 부지와 무밭도 조금 마련해서, 축사에서 나온 분뇨로 땅에 거름을 주면서 당근, 양배추와 밭콩을 재배했기 때문인데, 그중 일부는 직접 먹고 일부는 시장에 내다 팔았다. 그리하여 그는 힘든 고기잡이는 곧 부업으로만 하게 되었다. 이 모든 것이 아기의 축복 덕분이었다.

그의 아내 마하우테는 처음에 외양간을 짓는 남편을 보았을 때, 가난뱅이인 그가 거기서 무엇을 하는지, 무엇 때문에 저러는지 몰라 양팔을 휘저으며 기절초풍할 정도로 놀랐다. 그러나 그는 이유를 말하지 않았다. 그 후 암소 두 마리가 왔고 얼마 안 있어 두 마리가 더 왔으며, 그 후 돼지우리가 생기면서 돼지들이 왔고, 그 다음에는 방이 증축되고 급기야는 무밭까지 생겼다. 그러자 그의 아내는 새로운 것이 나타날 때마다 몹시 놀라 기겁하며 소리를 질러댔다.

"이봐요, 당신 정신 나간 거 아니우? 원 세상에, 당신 대체 왜 그러는 거요. 이러다가 가난뱅이 처지인 우리가 어떻게 되겠수? 아이고머니, 이봐요, 이렇게 온갖 호사를 부릴 금화는 어디서 난 거요? 변변치 못한 음식만 먹고 살던 우리가 이제는 소시지와 탈지유를 먹다니, 부자라도 되듯이! 당신, 뭔가 심상치가 않군. 참, 벌써 당근까지 심었잖우! 그 돈 어디서 난 건지 말해 주지 않으면, 난 당신이 분명 악마와 짜고 하는 짓이라 믿을 거요!"

"내 허리띠로 얻어맞고 싶지 않으면 아무것도 묻지 말라고 했잖아?" 남편이 위협했다.

"아이에 대해 묻지 말라고 그런 거지, 돈에 대해서는 아니었수!"

"일체 아무것도 묻지 말라고 했어" 남편이 말했다.

"더는 아무것도 물어서는 안 된다고? 당신은 보화를 모아 마법이라도 부리듯 뿔 달린 가축과 돼지를 들여오고 있는데, 누구 도움으로 그러는 건지 날더러 묻지도 말라고요?"

"이 여편네야" 하고 남편이 말했다. "한 마디만 더 해봐, 내 허리띠를 빼서 당신이 또 다른 이유로 비명을 지르도록 만들어 줄 테니."

그러자 그녀는 입을 다물었다. 그러나 어느 날 밤, 그가 그녀의 깡마른 몸에 부부관계를 요구했을 때, 그녀는 그 아이에 대해 털어놓기 전에는 가까이 오지 못하게 했다. 그러자 그는 자신이 형과 함께 얼어붙은 손으로 아기가 든 통을 파도에서 건져냈는데, 수도원장이 아기를 발견하고는 자신에게 금화 2마르크를 주며 수도원을 대신해 부부가 그 아기를 기르도록 시켰다고 말했다. 그렇지만 그 아기가 누구의 아이인지, 또 누가 그 아기를 통에 넣어 바다에 흘려보냈는지는 아무도 모른다고 했다. 나중에 욕구가 충족되자 그는 이렇게 말했다.

"으으, 이게 비밀과 맞바꿀 정도까지는 아니었는데! 당신이 비밀을 지키지 않고, 그리고르스가 바다에서 주워 온 아이라는 사실을 불어 버리는 날에는 당신을 시퍼렇게 되도록 두들겨 패서 불구자로 만들어 버릴 거야."

그래서 그녀도 비밀을 지켜 꽤 여러 해 동안 발설하지 않았다. 자신이 입을 다물지 않을 경우 소시지와 탈지유는 끝장일지도 모른다는 두려움 때문이었다. 그녀는 주워 온 아이를 자신의 막둥이인 플란보다 소홀히 대하지 않았으며, 수도원장이 감독하러 들를 때마다 무럭무럭 성장하고 있는 두 젖형제를 그에게 보여주었다. 원장 또한 자신이 마치 두 형제의 성장에 똑같이 관심을 갖고 있는 것처럼 행동했다. 그래서 촌스럽고 거친 플란에 대해서도, 누가 보아도 더 훌륭한 태생임이 분명한 이방의 아이 못지않게 마하우테에게 칭찬을 해주었다. 그러나 속으로는 온통 그 아이에게만 관심을 기울였는데, 그 아이가 어부의 자식들보다도 더 고귀하고 아름답기 때문만은 아니었다. 무엇보다도 그 아이가 큰 죄의 결과로 태어났다는 것을 알고 있었기 때문이며, 이 사실이 기독교도인 그의 마음을 아프게 하며 감동시켜 일종의 경외심까지 일게 하기 때문이었다.

양육비로 준 돈이 어부에게 효과를 나타내는 모습을 원장은 미소를 머금은 채 보고 있었다. 그러나 그것은 또한 그 자신도 서판에 쓰여 있는 대로 아기의 지참금을 늘리고 불려야 하는 입장이라는 것을 상기시켰다. 맨 첫날부터 그는 서판을 수없이 읽었다. 아마도 이것만큼 자주 읽힌 서판은 결코 없을 것이다. 그 글을 연구할 때면 그레고리우스 원장은 자기 방에 틀어박혔다. 그리고 처음에는 아이의 혈연관계에 대해 조심스럽게 우회적으로 써놓은 글, 즉 이 아이는 부모의 형제이며 조카가 된다는 글을 읽고서 기독교도의 가슴을 뭉클하게 만들 정도로 죄악이 가득한 진실을 알아내기까지 적지 않은 시간이 걸렸다. 오빠와 누이동생이라니, 이 무슨 고난인가! 신은 우리의 죄를 당신의 고난으로 삼으셨다. 죄와 십자가, 이들은 신이신 그분 안에서 하나였으며 무엇보다도 그분은 죄인들의 신이었던 것이다. 그렇기 때문에 신은 이 발붙일 곳 없는 이 갓난아기에게 신의 성인 이곳 '아고니아 데이' 수도원을 보금자리로 마련해 주셨다. 원장은 이 사실을 깊이 느꼈고 신으로부터 위탁받은 일을 소중하게 생각했다.

그는 이미 서판의 첫 번째 권고를 실행하여 사생아에게 세례를 주었다. 또 하나의 권고, 즉 아이에게 글을 가르쳐서 훗날 언젠가는 자신의 서판을 읽을 수 있도록 해주었으면 한다는 것에 대해서는, 아이가 어부의 집에서 지내면서 글을 배울 수 있는 소년으로 성장하면 곧바로 따를 생각이었다. 서판은 세 번째 권고 또한 따라 주기를 요구하고 있는데, 버려진 이 아이의 재산, 즉 빵 속에서 발견된 금화 20마르크 가운데 어부들에게 준 3마르크를 제하고 아직 남아 있는 금화 17마르크를 불리는 일이었다. 이것은 그를 크게 주저하게 만들었다. 그도 그럴 것이, 그런 큰돈은 그렇잖아도 지옥불을 당기는 불쏘시개인데, 하물며 그 돈을 밑천 삼고 신이 주신 시간의 대가를 자신에게 지불하게 해야 한다니 주저하지 않을 수 있겠는가? 그러나 그는 자신의 어린 대자를 위해 기꺼이 서판의 지시를 따르기로 했다.

그래서 그는 수도원의 회계책임자인 크리조고누스 수사를 자기 방으로 불러들이고는 문을 잠근 다음 말했다.

"형제여, 당신의 원장인 나는 여기 고아의 돈인 매우 큰 액수의 금화 17마르크를 가지고 있습니다. 그것은 나의 충실한 손에 맡겨진 것입니다. … 돈을 사장시켜 금고 안에 보관해 두기만 할 게 아니라 이 돈으로 이윤도 남겨 달라는 겁니다. 과연 신실한 종이라면 신이 그에게 맡기신 재화를 그대로 묻어 두어서는 안 되고 불려야 한다고 하지 않습니까? 그렇다고는 하나 이 문제를 다시금 생각해 보면, 고리(高利)를 취하는 것 또한 기독교도가 할 짓이 못 되며 그건 일종의 죄가 됩니다. 그래서 내가 이러지도 저러지도 못하고 있는 참인데, 당신이라면 내게 어떤 조언을 해주시겠소?"

"그건 아주 간단합니다" 크리조고누스가 대답했다. "그 금액을 모두 유태인인 티몬 폰 다마스쿠스에게 주십시오. 수염을 기르고 뾰족한 모자를 쓰고 다니는 그는 정확하고 믿을 만하며 고리대금업에 노련한 사람입니다. 그는 자신의 환전가게에서 돈 이외에는 아무것도 거래하지 않으며 돈의 세계를 전망할 줄 압니다, 믿기지 않을 정도이지요. 그는 원장님의 돈을 아마 에섹스에 있는 론디니움2으로까지 보낼 것이고, 그러면 거기에서 그 돈은 돌고 돌아 이익을 내고 원금에 대해 이자와 복리가 붙게 되는 거죠. 그에게 자본을 충분히 오랫동안 맡겨 놓으신다면 그는 원장님의 금화 17마르크를 150마르크로 불려 놓을 겁니다."

"그렇습니까?" 수도원장이 물었다. "그가 그 정도로 시간에서 돈을

---

2 오늘날 런던의 전신(前身).

짜낼 줄 안단 말이죠? 그 사람 믿을 만하기도 한 겁니까?"

"성 둔스탄의 그 유태인보다 더 신실한 고리대금업자는 없습니다."

"좋아요, 크리조고누스. 그렇다면 당신에게 부탁해야겠습니다. 가십시오, 고아의 원조금을 노란 모자를 쓴 티몬의 환전대에 갖다 주십시오. 곧장 가십시오, 돈이 곧 증식되도록 말입니다. 그리고 내게 예금증권을 갖다 주시오!"

이와 같이 원장은 수사에게 답을 했지만, 수사가 문까지 갔을 때 다시 한 번 그를 불렀다.

"크리조고누스, 당신의 수도원장인 저는 방대한 양의 지식을 갖고 있습니다. 그걸 갖추고 있기가 항상 쉬운 것만은 아니랍니다, 크레데미! 내 머릿속에는 금리 장사를 속인들에게와 마찬가지로 성직자들에게도 금지시킨, 아니 속인들에게는 아니더라도 우리 성직자들에게는 항상 엄금해 온 수많은 주교회의와 수많은 공의회가 맴돌아 마음에 걸립니다. 그래서 드리는 말씀인데, 당신이 돈을 그 유태인에게 건네 준 다음, 채찍실로 내려가서 당신의 몸에 적당히 벌을 가해 속죄하는 것이 좋을 것 같습니다."

"당치 않습니다" 수사가 대답했다. "제 나이 벌써 육십이며 제 몸을 스스로 아무리 관대하게 봐주며 때린다 하더라도 저로서는 채찍질 같은 것은 견뎌 내기가 아주 힘듭니다. 하지만 원장님은 저보다 십 년이나 젊은 데다가, 그 돈은 원장님 것입니다. 그러니까 속죄하는 게 중요하다면, 직접 채찍실로 내려가서 원장님 자신의 몸을 적당할 정도로 채찍질하시지요."

"평안히 가십시오!"라고 원장은 말한 후 다시 서판을 읽었다.

슬픔에 잠긴 사람

소년 그리고르스는 이러한 걱정이나 거래에 관한 일에 대해 까맣게 몰랐으며, 자기 자신의 일도 자신에게 얽힌 사정에 대해서도 그날그날 드러난 것 외에는 아는 바가 전혀 없었다. 어부의 아이들, 즉 그가 그들을 자기 형제라고 생각했듯이 그를 자기들의 형제라고 여긴 어부의 아이들 사이에서 그는 성장했다. 섬사람들 또한 여기저기에서 그 아이에게 관심을 보일 때마다 그를 비글라프와 마하우테의 막내로 여겼다. 왜냐하면 수도원장이 비상사태에 대비해, 그 아이가 성 알트헬름 출신이고 에텔불프의 병든 딸의 자식이라고 이야기를 꾸며 놓았지만, 그것을 써먹을 비상사태는 일어나지 않았기 때문이다. 아니 그런 적이 한번 있었긴 했지만, 그런 소문 따윈 사람들의 뇌리에서 금방 다시 잊혀버렸다. 그는 형들의 너절한 옷을 입었고, 세 살이 되자 그의 형제들이나 부모와 같은 말투로 말을 하기 시작해 "그 안엔 뭐가 들었시유?"라든가 "관심 없수"라고 말하기도 했다. 다만 다른 점이 있었다면, 그들을 그토록 자주 찾아오는 그의 대부 수도원장에게서 보고 배운 '크레데미!'라는 말을 말끝마다 했다는 것이다. "플란, 네 구슬 난 안 훔쳤어, 크레데미"라는 식으로 말하는 것이었다. 그 때문에 형제들은 물론 마침내는 부모까지도 처음에는 장난삼아 그를 '크레데미'라고 불렀지만, 나중에는 별 의도 없이 습관적으로 그렇게 부르게 되었다. 그리고 그는 이 이름을 부르면 대답을 하였다.

크레데미 — 그리고르스는 보기에 사랑스러웠다. 그의 입술에 익숙해진 오두막 사람들의 마이센 사투리는 그에게 어울리지 않았고, 그의 부드러운 갈색 머리칼은 어부의 말썽꾸러기들이 지닌, 두들겨 맞은 듯한 볏짚 같은 머리카락과는 달랐으며, 그의 미소는 그들의 히죽거리는 웃음과 달랐고, 고통스러울 때 소리 없이 흘리는 그의 눈물은 그들의 울부짖음과는 거리가 멀었다. 다섯 살이 되자 그는 부쩍 자라서 호리호리해졌으며, 그의 생김새에서, 손이나 발, 서 있는 모습이나 걸음걸이에서 말썽꾸러기들과는 갈수록 더 차이를 보였다. 그의 작은 머리는 갸름했으며, 그의 얼굴은 예리한 입매로 인해 진지하고 호감이 갔다. 이미 그때부터 그는 고개를 한쪽 어깨에 비스듬히 떨군 채 팔은 구부려 다른 쪽 어깨에 두르고, 두 눈을 감춘 짙은 속눈썹 아래로 어딘가 아득한 꿈속을 내려다보는 습관이 있었다.

여섯 살이 되자 그는 수도원으로 들어갔다. 수도원장이 이제 그럴 시간이 되었다고 판단한 것이었다. 이 선량한 원장은 그리고르스가 어서 글을 배우기를 간절히 바랐기 때문이었다. 물론 그는 아이에게 벌써 자신에 관한 서판 기록을 읽도록 하려는 것은 아니었지만, 머지않아 아이가 그럴 능력을 갖추는 것을 보고 싶어 안달을 했다. 가족들과의 이별은 가족들에게도, 이 소년에게도 그다지 큰일이 아닌 것처럼 보였다. 소년은 양친의 오두막으로부터 불과 얼마 떨어지지 않은 수도사들의 거처로 아주 지척만 옮기면 되는 것이었다. 그렇지만 소년이 홀가분하게 떠나가려 했을 때 가족들이나 소년 자신이 생각했던 것보다는 그 이별은 더욱 깊은 것이었으며, 소년의 일생에 보다 의미심장한 전환점이 되었다. 그리고 소년이 원할 때에는 언제나 가족들을 만날 수 있었음에도 불구하고, 그가 그들과 함께 앉아 있을 때면, 그들 간의 간극이 마치 달에서 다른 달에 이르는 거리만큼이나 자꾸만 더 크게 벌어지게 되어 그의 가족들은 대개 입을 다물고 아무런 말도 하지 않게 되었다.

이제 그는 수도원의 생도였고, 누더기 상의 대신 일종의 흰 수도복을 입고 있었으며, 양쪽 귀 언저리에 머리를 늘어뜨려 목덜미에서 산뜻하게 깎았고, 손과 발도 깨끗했다. 글을 읽고 쓰는 것은 페트루스 에트 파울루스라는 수사한테서 배우고 있었는데, 배우는 속도가 매우 빨랐다. 온화한 성품의 이 수도사는 학자 겸 시인으로서 '갈프리트 폰 몬 마우스'라는 속명을 지니고 있었으며, '아고니아 데이' 수도원의 대여섯 명의 생도들을 맡아 지도 감독하고 있었다. 그리고르스는 이 생도들과 함께 아치형 천장이 있는 한 작은 침실에서 기거했다. 그들은 그리고르스보다 나이가 많았고, 그가 그들한테로 왔을 때 이미 글을 익히고 있었다. 그러나 그는 석필과 펜으로 글씨를 쓰는 데에는 금방 그들을 따라잡았고, 1년 남짓 지나자 언어, 수리, 노래 등 소소한 과학과 예술 분야의 교과에서도 그들보다 단연 앞서 나가 페트루스 에트 파울루스 신부를 기쁘게 했다. 소년들은 그 신부가 작사한 라틴어 찬미가를 불렀는데, 이때 신부는 '테오르베'란 저음 현악기로 반주를 해주곤 했다. 그리고르스는 라틴어와 마찬가지로 이 악기를 연주하는 법도 배웠다.

그의 손발이 깨끗하듯이 그의 언변에는 티가 없었다. 그리고 얼마 지나지 않아 그는 오두막에서 쓰던 마이센 방언을 더 이상 사용하지 않게 되었는데, 그것은 그가 아무리 애를 써도 그 방언이 안 나와서이지 오만해졌기 때문은 아니었다. 여덟 살 때나 열 살 때에 오두막집을 방문해 그들과 함께 앉아 있을 때면 그는 예의상 그들의 말을 쓰려고 애를 썼다. 그러나 이제는 그 말이 그의 입에서 듣기 거북하게 나와 부자연스러워졌기 때문에 모두의 얼굴이 일그러지곤 했다. 그의 얼굴은 수치심 때문에 일그러진 것이었으며, 그들의 얼굴은 그가 마치 그들을 비웃으려는 것 같아 화가 나서 일그러진 것이었다. 특히 그의 젖먹이 형제 플란은 둥근 머리통과 짤막한 목을 하고, 역시 둥글고 까놓은 밤처럼 짙은 갈색의 두 눈을 한 사내아이였는데, 그는 반감을 가지고 두툼한 입술을 삐죽이고 심지어는 두 주먹을 불끈 쥐기까지 하며 그리고르스를 관찰하였다.

이것은 그리고르스의 마음을 아프게 하였다. 왜냐하면 그의 의도는 친절하게 행동하려는 것이었고, 그가 도도하게 굴고 싶지 않았음에도 불구하고 정말 본의 아니게 도도하게 구는 것이 되었기 때문이다. 그의 진보는 날개를 단 듯이 빨라서 페터 운트 파울[1]선생과 그를 가르친 다른 수사들의 기쁨이 컸으며, 수도원장은 그를 시험해 볼 때

---

1   위의 '페트루스 에트 파울루스'를 칭하는 독일어식 이름.

마다 크게 놀라워했다. 열한 살의 나이에 이미 그는 능숙한 문법학자
가 되어 있었다. 그리고 그 후 몇 년 안에 그의 오성(悟性)은 최고의
힘을 발휘해 그는 '디비니타스'를 완전히 이해하기에 이르렀다. '디비
니타스'란 신성(神性)에 관한 학문이다. 그는 많은 책을 들춰 가며 읽
었고, 그에게 어떤 과제가 제시될 때마다 기민하게 그 문제를 파고들
어 그 본질을 파악하고 그 부문의 전문가가 되었다. 열다섯 살과 열여
섯 살 때에는 '레크스'에 관하여 들었는데, '레크스'란 법률을 다루는
학문으로서 매우 공명정대한 두뇌의 소유자만이 해낼 수 있는 학문분
야였다. 그러나 젊은 크레데미는 유희하듯 가볍게 그 학문의 요체를
파악해 버렸으며, 얼마 안 가서 사람들이 기대할 수 있는 최선의 법학
자가 되기에 이르렀다.

　여기서 내가 말하고 싶은 것, 그리고 내가 알고 있는 것은, 이런 지
식을 얻는 모든 일에는 정말이지 그의 정신이 절반밖에 투입되지 않
았다는 사실이다. 그리고 나는 여기서 수수께끼처럼 들릴지도 모르
는 사실 한 가지를 덧붙여 말해 두고 싶다. 즉, 그가 자신이 자라난
오두막과 서먹서먹하게 된 것이 세련된 학식 때문이었다고 한다면,
이제는 이따금씩 그에게서 수도원의 지식과 책들에 대한 흥미조차 아
예 앗아가 버리곤 하는 또 다른 어떤 것, 즉 어떤 감정이나 표상 같은
것이 존재했다는 사실이다. 그는 마치 자신이 자질이나 성질로 보아
가족들과 다르다는 것에만 그치지 않고 나아가서는 수도사들과 학우
들과도 근본적으로 어울리지 않는 것 같은 느낌을 받았다. 즉, 그는
자신이 입고 있는 옷도 신분도, 자신이 무릎을 꿇고 기도하는 일과 책
들을 앞에 놓고 앉아 독서하는 일이 서로 교차하는 자기 삶의 운행과

어울리지 않는다고 느꼈으며, 마치 자신이 가족들 사이에서든 수도원에서든 은밀한 이방인인 것처럼 생각되는 것이었다.

이것이 교만이며 죄가 되는 자만이었을까? 그러나 그가 자신이 이룬 학문의 성과를 사실은 자랑스럽게 여기지 않고 하찮게 여겨, 그러한 성과는 자신의 진정한 본분도 아닐뿐더러 명예도 아니라고 생각했다면, 그에게 자부심을 가질 만한 무엇이 더 남아 있었단 말인가? 우리는 재능 같은 건 완전히 도외시하고, 단지 서서 걸어 다니는 자신을 자랑스럽게 여길 수가 있을까? 그래서 학식이라는 것도 뭔가 그럴듯한 존재로 보이기 위해 그것을 필요로 하는 사람들을 위한 장식품 정도로 간주하는 것이 가능할까? 그러나 그는 어느 누구에 대해서도 겸손하고 공손했는데, 그것도 그저 아첨하기 위해서가 아니라 몸에 익힌 훌륭한 예절 때문에 그러는 것이었다.

열대여섯 살이 되자 그는 한창때의 청년으로 성장했다. 사지가 날씬하고 얼굴은 갸름한 데다 곧게 생긴 작은 코, 품위 있는 입을 지니고 있었으며 우수에 잔잔히 젖어 있는 듯한 눈썹은 아름다웠다. 섬사람들은 그에게 호감을 갖고 있었다. 그가 수도원의 심부름으로 성둔스탄섬의 마을로 들어가 그들과 어울려 걸을 때면 그들은 미소를 띤 채 그의 얼굴을 바라보면서 얘기했지만, 등 뒤에서는 의미심장한 말을 하는 것이었다. 그는 그런 말을 엿듣는 것을 좋아하지는 않았음에도 이상야릇한 욕망을 느끼면서 귀를 기울이곤 하였다. 이를테면 그는 서서 어떤 남자와 무슨 일에 대해 이야기하면서 동시에 자기 등 뒤에서 들려오는 이야기에도 귀를 기울였는데, 뒤에서는 두 사람이 그가 듣고 있으리라고는 상상하지도 못한 채 그에 대한 말을 수군거리는 것이었다.

"저 청년은 그레고리우스야, 수도원 학생이지"하고 이야기가 시작되었다. "수도원장님의 세례를 받은 아이로서 막내 수사님인데 그야말로 놀라운 사람이야. 그냥 단순히 비글라프와 마하우테의 아들이라지만, 대체 누가 그들의 자식이라고 생각하겠어? 그는 문법과 신학을 유리알처럼 훤히 꿰뚫고 있어. 그런데도 그런 티를 전혀 내지 않고 그렇게 좋은 머리를 갖고도 사람들에게 그렇게 친절하니, 넋을 놓고 쳐다볼 만한 청년이야. 내기를 해도 좋지만, 저 청년은 앞으로 직접 수도원장이 될 게야. 그러면 우리 모두가 곧 그의 손에 입을 맞추며 인사를 드려야 할걸. 지금도 벌써 별로 기분을 상하지 않고도 그렇게 인사하고 싶을 지경이지. 왜냐하면 저 청년은(지금 내 말을 듣고 있는진 모르겠지만) 우리네 같은 사람들로 하여금 어렵지 않게 머리를 숙이고 그걸 기쁨으로 여기게 하는 구석이 있거든. 어디서 그런 재주를 얻었는지는 그리스도만 아시겠지만 말이야! 그가 오두막에서 태어났다는 걸 뻔히 아니까 망정이지 그런 사실을 믿을 수 없을 정도야. 정말이지 그런 사실은 믿고 싶지도 않다니까! 저 청년을 보고 귀한 집 자손이라고 뒷말을 할 수 없는 게 정말 유감스러워! 경우에 따라서 그는, 내 장담하지만, 어떤 부유한 나라의 임금님으로도 어울릴 수 있을걸!" 이런 식으로 그들의 이야기가 계속되는 것이었다.

그리고르스는 가슴이 쿵쿵 뛰는 가운데 이런 이야기에 귀를 기울였다. 그런 이야기가 달콤하게 들렸다고 한다면, 그것은 그의 심경을 올바르게 표현한 것이라 할 수 없다. 그런 말 듣는 것을 애타게 갈구하면서도 그는 그런 이야기에 고통마저 느꼈다. 그것은 그 자신이 뭔가 잘못되었다고 뒤에서 수군거리기라도 하는 것처럼 그의 아픈 데를 찔렀다. 자기의 정체성에 관한 그의 걱정을 더욱더 뒷받침이라도 해주듯이 그런 이야기는 그에게 타격을 입혔고, 그의 마음의 갈등을 격화시켰으며, 그가 이 마음의 갈등을 혼자 오래 끌수록 그 갈등은 점점 더 커져만 갔다. 나는 이 청년이 고개를 한쪽 어깨로 비스듬히 떨군 채 서서 속눈썹 아래로 어딘가 꿈속을 내려다보고 있는 듯한 습관이 있다고 독자 여러분에게 묘사해 준 적이 있다. 그러면 생각해 보시라, 그런 자세로 서서 그는 사실 기사에 관해 꿈을 꾸고 있는 것이었다. 이 귀족 신분, 방패를 지닌 무사, 봉토를 받고 맹세를 한 신하, 그리고 자부심에 빛나는 예의 바른 행실 등을 그는 학문적인 책들 이외에도 수도원이 아울러 소장하고 있던 다른 책들에서 보고 알게 된 것이었는데, 그것은 롤랑과 아서의 이야기와 모험담에 관한 책들이었다. 디아나스드룬에 있는 궁정에서 연회를 베풀던 브르타뉴의 왕 아서의 이야기 말이다. 그런 이야기와 모험담을 읽으면, 옛 시인들이 말하곤 하듯이, 그의 왼쪽 가슴이 부풀어 오르는 것이었다. 그는 자기가 아서왕의 신사다운 기사들 중의 하나이기를 꿈꾸었다. 그래서 하얀 수도복을 입고 바위를 베개 삼아 해변에 홀로 누워 있을 때면 그는 다른 복장을 한 자신의 모습, 즉 진홍색 망토를 걸치고 철제 목 보호대와 투구를 쓰고 있는 자기 모습을 상상하는 것이었 — 이런 차림으로 그는 울창한 숲속에 있는 한 옹달샘 가로 가는데, 거기에는 한 거목(巨木)에 황금으로 된 주발이 걸려 있다. 이 주발을 집어 들고 샘물을 떠서 곧바로 그 옆의 에메랄드 판 위에다 부으면 이 숲속에는 엄청난 뇌우가 발생하게 되고, 아무리 모험을 일삼는 기사라 할지라도 이 뇌우를 맞고 쓰러지지 않는 기사는 일찍이 없다. 그러나 번개도, 쓰러져 내리는 나무둥치

들도 그리고르스만큼은 다치게 할 수 없으며, 그는 정신을 차린 채 갑옷을 입은 '샘의 주인'이 나타나는 것을 마주 바라본다. 예견한 그대로 '샘의 주인'은 그에게 해명을 요구하고 나선다. 화가 난 '샘의 주인'은 그보다 갑절이나 더 키가 크고 힘도 두 배나 더 세다. 하지만 그 기사는 결투에서 매순간 그리고르스만큼 정신을 집중할 줄을 모른다. 그 때문에 그리고르스는 그를 격파할 수 있으며, 또한 그 후 쓰러진 자의 아리따운 미망인으로부터 호감을 사는 일까지도 없지 않았던 것이다.

그의 꿈은 대개 이런 종류였다. 그러나 자기가 마음속으로 빠져드는 이러한 몽상들 때문에 그가 다소 흥분을 느끼긴 했지만, 정작 그를 몰두시키고 그의 마음을 괴롭게 만든 것은 그러한 몽상 자체가 아니었다. 그는 그저 꿈만 꾸는 것이 아니라 동시에, 그 샘의 주인이 그의 대담한 행동에 대한 해명을 요구한 것처럼, 자기가 왜 그런 꿈을 꾸고 있는지 스스로에게 해명을 요구하는 그런 유형의 인간이었다. 그가 꿈을 꾸고 있다는 **사실**, 그가 기사이기를 간절히 원하고 있다는 **사실**, 그의 사고가 자꾸만 하나의 방패를 향해 움직이고 있다는 생각, 자신의 방패를 목 앞에 쳐들고 긴 창을 오른쪽 옆구리에 낀 채 말에 박차를 가하여, 그 말이 펄쩍 뛰어오르면서 그를 싣고 내닫는다면 좋겠다는 생각 — 그는 이런 생각을 하고 있는 자기 자신에게 주목하게 되었고, 따라서 자기 자신에 대하여, 그리고 그가 처해 있는 사정에 대하여 곰곰이 생각하게 되었다. 누군가가 어떤 외국어를 한 마디도 못 하면서도 마음속으로는 그 언어를 알며 탁월하게 구사할 수 있고 자연스럽고 능숙하게 말한다고 주장한다면, 그것은 우스꽝스러운 일일 것이다. 그런데 말을 탄다는 것이 그리고르스에게는 바로 이런 일이었다. 누군가 이 세상에서 가장 근사하게 마상에 앉아 민첩하게 말을 구슬려 선회(旋回)하고 내달리고 뛰어오르는 기술을 마음대로 구사할 줄 아는 사람이 있을 것인데, 그리고르스의 마음속으로는 자기도 그보다 더 잘하지는 못할지라도 적어도 똑같이는 할 수 있을 것 같았다. 그는 이런 생각을 아무한테도 말하지 않았다. 당연히 다른 사람들은 마음속으로 그의 이런 생각을 참으로 우스꽝스럽게 여길 것이었기 때문이었다. 그러나 그의 마음속에서는 이런 생각이 우스꽝스러운 것이 아니라 진실이었다. 그리고 등 뒤로 들린 소문, 즉 그가 오두막집 아들이라고는 믿을 수도 없고 믿고 싶지도 않다는 사람들의 말과 더불어 이 진실은 그의 가슴을 무겁게 짓눌렀고 자신의 출생에 대한 회의를 불러일으키는 것이었다.

이런 일이야말로 그의 존재에 슬픔이 베일처럼 덮이게 된 이유였을 것이다. 말이 나왔으니 말인데, 그 슬픔은 그에게 잘 어울렸으며 그의 젊은 매력을 해친다기보다 도리어 한층 돋보이게 했다. 그뿐 아니라 더 나아가서, 내가 감히 이런 대담한 주장을 해도 될지 모르겠는데, 만일 그의 현재 생활이 잘못된 것이라면 자기의 출생 또한 그야말로 잘못된 것이리라는 예감이 그의 영혼 깊숙한 곳에, 정말이지 그의 피와 살 깊숙한 곳에 움트고 있었던 것 같다. 그런 대담한 주장을 내가 어떻게 증명해 보일 수 있을까! 하여튼 이 소년에게는 우수의 그림자가 드리워져 있었다. 그래서 '아고니아 데이' 수도원의 형제들이나 같이 공부하는 그의 친구들까지도 그를 '슬픔에 잠긴 사람'이라고 불렀으며, 노르만족2 본토에서 온 친구들은 그를 '트리스탄, 결코 웃지 않는 수심에 젖은 사람'이라고 불렀다. 그래서 그는 '크레데미' 이외에 또 하나의 별명을 갖게 된 것인데, 사실 그는 그런 별명을 갖게 되어도 정말 부끄러울 것은 없었다. 왜냐하면 '슬픔에 잠긴 사람'이라 불린다고 해서 그가 남자답지 못한 맥 빠진 청년이라든가 패기가 없는 사람이라고 생각하는 사람은 아무도 없었기 때문이다. 남자답지 못한 맥 빠진 청년이라는 것이 기사가 되고자 하는 그의 은근한 꿈과 어떻게 들어맞겠는가? 그의 신체는 오히려 호리호리했으며 억센 힘은 없었지만 팔은 가볍고 다리는 날씬했다. 그러나 학우들을 상대로 자갈 깔린 수도원 운동장과 풀밭에서 경기할 때나, 섬 청년들이 축구나 씨름이나 뛰기, 봉술3이나 투창이나 경주 같은 운동경기에 흥이 올라 있을 때는 다른 친구들이 억센 체력으로 얻을 수 있는 것 이상의 것을 그는 자기의 부드러움으로 얻어 내었다. 그가 생각 속에서 샘의 주인을 물리쳤던 방법대로 한 것인데, 말하자면 그는 다른 친구들과는 달리 경기하는 동안 매 순간 자기의 모든 것을 집중시킬 수 있었으며, 다른 친구들처럼 체력만으로 싸우는 것이 아니라 또 다른 어떤 힘으로 싸웠기 때문이다.

슬픔에 잠긴 사람, 그리고르스는 언제나 보기에도 기분 좋은 모습이었다. 경기를 할 때의 그의 모습은 위에서 말한 이유 때문에 정말 아름다웠는데, 누구나 그 점은 인정하지 않을 수 없었다. 긴장된 이마에는 다른 친구들보다 더 부드러운 갈색 머리칼이 흘러내렸고, 갸름한 얼굴엔 지나치게 부풀어 오른 윗입술이 아랫입술 위에 다부지게

---

2 중세 스칸디나비아에서 온 게르만계 민족의 이름.
3 막대기를 사용하여 공격과 방어를 하는 무술.

덮여 있었으며 날렵한 콧잔등이 벌룩거렸다. 이 얼굴은 긴장하면 친구들처럼 칠면조같이 벌겋게 달아 부풀어 오르지 않고 도리어 한층 더 흐릿한, 창백한 빛을 띠었는데, 거기에서는 푸르스름한 눈이 특별한 힘으로 타오르며 주변을 모두 살폈다. 그 눈은 상대방의 어떤 동작이나 위장 공격도 간파했고, 탄력을 받은 사지로 그는 전광석화와 같이 상대방의 모든 움직임에 맞서 물리치고 쳐부수어 자신이 유리하고 우세하도록 했다. 그의 젖먹이 형제인 플란만은 예외였는데, 운동경기에서는 그가 섬 청년들 중 일인자라 해도 이의가 없었을 것이다. 그 플란이 그에게 대항했다.

내가 말한 대로, 플란은 목이 짧은 청년으로서 매우 건장하며 가슴이 널찍했고 온몸에는 힘이 넘쳐흐르고 있었다. 이미 그는 고기잡이를 할 때나 밭이나 외양간, 돼지우리에서 농장 일을 할 때 아버지를 능숙하게 도우면서, 그리고르스가 공부 때문에 그랬듯이 노는 것과는 거리가 영 멀어지고 말았다. 그러나 그리고르스가 경기에 참여하면 플란도 거기에 섞여서 온 힘을 다해 그리고르스와 우위를 다퉜기 때문에, 두 사람 중에서 누가 더 나은지 아무도 말할 수 없었을 것이다. 그리고르스는 창을 대단히 멀리까지 던졌는데, 그의 여리여리한 팔에서 기대할 수 있는 것보다 훨씬 더 멀리 던졌다. 그러나 이어서 플란의 창대가 떨리면서 한 치의 차이도 없이 바로 그 옆에 꽂혔다. 어떤 심판관이라도 이 상황에서는 둘의 우열을 판가름할 수가 없었다. 경주할 때도 마찬가지였는데, 그들이 정확히 동시에 도착할 때면 마지막 호흡까지 한쪽은 근육 왕성한 다리로, 다른 한쪽은 호리호리한 다리로 동시에 결승 새끼줄을 건드렸기 때문에, 두 사람의 이름이 같이 불러야만 했고 우승자는 둘이었다. 청년들은 모두 플란과 그리고르스가 같이 경기에 참가하는 것을 기뻐했다. 그러면 경기가 매우 흥미진진하게 진행되는데, 그것은 극도로 긴장된 두 경쟁자가 있어 모든 사람들의 힘과 기분을 긴장시켰기 때문이었다. 머리와 발로 하는 축구에서도 플란은 결코 그리고르스의 편에 들지 않고 항상 상대편에서 경기했는데, 다른 모든 사람들도 그것을 좋아했다. 왜냐하면 어느 팀이든 그 형제 중 한 사람을 경기의 리더로 삼으려고 했고, 어느 누구나 그 형제의 지시를 받으면 돌격할 때나 뛸 때, 후위에서 차거나 골문을 지킬 때에 자신들의 기교가 실제 이상으로 좋아진다는 것을 알았기 때문이다. 그렇게 되면, 어느 편이나 열한 명의 선수가 융합해서 **하나의** 몸이 되는 것 같았으며, 시계장치처럼 정확하게 서로 공을 주고받았기 때문에, 공은 한쪽 골문을 뚫고 들어가는 것과 똑같은 횟수만큼 다른 쪽 골문도 뚫고 들어갔다.

어느 날, 청년들은 서로 다르기는 하지만 경기장에서는 똑같이 훌륭한 그 형제를 부추겨서 그들 모두가 보는 앞에서 씨름을 하게 했다. 그런데 그것은 이상하게 진행되었다. 그리고르스보다 힘은 세어도 더 낫다고는 볼 수 없는 플란은 금방 그리고르스를 넘어뜨렸다. 그러나 그리고르스는 두 손을 쓰며 다리로 버틴 채, 특히 머리를 세우더니 몸을 땅에 대지 않고 버티고 있었다. 플란은 그리고르스를 뒤집어서 그의 어깨를 강제로 풀밭 위로 밀어붙이려 했지만 그럴 수가 없었다. 반쯤 진 그리고르스의 모습은 필시 그렇게 버티는 자세에서 물러서느니 차라리 머리통을 땅에 박아 버리겠다는 듯이 보였다. 그런 상태는 몇 분 동안만 계속되었지만 구경꾼들에게는 그 시간이 훨씬 길게 느껴졌다. 그리고 그동안 내내 플란의 팔은 힘을 주느라 애를 써서 부풀어 올랐다. 그러더니 두 가지 일이 동시에 일어났다. 혹은 거의 동시에 일어났다고 할 만큼 순간적으로 연달아 일어났다. 플란의 힘이 아주 약간 느슨해지면서 새롭게 고쳐 쥐기 위해 그야말로 조금 약해진 순간, 그리고르스는 머리와 버틴 다리로 땅에서 몸을 일으키더니 달라붙어 있는 플란을 옆으로 내던져 자기 몸 아래에 눕혔기 때문에 플란의 어깨가 잔디에 닿고 말았다. 그러나 그야말로 순식간에, 말하자면 지켜보고 있는 심판관이 그리고르스의 이름을 미처 부를 틈도 없을 정도로 재빠르게, 움켜쥔 손을 놓지 않고 있던 플란이 이긴 자의 몸을 다시 뒤집어 그의 어깨를 풀밭으로 떠밀었기 때문에 결국 플란이 이겼지만, 그러나 사실은 그리고르스가 먼저 이긴 것이었다. 그렇기 때문에 이번에도 다시 두 사람의 이름이 모두 불릴 수밖에 없었다. 누가 승자인지 제대로 그 이름을 말할 수 없었던 것이다.

나는 씨름에 전혀 관심이 없을뿐더러 대체로 운동경기에 대해 관심이 없다. 또한 '옷소매' 내지 '운하'라고 불리는 먼 해협의 섬마을 청년들이 하는 경기에 대해 이야기하는 것은 나의 품위에도, 이 성 갈렌이라는 장소의 품위에도, 또 내가 앉아서 글을 쓰고 있는 이 책상의 품위에도 좀 맞지 않는다고 생각된다. 그럼에도 불구하고 나는 이 이야기를 하면서 열을 올리고 있으며, 묘하게도 나의 생각은 그 일에 머물러 있다. 경기할 때 그리고르스가 훌륭했던 것 못지않게 플란도 두각을 나타낸 것은 본디 참 이상한 일이었다. 왜냐하면 그리고르스는 다른 모두와 구분되는 특별한 태생의 사람이었지만, 플란은 평범했으며 그와 같은 체력을 갖춘 사람은 얼마든지 있었기 때문이다. 그러나 독자 여러분과 나 사이에서 하는 말이지만, 플란 역시 체력만으로 싸운 것이 아니었다. 그도 체력만이 아니라 다른 어떤 힘의 지원을 받아 싸운 것이다. 독자 여러분이 그를 고무시킨 이 추가적인 힘이 무엇이냐고 묻는다면, 나는 이렇게 답변하겠다. 그것은 증오였다. 경기할 때 그를 고무시켜 그리고르스에게 필적하게 한 힘은 그의 형제 그리고르스에 대한 증오였다. 정말이지, 이 증오는 그 이상의 것도 만들어 냈다. 즉, 증오에 불탄 플란은 자기와 그리고르스 사이에 벌어진 경기가 그저 놀이에 불과할 뿐 생사를 건 진지한 승부가 되지 않는다는 사실에 대해 분노하고 몹시 원통해한 것이다.

✠

주먹싸움

그 때문에 다음과 같은 사건이 일어났다. 이 젖먹이 형제가 어느덧 벌써 열일곱 살이 되던 해 언젠가, 그들은 우연히도 동시에 해변에 나가서로 멀지 않은 곳에 있게 되었다. 그곳은 예전에 비글라프와 에텔불프의 거룻배가 무사히 항만으로 들어온 곳 바로 근처였다. 여름날 이른 오후의 일이었다. 해는 서서히 바다 위로 기울고 있었지만 아직 붉게 물들지는 않았고 만조의 바닷물을 아직 불타오르듯 물들이지도 않았다. 조수(潮水)는 죽은 듯 고요하진 않았지만 잔잔하게, 길고 완만한 물결을 일으키며 석상들 뒤에서 부서져 푸른 하늘에 은박을 흩뿌리면서 너른 바다로 퍼져나갔다. 이맘때 이곳 해변은 쾌적했다. 그곳에 먼저 온 사람은 그레고리우스였는데, 그는 좀 한가했다. 그는 모래밭에 앉아서 커다란 돌에 등을 기대고 샌들의 넓은 가죽끈으로 묶은 발을 앞으로 쭉 뻗은 채 책을 읽고 있었다. 그러면서도 가끔 고개를 들어 갈매기들이 서로 교차하면서 미끄러져 날아가는 것을 바라보

147

거나, 눈길을 바다 위로 옮겨 선명하게 나타난 수평선 쪽으로 향하기
도 했다. 수평선 앞은 바다의 빛이 그늘져 거무스레했고, 그래서 세
계의 여러 나라를 보려는 시선이 가로막혔다. 덧붙여 말하자면, 그는
오른손 집게손가락에 인장반지를 끼고 있었는데, 그것은 교부인 수
도원장한테서 얼마 전 선물로 받은 것이며, 짙은 초록색 돌에는 십자
가를 진 어린 양이 새겨져 있었다.

　　잠시 후에 플란이 왔다. 그리고르스가 앉아 있던 곳에서 30보 정도
밖에 떨어져 있지 않은 곳에서 그는 해변으로 끌어올린 아버지의 배
에서 일을 하고 있었는데, 그 배는 그레고리우스 원장이 그토록 수심
에 가득 차 바라본 적이 있는 그 작은 배는 더 이상 아니었다. 그것보
다 더 크고 탄탄하고 동체가 불룩하게 만들어졌으며, 이물의 비스듬
한 돛대와 눕혀져 있는 돛대가 있고 또 활대에 맨 사각의 돛도 있었으
며, 바깥쪽은 진홍색으로 아름답게 칠해져 있고, 심지어 뱃머리에는
배 이름까지 적혀 꾸며져 있었다. 이전의 배에는 이름 같은 것은 전혀
없었던 반면, 이 배에는 '라이네 인구제'라는 이름이 있었다. 그러니
글을 읽을 수 있는 사람이라면 뱃머리를 보고 그 이름을 읽을 수 있었
다. 플란은 글을 읽지 못했기 때문에 그저 사람들의 말을 듣고서 배
이름을 알고 있었다.

　　그는 오다가 불쾌한 듯이 그 둥근 눈으로 그리고르스를 쳐다보았
다. 그리고는 그물을 매만지며 노를 두들기더니 결국에는 쿵쾅거리
는 둔중한 소리를 내며 그것을 배 안으로 던져 버리고, 그곳을 떠나
휘파람을 불며 맥이 풀린 모습으로 해변을 따라 자기 형제가 앉아 있
는 곳으로 어슬렁어슬렁 걸어갔다. 그는 짧은 바지에 앞가슴이 열린

느슨한 리넨 상의만을 입고 있었는데, 윗도리 소매는 팔꿈치의 절반까지만 내려와 있었다. 지나가면서 그는 자기가 따끔한 맛을 볼 수도 있다는 생각은 전혀 하지 않은 채 자기 왼발로 쭉 뻗어 있던 그리고르스의 다리를 사납게 차 버렸다. 마치 그리고르스의 다리 같은 것은 거추장스럽게 굴러다니는 물건에 지나지 않는다고 여기는 듯한 태도였다. 그리고 계속 걸어가 버렸다.

그리고르스는 눈썹을 치켜 올리고 그가 떠나가는 모습을 바라보았다. "미안해, 플란" 하고 그는 플란의 뒤에서 외쳤다. "내 다리가 네게 방해가 되어서!"

플란은 그런 말은 들은 척도 하지 않더니, 조금 더 앞으로 가다가 다시 돌아섰다. 그것을 본 그리고르스가 다리를 끌어당겨 세웠기 때문에 플란이 바짝 그의 앞을 지나가더라도 여유 공간이 생겼다. 그러나 플란은 이번에는 그리고르스 앞에서 발걸음을 멈추었다. 그리고르스는 책을 내려놓고 왜 그런가 하고 문득이 그를 올려다보았다.

"책 읽고 있냐?" 플란이 물었다. "그래. 책 읽고 있었어" 그리고르스는 미소 띤 얼굴로 어깨를 으쓱하며, 독서는 자신에게 일종의 기분전환 같은 것이라는 듯한 어조로 대답했다. 그런 다음 "그런데 너는 '라이네 인구제'가 어떤지 살펴보더라, 보고 있었어" 하고 덧붙였다.

"그건 너와는 상관없는 일이야" 플란은 짧은 목을 약간 내밀며 말했다. "그런데 뭘 읽고 있는 거야?"

"아마도 이건," 그리고르스는 다소 얼굴을 붉히며 대답했다. "너와는 별로 상관이 없을 거라고 말해야겠지. 어쨌건 내가 읽고 있는 것은 《데 라우디부스 상테 크루키스》라는 책이야."

"그거 그리스어냐?" 플란은 다시 머리를 약간 앞으로 내밀면서 물었다.

"라틴어야" 그리고르스는 대답했다. "그리고 '거룩한 십자가의 찬미'라는 뜻이야. 처음부터 그렇게 말할 걸 그랬네. 페터 운트 파울 신부님이 여가시간에 읽으라고 주셨어. 이건 시야, 보다시피. 그리고 산문으로 훌륭하게 설명이 되어 있어."

"내 앞에서 잘난 척 지껄이지 마" 하고 플란은 그리고르스에게 대들었다. "산문 설명이니 뭐니 하는 배운 티 내는 잡소리는 집어치워. 너는 일부러 그런 허튼소리를 하면서 내 기를 꺾으려는 거야. 그런 개소리나 해대면서 네가 나보다 얼마나 더 잘나고 고상한지 날더러 느껴보라는 거지."

"그렇지 않아, 플란" 그리고르스는 대답했다. "맹세컨대 네가 잘못 생각하고 있어. 네가 나한테 무엇을 읽느냐고 물을 때, 나는 얼굴이 좀 달아오르는 느낌이 들었는데, 겉으로 얼굴이 붉어진 게 분명히 보였을 거야. 네 눈에도 보였겠지. 내 얼굴이 소녀처럼 붉어진 건, 네가 나에게 부득이 독서와 라틴어 시에 대해서 말하게 했기 때문이야. 나는 그런 것 좋아하지 않아. 부끄러웠어. 네가 내게 물을 때 난 달갑지 않았어. 난 네게 도전할 생각은 추호도 없기 때문이야."

"하, 하, 부끄럽다고! 네가 나 때문에 부끄러웠다고! 날 부끄럽게 생각했다 이거지. 이봐, 그거야말로 무엇보다도 파렴치하게 사람을 업신여기고 도발하는 거잖아? 내가 너한테 물은 건, 네가 입만 열어도, 아니 네가 여기 있는 것만으로도 이미 내게 도전하는 게 된다는 걸 네놈한테 알려 주기 위해서야. 그런데 넌 도전할 생각 같은 건 없다고 말하는군! 넌 분명 내가 네게 도전하는 것도 원하지 않겠지?"

"넌 도전 같은 건 하지 않을 거야."

"벌써 했어! 그런데 너는 무릎을 세우더라. 내가 되돌아왔을 때 왜 넌 무릎을 세운 거냐?"

"너한테 또 발을 채이고 싶지 않아서였지."

"아니지, 그때 너는 내게 항의했어야 해, 남자답게, 멋진 사내아이답게 내게 변명과 변상을 요구했어야 해. 그런데 너는 다리를 끌어당기고 쪼그리고 앉아만 있더군. 쪼그리고 앉아 성직자 흉내나 내는 못난 자식이야!"

"그런 말은 하지 않았어야 해" 그리고르스는 그렇게 말하며 천천히 일어섰다.

"말해야겠어" 플란이 외쳤다. "결과가 어떻게 되든 우리 사이에 철저하게 반드시 결판나야 할 게 있다는 걸 너는 알려고도 보려고도 하지 않고 성직자연하며 이리저리 피하려고만 하고 있으니 말해야겠다. 끝까지 철저하게 결판나야 해. 결과야 어떻든 상관없어, 알겠냐? 이런 식으로 계속 살 수는 없다고! 네놈은 나와 똑같이 오두막에서 태어났고 나나 다른 형제들과 마찬가지로 비글라프와 마하우테의 자식인데, 넌 아무리 봐도 아니야. 뻐꾸기 알에서 기어 나온 것처럼 다르지. 생김새도 그렇고 사는 것도 그렇고, 뭔지는 몰라도 우리와 참을 수 없게 다르단 말이야. 그렇게 변질해 고상하고 높은 족속이 되었지. 네놈이 그걸 모른다면 얘기가 달라! 하지만 넌 뻔뻔하게도 그걸 알고 있어. 그러면서 정말 뻔뻔하게도 아직 우리와 친하게 지내려고 하잖아! 차라리 네가 우리에게 뻔뻔하게 군다면 그게 훨씬 나아! 넌 수도원장의 대자이며, 그는 오두막과 오만이 뒤섞여 생긴 후레자식인 너를 여섯 살 때 수도원으로 데려갔어. 그리고 넌 문자를 배우고 학문과 성직자의 세련된 말투를 배웠지. 그런데도 항상 우리 옆에 앉아서 네가 그런 티를 내지 않고 싶어 한다는 걸 눈치 채게 하지. 넌 그 고상한 입으로 우리가 쓰는 말을 흉내 내는데, 정말 참을 수가 없어. 천한 말은 천한 입에서만 나올 수 있는 것이니까. 고상한 입으로 천한 말을 하면 그건 조롱이란 말이다! 네가 여기서 버티고 살고 있는 것 자체가 우릴 조롱하는 거야, 네놈은 세상을 어수선하게 휘저어 놓아 구분이 안 되게 혼란시키니까. 네가 만일 해이하고 게을러빠진, 그저 믿음 있는 체하는 신자이고 기개도 힘도 없는, 심적으로는 반쯤 계집애 같은 놈이라면, 정신이 바로 박힌 녀석의 경우 너에게 이렇게 말할 거다. '좋아, 넌 고상하고, 난 힘이 세. 이것이 질서라고 하는 거다. 난 너에게 손대지 않겠다. 넌 약하니까 건드리지 않을 것이다!' 그런데 넌 어딘가에서 힘을 훔쳐 왔는지, 시합할 때에도 나만큼 잘해, 나와 똑같이 잘하지. 나야 원래 힘센 놈이니까 강하지만, 네놈은 고상한 주제에 강하단 말이야. 정신이 바로 박힌 녀석이라면 참을 수 없는 일이지. 그래서 우리 사이에 결판을 내야겠다고 말하는 거다. 더 이상 시합으로서가 아니라 끝장을 보는 진지한 승부를 내자고. 당장 이 자리에서 맨주먹으로 철저하게 끝까지 가려 보자. 그래서 난 말로 시비를 걸고 발로 차서 네게 도전한 거다. 이제 꽁무니 빼도 소용없어!"

"아니, 꽁무니를 뺄 순 없지" 그리고르스가 말했다. 그의 아름다운 얼굴은 창백하고 어두운 빛을 띠었고, 윗입술을 아랫입술 위로 약간 내리누른 모습의 진지한 얼굴이 되었다. "그러니까 네가 바라는 건,

여기서 우리 둘이서만, 증인도 심판관도 없이 주먹질로 결판을 내자는 거지, 우리 중 한쪽이 더 이상 싸울 수 없을 때까지 무조건 끝까지 가보자는 거지?"

"맞아, 내가 원하는 게 그거다!" 플란은 이렇게 소리치고 윗도리를 벗어던졌다. "덤벼, 덤비라고. 덤벼, 그렇지 않으면 네놈이 나서기 전에 내가 먼저 때려눕힐 테니. 난 기다릴 수 없어. 네놈의 그 빌어먹을 고상함을 지켜 줄 의무 같은 건 완전히 버릴 거다. 남의 힘이나 훔쳐 간 너 이 도둑놈아! 널 박살내 버릴 거다. 네놈의 상판을 실컷 갈겨 주겠어. 네놈 밥통을 부숴버리고 비장(脾臟)까지 터뜨려 버릴 거야. 자, 어서 덤벼, 네놈을 끝장내 줄 테니까!"

"네 비장이나 조심해!" 그리고르스는 그렇게 말하고는 수도복을 벗고 셔츠를 아래로 내려 소매로 몸을 동여맨 다음 플란의 몸에서 비장이 있는 곳을 노려보았다.

"자, 덤벼" 소년같이 날씬한 몸매에 날렵한 팔을 가진 그는 이렇게 말하고, 힘으로 무장한 플란과 마주 섰다. 플란은 황소처럼 머리를 숙이고 달려들어, 방어하느라 얼굴과 팔을 오르내리는 그의 형제의 팔에 주먹으로 심하게 일격을 가했다. 그리고르스는 다른 팔로 플란을 쳤지만 심한 타격은 아니었다. 그 자신이 목이나 관자놀이, 갈비뼈에 받은 타격은 훨씬 심했다. 그렇다고는 해도 으르렁거리며 내리치는 플란의 팔은 그리고르스가 재빨리 몸을 돌려 비키거나 굽히거나 하는 바람에 자주 목표를 빗나가 허공을 쳐서 몸 전체가 팔을 뻗은 방향으로 기울어지니, 헛손질을 할 때마다 플란은 그리고르스의 타격을 받지 않을 수 없었다. 둘은 어수선하게 뒤엉켜 주먹으로 마구 치고 갑자기 머리를 휙 빼는가 하면, 다리를 뻗어 차고 잔걸음으로 다가가 발로 힘차게 구르며 서로 달려들어 몸으로 엉겨 붙다가 떨어지고 다시 새롭게 휘말리며 싸웠다. 쌍방이 깡충깡충 뛰며 방어를 하고 목표를 노리고 기회를 엿볼 때면 잠시 멈춰 서기도 했지만, 곧 다시 달려들어 서로 치고받고 헛치기도 하고 맞히기도 했다. 그러나 그것도 오래 계속되지는 않았다.

내가 보기에 사정은 이러했다. 도전할 때 온 힘을 다해 미친 듯 날뛰던 플란에게는 증오스러운 상대의 말, 즉 '네 비장이나 조심하라'라는 경고가 줄곧 귀에서 떠나지 않았고, 그에게는 계속 그리고르스가 얼굴 하나 찡그리지 않고 엄청나게 집중된 표정과 이글거리는 눈빛으로 자기의 비장 부분을 노리고 있는 것처럼 생각되었다. 특히 아주 짧은 결정적인 순간, 즉 그리고르스가 오른팔은 그저 방어를 위해 움직이면서 그가 매우 잘 쓰는 왼팔로 자신의 눈이 노리고 있던 바로 그 지점을 향해 분명하게 날린, 그래서 모든 걸 결판낸 그 순간에 그랬다. 그런데 플란이 그 타격에 대해 매우 잽싸고 그야말로 적절하게 대응하자, 의도와는 전혀 상관없이 그리고르스의 오른손이 번개처럼 상대방의 코를 내리쳤는데, 이 싸움을 하는 동안 그가 한 번도 쓰지 않았고 또 써볼 생각도 없던 그런 힘으로 플란의 코를 공격한 것이었다. 플란은 심각하게 코가 으스러지고 코뼈가 부러졌는데, 이 번개 같은 타격은 그리고르스가 손에 끼고 있던 인장반지, 어린 양과 십자가가 새겨진 그 반지 때문에 그 힘이 훨씬 강했다. 플란의 코는 납작해져서 옆으로 퍼졌고 피가 터져 나와 그의 턱으로 흘러내렸다. 그것은 더 이상 플란의 얼굴이 아니었다. 그는 부어올라서 피를 뚝뚝 흘리며 이미 형체가 없어진 코 위로 부릅뜬 눈을 하고 얼굴을 위로 치켜 올렸으며, 한편 쭉 내뻗은 그의 두 주먹은 허공에서 허우적거렸다.

자신의 난폭한 행위에 놀란 그리고르스는 멀찍이 물러났다. 플란은 그에게 달려들면서 "더 해봐!" 하고 신음하면서 말했다. "막아 봐, 이 개자식아!" 하면서 그는 흘러내리는 피를 입술에서 뱉어 그리고르스에게 내뿜었다. 그러나 그리고르스는 계속 비키기만 할 뿐 더 이상 방어하지 않고, 붉은 피거품을 뿜고 누군지 알아볼 수도 없게 된, 반은 장님이 된 플란을 가까이 오지 못하게만 하고 있었다.

"안 돼, 플란" 하고 그는 자신도 숨을 헐떡이며 말했다. 그 역시 한쪽 눈이 시퍼렇게 되고 몸에는 퍼런 멍이 적잖이 들어 있었다. "절대로 싸우지 않겠어. 날 겁쟁이라고 해도 좋아, 하지만 오늘은 더 이상 싸우지 않아. 승부는 다음 기회로 미뤄야겠다. 넌 싸움 때문에 코뼈가 부러졌어. 그러니까 그만해. 더 이상 치고받진 말자. 빨리 찬물로 식히고 집에 가서 피를 멈추게 해야 해. 우선 내 셔츠를 씻어 바닷물에 적셔다 줄게."

그리고 이제, 그리고르스가 더 이상 싸우려 하지 않았기 때문에 플란도 어물어물 단념하고 말았다. 사실 뼈가 부러진다는 것은 인간의 신체기관에 정말 엄청난 충격을 주는 일이다. 플란은 기절할 뻔했으며, 기절할 때의 어둠이 실제로 닥쳐와 눈앞이 아찔했지만, 그러나 그는 체력이 정말 탄탄했기 때문에 그렇다고 해서 쓰러지진 않았다. 그는 옆으로 다가가 그리고르스가 앉아 있던 자리까지 가서 자신의 윗도리를 집어 들고 앉아 얼굴에 갖다 댔다.

그리고르스가 물에 적신 셔츠 조각을 가지고 왔을 때, 플란은 거칠게 어깨로 그를 뿌리쳤으며, 심지어는 앉은 채 발로 그를 차려고까지 했다. 그렇지만 이 난폭한 동작이 그의 으스러진 코에 상당한 고통을 주었기 때문에 그는 자연히 큰 소리로 "아야, 아파!" 하고 소리를 질러댔다. "거 봐라, 거 봐!" 하고 그리고르스는 안타까운 듯이 말했지만, 더 이상 셔츠 조각을 가지고 플란에게 다가갈 엄두는 내지 못했다. 플란은 잠시 그 자리에 앉아 있다가 마침내 일어서서 피로 물든 윗도리로 얼굴을 가린 채 느릿느릿 갯보리밭과 모래땅의 잡초를 지나 부모가 있는 오두막을 향해 걸어갔다.

✠
비밀을 알게 되다

'큰일났구나!' 그리고르스는 우두커니 서서 형제의 뒷모습을 바라보며 생각했다. '나에게도 플란에게도 큰일이 난 건데, 나에게는 더욱 큰일이다. 처음에는 그가 미친 듯이 싸움을 걸어 왔지만, 지금은 내가 죄인이 된 것이니. 오두막 식구들은 나를 저주할 것이며, 수도원장님은 나를 벌주셔서 무릎을 꿇게 하거나 금식을 하게 하실 거다. 육신의 형제에게 다시 돌이킬 수 없는 짓을 저질렀으니 난 두려워. 하지만 내가 어찌했어야 한단 말인가? 플란이 먼저 죽기 아니면 살기로 결판을 내자고 했고 철저하게 결말을 짓자고 하지 않았던가. 어쨌든 육체적으로나 정신적으로나 난 곤란해질 거야. 그의 코를 다치게 해 영원히 죄를 짓느니 차라리 내 몸을 내주어야 했을지도 모른다. 그런데 싸울 때면 그처럼 이상하게도 내 활력이 집중되는 걸 어쩌란 말인가? 수도원의 크라마텍스 신부님은 자연을 깊이 연구해 그 방면에서는 마법까지 부릴 수 있는 경지에 도달했는데, 그는 연마된 렌즈를 하나 갖

157

고 있지. 그 렌즈는 태양광선을 모으는 힘이 대단해서 그것을 손 위에 비추면 손은 곧 연기를 내면서 타기 시작하여 불이 일어나게 돼. 또 그것을 종이나 마른 풀 위에 비추면 그것들은 곧 연기를 내면서 타기 시작하여 불이 지펴지게 되지. 이것은 바로 집중 때문이다. 싸움할 때 생기는 나의 활력도 이 렌즈와 같아서, 그 때문에 플란의 코가 으스러져 버린 것이다. 난 그것을 사전에 알고 있었다. 그래, 그가 결판을 내자고 우겼을 때 그렇게 되리라는 걸 난 확실하게 알았어. 그에게 경고해야 했을지도 몰라, 하지만 미친 듯이 날뛰는 그에게 경고해 봤자 아무 소용이 없었을 거야. 이제 난 어찌해야 할까? 원장님께 참회를 할까? 아니다, 차라리 그의 뒤를 따라가 부모님께 할 수 있는 한 용서를 구하도록 하자.'

그렇게 생각하고 옷을 고쳐 입은 그는 싸움으로 다친 플란의 뒤를 따라 오두막을 향해 걸어갔다. 플란이 집 앞 야채밭을 지나 막 대문을 열고 문턱을 넘었을 때에 그는 비로소 발걸음을 재촉했다. 집안에는 마하우테가 있었는데, 금세 플란이 그녀와 마주치는 소리가 들렸다. 당연히 그녀는 피를 보았고, 뭐라고 소리치고 묻고 하면서 플란의 얼굴에서 옷을 치우고 그가 다친 것을 알게 되었다. 그리고 그 사이 한 층 더 부어올라 정말 형언할 수 없는 몰골이 된 코를 보고는 큰 소리로 비명을 질렀다.

'역시 그렇군' 그리고르스는 생각했다.

'그가 곧장 그녀에게 달려들어 안겼다 해도 그녀는 똑같이 비명을 질렀을 거야. 비글라프도 집에 있으면 더 나을 텐데. 비글라프라면 이 사태를 좀더 이성적으로 판단할 거야. 하지만 그는 아마 당근밭에

나가 있든지 시장에 가 있을 것이다. 우선 마하우테가 비명을 지르도록 내버려 두고, 내가 얼굴을 내밀기 전에 플란이 사정을 설명하도록 기다리자.' 이렇게 생각하고 그리고르스는 열려 있는 문 뒤쪽으로 다가갔다. 집안에서 흘러나오는 소리는 이러했다.

"아이고, 세상에, 자비롭고 전능하신 주님이시여! 플란, 내 아들 플란, 완전히 피투성이네, 피로 목욕을 하다니? 무슨 일이야, 어떻게 된 거야. 그 꼴이 뭐냐? 보자, 어디 좀 보자고. 코가? 아아, 속상해! 오, 세상에! 한나절 사이에 이렇게 되다니! 정말이네, 정말! 코가 나갔군, 코가 뭉그러졌어. 이건 더 이상 코가 아니야. 플란, 내 소중한 아들, 말해 봐라, 무슨 일이 있었냐? 때리고 싸운 거냐? 치고받고 싸운 거야? 누구하고 그런 거야, 누구하고? 대체 누가 내 새끼한테 그런 짓을 했어? 말해 봐!"

"누가 그랬는지가 그리 중요한 게 아니에요" 으스러진 코를 하고 투덜거리는 플란의 소리가 들려왔다. "탄식만 하지 말고 붉은 약솜과 물이나 좀 주세요."

"탄식하면 안 된단 말이냐? 붉은 약솜과 습포(濕布), 그건 걱정 마, 여기 있으니. 금방 줄게! 그런데 탄식하지도 말라고? 너를 낳아 준 어미가 탄식도 못 하고 누가 널 욕보여 평생 불구로 만들었는지 묻지도 말란 말이냐? 맙소사, 이럴 수가. 이런 일이 있을 수 있담, 너무하네! 누가 그런 거냐, 살인자가 누구야?"

"빌어먹을 크레데미예요" 플란은 털어놓고 말했다. "그 자식이 그랬어요, 아시겠어요? 그놈이 내 비장을 노리고 있다가 코를 쳤어, 사기 친 놈, 협잡꾼! 난 계속 싸우려 했는데, 그놈이 꽁무니를 뺐어."

"크레데미? 그리고르스란 말야? 걔가 어찌 그런 짓을! 대체 네가 그 애에게 무슨 짓을 했길래?"

"내가 그 자식에게 뭘 읽고 있냐고 물었더니, 글쎄 다짜고짜 내 비장을 박살내 버리겠다고 말했어요. 그래서 비장을 감싸고 있었더니 놈이 코를 갈긴 거예요. 내 코가 이대로 주저앉아 평생 염소 꼴을 하고 떠돌아다니게 되면, 그건 어머니가 사랑하는 아들, 그 사이비 신부 놈, 내 형제의 소행이라고요."

이쯤 되자 말의 수문이 열리고 제방이 무너져, 막혀 있던 물은 더이상 막을 수 없게 되었다.

"허허, 하하! 내 아들이라고? 네 형제라고? 그놈은 내가 배 아파 낳은 아들도 아니고, 네 아버지가 만든 놈도 아니다. 그 아인 헛간의 돼지만큼이나 너랑 아무런 형제관계가 없는 애야. 이 음흉한 속임수, 엉터리 같은 일을, 이 돼먹지 않은 일을 너는 믿지 않겠지! 아이고, 속상해, 정말 충격이네! 그놈은 이곳으로 굴러들어 온, 바다를 표류해 온 육지의 떠돌이, 바다의 떠돌이일 뿐이야! 내 아들의 코를 부러뜨린 빌어먹을 놈! 사람이나 죽이는 몹쓸 놈! 고맙다는 표시가 겨우 이건가? 게다가 난 그를, 하잘것없는 그 녀석을, 아무것도 아닌 놈, 바다에 떠내려 온 그놈을 내 자식들과 함께 키우고 다른 자식들에게 갈 내 젖을 물렸는데, 이제 그놈이 내 자식들을 동강 내어 묵사발을 만들어버렸네, 내 자식들을! 여기서는 원래 모두 친족들과 함께 사는데, 이 섬에 그놈의 친척은 한 명도 없어. 주워 온 업둥이 주제에! 그놈이 누구인지, 또 어디에서 떠내려 왔는지 아무도 모르니까 말이다! 주님께 빌면서 이제 세상천지에 불어 버릴 거야. 하느님, 도와주소

160

서! 제가 아무리 높이 기어올랐다 해도 그놈은 주워 온 아이일 뿐이라는 것을, 주워 온 아이, 불쌍한 고아, 그 이상도 이하도 아니라는 것을 난 말할 것이다! 아직 아무도 그 아이한테 귀띔해 주지 않았으니, 그놈은 자기가 옛날에 통에 넣어져 작은 배에 묶인 채 거친 바다에서 얼마나 비참한 모습으로 발견되었는지 까마득히 모르고 있지. 그놈이 내 자식을 건드렸으니 이제 난 그걸 말할 거야, 큰 소리로 외칠 거라고! 아이고 속상해, 후레자식 주제에 무슨 잘난 체를 하냐고? 악마가 그놈을 여기로 데려와 내게 고통을 안겨 주네! 나는 그놈의 출생에 대해 잘 알아, 거친 파도에서 건진 통에서 나온 놈이지! 그놈은 아마 자신의 수치에 대해 영원히 침묵해 주길 바라겠지? 하, 하! 그건 너무 친절한 처사지, 그러면 그놈은 거짓의 보호를 받으며 방해도 안 받고 잘난 체하며 살아가겠지! 그놈을, 그 내버려진 놈을 잡아먹지도 않은 빌어먹을 물고기들! 후레자식 주제에 그놈은 억수로 운이 좋았던 게지! 수도원장님의 두 손 안으로 헤엄쳐 들어갔으니 망정이지, 만일 원장님이 그놈을 네 애비한테서 데려다가 그의 후견인이 되어주지 않으셨다면, 지금과는 완전 딴판으로 우리의 종노릇이나 하고 있을 게야, 분명해! 우리 소와 돼지를 치고 자기 손으로 마구간의 똥이나 치워야 했겠지! 네 애비는 도대체 제정신이었던 건지 모르겠다! 그놈을 얼어붙은 손으로 거친 파도에서 건져 올려 원장님께 맡겨 품위 있게 만들다니, 그 바람에 그놈을 주워 온 아이답게 우리의 종으로, 똥이나 치우는 종놈으로 삼지 못하고 파렴치하게 굴도록 만들다니 말이다!"

마하우테의 말은 여기까지 이르렀다. 그녀가 내뱉은 욕설은 오두막 안에 울려 퍼졌다. 문 뒤에는 그리고르스가 거칠게 숨을 몰아쉬며 눈을 크게 뜨고 서 있었다. 그는 한 마디도 놓치지 않고 듣고 있었는데, 한 마디 한 마디가 그의 귓가에 날카롭게 울렸고 머릿속에서 불처럼 타올랐다. 어떻게 된 것인가? 이게 무슨 소린가? 속이 상한 어머니가 격분해서 내뱉는 망상이고 농담인가? 헛소리이고 의미 없는 비난인가? 아니, 어머니의 농담은 분노 때문에 생각해 낸 말이 아니야. 통에서 꺼내졌고 거친 파도에서 왔다니, 내버려지고 흘러 떠내려 온 아이, 주워 온 아이, 타지에서 온 낯선 자라니, 거짓말일 수 없어! 너무나 맞는 진실이야! 그는 얼어붙은 채 잠시 더 서 있었다. 그러다가 퍼뜩 정신이 들어 급히 자리를 떠나갔다. 그러나 수도원으로 돌아간 것은 아니었다. 수도원은 그에게 더 이상 고향이 아니었다. 정체도 모르고 친척도 없는, 주워 온 업둥이이며 둥지 없는 새가 의지할 지붕은 저녁이 드리워지면서 별로 뒤덮인 하늘밖에 없었다. 그리고르스는 배회하며 모래밭과 늪지대를 통과했고, 바람에 휘어진 소나무 숲을 지나 바다 쪽으로 갔다가 다시 섬 안으로 들어와 섬 전체를 돌아다녔는데, 마을을 피하고 오두막들을 피했으며 마침내 한 그루 나무 옆에 쓰러져 이방인인 자기의 얼굴을 양손으로 감쌌다. 내가 누구라는 것을 아무도 모른단 말인가, 이 무슨 수치인가! 모두가 내 얼굴에 이 치욕을 내뱉을 것이다. 가장 불쌍한 사람조차도 '넌 정체를 알 수 없는 놈!' 그러겠지.

그런데 그는 그런 욕설이 또 한편 내게 얼마만 한 기쁨을 던져 주는지는 알지 못할 것이다. 나의 수치를 생각할 때마다 이 기쁨은 내 가슴을 흔들고 있다. 플란의 코를 때린 그 집중된 일격, 나를 키워 준 여자의 입을 연 그 일격, 그것은 해방의 일격이었고 이제 활짝 열린 문을 격파한 일격이었다. 즉, 그것은 모든 가능성의 성문이었다. 나는 '정체를 모르는 사람'이었지만, 나는 분명 존재했으며, 그 누구임에 틀림없었다. 나는 바다에 흘러 떠내려 온 자이지만, 바다의 해초에서 생겨난 것은 아니었으며, 분명 어떤 나라로부터 왔음에 틀림없다. 나의 나라는 어디이고 내 부모님은 어디에 계신 누구란 말인가? 그분들이 내가 태어나자마자 나를 바다에 맡겨 버렸을까, 누가 그랬을까, 왜 그렇게 한 것일까? 그럴 정도로 나의 출생이 정당하지 못했단 말인가? 이제 나의 생애를 모조리 내 출생에 있어 뭐가 잘못되었는지 밝히는 데 바쳐야 하는 건가? 그것은 비밀에 부쳐졌고 나 자신의 존재 역시 하나의 비밀이 되었다. 그러나 그 비밀이라는 것은 모든 소망과 희망, 예감과 꿈, 그리고 가능성을 담은 그릇이다. 어두운 오명 때문에 내버려진 것인가? 그러나 오명이 있는 곳에는 고귀한 신분이 있다. 천한 신분은 오명을 알지 못한다. 진정 고귀한 오류 때문이라면 나는 비천한 정당함은 내던져 버릴 각오가 되어 있다!

그런 생각을 하면서 그는 잠이 들었으며 그 밤을 나무 밑에서 지새웠다. 날이 밝았을 때 그가 바다로 나가 몸을 씻고 수도원에 도착한 것은 바로 원장이 수도사들과 생도들과 함께 이른 아침 미사를 마치고 교회에서 나올 때였다. 아치형 천장이 있는 복도에서 선량한 원장은 자기 이름을 붙여 준 자를 알아보고서는 근엄한 표정이 되면서 얼굴이 어두워졌다. 이른 아침이면 항상 붉어지는 그의 작은 코는 매우 신실한 인상을 주었고 어두운 표정과는 어울리지 않았지만 말이다.

"그레고리우스" 그가 말했다. "어디 있었느냐?"

그렇지 않아도 그리고르스는 이미 고개를 푹 숙인 채 있었는데, 대답 대신에 한층 더 깊이 고개를 떨구었다.

"너는" 원장은 말을 이었다. "나이를 먹어 갈수록 떠돌아다니기나 하는 고삐 풀린 아이라는 걸 보여 주는 거냐? 너는 저녁미사에도 저녁 식사에도 나오지 않았으며 밤에는 외박을 하고 이른 아침 미사마저 소홀히 하였다. 이런 정신 나간 짓을 보겠나! 네게 대체 무슨 일이 있었던 게냐? 지금까지 경건한 청년이었던 네게 말이다!"

"원장님" 그리고르스는 풀이 죽어 말했다. "저는 죄를 저질렀습니다."

"죄를 저질렀다고?" 이번에는 원장이 심하게 놀랐다. 그의 둥그스름한 아랫입술이 잠시 아무 말 없이 떨렸으며, 아침이면 불그레하던 그의 작은 코에서 핏기가 가셨다.

"따라오거라!" 마침내 그는 그렇게 명하였다. "당장 내 방으로 따라오거라."

그것은 바로 그리고르스가 원하던 바였다. 그를 비글라프로부터 사들여서 자신의 이름을 붙여 준 원장과 단둘이 이야기를 나누는 것은 그가 간절히 열망하는 바였다. 그리고르스는 양손을 소매에 넣은 채 머리를 숙이고는 원장을 따라갔다. 원장의 방이 두 사람을 맞았는데, 기도할 때 꿇어앉는 발판 앞에는 피 흘리며 고난받는 예수의 십자가상이 우뚝 서 있었다. 원장은 손으로 그것을 가리켰다.

✠

논쟁

"주님의 이름으로" 하고 원장이 명했다. "말을 해라!"

그레고리우스는 무릎을 꿇고 두 손을 깍지 끼었다.

"그렇게 하겠습니다" 그가 말했다. "제가 충분하게 다 설명드릴 수 없을지라도요. 왜냐하면 제 아버지시며 주인이신 원장님이 제게 베풀어 주신 모든 일에 대해 제 입으로는 결코 그에 합당한 감사를 드릴 수가 없을 테니까요. 그러나 진실로 맹세하건대, 타지에서 굴러온 사내아이이며 가련한 고아였던 저를 그토록 자상하게, 원장님을 따르는 그 어떤 사람들보다도 소중하게 길러 주신 데 대해, 선한 일에 대한 보답을 잊지 않는 분이신 신께서 원장님께 하늘의 영광을 베풀어 주시길 저는 평생 동안 간절히 기도하겠습니다."

원장은 지금까지와는 다른 이유에서 거듭 놀랐다. 그의 작은 코에서는 남아있던 아침의 그 불그레한 기가 완전히 사라졌다.

"무슨 소리를 하는 거냐!" 그는 그리고르스의 깍지 낀 두 손을 붙잡

165

으면서 황급하고도 나직이 말하였다.

"저는 속았습니다" 하고 그리고르스는 말을 이어 가면서, 자기 자
신의 기만에 대해 참회하지 않으면 안 된다는 듯이 몸을 깊이 숙였다.

"사랑과 호의 속에서 저는 속고 있었습니다. 저 자신을 사람들이
알려 준 그런 사람으로 여겨서는 안 되는 거였지요. 진실의 문, 가능
성의 문이라고도 할 수 있을 그 문이 한 방의 일격으로 인해 제 앞에
활짝 열렸습니다. 저는 제가 형제라고 부르고 지낸 플란과 싸우다 그
를 때려눕혔습니다. 평상시에는 생길 수 없는 고도의 집중력 덕분이
었지요. 제가 그에게 고통을 주었기 때문에, 저를 키워 준 분인 그의
어머니는 화가 나, 저는 주워 온 아이이며 거친 파도에서 얼어붙은 손
으로 건져진 아기일 뿐 그 이상 아무것도 아니며 어느 누구인지 아무
도 모르는 아이라고, 제가 듣는 줄 모르고 고래고래 고함치며 알려 주
었습니다. 제가 다시 그 말을 듣게 된다면, 저의 육신과 영혼은 수치
로 인해 만신창이가 될 것입니다. 크레데미! 다시는 그런 소리를 듣
지 않겠습니다."

이렇게 말하고 그는 일어섰다. 겸허하게 꿇고 있던 무릎을 일으키
고 두 발을 단단히 딛고 일어나 서 있었는데, 아름다운 얼굴은 창백하
고 두 눈은 푸른 기운이 돌며 이글거렸다.

"원장님, 이제 원장님과 이별을 고해야 할 것 같습니다. 저는 더 이
상 여기에 머물 수 없기 때문입니다. 저는 방황하는 종으로서 탐색의
고난을 이 몸에 짊어져야 하며, 이미 지난밤에도 그랬듯이 하늘을 지
붕 삼아 지내야 합니다. 분명 어디에선가 제가 태어난 미지의 나라를
찾아내겠지요. 능력과 오성을 갖추고 있으니 저는, 크레데미, 파멸하

166

지 않을 것입니다. 신께서도 분명 저의 파멸을 바라시진 않을 겁니다. 그리고 이 섬에 더 머무는 것보다 차라리 황야에서 죽거나 썩어 버리는 편이 낫겠습니다. 명예롭지 못한 출생이 저를 그렇게 내몹니다. 손가락질을 받는 것이 저는 너무나 두렵습니다. 여인네란 입이 너무나 가볍지 않습니까! 마하우테가 이 일을 누군가에게 말하면 이내 세 사람이 알고 네 사람이 알고 그 뒤에는 모두가 알게 될 것입니다. 그러니 원장님, 저를 축복하셔서 방랑의 길에 오르게 해주십시오!"

그때 이 이야기를 해가면서 내가 점점 더 높이 평가하게 된 내 친구 수도원장의 마음은 얼마나 참담했던가! 그의 작은 코는 이제 다시 붉어졌고 눈에는 눈물이 맺혔다.

"내 아들아" 그가 말했다. "자, 잘 들거라! 선하고도 진심 어린 마음으로 네게 조언을 해주고 싶구나. 일찍부터 나의 보호를 받아 온 사랑하는 사람에게 그렇게 하지 않을 수 없다. 크레데미, 신께서는 너에게 매우 자비롭게 행해 주셨다. 그분은 너의 눈을 뜨게 하여 더 이상 네가 어둠에서 헤매지 않도록, 또 무지 속에서 삶을 살아가지 않고 자유로운 선택에 따라 살게 해주셨으니 말이다. 이러한 결정을 나는 신께 맡겨야 했고 그분의 지혜를 앞질러서는 안 되었다. 처음에 네가 하는 소리를 듣고 내가 놀라는 모습을 보았겠지. 그런데 사실은 신의 뜻을 알고서 난 마음이 홀가분해졌다. 오성에 따라 너의 인생을 결정하고 신과 세상 중 어느 한 가지를 선택할 자유를 주신 것을 보고 마음이 가벼워진 것이다. 이제는 네 가슴속에서 싸움이 치러져야 하며, 넌 너의 그 자유를 구원을 위해 이용할 것인지 아니면 불행을 위해 이용할 것인지 분명히 하지 않으면 안 된다. 신께서는 너를 자유롭게 하기까지

17년을 기다려 왔다. 그러나 넌 아직 너무 젊어서 자유를 누리는 데에는 조언이 필요하다고 생각한다. 마음 깊이 사랑하는 아들아, 그러니 너 자신에게 이롭다고 생각하고 내 가르침에 따르도록 해라. 그래서 지극히 불확실한 것보다 확실한 것을 선택하도록 하고, 어린아이처럼 화를 내며 성급히 굴다가 후회하는 일이 없도록 해라. 아직 아무 말 말거라! 내 말이 다 끝나지 않았으니 마저 듣도록 해. 너는 뛰어난 젊은이다. 네가 갖춘 것들은 모두 내가 바라던 대로 되었다. 이곳 사람들은 네게 호감을 가지고 있고, 사랑스러운 시선으로 너를 바라본다. 떠나지 말거라! 너는 성직생활에 익숙해져 있다. 이토록 여러 가지로 안락함을 주는 온화한 속박에서 벗어나지 말거라! 너는 특출하게 여러 책들에 통달하였고, 네가 갈 길은 이미 확실해졌다. 나는 이미 노년에 들어섰고 벌써 예순일곱 살이다. 아아, 내가 얼마나 더 살겠느냐? 내가 내일 눈을 감을 경우, 네가 곧바로 나의 자리에 앉도록 정해져 있다는 말은 아니다. 비록 연륜 때문에 꼭 현명하게 되라는 법은 없지만, 그래도 수도원장이란 연륜이 있어야 하는 법이야. 그러나 너는 언젠가는 '아고니아 데이'의 수도원장이 될 것이며 나이를 막론하고 모든 사람들의 주인이 되어 이 섬의 믿음의 수호자가 될 것이다. 넌 확실히 그렇게 될 것이고, 나는 그것을 유언장에 써두었다. 그런데 넌 한 어리석은 여자가 악쓰며 떠벌린다고 해서 이 일을 그르치고 싶은 게냐? 그 여자는 한 번은 그 얘기를 떠들 수밖에 없었을 것이다. 그건 신의 뜻이며 너에게 선택의 자유를 주시기 위해 허용된 일일 거야. 그러나 네가 내 말을 믿어 주었으면 하는데, 두 번 다시 그 여자의 입에서 그런 허튼소리가 나오지 않도록 바로 내가 막을 것이다."

그렇게 말하는 원장에게 그리고르스는 대답했다.

"저는 오두막집 문 뒤에서 진실을 엿들었습니다. 원장님의 한 마디 한 마디가, 무엇보다도 원장님께서 그녀에 대해 악쓰며 떠벌리는 어리석은 여자라고 말씀하신 것이 그 진실을 제게 확인시켜 줍니다. 만일 그녀가 제 어머니라면, 원장님은 그렇게 말씀하지 않으셨을 테니까요. 어쨌든 그녀는 여전히 저를 키워 준 어머니이고 이를 위해 원장님께서 예전에 직접 그녀를 선택하셨습니다. 만일 원장님께서 그녀의 아들이자 한때 제 형제였던 플란의 코를 보셨다면, 물론 정정당당한 싸움으로 그렇게 된 것이지만, 어머니라면 그런 꼴을 보고 자신을 억누를 수 없다는 것을 이해하실 겁니다. 저는 그녀에게 화를 내지도 않거니와 악의적인 말로부터 그녀를 막아 줄 것입니다. 왜냐하면 그녀는 저를 어둠에서 깨어나게 한 통로였기 때문입니다. 저는 물론 원장님께도 영원히 감사할 의무를 지고 있습니다. 원장님께서는 불쌍한 저를 보살펴 주심으로써 신에 대한 일종의 경의를 표하셨고, 그렇게 해서 스스로도 더한 은총을 받게 되었으니, 저로서는 사랑과 경외감에 고무되어 원장님의 뜻을 따라야겠지요. 그러나 사랑도 경외감도 저를 원장님의 뜻에 따르게 할 수는 없습니다. 그것만 보더라도, 경멸적인 험담이 저의 일부가 되지 않을까 하는 생각만으로도 제 젊은 혈기의 분노가 어느 정도로 격한 것인지 원장님도 짐작하실 것입니다. 제가 어부의 자식이 아니라는 것을 알고 난 후, 원래 민감했던 명예 문제에 대해 저는 훨씬 더 민감해졌습니다. 왜일까요? 제가 주워 온 아이라는 사실에는 온갖 것을 상상할 수 있는 가능성이 내포되어 있기 때문입니다. 아무도 저의 조상을 알지 못합니다. 혹시 그분들이 제게 기사로서 적합한 혈통을 물려주셨다면 어떨까요? 원장님, 사랑하는 아버지시여, 저의 온갖 꿈들도 제게 적합한 것은 기사이며 그 외에는 결코 없다는 것을 말해 주고 있지요! 정말로 원장님께서는 최상의 삶을 살고 계십니다. 쾌적함과 신의에 따르는 생활이 원장님의 삶 속에는 훌륭하게 융합되어 있습니다. 그런 삶을 살 수 있도록 정당하게 선택받은 사람은 복되지요. 하지만 저는 그런 삶을 함께할 수 없으며, 그것을 이어받을 수도 없습니다. 저는 떠나야만 합니다. 저 자신의 정체를 알 수 없게 된 이상, 제게 중요한 일은 오직 한 가지, 즉 저 자신을 찾기 위한 여행, 제가 누구인지 알아내는 탐구를 하는 것뿐이기 때문입니다."

"내 아들, 내 아들아. 자신이 누구인지 정확히 안다고 해서 누구에게나 도움이 되는 것은 아니란다. 설령 그렇게 해서 기사의 신분을 얻는다 해도 말이다. 여태껏 내 말을 믿어 왔으니 지금도 내 말을 믿어다오. 네가 있을 곳은 이 수도원의 울타리 안이다. 신은 나를 사용해 너를 보호해 오셨다. 무엇으로부터 보호하셨느냐? 아마 너 자신으로부터일 거야. 왜 지옥의 무리에 끼는 것을 두려워하지 않고 신의 보호 밖으로 달아나려고 하느냐? 네가 누군지 불확실한 만큼, 뭇사람의 사랑을 받는 경건한 수도원장으로서 세상에서 멀리 떨어진 이 평화로운 섬에서 네 일생을 보내는 것보다 더 적당한 일은 없으며, 너의 수수께끼를 푸는 데 이보다 더 나은 방법은 생각할 수 없다. 그러니 너를 사랑하는 사람의 경고이자 부탁이며 애원이니, 오, 여기 머물러 다오!"

"안 됩니다, 원장님. 제가 원장님에 대한 사랑을 영원히 제 가슴에 품고 간직하려고 하듯이, 저에 대한 사랑을 그대로 유지해 주십시오.

하지만 저는 떠나야만 합니다. 제 마음은 온통 기사의 신분을 얻는 데 쏠려 있습니다. 정말이지, 정직하지 못한 성직자가 되기보단 신의 기사가 되는 것이 더 낫다고 생각합니다."

"아들아, 크레데미. 아직 까칠한 소년의 목소리에 젊은 혈기로 어리석은 말을 늘어놓고 있으니 노인으로서 들어주기가 쉽지 않구나. 그건 나의 호의와 인내심을 가혹하게 시험하는 일이야. 기사라니! 기사가 되고 싶어 견딜 수 없다니! 하지만 너는 기사에 대해서는 도통 아는 것도 없고 예비교육도 전혀 받아 보지 못했다. 대체 말이라도 탈 줄 아는 거냐? 물론 탈 줄 모르지. 어떻게 말을 타고 앉아 있을 수 있겠느냐? 넌 스스로 사람들의 웃음거리가 되기로 작정한 모양이구나. 기사에 대해 잘 아는 사람이면 누구에게든 물어보아라. 그는 네게 이렇게 대답할 것이다. '말을 타본 적도 없이 학교에 다니며 열두 해 동안 책과 씨름만 한 자라면, 일평생 성직자로 남을 사람이며 기사로서는 쓸모없다.' 쓸모없다는 게 무슨 뜻이겠느냐? 읽는 법을 배우지도 않아, 자신에게 가장 밀접하게 해당되며 특별히 그 자신을 위해 쓰인 가장 절실한 글조차 아무리 애를 써도 판독해 내지 못할 풋내기 기사라면 앞으로도 공부 같은 것을 하지 않을 것이므로 성직자로서는 쓸모가 없다는 얘기지. 하나의 명예로운 신분이 다른 명예로운 신분 때문에 쓸모없이 되어 버리는 거야. 그런데 너는 애당초 신의 아들로 태어났다. 네가 지나가면 '저것 봐, 수도복이 그 사람한테는 어쩜 저렇게도 잘 어울리지!' 하고 다들 말하거든."

"원장님, 기사에게 두건 달린 수도복을 입힌다면 아마 어색해 보일 겁니다. 하지만 제게 기사의 옷을 주시어 저보다 더 잘 어울리는 자가 있었는지 봐주십시오. 만약 우스꽝스럽게 보인다면, 맹세합니다만, 당장 수도복으로 갈아입겠습니다."

'교활한 녀석 같으니' 그레고리우스 원장은 그렇게 생각하면서도 애정 어린 마음이었다. '물론 기사의 옷도 어울릴 것이고, 그것을 이 애한테 하나 만들어 줄 옷감도 아마 있을 테지.' 그러나 그는 아무 말도 하지 않고 걱정스러운 듯 머리만 가로저을 뿐이었다.

그리고르스는 젊은이다운 투로 말을 이어갔다. "원장님께서는 잘 모르실 겁니다, 경애하는 원장님, 마음속으로는 제가 기사도를 갖출 준비가 얼마나 잘 되어 있는지 말입니다. 가능성의 문이 닫혀 있던 동안에는 저는 결코 그런 사실을 원장님께 털어놓지 않았습니다. 원장님께서는 '너는 말을 탈 줄도 모르지' 하고 아버지처럼 제게 말씀하셨지요, 그렇습니다, 저는 몸으로는 말 타는 연습을 해본 적이 없지만, 머릿속에서는 수천 번이나 해보았습니다. 그리고 저기 바깥세상인 헤네가우나 하스펜가우, 또는 브라반트에서는 어떤 기사가 얼마나 멋지게 늘 말을 탔는지 모르지만, 저의 꿈속에서는 제가 더 잘 탔습니다. 그냥 자만심 때문에 그렇게 말하는 것은 아니고 정말 사실에 입각해 그렇습니다. 책을 통해 배운 것은 저를 후회하게 하지 않습니다. 문법도 신학도 법률도 저는 모두 즐거운 마음으로 쉽게 공부했습니다. 그렇지만 저는 책을 보면서도 남몰래 창과 방패를 얼마나 자주 생각했는지 모릅니다! 제가 진정으로 동경하는 것은 채워지지 않았던 것입니다. '말, 말!' 제가 마음속으로 이렇게 외치면 말은 재빠르게 주인을 알아보고 낭랑한 소리로 울어대지요. 그러면 저는 두 다리를 박차고 날째게 말의 잔등에 올라탑니다. 저는 두 다리를 잽싸게 구부릴 수 있으므로, 박차를 가할 때도 제가 탄 말의 옆구리나 어깨가 아닌, 거기서 손가락 길이만큼 내려간 복띠 부위에 빈틈없이 가할 수 있습니다. 두 다리는 말갈기가 있는 곳까지 올릴 수 있습니다. 안장 위에 앉아 있는 저를 본 사람의 눈에는 제가 정말이지 양탄자에 그려진 그림처럼 멋져 보였을 겁니다. 단단히 붙잡고 앉는 것만으로는 충분하다고 할 수 없습니다. 힘들이지 않고 멋지게 타는 것이 중요합니다. 제 몸은 그렇게 할 수 있습니다. 단지 심심풀이에 지나지 않는 듯한 여유 있는 자세를 취할 수 있습니다. 박차를 가하면서 빙빙 돌며 준비하다가, 저는 출발점에서부터 적을 멀리 공격해 갔습니다. 그리고 저는 이런 시합 내내 적의 방패에 박힌 네 개의 대갈못을 노리는 것을 결코 잊지 않았습니다. 이제 아버지시여, 저에게 좋은 조언을 해주시고 기사의 꿈이 실현되도록 저를 도와주십시오!"

"아들, 아들아" 그리고르스의 지식에 깊이 감동한 원장이 말했다. "너는 말솜씨가 좋아서 어휘를 잘도 구사하는구나. 나는 감명을 받았다. 그것을 부인하지는 않겠다. 복띠? 출발점? 크레데미, 난 그런 말은 알지 못한다. 마치 그리스어를 듣는 것 같구나. 페터 운트 파울 사제가 너에게 이 모든 것을 가르친 것은 아니겠지. 하지만 그걸 어디에서 배웠든 네가 마음속으로는 수도원 사람이 아니라는 것은 잘 알겠다. 안 됐구나, 그레고리우스. 참으로 유감스러운 일이구나, 애야. 그러나 그거야 어쨌든 네게 아버지의 마음으로 납득할 수 있게 충고해 주겠다, 내 아들아. 좋다, 이 수도복을 벗고, 성직자가 되는 것을 포기하거라! 속세의 옷을 입거나 아니면 네가 원하는 대로 기사의 옷을 입어도 좋다. 그리고 네가 어부의 자식이 아니라는 사실에서 생겨

나는 가능성, 물론 분명하진 않지만 그런 여러 가능성에 경의를 표하도록 해라. 그러나 여기에 머물러 있어라, 그리고르스, 우리가 있는 곳에 그냥 있도록 해라! 방랑의 여정에 나서지 말고, 세상에 나가지 말아 다오! 부탁이다. 네게는 일전 한 푼도 없지 않느냐. 너는 정말로 빈털터리잖니, 애야! 한 푼의 준비금도 없이 어떻게 남을 깔보는 세상에 기사로서 함부로 나서려고 하느냐? 그래, 이를테면 금화 150마르크를 갖고 있다면 넌 한 번 기사가 되려고 해볼 수도 있을 것이다. 하지만 네가 어디서 그런 돈을 구한단 말이냐? 그건 생각조차 못할 일이다. 그러니 내게 맡겨 다오! 어떻게든 내가 해주겠다. 네가 부자와 혼인을 맺게 해줄 테니 기대해 보아라. 여기 성 둔스탄에서는 그런 혼인 상대를 찾을 수 없을지도 모른다. 하지만 혹시 성 알트헬름이나 그 밖의 어떤 섬에서는 찾을 수 있을 것이다. 그러니 적어도 그때까지는 네 마음을 고쳐먹고, 내가 그런 인연을 맺어 줄 때까지는 우리와 함께 있도록 하자꾸나!"

그러나 그리고르스의 고집은 확고했기 때문에 더 이상 충고할 방법이 없었다.

"아버지" 그가 대꾸했다. "감사드립니다. 지금까지 제게 베풀어 주신 모든 일에 대해서도 그렇고, 더욱이나 제게 금전을 목적으로 한 결혼까지 주선해 주시겠다고 나서 주시니 더욱더 마음 깊이 감사를 드립니다. 하지만 감사드리면서도 금전 결혼에 대해선 거절하지 않을 수 없습니다. 명예를 중히 여기는 젊은이라면 자기가 누군지 알기 전에는 결혼하지 않을 겁니다. 자식들이 자신들의 조상이 누구인지 묻는다면 그는 수치심에 빠지게 될 테니까요. 제게 부과된 사명은 여기서 결혼생활을 하면서 풍족한 가운데 마냥 시간이나 보내며 빈둥대는 것이 아니라, 힘들게 돌아다니며 제가 누구인지 혹시 밝혀지지 않을까 하고 제 운을 시험해 보는 것입니다. 정당하게 구하는 자에게 아직껏 결코 거부된 적이 없는 행운이 명령하며 눈짓을 보내고 있습니다. 원장님, 부디 제 말에 동의해 주십시오, 이만하겠습니다! 논쟁은 이것으로 끝냈으면 합니다. ˝

그러자 선량한 원장은 깊이 탄식하며 말했다.

˝자 그럼, 때가 왔구나. 나는 좀더 늦추고 싶었지만, 훌륭하다는 생각도 들고 또 한탄스러운 생각도 드는 너의 고집이 무리하게 때를 앞당기고 마는구나. 너의 사정이 어떠한지, 내 아들아, 알려 주마. 네가 즉시 읽어 보도록 해주겠다. 너를 수도원의 학생으로 만든 것은 언젠가 그것을 읽도록 하기 위해서였다. 그래, 이걸 알아 둬야 해. 문법과 법률 그리고 신학조차도 모두 그리 중요하지 않은 단순한 부산물에 지나지 않는다. 그것은 단지 네가 읽는 법을 배울 수 있도록 하기 위한 것이었다. 네가 그 글을 읽어 진상을 알게 해달라는 당부가 있었기 때문이지. ˝

이 말을 하고 나서 그는 자신의 책상이 있는 곳으로 가서 열쇠로 서랍을 열었다. 그러고는 뒤쪽 깊숙이 있는 상자 쪽으로 손을 뻗어 비밀 열쇠로 그것을 열더니 물건 하나를 꺼냈다. 그것은 상아로 만든, 아름답고 희귀한 가치가 있어 보이는 것이었는데, 금테가 둘러져 있고 빛나는 보석이 박힌 그 물건에는 글씨가 빽빽하게 적혀 있었다.

˝이건 네 것이다˝ 그레고리우스 원장이 말했다.

˝이것은 너를 발견한 사람 앞으로 쓰인 편지이고, 신의 인도로 내

가 너를 발견하게 되었지만 원래는 너의 소유물이다. 그것은 네가 아기일 때 넣어져 있던 작은 통에 같이 들어 있었고, 난 너를 위해 17년 동안이나 그것을 보관하고 있었지. 자, 애야, 이 의자에 앉아서, 오로지 이걸 읽기 위해 네게 주어진 완벽한 능력을 발휘해 보거라. 서서는 읽기가 힘들 것이다. 글을 해독하면서 무척 복잡한 감정이 들 테니 단단히 각오해야 한다, 불쌍한 녀석 같으니."

그리고르스는 당황하면서 원장의 손에서 서판을 받아들고 글자를 바라보다가 원장을 바라보더니, 다시 서판을 바라보다가 의자에 앉아 글을 읽었는데, 이따금 머리를 들고 입을 벌린 채 멍한 눈으로 허공을 쳐다보기도 했다. 원장은 두 손을 깍지 끼고 그런 모습을 지켜보았다. 그의 작은 코는 붉게 물들어 있었고, 눈물에 젖은 두 눈은 깜빡거리고 있었다.

젊은이는 한참 동안 읽었다. 마침내 그는 서판을 떨어뜨렸고, 머리를 뒤로 젖히고는 팔을 완전히 벌리고서 늙은 수도원장에게 와주십사 신호를 보냈다. 그는 가까이 다가오는 원장을 향해 비틀거리며 나아가 너무나도 심하게 흐느껴 울면서 원장의 어깨에 매달렸다. 그러는 동안 원장은 달래며 그의 등을 다독이고 몸을 좀 흔들어 주기도 했다. 이런 광경은 얼마나 흔한 모습인가! 이것은 세상에서 끊임없이 되풀이되는 일이다. 한 사람은 상대방의 가슴에 안겨 한없이 흐느끼고, 상대방은 '그래, 그래, 됐어, 됐어. 다 그런 거야. 자, 그만 진정해. 아주 나쁜 상황은 아니니까. 네 잘못이 아니야. 분명히 이겨 낼 수 있어. 신께 기도하고 힘을 얻는 거야. …' 등의 말로 위로한다. 그레고리우스 원장도 마찬가지였다. 자신의 뺨에도 눈물이 흘러내렸지만 그는 등을 다독이며 그런 식의 말을 해주었다. 그 역시 한숨 섞인 소리로 말했다.

"네가 누구인지는 거기에 적혀 있지 않다. 하지만 네가 어떤 사람인지는 이제 알았을 것이다, 불쌍한 녀석 같으니."

"저는 쓰레기 같은 존재입니다!" 그리고르스는 흐느끼며 말했다. "저는 죄악에서 태어난 혐오스러운 존재입니다! 저는 결코 인간 축에 낄 수 없습니다! 저는 요괴이고 괴물이며 용이고 흉물스런 뱀입니다!"

"아니야, 그렇지 않다, 그건 너의 과장이야" 하고 원장은 위로하듯 그의 몸을 흔들었다. "너 역시 사람의 자식이다. 비록 자연의 순리를 따르진 않았지만 무척 사랑스러운 인간이야. 신은 기적으로 충만하시다. 고약한 일에서 좋은 일이 생길 수 있고, 무질서에서 상당히 정연한 것이 나올 수 있는 법이지."

"저는 알고 있었습니다!" 그리고르스는 자신을 계속 비난했다. "저는 자신이 자연의 순리를 따르지 않았다는 사실을 제 피에서 예감했습니다. 친구들이 저를 늘 '슬픔에 잠긴 사람'이라고 불렀던 것은 이유 없는 일이 아니었습니다. 하지만 제가 고모와 삼촌을 부모로 둔 용이고 괴물일 줄은 물론 알지 못했습니다!"

"너는 사태의 다른 면은 잊고 있다" 원장이 말했다. "그것은 네가 과장해서 괴물이라고 부르고 있는 것, 다시 말해 네가 아주 고귀한 태생이라는 사실을 어느 정도까지는 보증해 주고 있어."

"그것도" 하고 말하면서 그리고르스는 원장의 어깨에서 몸을 떼고 섰다. "그것도 저는 알고 있었습니다. 저의 피에서 예감했습니다.

아, 아버지, 저의 부모님, 죄악을 저지르며 저를 낳고 죄인으로 만든 죄 많은 그리운 부모님! 저는 그들을 만나야 합니다! 저는 그들을 찾아 제가 용서해 준다고 말할 수 있을 때까지, 온 세상을 돌며 그들을 찾아야만 합니다. 그러면 신께서도 그들을 용서하실 것이고. 필시 그렇게 되기를 기다리실 겁니다. 저는요, 신학에서 얻은 저의 모든 지식으로 보면, 저는 지금은 비록 불쌍한 괴물에 지나지 않지만, 죄의 용서를 통해 인간성을 획득할 것입니다."

"아들, 아들아, 잘 생각해 보아라! 너의 부모님이 아직 살아 계셔서, 네가 넓은 세상에서 그들을 찾아낸다 한들, 그분들이 너를 환영할 거라고 누가 장담할 수 있겠느냐? 그들은 예전에 너를 바다에 버렸으므로, 과연 너를 환영할지 어떨지 확실치 않아. 너는 여기서도 그들을 용서할 수 있고, 그렇게 해서 인간성을 획득해 축복을 받을 수 있다. 이곳이야말로 신께서 버려진 너를 놀랍게도 땅에 닿게 해준 곳이고, 세상 어디에도 있을 곳이 없던 네게 신의 평화를 지키는 이 작은 성을 은신처로 마련해 준 곳이다. 그런데 너는 이 은신처를 버리고 세상에 나가 온갖 위험 속에 내던져질 생각이냐? 네가 자신의 사정이 어떠한지 알게 되면 여기야말로 자신이 있어야 할 곳이라는 사실을 깨닫기를 나는 마음속으로 바랐다."

"아버지, 결코 그렇지 않습니다! 내막을 알고부터 저의 결심은 전보다 더욱 확고해졌습니다. 원장님께서는 저의 서판을 몇 번이나 읽으셨는지요? 저는 그것을 열심히 읽었습니다만, 앞으로 날마다 수없이 읽으며 저의 고행의 도구로 삼겠습니다. 이것이 그 서판입니다. 그리운 부모님은 저에게 뭐라고 쓰셨는지요? 자신들이 서로를 너무나

178

사랑해 서로 하나가 되었는데, 그것이 그들의 죄였고, 그래서 제가 태어난 것이었습니다. 하지만 저는 신께 의지해 그 죄를 씻어 드려야 합니다. 저는 수도원에서 저 자신의 영혼만 돌보고 있을 것이 아니라, 저의 모든 사랑을 저와 피가 섞이지 않은 다른 사람에게 나눠 주고, 기사로서 그 사람이 고난을 이겨 내도록 도와 싸울 것입니다. 그러니 저는 험난한 세상을 헤치며 부모님이 계시는 곳으로 가겠습니다."

"아들아, 그만하면 됐다, 잘 알겠으니 너를 말리지는 않겠다. 나이 든 나는 네가 이대로 머물러 준다면 오죽이나 좋겠느냐만, 그럴 수 없다면 너를 위해 기도하고, 신께 네 일을 말씀드려야겠다, 애야. 그것도 너를 곁에 두는 한 방법이기는 하지. 그런데 아직 남은 이야기가 있으니 다 밝히도록 하겠다."

이렇게 말하면서 원장은 함 하나가 있는 곳으로 청년을 데리고 가서 그 함을 열더니, 흰 법의나 목 장식품, 미사용 도구 같은 온갖 종교적 도구를 옆으로 치우고, 그 아래 바닥에서 매우 아름다운 비단을 몇 필 꺼내어 청년에게 넘겨주면서 이렇게 말했다.

"상아 서판 외에 이것도 네 것이다. 이것은 작은 통 안에 있던 네 몸의 위아래에 펼쳐져 있던 것인데, 기사의 옷 한두 벌은 족히 만들 수 있을 것이야. 동양의 알렉산드리아산으로 최고의 것이란다, 사랑하는 아들아. 네게 이것을 넣어 준 분, 그분의 옷장에는 그런 것들이 가득 놓여 있을 것이다. 나는 네가 이 지참품을 보고 기뻐하리라고 생각한다. 하지만 네가 서판을 읽을 때는 별로 주의하지 못했겠지만, 예나 지금이나 이것이 네 소지품 전부는 아니다. 애야, 내가 널더러 일전 한 푼 없는 빈털터리라고 한 것은 널 붙들기 위한 구실이었을 뿐,

사실은 그렇지 않단다. 이 옷감 말고도 빵 두 덩어리가 어린 너와 함께 있었으며, 그 안에는 네 양육비로 20마르크의 금화가 들어 있었다. 다만 그중 3마르크는 네가 동의해 주리라 믿고 그 어부들에게 주었다. 그렇다고 그 나머지를 땅에 묻어 곰팡이가 피고 녹이 슬도록 내버려 두진 않고 티몬이라는 유능한 유태인 고리대금업자에게 맡겼어. 그는 그 돈을 불려서 17년 동안에 네게 그것을 150마르크로 불려 주었다. 그러니 너는 이 자금의 주인이며, 그것이 있으면 너는 기사로서, 거들먹거리는 세상에 나아가 대처할 수 있을 것이다."

그리고르스는 당황하면서도 행복감을 느꼈다. 물론 남매 사이에서 그들의 아이로 태어났다는 것은 끔찍한 일이고 무거운 죄의 짐이다. 그러나 그것이 육체적으로 어떤 고통을 가져오는 일은 아니어서, 그걸 의식했다 해도 그 의식은 출생이 밝혀짐과 동시에 품 안에 굴러온 행운의 선물로 인해 쉽사리 뒤로 밀쳐 버릴 수 있는 것이다.

"웃고 있구나" 원장이 말했다. "울며 창백해져 있지만 넌 웃고 있다. 너 자신의 사정을 알게 되면 복잡한 감정에 빠질 거라고 내가 말했는데 정말 그렇군."

✠

포아트뱅 씨

복잡한 감정! 성 갈렌 수도원의 손님으로서 노트커의 책상 앞에 앉아 있는 나 클레멘스 또한 이야기를 하면서 그런 복잡한 감정에 사로잡혔다고 말할 수 있을 것이다. 솔직히 말해 나는 그리고르스와 그레고리우스 간의 논쟁에서 어디까지나 내 친구인 수도원장의 편이었다. 그가 내세운 근거들을 훌륭하다고 여겼으며, 반면 그의 생도는 풋내기 같은 말을 늘어놓았다고 생각한다. 자신이 죄악 가운데서 태어난 사실을 알게 되었으면, 그는 세상 속으로 나갈 게 아니라 자신을 위해 마련된 피난처를 감사하는 마음으로 붙들고 성직자의 신분에 충실하게 머무를 결심을 했어야 할 것이다. 인간적으로 헤아려 보건대, 이 점에서 그의 아버지는 전적으로 옳았다. 또한 젊은이가 탐구의 충동에 이끌려 세상으로 나가 방황한다면, 그것은 그에게 어떠한 유익도 가져다주지 못하며 오히려 무서운 일이 생겨날 수 있을 것이라는 그의 경고도 어디까지나 지당했다. 그러나 인간의 판단은 멀리까지 내다보지 못한다. 물론 이야기를 전하는 자의 경우는 예외라서, 그는 그 놀라운 결말에 이르기까지 이야기 전체를 알고 있으며 따라서 신의 섭리에 동참하게 되는데, 그것은 원래 인간에게는 지당치 않은 유일한 특혜이다. 사실 나도 그러한 특혜를 부끄럽게 여겨 인간의 판단에 경의를 표하고, 나중에는 신이 내린 은총에 압도되어 칭송하지 않을 수 없게 될 일일지라도 이야기의 현 단계에서는 비난하고 싶은 기분이 든다.

그래서 나는 일종의 불만을 가지고 이 이야기를 하고 있다. 그리고 르스는 서판과 금화와 값비싼 천 같은 그의 모든 지참품을 소유한 채, 기사가 되어 낯선 나라들을 돌아다니기 위해 섬을 떠날 준비에 열중하고 있었다. 그는 수도복을 벗어 버리고, 반쯤 기사 같아 보이거나 혹은 기사의 시종 같아 보이게 하는 속세의 옷을 걸쳤는데, 투구용 두건이 달리고 허리띠가 있는 갑옷을 입고 다리와 발도 가볍게 무장했다. 그 복장은 분에 넘치는 것은 아니었다. 그러나 그것 말고도 그는 재봉에 능한 수도원 동료들에게 자기가 받은 옷감으로 최고로 기품 있는 옷 한 벌을 슬쩍 부탁했다. 그것은 가벼운 프릴 장식이 달리고 한 끝이 팔 위로 늘어져 있는, 화려한 비단으로 된 외투 내지는 짙은 색의 화려한 망토였다. 거기에다가 꼭 조이는 소재의 정강이받이와 납작한 모자도 준비했다. 외투에는 문장(紋章)이 들어 있었다. 가슴께에 길고 둥근 기운 조각이 들어 있었고 거기에 물고기 형상이 수놓아져 있었던 것이다. 그것은 이 젊은이가 생각해낸 것으로서 방랑길에 나선 그의 여행을 표시해 주는 문장이 될 것이었다. 나는 그것이 그가 준비한 장비 중 정말로 내 마음에 드는 유일한 것이라고 말하지 않을 수 없다. 물고기는 이 나그네가 어부의 오두막으로부터 왔다는 것을 표시하는 동시에, 그 형상은 그리스도의 상징이기도 하며 그것을 지닌 자가 종교적 울타리 안에서 성장했음을 입증해 주기 때문이다. 나는 이 점을 칭송하는 바이다.

이제 그는 그 세속의 옷을 여행에 필요한 그 외의 모든 것, 즉 식량과 마실 담수, 금화 등과 함께 방패로 무장한 긴 배에 숨겨 두었다. 구부려진 판으로 만들어 뱃머리를 높이 치켜 올린 이 배는 그가 준비한 것인데, 이를 위해 그는 돈과 선한 말로 구슬려 몇몇 선원을 고용했다. 줄무늬가 든 돛에도 물고기 형상이 짜 넣어져 있었다. 그리고 르스는 자신의 작은 배가 망망대해를 건널 수 있을지, 혹은 사람들이 우스갯소리로 '운하' 내지 '옷소매'라고 부르는, 좁지만 파도가 일기 쉬운 그러한 바다만이라도 건널 수 있을지 하는 것은 그다지 문제 삼지 않았다. 예전에 그는 훨씬 더 부서지기 쉬운 작은 배를 타고 이곳에 닿았으니 말이다. 그리고 위험과 곤경에 몸을 던지고자 하는 그의 결의는 자기 출생의 불미스러움을 속죄하려는 열망에서 나온 것이었으며, 그가 귀한 집안에서 출생한 사실 또한 그에게 새삼 매우 중요했다. 그는 신분은 낮지만 정당하게 태어난 그의 선원들은 속죄할 게 아무것도 없는 사람들이라는 사실을 구태여 마음에 두지 않았다. 왜냐하면 그는 자신이 이야기의 주인공이라는 것, 반면 그들에 관한 것은 그저 아무래도 좋은 부수적인 일이라는 것을 알았기 때문이다. 나 역시 자신도 모르게 그렇게 여기고 있으니 이 때문에 스스로를 책망한다. 나 자신을 책망하는 것이지 그를 책망하는 것은 아니다. 대체 누가 신의 섭리를 거역할 수 있겠는가?

어느덧 가을이 시작되었다. 이제 그가 자신을 길러준 섬, 명예와 수치로 인해 더 이상 그가 머물 수 없는 섬을 떠날 날이 다가왔을 때, 그는 수도원장의 가슴에 안겨 진심으로 이별의 눈물을 흘렸다. 원장은 몇몇 수도사들과 함께 그를 배가 있는 데까지 배웅하고 정처 없는 방랑을 떠나는 그를 몇 차례나 축복해 주었다.

"대체 어디로 가느냐, 어디로?" 원장은 근심에 가득 차서 물었다.

"서판에 씌어 있는 대로요" 그리고르스는 자신의 왼쪽 가슴을 가리키며 대답했다. "그리고 신께서 지시하시는 바람의 방향대로요. 그 바람에 우리의 돛을 맡기겠어요."

그렇게 그들은 안개 속에서 예전에 아기가 상륙했던 그 해안을 떠났다. 아버지와 아들은 넓은 바다와 안개에 가려 서로의 모습이 보이지 않을 때까지 너무나 애처로운 눈길로 손을 흔들면서 이별의 정을 끊지 못했다. 그러나 시야는 곧장 가려졌다. 그 작은 배는 해안을 떠나기가 무섭게 목화솜 같은 안개 속으로 자취를 감추고 만 것이다. 그리고 항해 기간 내내 피어오르는 연무(煉霧)가 시야를 가리며 밤낮으로 그들을 에워쌌고, 그런 상황이 보기 드물 정도로 길게 이어지며 마치 물마루가 되어 기분 나쁜 보호막을 이루는 것 같았다. 이 정처 없는 방랑자가 폭풍우를 만나 배는 난파되고 험난하게 표류하리라고 예측한 사람들은 이제 정반대의 상황을 예감하게 되었다. 바다는 잔잔했고 바람은 거의 없었다. 매우 약한 북서풍은 순풍이 되어 돛을 밀어주었다. 그런데 낮에는 바람이 완전히 멈추어서 그들은 움직이지 않고 떠 있었다. 아니면 서로 도와 노를 저으며 나아가기도 했는데, 대체 정말 앞으로 가고 있는 것인지 어떤지 알지 못했다. 태양도 없었고 별도 보이지 않았으며 배 한 척도 보이지 않았으니 하물며 해안이 보일 리는 없었다. 나는 그들이 매일의 짙은 안개를 헤치고 가는 이 위태로운 항해, 이 죽음 같은 괴로움보다는 차라리 거친 파도와 극심한 격랑을 바라지 않았을까 하는 생각이 들 뿐이다. 내가 어림잡건대, 안개에 에워싸인 그들의 항해는 17일째 계속되었다. 물은 바닥났고 음식도 동이 났다. 남모를 해난(海難)이 시작되었고, 선원들은 서글프게 배 안에 틀어박힌 채로, 어떤 이는 어슬렁거리며 돌아다녔으며 어떤 이는 꾸벅꾸벅 말뚝잠을 자고 있었다. 그런 날씨에 뱃속까지 비면 졸음이 오기 마련이기 때문이다. 선주 그리고르스는 돛대에 몸을 기대고 아무것도 보이지 않는 안개 속을 주시했지만, 아무리 보아도 모든 것은 안개에 뒤덮여 희미해지고 말았다.

그런데 그렇게 계속 살핀 덕분에 그는 기적을 제일 먼저 감지한 사람이 되었다. 기적은 17일째 되는 날 정오 직후에 일어났다. 아, 이 얼마나 기쁜 일인가, 안개가 걷힌 것이다. 한 가닥 미풍이 처음에는 살랑살랑 불어오더니 나중에는 요란한 소리를 내며 안개를 거두어 산산이 날려 버렸고, 곧바로 한 줄기 햇빛이 그 광경 위로 쏟아져 내렸다. 그것은 눈의 착각이었을까, 아니면 요정 모르간의 신기루였을까? 그렇지 않았다. 항구와 부두, 성첩과 문으로 우뚝 솟은 도시가 이제 모습을 드러냈고 그들은 안개에 싸인 채 그 모든 것과 가까워지고 있었다. 이 광경을 보았을 때 그때까지 의기소침해 있던 자들이 얼

---

1 아서왕의 전설에서, 서로 다른 부친을 둔 아서왕의 누이로서 마법사이며 아서왕의 파멸을 노리는 마녀로 묘사되는데, 아서왕의 전장에 안개를 뿌리기도 한다.

은 기쁨을 누가 표현할 수 있겠는가! 자, 일어나 키를 잡고 태양이 비치는 저 도시, 높은 성이 솟아 있는 저 도시의 깊숙한 해안호로 돛을 돌리자. 이제 그들은 그곳의 요동치는 파도 위에서 흔들리고 있었다. 새로 이는 바람은 역풍이었다. 그 바람을 거슬러 그들은 간신히 목적지로 가로질러 갔다.

그들의 접근을 방해한 것이 바람과 파도뿐이었더라면 좋았을 것을! 그러나 유감스럽게도 도시 또한 그들을 방해했다. 높은 도시의 모습이 그들에게 드러났던 것처럼, 걷히기 시작한 안개는 그들이 가까이 오는 것을 도시 사람들에게 드러냈다. 시민들은 낯선 배의 근접에 대해 방어 태세를 취했다. 돌이 날아왔고 투석기에서는 철공이 멀리 던져졌다. '그리스의 불'이라 불리는 화약이 그들 앞에 떨어져 바닷길을 막았다. 그들이 겸양을 표시하고 평화를 사랑한다는 뜻을 수차례 표시했을 때에야 비로소 사람들은 방어를 멈추고 그들을 부두에 닿게 했다. 그들의 보트는 불에 검게 그을렸고 선원 두 명이 시민들이 던진 것에 맞아 피투성이 머리를 하고 있었다. 그러나 그들은 그저 조연에 불과한 인물들일 뿐이었다.

선창에서는 하역부들이 몇 척의 배 안에서 나온 화물을 옮기고 있었는데, 그곳에 도착한 그리고르스를 향해 줄무늬 옷을 입은, 이목을 끄는 한 남자가 창을 든 병졸들의 호위를 받으면서 걸어왔다. 그는 엄하다기보다는 염려하는 얼굴이었는데, 머리에 쓴 모자의 차양에서 한 가닥 천을 귀 너머로 가슴까지 드리우고 있었다. 그러나 팔과 다리에는 갑옷 무장을 하고 있었다. 이 낯선 자가 누구이며 어디에서 왔는지 묻는 그의 질문은 퉁명스러운 말투로 시작되었지만, 더 가까이 대면하면서 갑자기 말소리가 부드러워졌다. 질문을 마치자 그는 대답도 기다리지 않고 마치 사과라도 하듯이 스스로 먼저 다음의 말로 자신을 소개했다.

"나는 이 도시의 중요한 인물 가운데 한 사람이오. 이 도시의 시장격이니 정확히 말하자면 가장 중요한 인물이오. 당신들의 도착이 적대적인 것으로 판단된다는 보고를 받았소. 그래서 상황을 살피기 위해 내가 온 것이며, 그렇지 않다는 것을 알고 공격 중지의 명을 내렸소. 거칠게 맞이한 것에 대해 놀라지 말길 바라오. 한때 행복했던 이 도시는 고난에 싸여 있소. 후방의 문이 열려 있지 않다면 도시는 오래전에 망했을 것이오. 그런데 바다로 가는 뒷문이 열려 있어서 그곳을 통해 웬만한 값으로 얼마간의 보급을 받을 수 있었소. 당신들에 대해서 우리는 어떻게 생각해야 할지 몰랐소. '바다의 왕'이라는 해적들이 바다를 어지럽히고 해안 여기저기에 출몰해 강도짓을 하고 있소. 얼굴을 보기 전에는 당신들도 그런 자라고 짐작했소. 당신들이 그 무서운 패거리들과 얼마나 거리가 먼 사람들인지 말해 주시오."

"아주 거리가 먼 사람들입니다, 시장님" 젊은이가 대답했다. "그리고 저는 먼 곳에서 안개를 뚫고 장시간 항해를 해 이곳에 왔습니다. 우커해에서 왔어요. 저는 스스로를 '물고기의 기사'라 부릅니다. 하지만 제 이름은 그레고리우스입니다."

"내 이름은 포아트뱅이오" 시장이 끼어들어 말했다.

"감사합니다" 그리고르스는 대답하고 말을 계속했다. "저는 방패로 사람을 보호하는 기사의 신분입니다. 기사로서 저는 낯선 나라들을 돌아다니는데, 제 자신의 비용으로 다니고 있으며 강도짓을 할 생각은 추호도 없습니다. 제겐 금화 자산이 있으니까요."

"정말 다행이군요" 포아트뱅 씨는 머리를 숙이면서 말했다.

"그런데 제 삶에 대해 적힌 서판에는" 하고 그리고르스는 덧붙였다. "제가 신분에 맞게 혈통이 다른 자에게 관심을 갖고 그가 곤경에 처할 때 기사로서 그를 위해 싸워야 한다고 적혀 있습니다. 이 목적을 이루기 위해 저는 방랑길에 오른 것입니다."

"그건 정말 존경스러운 일이오, 멋진 분, 물고기 기사님" 시장이 대답했다. "당신을 낳은 분은 분명 순결한 여인일 것입니다. 당신의 용모는 반듯하고 사랑스러우며 언동은 품위 있으니까요. 당신은 노르만 출신인가요?"

"그런 것 같습니다" 그리고르스는 대답했다.

"난 어느 정도 안목이 있소" 시장은 만족해하며 말했다. "괜찮다면 홀아비 생활을 하는 내 집에 가서 식사하고 좋은 술을 곁들여 마십시다. 지하실에 남은 것이 있을 겁니다. 비록 도시가 곤경에 처해 있긴 하지만, 손님을 접대할 줄도 모른다는 소리를 들으면 안 되니까."

"시장님은 이 유랑자를 격조 있게 맞아 주시는군요" 그리고르스는 답했다. "그렇게 맞아 주시니 이 도시의 호의를 짐작할 수 있습니다. 기꺼이 함께 가겠습니다. 그런데 왜," 시장인 이 관리의 배려로 두 사람이 노새를 타고 통나무로 만든 다리를 건너서 문 하나를 빠져나가 거리로 들어섰을 때 그리고르스가 물었다.

"왜 당신은 거듭 이 도시가 곤경에 빠져 있다고 말씀하셨는지요? 그렇잖아도 우리가 만난 몇몇 사람들의 얼굴에서도 충분히 알아차릴 수 있었습니다. 그리고 노인과 아이들을 제외한 대부분의 사람들이 성벽이나 높은 누각 위에서 손에 무기를 들고 있는 것 같은데 왜 그런 지요?"

"여기가 당신의 나라 우커 내지 우커해라고 하는 곳으로부터 멀리 떨어져 있음에 틀림없군요" 포아트뱅 씨는 대답했다.

"그래서 보아하니 우리의 국토와 수도 브뤼주의 참상에 대해 아직 하나도 듣지 못했군요. 이 도시는 한때 '생명의 도시'라 불렸는데, 지금은 거의 죽음의 도시라고 할 수 있지요. 그러나 전혀 놀랄 것은 없습니다. 인간은 서로 멀리 떨어져 살고 있고, 귀가 미칠 수 있는 범위에도 한계가 있으니까요. 그래서 아무리 요란스러운 사건이라고 해도 그 소식은 가까운 허공에서 머물 뿐, 아주 멀리 있는 사람들은 한참 후에야 그것을 접하거나 아니면 아예 알지도 못하지요. 저 자신도 아키텐인이라든가 가스코뉴인, 잉글랜드인, 로트링거인, 터키인, 스코틀랜드인들 같은 낯선 민족들 사이에 일어나는 일에 대해선 전혀 모른다고까지는 할 수 없지만 지극히 일부밖에 알지 못하니까요. 당신은 '연애전쟁'에 대해서도 전혀 들어 본 적이 없겠군요. 우리의 참상을 두고 지금 모두가 이미 연애전쟁이라고 하니, 언젠가 가인(歌人)들도 틀림없이 그렇게 부를 것입니다. 지금 그 전쟁이 5년이나 미쳐 날뛰듯 계속되고 있습니다. 아레라트와 고지 부르군트의 왕인 뾰족수염의 로저는 우리의 국토와 성곽을 파괴했고, 아르투아와 플랑드르를 완전히 결딴내어 그의 수중에 넣었습니다. 이 나라의 군주인 우리 여왕님께서는, 신이시여, 여왕님께 천사를 보내 주소서, 이 수도 이외에는 무엇 하나 남아 있지 않으며, 그 폭풍 같은 공격이 조만간 수도의 성벽을 파괴할 것입니다. 그 공격이 얼마나 계속될지는 자비로우신 신만이 아실 것이니, 늦기 전에 자비를 베풀어 주시면 좋겠습니다. 그러나 신께서 고의로 자비심을 억제하시는 것이 아닌가 두렵습니다. 왜냐하면 신께서는 우리에게 노여워하고 계시고, 또한 우리여왕께서는, 참으로 경건한 품행에도 불구하고 신과 아주 좋은 사이는 아니기 때문입니다. 여왕은 너무 순결한 나머지 여성이기를 거부해 이 나라에 남자 군주 두기를 지금껏 거절하셨고, 결국 신을 몹시 슬프게 했지요. 그 벌로 소위 연애전쟁을 치르고 있으니, 당신이 그이름의 의미를 묻는 것도 당연합니다. 뾰족수염 로저는 우리 여왕을 연모하고 그분의 미모를 몹시 탐내 벌써 12년 전부터 여왕을 아내로삼고 싶어 안달이 났습니다. 12년 중 7년은 평화적으로 구혼했고, 구혼기간이 길어질수록 압박과 협박은 더욱 심해졌습니다. 그러고 나서 그는 군병을 궐기시켰는데, 이 성미 급한 털보는 어떤 대가를 치르더라도 여왕의 자존심 강한 몸을 강탈하여 자기 침상으로 끌어들이겠다고 한 것입니다. 우리는 그의 침입을 한두 번 격퇴하여 부르군트군을 물리치고 승리를 거두었습니다. 그때 우리 쪽의 훌륭한 기사들 가운데 최고의 사람들이 많이 전사했습니다. 이를테면 충성스러운 기사 아이젠그라인 씨가 그랬지요. 외국인인 당신에게는 이 이름이 아무런 의미도 없겠지만, 우리에게는 눈물이 나도록 소중합니다. 아, 그런 희생도 헛되었습니다. 군주의 집요하고 거친 성격에 고무되어 부르군트군은 3년 동안 끊임없이 출정을 반복하여, 모든 것을 잿더미로 만들어 가축들을 몰아내고 우리의 아마밭을 황폐화시켰으며, 온나라를 제압하여 4년째 되는 해에는 이 견고한 도시까지 쳐들어왔습니다. 이곳은 그들에게 저항하는 최후의 도시입니다. 그들은 이곳을 이미 오래전부터 포위하여, 성벽 공격 시 사용하는 높은 사다리, 고슴도치 모양의 철황, 무기용 차돌, 요란한 돌격사다리, 혐오스러운 투석기 같은 온갖 돌격용 무기를 사용해서 공격하고 있습니다. 최후의 은신처가 된 저 위 성안에는 이 공격의 요인인 여왕이 숨어 계시는데, 그분은 우리의 모든 고통은 아예 염두에 두지 않고 언제나 '결단코 하지 않겠다'라고만 말씀하십니다. 매우 오랫동안 정조를 지켜온 우리의 여왕께서 이쯤해서 뾰족수염의 구혼을 받아들여 이 저주스러운 연애전쟁에 종지부를 찍는 것이 좋지 않겠는가, 하는 생각은 누구나 할 수 있는 것이고, 그것을 묻는 목소리가 희미하게나마 여기저기 들리는데, 당신에게도 놀랄 일은 아니겠지요? 성안, 심지어 궁전 내에서도 이 제안을 공공연하게 두둔하는 당파가 있는데, 그 수가 적지 않고 지위 또한 결코 낮은 사람들이 아닙니다. 그런데도 여왕이 뭐라고 말씀하시는 줄 압니까? '결코, 결단코 안 돼!'라고 말씀하십니다."

그리고르스는 포아트뱅 씨 집에서 정향(丁香) 나무 열매로 가미한 데운 맥주와 훈제된 고기로 가벼운 식사를 대접받으면서 이런 얘기를 들었다. 간식을 차린 요리사는 이 집의 열쇠를 맡고 있는 여자였는데, 천성이 느긋한 이 여인 역시 걱정스러운 얼굴을 하고 있었다. 사정 이야기를 들은 그리고르스는 너무나 감동한 표정이었다.

"집주인이신 친애하는 시장님" 그가 대답했다.

"당신의 말씀을 들으니 안개가 제 눈에서 걷히는 것 같습니다. 안개에 싸인 긴 항해 끝에 이 도시의 모습이 제 눈앞에 드러난 이유가 이제야 밝혀졌습니다. 저는 목적지에 도달했습니다. 신께서 배의 키를 이쪽으로 향하게 하셨고, 제가 제대로 왔다는 생각이 안개가 걷힌

후 햇살이 비칠 때처럼 분명해집니다. 저는 신께 항상 기도했습니다. 젊은 제가 하는 일 없이 세월만 보낼 것이 아니라, 정의를 위해 싸우며 억압받는 죄 없는 자들을 위해 이 한 몸 바칠 수 있도록, 제가 할 일이 있는 곳으로 인도해 달라고 빌었습니다. 만약 자비로운 여왕께서 허락하신다면, 여왕의 종이 되고 신하가 되고 싶습니다. 그리고 극심한 고통에 빠진 여왕이 택한 해법처럼, '결코, 결단코 안 돼!'가 제 표어가 될 것입니다. 그리고 당신이 그 공국의 왕을 '뾰족수염'이라 부르는 것은 아마도 그의 수염이 뾰족하고 털이 많아서인가 본데, 제 생각으로는 그것은 특별히 남자답다는 표시일 것 같은데요, 말씀드리건대 오히려 저는 그자에게 가할 수 있는 모든 혐오를 퍼부을 것입니다. 그리고 크고 낮은 여러 목소리로 항복을 권하면서 이 나라를 약탈한 가증스러운 날강도인 그 뻔뻔스러운 구혼자에게 결혼을 승낙하라고 순결한 여왕을 설득하려는 당파에게도 똑같은 혐오를 퍼부을 것입니다. 저는 이러한 비열한 무리가 궁 안에 적은 수이길 바라고, 그보다 지조 높은 기사들이 경건한 여왕 주위에 모여 있기를 간절하게 바랍니다만, 어떤지요?"

"아, 불행히도," 시장이 말했다.

"지조 높은 기사들은 충성심 때문에 오히려 그 수가 줄어들고 있습니다. 왜 그런지도, 불운한 얘기지만 간단하게 말씀드리겠습니다. 로저 공은 말을 타고 성문 앞으로 나와 우리 최고의 영웅들과 일 대 일 승부를 요구하는 습관이 있는데, 그 싸움에서 어느 누구도 그에게 대항하지 못했습니다. 그도 그럴 것이 그의 기사다운 전술은 대단해서 이미 모든 나라에 널리 알려져 있기 때문입니다. 우리 측 용사들이 명예심에 이끌리어 차례차례 그의 도전에 응했지만, 그는 지금까지 모든 상대를 쓰러뜨렸고, 그중 항복하고 충성을 맹세하는 자가 있으면 우리가 보는 앞에서 포로로 잡아갔으며, 그렇지 않으면 죽여 버렸습니다. 그래서 우리 여군주 가까이에 있는 기품 있는 신하들은 굴욕적이게도 이미 그 수가 줄어들었습니다."

"그 남자는" 그리고르스는 자신이 상상하는 바를 말했다. "싸울 때 힘을 비상하게 집중하면서 활력을 하나의 초점에 모으는 재능을 가졌음에 틀림없습니다."

"말씀의 뜻을 잘 모르겠습니다만," 집주인은 대답했다. "제 자신의 생각으로는 우리 용사들은 로저 공이 천하무적이라는 풍문에 압도된 것 같습니다. 그들은 명예심에 이끌려 싸우러 나가지만 승리에 대한 믿음은 없었습니다. 지극히 용감했음에도 불구하고 알게 모르게 승리에 대해서는 미리 절망한 거지요."

"당신은 매우 지혜롭군요, 집주인님" 그리고르스는 존경하는 마음으로 그렇게 말했다.

"그렇겠지요" 상대방은 대답했다. "그렇지 않고서야 어찌 브뤼주의 시장이라고 하겠는지요? 게다가 저의 분별력은 모든 사람들이 명백하게 알고 있는 사실입니다."

"그렇다면" 하고 그리고르스가 물었다. "그 공작이 승리를 확신하며 다시 도전해 올 때는 언제가 될까요?"

"그는 이 도시 주변에 있지 않습니다" 시장은 대답했다. "그의 막사는 철거됐습니다. 가을이 오면 우리나라의 황폐화된 지역을 지나 다음 봄까지 자기 나라로 돌아갈 겁니다. 자기 나라도 다스려야 하니까요. 우리의 가련한 도시는 당연히 포위된 채 있지요. 그러나 겨울 동안에는 사소한 싸움질이나 말싸움 같은 사소한 충돌만 일어날 뿐입니다."

"그리고 봄이 오면" 하고 그리고르스는 그의 말을 보충하며 말했다. "그는 다시 돌아와 기사다운 전술로 여왕의 호위무사를 빼앗고 여왕께 항복을 강요하겠지요. 이때인즉 몸을 바치라고 강요할 것입니다. 여왕은 정말 젊고 아름다운가 보지요?"

"여왕은" 하고 집주인은 대답했다. "말이 나온 김에 말하지만, 나이가 당신보다 곱절은 될 것입니다. 당신은 열일곱이나 열여덟으로 보입니다. 그녀는 아무리 밤을 새워 미사를 드리고 참회의 고행을 해도 매우 아름다운 모습을 유지하고 계십니다. 내 생각엔, 그녀가 그 아름다운 몸을 어느 남자에게도 주려고 하지 않기 때문에 신께 근심을 끼쳐 드리고 있지요."

"여왕이 그런 몸을 저 뾰족수염에게 바친다는 것은" 하고 그리고르스는 대꾸했다. "분명 신의 뜻은 아닙니다. 저는 감히 신의 생각을 짐작할 수 있을 정도는 됩니다. 왜냐하면 한때 저는 신학을 공부했기 때문입니다."

"오, 책에도 정통한지요?"

"조금요. 그런 것은 이런 상황에서 저에게 전혀 도움이 안 됩니다. 당신의 도움이 필요합니다. 저를 도와주는 것은, 존경하고 현명하신 집주인님, 오직 제가 간청하는 것은, 당신의 여왕을 접견하는 것입니다. 그래서 제가 여왕께 신하가 되기를 청하고, 그녀의 자유를 위해 제 목숨을 바치고 그녀의 순결을 위한 은신처를 그 불한당 같은 털보로부터 보호하도록 허락받고자 합니다.”

“당신의 열의는 당신에게 명예가 될 것입니다” 시장은 좀 생각한 후 말했다.

“그리고 당신의 말이 제게 주는 기쁨을 도무지 숨기지 못하겠습니다. 아직 젊기는 하지만 교육으로 보나 노르만족다운 세련된 맵시로 보나 당신이 여왕의 접견에서 합격하리라는 것을 의심치 않습니다. 그러나 쉽지는 않을 것입니다. 왜냐하면 그녀는 남에게 얼굴을 보이길 심하게 꺼리고 극소수의 사람에게만 허락하기 때문입니다. 기껏해야 대성당 안에서 신 앞에 엎드려 있을 때만 그녀의 모습을 볼 수 있고, 그것도 기도에 전념하는 모습만 볼 수 있지요. 기꺼이 당신에게 도움이 되도록 노력해 보겠습니다. 여왕의 궁내대신인 파이레피츠 폰 베알체난 씨는 제 친구이며 후원자인데, 그는 정말 고상하고 세련된 궁정 사람이지요. 상체는 뚱뚱한데 다리는 매우 가늘며, 꽃을 수놓은 밝은 빛깔의 비단옷을 걸치고 역시 비단 같은 금발의 콧수염을 양쪽으로 가른 모습을 생각해 보세요. 이것은 단지 즉각적으로 떠오른 그의 겉모습일 뿐입니다. 그에게 당신에 대해 말하고 당신의 의향과 희망을 높이 치켜세워 주고자 합니다. 아마 그리 되리라 생각합니다만, 교활하리만큼 능란한 그의 타고난 말솜씨로 여왕의 시선이 당신에게 향하도록 할 것입니다. 그때까지 제 손님으로 계십시오! 제 집에서 식탁 친구가 되어 주십사 하는 것입니다. 당신이 부유하다는 말을 듣고 호감이 갔습니다. 그것은 참 기분 좋은, 보기 드문 일이지요. 방랑하는 기사들은 고매한 정신을 가지고 있지만 대개 가난합니다. 고매한 정신과 가난이 섞인 그런 자들에게는 항상 절반 정도의 호의밖에 기울일 수 없었지요. 그러나 당신은 집세와 생활비를 당신의 돈으로 제대로 지불하겠지요. 식사는 잘 차려 드리겠지만, 그러나 사려 깊게 준비해서 당신의 품위를 손상시키지 않도록, 비만해져 덕행에 지장이 가지 않도록 하겠습니다. 좋습니까?"

"좋습니다" 그리고르스는 말했다.

그리고 그들은 따뜻하게 데운 맥주로 서로 건배했다. 그 맥주는 작은 정향나무 열매로 향을 낸 매우 좋은 술인데, 나 자신은 한 번도 맛본 적이 없지만, 난 만족스러운 마음으로 두 사람으로 하여금 그 술을 목 안으로 넘기도록 하겠다. 이야기를 한다는 것은 우리 자신이나 혹은 하늘이 우리에게 허용하지 않는 향락에 대한 대리만족에 지나지 않는 경우가 많은 것이다.

✠

해후

나는 파이레피츠 폰 베알체난 씨의 인품을 훌륭하게 묘사했던 포아트뱅 씨가 약속을 지켜, 기회가 오기만 하면 곧바로 그리고르스와 그의 소원에 대해서 궁내대신인 그와 의논하리라는 것을 잘 알고 있었다. 나는 그것을 결코 의심하지 않았다. 젊은 손님의 확고하면서 부드러운 표정, 그의 예의바른 태도, 식비와 숙박비의 후한 지불 등이 너무나 시장의 마음에 들었기 때문에, 시장은 자기의 약속을 잊을 리가 없었다. 그는 이 젊은이가 도착한 지 14일 만에 시청에서 약속을 이행했는데, 폰 베알체난이 성에서 말을 타고 그곳으로 내려와 그를 방문했던 것이다. 겨울철에 중단되었다가 이때쯤 어중간한 모욕만 주려는 연애전쟁의 상황에 대해서, 그리고 여러 필수품과 일용품을 궁전에 공급하는 일에 대해 의논하기 위해 내려온 것인데, 필수품과 일용품을 가능한 한 잘 구별하는 것이 포아트뱅 씨의 임무였다. 그는 단순한 일용품에 관해 언급하면서, 수없이 금식을 하며 밤을 지새우면서 속세를 떠난 듯이 사는 여군주의 엄격한 삶의 태도를 모범으로 삼았으면 했다.

그에 응수하면서 파이레피츠 씨는, 여왕의 이러한 삶의 태도에 대해서는 도시나 지방 할 것 없이 걱정과 찬양의 정도가 비슷하다는 것을 상기시켰다. 그는 이번 면담 때는 꽃을 수놓은 비단옷을 입지 않았기 때문에, 그 부분에서는 시장이 그에 대해 묘사했던 모습과 달랐다. 오히려 그의 두드러진 상체는 혹시 날아올지도 모르는 돌을 방어하기 위해 갑옷으로 무장하고 있고 주름장식이 있는 빳빳한 칼라를 달고 있었으며, 머리에는 장식용 못을 박은 투구를 쓰고 있었다. 반면 매우 가느다란 그의 다리는 좌우 색깔이 다른 꼭 맞는 비단양말밖에 신지 않았고, 발에는 끝이 새부리처럼 뾰족한 구두를 신고 있었는데, 말을 탈 때는 구두 끝이 등자 앞으로 높게 튀어나왔다. 그 궁신은 철갑으로 반 무장을 하고 있었으나 민첩함을 전혀 잃지 않았고, 서로 의논할 때에 몇 가지 일용품을 추가로 긴급 필수품목 순위에 넣는 데 성공했다.

"그런데 궁내대신님, 이야기를 하는 김에 말씀인데요. 아직 어리지만 상당한 재력을 갖추고 있는 한 여행자가 바다를 떠돌다 얼마 전에 여기 상륙해서 내 집에 숙식하고 있는데, 그는 우커란트에서 온 그레고리우스라는 훌륭한 기사입니다. 그는 물고기 문장을 사용하고 있으며, 하늘에 대고 진지하게 맹세하기를, 신이 그에게 곤경에 처한 이 도시를 직접 볼 수 있게 한 것은 이 도시와 고통을 받고 있는 도시의 주민들을 도와 자신의 기사도를 증명해 보이고자 함이라 했어요. 무엇보다 그는 곤경에 처한 우리 여왕에게 나아가 봉신이 될 것을 열망하고 있습니다. 궁내대신께서, 하실 수 있으면 이런 뜻을 어떻게 잘 전달해 주실 수 있을는지요?"

"그야 간단한 일이지만" 하고 파이레피츠가 대답했다. "그가 순수한 귀족이라는 것은 확실한가요? 여왕의 주의를 그릇되게 이끄는 것은 내게도 형벌을 면치 못할 과오가 되니까요. 솔직히 말해서 우커란트라는 이름은 어쩐지 모호하게 들리는군요. 누구나 육지와 바다를 넘어올 수 있으니까요. 그의 기사 신분을 보여 줄 좀더 정확한 증명서를 가져오는 것이 꼭 필요할 것 같습니다."

이 말에 포아트뱅은 당황한 빛을 보였다. 왜냐하면 그의 말을 들으니 자신이 그 젊은이의 출신이 정확한지 전혀 신경을 쓰지 않았고 — 그도 의아하게 여기려 했지만 놀랍게도 전혀 의아하게 생각되지 않은 일인데 —, 그 젊은이가 그에게 자신의 출신에 대해 말했던 최소한의 것이 자세히 살펴보면 하찮은 것이었는데도 그를 완전히 만족시켰다는 사실을 뒤늦게 깨달았기 때문이다. 그래서 그가 한 다음의 답변은, 질문을 한 파이레피츠에게 한 것이지만 동시에 자기 자신을 향한 것이기도 했다.

"이렇게 생각해도 좋을지 모르겠습니다만, 궁내대신께서 제 말을 주의 깊게 들으셔서 그중 많은 것을 기억하고 계신다면, 그 젊은 기사가 물고기 문장을 지니고 있다고 말씀드린 것이 생각나실 겁니다. 가장 신성한 것에 대해서는 말하지 않는다 하더라도 — 그렇다고 전혀 언급하지 않을 수는 없습니다. 저의 그 손님이 한때 신성한 장소에 살면서 신학을 공부했다는 것을 제가 알고 있으니까요 — 그 물고기 표시에는 아시는 바와 같이 그야말로 여러 가지 의미가 담겨 있습니다. 물고기는 물의 상징입니다. 실제로 그 젊은이는 기움돛에 물고기를 새겨 넣고 물길로 우리에게 왔습니다. 나아가 그것은 남성다움의 표시이며 특별히 그와 관련된 특성이고 미덕인 과묵함의 표시입니다. 그러니까 만약 이 문장을 지닌 사람이 남성다운 과묵함을 보여 주고 있다면 딱히 기묘하다고 말할 수는 없지요. 기사도라는 것이 세련된 남성다움이라면, 그를 한 번만 봐도 당신의 눈은 입으로 묻고자 하는 것 이상을 말해 줄 테니 당신은 차라리 입을 다물게 될 것입니다. 게다가 궁내대신께 솔직히 말씀드리자면, 그 낯선 젊은이는 아직 여왕의 봉신이 아닌데도 벌써부터 우리에게 그의 덕조 있는 용기를 보여 주어 우리 모두의 심금을 크게 울렸습니다. 그는 곧바로 성첩으로 올라 방어통로에서 보초를 서고 있는 사람들에게로 갔고, 그곳에서 부르군트의 진지와 우리 도시의 고통스런 포위상태를 제대로 살펴보고자 했습니다. 눈썹을 긴장시키고 입을 꼭 다문 채 막사와 공격무기, 지형과 군세를 살펴보았지요. 그가 어떻게 동문 망루감독관과 자신의 생각을 의논했는지, 또 어떻게 그 군인을 자신의 탁월한 계획에 찬성하게 만들었는지 나는 모릅니다. 하지만 그 망루감독관을 설득한 것은 그의 언변 때문이라기보다는 그의 태도와 눈빛 때문이라고 생각합니다. 당신은 기적 같은 얘기를 듣고 매우 놀라게 될 겁니다. 간단히 말씀드리자면, 사흘째 되는 날 벌써 그 용병장은 적당한 시간에 성곽의 각재빗장을 풀고 인공호를 건너는 다리를 내리고 성문을 열게 해주었습니다. 그리고 그 문 밖으로 우커란트에서 온 자가 혈혈단신으로 나갔습니다 ― 우리 모두는 정말로 그가 정말 죽음을 향해 나아가고 있다고 생각했습니다. 그는 물고기 문장을 새긴 방패를 들고 휘황찬란하게 검을 휘둘렀는데, 양날이 선 그 검이야말로 그가 유일하게 지닌 것이었지요. 그러자 번뜩이는 그의 검과 열려 있는 성문을 보고 로저 공작의 부하들이 달려왔습니다. 그들은 열린 성문을 이용할 생각으로, 그 앞에 있는 한 사람쯤이야 당장 해치워 버리려고 했지요. 하지만 그 젊은이가 그들을 어떻게 혼쭐을 내주었는지 이제 들어 보십시오. 저는 이야기를 꾸며서 만들 의도도 없고 거짓말할 생각도 전혀 없습니다. 하지만 이거 정말 낭패로군요! 아무래도 제가 내내 거짓말 같은 이야기를 하는 것처럼 들릴 것 같습니다. 물고기 방패를 든 그레고리우스는 아주 빨랐습니다! 로저의 군사 셋을 순식간에 쓰러뜨려 버렸지요. 잽싸게 검을 휘둘러 그들을 투구째 베어 버렸으니까요. 그중 둘은 인공호로 굴러 떨어지고 나머지 하나는 그 앞에 쓰러졌습니다. 여하튼, 궁내대신님, 난 지금 당신께 그가 그들을 얼마나 철저히 혼내 주었는지 이성적으로 꾸밈없이 보고하는 겁니다! 그들은 이것이 장난이라 생각했지만, 그의 창백한 얼굴 속에서 파란 불꽃처럼 이글거리는 눈을 보고는 그런 생각이 싹 가셨지요. 이윽고 그들은 칼로는 그를 이길 수 없음을 깨닫고 그를 향해 창을 무수히 던지는 바람에, 그의 화려한 방패의 테두리가 빙빙 돌아갈 정도가 되었으며, 창들이 꽂힌 방패의 무게를 견디기 어려워 그는 방패를 손에서 놓지 않으면 안 되었습니다. 그들은 이것을 보자 그에게 달려들려고 했지만 그는 사냥개의 무리에 달려드는 숲속의 멧돼지처럼 그들에게 달려들어 여기저기를 찔렀고, 그들 중 하나는 갑옷이 찢기고 그 투구는 불꽃처럼 붉은색 피로 물들어 갔습니다. 이 이야기는 거짓말이 아닙니다, 그 병사는 그 앞에서 쓰러져 죽고 말았죠. 궁내대신님, 나는 정신을 가다듬고 있으며 꾸며대는 것이 아닙니다. 우리 모두가 보았지

만, 그는 자신을 노리며 날아온 투창 하나를 땅에서 주워 어떤 부르군
트 병사의 머리에 던졌는데, 그것은 병사의 투구를 뚫고 나왔고, 그
병사는 다리 위에서 몸을 질질 끌고 갔지만 얼마 가지 않아 더 이상
생명을 부지할 수 없었을 겁니다. 맹세컨대, 또 한 놈은 심지어 두 동
강을 내버렸다니까요. 칼날이 어찌나 신속하고 예리했는지 그놈은
자기 몸이 동강난 줄을 모르고 있다가, 손에서 떨어진 검을 주우려 몸
을 숙일 때에야 그의 상체가 떨어지더군요. 그러니까 궁내대신님, 그
런 활약을 하면서 그 용사는 적들 앞에서 한 걸음 한 걸음씩 자신이
혼자 지키고 있었던 성문 쪽으로 물러났으며, 그가 문 안으로 들어오
자 적들의 코앞에서 성문은 덜커덕거리며 닫혀 버렸습니다. 성벽 위
에 와자하게 일어난 환호와 조롱의 소리를 짐작하시겠죠. 사람들은
그 젊은이를 어깨에 목말 태웠습니다. 나도 서둘러 달려가 보았습니
다. 그의 겉옷은 온통 피로 물들어 있었고, 그가 손에 꽉 쥐고 있던
예리한 무기에도 피가 흥건했어요. '친애하는 용사여, 그대는 어찌
이렇게 피투성이가 되었소? 부상으로 큰 고통을 당하고 있는 것 같소'
라고 했더니, '그런 염려는 마십시오' 하고 그는 태연하게 말하더군
요. '보시다시피 나는 부상을 당하지 않았습니다. 이건 다른 사람의
피입니다'라고요."

"아주 놀라운 일이군요" 파이레피츠 씨가 대꾸했다. "그런 상황이
라면 시장님, 당신이 노래라도 부르고 싶을 정도로 신이 나서 얘기하
는 것도 정말 무리가 아니겠군요."

"내가 그 기분을 억제하기 어려웠다면" 하고 그레고르1의 집주인이
대답했다. "그건 결정적으로 창백한 얼굴에서 파랗게 이글거리는 그

의 눈빛 때문이지요. 어쨌든 나는 그에게 열광한 점은 인정합니다. 실은 그가 한 병사의 몸을 베어 두 동강 내어 버렸고, 그놈은 그것을 깨닫지 못하다가 나중에야 비로소 두 동강이 나서 땅에 쓰러졌다는 말은 내가 지어낸 얘기입니다. 사실 그런 일은 일어나지 않았지요."

"어쨌든 좋습니다" 궁내대신은 말했다. "그 견제공격은 그런 세부 사항을 전해 듣지 않더라도 인상 깊으니까요. 당신의 젊은 손님이 기사이며 우리에게 유용한 인물이 될 수 있다는 것은 의심할 여지가 없을 것 같습니다."

"내가 한 가지 원리를 털어놓지요" 시장이 말을 이었다.

"그 원리에 의해서만 내 손님이 자신의 고결한 용기에 대해 우리에게 보여 준 비상한 행위가 그런대로 설명될 것 같아서요. 아마도 그는 싸움에서 매순간 할 수 있는 한 모든 힘을 모아, 이른바 자신의 활력을 하나의 초점에 집중시키는 능력을 부여받은 것 같습니다. 나는 여느 때 같으면 내 생각을 더 명확하고 누구나 금방 이해할 수 있는 형태로 전달할 텐데, 이번 경우는 어쩔 수 없이 다소 모호하게 표현할 수밖에 없군요."

"그야 어떻든 간에" 하고 궁내대신이 대답했다. "여왕의 눈이 당신의 손님에게 향하도록 하고 그를 여왕에게 소개해 여왕의 봉신으로 만드는 일을 더 이상 주저할 필요가 없겠군요. 그럴 기회가 많지는 않

---

1   '그리고르스'와 마찬가지로 '그레고리우스'를 지칭하는 이름이다. 소설 후반부에서 서술자는 아무런 설명 없이 그를 '그레고르'라고도 부르고 있다. 이후 소설 내용에서 드러나는 그레고르의 모습은 프란츠 카프카의 단편 〈변신〉에서 어느 날 '갑충'으로 변신한 주인공 '그레고르 잠자'를 연상시킨다.

지만, 우리 신앙의 축일인 마리아 수태절이 멀지 않았습니다. 아시다 시피 그날에는 여왕께서 친히 나오셔서 궁정의 모든 사람들을 거느리고 성에서 성당까지 말을 타고 내려가 미사에 참석하시고 힘을 얻으실 것입니다. 그때 당신의 그 용사는 여왕을 뵙고 싶다는 소망을 충족시킬 수 있을 것입니다. 적당한 순간에 여왕께 그에 대해 말씀드리는 일은 내게 맡겨 주십시오."

일은 그대로 진행되었다. 가시 없는 장미라고 할 가장 고결한 여성이 몸속에 수태를 하게 된 날이었다. 더욱이 성령에 의해 죄 없는 순결한 상태로 수태하게 된 — 이것은 충분히 확인된 우리의 믿음이다 — 그날, 여왕은 두 명의 시동이 굴레를 잡아끄는 아스투리아스산 부인용 말을 타고 궁정의 고귀한 사람들과 함께 성을 나와서, 구불구불한 길을 따라 자신의 마지막 남은 도시로 내려가 종이 울리고 있는 성당 앞에 이르렀다. 그곳에서 여왕은 모자를 벗은 채 무릎을 꿇고 있는 백성들 사이로 내려갔는데, 백성들은 눈시울을 붉힌 채 그녀를 바라보며 몰려들었다. 여왕은 남녀 귀족들과 함께 조각이 가득 새겨진 활짝 열린 성당 현관을 통과해, 시선을 떨군 채로 왼손은 다람쥐의 흰 뱃가죽으로 안을 댄 외투의 장식에 대고, 오른손 두 손가락으로는 그 외투를 살짝 잡아당기면서 성당의 홀을 지나 자신의 자리로 걸어갔다. 그 자리에는 그녀가 무릎을 꿇을 때 사용하는, 술이 달리고 금박 테를 두른 방석도 있었다. 그래서 그리고르스는 통로 너머 시장의 자리 쪽에 마련된 자신의 자리에서 여왕을 보았다. 성가대의 합창과 가물거리는 불빛과 향기 속에서 기도에 열중하는 여왕의 모습을 볼 수 있는 한 최대한 살펴보았다. 그는 여왕의 옆얼굴을 보았는데, 왕관

모양의 머리 장식띠를 하고 빰을 끈 장식으로 감싼 그 모습은, 그녀가 한번 고개를 들고 괴로운 듯이 눈을 위로 향할 때면, 형형색색의 어스름한 빛 속에서 상아와도 같이 어렴풋이 빛났다. 그리고 여왕이 고개를 드는 모습에 그것을 바라보는 젊은이의 가슴도 감격으로 설렜다. '저분이다' 그는 마음속으로 말했다. '저분이 내 주인이다. 가혹하게 내몰린 저분을 구출하고자, 그 털북숭이 놈으로 인해 빠져든 고난에서 여왕을 구출하고자 내가 이 땅으로 인도되어 왔구나.' 그리고 두 주먹을 쥐면서 위를 바라보며 "어느 누구도 가만두지 않겠다!" 하고 맹세했는데, 그것은 그녀를 위한 격렬한 전투에서 모든 상대를 향해 지르는 그의 함성이 될 것이었다.

여왕 뒤에는 그녀의 궁내대신이 무릎을 꿇고 앉았다. 오늘 그는 작은 꽃무늬가 있는 비단 셔츠를 입고 있어서 그리고르스의 집주인이 묘사하던 모습 그대로였다. 성대한 미사가 끝날 즈음에 그는 자신의 비단결 같은 수염을 여왕의 귀 쪽으로 기울이고는 몇 마디 말을 속삭였다. 무슨 말을 했을까? "여왕님, 저기 있는 저 남자에게 인사를 건네십시오! 그는 여왕님을 위해 훌륭하게 봉사할 수 있을 겁니다"라고 했을까? 혹시 궁내대신이 '남자'라고 말하지 않고 '젊은이'나 어쩌면 '소년'이라고까지 부르지 않았을까, 나는 대단히 걱정되었다. 하지만 아니다, 그는 '남자'라고 말했을 것이다. 왜냐하면 그를 여왕에게 추천할 생각이었기 때문이다. 그렇지만 여왕은 궁내대신의 속삭임에 거의 귀를 기울이지 않았으며 또 그가 말해 주는 쪽도 전혀 돌아보지 않은 채, "가자, 미사가 끝났다" 하며 다시 한 번 성호를 긋고 중앙통로를 지나 나가고 있었다. 귀부인들이 앞장서고 기사들이 그 뒤를 따랐다. 그러나 궁내대신은 그리고르스의 손을 잡고 여왕을 쫓아 석조 기둥이 늘어서 있는 성당 현관으로 그를 데려갔다. 그곳에서 궁내대신은 애써 준비한 다음의 말을 했다.

"여왕님, 이 사람은 그레고리우스 씨라고 하는데 우커해를 건너온 기사입니다. 명예를 열망하고 있사온데, 무엇보다 여왕님 앞에 무릎을 꿇는 명예를 열렬히 바라고 있습니다."

그리고르스는 무릎을 꿇었다. 챙 없는 모자를 손에 쥔 채 그는 한쪽 무릎을 꿇어 몸을 구부리고 머리를 숙였다. 여왕은 궁신들에게 반원형으로 둘러싸인 가운데 그의 머리를 내려다보았다.

"기사여, 일어나시오." 그는 머리 위로 여왕의 목소리를 들었다. 그것은 깊고 우아하고 성숙한 소리였으며 가볍게 들뜬 처녀의 목소리가 아니었다. "여기서는 신 앞에서와 묵주의 여왕이신 성모마리아 앞에서만 무릎을 꿇어야 하오."

그래서 그는 여왕 앞에서 일어섰는데, 그때 그가 염려했던 일이 일어났다. 그가 너무나 어린 것을 보고 여왕의 붉은 입술은 미소를 짓지 않을 수 없었던 것이다. 그것은 관대하고 부드러운 미소였다. 그녀는 조소하듯 눈썹을 치켜 올리면서 거의 동정조의 미소를 머금었지만, 그 미소는 금방 다시 그녀의 입술에서 사라져 버렸다. 그가 얼굴을 붉히며 고개를 돌렸기 때문이 아니었다. 그런 건 그녀의 눈에는 보이지도 않았다. 그녀의 눈은 그의 모습을 자세히 관찰하듯이 아래쪽으로 향하다가 그의 외투를 보자 응시하듯 거기에 머물렀다. 왜냐하면 오늘 그리고르스는 문장을 새겨 넣은 옷, 통을 바다에 띄울 때 함께 넣은 옷감으로 만든 그 아름다운 옷을 입고 있었기 때문이다. 그것은 동양에서 온 페펠[2] 비단으로 영롱한 검은색에 금실을 넣어 짠 것이었다. 그 비단옷에 시선을 빼앗긴 여왕은 입을 다물지 못하고 미간을 찌푸리며 뚫어지게 그것을 바라보았다. 그러나 그렇게 응시하는 동안 그녀의 시선은 흔들려 고통의 빛을 띠었다.

'아아 칼이여, 어찌하여 너는 또다시 잔인하게 내 가슴을 찌르는가! 그들은 내게서 내 아이를 빼앗았다. 내 사랑하는 이의 유산이며 그의 몸에서 난 달콤한 선물을 빼앗았어. 그리고는 작은 통에 넣어 거친 바다에 먹이로 내주어 버렸지. 그들의 소행을 용서하소서. 하지만 내 영혼 깊숙한 곳에서는 신의 이 처분을 용서할 수 없다! 난 이와 똑같은 비단 옷감을 그 가련한 어린 뱃사공에게 눈물을 흘리며 덮어 주고 아래에도 깔아 주었지, 정말 이건 그 옷감과 질이며 색이 똑같구나, 이건 내가 너무 잘 알고 있어. 분명 같은 사람이 짰을 것 같아, 아마 그럴 거야. 이 완전히 똑같은 옷감을 보니 경악과 고통 그리고 죄 가운데서 환희에 찼던 무수한 기억이 전율을 일으키며 지나간다. 동시에 또한 이 어린 청년에게 이런 비단옷을 물려준 집안은 보기 드문 고귀한 가문임에 틀림없다는 생각을 하지 않을 수 없구나.'

그녀의 가슴은 꼭 끼는 옷 위쪽에서 불안하게 조여 올라와 있었다. 옷은 눈처럼 흰 비로드의 넓은 주름 속에서 허리띠부터 발아래까지 늘어져 있는 모양이었으며, 그 위로 보랏빛 외투가 덮여 있었다. 그녀는 아름답고 여윈 손으로 외투자락을 허리띠까지 들어 올리고 있었다. 밤을 새우는 경우가 있어 아래에 푸르스름한 그늘을 드리우고 있는 그녀

---

2 알렉산드리아산 비단.

의 짙푸른 두 눈은 그의 눈을 바라보고 있었다. 남자답게 보이려고 결심한 젊은이의 진지한 얼굴은 그녀에게 사랑스럽게 보였으며 그녀의 영혼 깊숙한 곳에 뭔가 호소하는 듯했다. 그러나 그에게는 자기가 지상에서 바로 성모마리아의 모습을 보고 있다는 생각밖에 들지 않았다.

여왕은 온화하게 말했다.

"내게 청이 있다고 했소?"

"단 한 가지 청이 있습니다" 그는 힘차고 열렬하게 대답했다.

"저는 기꺼이 모든 용기를 다해 여왕님께 헌신하고 싶습니다. 청하건대 저를 신하로 받아 주십시오. 그래서 제가 할 수 있는 모든 것을 동원하여 저 도적에 맞서 여왕님 앞에서 몸을 던지며 목숨이 다할 때까지 여왕님을 보호할 수 있도록 허락하여 주십시오."

그러자 그녀는 말했다.

"기사여, 그대에 대한 얘기를 들은 바 있소. 그대는 뭔가 성급한 시도를 했다고 들었는데, 그건 어느 정도 존경할 만한 일이기는 하나 동시에 비난받을 만한 일이기도 하오. 그대는 필요 이상으로 대담하다고들 하더군요. 내가 그 광기에 찬 무모한 견제공격에 대해 말하고 있다는 것을 그대는 알 것이오. 그런데 어머니는 계시오?"

"전 어머니를 뵌 적이 없습니다."

"그럼 어머니를 대신해서 그대에게 경고하겠소. 그대는 신을 시험했소. 그대가 제정신이었다면 그런 어리석은 짓은 하지 말았어야 했소."

"여왕님, 그 공격에 관한 세부적인 얘기들은 매우 심하게 과장된 것입니다. 그러나 '연애전쟁'이 겨울에는 중단되고 무력해져서 저는 화가 났습니다. 그래서 이 정체상태를 풀고 태만한 적을 놀라게 하며, 여왕님의 명예를 위해 평소에는 보기 힘든 모험조차도 불사하는 정신을 가진 자가 이 도시에 살고 있다는 것을 알려 줘야 한다는 생각이 들었습니다."

"그것은 고마운 일이지만 그렇다고 나의 경고를 철회할 수는 없소. 곤경에 처한 나를 위해 충성으로 일을 감행하는 것은 나 같은 불쌍한 여자에겐 아주 필요하오. 하지만 나 때문에 고귀한 청년이 경솔하게 몸을 상하는 것을 난 원치 않아요. 그러니 그런 일을 다시는 하지 않을 것이며 앞으로는 지나친 자만심에 찬 행동은 하지 않겠다고 내게 약속해 주시오."

그녀가 스스로를 '불쌍한 여자'라고 말하자 그의 가슴은 찢어지는 듯 아팠다. 그는 곧 다시 그녀 앞에 무릎을 꿇고 열띤 얼굴로 그녀를 올려다보았다.

"여왕이시여, 여왕님께 봉사하고자 하는 열망으로 제가 할 수 있는 한 여왕님께 복종할 것을 약속드립니다."

여왕은 신하 중 한 사람이 빼어 들고 있던 검을 받아서 그의 어깨에 대고 말했다.

"나의 신하가 되어 주시오. 이 도시의 쟁탈전에서 짓밟힌 나라를 위해 싸워 명실상부한 명예를 얻으시오. 궁내대신, 이 기사를 그대의 보호 아래 둘 것을 명합니다."

그가 행복한 마음으로 일어나자, 여왕은 다시 한 번 그의 옷을 바라보고 다시 한 번 그의 얼굴을 바라보더니 몸을 돌려 그 자리를 떠났다. 궁중의 신하들이 서둘러 그녀를 에워싸고 따라갔다. 그러나 그리고르스는 멍하니 그 자리에 서서 완전히 넋을 잃고 여왕의 뒷모습을 바라보고 있었다. 그러자 그의 집주인인 시장이 그의 소매 끝을 끌어 당겼다. 지금껏 그는 그런 여성을 본 적이 없었으며, 젊은 그를 보호 하라고 명할 때의 그 감미롭고 완숙한 목소리를 한 번도 들어 본 적이 없었다. 그녀의 모습과 인품은 그의 경험에서 보면 신기하리만치 낯 설었지만, 그의 천성으로 보면 신기하리만치 친숙했다.

✠

결투

이야기를 진행해 가면서 내 마음속에 자리 잡게 된 모든 은밀한 공포에도 불구하고, 나는 파이레피츠 씨가 포아트뱅 씨와 상의할 때 그리고르스가 진정한 기사인지 확증을 얻으려 한 것과, 그 때문에 시장의 말문을 열어 그 손님이 대담하게 단신으로 다리 위로 돌격한 일을 시장이 자세히 알리도록 한 것을 기쁘게 생각한다. 그렇게 하지 않았더라면 우리는 아마 그 모험담을 전혀 듣지 못했을 것이다. 그것을 알려준 쪽에서는 이야기를 전하는 데 열중한 나머지 그럴듯하게 과장된말을 했다고 치자. 그런 과장은 진실한 이야기를 하는 데 익숙하지 않은 사람의 실수일 테니 부득이 용서해야 할 부분이다. 그러니, 어부의 오두막에서 자란 수도원 학생의 기사가 되겠다던 꿈이 물거품처럼헛된 것이 아니라, 마음속으로는 기사의 어투를 완벽하게 구사한다고 그 자신이 주장했듯이 실제로 그가 기사의 언어를 유창하고 능숙하게 사용할 수 있었다는 사실을 확인하는 것으로 우리는 충분하다.

그래도 그로서는 이미 포아트뱅 씨와 처음 대화를 나누면서부터, 무엇보다도 여왕을 눈앞에서 보고 나서부터 마음속에 자리 잡게 된 확고부동한 계획을 감행할 시기가 오기 전에, 가장 완벽하고 적절하게 기사의 어투를 완성해 낼 필요가 있었다.

여기서 누군가 이해하지 못하고 의아해하며 순진하게 그게 대체 무슨 계획이냐고 묻는 사람이 있다면, 그는 그리고르스가 혼자 있을 때 가끔 간헐적으로 중얼거리는 혼잣말, 간간이 끊어져 파편적으로 들리는 그 말에 귀를 기울이는 것이 좋을 것이다. 그 말은 이런 것이었다.

"그자가 아무리 극악한 놈이라도 난 그와 싸울 것이다!" 또는, "그자가 설사 악마라 하더라도 난 그에게 대항할 것이다!"

그리고르스가 말하는 그자가 대체 누구냐고 물을 정도로 이해력이 부족한 사람은 없을 것이다. 그런데 그가 그렇게 중얼거리는 소리를 들으면 나는 그가 신의 섭리에 따라 연애전쟁이 소강상태에 있는 겨울에 이 도시로 오게 된 것을 정말로 기쁘게 생각한다. 그것은 그가 기사의 어투로 말하는 연습을 (마음속으로만이 아니라) 실제로 열심히 할 수 있는 시간을 주었기 때문이다. 겨울전쟁에서는 그에게 거의 매일 그런 기회가 주어졌다. 왜냐하면 기사들의 여러 가지 소규모 전투, 가벼운 모험과 작은 시합들이 때로는 심각한 대항으로, 때로는 그저 심심풀이로 길 위에서나 말 위에서, 거의 매일 도시 앞에서 벌어졌기 때문이다. 그럴 때 그는 한가롭게 있지 않았다. 한가롭게 빈둥댄 적이 거의 없었기 때문에, 나도 감탄하는 바인데, 얼마 되지 않아 건장한 도시사람들과 기사들, 졸병들은 그를 두고 '적을 쫓을 때는 선두에 서고 도망칠 때는 후미에 선다'라고 말하게 되었다. 나는 내가 들은 이 남자들의 말을 그대로 옮기는 것이다. 내게는 어색하게 들리는데, 그들이 그를 두고 '적을 치는 우박'이라고 한 말도 마찬가지다. 그 말도 내 귀엔 서툰 비유로 들리지만, 그러나 그의 행동이 어쨌든 그들에게 그러한 인상을 주었던 것이다.

그리고르스는 말을 타고 있을 때가 가장 기분 좋았다. 허벅지를 죄는 법이나 안장 없이 타는 법, 말을 타고 빙빙 도는 법을 꿈에서 너무나 자주 정확하게 연습했기 때문에, 실제로 말을 타는 것도 오래전부터 익혀 온 친숙한 일처럼 여겨질 정도였다. 말하자면 그는 말 타는 기술을 선천적으로 타고난 것이다. 그는 자신이 이미 그 기술을 갖고 있다는 것을 알아내 곧바로 사용할 수 있었기 때문에, 지금껏 그가 한 번도 말 등에 타본 적이 없으리라고 생각하는 사람은 아무도 없었다. 포아트뱅 씨의 마구간에는 그리고르스가 자신의 금화로 산 훌륭한 말이 있었는데, 그 말은 흰 점이 있는 수놈으로 브라반트종이었으며, 눈은 일각수의 눈처럼 아름다웠고 주인에게 뜨거운 우정을 갖고 있었다. 주인이 다가오면 그 녀석은 윤기가 도는 목을 그에게 돌리고 반가움과 헌신의 표시로 새벽닭처럼 드높게 예리한 울음소리를 내는 것이었다. 그 말은 '슈투르미'라고 불렸다. 희끗희끗한 꼬리와 동일한 빛깔의 이마 털을 지니고 갈기를 늘어뜨리고 있는 이 다부지게 생긴 말을 나도 좋아하는데, 녀석의 힘세고 멋진 발목과 작은 발굽도 잊지 않고 칭찬해 주고 싶다. 빗으로 잘 손질한 털은 비단결 같았고, 그 밑에서는 힘에 넘치는 근육이 꿈틀거리며 움직이고 있었다. 마부가 가늘고 촘촘한 강철 고리로 된 사슬안장을 씌우고 그 위에 아라비아산 초록색 비로드 장식 옷을 입힌 슈투르미는 얼마나 멋졌던가! 그 장식 옷은 말 뒤, 말굽까지 늘어져 있었고 양면에는 물고기가 수놓아져 있었다. 그렇게 준비가 되면 그리고르스는 자신도 머리와 몸과 다리에 충분한 장비를 갖추고 그의 애마를 탔는데, 허리띠에 검을 차고 손과 팔로는 방패의 가죽끈을 붙들고 있었다. 꿈속에서의 연습과 또 타고난 재주로 인해 그에게는 모든 것이 너무나 익숙했다. 그리고르스는 창끝이 없는 마상경기용 창을 마차에 싣고 여왕의 신하인 다른 용사들과 함께 슈투르미를 타고 자주 도시 밖으로 나갔다. 왜냐하면 사실 겨울에는 연애전쟁이 장난삼아, 반쯤 친목의 성격을 띠고 벌어졌는데, 시민들과 포위군들이 서로 평화로운 창 시합을 하기도 했고, 여왕 지빌라의 기사들뿐 아니라 부르군트의 기사들도 서로 상대방이 보는 앞에서 무딘 창으로 마상 무술시합을 할 정도가 되었기 때문이다. 그것은 한편으로는 자신들이 즐기기 위해서였고, 다른 한편으로는 마술(馬術)과 창 솜씨를 보여서 서로 상대방에게 위압감을 주기 위해서였다. 이때 그리고르스는 일찍이 꿈꿔 왔던 명예를 여러 번 획득하였고 적군의 갈채를 받았다.

나는 정말 그에게 이렇게 실제로 연습할 수 있는 시간과 적절한 기회가 주어진 것을 기뻐할 수밖에 없다. 그의 마음속에 그렇게 확고하고 말없이 자리 잡고 있던 계획이 성공하길 바라지 않을 수 없기 때문이다. 나는 이야기를 전하는 자로서 모든 것을 미리 예견하고 있어서, 바로 그 성공을 기화로 차마 얘기할 수도 상상할 수도 없는 무서운 일이 그에게 일어난다는 것을 알고는 있다. 만일 내가 분수에 맞지 않는 나의 전지적 능력으로 이런 무서운 사건을 초월해 이야기의 마지막 결과까지 예견하지 못한다면, 아무리 안쓰럽긴 해도 나는 이 어린 청년이 그의 계획을 실행할 때 차라리 죽게 되어 자신을 지켰으면 하는 바람을 가질 수밖에 없을 것이다. 내가 모든 일을 예견하고 있음에도 불구하고 다가올 일이 말할 수 없을 정도로 무서운 것이기 때문에 그러길 바라는 기분이다. 그러나 또 한편 나는 그러한 나의 바람이 완전히 무의미하리라는 것도 알고 있다. 왜냐하면 나는 이 이야기를 알고 있으며, 신께서 당신의 영광을 위해 진행시키시는 그대로 이야기를 전해야 하기 때문이다. 그저 나는 그러한 이야기를 전하는 자의 마음이 이러한 심리적 갈등에 사로잡힐 수밖에 없다는 것을 겸허한 마음으로 알리고 싶을 따름이다.

잘 지켜보라. 큰 죄, 즉 그의 출생의 죄로 인해, 그리고 그 죄를 씻기 위한 열렬한 노력으로 인해 나의 이 젊은이가 더욱더 무서운 죄에 빠지게 된 것을 말이다! 그리고르스는 서판에 적힌 글을 수없이 읽었으며 눈물을 흘려 가면서까지 읽었다. 사실 그의 상태는 예전에 섬에 있을 때와 전혀 다를 바 없었다. 기사로서 경기할 때는 용감함과 뭔가를 태울 듯한 정신집중을 보였지만, 동시에 그는 신중하고 슬픔에 잠긴 사람이기도 했다. 그가 울어서 퉁퉁 부은 눈으로 방에서 나오는 것을 보면, 포아트뱅 씨는 고개를 설레설레 흔들면서 그를 가리켜 '비탄에 잠긴 용사 트리스탄'이라고 말했다. 그가 잘 보존하며 간직하던 서판을 들고 방에 틀어박혀서 거기에 적힌 자신의 출생에 관한 사정을 읽고, 읽고, 또 읽어 내는 것이 그리고르스의 습관이었기 때문이다. 그의 어머니는 고모이며, 아버지는 삼촌이 되고, 그래서 자기는 그의 부모의 세 번째 남매가 된다는 것, 부모가 죄를 거듭해 그를 낳아 그에게 태어날 때부터 죄와 수치를 남겼다는 것이 그의 출생의 전후 사정이었다. 그의 몸은 다른 사람들의 육체와 똑같고 반듯하게 잘생겼지만 머리부터 발끝까지 죄와 수치의 덩어리였다. 자신의 잘못된 태생에 관해 쓰인 글을 눈앞에서 다시 볼 때마다 그는 비통한 눈물을 쏟아냈으며, 그것은 그의 은밀한 계획을 더욱 확고하게 했다. 그는 죄악으로 점철된 자신의 젊은 몸을 완전히 내걸 생각이었는데, 육체를 과감히 내걸어 대담하게 주사위를 던지듯 내던져서 죽든가 — 그렇게 하는 것이 그야말로 정당하다는 생각이었다 — , 그렇지 않으면 이 나라를 용으로부터 해방시킴으로써 애초에 잘못된 자신의 현존재를 정당화시키려고 했다. 하지만 그것이 전부는 아니었다.

말하자면 그는 역시 완전히 죄악으로 물든 자신의 마음을 정결하게 하면서, 마음속에 여왕의 모습을 품고 있었던 것이다. 그녀의 목소리는 너무도 우아하고 성숙하게 울려 와, 그토록 호의적으로 그의 자만심을 꾸짖었고 어머니처럼 그에게 충고했다. 그러한 명령에는 어떻게 복종해야 하며, 그런 충고에는 어떻게 감사해야 할까? 그 방법은 명을 내린 분을 위해 자신을 희생하거나, 아니면 그분을 위해 싸워 이겨서 용으로부터 그분을 해방시키거나 둘 중 하나였다! 그 용은 그녀가 혐오하는 한 명의 남자였고, 또한 자기도 그녀가 미소를 지을 정도로 어리긴 하지만 역시 한 명의 남자였다. 남자 대 남자로 그 용과 싸우는 것은 단지 여왕을 '위해서' 싸운다는 것일 뿐 아니라 여왕을 '얻기 위해서' 싸운다는 것을 의미했다. 싸우다가 생명을 잃든지 승리를 거두든지, 어떻게 되든 모두 그녀의 총애를 얻게 될 것이며, 더구나 그 총애는 그녀가 그 용을 혐오한 만큼이나 두터울 것이다. 사실 나는 그저 그리고르스가 생각한 모든 것을 다 이야기하고 여기에 적고자 할 뿐이다. 그의 생각인즉, 여왕을 탐내기 때문에 자신이 증오하는 그자가 승리한다면, 그래서 그 증오스러운 자가 여왕을 데리고 간다면, 여왕은 그자의 품에 강제로 안기는 가운데서도 자신을 '위해' 싸운 사람, 또 자신을 '얻기 위해' 싸운 사람을 떠올리며 그를 부를 것이며, 그렇게 되면 지고도 이기는 셈이 될 것 아닌가 하는 것이었다. 어떤 경우든 이 주사위 던지기는 행운을 잡기 위한 던지기가 될 것이며, 죄악의 몸 말고는 더 이상 잃을 것이 없을 것이다, 하고 그는 생각했다.

그러나 그렇다고 해서 패배해도 좋다고 생각한 것은 아니었다. 그는 절대로 그렇게 생각하지 않았으며, 여왕을 위해 결투에서 승리하리라 생각했다. 그래서 봄이 오고 종달새가 날아오르며 기러기와 흰 황새가 무어인의 나라에서 되돌아왔을 때, 그리고 뾰족수염 로저가 거의 파멸한 브뤼주성 앞 포위공격대에 다시 나타났다는 소식이 전해졌을 때, 손님 그리고르스는 로저가 다시 승리의 확신에 차 도전을 선언하면, 자신은 어떤 희생을 치르더라도 곧바로 그 털보와 대적해 이기겠다는, 오래전부터 품어 온 결심을 집주인인 시장에게 털어놓았다.

"그것은 그만두라고 권하고 싶습니다" 시장은 대답했다.

"믿어 주시면 좋겠는데, 지금 이곳 사람들 누구나가 이미 그러하듯이 나는 당신에게 호감을 갖고 있으며, 당신과 마찬가지로 당신의 명예를 중히 여기고 있습니다. 당신은 전에도 다리 위에서 적을 멋지게 베어 버린 일도 있고, 또 도시 밖에서 여러 차례 자신이 '적을 치는 우박'임을 입증했지만, 그래도 난 당신이 도모하는 이 일이 순조롭게 진행되리라고는 보지 않습니다. 물론 당신은 용기도 기술도 갖추었고 승마술도 훌륭하며, 또한 당신을 태운 슈투르미는 안정적이고 유연

합니다. 그러나 궁극적으로 당신은 몸이 가냘프고 충분히 성숙하지 못했으며, 당신의 전투 경험은 로저 공작의 전투 경험에 미치지 못합니다. 로저는 여자의 침소에서와 마찬가지로 시합장에서도 무적의 수탉입니다. 그러니 쓸데없는 생각은 머릿속에서 떨쳐 버리시오! 그 공작이 당신을 정복해 포로로 끌고 가면, 앞으로 당신은 그의 뜻대로 살아야 할 텐데, 우리더러 그 모습을 수치스럽고 고통스럽게 성벽 너머로 바라보고 있으란 말입니까?"

"그런 일은 결코 없을 겁니다" 그리고르스는 재빨리 상대방의 말을 가로막았다.

"저는 결코 그에게 복종을 맹세하지 않을 것이며, 승리하든가 아니면 죽음을 택할 것이기 때문입니다. 그 외에 당신이 시합장이나 침소에 관해 말씀하신 모든 것은 나로 하여금 결심을 저버리게 하기보다는 도리어 그 결심을 굳건하게 합니다. 저는 여왕을 위해 장기적으로 많은 사람들 사이에 끼어 싸우는 것에 이제 싫증이 났습니다. 저는 여왕을 위해 일 대 일 결투를 할 생각입니다. 그러면 여왕의 자유를 위해 싸우는 자가 여왕에게 강제와 모욕을 줄 생각을 하는 자보다 과연 더 잘 싸울지 아닐지, 그 여부가 드러나겠지요."

"아아, 친구여" 하고 시장은 한숨을 쉬었다. "아레라트나 고지 부르 군트의 왕비가 되는 것이 결국에 가서는 다시없을 최대의 모욕이라고 할 수는 없습니다. 그리고 여러 사람들이 여왕의 행동에 비난받을 여지가 있지 않나 하는 의혹을 마음에 품고 있는데, 그것은 여왕이 절대로 이 나라에 남자 군주를 두지 않고자 하여 이 나라를 곤란스러운 연애전쟁의 속박 속에 묶어 두고 있기 때문입니다."

"제 생각으로는" 하고 그리고르스는 대답했고, 그의 얼굴은 멋진 표정이 되었다. "여왕의 행동은 신성한 것입니다!"

이때 시장은 젊은이를 잠시 응시했다. 그때 그의 두 눈이 흐릿해졌다면, 그것은 그의 생각 속에 '위해서'라는 말과 '얻기 위해서'라는 말이 기묘하게 서로 섞여 흐릿하게 떠올랐기 때문이다.

"당신을 위해 내가 바라는 바는" 하고 시장이 마침내 말했다. "그 거만한 자 뾰족수염이 예의 습관대로 먼저 도전장을 내미는 일이 없었으면 하는 것이오."

"난 당신의 바람을 저주합니다!" 하고 그리고르스는 외쳤는데, 얼굴은 한층 더 멋진 표정이 되었다. 그리고 일은 그가 저주한 대로 진행되었다.

말하자면, 그로부터 얼마 지나지 않아 두 명의 기사가 말을 타고 성벽 아래로 온 것인데, 한 사람은 포효하듯 호각을 불고, 또 한 사람은 사자가 그려져 있는 아레라트와 부르군트의 군주 깃발을 들고서 성벽 위로 이렇게 외쳤다.

"내일 도시의 성벽 밑에서 모든 시민들에게 보이며 교훈을 주기 위한 일 대 일 창시합에서, 무적의 군주 로저 공과 진정으로 우열을 가릴 만한 대담한 기사가 아직도 여왕에게 남아 있다면 그자는 앞으로 나와 서라. 그자는 말을 타고 자유롭게 포위군 휘하로 들어갈 수 있으며, 그에게는 공평한 전투 조건이 주어질 것이다."

그리고 그 두 사람은 도전에 응할 기사가 나갈 것이며, 그 기사는 신의 은총을 받아 로저 공을 무찌르길 바라고 있다는 소식을 전해 듣고 놀라 마지않았다.

다음날 아침 날이 새기 전에 그리고르스는 새벽 미사를 마친 다음, 출정하려는 사람답게 준비를 하며 무장을 했다. 포아트뱅 씨는 수없이 머리를 가로저으면서도 철갑바지와 갑옷, 두건, 투구, 사슬투구, 검, 방패, 긴 창 같은 것으로 전투 준비를 하는 그리고르스를 직접 도왔다. 긴 창에 달린 작은 깃발에는 갑옷외투에 그려진 것과 마찬가지로 물고기가 그려져 있었다. 그리고 손가락이 들어가는 쇠장갑을 낀 그의 오른손으로 그는 창대를 붙잡고 몇 번이나 손잡이의 강도를 시험해 보았다. 무장을 하면서 그리고르스는 자기를 거들고 있는 시장을 보고 이렇게 말했다.

"심기를 편히 하시고 머리를 너무 가로젓지 말아 주십시오! 원래 저의 출생을 알려준 서판에는 제가 이기든 전사하든 그 남자와 대적하지 않으면 안 된다고 씌어 있습니다. 제가 전사한들 그것이 무슨 그리 대단한 일입니까. 그건 제게 별 문제가 되지 않습니다. 굳건한 이 도시는 제가 오기 전과 마찬가지로 앞으로도 뾰족수염에 대항해서 애써 지탱해 나가겠지요. 그러나 제가 그를 무찌른다면, 이 나라는 용한테서 해방되고 연애전쟁에서 벗어날 수 있습니다. 이 점을 유념해 주십시오. 로저 공은 저보다 많은 것을 걸고 있기 때문에 불리한 입장에 있습니다. 그러나 바로 그렇기 때문에 그는 또한 유리한 입장에 있습니다. 상대방보다도 더 많은 것을 거는 쪽이 더 잘 싸우기 때문입니다. 그렇지만 그는 다시금 불리한 입장에 있습니다. 왜냐하면 그는 여왕을 강탈하고 강압하기 위해 싸우지만, 저는 여왕의 명예를 위해서 싸우기 때문입니다. 이 모든 것을 잘 생각해 보면, 유리한 점은 그보다도 제게 더 많습니다. 그래서 저는 신의 가호를 얻어 그를 쓰러뜨리기를 바라는데요, 그러나 제게 중요한 점은, 그의 생명까지는 노리지 않는다는 겁니다. 그 수탉이 여왕을 탐내 완력으로 구혼하고 있는 것은 물론 혐오스러운 일이고 그래서 저는 그를 저의 철천지원수로 삼는 것이지만, 그러나 그가 여왕을 수중에 넣는 일을 그 어떤 재화보다도 소중하게 생각해 그토록 오랜 기간 전쟁을 치를 만큼 가치가 있다고 여기고 있으니, 저로서는 다시금 그것을 이해할 수 있기도 하며, 따라서 그를 죽여야 할 만큼 증오할 수는 없습니다."

"아아, 젊은 기사여" 집주인 포아트뱅은 대답했다. "차라리 힘껏 분노를 발해 그를 증오하시오. 경험 많고 원숙한 그의 전투기술에 대항하기 위해서는 철저한 분노가 당신에게 필요하기 때문이오."

"저는 그에 비해 미숙하고 연약하다는 걸 알고 있습니다" 그리고르스는 대답했다. "더욱이 그의 우세를 인식하고 두려움이 생기게 되면, 저는 마음이 약해져 제 젊은 생명을 구하고 싶은 유혹에 사로잡힐 수도 있다고 봅니다. 사실 제가 저의 남성다움을 너무 과신했음이 명백해져, 그가 공격해 올 때 제 모든 용기가 사라지고 저는 완전히 젊은이의 미숙함을 보이며 슈투르미를 타고 도망치게 될 수 있겠지요. 그러면 적어도 교묘하게 내빼는 재주에 대해서만큼은 약간의 갈채를 받게 될지도 모르겠습니다."

"그것은 당신에게 그다지 어울리는 일이 아닌 것 같소" 포아트뱅 씨는 말했다.

"어울리든 어울리지 않든 미숙한 나이에 놀라게 되면 자신에게 어울리지 않는 일이라도 하게 되는 법입니다. 그래서 부탁드리는데, 제가 전장에 있을 때 성문에 주의를 기울여 주십시오. 문 뒤에 병사들을 배치하여, 제가 승리자의 발걸음으로 다시 다가오든, 아니면 도망자가 되어 쏜살같이 성문 가까이 달려오든, 제가 돌아올 때를 대비해 문을 지켜 주시기 바랍니다."

"그것이라면, 내가 반드시 살피리다" 하고 친절한 주인은 약속했다. 그러면서 그는 머리를 가로젓는 행위를 멈추지 않았다.

한편 젊은 기사의 애마가 집 앞으로 끌려나왔다. 이 사랑스러운 동물. 나는 이 말이 전투 장비를 갖춘 채 단단히 고삐를 매고 쇠로 만든 덮개나 말 갑옷에 싸여서 장한 듯이 머리를 들고 대담하게 숨을 몰아쉬는 모습을 다시 볼 수 있어 정말 기쁘다. 포아트뱅 씨는 헤어질 때 근심에 가득 찬 심정으로 자신의 손님을 끌어안고 이렇게 말했다.

"친구여, 신의 가호가 있기를, 행운을 빌겠소! 부디 당신이 말한 대로 해주시오. 만일 그자를 이길 수 없다는 느낌이 오거든 교묘하게 도망쳐 피하는 재주나 보여 주시오. 성문은 당신을 위해서 준비해 두겠습니다. 그리고 그때 터져 나오는 환호성은 대부분 당신을 향하게 될 것입니다."

"잘 알겠습니다. 안녕히 계십시오. 만일 제가 전장의 이슬로 사라지더라도 부디 저를 생각해 주십시오!" 그리고르스는 대답했다. "그러나 그렇게 될 위험성은 그리 크지 않습니다. 저에게는 무사히 돌아올 가능성이 두 가지 있으니까요. 즉, 그를 쳐부수든지, 그렇지 않으면 제때 그에게서 도망치는 것입니다."

이렇게 말한 그는 무장한 다리를 들어 가볍게 슈투르미의 등에 올라타서 방패를 뒤로 젖히고 쇠장갑을 낀 손으로 고삐를 쥐고서는, 도시 밖으로 말을 몰아 짓밟힌 땅으로 달려갔다. 남녀 할 것 없이 수많은 도시사람들이 호기심에 가득 차 구경하려고 성벽과 방파제를 가득 메운 채 그를 지켜보고 있었다. 그는 유유히 부르군트 진영으로 말을 몰고 갔다. 부르군트 사람들도 여왕의 가신 중 한 사람이 또다시 자기네 군주 앞에서 결딴나는 모습을 보기 위해 무리를 지어 달려왔다.

"풋내기!" 부르군트 병사들은 물고기 기사를 보자 그렇게 외쳤다. "오만한 자식, 건방진 놈! 감히 무적의 로저 공과 겨루려들다니! 건방진 자식 같으니라고! 한 수 가르쳐 줄 스승을 못 만나서 그렇게도 안달이 나더냐? 차라리 지금이라도 목숨을 구걸해라, 그쪽이 네 신상에 좋을 것이다."

그리고르스는 그런 말을 그냥 귓전으로 흘려들으면서 승부의 장소로 말을 몰아 곧장 로저 공의 막사를 향해 나아갔다. 마침내 맞서 달려오는 공작의 모습이 보였는데, 보기만 해도 너무나 기사다운 모습이었다. 지빌라의 집요한 구혼자는 발굽까지 무장한 늘씬한 흑마를 타고 달려왔다. 그 말의 철갑말옷 위에는 붉은 비로드 덮개가 덮여 있었고, 그 위에는 승리만을 거듭해 온 자인 로저가 빈틈없이 철갑무장을 한 채 앉아 있었다. 그가 든 방패 테두리에서는 섬광이 번뜩였는데, 불에 정제된 붉은 순금으로 만들어진 방패 가운데의 볼록한 부분 주변으로 보석 장식이 되어 있었기 때문이다. 투구는 이 무시무시한 남자의 머리 전체를 덮고 얼굴 앞쪽이 뾰족하게 튀어나와 눈구멍이 나 있었다(그리고르스는 목가리개 속에서 얼굴을 드러내놓고 있었다). 정말로 두려운 대상인 이 남자가 쥐고 있는 창대는 껍질이 그대로 있는 어린 나무였으며, 그것이야말로 보기만 해도 무서운 것이었다.

사실 슈투르미를 타고 있는 이 무모한 용사는 적을 차마 눈 뜨고 바라보지도 못하는 것처럼 보였다. 그는 상대가 가까이 오자 말머리를 돌려서 그때까지 나아갔던 거리를 거의 다 되돌아와 성문 아래까지 물러섰기 때문이다. 뒤에서는 방패의 섬광을 발하면서 나무껍질 창대를 휘두르며 그를 따라온 로저가 투구 너머로 외쳤다.

"서라! 머리에 피도 안 마른 놈, 거기 서, 이 젖먹이, 운 나쁜 비겁한 놈! 건방지게 이 자리에 나왔으면 멈추고 징벌을 받아라!"

공작이 외치는 소리에 부르군트의 기사와 병사들 사이에서는 와 하고 웃음이 터져 나왔다. 그러나 그리고르스는 다시 방향을 바꾸면서 이렇게 외쳤다.

"너희들은 너희 공작을 보고 비웃는 거겠지, 결투에 임할 때는 반드시 긴 도움닫기가 필요하다는 걸 그는 모르는 것 같으니 말이야. 자, 신호의 나팔을 불어라, 우리는 공작의 뜻대로 무조건 끝까지 둘 중 하나가 결딴날 때까지 겨루어 끝을 보고 말 테니까."

그러자 나팔이 울려 퍼지고 결투가 시작되었다.

수도사인 나로서는 이런 남자들의 싸움이나 기사들의 난폭한 대결 같은 것엔 전혀 마음이 내키지 않는다. 이런 일은 좋아하지 않는다. 만일 이 순간만큼은 행복한 일이지만 이후 무시무시한 일이 될 매우 기이한 결과가 없다면, 나는 이러한 결투 같은 것에 대해 알려 주지 않을 것이다. 또 나는 그리고르스의 대담한 출격을 이야기할 때 포아트뱅 씨가 그랬던 것처럼 노래 가사라도 지어 내듯 이야기를 꾸며낼 생각도 전혀 없다. 그러기에는 이 서로 치고받는 의식은 나의 성직자다운 기분에 아무런 감흥을 주지 못하기 때문이다. 그러지 않아도 시합의 전말이나 시합을 하는 그들의 자세 같은 것은 누구나 다 아는 바이다. 그들은 창을 옆에 끼고 방패를 높이 휘두르며 갑옷 소리를 시끄럽게 내면서 전속력으로 말을 몰았고, 서로 창을 부딪치며 달려드는 동시에 창으로 찔러 상대방을 안장에서 떨어뜨리려 했다. 그것은 둘 다 실패했다. 창들은 방패와 갑옷에 부딪쳐서 부러지고, 그 파편이 로저의 나무껍질 창대와 함께 하늘 높이 날아올랐다. 그리고 아무도 어떤 결과도 얻지 못했던 것이다. 그리고르스가 흔들리지 않는 자세로 슈투르미를 타고 앉아 있자, 번쩍거리는 말옷을 입힌 흑마 위에 앉은 로저 공도 얼마나 확고부동한 태도를 보였는지! 그때 그들은 검을 한시도 잊지 않고 있었다고, 시인이라면 말할 것이다. 하긴 창이 날아가 버린 마당에 어떻게 검까지 잊을 수 있겠는가! 이제 검을 휘두를 때가 온 것이었다. 그들은 넓적한 칼집에서 검을 빼어 들고 서로 내리쳤다. 검이 부딪치는 소리가 온 들판 위로 울려 퍼지며 성벽 위에서 넋을 잃고 구경하는 사람들의 귀에까지 전달되었고, 강철이 맞부딪쳐서 번쩍번쩍 불꽃이 일었다. 정말이지 두 사람 다 똑같이 출중했는데, 쌍방 모두 상대방의 검에 맞아 울리는 투구 소리에 자주 귀가 반쯤 먹먹해지곤 했다. 말들은 주인들이 싸우며 서로 타격을 주려고 하자 자기들도 다리를 뻗어 춤추듯 뛰어오르거나 하면서 상대방 주위를 선회하였는데, 때로는 나란히 옆으로 서기도 하고 때로는 서로 이마를 맞대기도 했다. 그러나 로저 공의 맹공은 그의 부하 용사들이 확신했던 대로, 또 도시사람들이 두려워했던 대로 젊은 적수의 공격보다 더 강해 보였다. 그리고르스는 그 공작의 노련한 공격을 피해 서서히 물러나면서 차츰 성문 가까이 왔다. 그리고 이 젊은이에게 희망을 걸었던 사람에게는 그야말로 끔찍한 순간이 다가왔는데, 그의 검이 손에서 떨어지고 만 것이다! 사실 이 순간에야말로 공작의 월등한 노련함이 발휘되었다. 그가 갑자기 상대방의 검을 손에서 떨어뜨리자 그 검은 반원형을 그리며 날아갔고, 부르군트 쪽에서는 그야말로 환호성과 승리의 외침이, 시민들 사이에서는 그야말로 비탄의 소리가 터져 나왔다. 그러나 검이 채 땅에 떨어지기도 전에 전광석화처럼 순식간에 어떤 다른 일이 벌어졌다. 그것은 남자들의 거친 싸움 같은 것에는 그토록 거부감을 갖고 있는 내 마음까지도 유쾌하게 만들었으며, 누구도 금방은 이해할 수 없는 일이었다. 말하자면, 그리고르스는 쇠장갑을 낀 오른손, 검을 놓친 그 손으로 뾰족수염의 말고삐를 잡아챘고, 동시에 승리를 거둔 타격에서 아직 원상 복구되지 않고 아래로 늘어져 있던 뾰족수염의 검까지 똑같이 결사적인 힘으로 붙잡았던 것이다. 그는 고삐와 검 모두를 결사적으로 붙잡고 있었다. 바로 그 순간 슈투르미가 땅딸막하고 사랑스러운 단신의 몸으로 온 힘을 다해 뒤로 물러나면서, 다리가 긴 흑마와 로저 공을 함께 앞쪽으로부터 끌어 다리 쪽 성문을 향해 가기 시작했다. 이때 로저 공은 그 어떤 방법으로도 자신의 무기를 결사적으로 붙들고 있는 상대의 손아귀에서 그것을 빼낼 수 없었다. 이 훌륭한 말이 뒤로 물러서는 이런 동작을 미리부터 연습했던 것인지, 아니면 주인 그리고르스가 넓적다리로 알려주는 지시를 영리하게 금방 이해한 것인지는 아무도 모른다. 아무튼 슈투르미는 끌어당겨졌다. 그리고 로저 공은 투구 너머로 욕설을 퍼부으며 고삐를 힘껏 끌어당기면서 동시에 자신의 말에 박차를 가했다. 그러자 흑마는 딱 한 걸음 앞으로 내디뎠다. 그 때문에 슈투르미 쪽에서도 뒤로 한 발짝 물러날 수밖에 없었는데, 그것은 오히려 슈투르미로서는 원하던 바였다. 한편 그리고르스를 보자면, 그 옛날 막상 막하였던 젖먹이 형제 플란과 씨름할 때, 그가 버티는 자세에서 뒤로 물러설 바엔 차라리 자기의 머리를 눌러 으스러뜨리고자 했던 것을 나는 아직도 알고 있다. 이번에도 마찬가지였는데, 단 훨씬 더 결사적이었을 뿐이다. 그리고르스는 오히려 그 당시 플란이 자기 어깨를 바닥에 짓누르는 것을 참았으면 참았지, 지금 로저의 검과 고삐를 움켜쥐고 있는 손을 풀어 줄 생각은 추호도 없었다. 로저의 검은 그리고르스의 쇠장갑 안쪽을 뚫고 손을 베어 피가 나게 했지만, 그럼에도 그리고르스는 움켜잡고 있는 것을 풀지 않았고, 광분한 상태로 방패를 들고 그의 머리와 팔을 내리치려 하는 로저의 타격을 자신의 훌륭한 방패로 방어했다. 그러는 동안 슈투르미는 계속 끌어당기고 있었다.

이 사건으로 사람들이 아연했던 것은 잠시였다. 곧바로 로저 공의 부하들이 분발해서 함성을 지르며 공작을 구하러 달려들었고, 그들에 맞서 성안의 병사들이 활짝 열어젖힌 성문으로 몸을 사리지 않고 출격하는 바람에, 다리 위에서는 지금까지 보아 온 중 가장 격렬한 접전이 벌어졌다. 그리고르스는 갑옷을 뚫고 들어온 창에 쇄골 근처 목을 찔렸는데, 심한 부상을 입으면서도 그 창을 흔들어 떨어뜨릴 수가 없었다. 그리고 슈투르미도 몸 여기저기에 피를 흘리고 있었다. 그러나 그들이 이미 성문 가까이 이르렀기 때문에, 부르군트 쪽 사람들은 로저 공에게 이렇게 소리쳐야 할 지경이 되었다.

"말에서 내리십시오, 공작님! 이제는 결사적인 힘으로 붙들린 검은 잊어버리십시오! 말에서 뛰어내려 공작님을 지키는 저희들의 팔에 몸을 맡기십시오!"

그러나 그것은 무적의 용사 로저가 바라는 바가 아니었고 또 그렇게 할 수도 없는 일이었다. 일개 풋내기의 무장을 해제하다가 실수로 녀석의 손에 잡힌 이 검을 버리란 말인가? 패배자처럼 말에서 내리란 말인가? 그런 일은 결코 절대로 있을 수 없다! 또한 그는 얼굴에 투구를 쓰고 있었기 때문에 아마도 주변을 제대로 살피지 못했으며 자기가 어떤 처지에 놓여 있는지 잘 모르고 있었던 것 같다. 피투성이가 되면서도 자기를 끌고 가는 그리고르스의 방패를, 로저는 자신의 방패로 계속 쾅쾅 후려치며 타격을 가했다. 그러나 곧바로 타격 소리와는 전혀 다른 음이 쿵 하고 울렸다. 그것은 육중하게 쇠 장식을 박아놓은 성문이 닫히는 소리였다. 성문이 말과 사람, 사람과 말 뒤로 쿵 하며 닫혔고, 이내 빗장이 삐걱거리며 홈에 맞춰져 철컥 잠겼던 것이다.

유감스럽게도 많은 수의 도시 병사들이 성안으로 들어오지 못하게 되었는데, 그들은 필시 성 밖에서 죽음을 당했을 것이다. 그러나 그들은 원래 조연에 지나지 않는 인물들이었다. 이리하여 뾰족수염 로저는 포로가 되었다.

✠

손에 키스하다

그리고르스의 결사적인 활약에 힘입어 지빌라의 나라가 용으로부터 해방되고, 약탈자 로저는 무장이 해제되고 포박당한 채 성탑의 지하 감옥에 갇히게 되자, 시민들은 미칠 듯이 기뻐하며 도시의 하늘에 가득 차도록 행복과 감사의 환호성을 외쳤다. 이때 만약 내가 앞으로 닥칠 일에 대한 이 무겁고 답답한 지식이 없이 무조건 그런 기쁨을 시민들과 함께 나눌 수 있었다면 얼마나 좋았을까! 나는 아직 이토록 어린 이 승리자를 포옹해 주고 싶고, 또한 용감한 슈투르미의 콧등에도 입을 맞추어 주고 싶다. 그러나 무엇보다도 앞으로 계속해서 일어날 참혹한 일을 생각하면 나는 그런 포옹과 입맞춤을 자제하지 않을 수 없다. 자제할 수밖에 없는 또 다른 이유는, 그리고르스가 도저히 포옹할 수 있는 상태가 아니었기 때문이다. 그는 창과 검에 상처를 입어 온통 자신의 피로 의복을 물들이고 있었다. 그래서 승리에 도취한 시민들이 그를 그의 거처인 포아트뱅 시장의 집으로 데리고 갔을 때, 그는 기절하여 말 위에서 떨어지고 말았다. 그리고르스와 슈투르미 둘 다에게 진통제와 극진한 간호가 절실히 필요했고, 그 모든 것이 베풀어졌다. 시민들은 환호성을 지르고 무릎을 치며 즐거워하는 것 말고도 그날 해야 할 일이 아직 많이 있었다. 분개한 적이 자기들의 주군 로저 공작을 구출하기 위해서 도시를 총공격했기 때문인데, 이 맹렬한 공격은 저녁때까지 계속되었다. 적들은 성문을 부수어 열려고 각목을 들고 굉음을 내며 성문을 공격했는데, 성벽과 같은 높이의 발판에 병사들을 위치시키고 그 발판을 굴려 흙으로 메워 놓은 도랑을 넘어가서 성벽에 다가섰다. 그리고 공격용 사다리를 걸쳐놓고, 돌이나 쇳덩어리를 무수히 성안 요새로 날려 보냈다. 그래서 성안의 시민들도 또 부르군트 쪽 병사들도 많은 수가 목숨을 잃을 수밖에 없었다. 그러나 저녁이 되자 공격이 약해졌다. 그리고 성안 시민들이 바깥 부르군트 병사들에게, 만약 계속해서 성을 공격한다면 그들의 주군 로저 공은 곧바로 목숨을 잃게 될 것이라고 알렸기 때문에, 공격은 두 번 다시 일어나지 않았다.

플랑드르-아르투아와 아레라트-부르군트 사이에 복수단념의 서약과 연애전쟁의 종결에 관한 협상이 진행 중이었기 때문에, 그동안 바깥의 부르군트 병사들은 소란을 피우지 말고 가만히 있으라는 통보가 전해졌다. 이 통고는 아주 적절한 것이었는데, 왜냐하면 뾰족수염 로저는 목이 잘리든가, 그렇지 않으면 국토와 모든 성을 내놓고 영원히 자기 나라로 물러나서 벌금과 몸값으로 10년 동안 적절히 산출된 금액을 지불해서 자신의 집요한 구애 때문에 야기된 이 모든 손해를 보상하든가, 이 둘 중 하나를 택해야만 했기 때문이다. 그는 마음속으로는 심하게 고민했지만 생각 끝에 당당한 답변을 내놓았다.

"나는 여러 해 동안 기사답게 여왕의 호의를 구하고자 했고 그녀의 마음을 얻기 위해 모든 걸 바쳐 왔다. 그런데도 여왕은 여러 방식으로 진지함을 표시했던 나의 구혼을 딱 잘라 거부했으며, 마침내는 비열한 풋내기를 전장으로 내보내 나와 맞서게 했다. 나는 이 풋내기를 놀이하듯 가볍게 제압했지만, 풋내기가 모든 예법을 어긴 탓에 이 같은 함정에 빠진 것이다. 그러니까 나는 모욕을 당한 것이며, 그래서 나의 구혼을 철회하고 아울러 여왕이 손을 내밀어도 거절할 것이다. 이제 여왕은 내가 다시금 그녀를 얻기 위해 노력할 것이라는 희망은 갖지 않아야 하리라. 나는 복수를 포기할 것을 맹세하며 국토를 내어 줄 준비가 되어 있다. 그리고 나는 부유하므로 구혼에 대한 벌금을 지불하겠지만, 그 때문에 나의 재산이 줄어드는 일은 없을 것이다."

그는 조롱조로 다음과 같이 덧붙였다.

"그러니 여왕은 나처럼 고귀한 사람 대신 저 비열한 풋내기를 배우자로 선택해서 잠자리를 같이하게 되겠구나. 여왕은 그를 내게 내보내 비열한 술책으로 결투의 신성한 예법을 모독하게 했지."

로저 공작은 그런 조롱으로 자신이 얼마나 끔찍한 일을 권했는지, 말하자면 얼마나 끔직한 일을 하늘로부터 — 아니 지옥으로부터라고 하는 게 낫겠는데 — 불러일으켰는지 알지 못했다. 만약 그 사실을 알았다면 그는 간담이 서늘해졌을 것이다. 아무리 조롱조의 비웃음이라 하더라도 그것이 이런 죄악을 권하는 것임을 알았다면, 그조차도 기독교도로서 분명히 경악을 금치 못했을 것 같다. 그러나 성안 사람들은 그가 항복하면서 체면치레를 위해 내뱉은 그 같은 말을 걱정할 필요는 없었다. 중요한 것은 항복 그 자체였다. 대성당 광장에서 엄숙한 회담이 진행되었는데, 도시로 들어오는 것을 허락받았던 부르군트의 중신들은 성직자들의 축복 하에 "옳소, 옳소, 그렇게 해야해!" 하는 모든 민중의 외침을 들으며 강화서약을 했다. 이 자리에는 여왕도 참석했고, 해방자인 그리고르스도 참석했다. 아직 목에 붕대를 감고 손에는 고약을 붙이고 있던 그리고르스는 이때에야 비로소, 마음속에 언제나 간직하고 있던, 온화한 성숙함과 선함을 지닌 여왕의 모습과 목소리를 다시 대하게 된 것이다. 여왕 또한 그를 다시 보았고 그의 명망에 기뻐했다. 분명히 말할 수 있겠는데, 그녀의 눈앞에도 요즈음 젊은 그리고르스의 모습이 계속 기분 좋게 어른거렸으며, 더욱이 부상으로 창백해진 그의 얼굴을 보았을 때 그녀에겐 자신의 삶에서는 아직 한 번도 배워 본 적이 없는 애정 어린 걱정이 생기는 동시에, 그가 그토록 결사적으로 자신의 편에 섰다는 사실로 인해 그녀는 끓어오르는 자부심을 느꼈다. 내가 말하고 싶은 것은, 그녀는 강화조약에 대한 의식에는 거의 관심을 기울이지 않았다는 사실이다. 의식이 끝난 후에는 이 젊은이가 저 위 성안에서 그녀 앞으로 안내될 것이며, 그녀는 그에게 감사의 말을 하게 될 것을 알고 있었기 때문이다. 그리고 솔직히 말해, 그녀는 그 일을 기쁜 마음으로 기다리고 있었다.

내가 다시 고백하건대, 그녀는 자신을 보필하는 부인들에 의해 반원으로 둘러싸인 채 서서, 각재로 된 대들보들이 있고 문장이 그려진 원주들로 떠받쳐진 융단 깔린 넓은 홀을 통해 그리고르스가 꼭 끼는 비단으로 감싼 호리호리한 다리로 아름답게 걸어오는 모습을 지켜보고 있

232

었다. 그리고 또 고백하건대, 그의 유연한 걸음걸이에도 그녀는 자랑스러움을 느꼈다. 아아, 그녀 앞으로 걸어 나온 그의 모습은 그녀와 정말로 닮아 있었다. 그도 그럴 것이 그는 자신의 아버지 빌리기스를 닮았으니 말이다. 그러니 그가 어찌 그녀를 닮아 보이지 않을 수가 있겠는가! 그러나 이 닮음은 그녀에게는 우리가 느끼는 것과는 전혀 다른 의미로 느껴졌다. 그저 쾌적함을 주는 매력으로만 느껴졌던 것이다. 그리고 그녀가 그의 닮은 점에 대해 생각했다면, 그것은 죽은 빌리기스와 연관시켜 생각한 것일 뿐 그녀 자신과 연관시킨 것은 아니었다. 한 젊은이가 그녀의 연인이었던 오빠를 연상시키고 그 때문에 그녀의 영혼을 휘저었다고 해서 그녀가 반드시 빗나간 억측에 빠져야만 할 의무는 없지 않은가? 그렇지만 그녀가 그토록 그를 자랑스럽게 여겼으며 그의 걸음걸이조차도 자랑스럽게 여겼다는 것, 내가 보기에 그것은 이 여자에게 분명 뭔가를 생각하게끔 했을 것이다.

그는 무릎을 꿇었고, 그녀는 말했다.

"기사여, 나는 그대가 신성한 장소에서 내 앞에 무릎을 꿇었을 때, 거기에서는 모든 명예가 성모님께 속하기 때문에 그대에게 일어나라고 명했습니다. 그러나 오늘 이 자리에서는 모든 명예가 그대의 것입니다. 그래서 또다시 그대에게 말하겠습니다, 일어나시오! 만일 내가 여자가 아니라면, 또 그대가 그처럼 젊지 않다면, 그대가 우리를 위해 흘린 피가 그토록 젊은 피가 아니라면 실은 내가 그대 앞에 무릎을 꿇는 것이 마땅할 것입니다. 그대는 그리말트 공과 그 딸의 국토를 지키기 위해 기적 같은 일을 해냈기 때문입니다. 저 도적이 포박될 때까지 의연하고 굳건하게 고삐를 쥐고 예리한 검을 꼭 붙잡고 있던 그

손은 어디 있습니까? 그 손을 내게 내어 주십시오. 감사의 입맞춤을
해드리겠습니다!"

그리고 그녀는 그의 오른손을 잡아 자기 입으로 가져갔다. 아직 완
전히 아물지 않아 그가 띠 안에 감추고 있던 손이었다.

그 행동은 결코 좋은 일이 아니었다. 시녀들도 그 행동은 과장된
것이라고 생각했으며, 나는 훨씬 더 예리하게 판단하는 바이다. 대체
무엇 때문에 그녀가 그의 손에 키스하고 싶어졌단 말인가? 그가 그 손
으로 백성을 구원해 주었기 때문일까? 아니면 그가 그녀로 하여금 빌
리기스를 떠올리게 했기 때문일까? 오빠의 손으로 여동생의 육체를
애무하는 엄청난 죄를 지은 빌리기스 말이다. 독자 여러분에게 말하
지만, 그녀는 자신의 마음을 충분히 헤아려 보지도 않았으며, 감사의
기분과 애정의 기분을 구분할 줄도 모를 만큼 충분히 신중하지도 못
했던 것이다. 감사의 기분을 품는 데는 그녀는 정당한 이유를 갖고 있
었다. 그 이유가 너무나 정당했기 때문에, 그녀는 감사의 기분이 다
만 애정의 기분을 표현하기 위한 구실에 지나지 않을 수도 있다는 사
실은 안중에도 없었던 것이다. 그녀는 경건한 여왕이었으며 밤을 새
워 가며 정진하는 일이 많았지만, 그럼에도 불구하고 그녀의 종교적
판단에는 결함이 없지 않았다. 상처를 입은 손에 입맞춤한다는 것,
그것은 수난당하는 그리스도의 경우라면 칭찬해야 할 일이다. 그러
나 그것이 상처를 위로하기 위한 겸허함과 애정에서 나온 행동인지,
아니면 키스를 즐기기 위해 하는 행동인지, 그 점에 주의를 기울이는
것이야말로 기독교도다운 섬세함이라 할 수 있을 것이다. 그런데 그
녀에게는 그 섬세함이 결여되어 있었다.

그리고르스는 부상 때문에 창백해진 얼굴을 붉히며 일어났다.

"여왕이시여, 어찌 이러한 행동을 하시는지요! 지금의 입맞춤은 제 손 위에서 불처럼 타올라 제 손으로 하여금 고귀한 행위를 하도록 할 것입니다, 평생을 걸고 맹세합니다! 그러기는 하오나 무엇 때문에 제게 이러한 은총을 베푸시는지요? 우리의 육체는 죄악으로 이루어져 있습니다. 육체라는 것은 위험을 무릅쓰고 죄 없이 억압받는 자들을 위해 내던지는 것 외에 대체 무슨 쓸모가 있겠습니까?"

그녀는 눈을 내리깔았다. 속눈썹이 아름다운 눈이었다. 그리고 그 눈을 두 번 다시 그리고르스 쪽으로 돌리지 않은 채 기어들어 가는 목소리로 입술 끝만 움직여 이렇게 말했다.

"우리는 모두 죄의 자식입니다. 그런데 나에게는 죄악과 높은 용기 간에, 육체가 지닌 비참함과 긍지 간에는 어떤 모순이 있다고 느껴지는 경우가 종종 있습니다. 만약 육체가 비난받아야 하는 것이라면, 어떻게 육체는 자유롭고 대담한 시선으로 바라볼 수 있으며, 또 그것은 보고 있는 사람들의 마음조차 긍지로 가득 차게 할 정도로 그렇게 고귀하게 걸을 수 있는 것일까요? 정신은 우리의 무가치함을 알고 있지만, 정신의 그런 지식에는 개의치 않고 자연은 스스로를 가치 있는 존재라고 여깁니다. 그대가 한 말은 기독교도다운 기사의 말이었습니다. 하지만 내겐 말과 행동 간에도 모순과 같은 균열이 있어 보입니다. 기독교도의 겸손함과 자기를 낮추는 태도 어디에서 그렇게 기사다운 용기나 의협심, 무모함이 나오게 되는 것일까요?"

"여왕이시여, 우리가 몸을 바치고, 우리의 전부를 극단까지 걸고 보여주는 그 모든 용기나 대담한 행동은 오로지 우리 자신의 죄를 알고 있는 데서 나오는 것입니다. 우리의 생명을 정당화하고 싶은 욕구, 또 신 앞에서 우리의 허물을 조금이라도 씻어 보려는 열렬한 욕구에서 나오는 것이지요."

"그러면 그대는 신을 위해, 그리고 자신을 정당화하기 위해 싸운 것입니까?"

"여왕님, 저는 여왕님을 위해, 여왕님의 명예를 위해 싸웠습니다. 여왕님처럼 그 두 가지를 구별하는 것은 너무 부당합니다."

"그대가 싸우는 모습은 너무도 기이하더군요. 그대의 손에서 검을 떨어뜨린 것이 정말 로저 공의 기술이었는지, 내게 진실을 말해 주시오."

"완전히 그런 것은 아닙니다. 사실을 말씀드리겠습니다. 제가 저의 계획을 실행하기 위해서는 공작의 기술을 빌려 이용할 수밖에 없었습니다."

"그대는 무모하게도 여왕을 제물로 걸고서 장기에 이기는 솜씨를 보이려고 했군요."

"아닙니다, 여왕님, 저는 처음부터 그자를 죽이는 것보다는 포로로 사로잡는 것이 여왕님께 더 가치 있을 것이라고 생각했습니다."

"그렇게 젊은 나이에 벌써 그런 정치적 수완을 발휘하다니! 그대는 그 남자를 조금도 미워하지 않았군요?"

"마음 깊숙이 그자를 미워하고 있었습니다. 하지만 저는 제 증오의 노예가 되고 싶지는 않았습니다. 제가 그 도적을 죽일 수 있었을지는 잘 모르겠습니다. 검과 고삐를 잡은 순간처럼, 특별히 정신이 집중되었던 순간에는 죽였을지도 모릅니다. 그렇지만 저는 저 자신의 증오 때문에 이 전투에 나간 것이 아니라, 여왕님을 위해서 나간 것입니다."

"내 생각에는 그대가 그 둘을 분간하는 것은 옳지 않은 것 같네요. 그대가 목숨을 끊지 않고 살려 준 그 남자는 나에게 강압과 치욕을 주고자 했던 것이오."

"여왕이시여, 여왕님을 소유하는 것이 그 남자의 목표였습니다. 그는 여왕님을 '얻기 위해' 싸웠으며, 여왕님의 신하인 저와 결투하면서도 그 목적을 위해 싸운 것입니다. 하지만 저는 결투하는 중에도 제가 다만 여왕님을 '위해서' 싸우고 있을 뿐이라는 사실을 잊어서는 안 되었습니다."

"방금 말한 양자 구별은 참 현명합니다. 그리고 그대는 정당하게도 상대방에게 좀더 고귀한 목표를 위해 싸울 권리를 인정하고 있는데, 그 태도 또한 현명합니다. 그대는 그렇게 영특한 분별력을 갖고 영웅적으로 잘 싸웠으며, 나를 소유하기 위해 싸운 용을 잡아 포로로 건네주었습니다. 그대로 말미암아 새로운 삶을 얻게 된 이 나라는 안도의 숨을 내쉬며 그대에게 감사하면서 그다지도 온 힘을 집중해 꼭 쥔 그 손에 키스를 하는 바입니다. 내 생각으로는, 그 손의 상처가 우선 완전히 치유되어야겠지만, 그렇게 되면 그 손은 새롭게 잡을 무엇인가를 또 열망하게 되겠지요. 내 짐작에 이번의 근사한 모험이 그대에게는 수많은 모험 중의 하나에 불과할 것 같군요. 이제 그대는 기사로서 방랑을 계속하기 위해 곧 다른 데로 떠나겠지요?"

"여왕이시여, 만약 저에게 이곳이 제 방랑의 예정된 목적지 같다는 생각이 든다면, 그래서 제가 여기에 남아 여왕님을 섬기는 데에 온 인생을 바쳐야 하겠다는 마음이라면, 저에게 여왕님의 은총을 베풀어 주실 수 있으실는지요?"

"기사여, 내 그대에게 그 무엇인들 거부해서야 되겠습니까? 난 그대의 소원을 전적으로 반기며 큰 감동을 느낍니다. 그렇다면 머물러 주세요. 또한 그대는 시장 관사에 더 이상 머물러서는 안 될 것입니다. 그대가 있을 곳은 나의 궁정입니다. 나는 그대를 나의 내무대신으로 등용하겠어요. 아직 젊은 그대에게 이 관직을 수여한다고 해서 날 비난할 사람은 아무도 없으리라고 확신합니다. 그대의 공적이 젊은 그대에게 그만한 자격을 주었고 그 어떤 반박도 물리칠 수 있을 것입니다. 어떠한 직책이 주어지더라도 그대의 공적으로 보면 다 정당한 것입니다. 무릎을 꿇지 마시오, 난 그것을 원하지 않아요! 이제 물러가세요! 내 측근들과 함께 하는 자리에서 내 그대를 다시 보게 될 것입니다."

이런 말을 남기고 그녀는 시녀들 사이를 빠져나갔고, 시녀들은 그 뒤를 따랐다.

이 대화는 매우 급속하게 진행된 것으로 생각할 수밖에 없다. 그 점이 이 대화의 특색이었다. 그것은 불과 몇 분 사이에 속삭이는 듯한 목소리로, 쉬지도 않고 오래 생각할 사이도 없이 진행되었다. 다른 사람들이 보는 앞에서였지만, 그럼에도 불구하고 대화는 마치 다급한 비밀 약속이라도 하는 것처럼 진행되었다. 이때에 이들의 눈길은 상대를 찾기보다는 서로 피하는 경우가 많았으며, 말하고 대답하는 사이에나 마디마디 간에 전혀 쉴 틈도 없이 말소리가 재빠르고 정확하게, 나지막이 흘러나왔다. 그러다가 마침내 "이제 그만 물러가시오. 다시 만나지요"라는 말이 떨어진 것이었다.

✠

지빌라의 기도

온 나라가 안도의 한숨을 쉬게 되었다. 그리고르스의 절대적으로 온
힘을 집중해 꼭 쥔 손을 통해 이 나라에 새로운 삶이 선사된 것이다.
바다 쪽으로 뻗어 있는 룰레르와 투루라고 불리는 지역의 평화로운
들판 위에는 생활에 유용한 아마가 다시 푸릇푸릇 자라고 있었으며,
농부들도 소박한 기쁨에 겨워 주막에서 다시 춤을 추었다. 경작지가
많은 아르투아 지방의 언덕들 위에서는 새로운 양떼들이 풀을 뜯으
며 장차 양질의 모직으로 가공될 털에 싸여 다니고 있었다. 여러 도
시와 성은 피해를 회복했으며, 적군이 남긴 오물이 깨끗이 치워지고
자유를 되찾게 되었다. 그래서 그리말트 공의 딸 지빌라도 그녀의
유년 시절과 죄 많은 젊음을 보냈던 벨라페르의 궁전에 돌아와 있었
다. 예전에 그녀의 사랑스러운 오빠가 십자군에 참여하기 위해 먼
길을 떠나야만 했던 그 궁전, 또한 그녀 자신은 금단의 아기를 잉태
한 채 아이젠그라인 씨의 수성에 은신하기 위해 떠나지 않을 수 없었

던 그 궁전, 그곳으로 그녀는 그 어떤 저항할 수 없는 힘에 이끌려 되돌아온 것이었다. 우리는 누구나 예전에 있었던 곳으로 되돌아가 과거사를 반복함으로써, 불행했던 과거가 있다면 이제는 그것을 행복한 것으로 바꿔 보고 싶다는 소망을 품기 마련인 것이다.

구원자 그리고르스는 그녀의 내무대신이었다. 그를 고위직에 등용하는 데에는 그 어떤 불평의 소리도 없었으며, 그가 재무대신 페르피츠 씨와 동일한 서열로 여군주의 곁에 서서 식탁으로 걸어가는 것도 모두 정당하다고 생각했다. 이제 그녀의 삶이 예전보다 활기를 띠어 보였기 때문이었다. 더 이상 밤샘기도에 엄중하게 제한된 삶도 아니었고, 홀이나 잔디밭에서 벌어지는 궁중 오락, 노래와 현악 연주, 격의 없는 환담에 대해서도 그녀는 더 이상 엄격하게 꺼리고 싫어하는 태도를 보이지 않았다. 이렇게 된 데에는 분명 연애전쟁의 행복한 결말과, 그렇게 길고 긴 고난의 세월 끝에 찾은 그녀 영혼의 안도감이 큰 작용을 했을 것이다. 그러나 그 원인이야 무엇이었든 간에, 이제 궁정과 나라에는 기대와 소망이 들어서게 되었다. 이전에는 여왕의 냉담한 회피로 인해 그런 일은 일어날 수도 없었고 공론의 주제가 될 수도 없었다. 그러나 이제 나라 최고의 선량(選良)들과 현자들이 모여서 그들이 소망하는 바가 무엇인지, 적어도 대체 무엇을 기대하고 있는 것인지 열심히 의논했는데, 누구나 말할 기회를 얻었으며, 누구나 자기보다 앞서 발언한 사람의 의견에 강력하게 동의를 했다.

그 회의는 아라스의 천장이 높은 홀에서 개최되었다. 거기서 성주들, 고위 귀족들, 각 도시의 시장들이 의논하여 결의한 내용은 이러하였다.

'이 나라는 아직도 어렵기는 하지만 이제 고난을 극복하고 예전과 같이 평화롭게 번영해 가고 있다. 그렇지만 우려하는 자들에게는 여전히 우려가 사라지지 않는 법이어서, 그들은 또다시 이런 일이 생기지나 않을까, 또다시 어떤 뻔뻔스러운 폭한이 탐욕적으로 충성스러운 우리 속방(屬邦)들을 침범해 유린하지나 않을까 하는 의혹으로 괴로워한다. 한 여성의 힘만으로는, 비록 그녀가 만인이 따르며 충성을 맹세하는 가장 고귀한 여성이라 할지라도, 오만무도한 도발 앞에서 이런 큰 나라를 지켜 내기란 어렵다. 만약 이 나라에 오랫동안 없었던 남자 군주나 대공이 있다면, 아니 여왕이 부군을 맞이한다면, 부군이 존재한다는 사실 자체만으로도 이미 연애전쟁 같은 것이 일어날 수 있는 소지를 미연에 방지할 수 있을 것이며, 아주 은근한 무례를 수반하는 협박에 대해서도 그가 미간을 찌푸리며 자신의 검에 손을 갖다대기만 해도 정말이지 이 나라의 사정은 아주 판이하게 달라질 것이다! 물론 우리는 여왕께서 신을 위해 결코 부군을 맞이할 생각을 하지 않고 계신다는 것을 알고 있으며, 이 점에 대해서는 경의를 표하며 유념을 하고 있다. 그러나 이 나라의 최고관리인 우리는 여왕의 이런 생각을 존중하고 명심하고 있음에도 불구하고, 그런 생각이 정당하지 않고 신의 뜻을 잘못 해석하고 계신다는 데에 만장일치로 의견을 모았다. 만약에 여왕이 이렇게 풍요로운 나라를 상속자 없이 몰락하게 만든다면, 그녀의 삶도 불행하다 해야 할 것이다. 그러나 만약 한 남자를 선택하여 그를 통해 이 나라에 상속자를 선사한다면, 여왕의 행동은 신이나 이 세상 사람들에게 칭송받는 일이 될 것이다. 더욱이 부부로서 결혼해 사는 것은 신께서 인간에게 허락하신 최선의 삶이다.

하물며 여왕의 경우는 더욱 그렇지 않은가 말이다!'

이와 같은 결의문을 온 나라와 최고관리들이 여왕에게 올리는 건의서 및 간절한 청원서로서 낭독하고, 이 제안에 대한 허락을 받자는 안건이 반대나 기권 없이 박수갈채로 결의되었다. 또한 이때 부군 겸 대공으로 누구를 택할 것인지는 전적으로 여왕의 자유이며 무조건 그녀의 재량에 맡긴다는 내용도 첨가되었다.

이렇게 그들 모두의 의사가 공표되었다. 그 청원서를 보면서, 특히 마지막 부가조항을 보면서 나는, 그 청원서에 표출된 이 나라 최고관리들의 생각이 그 어떤 특정 방향으로 흘러 여왕에게 생각할 여지를 주고 싶어 하며, 지빌라도 이런 그들의 생각을 잘못 이해할 리가 없었으리라는 추측을 떨쳐 버릴 수 없다. 말하자면 그 청원서는, 여군주는 남성의 구혼을 받지 않고 자신 쪽에서 구혼하는 것이며, 정숙한 여성의 행동양식에 반하면서까지 그녀가 원하는 남자를 지정할 수 있는 관습이 있다고 믿도록 유도하고 있었던 것이다. 국가의례상 여왕은 국민의 대표가 공개석상에서 그녀 앞에서 낭독하려는 청원서의 내용을 미리 알게 되어 있었다. 그녀에게는 그 낭독을 거부할 수 있는 권한이 있었을 것이다. 그럼에도 불구하고 그녀는 활기를 띤 표정으로 그 낭독을 윤허했다. 물론 자신의 입장 표명은 아직 유보한 채였다. 그러나 이 윤허 자체가 이미 사람들의 기대에 활력을 불어넣을 만한 소지를 주고 있지 않은가!

여왕의 옥좌 앞에 나라의 최고관리들이 도열해 있었으며, 그중 한 사람이 내가 위에 기술한 결의사항을 거의 그대로 낭독했다. 그러고 나서 그는 양피지를 아래쪽으로 내리고 시선을 밑으로 내려뜨렸다. 모두 시선을 밑으로 내려뜨리고 있었으며, 지빌라 역시 시선을 내려뜨렸다. 그런데 그 정적 속에서 나의 민감한 귀는 그녀의 심장이 고동치는 소리를 들을 수 있었다. 나는 그 관리들 역시 그 소리를 들었으리라 믿는다. 그들은 모두 두 눈을 약간 치켜뜨며 곁눈질로 구석을 바라보면서 그 고동 소리에 귀를 기울이고 있었다. 이윽고 사람들이 익히 들어오던 풍부한 음향의 다정하고도 성숙한 여성의 목소리가 흘러나왔다.

"나는 이 제안이 진지하고 중요하다는 것을 모르지 않습니다" 하고 그녀가 말했다. "또한 이 제안이 나라의 안녕과 우리 왕가의 운명을 걱정하는 충성스러운 우려에서 나왔다는 사실도 잘 알고 있습니다. 이 권고가 나의 반성을 촉구했고, 나는 그 권고를 따르지 않을 수 없어 그것을 고려할 가치가 있다고 여기게 되었습니다. 그러나 이 권고는 나의 삶에 대한 생각, 즉 신의 시녀로서 남편을 갖지 않고 살아가겠다는 나의 결심과 상당히 모순되는 것이고, 기독교 세계에서 신분이 나와 정말 동등한 남편을 찾는 일에 내가 겪을 어려움을 너무 해이하게 간과하고 있기 때문에, 내 쪽에서 즉답이 나올 수는 없습니다. 내게 생각할 시간을 주시길 나라에 요청하지 않을 수 없습니다. 청원서에 이 일의 시급성이 그렇게 강력하게 표현되어 있지 않았더라면, 나는 7주를 요청했을 것입니다. 그런데 이 상황에서는 7일을 요청하는 것으로 만족하고자 합니다. 존경해 마지않는 귀인들께서는 오늘부터 8일째 되는 날에 다시 내 앞에 모이셔서 내가 결정한 바에 대해 들으시기 바랍니다. 거절할 수도 있고 승낙할 수도 있다는 것 모두를 각오하셔야 할 것입니다. 고려해 보겠다는 말 자체로써 나는 이미 큰 순응의 자세를 보여드리는 것이니까요."

이런 말을 듣고서 청원자들은 여왕 앞에서 물러났다. 그러나 그들
이 물러간 후에도 이 여인의 심장은 여전히 크게, 또한 기쁨과 불안에
넘쳐 고동치고 있었다. 그녀는 미소를 띠었다가 자신의 그런 모습에
소스라치게 놀라 미소의 흔적을 얼굴에서 엄하게 지워 버렸다. 그녀
의 두 눈에 눈물이 고였다. 그 눈물 한 방울이 그녀의 뺨에 흘러내렸을
때, 그녀는 다시 미소를 띠지 않을 수 없었다. 그녀에게 제출된 청원
서가 그녀를 이러한 혼란에 빠뜨린 것이었다. 그녀는 서둘러 자신의
궁성 안에 있는 예배당으로 갔다. 거기라면 아무도 그녀를 볼 수 없었
고, 그곳에서는 그녀의 가슴 속에 갇혀 있던 온갖 감정이 기도 속으로
흘러나올 수 있었다. 그것은 남성적 존재인 신에게가 아니라 어머니
인 천상의 성스러운 여인에게 털어놓는 기도였다. 그녀는 죄를 범했
으며 또한 그 이후에는 반항했기 때문에 신 자신과는 사이가 좋지 않
았다. 그래서 성모에게 자신의 뜨거운 신뢰를 모두 바치는 것이었다.
　그녀가 무릎을 꿇은 나무 발판 앞에는 축복받은 여인 마리아를 그
린 아름다운 그림 한 장이 펼쳐진 채 걸려 있었는데, 그것은 훌륭한
화풍의 그림으로서, 동정녀가 복음을 듣는 광경, 즉 날개 달린 천사
로부터 저 놀라운 소식을 아리땁고 겸허한 모습으로 받아들이는 장면
을 보여 주고 있었다. 동정녀는 널따랗게 주름 잡힌 옷을 입고 나무로
된 규방(閨房) 안에 앉아 있었는데, 가르마를 탄 머리 뒤로 영광의 광
륜이 보였고, 치켜든 작은 두 손에는 천진난만하게 읽고 있던 한 권의
책이 들려 있었다. 동정녀는 책을 읽다가 방해를 받아 약간은 반갑잖
은 듯 반쯤만 고개를 돌리고 있었는데, 금발 고수머리의 천사에게 주
의를 기울이기보다는 차라리 자신의 조용한 독서로 되돌아가려는 모

244

습으로 보인다. 천사는 부풀어 오른 흰 옷과 청색 외투를 입고서 문가에 쪼그리고 앉은 채 날갯짓을 하며, 왼손 손가락으로는 천상을 가리키고 오른손으로는 글로 쓴 무엇인가를 들고 있었다. 그것은 한 장의 두루마리 양피지로서 그 위에는 천사가 조그맣고 붉은 입술로 동정녀에게 알리는 내용이 문자로 적혀 있었다. 그러나 동정녀는 눈꺼풀을 내리깔고 천사와 책 사이로 마룻바닥을 내려다보고 있었는데, 이 성스럽고 새침한 모습을 통해 마치 이렇게 말하고 싶은 듯하였다.

'제가 말인가요? 어째서 그런 일이 저에게? 있을 수 없는 일입니다. 당신은 날개를 달고 계시고 서신도 지니셨고 문을 열지 않고도 들어오시긴 했네요. 하지만 저는 그런 명예욕 따위는 추호도 생각하지 않은 채 책을 읽으며 여기 앉아 있었을 뿐, 이렇게 축복의 방문을 받게 되리라곤 꿈에도 생각지 못했습니다.'

이 사랑스러운 그림을 지빌라는 나무 발판 위에 앉아 올려다보면서 이렇게 기도했다.

"마리아여, 온유하신 여왕이시여! 이제 저를 도와주소서! 성처녀여, 신의 신부가 되신 사랑스러운 마리아여, 당신과 같이 부드러운 여성으로 태어난 이 죄 많은 여인에게 충고와 도움을 주소서! 그런 여성의 몸인 제게 제출된 청원서로 인하여 저는 완전히 혼란에 빠져 있으며 당신의 은총을 향해 도망쳐 와 간청합니다. 괴로움 속에서 어쩔 줄 몰라 하는 이 여자를 품어 주소서, 기독교 세계의 위안이시며 성령께서 선택하신 그릇이시여! 성령께서는 특별히 당신을 선택해 기적적인 명예를 누리게 하셨습니다. 지금까지 이 세상에 온 중 최고의 남자가 당신의 품 안에서 태어나도록 하셨지요. 당신의 품 안에서 태어나신 그분은 당신을 어머니로 선택하신 신 자신이십니다. 이 얼마나 이해하기 어려운 일입니까!

은총이 가득하신 성모마리아여! 온 천상의 궁전이 당신을 찬미하는 노래를 부릅니다. 케루빔 천사가 당신을 찬양하고 세라핌 천사도 당신을 찬양하며, 태초부터 신의 면전에 서 있는 거룩하신 천사군단 전체가, 그리고 예언자들과 사도들과 신의 모든 성자들이 항상 당신을 기쁨으로 여깁니다. 신을 위해 아들을 낳아 주신 가장 순결한 성처녀시여, 그 신의 아들은 바로 신 자신이셨으며, 그분이 당신의 품안으로 드신 것입니다. 아, 이 얼마나 경이로운 일입니까!

온유하신 마리아, 자애로우신 마리아, 사랑스러우신 마리아여! 축복의 열매를 잉태하신 분이시여! 당신은 항해에 지친 선박을 육지로 인도해 주는 별에 비유되어 '바다의 별'로 일컬어지십니다. 그렇게 당신은 이 땅에도 도착하는 사람이 있도록 예비해 주셨네요, 당신은 그렇게도 마음에 드는 어린 청년이 제게 당도하도록 인도해 주셨습니다. 이 청년이 온 힘을 집중해 꼭 쥔 자신의 손으로 저를 구원해 주었고 이 나라를 구했기 때문에, 저는 그를 밤낮으로 생각하지 않을 수 없습니다, 밤이나 낮이나 다 말입니다. 이 청년이 얼마나 제 마음에 드는지를 당신에게 이루 다 고백할 수 없을 지경입니다. 성모님, 저는 그의 머리카락에 키스하고 싶습니다, 진심입니다. 그리고 만약 그가 기뻐하는 태도를 보인다면 그의 입술에도요!

사랑스러우신 마리아여! 신께서 세상의 모든 여자들 중에서 당신을 선택하셨기에 그다지도 특별한 경험을 하신 한없이 거룩하신 여인이여, 지금 가련한 여인인 저는 당신의 충고를 구하나이다. 아아, 그들이 저에게 청원을 했을 때 저의 기분이 어떠했는지 이해해 주소서. 그로 인해 제 심장은 기쁨에 겨워 뛰고 웃고 있습니다. 저는 그 어린 청년을 기꺼이 제 주인의 신분으로 올리고 싶으니까요! 여군주의 주인으로 말입니다. 그것은 그에게 합당한 일일 것입니다! 하지만, 아, 슬프게도! 그 청년과 저 사이에는 신께서 저한테서 앗아가 버리신 그 남자와 함께 제가 저지른 죄악이 가로놓여 있습니다. 그때 저는 신에게 더 이상 여자가 아니고 싶다고, 결코 더 이상 여자가 되지 않겠다고 했습니다. 그때의 다짐을 이제 저는 마음 깊이 후회합니다. 제가 그 청년에게 품게 된 연정의 마음 때문이지요. 그러나 거룩하신 마리아여, 말씀해 주십시오! 제가 이 지상에서 다시 한 번 복을 누려도 될까요? 저의 여성성을 향유함으로써 그 순결한 청년을 저의 크나큰 죄악과 엮이게 하는 일이 허락될는지요?

제 마음은 의혹으로 가득 차, 그렇게 해도 되는지 갈피를 잡지 못하고 있습니다. 지금 아시다시피 불안해하고 있는 제 영혼을 자유롭게 해주시고, 죄가 허다함에도 불구하고 제가 신의 은총을 받을 수 있도록 도와주소서. 모든 존재가 다 그러하듯이 당신은 가장 높은 곳에 계신 신의 자녀이고 또한 주님의 어머니이시므로, 신께서는 당신이 무엇을 말씀하시든, 무엇을 권하시든 모두 들어주실 것입니다. 여자의 교활한 마음으로 말씀드립니다만, 당신은 신의 곁에서 어느 정도 저를 도와주실 의무가 있습니다. 왜냐하면 신께서는 궁지에 처해 있는 죄인들을 구하기 위해 당신의 정결한 몸속에 들어가 당신을 어머니로 삼았기 때문이지요. 만일 어느 누구도 죄를 범하지 않았다면, 신께서 당신을 두고 행하신 강생(降生)의 신비가 일어나지 않았을 것이며, 당신은 영원한 찬양을 받지 못했을 것입니다.

성모님이시여, 제 고통이 너무 커서 푸념을 늘어놓으니 용서하소서! 그 어린 청년 때문에 괴롭습니다. 그는 너무 젊어 보이고, 저는 이미 나이 들었고 사랑과 고통의 온갖 경험을 겪은 여자입니다. 물론 감사하게도 아직 충분히 그 힘이 남아 있기는 하지만 말입니다. 게다가 저는 이 나라를 지배하는 여왕입니다. 제가 총애해 준다면 그는 흡족해 할 것입니다. 제가 무슨 죄를 지었는지를 모르니까요. 그러나 그가 저를 마음으로뿐 아니라 육체적으로도 사랑해 줄지는 모르겠어요. 왜 제가 그의 육체적 사랑을 걱정하고 있는 걸까요? 젊디젊은 혈기의 남성은 달콤한 여성의 몸을 좋아한다는 것을 잘 알고 있습니다. 조금밖에 시들지 않은 제 젖가슴을 그가 진심으로 탐냈으면 좋을 텐데요! 왜냐하면 오직 그만이 저와 잠자리를 같이할 만한 사람이며, 그만이 저와 동등하다고 생각되기 때문입니다. 이제는 더 이상 작은 올빼미들이 불안하게 우는 소리를 듣지 않고도 그의 살갗을 어루만지며 희열을 느끼고 싶고 그의 어깨에 입을 맞추고 싶습니다. 이젠 그렇게 해도 하네기프가 이따금 지붕을 향해 소름끼치게 울부짖는 소리를 낼 필요가 없을 것입니다.

청하오니 저를 도와주소서, 진정한 동정녀이신 마리아여! 저를 위하여 신께 빌어 주시고, 그 어린 청년을 신뢰하소서. 가장 높은 곳에 계신 신의 자녀이며 어머니이시고 신부이신 마리아여!"

마리아의 그림을 올려다보며 지빌라는 이렇게 기도했다. 결국 그녀에게는, 시선을 경건하게 내려뜨리고 있는 선택받은 여인 마리아의 자그마한 입가에 그녀의 기도를 들어주겠다는 의미의 아주 가냘프고 고운 미소가 떠오른 것처럼 보였으리라는 생각이 든다. 왜냐하면 7일 후에 최고관리들이 그들의 제안에 대한 회답을 듣기 위해 다시 그녀의 옥좌 앞에 섰을 때, 그녀는 이렇게 말했기 때문이다.

"나는 나라의 소망과 뜻을 내 자신의 것으로 생각하고, 나라가 남자 군주이며 대공인 보호자를 모셔야 한다는 제안을 승낙합니다. 그런 까닭에 나는 이제 성처녀로서의 삶과 작별하고 한 남자의 아내가 될 것을 순순히 결심했습니다. 이것이 나의 결정입니다. 그 다음의 세부적인 일은 자연스럽게 일어날 것이며, 더 이상 내가 판단할 일도 선택할 일도 아닐 것입니다. 이 나라가 대공을 모셔야만 한다면, 오직 그 사람은 결사적으로 온 힘을 집중해 꼭 쥔 손으로 이 나라를 용으로부터 구해 주고 나를 위해 결전을 치르면서 내 명예를 지켜 준 사람일 수밖에 없기 때문입니다. 그 사람은 지금 내무대신인 그리고르스 씨로서 먼 나라에서 온 기사이고 신과 성모님의 은총으로 이 땅에 상륙한 사람입니다. 나는 그에게 구혼의 손길을 내밀겠습니다. 그래서 그에게 이의가 없다면, 그의 손을 이끌어 계단을 올라오게 해서, 그가 나와 나란히 서서 나의 주인이 되고 군주의 남편이 되어 구원받은 나라의 열렬한 소망을 이룰 수 있도록 하겠습니다."

궁전의 모든 신하들에게 둘러싸인 가운데 그녀는 그렇게 말했다. 그리고르스는 그녀의 아름다운 손을 잡고 천개(天蓋) 밑으로 올라가서, 그의 젊고 진지한 얼굴을 그녀의 얼굴과 나란히 모든 성직자들이 있는 홀 쪽으로 향했다. 그런데 그는 결코 그렇게 해서는 안 되었을 것이며, 차라리 수도원 안에 머무르면서 그를 길러 준 내 친구인 수도원장 곁에서 평온한 참회의 나날을 보내야 했을 것이다. 왜냐하면 그는 양탄자가 깔려 있는 이곳의 몇 개 계단의 높이보다도 더 깊게 추락해야만 했기 때문이다. 그러나 지금 그 앞에서 사람들은 칼집에서 검을 뽑아 들며 무릎을 굽히고 대들보가 흔들릴 정도로 다음과 같이 외쳐댔다.

"연애전쟁의 승리자, 나라의 수호자, 우리의 군주이며 대공인 그레고르 만세!"

✠

결혼식

이야기의 정령은 이야기를 전달하기 좋아하는 정신으로, 독자나 청중을 원하는 곳이면 어디로든지 이끌고 간다. 실을 잣듯 언어로 자아낸 인물들의 고독 속으로, 그들의 기도 속으로 몸소 이끌고 간다. 그러나 또한 이야기의 정령은 침묵할 줄도 알고 있어서, 있는 그대로 생생하게 전달할 경우 매우 난처하다고 생각되는 내용은 상대방의 입장을 고려해서 제쳐 둘 줄도 안다. 그러니 그 정령이 침묵의 그늘 속에 간직한 사건이라 해도, 그 사건들 사이에는 역시 어떤 대화나 어떤 현장 혹은 장면이 있었다는 것은 의심할 여지가 없다. 그레고르 대공에 대한 충성 맹세로 끝난 이와 같은 국가적 행사는 지금 실제로 이루어지고 있는 것과는 다른 방향으로 나아갈 수도 있는 그런 사건은 결코 아니다. 상식적으로 누구나 알 수 있듯이, 아무 준비 없이 되는대로 거행되는 것이 아니라, 사전에 모든 것이 심의되고 확인된 것이다. 그 구원자에게 공공연하게 구혼의 손길과 왕관을 내밀었다가 상대방으로부터 두

가지 다 거절당할지도 모른다는 생각을 했더라면, 지빌라는 아마도 그런 모험을 감행하지 못했을 것이다. 성모마리아에게 기도를 올리고 나서 그녀가 나라의 청원서에 대한 국가적인 회답을 하기까지, 그 사이에는 어떤 비밀스러운 대화가 이루어졌음에 틀림없다. 그 대화라는 것은 젊은 그리고르스와 성숙한 지빌라가 급박한 말로 교환한 것이었는데, 가엾게도 서로 말로만 주고받은 데 그친 것이 아니었다. 그 대화에서는 여왕을 '위해' 싸운 것인가, 아니면 '얻기 위해' 싸운 것인가 하는 문법적인 문제가 다시 한 번 제기되어, 결국 뜨거운 고백으로 이어지며 '얻기 위해' 쪽으로 기울어졌을 것이다.

내가 이 장면을 어둠 속으로 밀어 넣고 생생하게 전하지 않은 것에 대해 많은 사람들은 내게 화를 낼 것이다. 왜냐하면 의심할 여지가 없이 그 장면에서는 전하기가 매우 난처한 애정이나 마음의 불안한 기쁨에 대해 얻어들을 수 있었을 것이기 때문이다. 그러나 나는 그 장면에 관여하고 싶지 않았다. 그 이유는 일단 첫째, 사랑의 장면에 대한 묘사는 나의 신분이나 수도복에 어울리지 않고, 둘째, 그리고르스의 젊고 준엄한 얼굴의 눈동자가 달콤한 사랑에 빠져 정기를 잃고 애타는 그리움으로 흩어지는 모습을 보기보다는, 차라리 정신을 극도로 집중시켜 적의 움직임을 살피는 것을 보는 쪽이 훨씬 좋았으며, 셋째, 그 장면에서 이루어진 대화와 탄식, 고백과 애정 표현의 모든 것은 전부 악마의 계획에 따라 실행된 너무나 끔찍한 행위로서 한쪽을 다른 쪽으로 끌어당기는 것이 어떤 일인지 그들이 잘못 보고 오해하는 일이었기 때문이다. 따라서 독자 여러분은 그 장면을 수치와 두려움으로 맺힌 눈물의 베일을 통해 단지 어렴풋이 볼 수 있을 뿐이다.

이를테면 그녀는 그의 머리를 양손으로 감쌌고, 그는 자신의 입술을 그녀의 입술 아주 가까이에 대고 처음으로 사랑을 고백하면서 그녀의 이름을 속삭였다. 그의 속삭임에 그녀 또한 그의 이름을 속삭이며 황홀경에 빠져 "먼 나라에서 온 사랑하는 사람이여, 그대 나의 소중한 사랑, 그대 나의 연인, 그대가 내 눈앞에 나타났을 때부터 나와 너무 가깝다고 생각했어요" 하고 속삭였을 것이고, 입술이 입술 안으로 서로 깊숙이 들어가 긴 침묵이 흘렀을 것이다. 그러나 그 황홀함은 불합리에 가득 찬 것이었다.

그러므로 나는 이 장면을 이야기하지 않고 생략해 어둠 속에 그대로 남겨 두는 것이다. 또한 나 자신이 그런 것을 다루기에는 서툴고 어울리지 않을 것이다. 그들의 약혼 역시 마찬가지였다. 또한 축! 결혼식이 곧 이어졌다. 얼마나 기쁜 일인가, 그렇고말고. 전령들은 나팔을 불면서 플랑드르-아르투아는 지금 군주이신 대공을 다시 맞이한다는 기쁜 소식을 온 나라에 전했다. 흥겨운 환락, 거리에서 벌어진 춤과 축하의 불꽃놀이, 그리고 성대한 향응이 도시마다 마을마다 거행되었으며, 매시간 포도주가 뿜어져 나왔다. 결혼식은 벨라페르 성에서 대단히 화려하게 거행되었다. 500명이 넘는 하객들이 멀거나 가까운 곳에서 초대되었는데, 일부는 높은 성 기슭에 친 천막에 머물렀다. 이들은 50개의 식탁에서 시동이나 하인들이 쉴 새 없이 접시에 담아 힘겹게 나르는 쇠고기와 사슴고기, 살찐 돼지고기, 또한 소시지, 거위, 영계, 가물치, 잉어, 송어, 장어, 새우 같은 고기를 즐겼다. 이들은 포도주를 원 없이 마시며 횃불을 앞세우고 모든 홀을 다 지나치면서 결혼행진을 했다. 그리고 그리고르스는 지빌라를 찾아갔고, 눈부시게 타오르는 그 횃불은 신혼의 방으로 들어가는 두 사람을 비추었다. 그리고 그들은 부부가 되었다.

이 둘은 부부가 되어서는 안 되는가? 나는 절망적으로 묻는다. 그는 한 남자였고 그녀는 한 여자였으니 부부가 될 수 있었던 것이다. 왜냐하면 자연에 있어서는 그보다 더 중요한 것은 없기 때문이다. 그런데 나의 정신은 자연에 순응하지 않고 거역하려 든다. 자연은 악마의 것이다. 자연의 태연함은 밑도 끝도 없기 때문이다. 어떻게 자연은 끝까지 태연자약해 이런 경우에도 여느 때와 똑같이 작용하고 일한단 말인가? 어떻게 예의바른 청년에게 어리석게도 자기가 빨고 자란 그 젖가슴을 즐기게끔 하는가? 어떻게 자신을 낳은 자궁을 당당하게 헤치고 들어가는 자격을 부여한단 말인가? 나는 자연에게 묻고 답을 구하고 싶다. 많은 사람들이 어머니라 부르고 여신이라 부르는 자연은 그러한 비난에 대해, 그 청년이 그런 행동을 한 것은 그의 무지의 소치이지 자기 탓이 아니라고 대답할는지 모른다. 그러나 그것은 여신이 거짓말을 한 것이다. 왜냐하면 무지를 방패로 삼아서 그런 짓을 한 것은 바로 자연이기 때문이다. 그리고 만약 자연 속에 일말의 예의의 불꽃이 희미하게라도 타고 있었다면, 자연은 무지와 공모하여 그 무지의 힘으로 그 청년에게 그런 짓을 하게 하는 대신에, 무지에 분개하여 무지의 팔을 막아야만 하지 않는가? 자연은 태연자약하게 이런 행동을 한다. 그 태연함은 밑도 끝도 없는 것이어서 그것은 무지에 대한 것일 뿐 아니라 자연 자체에도 해당되는 것이다. 그렇다. 자연은 결국 자기 자신에게조차 어떻게 해도 상관없는 것이다. 그런 게 아니라면 어떻게 자연이 자신의 방향과 시간, 그리고 생산을 거꾸로 하여, 여자의 몸에서 태어난 자가 앞을 향해 가는 시간 속에서 생산하는 것이 아니라 뒤를 향해 어머니의 자궁으로 역행하여 생산하는 짓을, 말하자면 얼굴이 뒤를 향해 붙어 있을 자손을 만드는 짓을 허락할 수가 있겠는가?

망할 놈의 자연과 그 태연자약함이라니! 물론 자연이 태연하게 있지 않고 무지에 저항했다 해도 그리고르스가 기사로서 적절치 않은, 빗나간 상태에 빠져들지 않으리라고 자신 있게 말할 수는 없지만 말이다. 그런 상태를 나 역시 그를 위해 바랄 수는 없다. 나는 왜 지빌라가 그녀의 비밀스러운 기도 속에서 그의 관능에 대해 걱정했는지 알지 못하며 알고 싶지도 않다. 어쨌든 그의 관능은 대단히 활기찼고, 그녀가 마음 깊이 그의 젊음에서 상쾌한 위안을 얻은 것처럼, 그 역시 반려자의 성숙한 육체를 즐겼다. 한마디로 그들은 매우 행복했다. 달리 말할 수 없고 보고할 수도 없다. 지극히 행복한 군주 부부로서 그들은 '그날' 밤 이후 몇날며칠, 밤낮으로 몸과 마음이 완전히 행복했다. 그 부부는 정말로 예전에 그리말트와 바두헤나의 사랑스러운 아이들처럼 역시 '쇼이델라구르트', 즉 궁정의 기쁨이라고 불려도 될 수 있으리라. 그들의 행복은, 진실 그대로를 말하자면, 그들 주위의 모든 것을 비춰 주었으며, 마치 태양이 모든 대지 위를 비추듯이 그 빛은 모든 사람의 얼굴에 반사되어 미소 짓듯이 그 위에 머물렀기 때문이다. 그리고 완전히 태연자약하게 활동하는 자연이라도 대개는 올바른 방향과 질서에 따라 자식과 자손이라는 복을 주고 돌보기 때문이다. 다시 말해 지빌라는 곧바로 임신했고, 남편의 나이만큼이나 쉬고 있었던 그녀의 몸은 점점 불어 오더니, 횃불이 신혼의 방으로 들어가는 두 사람을 비춘 지 거의 아홉 달 만에 그녀는 자연스러울 정도의 적당한 고통만을 느끼면서 계집아이를 출산했다. 그 아이는 '헤라트'라고 불렸는데, 그들과는 모습이 약간 달랐다. 즉, 라틴족처럼 갈색의 창백한 피부가 아니라, 할머니인 죽은 바두헤나 부인을 닮아 희고 사과처럼 붉은 피부를 하고 있어 나름대로 상당히 귀여웠다. 그런데 그 아이의 얼굴이 뒤를 향해 붙어 있는 것은 아무도 보지 못했다.

만약 이 나라에 미래의 수호자가 될 왕자가 태어났다면 분명 기쁨은 더욱 컸을 것이다. 그러나 그 대신 아버지인 그리고르스 자신이 아직 젊어 장래가 창창했기 때문에, 그 자신이 후계자의 대리가 되어 있었다. 후계자가 아직 없는 것은 운명의 탓이니 말이다. 또한 그보다 나이가 많은 지빌라가 정정한 아내로서 솟아나는 생명의 근원적 샘으로서 자신을 보여 주었다면, 그녀의 남편은 모든 기독교도들의 부러움을 살 대공이었다. 나라 내부의 분쟁과 소송 문제를 조정할 필요가 있을 때는 그는 자주 재판관의 역할을 했다. 지금까지 법률을 공부해야 한다고 생각한 군주는 한 명도 없었던 반면에, 그는 수도원에서 법률을 공부했기 때문에, 예전에 재판을 열고 판결을 내렸던 그 누구보다도 훌륭한 재판관이었고, 법의 친한 벗이라 할 만큼 각 사람 모두를 현명하게 만족시키면서 부드럽게 배려했다. 야만적인 구혼자를 제압한 그의 팔은 주위의 나라에는 두려움이 되었다. 결사적으로 온 힘을 집중해 꼭 쥘 수 있는 손을 가진 군주의 보호를 받고 있는 나라에는 어느 누구도 전쟁을 걸지 못하기 마련이다. 그리고르스 대공 또한 다른 사람들이 자신에게 베풀지 않을 수 없는 평화를 스스로 깨뜨릴 생각은 없었다. 그로서는 전투에서 온 힘을 강하게 집중시키는 그의 타고난 재능을 뽐내며 정복에 마음을 기울여 자기에게 속한 영토 이상의 땅을 정복하려고 시도할 수도 있었을 것이다. 그러나 그는 결코 그런 일은 하지 않고 절도를 지켜서, 자신에게 소속된 것이 자신에게 봉사하는 것 이상을 원치 않았다.

그렇게 3년이 지났다. 3년째 되는 해에 여군주 지빌라는 젊은 남편 곁에서 누리는 행복의 표시로서 또 임신을 했다.

✠

예슈테

속으로는 절망했을망정 나는 그들 부부가 누리는 복락을 충분히 찬미
했다고 생각하는 바이다. 칭찬은 그쯤 해두고 이제 진실을 모두 밝혀
야 할 때가 되었다. 그들의 행복 위로 그림자가 하나 드리워졌다. 그
그림자는 양쪽 모두, 즉 남편 쪽에도 아내 쪽에도 드리워졌는데, 사
람들의 눈에는 보이지 않고, 오직 그들 스스로 각자 감지하고 알게 된
것이다. 왜냐하면 각자가 그림자를 던지는 쪽은 자기 쪽이라고 믿었
기 때문이다. 그들은 책임과 죄라는 같은 비밀을 가지고 있었다. 둘
다 그것을 자기만의 비밀로 여겼고, 그렇게 감미롭고 친밀한 사이이
면서도 그 비밀을 서로 털어놓지 않았다. 이것이 바로 그림자였고 그
들의 행복을 어둡게 만든 것이었다.

  지빌라는 몰래 불안감을 느끼면서, 그녀가 과거에 사랑하는 오빠
와 패륜적인 쾌락을 나누었다는 것, 그는 이제 저세상으로 가버렸으
며, 그녀 자신은 세상에 발붙일 곳이 없는 그의 아이를 낳았다는 사실

을 남편에게 숨겼다. 그녀는 남편을 품을 때마다 환희를 느끼면서도 수치와 양심의 갈등으로 괴로워하며 죄 많은 육체를 순결한 그에게 내주었다. 기쁨, 그것은 순결 속에 몸을 담가 건전해질 수 있으리라는 죄의 바람이었고, 순결한 것을 통해 정화되고 싶은 죄의 갈망이었다. 순결한 것을 불순하게 만들고, 자신과 섞임으로써 순결한 것을 욕되게 하지나 않을까 하며 가련한 죄인이 신 앞에서 느끼는 두려움, 그것이 바로 고뇌이고 수치심이다. 종종 지빌라는 그녀가 자신의 죄에 끌어들인 순결 앞에서 이와 같은 수치심에 혼자 울곤 했다. 그러나 모든 사람 앞에서, 특히 사랑하는 오빠가 저세상으로 간 이후로 그녀가 사랑할 수 있었던 유일한 사람인 남편 앞에서 그녀는 조심스럽게 자신의 눈물을 숨겼다. 이때 그는 그녀의 눈물 자국을 보지 못했고, 그녀로 하여금 더욱 열렬하게 헌신하게 만들 뿐인 깊은 슬픔을 보지 못했다.

그리고르스에게는 자기만의 근심이 있었다. 물론 그것이 그녀의 근심과 같은 것이었지만 말이다. 한 나라의 주권을 차지하고 결혼생활의 환희를 맛보며 복이란 복은 모두 누리는 가운데서도 그는 '트리스탄', 즉 수심에 젖은 자였다. 그가 방랑의 길을 떠나온 것은 죄를 범한 자신의 부모를 찾아내고, 그들의 발치에 엎드려 자신의 존재에 대해 용서를 구하고, 그럼으로써 그들 세 사람 모두 신께 용서받을 수 있도록 하기 위해서가 아니었던가? 그러는 대신에 그는 안개 속을 항해하다 첫 번째로 도착한 나라에서 군주가 되었고, 물론 원숙미를 지닌 한 여인도 얻었다. 처음 본 순간 자신과 아주 닮았다는 인상을 받은 그녀, 지빌라는 하늘의 여왕인 성모마리아의 초상이자 동시에 지상의 즐거움을 위해 창조된 여인이었다. 그래서 그녀의 품에 안기면 어린아이다운 공경심이 남성으로서 느끼는 황홀감과 기묘하게 뒤섞이는 것이었다. 그녀의 품 안에서, 그녀의 부드러운 가슴에서 그는 젖 먹는 아이가 느끼듯 보호받고 있다는 달콤한 안도감과 동시에 남성으로서 강렬한 쾌락을 느끼면서 완전한 행복을 맛보았다.

나는 수도원에 앉아 곰곰이 생각해 본다. 이처럼 무서운 일에서 완전한 것이 꽃피는 건지도 모르겠다고. 정말이지, 수도사인 내가 그리고르스의 결혼생활의 기쁨 속으로 들어가 보는 것은 오로지 신앙적 용기에서 나왔을 뿐이다. 그것은 또한 장미 속의 벌레와도 같이 두 사람 모두의 가슴 속에 깃든 깊은 슬픔 때문이었다. 아아, 그는 그녀를 속이고 있었다. 사실 그녀 덕분에 그녀와 동일한 신분으로 상승하게 된 그가 순결하고 고귀한 그녀를 속이고 있었던 것이다. 또한 그는 그녀를 쟁취한 자신이 누구인지를, 말하자면 포근한 마음으로 스스로를 바치는 그녀에게 자기의 정체, 즉 자신이 반듯하게 성장했지만 잘못 태어난 자라는 사실을 숨기고 있었다. 자신이 파도에 실려서 떠밀려 온 후 기독교도의 자비심으로 키워진, 주워 온 아이라는 것, 겉보기에는 잘생겼지만 사실은 완전히 죄로 이루어졌기 때문에 그녀가 애무해서는 안 될 몸을 가진 자신이 죄의 자식이라는 것을 감추고 있던 그는 기만하는 자였다. 이런 죄 많은 몸을 걸고서 용과 맞서 싸우기는 했지만, 그는 비상하게 정신을 집중하는 능력 덕분에 자신이 승리하리라는 것을 즉시 알았다. 그리고 결투를 통해 결국 여인을 쟁취했고, 이 여인은 이제 그에게 어린 헤라트들을 낳아 주었다. 그러나 이 아이들이 아버지 쪽의 죄의 열매들이고 상속받은 죄과의 씨앗들이며 못된 짓의 결과로 태어난 후손들이라는 사실은 꿈에도 모르는 것이다. 어떻게 그가 자신의 더러운 몸으로 어린 헤라트들을 낳아, 이제는 그가 젊은 주인이 되어 있는 왕실 안으로 슬그머니 들여놓는 파렴치한 짓을 할 수 있단 말인가, 이 아이들은 순결한 피와 부도덕한 피로 이루어진 가련한 사생아들이 아닌가. 이 때문에 그는 눈물이 앞을 가릴 정도로 수심에 젖어 있었던 것이다.

그 눈물을 그는 모두에게 감췄으며, 특히 그를 자기 자신보다 더 행복한 사람이라고 믿고 있는 아내에게 감췄다. 또한 그는 항상 자신이 몸소 간수하면서 읽고 또 읽는 서판을 감춘 것과 마찬가지로 자신의 슬픔도 숨겼다. 앞에서 이미 말했듯이, 이 서판처럼 많이 읽힌 서판도 없었다. 이 서판을 그는 자기 혼자 쓰는 방의 비밀장소에 숨겨두었다. 그의 방 안 벽 높은 곳에 있는 구멍이 그곳인데, 그 벽의 구멍을 막고 있는 판은 옆으로 밀어젖힐 수 있게 되어 있었다. 그가 까치발을 하고 서서 팔을 쭉 내밀어야 비로소 눈에 거의 띄지 않는 판을 밀어 열 수 있었고, 벽의 움푹 들어간 곳에서 그 슬픈 보물을 꺼낼 수 있었다. 자신과 함께 작은 통 속에 들어 있던 물건, 용납할 수 없는 자신의 부도덕한 출생의 비밀이 기록되어 있는 화려한 상아 서판이 그것이었다. 서판을 꺼내 들고 그는 작은 벤치에 걸터앉거나 꿇어앉아 앞에 있는 탁자에 올려놓고 자신의 현존재를 응시했다. 태생이 고귀하긴 하지만, 삼촌을 아버지로 두고 따라서 고모를 어머니로 둔 흉측한 존재라는 사실을 몇 번이고 되풀이해서 읽고는, 가슴을 치며 자기 육신의 비참한 근원 때문에 슬피 울었다. 그는 자신의 부모를 위해 기도했다. 서로 죄를 범한 사이였다면 그들은 마음을 뒤흔들어 놓을 정도로 비할 나위 없이 아름다운 사람들이었으리라고 그는 상상했다. 그는 부모를 찾지 않았으며, 대신 자신의 능력을 발휘해서 이 나라를 해방시키고 이 나라를 차지했고 덤으로 매력적인 여인도 얻었다. 아니, 여인을 차지하게 되면서 나라는 덤으로 얻었다고 해야 옳을 것이다. 그는 자기 자신을 위해서도 기도했다. 때때로 뼈에 사무치게 뉘우치는 눈길을 위로 향하며 신께 자신의 생명에 대해 용서를 구했고, 자신의 비밀을 감추고 순결한 여인과 잠자리를 하고 이 나라의 군주 노릇을 하는 것에 대해 용서를 구했다. 모두가 한결같이 말하는 바대로 그는 아주 훌륭한 군주이긴 했으나, 사실 그로서는 반드시 그런 군주가 되어야 한다는 그 자신의 절박한 필요성 때문에 그렇게 되었을 뿐이었다. 그는 어린 헤라트를 위해서도 기도했다. 그러나 그는 자신의 죄악의 피를 아이에게 물려주었다는 자책감에 때문에 아이에게 입 맞출 용기를 거의 내지 못했고, 임신이 잘 되는 지빌라의 자궁에 잉태되어 있는 새 생명에 대해서도 적잖이 뉘우치고 있었다.

거의 매일 아침 매우 이른 시간에 그는 아내 곁을 떠나, 방해받지 않으리라는 확신이 분명히 들 때에만 자기 방으로 가서 서판을 읽으며 참회했다. 의연하게 자기 방에 들어갈 때엔 그는 본연의 모습 그대로 의기양양하고 멋진 젊은이였지만, 방을 나올 때면 언제나 채찍질 방에서 나오는 고해신부 같은 모습이었다. 이 모습이 언제까지나 남의 눈에 띄지 않을 수는 없었다.

자, 들어 보시라. 궁중 안 비복들 중에 '예슈테'라는 이름의 하녀가 있었다. 침상을 정돈하고 쓰레기를 치우고 모래를 뿌리는 일 이외에는 잘하는 일이 달리 없는 그녀였지만, 눈치가 빠르고 입이 쌌으며 지나치게 호기심이 강했다. 말하자면, 그녀는 다른 사람들은 보지 못하는 수상쩍은 일의 진상을 밝히는 일이라면 열을 올렸는데, 이는 그녀의 천성에도 꽤 맞는 일이었다. 다른 사람들의 눈에도 드디어 그런 일이 보이면 그들은 이를 두고 "어머나, 이런!"하고 말하든가, 아니면 "대체 어떻게 그런 일이?"라고 하든가, "이것은 몰래 조사해 보지 않으면 안 돼. 그 애의 작은 가슴이 뭔가 난처한 일을 발견해 흥분할 테고 그것을 폭로해 재미를 주겠지"라고 말하는 것이었다. 그녀는 눈에 불을 켜고 반쯤 벌어진 입술 사이로 이리저리 혀를 날름거리면서 그럴 기회를 엿보았다. 여왕 부부의 침구를 흔들어 펴거나 불을 지필 때면 그녀는 가끔 여왕과 잡담할 수가 있었는데, 혀를 날름거리며 여왕에게 천민들의 세상에서 나온 아주 바보 같은 이야기나 상스러운 얘기를 쏟아내서 여왕을 웃게 만들었다. 또한 자신이 찾아낸 계략이나 발설해서는 안 될 일을 고자질하고 다 실토해 버리기도 했다. 그런 이야기를 여왕은 그다지 달갑게 여기지 않았지만, 그녀에게는 여왕을 그저 즐겁게 해주고, 더 나아가서는 아무것도 모르는 고상한 여왕에게 비천한 세계를 알려 주어 그녀를 조금이라도 더럽혀 보려는 의도도 있었다. 여왕이 반쯤 웃으면서 눈살을 찌푸린 채 머리를 가로젓고 얼굴을 붉히는 모습은 그녀의 마음을 자극해 신나게 했다. 고상한 여왕이 그녀의 입을 막지 않았던 걸로 보아 짐짓 혐오스러운 척했을 뿐, 자신이 좀 더럽혀지는 것은 상관없어 하는 것 같았기 때문이다.

예슈테의 타오르는 호기심은 여왕 자신과 상당히 비밀스러운 그녀의 삶에 대해, 때때로 여왕에게서 엿보이는 눈물 자국과 우수에 대해 조금은 염탐해 볼 이유가 되었을지 모른다. 그러나 음란한 그녀의 머릿속에는 이런 것들이 들어오지 않았다. 아니면 여왕에 대해서는 기껏해야 매력적인 주인인 젊은 군주 그리고르스에게서 훔쳐본 비슷한 점과 결부시켜서만 그런 생각을 해보았을 뿐이다. 젊은 주인에 대해서야말로 그녀의 호기심과, 수상쩍은 것을 보면 그 진상을 밝혀내지 않고서는 못 배기는 그녀의 탐욕스러운 버릇이 완전히 다르게 집중되고 있었다. 그녀는 손에 깃털 총채를 들고 고양이 발바닥을 단 듯 살금살금 그의 주위를 멀리까지 맴돌았고, 그를 곁눈질로 음험하게 훔쳐보거나, 고개를 숙인 채 그의 뒷모습을 보며 눈을 반짝거렸다. 그럴 때면 탐색에 너무 몰두한 나머지 그녀의 혀는 더 이상 입 밖으로 날름거리지 않고 한쪽 구석에 멈춰 마비된 듯이 미동도 않은 채 박혀 있었다. 그녀가 그를 보고 있을 때 그는 그녀를 보지 않아 그녀로서는 다행이었다. 그의 시선을 끌어 보려는 소망이나 희망은 그녀와는 거리가 먼 것이었기 때문이다. 그녀는 칠칠치 못한 여자였고 사랑스럽기보다는 오히려 추했으며, 볼품없는 그 모습은 기껏해야 맹렬한 호기심과 열렬한 탐색욕구 때문에 자극을 받고 활기를 띠는 것이 고작이었다. 반면 그는 밤이면 최고로 아름다운 여인과 더불어 지내는 행복한 군주였다. 그래도 들키지 않고 그를 반짝이는 눈길로 바라볼 때마다 그녀는 마치 사랑의 꿈이라도 꾸듯 달콤한 감정에 젖어들었다. 이러한 감정을 품게 된 그녀의 속마음을 자세하게 얘기해 보자면, 남자답고 젊은 모습의 멋진 주인이지만 그의 영혼 속에는 완전히 올바르고 깨끗하고 결백하지만은 않은 구석이 있는 것 같아 보였고, 수치심과 비탄에 빠질 수밖에 없는 비밀을 갖고 있는 것 같아 보였으며, 그 비밀의 베일을 살짝 걷어 없애 버리는 일이야말로 사랑만큼이나 감미로운 일임에 틀림없다고 생각했기 때문이다.

나도 참 쓸데없이 말이 많은 것 같다! 예슈테는 그의 참회와 기도의 진상을 파악해 보기로 했다. 그녀는 눈을 반짝이며 처음에는 우연히, 다음에는 몇 번이고 숨어서, 그가 아침이면 군주다운 모습으로 자기 방에 들어갔다가 한 시간이 지난 후에는 붉어진 눈시울을 하고서 마치 자신의 몸에 채찍질을 한 사람 같은 모습으로 방에서 나오는 것을 엿보았다. 그래서 그가 다시 방 안으로 들어갔을 때 그녀는 소리 없이 문 쪽으로 뛰어가서 나무로 된 문의 갈라진 틈에 탐욕스럽게 눈을 바짝 갖다 대었다. 그 틈은 그녀가 이미 오래전에 발견해 몰래 살짝 넓혀둔 것이다. 그 틈 사이로 방 안을 분명하게 들여다볼 수는 없었지만 얼마간은 볼 수 있었다. 그녀는 그가 벽에서 어떤 물건을 꺼내어 들고, 아무도 보는 사람이 없으리라는 착각 속에서 그 앞에서 참회하고 가슴을 치며 그 숨겨진 물건으로부터 숨겨진 내용을 소리 내어 읽는 모습을 목격했다.

그것도 달콤한 사랑의 엿들음이었던가! 그녀는 뛰어 달아났다. 홀과 복도들을 지나 내달리다 숨을 헐떡이지 않으려고 자제하며 걸음을 늦춘 후 군주 부부의 침실로 들어갔다. 방 안에는 여왕이 머리를 땋으면서 콧노래를 흥얼거리며 앉아 있었는데, 하녀가 들어오든 말든 안중에 없었다. 예슈테는 침대를 정리하기 시작했고, 베개를 열심히 흔들어 부풀리면서 이렇게 말했다.

"그래, 그래, 귀여운 베개야, 비단 베개야, 주인님께 어울리는 부드러운 베개야! 내가 너희를 이렇게 흔들어 주고 눌린 너희의 깃털을 정성스레 부풀려 주고 있는데, 너희는 들려줄 얘깃거리를 갖고 있으면서도 예슈테에게 아무것도 말해 주지 않는구나. 너희 속에 스며든 비밀스러운 눈물도, 사랑하는 여인이 아무것도 듣지 못하도록 밤이면 너희가 억눌러 주는, 고결한 가슴에서 나온 한숨도 말이다. …"

그러고 나서 그녀는 음험한 곁눈질로 여왕이 자신의 말을 들었는지 알아보려고 했다. 그러나 여왕은 듣지 못하고 머리를 빗어서 틀어 올리며 다른 데에는 주의를 기울이지 않았다. 그러자 하녀는 다시 나지막한 목소리로 베개를 향해 말하기 시작했다.

"이런, 이런, 안 되지! 고귀한 머리를 받쳐 주는 베개들아, 너희는 너희를 흔들어 주고 부풀려 주는 이 하녀에게 너희가 알고 있는 비밀에 대해서 아무것도 말해 주지 않는구나. 내 짐작건대 고요한 밤이면 너희가 빨아들였을 쓰디쓴 눈물에 대해서, 사랑하는 아내가 잠이 들면 행복한 청년의 입이 몰래 너희 속으로 불어넣는, 가슴 깊은 곳으로부터 터져 나오는 한숨에 대해서, 몰래 은밀히 불어넣는, …"

여기에 이르자 지빌라도 귀를 기울이고 물었다.

"이것아, 일하면서 무슨 허튼소리를 늘어놓는 거냐?"

예슈테는 그러나 흠칫 놀라기라도 한 듯 양어깨를 세게 움찔해 보이고서 더듬거리며 대답했다.

"아니오, 아무것도 아닙니다, 사랑스러우신 여왕님! 정말로 무슨 말씀을 드리려고 했던 게 아닙니다. 저는 귀여운 베개들에게 말한 거예요. 여기 제 손 안에 들고 있는 주인님들이 쓰시는 부드러운 베개에게 말한 거예요. 결코 여왕님 들으시라고 한 말이 아니었어요. 어찌 제가 감히 그럴 수 있겠어요? 여왕님께서 들으신 걸 알고 깜짝 놀라 움찔했습니다. 저 혼자서 쓸데없는 소리를 중얼거리고 있다고만 생각했는데, 뜻밖에도 듣고 계셨군요. 남의 비밀스러운 말은 절대 엿듣는 게 아닙니다. 알게 되면 근심만 생길 뿐이니까요. 하지만 물론, 신께서 의도적으로 그렇게 하셔서 우리에게 남의 비밀스러운 얘기를 엿듣게 하신다면, 그건 분명 우리에게 그 근심을 알려 주시려는 뜻임에 틀림없습니다."

"실없는 소리든 뭐든 대체 무슨 근심이 있다고 지껄이는 거냐?"

"비밀스러운 근심입니다, 여왕님, 이 세상 누구에게도 감춰진 근심이지요. 그런데 사실 다른 사람들이 모르는 건 당연한 일이지만, 여왕께서도 모르시는 건 어찌된 일일까요? 그건 당연한 일이 아니며, 분명 신의 뜻도 아닐 겁니다."

"이봐, 예슈테. 네가 말이 많다는 건 잘 알고 있지만, 그런 말을 하다니 정신이 좀 나간 것이 아니냐?"

"아마 그럴지도 모릅니다. 고귀하신 여왕님. 저는 불쌍하고 약한 존재에 불과합니다. 그리고 신의 뜻에 따라 여러 가지 근심을 알아내는 것이 이런 존재한테는 정신을 돌게 하는 것인지도 모르겠습니다."

"대체 누가 근심을 한단 말이냐?"

"어머나, 지존하신 여왕님, 그렇게 물으시는 걸 보니 의외로 제 말에 주의를 기울이고 계셨군요. 주의를 기울이지 않고 계셨다한들 저 같은 하녀가 어쩌겠어요? 그래도 여기 저의 가슴속에서는 '주의를 기울이시라!' 하고 여왕님을 향한 외침 같은 것이 밀려오는군요."

"무엇에 대해서?"

"무엇에 대해서냐구요? 차라리 누구에 대해서냐고 물어 주십시오. 아니, 묻지 말아 주십시오."

"그러면 누구에 대해서냐? 바보 같으니라고."

"정말로 누구에 대해서냐고 물으시니, 제가 그것을 말씀드려야겠죠! 전 그걸 절대 말씀드리지 않을 것이었는데, 절대로요! 그러나 여왕님의 행복을 위해서는 말씀드리지 않을 수 없군요. 다름 아닌 여왕님의 부군이신 다정하신 대공에 대해서입니다."

"그레고르 대공에 대해서라니! 정말로 내가 대공께 주의를 기울이지 않는다고, 부부로서 충분한 주의를 기울이지 않는다는 거냐? 내가 대공의 눈에서 그 기분을 충분히 읽어 내지 못하고 있다고 생각해?"

"아아, 여왕님, 이 멍청한 하녀를 조롱하시는 것은 당연합니다. 만약 제가 감히 그런 생각을 하고 있다면 저를 경멸하시고 사정없이 뺨을 때려 주세요! 그렇다면 분명히 여왕님께서는 대공과 비밀을 함께 나누고 계시며, 아무도 보지 않을 때 그토록 참회하며 슬퍼하시는 대공의 불행한 일에 대해서 알고 계시는군요. 모든 걸 알고 계시면서 모르는 척하고 계셨군요."

지빌라의 입술은 약간 일그러졌으며, 얼굴이 창백해지는 가운데 그녀는 이렇게 소리쳤다.

"무슨 비밀이 있다고 헛소리를 지껄이는 것이냐, 이 고약한 것아, 무슨 불행이 있다는 거냐? 내가 뭘 알아야 한다고 그래! 허튼소리나 하다니!"

"유감스럽게도 허튼소리가 아닙니다, 귀하신 여왕님. 이 눈으로 저는 방금 전에 정말로 제 가슴까지 파고들 정도로 깊은 슬픔에 잠겨 계시는 대공의 모습을 보았습니다."

"어찌 그런 일이 있을 수 있겠어?" 하고 지빌라는 물었는데, 그녀의 뺨에는 묘하게 경련이 일었다. "나하고 헤어진 후 대공이 무슨 불행이라도 당하셨단 말인가? 불과 한 시간 전만 해도 이곳에서 기쁨에 찬 영웅처럼 나가셨는데."

"바로 그겁니다, 너무나 사랑스러우신 여왕님. 대공께서 그분의 방에 들어가실 때는 영웅과 같은 모습이신데, 다시 거기에서 나오실 때는 죄인으로서 참회로 녹초가 된 모습이시라는 겁니다."

"이봐, 예슈테, 이제 됐다. 그만두거라! 네가 어떤 여자인지 알고 있어. 네 행동은 언제나 그런 식이어서 늘 험한 소리를 해서 날 더럽히는구나. 웃어넘기긴 했다만 넌 지금까지도 벌써 몇 번이나 날 화나게 했어. 넌 결코 즐거운 소식을 가지고 오지 않아, 기분 나쁜 쉰 소리로 우는 까마귀처럼 말이다. 불쾌하고 음란한 소식만 가지고 와서 그것을 즐기고 있어. 내게 해가 되는 그런 거짓 얘기를 들려줄 바엔 차라리 가만히 있는 편이 나을 거야. 그러니까 이제 그만두어라, 명령이다!"

"네, 고귀하신 여왕님" 하고 예슈테는 말했다. "말씀대로 하겠습니다. 저는 그만두겠습니다."

그래서 잠시 동안 시간이 조용히 흘렀다. 지빌라는 이제 머리 장식을 끝냈지만 그래도 계속 머리를 만지작거리고 있었으며, 하녀는 방을 다 치우고 있었다. 그때 지빌라가 말했다.

"예슈테, 정말 입을 다물다니 무례하구나. 그만두라고 난 명령했고, 넌 명령에 따르고 있지만, 내 명령에 따르는 너의 그 태도는 무례하다. 얘기를 시작한 이상 끝까지 말을 해야지! 무엇을 보았느냐, 아니면 무엇을 엿들었단 말이냐?"

"지존하신 여왕님, 맹세코 아룁니다만, 저는 대공께서 슬퍼하고 계시다는 것을 아주 오래전부터 알고 있습니다. 부디 여쭤 봅니다만, 평상시는 대단히 의가 좋은 사이이신데도 여왕님께조차 감추고 계신 것이 뭘까요? 귀하신 여왕님, 그게 어떤 일이든 간에 그건 대단히 괴로운 일임에 틀림없습니다. 제가 그것을 알아차린 게 한두 번이 아니어서 저는 그분이 뭔가 슬픔을 안고 계시는구나, 너무나 큰 슬픔이어서 지금까지 아무한테도 고백하지 않으셨구나, 하는 생각을 하기에 이르렀습니다. 신의 뜻이었는지 오늘은 대공께서 방에 들어오셨을 때 저는 청소를 하기 위해 아직 그분의 방에 있었고, 그분께서는 의자나 장롱을 의식하지 못하듯이 제 존재를 알아채지 못하셨습니다. 이는 하늘의 뜻이다, 하고 저는 스스로에게 말하면서 숨어 웅크리고 앉아 대공의 일거수일투족을 다 지켜보았습니다. 대공께서는 어떤 물건을 꺼내시고는 그 앞에서 무릎을 꿇으셨습니다. 그러더니 그 물건에서 자신의 고통을 읽으시는 것 같았고, 읽으시면서 가슴을 치며 몇 번이고 위를 올려다보며 기도하시면서 비통하게 눈물을 흘리시는 것이었습니다. 그렇게 슬피 우는 사람을 저는 아직까지 본 적이 없습니다. 숨어 웅크리고 앉아 그것을 보면서 저는 조금도 의심할 여지없이, 그분의 마음은 비밀스러운 고통으로 가득 차 있다는 것을 알게 되었지요. 왜냐하면 대공처럼 대담하신 분이 그렇게까지 슬피 울지 않을 수 없었다면 반드시 마음속에 크나큰 슬픔이 있는 거라고 생각되었기 때문입니다."

"아아, 슬프구나" 하고 여군주는 입술을 와들와들 떨면서 말했다. "그게 사실이냐? 그래, 그래, 사실인 것 같구나. 아아, 슬프구나, 내 사랑하는 남편 당신이! 무엇이 그의 마음을 아프게 하는 것일까? 고백하지만 예슈테, 난 모른다! 그의 고통을 알지도 못하고 이해하지도 못해. 대공은 젊고 건강하고 풍족해, 당연히 그래야 되듯이 …. 무엇이 부족한 것일까. 내가 그분께 부족함이 없도록 해드리고 무슨 일에나 당연한 도리로 그분의 뜻에 따르고 있다는 것을 영원한 존재이신 신께서도 알고 계실 텐데."

그렇게 말한 그녀는 울었다.

"나는 대공보다 나이가 좀 많아" 하고 그녀는 흐느껴 울었다.

"대공에 비해 나이가 지나치게 많아. 그렇지만 대공은 날 열렬히 사랑해 주셔. 그 증거는 얼마든지 있어. 지금 난 그분의 두 번째 사랑의 징표를 품고 있어. 그런데 그분은 내게 비밀을 숨기고 자기의 고통을 말해 주지 않는구나. 아아, 슬프구나, 슬퍼. 나는 불쌍한 여자야. 내 생애에서 이렇게 행복한 적이 없고 앞으로도 없을 만큼 지금 난 잘 지내고 있는데, 그건 그분의 젊음과 덕망 때문이야. 네게 말하지만 그분보다 훌륭한 남자는 이 세상에 없다! 그런데 어려서 무슨 일을 당하셨던 것일까? 그때 사람들이 그에게 무슨 짓을 했기에, 네가 말해 준 대로 대공이 남몰래 그렇게 참회하고 울지 않으면 안 되는 것일까? 말해 보거라. 너 외에 달리 의논할 사람이 없구나. 우리의 행복을 깨뜨리는 위험을 일으키지 않고 그분의 고통과 비밀을 알아내려면 어떻게 하는 것이 좋겠니?"

"대공께 여쭤 보시는 게 어떨는지요?"

"안 돼, 안 돼!" 지빌라는 소스라치게 놀라 외쳤다.

"물어볼 수는 없어. 만약 묻는다면 위험이나 죽음이 기다리고 있을 것 같아. 대공의 고통은 분명 입 밖에 내서는 안 되는 것일 거야. 말할 수 있는 거라면 왜 벌써 말씀하시지 않았겠어? 보아하니 그건 우리가 서로 알고 있다는 것을 알아서는 안 되는 비밀일 거야. 그러니 내가 아무리 그 고통을 대공과 함께 나누고 싶다 해도 대공은 내가 그 고통을 함께한다는 것을 아셔서는 안 돼. 우리는 그 고통을 함께 짊어져야 하지만, 그러나 제각기 따로 짊어져야 해. 그렇게 하면 아마도 사정을 잘 알고 있는 나의 사랑이 대공을 도와 그런 고통 속에 있는 대공께 천사가 되어 줄 수 있을지도 몰라."

"그렇다면 좋은 수가 있습니다" 예슈테가 대답했다.

"저는 그 물건이 있는 비밀장소를 정확히 보았습니다. 대공께서는 거기에서 그 물건을 꺼낸 후, 그 물건에서 불행을 읽으시고 그 앞에서 심하게 자책하셨습니다. 그것은 대공의 키보다 높은 벽 안에 있습니다. 대공은 참회가 끝나면 그것을 다시 그곳에 감추십니다. 전 그 장소를 분명하게 기억해 두었습니다. 바라신다면 대공께서 재판이나 사냥을 나가고 안 계실 때 여왕님을 그곳으로 모시고 가겠습니다. 그리고 밀어서 구멍을 보여 드리면 여왕님께서는 물어보실 필요도 없이 직접 보시고 알게 되실 것입니다. 대공님은 모르게 말이지요."

지빌라는 생각에 잠겼다.

그리고 나서 "그래, 예슈테" 하고 말했다.

"나는 벽 안에 있는 물건이 두려워, 그것이 얼마나 두려운지 이루 말할 수 없을 정도야! 하지만 네 말이 맞아. 대공께서 알지 못하게 그 고통을 함께 나누며 위로의 천사가 되려면, 그분의 슬픔의 원인이 되고 있는 물건, 그분의 슬픔이 적혀 있다고 생각되는 그 물건을 내가 봐야만 하겠지. 대공은 지금부터 닷새 후에 매부리들과 함께 숲의 습지대로 매 사냥을 나가신다고 하셨어. 그분들이 집을 떠나 한동안 산장에서 머물게 되면, 그때 나를 안내해 벽 안 구멍을 보여 다오. 넌 내가 애타는 기분으로 초조히 기다릴 거라고 생각할 테지? 물론 애가 타지. 하지만 사람의 마음이란 왜 이런 걸까? 매 사냥 일행이 떠날 때까지 아직 닷새가 남아 있다는 것에 대해 난 신께 감사해."

✝

이별

몇 번의 낮과 밤이 지나고, 사냥을 즐기는 기사 일행이 매부리들과 함께 성에서 말을 타고 떠나는 아침이 왔다. 숲속의 연못가나 그 주변 늪지대에서 해오라기나 흰눈썹뜸부기, 따오기나 메추라기나 들기러기를 잡기 위해 매를 놓는 것이다. 선두에 선 그리고르스 대공은 지빌라가 손수 길들인 상당히 우수한 매에 두건을 씌워 자기 주먹 위에 얹혀 두었다. 그는 부인과 헤어질 때 부인이 매달리며 근심스러운 표정으로 부디 떠나는 것을 늦춰 달라고 하면서, 그것이 안 되면 그와 자신에게 불행이 생기지 않도록 한시라도 빨리, 정말 빨리 돌아오라고 졸랐기 때문에 이상한 기분에 잠겨 있었다. 그는 미소 지으면서 "사랑하는 이여, 어떤 불행 말이오?" 하고 물으며, 사흘보다는 더 늦지 않게 돌아올 것을 약속했다. 그러나 지빌라의 사랑하는 마음에는 그것이 너무 긴 것 같았다.

사냥꾼 일행이 골짜기를 내려가자마자 예슈테가 여왕에게 살며시

다가와서 이렇게 말했다.

"괜찮으시다면 여왕님, 보는 사람이 아무도 없는 지금 안내해 드릴까요?"

"어디로 말이냐? 요 까마귀 같은 것아."

"벽 안의 구멍과 그 안의 물건이 있는 곳으로요."

"에끼, 아직도 그 일을 생각하고 있다니. 이제 그만 그 상스러운 생각을 버릴 수 없겠느냐? 지금은 그럴 때가 아니야. 대공께서 언제라도 되돌아오실 수 있으니까."

"그럴 리 없어요, 분명 모레까지는 돌아오시지 않습니다. 그분들은 숲 외곽에 있는 산장에서 이틀 밤을 머무실 예정이세요. 여왕님께선 절대로 안전하세요."

"남편으로부터 안전하다는 말이냐? 이 무슨 뻔뻔스러운 소리야, 이 여자야! 내가 남편을 속이고 너와 함께 비밀스러운 길을 가는 게 좋겠느냐?"

"하지만 여왕님께선 대공께 위로의 천사가 되어 주시려면 그분 모르게 알아내야 한다고 말씀하셨잖아요."

"그랬지" 지빌라는 그 말을 인정했다. "꼭 그래야만 한다면 너 먼저 가거라. 내가 널 따라가는 것처럼 보이지 않도록 훨씬 앞장서 가도록 해라."

그래서 그들은 대공이 혼자 쓰고 있는 작은 방으로 들어갔다. 그리고 예슈테는 여왕에게 손가락으로 문제의 장소를 가리켰다.

"저기입니다" 하고 그녀는 말했다. "위쪽입니다. 판자를 댄 곳에 보일락 말락 할 정도의 틈이 있는데, 그것은 열리도록 되어 있습니다.

여왕님 손에는 닿지 않습니다. 제가 의자에 올라가서 꺼낼까요?"

"주제넘게 굴지 마라!" 지빌라는 호통을 쳤다. "의자를 가지고 오너라. 내 손으로 직접 꺼내겠다."

그녀는 하녀의 도움을 받아 의자에 올라가서 미닫이를 밀고 감춰진 공간을 살핀 후 감춰진 물건을 꺼냈다. 비단으로 싸인 물건이었다. 그녀가 옷감을 펼쳤을 때 옷감은 의자 위로 떨어져 버리고 말았고, 그녀의 손에 놓인 것은 금테를 두르고 보석을 박은 상아로 만든 판, 글이 적혀 있는 그 서판이었다.

그녀의 입술에서는 그저 나지막한 탄식 소리만 튀어나올 뿐이었다. 그것은 경악의 표현 그 이상이 아니었으며, 놀라움과 감동, 오랜 고통을 상기시키는 것이었다. 비탄에 차서 그녀는 그 상아 서판을 내려다보았다. 돌연 그녀의 머릿속에 냉기가 돌면서 등골을 타고 내려갔다. 핏기가 완전히 가신 그녀의 입은 "어떻게 이것이?" 하고 나지막한 소리로 웅얼거리다가, 영문을 몰라 분노를 발하듯 위협적으로 소리를 높이며 "어째서 이것이?!" 하고 반복해서 말했다. 그런 다음엔 입을 다물고 그녀는 그 서판을 읽더니 다시 눈을 들어 허공을 응시했다.

그녀의 머릿속은 여러 생각으로 소용돌이쳤다.

'그가 이것을 어디서 손에 넣었을까? 이것이 여기에 있고 이것을 그가 가지고 있다. 그러니까 이건 바다 속에 가라앉은 것이 아니라 육지에 닿은 것이다. 작은 통도 배도 육지에 닿았던 거야. 그 아이는 육지에 닿은 것이다. 그 아이는 살아 있다. 그리고르스처럼 자랐으며 아름다울 것이다. 그 아이가 그리고르스에게 이 서판을 주었을 거야. 그러니까 누군가 남에게 이 상아 서판을 준 것이다. 왜 그랬을까? 아마 그리고르스는 그 아이나 자기의 친구, 혹은 주변사람들로부터 이 것을 받은 것이 아니라, 아이를 발견한 사람들로부터, 죽어 있는 아이를 발견했거나 아니면 그 아이를 죽이고 작은 통을 약탈한 사람들한테서 받았을지도 모른다. 아이는 서판과 함께 육지에 닿았지만 죽었고, 그리고르스는 살아 있다. 이것이 그 아이와 그리고르스의 차이다. 이것이 두 사람 사이의 엄청난 차이이다. 그리고르스가 서판을 가지고 있고, 그 아이는 그것을 갖고 있지 못한 것이다. 서판에 씌어 있는 것이 주변 사람 중 하나였던 그 아이의 죄에 해당하는 내용이 아니고 마치 자기의 죄에 해당하기라도 하듯, 그리고르스는 서판 앞에서 그저 참회하며 자기 가슴을 치는 것이다. 그러니 양자 간의, 그 두 사람 간의 차이가 괴롭게도 줄어드는 모양이다. 이 서판과 함께 옷감들이 있었다. 그것 또한 바다 밑에 가라앉아 있지는 않을 것이다. 그러나 난 잘 생각나지 않는다. 너무나 오래전 일이므로 기억해 내는 건 불가능하다. 그리고르스가 내 눈앞에서 그런 옷감, 그와 똑같은 옷감으로 만든 옷을 입고 있었던 적이 있고 그것을 지금도 가지고 있다는 사실을 나는 단호히 부인한다. 괴롭게도, 괴롭게도, 조롱하듯이 타오르는 망상이지만, 그 옷 또한 그리고르스와 그 아이 간의 이성적인 차이를 감소시킨다. 나의 이성은 어디로 갔을까? 그 아이의 이름은 그리고르스라는 이름이 아니었다. 이름 같은 것은 아예 없었다. 그 아이가 지금 그리고르스라고 불리우는 것일까? **그리고르스가 그 아이인가? 나는 스스로 낳은 죄악의 자식을 남편으로 맞이했단 말인가?** 이럴 수가! 타오르고 타오르며 비웃는, 귀에 쨍쨍 울려오는 망상. 눈앞이 캄캄하구나, 캄캄해!'

정신을 잃고 그녀는 의자에서 떨어졌지만 곧바로 예슈테가 붙들어 주어 그다지 심하게 부딪히거나 다치지는 않았다. 예슈테가 달려가서 "도와주세요, 도와주세요. 여왕님께서 돌아가신 듯이 쓰러져 계십니다!" 하고 외쳤다. 사람들이 와서 지빌라를 침실로 옮겼으며, 정신이 들도록 자극성 있는 약 냄새를 들이마시게 했다. 전령은 말을 타고 숲속에 있는 대공에게 질주해 갔다. 지빌라는 눈을 뜨자마자 애타게 대공을 찾았으며, 대공이 그녀에게 오고 있는 중이라는 소식을 들었다. 그녀는 서판을 쥐고 있었는데, 기절해 있는 동안에도 사람들은 그것을 그녀한테서 빼앗을 수 없었다.

전령이 산장으로 왔다. 사냥꾼들은 기분이 좋지 않았다. 그들의 가장 뛰어난 매를 잃었기 때문이다. 매는 먹이를 지나치게 많이 준 탓인지, 미끼용인 죽은 짐승을 냄새 맡으려고도 하지 않은 채 숲으로 날아가 거기에 눌러앉아 버렸다. 이때 그들은 더 좋지 않은 소식을 들어야만 했다.

"대공님, 여왕님께서 살아 계신 것을 보고 싶으시거든 서두르십시오. 그렇지 않으면 너무 늦어 버립니다. 여왕님께서는 돌아가실 정도로 편찮으십니다."

"이봐, 어떻게 그럴 수가 있나? 우리가 말 타고 출발했을 때만 해도 건강했는데."

"주인님, 유감스럽게도 제가 드린 말씀을 다시 강조할 수밖에 없습니다."

더 이상 지체할 틈이 없었다. 그들은 말에 올라타서는 궁전으로 달렸다. 정말이지 그들은 그곳에 도착할 때까지 한시도 쉬지 않고 달렸고, 대공이 도착했다는 전갈이 여왕에게 전해졌다. 그는 녹색 사냥복 차림으로 그녀의 방으로 들어갔다. 그때 그가 어떤 광경을 보아야만 했던가! 그것은 비틀거리고 얼굴이 완전히 노랗게 변해 있는, 제정신이 아닌 아내의 모습이었다. 그녀의 두 눈은 놀라 겁먹은 듯 깜빡거렸고 비탄에 빠진 표정 탓에 지나치게 크게 보였다.

"그리고르스!" 그녀는 외치면서 그의 팔에 쓰러져 안겨 얼굴을 그의 가슴에 파묻고는 다시 신음하듯이 말했다.

"그리고르스! 당신이 누구든 나는 당신을 이렇게 부를 거예요, 오, 하느님. 이 사람 저 사람 다 그 이름으로 부르는 마당에 꺼림칙해야 할 이유는 없으니까요. 나의 그리고르스 — 당신은 어쨌든 나의 것이니까요 —, 말해 줘요, 언제부터 그렇게 불렸죠? 누가 당신에게 이름을 지어 주었나요? 내 사랑 그리고르스, 당신은 어떤 경우이든지 간에 내 사랑이에요, 그리고르스, 당신은 누구죠? 천국과 지옥이 당신의 입에 달려 있어요. 누가 당신을 낳았나요?"

그는 그녀 위로 몸을 굽혔다.

"세상에, 부인, 도대체 왜 그러시오? 사랑하는 순결한 아내여, 누가 당신에게 무슨 짓이라도 한 거요? 알 것 같구려. 당신의 질문이 내게 말해 주고 있소. 적개심을 가진 어떤 비열한 작자가 슬금슬금 기어와서 내가 비천한 오두막 출신이라고 했소? 어떤 금수 같은 악한이 그런 정보를 흘려서 당신을 이렇게 고통 속에 몰아넣는지 모르긴 해도, 그는 거짓말을 하고 있는 거요. 그 작자는 나를 피해 잘 숨어 있어야할 거요, 내 앞에 얼씬거리기만 하면 그를 끝장내 버릴 것이기 때문이오. 당신에게 말하는데 그 사기꾼은 뻔뻔스럽게 거짓말을 하는 거요.

나는 추호의 기만심도 없이 눈을 들어 당신을 쳐다봤고, 당신을 얻기 위해 싸웠소. 나는 고귀한 집안 출신이오. 그것은 문서로 확증되어 있소. 나는 당신과, 내가 가장 사랑하는 당신과, 완전히 동등한 신분이오. 이제 정말로 진정하시오. 나 또한 한 대공의 자식이니까."

"동등한 신분이라고요?"

그녀는 몸서리치며 그 말을 되풀이했고, 그를 넋 잃은 눈초리로 쳐다보았다. 그러고는 상아 서판을 들어올렸다.

"누가 당신에게 이것을 주었지요?"

그는 그쪽을 쳐다보았다. 그러자 그의 얼굴빛도 너무 창백해져서 그녀와 똑같이 되어 버렸다. 그의 두 눈은 움푹 꺼졌다. 그는 고개를 깊이 떨어뜨렸다.

"그러면 좋소" 그가 마침내 입을 열었다.

"당신도 알고 말았군요. 내가 바람과 파도에 내맡겨졌을 때 지참품으로 물려받은 서판이 당신 손에 들어왔군요. 우리의 행복은 끝났소! 그 행복은 거짓 위에 세워져 있었소. 나는 당신에게 내가 죄악의 자식이며 온몸이 죄악으로 만들어졌다는 것을 숨겨 속였소. 바로 조금 전에 내가 순결한 당신을 기만하지 않고 눈을 들어 당신을 쳐다보았다고 말했을 때도 당신에게 거짓말을 한 거요. 그렇소, 난 당신을 속였소. 내 사랑으로 당신을 더럽혔고, 내 몸으로 당신의 몸 안에 있는 생명을 더럽혔소. 나의 죄과를 눈감아 달라고 신에게 많이도 기도했었소. 그것은 잘못된 간청이었소. 신께서는 진상을 드러내셨으니 나는 떠나야만 하오. 내가 스스로 그렇게 하지 않으면 당신이 나를 추방해야 하오. 당신은 버림받은 자를 더 이상 보지 못할 거요. 내 부모님을 찾으러 떠나겠소."

"그리고르스" 그녀가 애절하게 간청했다. "어쨌든 당신을 이렇게 부를 거예요. 하지만 당신은 나를 부르면 안 돼요! 사랑하는 나의 그리고르스, 당신과 서판 속의 그 아이가 서로 다른 두 사람이라고 제발 말해 줘요! 그렇지 않나요, 어떤 다른 사람이 이 판을 당신에게 준 것일 뿐, 그 글은 당신에게 쓴 것이 아니잖아요! 거짓말이라 할지라도, 나한테 그렇게 말해줘요!"

"아니오, 부인, 거짓말은 그만하겠소! 그 유언장은 내 것이오. 나를 키워 준 경건하신 분이 내가 다 자랄 때까지 나를 위해 그것을 보관해 주셨소. 그것과 같이 있었던 아기는 나요."

"그리고르스, 그러면 우린 파멸이에요. 그렇다면 우리가 있을 곳은 지옥에서도 가장 밑바닥이 됩니다. 그리고르스, 만일 당신이 내게 자비를 베풀어 거짓말을 해주지 않고 진실을 말한다면, 내 남편과 내 아이 사이엔 차이가 없게 됩니다. 그 아이가 이제 성인이 되었다는 사실만 빼면 말이죠. 그리고르스, 그 아이를 위해 서판을 써준 사람은 바로 나예요."

그 말을 들은 사람은 움푹 꺼진 눈으로 상대방을 가까이 쳐다보았다. 이 상황을 함께 곰곰이 생각해 보는 데는 시간이 걸렸다. 그러고 나서 두 사람은 서로 떨어져 각각 반대편 벽으로 가서 이마를 갖다 댔다. 그때 파도 같은 뜨거운 열기가 하나하나 차례로 죽은 듯 창백해진 두 얼굴에 일다가 심장을 향해 가며 가라앉는 듯하더니 다시 작열하듯이 둘의 얼굴로 달아올랐다. 방에서는 한참 동안 신음 소리 외에 그 어떤 소리도 들리지 않았다.

그런 뒤에 그들은 벽에서 물러났는데, 청년이 먼저 물러섰다. 그는 그녀 앞에 주저앉아 그녀의 발 위로 몸을 구부렸다.

"어머니" 그가 말했다. "이 죄인을 용서해 주십시오!"

그녀는 그의 머릿결을 쓰다듬으려다가, 마치 뜨거운 쇳덩어리라도 앞에 대한 듯 손을 움츠려 뒤로 뺐다.

"아들이자 주인이여" 그녀가 말했다. "당신이 나를 용서해 주셔야 지요! 나는 그 옷감으로 만든 당신의 옷을 보았습니다."

그가 물었다. "아버지는 어디 계십니까?"

"그이는 참회의 길을 떠났다가 죽었어요" 그녀가 생기를 잃은 입술로 대답했다. "당신의 사랑스런 아버지가 말이에요. 당신의 모습에서 그이를 다시 발견했어요."

"제가 그분과 그렇게도 닮았나요?"

그녀는 고개를 끄덕였다. 이때 그들은 다시 자신들이 서 있던 벽 앞으로 가려고 하다가 정신을 가다듬고는 그대로 서 있었다. 그녀가 말했다.

"도대체 나는 왜 세상에 태어난 걸까요? 내가 태어난 순간은 신의 입을 통해 저주를 받았는데 말이지요. 오, 맙소사, 그래서 나는 용을 낳고, 그 용이 날아가 버렸다가 찢겨진 자궁 속으로 다시 밀치고 들어오는 꿈을 꾸었군요! 그리고르스, 그것은 바로 당신이었어요! 불행이 저주로서 내게 내려져 지금도 계속되고 있네요. **단 한 번의** 쾌락으로 마음의 고통을 천 번이나 겪었으니까요. 나는 순결함 속에서 행복을 누리길 갈망했어요. 그런데 지옥은 내 죄악의 자식을 내게로 데려오고, 나는 그 아이와 부부가 되어 잠자리를 같이하고 말았어요."

그는 몸서리치더니 두 손을 쳐들었다.

"신성을 모독하신 어머니, 그렇게 적나라하게 이야기하지 마세요! 아니, 그렇게 하세요! 왜 그러시는지 알아요. 우리는 생각하는 바를 솔직히 말하며 고행을 해야 합니다. 진실을 말하는 것, 그것이 바로 고행이니까요. 하느님, 우리가 소름끼치는 말로 진실을 표현하면서 고행하는 소리를 듣고 계십니까? 제게 좋은 일이 생기고 나의 사랑하는 어머니를 기쁜 마음으로 만나 뵐 수 있는 곳으로 인도해달라고 당신께 기도했는데, 바로 이런 것이군요. 풍요로우시며 선하디 선하신 하느님, 당신은 제가 간청한 것과는 다르게 응답하셨습니다. 당신을 향해 자꾸만 치솟게 되는 분노를 누를 수 있도록 힘을, 큰 힘을 주시옵소서! 제가 아버지의 뒤를 이어 남편으로서 어머니와 3년을 같이 살면서 동침하여 아이들을 낳은 것보다는 차라리 어머니를 영원히 만나 뵙지 않았더라면 더 좋았을 겁니다. 그렇게 생각하지 않으십니까? 이 아이들은 저보다도 훨씬 더 이 세상에서 발붙일 곳이 없으며, 생각 속에도 머무르게 할 곳이 없습니다. 그 어떤 사람도 이 아이들을 어떻게 생각해야 할지 모를 것입니다. 이것은 생각의 몰락입니다. 이것은 세상의 몰락입니다! 부인이여, 당신은 저를 그리고르스라고 불러도 되지만, 나는 당신을 이름으로도, 어머니라고도 불러서는 안 됩니다. 둘 다 말도 안 되는 미친 호칭입니다. 무엇보다도 어머니라는 말을 분별없이 더럽힘으로써 더 이상 사용할 수 없게 되어 후회스러울 따름입니다! 당신을 '사랑하는 고모'로 부르는 것이 더 마음 편하고 입장을 더 배려하는 일 같습니다. 고모와 정을 통하는 것은 그나마 덜 사악한 행동이기 때문입니다. 그런데 내가 나의 아이들, 헤라트와 곧

태어날 아이와 어떤 관계를 맺게 될는지는 아직 모르겠습니다. 그것
은 아직 깊이 생각해 보지 못했습니다. 자신의 행위에 대해 후회하기
싫어서 목매달아 죽은 유다의 전철을 밟지만 않는다면, 그 문제에 대
해 생각해 볼 시간이 있을 것입니다."

"내 아들이자 주인인 그리고르스, 참회를 위해 모든 일을 말하는
예를 보인 것을 후회하지 않을 수 없네요. 당신이 이를 더 두려운 쪽
으로 이끌고 있으니까요. 두려움이 순간순간 더해지며 동시에 불타
오르는 분노가 오래전에 이 저주받은 여자한테 떨어지기는커녕, 이
몸이 이렇게 죄를 범했는데도 대지가 나를 아직 품어 주고 있다는 사
실에 더욱 놀라게 됩니다. 나야말로 죄악의 장본인이라는 것을 난 분
명히 알고 있습니다. 그래서 나를 위협하고 있는, 극단까지 간 내 악
행에 대해 분명히 벌을 내릴 지옥의 뜨거운 석쇠가 이루 말할 수 없을
정도로 두렵습니다. 주인이시며 사랑하는 자식이기도 한 당신, 당신
은 책을 많이 읽었으니 이렇게도 첩첩이 쌓인 죄악과 신성모독에 대
한 참회의 길이 있기나 한지 말해 줄 수 있겠지요? 여기서 아무 구원
의 길도 얘기해 줄 수 없다면, 물론 당연히 없겠지요, 그래서 불쌍한
여인인 내가 끝내 지옥에서 살아야 한다면, 그곳이 저주받은 다른 사
람들이 있는 곳보다 조금은 더 너그러운 지옥이면 안 될까요?"

그녀, 그녀는 감히 그의 머리에 손을 댈 엄두도 내지 못했었지만,
그리고르스는 그녀의 머리가 두건과 장식끈으로 덮여 있었으므로 그
것을 부드럽게 쓰다듬었다. 그녀가 너무나도 애통해 하면서 그의 팔
에 안겨 있었기 때문이다.

"부인" 하고 그가 말했다. "그렇게는 말하지 말아 주십시오. 그리고

절망에 굴복하지 마십시오. 그것은 신의 명령을 어기는 일입니다. 인간은 자기 자신에 대해 절망할 수는 있어도 신과 그의 충만한 은총에 대해서는 절망할 수 없기 때문입니다. 우리는 둘 다 죄악의 늪에 빠져 목 위까지 잠겨 있습니다. 만일 당신이 더 깊이 빠져 있다고 생각한다면 그것은 오만입니다. 이 오만의 죄까지 다른 죄에 추가하지 마십시오. 그렇지 않으면 죄악의 늪이 당신의 입과 코 위까지 잠기게 될 것입니다. 이러한 일이 일어나지 않도록 신의 손길이 뻗치고 있습니다. 그래서 저는 책에서 위안을 얻었습니다. '신의 고뇌' 수도원1에서 진지하게 신학을 공부한 것은 헛수고가 아니었습니다. 신께서는 진정으로 회개하면 그것을 모든 죄악에 대한 참회로 받아들여 주신다는 것을 저는 배웠습니다. 당신의 영혼이 아무리 병들었다 해도, 만일 당신의 눈이 한 시간만이라도 진심에서 우러나오는 참회의 눈물로 적셔진다면, 당신은 구원을 받을 것입니다. 부디 당신의 자식이, 혐오스러운 남편이 말하는 것을 믿어 주십시오."

"무엇을 해야 하는지 알겠으니" 하고 그가 계속해서 말했다.

"제가 정하겠습니다. 보시다시피, 당신이 변함없이 여자로 머물러 있는 동안, 그 아들은 남자가 되었으니까요. 여기서는 제가 남자이고 당신의 남편입니다. 비록 어이없는 방법으로 그렇게 되기는 했지만요. 그러니 제가 정하겠습니다. 참회의 대부분은 제가 짊어져야 합니다. 오만해서가 아니라 제가 남자이기 때문입니다. 하지만 제가 이제 떠나 버리면 당신에게도 참회해야 하는 많은 몫이 떨어질 것입니다.

---

1 '아고니아 데이' 수도원을 지칭한다.

제가 이제 떠나가 버리면, 그땐 당신이 여군주로서 계속 이 나라를 통치하는 것은 불가능하게 됩니다. 지위 높은 사람들을 모아놓고 회의를 열어 새 대공을 선출하도록 하십시오. 당신의 숙부인 비티하나 먼 사촌인 베림발트, 어느 쪽이든 상관없겠습니다. 그런 다음 권좌에서 물러나 그 어느 때보다도, 당신의 오빠, 사랑하는 나의 아버지를 애도했을 때보다도 더 겸허한 마음으로 애도하십시오. 권좌에서 물러난 것처럼 성에서도 나와 낮은 곳으로 내려오십시오. 성의 기슭 아래쪽으로 통하는 국도 옆에 당신의 미망인 재산으로 노숙자, 노인, 허약자, 병자와 불구자들을 위한 보호소를 지으십시오. 이곳에서 재색 옷을 입고 살림을 꾸려 가면서 병자들에게 원기를 돋워 주고 그들의 상처를 씻고 목욕을 시켜 주며 이부자리를 봐 주세요. 떠돌아다니는 거지들의 발을 씻겨 주고 그들에게 자선도 베푸십시오. 당신이 직접 나병 환자들을 수용한다 해도 반대하지 않겠어요. 오히려 그렇게 하는 것이 옳다고 생각합니다. 내가 당신의 아들이므로 우리의 아이 헤라트가 당신의 손녀가 된다는 것 외에 그 아이가 우리와 어떤 관계에 놓이게 되는지 아직 깊이 생각해 보지는 않았지만, 그 아이도 커 가면서 겸손의 물을 마실 수 있도록 당신을 돕겠지요. 그 아이가 세례를 받은 건 잘못된 것입니다. 그러니 사랑하는 이여, 당신이 품고 있는 아기는 세례를 받아서는 안 됩니다. 저는 그렇게 결정하지 않을 수 없습니다.

그 아기에게 스툴티티아나 후밀리타스 또는 작은 미제라빌리스2와

---

2   모두 라틴어로, '스툴티티아'(*stultitia*)는 어리석음, '후밀리타스'(*humilitas*)는 겸손함 또는 비천함, '미제라빌리스'(*miserabilis*)는 비참함을 뜻한다.

같이 경건한 이름을 지어 주십시오. 그건 당신에게 맡기겠어요. 그런 식으로 신이 당신을 부르실 때까지 살아 주십시오!

하지만 저는 떠나서 신에게 참회할 것입니다. 그것도 아주 특별한 참회가 될 것입니다. 왜냐하면 저처럼 어마어마한 죄악에 빠진 사람은 이 지구상에 하나도 없었을 것이며 있었다고 해도 극소수일 테니까요. 그 어떤 오만도 없이 말하는 겁니다. 저는 불쌍한 아버지께서 가신 길을 가겠습니다. 제 출생에 대해 알게 되었을 때 저는 어리석게도 마땅히 기사로서 방랑길에 올라야 한다고 생각했지만, 지금은 그게 아니라 당신이 발을 씻겨 줄 걸인의 신분이 되어 참회의 길에 오를 것입니다. 그렇게 하면 제가 안개 속에서 이곳을 찾았듯이 제가 있어야 할 장소를 발견할 수 있을 것입니다. 이 장소에 부합하고 이곳만큼 만족스러운, 그러한 곳을 말입니다. 이것이 제가 이 세상에서 당신에게 하는 마지막 말입니다. 안녕히 계십시오!"

"그리고르스" 그녀는 초점을 잃은 눈으로 쳐다보며 말했다. 그녀의 입술은 달콤한 미소를 지어 보이려고 했으나 그 미소는 오히려 더 섬뜩해 보였다.

"사랑하는 아들 그리고르스, 세상이 알지 못하게 예전처럼 지내면서 다시는 서로 가까이하지 않고 우리의 비밀을 같이 간직한 채 지내면 안 될까? 내가 너한테서 느끼는 사랑은 이제 전적으로 모성애로 바뀌었어. 부부로서 느끼는 모든 사랑은 너와 마찬가지로 나에게서 완전히 없어져 버렸어. 그래도 세상에서 서로 멀리 떨어져 있는 것보다는 어쩌면, 우리들의 죄악을 기억하며 함께 있는 것이 더 깊은 참회가 될 수 있을지도 몰라. 헤어지지 않더라도 난 보호소를 세우고 병자들을 씻겨 줄 수 있지 않을까."

"여자들이나 하는 말을 하시는군요" 그가 대답했다.

"제가 남자로 성장하는 동안 당신은 변함없이 여자로 머물러 있었으니까요. 저는 남자가 되어 당신을 모욕했어요. 이제는 당신을 구원하기 위해 남자가 되고 싶습니다. 남편인 제가 결정한 바대로 하겠습니다. 다시 한 번 안녕히 계십시오! 아뇨, 이별의 입맞춤은 안 됩니다. 이마에도 손에도 안 됩니다. 손에서 모든 게 시작되었잖아요. 신께서 당신과 함께 하시기를!"

그러고 나서 그는 떠났다. 그녀는 비통한 마음으로 그를 향해 두 팔을 내뻗었다.

"빌리기스!" 그녀가 마음 깊은 곳에서부터 외치고는 정신을 차렸다. "아들아, 너 자신을 아껴야 한다" 그녀는 그의 뒤를 향해 외쳤다. "몸조심하고 참회를 하더라도 도를 넘지는 말아 다오!"

그러나 그 말은 이미 그에게는 들리지 않았다.

✠
바위

그레고리우스는 걸인 행색의 초라한 옷을 몸에 걸쳤다. 털실로 짠 그 셔츠는 뜨개질한 허리끈으로 질끈 묶게 되어 있었다. 그리고 마디가 많아서 울퉁불퉁한 나무지팡이 외에는 아무것도 챙기지 않았다. 식량 주머니도, 게다가 동냥그릇조차도 준비하지 않았다. 그러나 자신의 어머니이자, 자기 아이들의 어머니가 써주었던 서판만은 미리 챙겨 두었다가 맨몸 위로 품었다. 이렇게 하여 주위가 어스름해질 무렵, 그는 자신이 그동안 맛보았던 비참한 행복의 성곽을 내려와 먼 길에 올랐다. 마음속으로는 자신의 고난을 기꺼이 감내하는 일 외에는 어떤 신의 가호도 마다할 결심을 단단히 굳힌 터였다. 그가 바란 것은, 부디 신이 자기를 황량한 불모지로 보내어, 그곳에서 죽는 순간까지 참회할 수 있었으면 하는 것이었다.

그날 밤 그는 어떤 나무 밑에서 잠을 잤는데, 그 나무는 최초의 낙엽 몇 잎을 순례자의 몸 위로 떨어뜨렸다. 이전에 자신의 출생의 비밀

을 듣게 되어, 어부의 오두막에도 수도원에도 더 이상 몸을 의지하지
못하고 오직 하늘만을 지붕 삼을 수 있었던 것처럼, 그는 그곳에서 그
렇게 잠을 잤다. 그리하여 새로 해가 떠오를 무렵 다시 길을 나서면
서, 그는 사람들을 피하고 그들이 다니는 큰 거리를 멀리했다. 붉은
빛이 도는 황야와 숲, 길도 없는 황무지를 지팡이 하나로 가로질러 갔
고, 강은 다리를 이용하지 않고 그 옆을 걸어서 건넜는가 하면, 들판
은 곡식을 베고 남긴 그루터기를 맨발로 밟으며 지나갔다. 첫날은 아
무것도 먹지 않았다. 이튿째 되는 날에는 숲에서 숯을 굽던 인부들이
먹다 남은 찌꺼기를 그에게 건네주었다. 사흘째 되는 날 저녁 무렵에
는 이미 상당히 먼 길을 걸어왔지만, 그는 자신이 어디에 와 있는지는
알지 못했다. 쏟아지는 소나기 때문에 하늘이 어두워지면서, 그가 연
거푸 지나온 언덕에서부터 좁은 산길 하나가 계곡 쪽의 큰 호수 지역
으로 통해 있는 모습이 희미한 빛 속에서 보일 뿐이었다. 비뚤비뚤하
고 무성한 잡초로 뒤덮인 데다, 가로누인 기사용 창보다 더 넓지 않은
길이었다. 순례자는 그 오솔길을 따라 걷다가, 저 아래 갈대가 우거
진 호숫가에서 멀지 않은 곳에 작은 집 한 채가 홀로 덩그러니 서 있
는 것을 보게 되었는데, 그 집은 말할 수 없이 그의 마음을 끌었다.
그의 영혼은 온통 휴식과 피난처를 얻고 싶은 심정으로 가득 차 있었
던 것이다. 그는 그 집을 향해 발길을 옮겼다.

수선하려고 집 앞에 펼쳐놓은 그물이 그 집에 어부가 살고 있음을
말해 주었다. 주인 남자는 아내와 함께 문 앞에 선 채 불신에 찬 시선
으로 떠돌이 나그네를 바라보고 있었다. 나그네의 볼과 턱 주위에는
벌써 오래전부터 수염이 거뭇거뭇했으며, 머리카락은 피부 위에서 헝

클어지고 뭉쳐있었다. 그레고리우스는 공손히 주인에게 저녁인사를 건네고, 두 손을 모은 채 부디 신을 생각하는 마음으로 그날 밤에 자신을 좀 거두어 달라고 청했다. 그러나 내심으로는 자신의 청이 여지없이 거절당하기를, 주인 남자가 자신에게 몹시 거칠게, 가능하면 경멸을 해가면서 잠자리를 못 내주겠다고 말해 주기를 기대했다. 그런 일은 아직 당해 본 적이 없어서, 그에게는 휴식을 바라는 심정보다 참회와 더불어 처절하게 굴욕당하고 싶은 욕구가 훨씬 더 강했던 것이다.

실제로 그런 굴욕이 그에게 주어졌다. 어부는 욕설을 쏟아내기 시작하더니 한참이나 퍼부어댔다. 그는 자기 뒤에 서 있던 아내가 자꾸만 낮은 소리로 쉿, 하며 말리려드는 것도 아랑곳하지 않았다.

"그래, 너, 이 건달아, 듣도 보도 못한 이 거짓부렁이, 장돌뱅이야!" 그가 욕을 해댔다.

"너, 마침 내 집 앞에 잘 나타났다, 이 뜨내기야! 셔츠나 걸치고 뻐기는 애송이에다 게으름뱅이, 무위도식하면서 떠돌아다니는 놈 같으니라고! 그러면서 별별 고생 끝에 겨우 먹고사는 정직한 사람들한테서 빵이나 뜯어먹으려 들고 말이야! 아, 이 여편네야, 뒤에서 날 달래려고 자꾸 쉬쉬대지 마라! 난 똑바르고 정직한 말을 하고 있단 말이야! 너, 이 애송이, 네 몸이 얼마나 잘 자랐냐 말이야, 응? 어깨에서 내려오는 그 두 팔은 또 어떻고? 그런 팔을 제대로 된 일을 위해 꿈쩍도 않겠다는 게야? 그 정도 팔뚝이면 널따란 전답이 딱 어울릴 거다. 그리고 그 손으로는 곡괭이를 잡고 일하거나, 황소 부리는 꼬챙이를 들고 쟁기질이나 해야지, 어디 그렇게 빈들거리며 싸돌아다닌다는 게야. 에라, 도대체 이놈의 세상이 틀려먹었어! 아무 짝에도 쓸모없는 저런 인간, 또 숱한 건달들을 가만히 내버려 두다니! 하느님이 한 번도 영광을 맛보게 해주신 적 없는, 사람들에게 빌붙어 먹기나 하는 인간 말이야! 아, 이 여편네야, 미련하게 쉬쉬거리지 말랬잖아! 내가 저 건달 녀석을 받아 주고 나면, 우리가 잠자고 있는 사이에 저놈이 우리를 처치해 버리고 우리 물건을 싸들고 도망쳐 버리지 않는다고 누가 장담하느냔 말이야? 에라, 이 사기꾼아, 네가 가지고 있는 힘이 부끄러운 줄이나 알아라! 다른 사람들이 애써 키워 주도록 해놓고선 기껏해야 범죄에나 써먹으려고 하는 힘 말이야! 냉큼 여기서 꺼져 버리지 못하겠어? 안 그러면 널 제대로 내쫓아 주고 말 테니!"

"딱 맞는 말입니다, 주인장" 그레고리우스는 집주인에게 부드럽게 대답했다.

"저는 당신이 제게 그런 식으로 말해 주기를 정말 바랐습니다. 저는 그런 말을 들어야만 했고, 그래서 신께서 당신에게 그 말을 일러 주신 것입니다. 당신이 따귀도 한 대 때려 주었더라면 제가 저지른 여러 죄악으로 인한 짐을 조금이나마 더는 데에 훨씬 더 도움이 되었을 겁니다. 당신 말이 옳습니다. 저는 거처를 얻고자 청해서는 안 되는 몸입니다. 제가 머물 곳은 그저 하늘 아래밖에 없습니다. 안녕히 계십시오!"

이렇게 말하고 나서 그는 몸을 돌려 막 내리기 시작한 빗속으로 사라져갔다. 그러나 부부가 비를 피해 들어간 방 안에서 어부의 아내는 침침한 불빛 속에서 말했다.

"여보, 여보, 난 마음이 편치 않아요. 당신이 아까 그 방랑객에게 내보였던 태도 때문에 전혀 마음이 편치 않다고요! 당신이 그이한테 너무 심한 말을 하고 욕을 해대는 바람에 당신 영혼이 위험해질 수 있단 말이에요. 뭘 부탁하는 사람을 그런 식으로 맞이해야 하나요? 그 사람이 기독교인이든, 터키 사람이든, 무신론자이든 말이에요. 아까 그 사람은 분명히 선하고 신뢰할 만한 사람이었어요. 그의 눈을 보고 알겠더라고요. 그런데 당신은 그 사람한테 인정머리 없는 험담과 꾸짖는 말만 해댔잖아요. 그러니 이제 신이 당신에게 어떤 벌을 내리시게 될 지 단단히 각오하고 있으라고요! 당신이 모든 걸 운에다 맡기고 고기잡이를 하고 살듯이, 그날그날 힘들게 버티고 살아가는 사람은 늘 신을 염두에 둬야 하고, 신 앞에서 행여 자비심을 거스를 만한 짓은 크게 하지 않는 게 좋은 법이에요. 신께서는 얼마든지 당신 앞에 고기 한 마리도 얼씬거리지 않게 하실 수 있고, 그러면 당신은 마을 시장에 내다 팔 게 없을 테니까요. 우리는 그 불쌍한 사람을 다시 불러오는 게 나을 것 같아요."

"무슨 헛소리야!" 어부가 말했다.

"이 여편네가 그 비렁뱅이 누더기 속에 싸인 녀석의 꽤 번듯한 사지에 홀딱 반한 모양이구먼? 그 곱상하고 젊은 게으름뱅이한테 말이야. 그래서 그놈과 정을 통하고 싶다는 게지? 이 간통녀, 음탕한 여편네 같으니!"

"그게 아니라니까요, 여보"라고 아내가 대꾸했다. "그 사람을 보고 있을 때 물론 야릇한 기분이 들기는 했어요. 하지만 그때 내 눈을 촉촉하게 적시던 것이 색정이었다고 생각하지 않아요. 그이가 입고 있던 누더기는 뭔가를 덮기 위한 게 분명해요. 그런 사람을 우리가 내쫓았던 게 어쩐지 내 마음을 편치 않게 한다니까요. 주 예수께서는 가난뱅이로 변장해서 양식을 취하러 다니셨다고 하잖아요. 그러니 자신

앞에 나타난 사람이 누구인지 모를수록, 누더기 옷에 몸을 감추고 우리를 시험하려고 하는 자가 누군지 모를수록 경외감을 가지고 대하라고 하는 거지요. 그 나그네가 따귀 얘기를 꺼낼 땐 정말 심상치 않다는 기분이 들었어요. 참말이지, 내가 그를 다시 불러오도록 해줘요!"

"좋아, 그럼 달려가서 그 사람을 데려오고 우리 집에서 묵도록 해봐" 남편이 말했다. 그 사이에 그도 조금 겁이 났던 것이다. "그놈이 숲속에서 늑대들한테 잡아먹히는 건 나도 사실 임자만큼 원하지 않아."

그리하여 어부의 아내는 치마를 머리에 뒤집어쓰고 빗속을 가르며 뛰었다. 그녀는 낯선 나그네를 따라잡고 허리를 굽히며 말했다.

"이보오, 나그네. 우리 바깥양반, 그 어부 말이오, 생각을 달리 고쳐먹고, 아까 심하게 말했던 것을 후회하고 있어요. 그이는 날씨도 너무 안 좋고 주변에 늑대들이 있다는 염려도 하면서 당신이 오늘 밤 우리 집에서 묵어가기를 바라고 있어요."

"정 그래야 한다면, 그렇게 하지요" 그레고리우스가 대답했다. "제가 당신을 따라가는 것은 제 몸이 편해지기 위해서가 아니라, 당신 남편한테서 뭔가 조언을 얻을지도 모른다는 생각에서입니다."

그들이 집안으로 돌아오자 어부는 투덜대며 그들에게 등을 돌렸다. 아내가 하던 경고의 말을 들으면서 받았던 감명이 그 사이에 이미 그의 영혼 속에서 희미해져 버렸던 것이다. 그러나 아내는 비에 젖은 나그네가 몸을 말릴 수 있도록 장작에 불을 지폈다. 그리고는, 이제 자기가 팬케이크를 구우려고 하는데, 세 사람이 충분히 먹을 수 있는 양인데다 우유를 곁들이면 먹을 만하다고 말했다. 그러나 그레고르는 그녀의 말을 제지했다.

"이 몸은 음식을 취할 가치가 조금도 없습니다. 저는 팬에 구운 음식으로 이 몸에 영양분을 대줄 생각이 없으니, 귀리빵 끄트머리 껍질과 샘물 한 모금이면 충분한 대접이 되겠습니다."

그는 자신의 뜻을 굽히지 않았다. 그래도 조금 더 즐겁고 편안한 시간을 가져 보라고 어부의 아내가 아무리 종용해도 소용이 없었다. 그들이 마침내 식사하려고 자리에 앉게 되었을 때, 그러니까 외딴집 부부는 팬케이크, 또 이방인은 마른 빵껍질 한 조각과 물을 앞에 두고 있을 때, 어부는 엄청나게 화가 치밀었고, 그 바람에 다시 욕설을 참지 못하고 말했다.

"에라, 네놈이 우리 앞에서 잘난 척하는 꼴은 정말 못 봐주겠다, 이 비렁뱅이야. 금욕주의자인 척하는 꼴이라니. 전부 장난질인 게야. 내가 그렇게 어설픈 수작을 못 알아차릴 줄 알아? 지금까지 넌 그런 형편없는 음식으로 몸을 키워 온 게 아니야. 성체를 걸고 내기를 하마. 얼마나 웃기는 상황이냐고! 남녀를 막론하고 지금까지 네 몸보다 더 잘생긴 몸은 본 적이 없다. 젊고 생기발랄한 데다 아주 잘 만들어졌구먼. 넌 빵과 물로 그런 몸을 만든 게 아니야. 반듯한 허벅지와 포동포동한 두 발, 난 다 봤어. 발톱이 고르고 말끔한 것도 말이야. 진짜 떠돌이라면 네 발이 평평하고 딱지가 앉아 있어야 하는데, 그냥 살짝 더러워졌을 뿐이라고. 네 다리와 팔이 그렇게 헐벗은 지는 얼마 안 돼. 나한테 아니라고 말할 생각일랑 하지 마라. 그런 팔다리는 바람과 궂은 날씨를 피해 잘 건사되었던 게야. 피부는 또 어떻고. 그게 어떤 피부인지, 내가 말해 주지. 아주 잘 먹어서 살이 통통 찐 자의 피부라고. 봐라, 거기 네 손가락엔 그 무슨 희끄무레한 줄이 둘려져 있는지! 그 자리에 반지가 있었던 게야. 내 머릿속엔 두 눈이 있어. 나중에 네놈이 여기서 멀리 가게 되면, 그 고운 손을 지금 우리에게 거짓으로 내보이는 것과는 다르게 사용할 것이 뻔해. 넌 여기보다 더 나은 거처를 찾을 수 있을 것이고, 나는 네놈이 내일이면 벌써 그런 빵찌꺼기와 샘물, 또 우리처럼 불쌍한 사람들을 가지고 우스운 농담이나 해대면 어쩌나 하는 걱정은 안 해도 되겠지!"

"이 몸은 그냥 밤길을 떠나는 게 더 나을 것 같소."

그레고르가 어부의 아내에게 말했다.

"아니, 대답을 해봐!" 어부가 소리쳤다. "네가 어떤 놈인지 선량한 집주인들에게 알려 주는 게 나아!"

"그렇게 하겠습니다" 그레고르가 대답했다.

"얘기가 나온 김에 드리는 말씀이지만, 제가 당신을 '당신'이라고 부르는 대신 당신이 저를 '네놈'이라고 불러 주는 것은 기쁜 일이고 또 적절하다고 생각해서, 저는 그걸 즐거이 받아들이고 있습니다. 저는 온 세상 사람들과 마찬가지로 죄인일 뿐만 아니라, 제 살과 뼈는 완전히 죄로 이루어졌습니다. 거기에다가 상상할 수도 없고 세상의 끝에 이른 거나 다름없는 죄악 속에 또다시 빠져 버렸습니다. 제가 편력하며 얻고자 하는 것은 더할 나위 없이 혹독한 체류지입니다. 그곳에서 제 몸을 고통에 맡겨 죽음에 이르기까지 참회해서 신의 은총을 구했으면 합니다. 제가 세상과 작별하고 참회의 길을 나선지 오늘로서 사흘째입니다. 숲에서 숯을 굽는 인부들과 돼지를 치는 사람들 외에 은둔자들을 만나기는 했습니다. 하지만 그들의 생활은 제게는 너무나 안락한 것이었어요. 오늘 제가 오던 길이 저를 당신들에게 이끌어 왔으니, 주인장

296

님, 부디 온정을 베풀어 조언을 해주십시오! 이 근처 어디엔가 거친 바위라든가 더할 나위 없이 불편한 외딴 동굴이라든가, 제가 참회하는 데 정말 적합한 장소가 있는 것을 알고 계시면, 진심으로 부탁하건대 그곳을 일러 주십시오! 그것은 호의를 베푸시는 일이 될 것입니다.”

그 말을 들은 어부는 화가 난 채 생각에 잠겼다가, 묘안을 떠올리며 혼자 몰래 웃음을 삼켰다. '그래, 알려 줘야지'하고 그는 생각했다. '이놈을 당황스럽게 만들자. 내 제안을 듣고 엄청난 공포에 빠져서 슬그머니 줄행랑을 치도록 말이야. 그럼 저자의 속임수가 드러나겠지.'그래서 그는 이렇게 말했다.

“그런 걸 원한다면야, 기뻐하게, 친구. 도울 길이 있으니까. 내가 바로 널 도와주지. 저 바깥 호수에 바위가 하나 튀어나와 있는 걸 내가 알고 있지. 물 한가운데 완전히 외따로 떨어져 있어. 그곳이 네 마음에 쏙 드는 거처일 거야. 아주 가파르거든. 쪼그리고 앉아 마음껏 네 고민거리를 한탄하며 지내기 딱 좋을 거라고. 네가 원한다면, 내가 널 데리고 가서 올라가는 걸 도와주지. 꼭 필요하다면 어떻게든 올라가기는 하겠지만 내려오는 건 마음대로 안 될 거야. 바위가 네놈에게 맞게 생겨먹은 거지. 그래도 확실하게 해두자고. 만일 네가 후회하게 되더라도 그런 후회의 심정을 바꾸지 못하도록 말이야. 난 아주 오래전부터 발목에 채우는 쇠 족쇄를 가지고 있는데, 아주 튼튼하고 잠글 수도 있지. 그걸 가져가도록 하자고. 네놈 발에 끼워 주겠어. 나중에 네놈이 이 장난질이 싫어져 그곳에서 내려오고 싶더라도 그곳에서 참고 견뎌야 해. 싫든 좋든 말이지. 목숨이 붙어있는 한, 넌 그곳에서 일평생을 보내야 한다고. 어때, 내 제안이 맘에 드냐?”

"아주 좋습니다" 그레고리우스가 대답했다. "신께서 그것을 당신에게 불어넣어 주셨습니다. 신과 당신에게 감사드리며, 그 바위에 데려다주실 것을 부탁드립니다!"

그 말에 어부는 사방이 쩌렁쩌렁 울리도록 웃어대다가 소리쳤다.

"그래, 이 비렁뱅이 놈, 잘 판단했다! 진심으로 한 소리라면 말이다. 이제 그만 가서 자거라. 나는 날이 밝기 전에 고기 잡으러 배를 타고 나가야 하니까. 함께 나가고 싶으면, 일찍 일어나! 오직 너를 위해서, 시간 낭비 같은 건 생각하지 않고 그 바위가 있는 곳으로 가주지. 그리고 너를 거들어 올려 주고 족쇄에 잘 묶어 주마. 그걸 여기 이 상자에서 꺼내 들고 말이야. 그러면 순례자의 매가 바위에 둥우리를 틀듯이 너도 그 위에 둥우리를 틀면 되고, 그곳에서 어떻게든 견뎌내는 세월만큼 얼마든지 늙어 갈 수 있을 거야. 그래서 이 세상에서 정말 어느 누구에게도 더 이상 귀찮은 짓을 못하게 되는 거지. 그럼, 내일 아침에 보자고!"

"어디서 자면 됩니까?" 그레고리우스가 물었다.

"여기서는 안 돼" 어부가 말했다. "난 네놈을 조금도 믿지 않으니까. 저 문밖 자리, 그 처마 밑에서 드러눕고 싶은 대로 누워 봐. 거긴 좋은 곳은 못 되지만, 네놈이 갈 바위에 비하면 그 안은 임금님 궁전 같은 곳이지."

헛간은 무너져 가고 있었고 더러웠다. 어부의 아내가 그리로 쫓겨난 이에게 갈대로 자리를 마련해 줄 정도로 신실하지도 배려가 깊지도 않았더라면, 얼마 전까지만 해도 그리고르스 대공이라 불렸던 자는 먼지투성이 맨바닥에서 잠을 잘 뻔했다. 그의 영토 안에서는 가장 미

298

천한 청소부가 자는 곳도 이보다는 더 나았을 것이다. 그러나 그는 '이 정도도 너무 좋은 거야. 그렇지만 여전히 너무나 사치스럽구나. 내일 그 바위, 그게 내가 있기에 안성맞춤의 자리겠지'라고 생각했다. 그는 갈대 위에 몸을 쭉 뻗고 서판을 옆에다 놓았다. 그는 누워서도 기도하느라 오랫동안 깨어 있었다. 그렇지만 그런 다음, 그의 젊음은 그를 잠에, 그것도 아주 깊은 잠에 빠지게 만들었다. 다음 날 날이 새기 전 어부가 일하러 나갈 때에도 그는 아직 깊은 잠에 빠져 있었고, 집주인이 자기를 부르는 소리를 듣지 못했다. "야, 이 비렁뱅이!" 어부는 두 번 부르고 세 번까지는 부르지 않았다. 그는 다음과 같이 말했다.

"내가 날 바보로 만드는군, 저런 사기꾼 놈을 목청껏 부르다니 말이다. 진심도 아니었고, 내가 알려 준 곳에서 교활하게 달아날 거라는 것은 알고 있었다. 내 갈 길이나 가자."

그리고 어부는 매일 아침 그랬듯이 호수 쪽으로 내려갔다. 그러나 그것을 본 어부의 아내는 그 누추한 헛간으로 급히 달려가서 잠자는 이를 흔들어 깨우며 친절하게 이렇게 주의를 주었다.

"이봐요, 당신이 같이 가고 싶으면 그렇게 꾸물거리면 안 돼요! 어부는 벌써 호수로 나갔어요."

이에 그레고리우스는 벌떡 일어나서 눈을 두리번거렸지만 아직 정신이 제대로 들지 않았다. 그토록 깊은 잠에 빠져 있었던 것이다.

"이러고 싶지 않지만" 하고 어부의 아내는 말했다. "기품 있는 분을, 며칠 수염도 깎지 못한 지친 당신을 이렇게 깨워 저 바위로 보내고 싶지 않지만, 당신이 그 자리를 잃으면 안 된다고 내 마음속에서 무엇인가가 말했어요. 당신은 진정으로 그 바위에 가고 싶어 하는 것 같고, 또 당신은 어쩌면 성인일지도 모릅니다."

이 말을 듣고 그레고리우스는 몸을 떨었다. 자리를 박차고 일어나면서 그가 외쳤다. "아, 어떻게 이 비참한 사람이 잠을 잘 수 있었을까요! 맙소사, 나가서 어부를 따라가야지요!" 그리고는 헛간에서 뛰쳐나갔다.

"족쇄를 잊지 말고!" 어부의 아내는 소리치면서 그것을 손에 꼭 쥐어 주었다.

"어쩌면 이 족쇄는 구원을 위해 필요할 거예요. 어부 양반은 홧김에 그걸 생각해 냈을 뿐이지만 말입니다. 그리고 여기에 갈고리 사다리가 있어요. 이것도 필요할 겁니다. 남편은 아무것도 안 가지고 나갔어요. 이것을 지고 가세요. 예수님이 자신의 십자가를 지고 가셨듯 말입니다! 안녕히 가십시오!"

그의 등 뒤에서 어부의 아내가 소리쳤다.

"나는 여기에 남지만 여러모로 당신을 잊지 않겠어요."

그리고는 몸을 돌리더니 눈물을 흘렸다.

그러나 그레고리우스는 족쇄에다 사다리까지 매고 땀을 뻘뻘 흘리며 계속 소리를 지르며 집주인을 쫓아갔다.

"친구님, 어부님, 천사님, 기다려 줘요, 버리고 가지 말아요, 저 가요. 갑니다!"

그러나 급히 오느라 서판을 깜박 갈대 요에 두고 왔고, 이것은 그의 가슴을 몹시 쓰라리게 했다.

길을 내려가자 다 스러져 가는 선창이 있었고, 거기에 작은 배가 매어져 있었다. 그곳에 가서야 그는 숨을 헐떡거리며 어부를 따라잡았는데, 어부는 어깨를 움찔했을 뿐이었다. 그리고 나룻배에 두 사람과 장비가 실리자, 어부는 입을 다문 채 배를 몰아 작은 파도들을 헤치고 드넓은 호수로 나아갔다. 한두 시간은 족히 지나갔을 것이다. 그때 붉은 회색빛의 원추형 험한 바위가 파도 한가운데에 솟아 있는 것이 보였다. 신에게도 버림받은 모습이었고 물가도 보이지 않았다. 그들은 바위에 작은 배를 댔다. 어부는 바위 코에 사다리를 걸치고는 소리쳤다.

"먼저 올라가! 나는 네놈이 내 등 뒤에 있는 것이 싫다."

그래서 그들은 앞뒤로 바위에 올랐다. 처음에는 사다리를 타고, 다음에는 파인 홈과 튀어나온 부분에 의지하여 벌거숭이 바위를 한참동안 힘들게 올라갔다. 원추형의 작고 평평한 곳으로 기어 올라갔을 때 어부는 으스스하게 웃고는 자기가 말한 대로 했다. 그는 그레고르에게 족쇄를 채우고 자물쇠를 잠가 버린 것이다. 그러고 나서 그는 말했다.

"이제 넌 바위에서 떠날 수 없어. 네놈은 여기에서 늙어 가야만 해. 혹시라도 악마가 온갖 머리를 짜내어 여기에서 벗어나게 해주지 않는 한, 네놈은 절대로 다시 내려올 수 없다. 거기 앉으렴. 네놈은 스스로 함정에 빠진 거야."

그리고 그는 족쇄의 자물쇠를 포물선을 그리듯 호수 멀리 던지고는 덧붙였다.

"만일 내가 언젠가 저 자물쇠를 파도 깊은 곳에서 건져 내어 다시 그걸 손에 쥐기라도 한다면, 그땐 네놈에게 싹싹 빌지. 성자님, 어디 실컷 울고 이빨이나 갈아 보시지!"

그것이 그의 작별인사였다. 그는 다시 바위를 기어서 배가 있는 곳으로 내려가 사다리를 거두어들이고 그곳을 떠나 버렸다.

✠

참회

기독교도 독자여! 잘 듣고 나를 믿어 주길 바란다! 위대한 것, 특별한 것을 보고하려 하니, 이 이야기를 하는 데에는 용기가 필요하다. 그렇지만 나는 이야기할 용기를 내었는데, 독자가 믿을 용기가 없다면 이를 부끄러워해야 할 것이다. 난 독자가 의심할 것이라고 섣부르게 비난하려는 것이 아니다. 오히려 내가 전해 들은 일을 신빙성 있게 전달할 수 있는 나의 능력을 의지하고 있는 만큼이나 나는 독자 여러분의 믿음을 의지하고 있다.

내가 진실로 전달하고자 하는 것은 이것이다. 호수에 있는 그 거친 원추형 바위의 좁고 평평한 곳 위에서 빌리기스와 지빌라의 아들이며 지빌라의 남편인 그레고리우스는 비난받아 마땅한 자신의 운명을 따라, 저 먼 바다의 섬과 '신의 고뇌' 수도원을 떠나서 보낸 날만큼이나 똑같은 세월을 아무런 은총도 없이 완전히 버림받은 채로 보냈다. 그는 거기에서 머리 위로 하늘을 지붕 삼는 것 외에는 몸을 편하게 할 아무런 것도 없었으며, 서리와 눈, 비와 바람, 뙤약볕에 대해서 몸을 감출 수 없었고, 옷이라고는 그의 털셔츠만 입고 — 이게 대체 얼마나 오래 갔겠는가! — 팔다리를 다 드러낸 채로 꼬박 17년을 보냈다.

독자 여러분은 이것을 못 믿겠다고? 나는 이것을 그대들에게 확신시켜 주려고 한다. 그렇다고 단순히 신에게는 불가능한 것이 없고 어떤 기적도 과한 것이 없다는 비장의 패를 내놓고 도망가 버리려는 것은 아니다. 그렇게 하면 단번에 해결되긴 하겠으나 그건 너무 진부하다. 그럴 경우 겉으로야 그대들의 의심은 잠잠해지겠지만 속으로는 계속 되씹게 될 것이다. 그래서는 안 되며, 따라서 나는 신의 전지전능함을 내세우지 않으려고 한다. 많은 독자들이 두 손을 비비면서 "그래, 제발 좀 말씀해 주세요"라든가 "수도사님, 도대체 그게 어떻게 가능한지 생각 좀 해보시라니까요" 하며 들고 나올 여러 질문들에 대해서는, 나 자신도 내 지식에 대해 깊이 감동을 받는 바이지만, 설교하듯 하지 않고 이성적으로 그리고 차분하게 독자들에게 답을 할 것이다. 그런 질문 중 첫 번째는 당연히, 그 참회자가 벌거숭이 바위 위에서 단기간이라도 힘들 텐데 하물며 17년 동안을 도대체 어떻게 먹고살았을까 하는 것이다. 그를 먹여 살리기 위해 까마귀라도 날아왔단 말인가? 아니면 오로지 그를 위해서 하늘에서 만나[1]라도 떨어졌단 말인가? 아니다, 그것은 완전히 다른 방식이었다.

어부가 비웃으며 떠나고 그레고리우스가 완전히 혼자 남겨진 첫째

---

1   이스라엘 민족이 광야에서 여호와로부터 받은 음식. 《구약성서》 〈출애굽기〉 참조.

날, 그는 자리에서 꼼짝하지 않고 양손으로 무릎을 감싸고 앉아 있었다. 아니면 양손을 모아 신 앞에서 자신의 가련하고 매력적인 부모를 위해, 모습을 감춘 아버지 빌리기스와, 아마도 통풍 환자를 씻기거나 아니면 씻기려는 채비를 하고 있을, 자기 아내이기도 한 지빌라를 위해 기도했다. 그리고 자기 자신을 위해서도 기도하였는데, 그는 자신을 신의 섭리와 그분의 의지에 온전히, 무조건적으로 내맡겼다. 사실상 그는 이미 신에게 맡겨진 상태이기도 했다. 둘째 날, 몇 시간이 지나자 그는 배고픔과 목마름 때문에 더 이상 가만히 있을 수 없게 되었고, 아무것도 모르고 원하는 것도 없이 평평한 곳에서 뭔가 찾아보려고 네 발로 기어 다니기 시작했다. 발이 족쇄에 묶여 한 걸음도 걸을 수 없었기 때문이었다.

그런데 바위 한가운데에, 거의 정확하게 한가운데에 움푹 파인 조그만 홈이 있었다. 그 안에는 희뿌연 액체가 가장자리까지 차 있었다. 아마도 어제 내린 비 때문일 거라고 그는 생각했는데, 빗물치고는 눈에 띌 정도로 탁한 것이 우유 같았다. 그에게는 지금 마실 것이라면 더럽거나 말거나, 왜 그렇게 더러운지는 가릴 것 없이 무엇이든 너무나 반가웠다. 지금 그는 무슨 요구를 할 처지가 절대 아니었던 것이다. 그는 액체가 고인 그 작은 홈에 몸을 숙이고 안에 있는 것을 입술과 혀로 끝까지 다 핥아 먹었다. 양은 겨우 몇 수저나 될까 말까 했는데, 텅 비자 그는 정말 파인 곳의 바닥까지 다시 싹싹 핥았다. 액체는 달달하고 끈적거렸고 전분 맛도 좀 났으며, 회향 맛도 조금 풍겼고 쇠 같은 금속성의 맛도 났다. 그레고리우스는 이것을 먹고는 갈증뿐 아니라 허기까지도 달래졌다는 느낌이 들었는데, 정말 놀랍게도 완전히 달래진 것이다. 그는 배가 불렀다. 속에서 뭔가 가볍게 올라왔고 마신 것 중 일부가 입으로 흘러나왔는데, 그 약간의 양이란 게 이미 너무 과한 모양이었다. 그는 얼굴이 조금 부은 듯한 느낌을 받았고 뺨에는 붉은 온기가 올라왔다. 바위 가장자리, 자신이 처음 있던 자리로 기어서 되돌아갔을 때, 그는 바위의 나지막한 돌출 부분에 머리를 대고 어린아이처럼 잠에 빠져들었다.

몇 시간 후 그는 가벼운 복통을 느끼며 깨어났다. 그 때문에 불쾌감을 느끼며 족쇄에 묶여 있는 두 발을 움직였는데, 거의 입을 찡그려 울고 싶을 지경이었다. 그렇지만 그것은 곧 지나갔다. 배도 고프지 않았다. 그렇지만 오로지 호기심에 이끌려 그는 저녁 무렵 평평한 바닥 가운데 파인 구멍으로 다시 가보았다. 바닥에는 다시 뭔가 액체가 모여져 있었다. 그렇지만 바닥을 얇게 덮을 정도일 뿐 그 이상은 아니었다. 그러나 같은 양으로 계속 그렇게 스며 나온다면 밤사이에 그 구멍이 다시 가득 차리라고 예측해 볼 수 있었다.

실제로도 그렇게 되었다. 다음 날이 되자 그레고리우스는 그 액으로 다시 기운을 얻었고 따뜻하게 잠을 잘 수 있을 만큼 다 핥아 먹었다. 그는 밤의 추위가 너무나 고통스러워 자신의 궁색한 넝마 조각을 어디로 끌어당겨 어떻게 몸을 가려야 할지 몰랐던 터에, 바위에서 나온 그 액은 몇 시간 동안이나마 그에게 도움이 되어 주었다. 오로지 포만감 덕이었다. 그리하여 그 고독한 자는 조금이라도 덜 떨기 위해서 저녁에도 그곳에서 뭔가 나오면 그것을 섭취했다.

나는 그대 독자들에게 당시의 사정이 어떠했는지를 말해 줄 수 있다. 왜냐하면 나는 대지가 위대한 어머니, 혹은 위대한 어버이(마그나

파렌스)의 이름을 얻은 것이 아주 당연함을 옛 성현들의 글에서 읽었기 때문이다. 생명이 있는 모든 것은 위대한 어머니에서 싹터 나와 위로 보내지며 신에게 이르게 된다는 것, 간단히 말해 어머니의 몸에서 태어났다는 것이다. 인간 역시 그러하다. 인간이 공연히 사람(호모)이나 인류(후마누스)라는 이름으로 불리는 것이 아니다. 그것은 그가 어머니 대지(후무스)로부터 세상에 나왔기 때문이다. 출산하는 모든 것은 자식을 위해 꼭 필요한 양식을 가지고 있는데, 바로 이 때문에 우리는 어떤 여인이 진짜 자기 아이를 낳은 것인지, 아니면 남의 아이를 자기 아이라고 우기는지를 알 수 있다. 말하자면 태어난 아기를 위한 양분의 샘을 지니고 있는가의 여부로 그것을 판단할 수 있는 것이다. 그런 까닭에 내가 존경해 마지않는 작가들은 태초에 대지가 자식들을 낳은 후 자신의 젖으로 먹였음을 알고 있다고 주장한다. 대지의 자궁은 관처럼 생긴 그 뿌리를 저 아래 깊숙이까지 내리고, 그 뿌리 쪽으로 자연이 스스로 대지의 수로를 유도해서 젖 같은 액체를 수맥의 열린 입구에서 흘려보냈다는 것이다. 어미 몸의 모든 액체의 흐름, 아니 그 중 자양분이 될 만한 추출물은 가슴으로 흘러가기 때문에, 지금도 아이를 낳은 모든 여인들의 가슴에 달콤한 젖이 흐르듯 말이다.

옛 성현들에 의하면, 인간은 처음에는 너무 작고 완성되지 못해 충분히 성숙하지도 못하고, 고차원적인 식량의 축복이라 할 곡식을 아직 경작하지 못했는데, 그런 동안에는 어머니의 젖가슴에 매달려 유아의 양분을 섭취하고 있었다. 나의 보증인이라 할 옛 성현들의 이러한 주장이 얼마나 옳았는지는 바로 그레고르의 이야기가 보여 주고 있는 것이다. 대지의 몇 안 되는 장소에, 그것도 다 합쳐 보았자 두세

곳에 지나지 않고 더욱이 사람들이 살지 않는 숨겨진 곳에 그와 같은 태고의 자양액 원천이 있었다. 그 원천은 대지라는 모체 조직의 깊은 내부에 닿아 있고, 비록 그 활동성이 저하되었다고는 하나 옛 흐름 그대로 남아 있는 것이다. 그리고 그중 하나를, 아직도 스며 나오는 원시 양분이 24시간 내내 작은 홈을 다 채우고 있는 그 자양액 원천을 이 참회자가 그 바위에서 발견한 것이었다.

그것은 커다란 은총이었다. 그것이 단순히 자비에 의한 우연으로서 모유의 샘이 예전부터 내내 작동하고 있었던 것인지, 아니면 신의 은총이 너무나 커서 그 죄인 그레고리우스를 위해 특별히 샘이 촉진되어 다시 유액이 나오게 된 것인지는 모르겠다. 나는 이 문제는 그대로 놓아두고 싶다. 어찌되었든 그는 한없이 버림받은 가운데에서도 샘을 찾아냄으로써 처음으로 희망적인, 아니 행복한 예감을 받았다. 즉, 신께서는 그의 참회를 받아들이실 뿐만 아니라 죄 때문에 그를 파멸시키려 하지 않으실 것이라는 예감이 들었다. 그가 극단적인 가혹한 회개를 통해 부모와 자신의 죄를 씻게 되면, 신께서는 그를 위해 오히려 뭔가 은총 가득한 일을 베풀어 주실 계획이시라는 예감이었다.

그의 내면에 부드럽게 감도는 이 예감은 물론 몸을 따뜻하게 해주는 모액만큼이나 그에게는 필요한 것이었다. 그 두 가지는 그 자신이 감수할 것을 견뎌 내도록 함께 작용해야 했다. 힘겨운 일이란 게 모두 그렇듯이, 그가 겪은 일 역시 순응적이고 끈질기게 그것과 자연이 융화되기까지의 맨 처음 시기 동안이야말로 견디기 가장 힘든 것이었다. 어둠과 눈비, 폭풍우와 함께 찾아온 겨울이 어떠했을지 제대로 상상해 보라. 그리고 이 남자가 벌거숭이 바위 위에서 오직 머리카락으로만 몸을 가린 채 자신의 흉흉한 모습을 드러낸 상황이 얼마나 참혹했을지 상상해 보라. 대지의 젖과 은총에 대한 따뜻한 예감을 얘기하는 이 시점에서 그런 말이 적절하다면 말이다. 어쨌거나 그런 말은 정말 적절하다고 할 수밖에 없는데, 특히 눈과 비가 자양액을 희석시키기 때문에 매우 나쁜 영향을 끼쳤다는 점을 생각하면 더욱 그러하다. 그렇지만 그 자양액은 희석된 상태에서도 포만감을 주기에 충분했다. 남자는 가볍게 트림을 하고 액을 약간 흘리면서 무릎이 입에 닿을 정도로 몸을 오므린 채 온갖 날씨를 견디며 누워 있었다. 그의 피부도 오그라들어 소름이라고들 부르는 방어막 상태가 줄곧 계속되었는데, 이 때문에 그의 피부에는 상당한 변화가 생겼다. 태양이 따뜻하게 모습을 드러내면, 그는 김을 내며 셔츠와 몸을 말리곤 했다. 그런데 참회를 위해 걸친 그 셔츠는 얼마 지나지 않아 부식해서 대부분 심지처럼 부서져 떨어졌다. 그러나 그가 몸을 둥글게 구부려 방어 자세를 취하고 있어서 몸이 눈에 띄게 왜소해졌기 때문에, 셔츠의 남은 부분도 생각보다 많이 그의 몸을 가려 주었다.

하여튼 이런 말을 덧붙여야 할지 모르겠는데, 아니 덧붙여 말해도 좋을 것 같다. 겨울이 기묘하게도 재빠르게 지나갔고, 그에게는 그 기간이 지극히 짧게 느껴졌다는 것이다. 그 이유는 간단했는데, 즉 그가 잠을 많이 자서 시간을 건너뛰고 놓쳤기 때문이다. 그가 다시 시간을 더 길게 느끼게 된 것은 일조량이 늘고 바람이 온화해지고 봄이 왔다가 낮이 길어지는 여름으로 넘어갔을 때였다. 봄이라고 해봐야 물론 그가 자리한 나무도 풀도 없는 벌거숭이 바위에는 아무런 변화가 일어나지 않았고, 단지 바위가 따스하게 온기를 띠는 정도였다.

그 봄이 지나고 낮이 긴 여름으로 넘어가면, 태양은 호수 위 상공에서 가장 높이 반원을 그렸고, 비구름이 덮여 있지 않을 때는 남자도 바위도 사정없이 내리쬐어 바위가 몹시 뜨거워지는 일이 자주 있었다. 그래서 이 남자를 보호해 주는 피부가 재빠르게 변화를 일으켜 도톨도톨 일어나고 각질화되지 않았다면, 그는 바위 위에서 거의 견디지 못했을 것이다. 또한 머리 역시 꼬여서 두터워진 머리카락과 복면을 한 듯 무성한 수염으로 덮여 있어서 뜨거운 광선으로부터 보호될 수 있었다. 그렇게 그가 자신이 처한 상황을 감내하면 별이 총총한 밤이 왔다. 밤은 창백하게 기울어져 가는 달이나 낮 모양의 초승달, 혹은 밝게 빛나며 호수 위에 고스란히 그림자를 던지는 보름달과 더불어 자연, 그리고 자그맣게 오그라든 이 생물에게 서늘한 기운을 가져다주었고, 이 생물은 점점 자연과 하나가 되어 가고 있었다.

그 후 다시 낮이 짧아지고 가을의 안개가 짙어졌다. 이 남자가 바위에 내버려진 지도 1년이 지났다. '겨우 1년이라고!' 하고 독자 여러분은 말하겠지. 하지만 보라, 그는 17년을 그곳에서 보냈다. 정말로 그렇다. 여러분이 생각하는 것보다 1년과 17년의 차이는 그리 크지 않다. 처음 1년이 경과하고 나면 그 이후의 세월도 뒤따라 흘러간다. 그러므로 세월 자체도 그렇지만, 그 세월 속에서 하늘을 지붕 삼아 사는 인간에게 그것은 그리 큰일이 아니었던 것이다. 우선 그가 경험한 시간을 생각하면, 지나간 세월에서 족히 4분의 1은 빼버려야 한다. 왜냐하면 이 참회하는 존재는 시간을 초월해 대리석 조각처럼 잠을 자며 여러 번의 겨울을 보냈고, 그러는 동안에는 자양액이 고인 곳으로 기어간 일도 없었다. 그의 신진대사가 정지 상태에 이를 정도로 저하되었기 때문이다. 그러나 태양이 하늘에서 반원을 그리는 시간이 길어지면서 신진대사는 다시 왕성해졌다. 또한, 시간이라는 것은 시간 이외의 아무것도 아니며, 계절의 변화와 다양한 날씨 상태라는 것 외에는 아무 대상도 갖지 못한다. 다시 말해 시간을 비로소 시간이라 할 수 있게 해주는 아무런 사건이 없으면, 그럴 경우 확실히 시간이라는 건 별 의미가 없다. 시간은 크기를 잃고 오그라든다. 호수 안 바위 위에서 몸을 웅크리고 있던 대지의 젖먹이와도 같이 오그라드는 것이다. 이 남자는 시간이 지나면서 난쟁이처럼 작아졌다. 고대 작가들의 말을 빌리자면, 적합한 음식을 아직 섭취하지 못하고 인간으로서 제 구실을 못하던 미완성 상태의 원시인이 그랬다고 한다. 이 남자도 그렇게 되었던 것이다.

　마침내, 15년가량이 지나자 그는 고슴도치보다 좀더 클까말까 한 정도로 작아져 있었다. 뻣뻣한 털을 기르고 이끼로 덮인 자연 생물이 되어서 어떤 날씨에도 해를 입지 않았고, 퇴화된 그의 사지는 작은 팔과 다리, 또 작아진 눈과 벌린 입을 분간하기 어려운 모습이 되었다. 이 생물은 시간을 알지 못했다. 달이 모양을 바꾸고, 별자리들의 위치가 바뀌면서 하늘에서 사라졌다가는 다시 나타났다. 달 밝은 밤이나 어둡고 보슬비가 내리는 밤, 폭풍우가 휘몰아쳐 얼음처럼 차가운 밤이나 완전히 무더운 밤 등 여러 가지 밤의 길이가 짧아지거나 길어지거나 했다. 동트는 시간이 빨라지거나 늦어지거나 하면서 낮은 붉은 아침노을을 보이며 타올랐다가 다시 동쪽 하늘에 되비치면서 차츰 물러나는 붉은 저녁노을 속으로 사라졌다. 검푸르고 유황 냄새를 풍기는 뇌우가 주변을 밝히며 자못 주저하듯 다가오다가, 반향을 일으키는 호수 위에서 폭발하듯 울려 퍼지고 우박으로 수면을 때려 파문을 일으키기도 했다. 번개는 요동치는 파도를 파고들었고, 파도는 꿈적도 하지 않는 바위 기슭을 솟구쳐 오르며 공격했다. 뇌우가 지나가고 나면 모든 것이 좋아졌다. 그 직전에 내린 뇌우의 위력처럼 숭고하고 이해할 수 없는 평화가 삼라만상을 채우고, 하늘의 햇빛을 담은 달콤한 보슬비 속에서, 끝을 알 수 없이 먼 기슭에서 다른 기슭으로 일곱 색깔 무지개가 떠오르며 촉촉하게 젖은 아름다운 모습을 드러내는 것이었다.

　그 모든 변화 속에서, 이끼로 덮여 있던 그 존재는 잠을 자지 않을 땐 어머니의 젖가슴으로 기어가 마음껏 마시고 그걸 조금 토하면서, 참회자인 그가 이전에 떨어뜨려졌던 바위 기슭으로 되돌아갔다. 만일 이 호수에 뜬 어느 배가 우연히 이 멀리 떨어진 바위로 다가오는 일이 있더라도, 그 뱃사람들은 바위 위에 뭔가 기묘한 것이 있다는 사실을 전혀 알아채지 못했을 것이다. 또한 만일 그 황무지에 사는 어부가 다시 한 번 그 작은 배를 저어 가서 오래전에 자기가 이 바위 위로 데려다준 그 성가신 인간을 찾아보자는 변덕이라도 일으켰다 해도 그는 대충 살펴본 후, 그 인간이 이미 오래 전에 죽어 썩어 버렸음에 틀림없고 그 남은 찌꺼기는 말라서 증발되어 바위에서 씻겨 내려갔을 것이라고 강하게 확신했을 것이다. 기껏해야 바위 위에 남은 해골에서 창백한 빛이나 볼 수 있겠지, 하고 기대했다면 그 기대는 어긋났을 것이다. 그러나 그 어부는 결코 오지조차 않았다.

✠
계시

책을 통해 전해 들은 바에 의하면, 여러 해의 세월이 지난 뒤, 폐허가
많은 유명한 도시 로마에서 사도 왕의 후계자이며 그리스도의 대리인
으로 군림하면서 삼중의 왕관을 쓰고 목자의 지팡이를 든 채 백성들
을 다스리던 사람이 세상을 떠났다. 그런데 그가 죽자, 누가 그 뒤를
이어 성좌(聖座)에 올라 죄를 속박하고 풀어 주는[1] 성스러운 권력을
넘겨받게 되는가 하는 초미의 문제를 둘러싸고 피비린내 나는 큰 싸
움이 벌어졌다. 그런데 신은 이를 조정할 의사가 없는 듯 보였다. 왜
냐하면 신의 영(靈)이 성직자나 귀족, 시민들의 집회소에 강림하여
그들을 융화시키는 일도 없었고, 교회의 분열은 백성을 갈라놓았기
때문이다. 서로 적대적인 두 개의 당파가 있었는데, 각 당파는 세계
의 왕좌를 계승할 만한 자로는 자기네 후보만이 자격이 있다고 외쳐

---

1 《신약성서》〈마태복음〉 18장, 15~20절 참조.

대면서 맹렬하게 흥분한 가운데 대립하고 있었다. 한쪽 당파는 귀족이며 사제 출신인 시마쿠스를 교황으로 앉히려 했고, 다른 당파는 매우 비대한 부주교 에울랄리우스를 추대하려 했는데, 그도 시마쿠스만큼이나 야심을 불태우며 달아올라 있었다.

성령은 어느 쪽이든 간에 이 두 사람을 추천하는 일에는 아무런 관심을 내보이지 않았다. 그러한 추천은 단순히 인간들이 한 일에 지나지 않았던 것이다. 그리고 부끄러움을 무릅쓰고 내가 고백하지 않을 수 없는 것은, 추천할 때 금으로 매수하는 일이 벌어졌으며, 당파 간의 권력투쟁이 만사를 움직이는 동기가 되었다는 사실이다. 그래도 신은 선거인들 위에 강림해서 밝히고 결정해 주지 않으셨고, 선거인들은 전투적인 격분에 사로잡혀 서로 갈렸으며, 각 당파는 무장을 하고 야만적인 시가전까지 벌이게 되었다. 전투는 광장이나 거리에서, 또한 유감스럽게도 교회 안에서도 벌어졌는데, 다리의 탑이나 높이 세운 선현들의 기념비 같은 것이 요새와 보루로 사용되었다. '이것은 큰 치욕이었다'라고 나는 독자 여러분에게 말하는 바이다. 교황 선출 회의를 통해서 두 명의 교황이 탄생했는데, 제각기 자기 당이 추천한 자를 뽑아 그자를 로마의 주교이자 교황으로 확정했다. 시마쿠스는 라테란궁에서, 에울랄리우스는 성 베드로 성당에서 교황직에 오르게 된 것이다. 그래서 둘 중 한 사람은 라테란궁에, 다른 한 사람은 하드리아누스 황제의 원형 요새를 겸한 영묘에 자리를 차지하고 앉아 미사를 올리며 교서나 교회의 법령을 발행하고 서로를 저주하고 있었는데, 그런 사이 거리에서는 무기를 달그락거리며 싸우는 소리가 울려 퍼졌다. 그들은 서로에게 많은 호칭을 붙여 주며 끊임없이 새로운 이름을 생각해냈다. "교회를 망치는 자", "죄악의 근원", "악마의 사자 (使者)", "적그리스도의 사도", "사탄의 화살", "아시리아의 채찍", "모든 순결의 몰락", "세기의 오물", "꿈틀거리는 혐오스러운 구더기" 등의 이름으로 서로가 거품을 물고 상대를 불러댔다. 이미 말한 대로 매우 비대하고 다혈질이었던 에울랄리우스는 과도하게 저주를 퍼부은 나머지 뇌졸중으로 죽어 버렸다. 그런데 시마쿠스의 운명도 금방 끝나 버렸다. 에울랄리우스 파가 자기 쪽 교황을 위해 복수하고자 시마쿠스 파 군대에 일대 공격을 가해 그들을 산산이 쳐부수고 라테란 궁전을 습격한 까닭에, 시마쿠스는 뒷문으로 도망쳐야 했다. 그는 쫓기다가 티베르강에 뛰어들었고 익사하고 말았다.

그래서 두 명이나 있던 교황이 이제는 한 사람도 없게 되었으며, 이 상황은 로마 시민들이 진지하게 각성하는 계기가 되었다. 사람들은 이 사건을 해결하는 방법이 잘못되었고 신을 무시한 처사였음을 깨달았다. 그래서 시민들 사이에는 회개하는 분위기가 급속히 확산되어 갔다. 시민들은 모여 집회를 열었는데, 거기에서 그들은 앞으로의 교황 선출은 온전히 신께 맡기기로 결의했다. 그리고 신께서 은총을 베풀어 누가 신의 대리인으로서 세계의 왕관을 받기에 적합한 인물인지 명령을 내려 주시도록, 단식주간과 자선의 날, 그리고 모든 교회에서 거행되는 대기도회가 마련되었다.

한편 로마에는 한 경건한 남자가 살고 있었다. 그는 다른 사람들보다 일찍 기독교를 받아들인 내력 있는 가문 출신으로 섹스투스 아니키우스 프로부스란 이름을 가진 자였다. 이미 나이를 먹어 오십 줄을 넘긴 그는 재산도 풍족하고 명성도 자자한 사람이었다. 그는 아내인 팔토니아 프로바와 함께 자기 조상이 물려 준 궁전 같은 저택에서 살고 있었는데, 그의 조상들은 모두 집정관이나 지방장관, 원로원 의원이었다. 그 궁전 같은 저택은 수 마일의 토지를 뒤덮고 있는 정말로 광대한 가옥이었고, 제5구역 라타 거리에 면해 있었다. 360개의 방과 홀, 경마장과 대리석 욕실들이 있었으며, 넓은 정원으로 둘러싸여 있었다. 그런데 이제 욕실에는 더 이상 물이 채워지지 않았고, 경마장도 오랫동안 사용되지 않았으며, 360개나 되는 방의 대부분은 비어 있고 관리되지 않아 황폐한 상태였다. 그것은 주인에게 그것 모두를 훌륭하게 유지할 정도의 재력이나 관리해 줄 사람이 없었기 때문이 아니었다. 그 주인의 눈에는 너무 거대한 것은 스스로의 무게에 눌려 몰락하고 파괴되고 쓰러지는 것이 순리이고 필연적이며 신이 원하는 일로 보였기 때문이었다. 물론 그가 부인과 함께 거주하는 몇 개의 방은 충분히 안락한 생활을 하기에 부족함이 없었다. 거기에는 동양의 값비싼 천으로 덮인 휴식용 침대와 금 조각품을 덧붙인 가재도구, 고대풍 형태의 안락의자, 청동으로 된 벽걸이 촛대와 장이 있었는데, 장 안에는 고상한 화병이나 황금 술잔, 장밋빛 조개술잔 같은 것이 들어 있었다. 그러나 이 몇 개의 방은 광대한 황야에 둘러싸인, 사람이 겨우 살 수 있는 섬 같았다. 그 방들은 또한 몇 개나 되는 안뜰과 황폐한 홀들로 둘러싸여 있었는데, 안뜰에 늘어선 기둥과 분수들은 곳곳이 부서져 있고, 분수를 장식하는 조각상은 깨어진 채 바닥에 놓여 있었다. 홀의 모자이크 바닥은 손상되어 있었고, 황금색 벽지는 너덜너덜하게 찢겨 벽에 매달려 있었으며, 벽 표면에 댄 얇은 은판은 찌그러져 벽에서 떨어져 있었다. 그러나 프로부스와 프로바 부부는 그런 상태에 익숙해져서 그것을 아무렇지도 않게 여기고 있었다.

궁전 같은 저택이 들어서 있는 여러 개의 정원 역시 황폐한 상태였고, 헤치고 지나다닐 수 없을 만큼 잡초가 무성하게 자라 있었다. 그러나 정원에는 그만큼 사람 눈에 띄지 않는 조용한 장소들이 있었는데, 무성한 덤불, 그리고 덩굴로 인해 반은 시들어 버린 수목 사이를 빠져나가면 그러한 곳이 나왔다. 아니키어2 프로부스는 월계수 덤불로 빽빽이 둘러쳐져 있는 대리석 벤치를 특히 좋아했다. 목양신 판의 머리가 여러 개 조각된 그 벤치에 앉으면, 주각(柱脚)에서 굴러 떨어져 머리가 없어진 채 화살을 들고 있는 사랑의 신이 지닌 매력적인 몸을 드러낸 조각 옆으로 각양각색의 잡초로 뒤덮인 작은 풀밭이 보였다. 이미 여름처럼 따뜻한 4월 어느 날의 일이었다. 식사를 마친 후 이 존경스러운 프로부스는 늘 그랬듯이, 교황이 없는 교회와 어찌할 바 모르는 시민들을 염려하면서 그곳에 앉아 있었다. 그날 아침 그는 자신의 저택 근처에 있는 사도 빌립과 야고보의 교회당에서 거행된 일반 기도회에 참석해 간절히 기도를 드리고 왔다. 지금 이 시간 그는 햇볕을 받아 따뜻해진 월계수의 향기 속에서 잠이 들었던 모양이다. 왜냐하면 그는 어떠한 꿈의 환영을 감지했기 때문이다. 그런데 환영은 그가 앉아 있는 장소에서 그를 다른 곳으로 데려간 것이 아니었다. 그는 앉아 있던 그 자리에서 자신을 너무나 깊이 감동시킨 무엇인가를 보고 들었던 것이다. 따라서 그가 감지한 환영은 꿈이라기보다는 오히려 일종의 환상이며 계시였다고 말하지 않을 수 없다. 그의 앞에

---

2 아니키우스 가의 사람이라는 뜻.

보이는 초원의 토끼풀 속에 피 흘리는 어린 양이 서 있다가 그에게 말을 걸었다. 어린 양은 옆구리에 피를 흘리며 감동적인 그 입을 열어, 떨리지만 너무나 감미롭게 가슴에 와 닿는 목소리로 말했다.

"프로부스, 프로부스, 제 말 들어 보세요! 위대한 일을 알려드리겠어요."

어린 양의 목소리를 듣자 프로부스의 두 눈에서 눈물이 솟아 나왔다. 그의 가슴은 애정으로 넘쳐흘렀다.

"하느님의 어린 양이구나" 프로부스가 말했다. "듣고말고! 온 마음을 다해 들어야지. 그런데 넌 피를 흘리고 있구나. 너의 피는 네 부드러운 털을 물들이고 토끼풀에 방울져 떨어지고 있어. 내가 너를 위해 뭔가 해줄 수 없을까? 너의 상처를 씻고 향유(香油)를 발라 줄 수 없을까? 진심으로 돌보아 주고 싶구나."

"이대로 내버려 두세요" 어린 양이 말했다. "꼭 필요해서 피를 흘리는 겁니다. 자, 알려야 할 일을 말씀드리겠습니다. 교황을 갖게 되었어요. 당신들을 위해 교황이 선택되었습니다!"

"소중한 어린 양이여" 프로부스는 꿈인지 무아경인지 모를 상태 속에서 대답했다.

"어떻게 그럴 수 있지? 시마쿠스와 에울랄리우스 둘 다 죽어 버려 교회에는 수장이 없고 인류에겐 재판관이 없으며, 세계의 성좌는 비어 있어. 너의 반가운 말을 어떻게 이해해야 할지?"

"말 그대로입니다" 어린 양이 말했다. "당신들의 기도가 받아들여져 선출이 이루어졌습니다. 그리고 제일 먼저 그 얘기를 듣고 그에 따른 조치를 취하도록 당신이 선택되었습니다. 부디 믿으십시오! 선택받은 사람은 아무리 믿기 어렵더라도 믿어야만 합니다. 선택받는다는 것은 모두 이해하기 어려우며, 이성으로는 납득하기 어려운 것이니까요."

어린 양의 감미로운 목소리에 감동받은 프로부스는 흐느끼며 "기도를 해야겠어"라고 말하고, 벤치 앞에 털썩 무릎을 꿇었다.

"선택받은 분의 성함을 알려줄 수 있겠느냐?"

"그레고리우스입니다!" 어린 양이 대답했다.

"그레고리우스라고!" 노인은 압도당한 채 되풀이했다.

"들어 보니 그런 이름은 달리 쓰는 사람이 없을 것 같구나, 사랑하는 어린 양이여. 부디 친절을 베풀어 그분이 어디 계시는지도 알려줄 수 있겠느냐?"

"여기에서 먼 곳에 계십니다" 어린 양이 대꾸했다.

"그리고 당신이 그분을 모시고 오도록 선택되었습니다. 자아, 프로부스여! 그분을 찾아 기독교 세계의 각 나라를 돌아다니며, 황량한 산중의 골짜기를 지나든 격류의 강을 건너든 여행의 노고를 꺼리지 마십시오. 선택받은 그분은 꼬박 17년째, 황폐한 바위 위에 완전히 홀로 앉아 계십니다. 그분을 찾아 모시고 오십시오. 교황의 자리는 그분의 것이기 때문입니다."

"있는 힘을 다해 찾아보겠다" 프로부스가 힘주어 말했다.

"그러나 감동적인 어린 양이여, 기독교 세계는 너무나 넓고도 크다네. 그곳을 모조리 샅샅이 찾아다녀야만 선택받은 분이 계시는 바위에 닿을 수 있단 말인가? 인간의 약점을 지닌 몸으로 소명을 받고 보니 겁이 덜컥 나는구나."

"구하는 자는 얻게 될 것입니다" 어린 양은 범상치 않게 가슴에 와 닿는 목소리로 말했다. 그러자 이 로마인이 앉아 있던 곳에 풍기던 월계수의 찌르는 듯한 향기 속에 갑자기 장미 향기가 너무나 강렬하고도 감미롭게 섞이는 바람에, 이제는 장미 향기밖에 맡을 수 없게 되었다. 어린 양의 상처에서 곱슬곱슬한 털을 타고 땅으로 흘러내린 핏방울 하나하나가 그곳에서 활짝 핀 빨간 장미로 변했기 때문이다. 장미의 수는 순식간에 불어났다.

"용기를 내어 알프스를 넘어가십시오" 어린 양은 장미 속에 서서 말을 계속했다.

"알라마넨 땅을 지날 때는 가령 유명한 성 갈렌 수도원에 유혹되어 그곳에서 지체하지 말고, 서북쪽 방향의 북해를 향해 계속 가십시오. 이 북해에 면한 나라들 중, 5년 동안 전란에 휩싸였다가 온 힘을 집중해 꼭 쥔 어느 손 때문에 전쟁으로부터 해방된 어느 나라를 찾게 되면 올바른 길에 들어선 것입니다. 그 나라의 언덕과 산, 숲과 황무지, 황야를 향해 가십시오. 그러한 곳 어딘가에서, 어느 호숫가 벌판에 있는 어부의 집에 들르십시오. 그러면 어부가 안내해 줄 겁니다. 제 말 잘 들으셨겠지요. 그럼 믿고 따르십시오!"

그렇게 말하고 어린 양은 자신의 피에서 피어난 장미와 함께 사라져 버렸다. 하지만 프로부스는 목양신의 머리가 달린 걸상 앞에서 두 손을 맞잡은 채 여전히 무릎을 꿇고 있었으며, 뺨은 눈물로 젖어 있었다. 어린 양이 말할 때의 그 감미로운 목소리와 입의 감동적인 움직임이 그의 눈물을 자아냈던 것이다. 그는 공기 중에 장미 향기가 남아 있는지 냄새를 맡아 보았는데, 정말로 잠시 동안 더 그 향기의 흔적이 공중에 떠도는 듯 느껴졌다. 그러나 물론 얼마 안 가 월계수 향내에 완전히 밀려나고 말았다.

'내게 무슨 일이 일어난 걸까?' 그는 스스로에게 물어보았다.

'환상이었어. 내게 주어진 최초의 환상이야. 환상을 보는 것은 원래 나에게 맞지 않는 일이니까. 팔토니아는 나를 무미건조한 사람이라고 부르곤 하는데, 그건 사실이야. 그녀는 나보다 훨씬 영성이 충만하고, 비록 오리기네스의 교의가 단죄당하긴 했음에도 불구하고 철학적인 대담함으로 오리기네스를 연구하고 있어. 그러나 방금 내 신변에 일어난 일 같은 건 그녀에게도 결코 일어난 적이 없다. 장미 향기는 이제 완전히 사라져 버렸지만, 내 가슴은 여전히 어린 양에 대한 사랑으로 넘치고 있어. 그리고 어린 양이 내게 진실을 알려 주었다는 것, 내가 찾아다녀야 하는 교황이 우리에게 정말로 선택되었다는 것은 의심할 수 없는 일이야. 즉시 팔토니아에게 모든 이야기를 들려줘야겠어. 우선은 나의 영혼이 이런 특별한 체험을 할 능력이 있다는 것을 그녀가 알도록, 그 다음에는 내가 들은 얘기에서 끌어내야 할 실제적인 결론에 대해 그녀의 견해를 듣기 위해서 말이야.'

그렇게 생각한 뒤 그는 꿇고 있던 무릎을 일으키고, 오십이 넘은 노인이 움직일 수 있는 한 최대한 서둘러 집으로 갔다. 집에 도착해 보니 아내는 거주 가능한 열두어 개의 방 중 어느 한 곳에서 오리기네스의 자료를 발췌하는 매우 영적인 작업에 몰두하고 있었다. 부인은 남편이 몹시 흥분한 것에 놀라며, 급히 허둥대면서 하는 그의 이야기에 주의 깊게 귀 기울였는데, 그는 이야기 도중 '생각해 봐요!', '상상해 봐요!', '잘 들어 봐요!' 등의 표현을 몇 번씩이나 덧붙이는 것이었다.

"섹스투스" 하고 그녀는 마침내 입을 열었다. "그것은 정말로 중차대한 일인 것 같아요. 당신은 원래 무미건조한 사람이잖아요. 그런 당신에게 갑자기 그런 환영이 나타난 것을 보면, 아마도 거기엔 심각한 의미가 있을 거예요. 장미로 변한 피는 시적인데요, 그런 시가 당신 자신에게서 나왔을 리는 없지요. 피의 장미라는 시는 분명 당신이라는 인물한테서 나온 것은 아닐 거예요. 그렇다고 해서 당신이 혼자 계실 때 받은 영감에 선뜻 따라서, 그 나이에 영원히 밤과 암흑 속을 헤매고 있다는 그런 나라로 여행하는 모험에 뛰어든다면, 그건 무모한 일일 것 같아요. 당신은 믿으라는 주의를 받았지만, 혼자서 믿는다는 것은 위험한 일이에요. 완전히 혼자만의 개인적인 믿음을 토대로 취하는 행위는 자칫 어리석은 결과를 초래하기 십상이지요. 또한 세상 사람들의 동의를 얻지 못하면 선택받은 사람을 결코 찾아 나설 수도 없고, 설령 그분을 용케 찾는다 해도 모시고 올 수 없을지도 몰라요. 그나저나 낮잠을 자다가 생긴 부산물로 보일지도 모를 그런 일에 과연 시민들이 당신에게 그러한 여행을 위탁할 만큼 그 중대한 의미를 인정할까요?"

"나 자신도 그것을 의심스럽게 생각하기는 하오, 팔토니아. 하지만 솔직히 말하자면 난 당신한테서 내 상황에 대한 비판적 분석보다는 그 이상의 것, 즉 어떠한 조언을 기대한 거요."

"프로부스, 내게서 그런 조언을 기대하는 것은 잘못이에요. 이것은 교회와 관련된 문제이며 더구나 가장 중요한 문제인데, 알다시피 교회에서 여자는 입 다물고 있어야 하잖아요. 분별 있는 여자들이 교회 안에서 한마디 발언할 수 있게 하는 것이 교회를 위해 더 좋을지 어떨지, 이건 물론 뭐라고 단정 짓지 말기로 해요."

"당신의 신랄한 말을 들으니 슬퍼지오, 팔토니아. 문제들에 대해 기어이 이론적으로 분석하려는 당신의 습관으로 보건대 당신이 어떤 결정을 내리긴 어려울 것 같소. 그래서 당신은 여자는 교회 문제에 대해서는 침묵하라는 계율 뒤로 물러나는 것 같소."

"무척 예리한 지적이군요. 사랑하는 섹스투스, 당신은 오늘 종일 능력 이상의 생활이라도 하시는 것 같네요. 그러면서 가장 간단하면서도 가장 우선적인 문제는 소홀히 하는군요. 나는 여자로서 의당 지녀야 할 신중한 태도를 지키면서도 훌륭한 조언으로 그 점을 진작부터 환기시키려는 참이었어요. 당신 체험에 대해 친구 리베리우스와 상의해 보세요! 그는 오리기네스의 교의를 배척하고 기독교 철학을 기독교 신앙으로 생각하진 않지만, 나는 그분을 성품과 지력을 갖춘 고매한 성직자로 인정하고 있어요. 그는 당신의 입장에서 바라보고, 그 자신이라면 같은 처지에서 어떤 태도를 취할지 당신에게 분명 말해 줄 거예요."

이 제안은 프로부스에게 곧장 훌륭하고 옳은 것으로 생각되었다. 팔토니아가 말한 리베리우스라는 사람은 팔라티노 언덕 아래에 있는 성 아나스타시아 교회의 핵심 관리위원으로, 신망이 높은 주교였다. 더구나 그는 교황의 자리가 비어 있는 동안에는 교회의 관리를 책임지는 위원회에 속해 있었다. 그리고 사실 프로부스와는 오래전부터 우정이 돈독한 사이였다. 그에게 자신의 심경을 털어놓는다는 생각은 시련이 주어진 프로부스에게는 유익하고 반가운 일이었다.

"팔토니아" 그가 말했다. "훌륭한 조언을 해주었소. 당신의 연구를 방해하면서 맨 먼저 당신에게 도움을 청한 것을 용서해 주오. 아무튼

322

그걸 결코 후회하지 않소. 당신이 실질적인 조언을 해준 것은 아니지만, 조언을 얻을 수 있는 최선의 길을 제시해 주었기 때문이오. 곧장 가마를 타고 리베리우스에게 가야겠소."

이 말을 한 뒤 그는 둥근 청동 징을 나무망치로 두드리고서, 들어오는 하인들에게 서둘러 가마 준비를 하라고 일렀다. 그는 기둥들이 허물어져 가는 어느 안뜰에서 가마에 올라타면서 가마꾼들에게 서둘러 가자고 재촉했다. 가마꾼들은 프로부스를 태우고 가능하면 가마가 흔들리지 않도록 무릎을 유연하게 움직이며 빠른 걸음으로 그 유명한 로마를 지나갔다. 로마의 골목들은 반쯤 파편으로 뒤덮인 과거의 호화 건축물들의 거대한 잔해 사이에서 구불구불하게 나 있었다. 도처에 황제들과 신들, 위대한 시민들의 대리석상이 훼손된 채 나뒹굴고 있었으며, 석회갱(石灰坑)에 던져지고 불태워져서 모르타르가 될 날을 기다리고 있었다. 지붕을 얹은 가마와 네 사람의 가마꾼 앞에는 또 두 명의 하인이 달려가고 있었는데, 이들은 큰 소리를 지르고 몸짓을 해가며 이 로마의 세습귀족이 탄 가마가 거리의 사람들을 헤치고 자유롭게 지날 수 있도록 길을 열어 주는 일을 맡고 있었다. 그러나 그들은 그 일을 고압적인 방식으로 하지 말고, 오히려 간절히 부탁하고 청하듯이 하라는 분부를 받았다.

리베리우스의 집은 팔라티노 언덕 아래 성 아나스타시아 교회 옆에 있었다. 새로 생겨난 벽돌 건축물이었는데, 소용돌이 모양의 낡은 까치발과 띠 모양의 장식이 있었고 또한 조그만 기둥들이 받치고 있는 아치형 창들로 장식되어 있었다. 옥외 계단은 현관으로 통하고 있었고, 현관을 받치는 기둥은 어딘가 다른 곳에서 가져온 것이었다. 그리고 계단 발치의 광장에 그 교회 관리위원의 가마가 대기하고 있었다. 사실 프로부스는 가마에서 내렸을 때, 자신의 친구가 외투를 걸치면서 막 집에서 나와 계단을 내려오고 있는 모습을 보았다. 리베리우스는 프로부스를 알아보고는 놀라서 도중에 멈추어 섰다. 리베리우스는 키가 크고 잘생긴 남자였는데, 머리는 하얗게 셌고 로마인답게 윗입술이 두툼했으며, 사색적인 검은 두 눈에다 입은 한쪽 언저리가 — 한쪽만 — 처져 있어서 고뇌와 경건함이 담긴 독특한 표정을 띠고 있었다. 팔토니아의 남편은 자신의 성직자 친구보다 훨씬 작았으며, 이 기회에 비교해 보면, 내 눈에는 약간 뚱뚱해 보였다. 공처럼 둥근 눈은 밤색이었고, 그 위의 눈썹은 활 모양으로 휘어져 있었는데, 까만 눈썹은 숱이 많은 새하얀 머리와 뚜렷한 대조를 이루고 있었다.

"프로부스, 어떻게 이곳에?" 주교는 깜짝 놀라며, 계단을 올라오는 프로부스 쪽으로 손을 내밀며 계속 다가갔다. "그렇지 않아도 나도 막 당신한테 가려던 참이었어요. 그것도 중요한 이유로 말입니다!"

"거참 기묘한 일이군요, 리베리우스" 아니키우스 가(家) 사람인 프로부스가 대답했다.

"그러나 장담하건대, 내가 당신에게 서둘러 온 동기가 시급한 것이라는 점에서는 최소한 당신에게 뒤지지 않을 겁니다!"

"거의 믿을 수 없는 일인데요" 상대방은 그렇게 대꾸했다. 그러면서 그의 두 눈은 어두워졌고, 한쪽 입 언저리는 한층 더 아래로 내려갔다. "어서 집으로 들어가시지요. 제가 여름에 쓰는 방에 가서 앉읍시다. 그곳은 시원하고 조용해서 대화를 나누기 좋을 겁니다."

통풍이 잘 되고 쾌적한 이 방은 저택 상층의 식당 가까이에 있었다.

집주인이 하인들에게 어떤 일이 있어도 대화를 방해해서는 안 된다고 엄하게 당부한 뒤, 두 친구는 그 방으로 들어갔다.

"내 얘기를 털어놓고 싶어 견딜 수 없군요, 프로부스!" 두 사람이 방석을 깔아놓은 돌궤 위에 나란히 앉았을 때 리베리우스가 말했다. 돌궤는 자세히 보면 옛날의 호화스러운 관처럼 보였다.

"그렇지만 손님에 대한 예의상 당신의 마음속에 있는 얘기부터 먼저 들어 봅시다."

"고맙소, 친구여" 프로부스가 대답했다. "허나 공정하게 하자면, 내 이야기를 하고 나면 다른 논의는 더 이상 필요가 없어질 거라는 것을 미리 알려야겠소. 그러니 어서 먼저 이야기하세요."

"물론 그럴 수는 없어요" 하고 리베리우스가 대답했다. "왜냐하면 나는 정반대로 확신하고 있으니까요. 내가 이야기를 하고 나면, 당신의 문제는 전혀 논의거리가 되지 못할 거요."

"아니, 먼저 말씀하세요" 하고 귀족인 프로부스는 고집을 부렸다. "그렇게 해서 당신 문제를 간략하게 논하고 처리합시다!"

"'간략하게'라든가, '처리해 버리자'라고 말씀하신다면 당신은 사안의 중대성을 착각하고 있는 거요" 리베리우스는 말했다.

"하지만 좋소. 당신 고집에 내 양보를 하지요. 들어 보오, 오랜 친구여, 영광스럽게도 주께서 제게 현현(顯現) 해 주셨습니다.

"현현이요?!" 낮은 목소리로 외치면서 프로부스는 친구의 손을 잡았다. "아니, 리베리우스, 나는 내 제의를 취소하고 아무래도 먼저 내 쪽에서 당신에게 얘기를 ….'"

"너무 늦었소" 하고 교회 관리위원은 대답했다. "난 이제 당신에게 털어놓고 싶어서 견딜 수가 없어요. 내 가슴을 가득 채우는 무언가가 너무도 강렬하게 솟아올라 그것으로 당신 가슴도 채워 주고 싶어 참을 수가 없다오. 자, 다시 한 번 말하지만 여기 이렇게 있는 내게 두 시간쯤 전에 계시가 내렸습니다."

"현현에다 계시까지요!" 프로부스는 친구의 손을 꼭 쥐면서 되뇌었다. "제발 들려주시오. 그 일들이 어떤 식으로 일어났습니까?"

"경위는 이렇소" 하고 리베리우스가 대답했다.

"당신도 잘 알다시피 우리 집 식당 앞에는 난간에 담쟁이덩굴이 감겨 있는 조그만 발코니가 있지 않소. 거기서 로마의 터전이 된 언덕이나 오래된 성전들을 바라볼 수 있지요. 난 식사 후에 그리로 안락의자를 가져다 놓게 하고 거기 앉아 쉬면서, 우리가 무력하고 혼란에 빠져 있기 때문에 신의 손에 맡기고 있는 교회의 운명을 걱정하며 생각에 잠겨 있었습니다. 내가 환영을 보았다고 하면, 당신은 내가 생각에 잠기면서 깜박 졸았다고 말할지도 모르겠소. 하지만 나는 깨어 있는 상태에서 본 환영이라고 말하고 싶소. 하기야 환영을 보는 상태가 보통은 깨어 있을 때의 상황은 아니라는 것은 나도 인정하오만 말이오. 내 눈앞 난간에 너무나 감동적인 모습을 한 어린 양 한 마리가 서서 옆구리에 피를 흘리고 있어서 나는 이루 말할 수 없이 감격하고 있었는데, 그 어린 양이 입을 열어 정겨운 목소리로 내게 해준 말은 …."

"당신들은 교황을 갖게 되었습니다!" 프로부스가 외쳤다.

"당신의 예지에 놀랐소이다" 리베리우스가 대답했다.

"맞아요, 그렇게 말했습니다. '당신들의 교황이 선택되었어요. 그분 이름은 그레고리우스이고, 17년째 여기서 멀리 떨어진 곳 황량한 바위 위에 앉아계시는데, 교황의 자리는 그분 것입니다. 당신이 선택되어 가장 먼저 이 소식을 듣게 되신 것입니다'라고 했다오."

"어린 양이 당신에게도 그렇게 말했다고요?"라고 아니키우스 가의 프로부스는 약간 실망을 감추지 못하며 물었다.

"실은 어린 양이 오로지 나에게만 그 말을 했다고 생각했거든요."

"섹스투스, 당신 말은 마치 ⋯."

"그렇소, 리베리우스, 나에게도 그 감동적인 어린 양이 나타나 계시를 내려 주었다오. 아마 당신과 같은 시각이었을 겁니다. 그뿐만 아니라, 어떤 어려움이 있더라도 그 선택받은 분을 찾아내어 로마로 모셔오도록 내가 선택되었다는 것도 알려 주었소."

"그건 바로 내가 막 당신에게 알리려던 말인데 ⋯" 리베리우스가 외쳤다. "어린 양이 나에게, 그러니까 나에게도 **역시** 이 신성한 임무를 일임해 주었다는 것을요!"

"그랬군요, 당신에게도" 프로부스가 말했다.

"그러니까 우리 두 사람에게, 각자에게, 그것도 동시에 말이지요. 친구여, 이 얼마나 놀라운 일입니까! 그 어린 양은 당신의 발코니에도 내 정원에도 나타나, 마치 한 사람에게 말하듯이 우리 두 사람에게 얘기했으니 말이오. '용기를 내어 알프스를 넘으세요' 하고 어린 양은 말했습니다 ⋯."

"서북쪽을 향해 가십시오" 하고 리베리우스가 끼어들었다.

그리고 이제 그들은 서로 상대방의 말을 막아 가면서, 어린 양이 그들에게 말해 준 것, 선택받은 사람이 있다고 대략 알려 준 장소에 대한 내용을 모두 되풀이해 말했다.

"아아, 그 어린 양!" 그들은 제각기 말하기도 하고 둘이 동시에 말하기도 하면서 계속 외쳐댔다. 가슴에 사무치는 어린 양의 모습, 속눈썹이 긴 한없이 부드러운 눈, 말을 할 때 감동적으로 움직이던 입, 떨리는 듯한 감미로운 목소리, 곱슬곱슬한 털에서 흘러내리던 피에 대한 기억을 그 두 사람 모두 떨칠 수가 없었기 때문이다. 돌궤에서 일어난 그들은 서로 와락 껴안고 눈물을 흘리면서 서로의 뺨에 입맞춤을 했다. 키 차이가 났으므로, 프로부스는 리베리우스의 가슴에 머리를 묻고 그의 미사복을 눈물로 적시고 있었으며, 리베리우스는 머리를 옆으로 비스듬히 기울인 채 한쪽 입 언저리를 경건히 내려뜨리고는 친구의 머리 위로 높이 눈을 들어 먼 곳을 바라보고 있었다.

"아아, 그리고 그 장미꽃들!" 프로부스는 머리를 친구의 가슴에 기댄 채 기억해 냈다. "내가 받은 사명을 앞에 두고 어쩔 줄 모르고 있었을 때, 어린 양의 소중한 피가 장미꽃들로 변했습니다!"

"장미꽃이요?" 리베리우스는 껴안고 있던 팔을 느슨하게 하면서 물었다. "그런 것은 난 모르겠는데요."

"나에게는 수많은 장미꽃이 보였습니다!" 프로부스는 확신에 차 말했다. "장미꽃 향기가 사방에서 풍겨오는 무성한 월계수 향기를 완전히 압도해 버렸지요."

"나로서는 …" 하고 리베리우스는 대답하며 팔을 풀었다.

"그저 내게는 장미꽃은 나타나지 않았다는 말을 되풀이할 수밖에 없소. 그러나 친구여, 그렇다고 우리가 서로 시샘하여 이렇게 훌륭한 일을 욕되게 하는 일은 없도록 합시다! 어린 양은 내가 교회의 아들이요 주교라는 신분을 감안해, 장미꽃의 기적으로 나의 신앙을 뒷받침해 줄 필요는 없다고 여겼을지도 모릅니다."

"분명 그럴 거요, 친구여" 하고 아니키우스 가의 프로부스는 친구의 의견에 동의했다.

"당신이 언짢게 생각하실 리는 없겠지만, 나는 내게 주어진 이 장미꽃 환영이라는 시적 현상에 대해 감탄하고 있어요. 당신도 그랬으면 좋겠습니다. 그러나 무엇보다 감탄스러운 것은, 당신이나 나 우리 둘 중 어느 한 사람에게만이 아니라, 둘 모두에게 교황이 선택된 사실을 알리고, 우리 둘 모두에게 여행을 떠나라고 명한 저 어린 양의 지혜로움입니다. 이렇게 되면 어느 한 사람만 지시를 받은 경우보다 얼마나 더 큰 확신을 품고 우리가 함께 길을 떠나게 되겠소! 동지가 없이 믿는다는 것은 어려운 일이며, 완전히 개인적인 한 사람만의 신념에서 나온 행동은 자칫 어리석은 일이 되기 쉽다는 것은 부정할 수 없으니까요. 그리고 로마 시민들은 어떨까요? 리베리우스, 우리가 행동을 취하려면 그들의 믿음을 얻을 필요가 있다는 걸 생각해 보시오. 물론 우리 말이라면 로마인들은 서약처럼 중요시하고 있긴 하지요. 그러나 그렇다 해도 만약 둘이 아니고 한 사람만 계시를 받았다면, 그것은 별 의미 없는 잠꼬대에 지나지 않는다고 생각될 수도 있지 않겠습니까? 두 장소에 나타나서 증인의 입을 둘로 만들고, 장미꽃에 대한 것만 빼고는 그 증언이 서로 딱 맞아떨어지도록 해 모든 의혹을 잠재우도록 한 바로 그 점에 어린 양의 지혜로움이 있다는 것이지요. 어떻소, 내 말이?"

"참으로 탁월한 생각이오, 친구여" 리베리우스는 대답했다.

"당신의 여러 직책과 훌륭한 지위가 당신네 유서 깊은 가문의 덕을 본 것이기도 하겠지만, 그건 그저 일부에 지나지 않는다는 것은 당신 말씀 한 마디 한 마디에 나타나 있소. 자, 이제 우리 손을 맞잡고 신속히 총회를 소집해서 그 사람들 앞에 나아가, 온 마음으로 어린 양을 생각하면서 마치 한입에서 나오듯 우리 두 사람에게 일어난 기적을 증언하도록 하십시다!"

✠

두 번째 방문

황량한 호숫가 저지대에 사는 어부 내외를 찾아온 사람은 그 후 17년
이 지나도록 아무도 없었고, 그 이전에도 필시 그만한 세월만큼 아무
도 없었던 것 같다. 그런 만큼, 그 일에 대해 한 번도 입 밖에 내어 말
한 적은 없지만, 그 당시 남편은 화내며 욕지거리를 퍼부으면서, 아
내는 경건한 상상을 하며 맞아들였던 그 사람에 대한 기억은 그들에
게 더욱더 생생하게 남아 있었다. 이야기가 나왔으니 말이지만, 남편
은 그때의 기억을 별로 떠올리고 싶지 않아 가능한 한 떨쳐 버리려고
했다. 그는 당시 그 낯선 사람이 원하고 바라는 대로 해준 것이긴 해
도, 어쩐지 그 후 언제나 자기가 무슨 죄라도 지은 것 같은, 솔직히
살인을 저지른 것 같은 느낌이 들었던 것이다. 그런 기분이라면 누구
라도 떨쳐 버리고 싶었으리라. 그의 기억 상층부에서는 그런 기억을
떨쳐 버리기야 어렵지 않았다. 왜냐하면 황어나 잉어나 가물치 등을
두 시간 거리에 있는 이웃 마을 시장으로 내갈 때마다 그는 어쨌거나

사람들을 만났고, 그것으로 기분을 바꿀 수 있었기 때문이다. 그러나 그의 아내는 다른 사람을 전혀 만나 보지 못했으며, 완전히 고립되어 황무지에 묻혀 살며 무뚝뚝한 남편 곁에서 시들어 가고 있었다. 그리고 남편과는 달리 그녀는 그때의 일을 기억에서 떨쳐 버릴 아무런 이유가 없었기 때문에, 그동안의 세월 내내 계속 그 일을 남몰래 마음속 깊이 간직한 채, 자신이 빗속에서 데려오고 갈대를 깔아 잠자리를 마련해 주었던 그 아름답고 겸손한 거지의 모습을 잊지 않고 있었다. 아주 자주, 아니 매일같이 그 거지를 생각했으며, 그럴 때마다 그녀의 눈에는 눈물이 어렸다.

생각이 날 때마다 그녀의 눈이 눈물에 젖었다고 해서 거기엔 딱히 별다른 의미가 있는 것은 아니다. 대체로 그녀는 울기 잘하는 여자였다. 말하자면, 이렇다 할 무슨 이유가 있는 것도 아니요, 자기만의 어떤 이유가 있는 것도 아닌데, 엉엉 우는 것도 아니고 표정이 변하지도 않으면서 남의 눈에 띄지 않게 슬며시 눈물이 고여 메마른 뺨 위로 한두 방울 또르르 구르는 것이었다. 그래서 남편인 어부는 그녀를 늘 울보라고 불렀다. 사실 어부는 다른 사람들과 접촉도 있고 이런저런 거래도 있어, 완고하고 굳세며 보통 사람들과 같은 성미를 지니고 있었지만, 아내는 좀처럼 기분전환을 할 일이 없고 늘 혼자였으므로, 마음이 약하고 여린 풀잎처럼 감수성이 예민했던 것이다.

그런데 이 부부에게 특별한 날이 찾아왔다. 여러 가지 면에서 기적적인 날이라고 할 만했는데, 그것은 그 다음 날도 마찬가지였다! 그날은 아침부터 아주 운이 좋았다. 어부가 아침 일찍 호수에서 그물로 굉장한 고기를 잡았던 것이다. 그것은 흔히 볼 수 없는 창고기였다.

정말이지, 창고기의 본보기라고도 할 만했으니, 거의 상어라고 불러도 좋을 정도였다. 길이는 6피트가 넘고, 검은 점박 무늬가 멋지게 박혀 있었으며, 탐욕스런 아가리는 사나운 이빨들로 가득했다. 이 폭군에게서 해방된 것이 호수 안의 작은 고기들에게는 분명 신의 축복이었으리라. 어부는 그 노획물의 사나운 몸통을 상대로 한바탕 싸움을 치르고서야 가까스로 그 대가리를 뱃전에 후려쳐 잡을 수 있었다. 그것은 어부인 그로서도 좀처럼 얻기 힘든 행운의 선물이었다. 어부는 다음날 아침 일찍 그 맛있는 물고기를 시장에 내다 팔아서 한몫 챙길 생각이었다.

그럴 심산이었지만, 놀랍게도 그 고기를 판 큰돈은 내일까지 기다릴 필요도 없이 바로 오늘 받을 수 있게 되었다. 그것도 멀리 떨어진 마을에서가 아니라 그의 집에서였다. 왜냐하면 이날 어부 내외는 다시 손님을 맞이하게 되었기 때문이다.

그들은 그때도 그랬고 그 후로도 자주 그랬듯이, 황혼이 질 무렵 나란히 오두막 앞에 서서 벌판을 바라보고 있었다. 이제 수염이 완전히 하얗게 센 어부는 기뻐하기보다는 오히려 화를 내면서, 좀처럼 있기 힘든 행운을 꽉 붙잡는 사람처럼 음울한 자부심 속에서 자기가 잡은 그 엄청난 물고기를 생각하고 있었고, 아내는 머리를 한쪽으로 비스듬히 기울인 채 아무 표정도 없이 약간 눈물에 젖어 있었다. 그들은 아무 말도 하지 않았다. 그때도 그랬고 그 후로도 자주 그랬던 것처럼 계절은 가을로 접어들고 있었다. 때는 9월이었다. 그날은 그들이 살고 있는 저지대의 경사진 언덕 위로 흐릿한 빛이 비치고 있었다. 그것은 비구름 때문이었는데, 해가 기울면서 하늘의 일부를 어둡게 덮는

구름은 당장이라도 비를 퍼부을 기세였다.[1]

그때 부부는 멀리 숲 속으로 굽이진 좁은 길을 따라 말을 탄 사람들이 앞뒤로 늘어서서 골짜기로 내려오는 것을 보았다. 그들은 그것을 보고도 한동안 잠자코 있었다. 그러더니 남편이 쉰 목소리로 말했다.

"말을 탄 사람들이로군."

"아, 하느님" 하면서 아내는 두 손을 모아 합장을 했는데, 그녀의 뺨을 타고 투명한 눈물이 두 방울 흘러내렸다.

그리고는 다시 한 마디도 하지 않고 미동도 하지 않은 채 서서 그들은 낯선 사람들이 가까이 다가오는 것을 지켜보고 있었다.

"말을 탄 사람이 셋이고, 빈 말이 한 필이군" 잠시 후 남편이 쉰 목소리로 말했다.

"빈 말이 한 필!" 아내는 되풀이하면서 합장한 손에 더 힘을 주었다. 그리고 그 손을 얼굴 앞으로 더 높이 치켜들며 덧붙였다.

"빈 백마예요."

사정은 이랬다. 앞서 오는 두 사람은 길이 충분히 넓어지자 나란히 말을 몰고 있었고, 그들 뒤에는 세 번째 사람이 뒤따르고 있었다. 그는 하인이었다. 그의 말에는 짐이 실려 있었는데, 등 양쪽으로 속이 가득 찬 자루들이 달려 있었다. 그런데 하인은 짐이 실리지 않은 네 번째 말의 고삐를 끌고 있었는데, 그 말은 안장과 고삐까지도 하얀 백마였다. 그 말에 앞서 가고 있는 주인들 역시 훌륭한 안장과 고삐를 갖춘 긴 다리의 품종 좋은 말을 타고 있었다. 나이가 지긋한 신사들로

---

1 그리고르스가 처음 방문했을 때와 동일한 환경이다.

서 둘은 키 차이가 났다. 한 사람은 땅딸막하고 다른 사람은 키가 컸으며, 둘 다 모자가 달린 여행용 외투를 두르고 있었다. 두 사람은 넋이 빠져 있는 부부 바로 앞에 말을 세웠고, 부부는 놀라서 입을 벌린 채 보기만 할 뿐 인사하는 것도 잊고 있었다. 신사 중 키가 작은 쪽이 그들에게 저녁인사를 건네고는 남편을 향해 물었다.

"이보게, 이곳을 황무지라고 할 수 있나?"

"예, 어르신, 황무지라고 할 만한 외딴곳입니다" 남편은 정신을 차리고 말했다.

"가장 외딴 데라고 할 수 있단 말이지?"

키 큰 신사가 물으며 꿰뚫는 듯한 눈길로 어부를 바라보면서 한쪽 입가를 중후하고 엄숙하게 내려뜨렸다.

"명백한 사실입니다, 어르신, 이 오두막은 마을에서 더없이 멀리 떨어져 이 호숫가에 서 있습니다."

"자네의 생업은 무엇인가?" 키 작은 신사가 물었다.

"저는 어부입니다" 남편은 대답했다.

그러자 두 신사는 서로를 쳐다보며 고개를 끄덕였다. 한 사람은 숱 많은 검은 눈썹을 치켜 올렸고, 다른 사람은 입가를 더욱 엄숙하게 내려뜨렸다.

"이보게, 회색수염의 친구" 키 작은 신사가 다시 말했다.

"우리에게 숨기지 않았으면 좋겠는데, 자네가 살고 있는 이 외진 곳 어딘가에 혹시 세상에서 멀리 떨어진 거친 바위가 있지 않은가? 사람이 앉을 만한 바위나 아니면 자네가 보기에 사람이 머물 만한 장소라고 여길 그런 곳이 있지 않은가?"

"없습니다, 어르신. 그런 곳은 모릅니다" 어부는 단호하게 고개를 저으면서 대답했다.

"이 주변에 그런 곳이 전혀 없단 말인가? 자네는 어부니까 저 너른 호수에서 고기잡이를 하고 있을 것 아닌가?"

"네, 그렇죠. 그곳에서 저는 양식을 구하고 있습니다."

"그렇다면 그 호수에 암초라고 할까, 절벽이라고 할까, 자네가 뭐라고 부르든 간에 아무튼 물 위로 튀어나와 있는 바위가 정말 없는가? 그러니까 황량한 섬들이 있는 가운데, 그중 어찌 되었건 거친 바위라고 말할 수 있을 만한 한두 개의 섬이 없단 말인가?"

"맹세코 없습니다, 어르신. 이 호수라면 왜 제가 모르겠습니까요? 그러나 이 호수 안에 바위섬이 있다는 건 알지 못합니다."

"자네의 아낙은 왜 울고 있는가?" 돌연 키 큰 신사가 물으면서 커다란 인장반지를 낀 손가락으로 어부의 아내를 가리켰다.

"이 사람은 거의 항상 훌쩍거리고 있답니다요" 남편은 퉁명스럽게 대답했다.

"눈물이 많은 사람이라서요."

"마음이 부드러운 사람은 복을 받을지니" 하고 반지 낀 신사가 말했다. 그리고는 키 작은 신사와 마찬가지로 말에서 내렸다. 이번엔 키 작은 신사가 어부에게 다가가 그의 어깨에 손을 얹고 말했다.

"여보게, 듣게나. 우리는 오늘 밤 자네와 눈물 많아 축복받을 자네 아낙에게 신세를 질까 하네. 우리는 신분이 높은 사람들이긴 하지만 먼 길을, 앞서 지나온 긴 여정은 차치하고라도 오늘만 해도 아주 먼 길을 왔다네. 이미 오랫동안 여행을 계속하고 있으니까 말이네. 그래서 여행에도 지치고 말 타는 일에도 지쳐 버렸네. 이제 곧 저녁이 닥치고 비까지 내릴 것 같은데, 아니 벌써 조금씩 내리고 있군, 내일 아침까지 자네의 외딴 오두막에서 우리가 묵어갈 수 있겠는가? 손해는 끼치지 않을 것이네."

그렇게 말하면서 땅딸막한 신사는 친근하게 한쪽 눈을 찡긋해 보였다. 그것은 마치 범속한 것, 즉 이익을 앞세우는 탐욕스러운 마음을 상대로 흥정하려는 동작 같았다.

어부의 기분은 이랬다저랬다 했다. 낯선 방문자들이 바위에 대해서 물었기 때문에 그의 마음은 영 편치 않았고, 그들이 왜 온 것인지 의심스러웠다. 그러나 보상이 있을 거라는 귀족의 눈짓에 어부는 음산하면서도 속이 켕기는 듯한 미소를 슬며시 머금었다. 지금의 그는 그 무일푼인 부랑자가 구걸하며 오두막에 왔을 때와는 완전히 다른 사람이 되어 훨씬 나긋나긋해져 있었다. 오늘은 큰 어획물이 있더니 왠지 또 하나가 걸려든 것 같고, 이 두 가지를 잘 엮어서 큰 이익을 얻을 수도 있을 것 같았다. 그는 악착같이 이 행운을 꼭 붙잡았다.

"간곡히 부탁드립니다" 어부는 말했다.

"손님 맞을 준비나 설비가 전혀 되어 있지 않은 외딴 오두막이지만, 그럼에도 불구하고 부디 묵고 가시는 은혜를 베풀어 주십시오. 저희는 가난뱅이입니다. 저희에게 최소한 이전에 옆에 붙어 있던 헛간이라도 있었다면 그곳에 어르신들의 그 회색 말들과 백마를 묵게 할 수 있었을 것이나 수년 전에 이미 헛간은 무너져 버렸습니다. 그래서 어르신들의 하인은 제가 보니, 다급한 대로 최선을 다해 말들을 묶고 덮어서 비를 맞지 않도록 하고 있네요. 제가 날씨를 좀 압니다만, 비는 더 심해질 것 같지는 않습니다. 그러나 비 때문에 어르신들이 이 밤중에 여행을 계속하시면 안 될 것 같습니다요, 늑대까지 있으니까요. 저는 상대가 귀족이든 거지이든 간에 이러한 상황에서 문전박대한 적은 지금껏 없습죠. 다만 저희가 너무 가난하지 않고, 어르신들이 주저하면서 둘러보고 계시는 그 방이 그리 궁색하지 않았다면 좋았을 텐데요. 무엇보다 저희야말로 망설이고 주저하지 않을 수 없습니다. 도대체 어떻게 어르신들의 잠자리를 마련해야 할지, 그 이전에 어떻게 식사를 대접해 드려야 할지 모르기 때문입니다. 식사 대접은 어떻게 해드릴 수 있을 것 같습니다요, 오늘 제가 물고기를 한 마리 잡았거든요. 그놈을 내다 팔면 큰돈을 받을 수 있을 것입니다. 정말로 물고기의 왕이라고 할 만큼 대단한 놈인데요, 제 처가 굽거나 해서 요리해 올려 드린다면 어르신들의 입에 딱 맞는 저녁거리가 될 것입니다요."

"이보게" 키 작은 손님이 말을 이었다. 그러면서 그는 모자를 뒤로 젖혔기 때문에 그 아래 숱 많은 새하얀 백발이 드러났는데, 그것은 그의 칠흑같이 새까만 눈썹과 상당히 멋지게 어울렸다.

"이보게, 우리 때문에 걱정하지 말게나. 잠자리 같은 것에 신경 쓰지 말게나, 정말이지 아무래도 좋으니까. 단지 자네에게만 그런 일이 신경 쓰이는 것 같네, 잘 듣게나! 우리는 사실 신분이 높은 사람들이지만, 특별한 사정이 있으므로 어떠한 일에도 불평할 수 없고, 아무리 우리의 습관에 거슬리는 요구라 하더라도 마음이 상할 처지가 아니라네. 우리가 사자로 임명되어, 이처럼 나이 든 몸으로 이 여행을 하게 된 그 본질적이고 위대한 목적에 비한다면, 어떠한 요구이든 간에 전혀 문제 삼을 가치가 없으니 말일세. 몇 달 전 여행을 시작한 이래 겪게 된 여러 어려움을 우리가 아무런 불평 없이 감내해 왔다는 것을 안다면, 자네도 우리의 잠자리 같은 것을 그렇게 걱정하지 않을 것이네. 자네의 아낙이 우리를 위해 여기 바닥 위에 지푸라기를 조금 얹고 그 위에 요를 깔아준다면, 그것만으로도 우리는 충분히 사치라고 생각할 걸세. 정 안 되면 우리는 이 전나무 식탁 앞에 놓인 의자에 앉아 밤을 보내도 괜찮다네, 한 가지 중대한 일에 비하면 그 밖의 다른 일은 모두 우리에게는 하찮은 것이니까 말일세."

백발의 손님은 그렇게 말했다. 그런데 그 사이 그의 동행자 역시 여행용 외투를 벗자 그 아래로 사제복이 드러났고, 그의 더부룩한 회색 머리를 덮은 작은 보라색 모자도 보였다. 그러자 어부 부부는 그의 축복을 구하기 위해 곧장 그 앞에 무릎을 꿇었다.

"저희를 축복해 주소서, 교황님!" 어부의 아낙은 눈시울을 적시며 간청했다. 그러나 키 큰 손님은 교황님이라는 호칭에 깜짝 놀라 커다란 몸짓으로 이를 말렸다.

"그런 호칭은 삼가시오, 아낙네여" 그가 소리쳤다.

"더구나 나를 그런 호칭으로 부르지 마시오. 그 호칭은 분명히 이 부근에 계실 단 한 분에게만 적합한 것이오 ─ 그분의 이름으로 그대들을 축복하오." 그러고 나서 그는 두 손가락으로 집주인 부부의 머리 위에 성호를 그었다. 그런데 축복을 받고 부부가 몸을 일으키자, 이내 남편은 다시 식사 대접에 대한 말을 시작하며 자신이 잡은 예의 그 맛있는 물고기로 이야기를 돌렸다. 그것을 어르신들에게 팔아서 저녁식사로 준비해 내놓겠다는 것이었다. 그러나 사제가 아닌 신사가 이렇게 대답했다.

"이보게, 이런 일은 일체 잊고 우리 걱정은 하지 말게나! 우리는 우리에게 필요한 것은 가지고 다닌다네. 포도주도 있고 빵도 있네, 그리고 아마 우리 하인이 말들에게도 준비된 사료를 주고 나면, 차가운 닭 날개 같은 것도 가져올 걸세."

"아무렴 그러시겠죠" 어부가 말했다. "그래도 일단 보시고 나면 어르신들께서는 저녁식사 주 메뉴로 이 창고기에 구미가 당기실 것 같은데, 확인해 보시면 어떨지요."

그렇게 말한 어부가 그 물고기를 통에 넣어 가지고 오자, 손님들은 적잖이 놀라면서 그 크기와 아름다움을 격찬했다.

"시장에 내다 팔면" 집주인은 말했다. "이것으로 문제없이 금화 다섯 플로린2은 족히 벌었을 겁니다."

"그 두 배로 값을 쳐주겠네" 하고 백발의 손님이 약속했다.

"자네 아낙이 그것을 구워 기름을 바르고 고급 카페른 소스를 곁들여 우리를 위해 맛있게 요리를 하게 되면, 자네 부부도 함께 먹으면 좋겠네. 부인, 맡아서 해주겠소?"

"아, 고귀하신 어르신" 그녀가 말했다.

"저는 카페른이라는 말은 들어본 적이 없지만, 생선꼬치를 만드는 데 쓸 돼지비계 정도는 있을 것입니다. 또한 어르신들이 분명 칭찬을 마다하지 않으실 소스도 준비하겠습니다."

그녀는 자신이 해낼 수 있는 것보다 더 많은 것을 약속했다. 그것은 남편이 두려웠기 때문인데, 그는 자기가 잡은 물고기를 가치 이상

---

2 신성로마제국 때 만들어져 그 이후 통용된 금화.

으로 파는 데 혈안이 되어 있어, 만일 도움이 안 되게 군다면 그녀는 남편에게 얻어맞을 것이었다.

"금화 열 플로린요?" 물욕에 눈이 먼 어부가 소리쳤다.

"그러면 거래가 성사된 것입니다요! 은총을 입은 여행자들께서는 여행길에서 두 번 다시 만나지 못할 멋진 요리로 저녁식사를 하시게 될 것입니다. 곧바로 생선 껍질을 씻고 내장을 빼내 아내가 요리 솜씨를 부리도록 하겠습니다."

어부의 아내는 양손을 가슴에 모으고 손님들 곁에 서 있었고, 남편은 뒤 화덕 옆에서 분주히 일을 했다. 하인이 빵과 포도주를 내오자 두 손님은 그것을 먹고 마시면서 어부의 아내에게도 여행용 잔에 든 붉은 포도주를 맛보라고 주었다. 그녀는 실례를 무릅쓴다고 말하며 마셨는데, 포도주의 취기가 그녀의 호기심을 부추긴 탓인지 이렇게 말했다.

"귀하신 어르신들께서 여행에 나서서 익숙지 않은 궁핍함마저 괘념치 않으실 정도의 용건이라면, 그건 분명 정말 중요한 일이겠지요. 어르신들이 멀리서부터 오신 분들이고, 이미 긴 여정을 통해 세상을 헤쳐 오셨다는 것을 잘 알 수 있었습니다."

"그렇네" 검은 눈썹을 지닌 백발의 손님이 맞장구를 쳤다.

"우리는 새 예루살렘3이 있는 저 먼 나라 이탈리아에서 왔네. 그러나 이런 여행에 나서게 되어 기독교계 구석구석을 찾아다니고 있는 것은 우리 나이에 맞지 않는 무모함 때문이 아니라, 높은 곳에서의 계시가 있었기 때문이라네."

---

3   로마를 말한다.

"말씀만 들어도 경외스러울 따름입니다" 어부의 아내는 대답했다.

"그런데 어르신들께 이렇게 여쭙는 것은 괜한 호기심 때문이 아니라 그 경외스러움 때문인데요, 기독교계에서 무엇을 찾고자 하시는지요?"

"'구하라, 그러면 얻을 것이다'라는 말씀이 우리에게 실현된다면, 온 세상과 함께 그대도 우리가 찾는 것을 알게 될 것이네" 키 작은 손님이 말했다.

"그것이 이루어지는 데 별 문제가 없을 걸세. 계시대로라면 우리의 목표가 이미 멀지 않은 것 같으니 말이네. 우리는 말이나 마차 또는 가마를 타고 다니면서 이탈리아의 도시와 영지를 두루 지나 험준한 알프스산맥 가까이 갔는데, 그 협곡에는 무시무시한 절벽에서 떨어지는 물이 끓어오르고 있었네. 그리고 안개구름을 뚫고 오랜 옛날부터 나 있는 좁은 오솔길을 따라 산꼭대기와 비탈진 곳에 올랐는데, 그 황량한 광경 앞에서는 영혼도 얼어붙어 버린다네. 그곳에는 나무도 관목도 자라지 않고 투명한 빛 속에서 거친 자갈들만 이리저리 널려 있을 뿐이었으며, 눈 덮인 삼각 봉우리가 멀리서 위협하듯 그 아래를 내려다보고 있었고, 팽팽하게 펼쳐진 말간 하늘 또한 이 황량함과 꼭 들어맞았다네. 우리는 숨이 가빠져 심장이 목까지 고동치는 것 같았지.4 그리고 우리에겐 끔찍하게 황량한 주변 경관과는 전혀 어울리지 않는 일종의 취기가 밀려왔네, 그 탓인지 나의 길동무인 저 사제께서

---

4 이 부분은 괴테의 《빌헬름 마이스터》에서 미뇽이 알프스를 넘을 때의 악몽을 연상시킨다.

는 그의 천성이나 인상과는 무관한 농담을 하기 시작하는 걸세. 나는 신께서 가까이 계시니 농담은 그만두라고 나무랐지."

"그렇게 말할 수는 없지" 키 큰 신사가 반박하였다. "내 말이 실없는 거라고 할 수는 없을 텐데요!"

"그렇게 얘기한 것은 그대의 입에서 풍부한 말들이 거침없이 쏟아져 나왔기 때문이오" 상대방은 대답했다.

"내가 그렇게 말한 것은 또한, 여행길에 우리가 지나왔던 곳들이 형언키 어려울 정도로 멋있었다는 점을 이 선량한 부인에게 단지 알려주기 위해서일 뿐이었다오. 그래서 우리가 가는 길은 그곳 알프스에서 다시 아래로 이어졌고 예상했던 대로 우리는 알라마넨 국가에 도착했는데, 이곳은 실용을 중시하는 나라였네. 그곳에서는 건장한 남자들이 삼림을 개간하여 목초지와 경작지로 만들었고, 물레와 베틀을 사용해 도시민을 품위 있게 부양하고 있었으며, 평화스러운 수도원에서는 학문이 융성하고 있었지. 우리는 그 어디에서도 꼭 필요한 휴식 이상은 취하지 않았네. 그 유명한 성 갈렌 수도원조차도 우리를 유혹해서 머물게 할 수는 없었다네. 우리에게 주어진 사명 때문에 촌각을 지체할 수 없었으니까 말일세. 서북쪽으로 우리는 계속 길을 재촉했고, 수많은 주교구와 영지 그리고 왕국을 지나 마침내 북해에 접해 있는 이 나라에 도착했네. 그런데 이 나라는 5년 동안이나 침략 전쟁으로 인해 국토를 짓밟혔는데, 들리는 말에 의하면 온 힘을 집중해 쥔 어느 손 때문에 해방되었다는구면. 부인은 온 힘을 집중해 쥔 그 손에 대해 들어 보았는가?"

"아닙니다" 부인은 대답했다. "저희는 그런 일은 전혀 알지 못합니다. 저희의 오두막이 세상과 너무 멀리 떨어져 있기 때문에, 전쟁도 돌격의 함성도 저희에게는 미치지 않습니다."

"아, 바로 그것일세" 백발의 손님이 말했다.

"그것이 신께서 우리에게 내리신 지시와 일치하고 있다는 말이네. 그 지시에 따라서 우리는 넘실대는 바다를 등지고 이 나라의 구릉지나 황야, 황무지를 찾아다녔다네. 황무지를 헤매다가 들판을 지나 숲 속으로 들어가게 되었는데, 그곳에서 우리의 마음이 끌리는 대로 계속해서 길을 걷다가 헤맨 지 사흘째나 되네. 그러다 아직 말발굽에 한 번도 밟혀 본 적이 없는 어느 오솔길에 들어서게 되었네. 그리고 구불구불하고 풀이 무성한 그 길을 따라가다 호수에 있는 이 곶(串) 쪽으로 나와서 자네들이 사는 오두막에 당도하였다네. 그래서 보다시피 우리는 여기 이렇게 와 앉아 있는 것일세. 자, 부인, 이 잔으로 포도주를 한 잔 더 드시게. 손님인 우리의 건강을 기원하며 한 잔 쭉 들이키시게! 쭉, 남김없이, 그렇게. 그런데 이제 우리에게 진솔하게 대답해 주었으면 하는데, 사람 발길 하나 닿지 않는 이 외딴 황무지 어딘가에 험한 바위나 외따로 놓인 바위 같은 것에 대해 자네들은 정말로 아는 바가 없는가?"

부인은 남편 때문에 마음을 졸이며 이렇게 대답하였다.

"그건 어르신들께서 제 남편에게 물으셔서 그이가 대답해 드렸는데요. 그이가 그런 곳을 알고 있다면, 어찌 감히 어르신들께 그 사실을 숨기겠습니까?"

"그런데 부인은 어째서 그렇게 떨면서 울고 있는가?" 키 큰 손님이 나지막한 목소리로 물었다. 어부의 아내가 흐르는 눈물을 억제할 수 없는지, 가슴 위에 포갠 손이 부르르 떨리고 있었기 때문이었다.

"신부님" 어부의 아내는 말했다.

"그건 제가 어르신들께 아무래도 꼭 한 가지 여쭙고 싶은 일이 있어서 그렇습니다 — 이미 어르신들께서 이 오두막에 당도하셨을 때부터, 아니 이미 저 멀리서 오시는 걸 뵈었을 때부터 이 가련한 여자는 여쭙고 싶은 그 일 때문에 말할 수 없을 정도로 견디기 힘들었습니다."

"물어보게나!" 사제가 말했다.

"누구를 위한 것인지요? 아, 분명 누군가를 태우기 위한 것이겠지만요" 어부의 아내는 물었다.

"그 백마요. 어르신들께서 함께 끌고 오신, 아무도 타고 있지 않은 백마 말입니다."

"그 백마는" 하고 대답하면서 사제는 목소리를 한층 더 낮췄다.

"특정한 분을 위한 말일세. 천상의 지시에 따라 우리가 새 예루살렘에서 파견되어 찾고 있는 바로 그분 말이네. 그 백마는 우리가 전 기독교계를 샅샅이 다니며 찾고 있는, 선택받은 분을 위한 것일세. 모든 조짐으로 보아 그분이 계신 장소는 여기에서 멀지 않은 곳에 있는 것 같네."

"아아, 이럴 수가" 하고 부인이 말했다. "그렇다면 제가 말씀을 드리겠습니다. …"

그러나 그녀가 막 얘기를 시작하려는 순간, 어부가 생선을 손질하고 있던 곳에서 그의 목쉰 고함소리가 들려왔다. 그것은 공포와 경악의 소리였다. 깜짝 놀란 신사들은 일어나서 고함치는 어부 쪽을 쳐다보았다. 그러나 어부의 아내는 와락 몸을 돌리더니 팔을 쭉 뻗어 고함

소리가 나는 쪽을 가리켰다. 그녀는 그곳에서 무슨 일이 생겼는지 알고 있기라도 하듯 의기양양하여 외쳤다.

"저기, 저기요, 저것, 저것입니다!"

그렇게 그녀는 한 손을 쭉 내민 채 우두커니 서 있었다. 한편 신사들은 일어나서 부뚜막 쪽으로 건너갔다. 그곳에서는 어부가 두려움에 떨며 이렇게 말하고 있었다.

"바로 그것이다! 이렇게 다시 손에 들고 보게 되다니, 호수 밑바닥에서 주운 거야. 하느님, 절 도와주소서!"

점액으로 끈적끈적해진 도마 위에는 생선이 비늘이 벗겨지고 배가 갈린 채 놓여 있었다. 그런데 어부는 더러워진 양손으로 무엇인가를 들고 있었다. 열쇠였다. 그것을 빤히 응시하면서 어부는 이렇게 말하고 있었다.

"아아, 슬프도다! 바로 그것이야, 틀림없어. 호수 바닥에서 건져낸 거야! 물고기의 뱃속에 있었어! 뱃속에 뭔가 이상한 것이 보여서 배를 갈라 꺼내 보았더니 바로 이것이었어. 그것을 이렇게 손에 쥐고 있다니, 하느님, 죄를 범한 저를 도와주소서!"

그리고 그는 탁자 쪽으로 비틀비틀 걸어가더니 그 위에 팔꿈치를 괴고, 찾아낸 그 열쇠를 든 채 더러워진 양손으로 머리카락을 쥐어뜯었다. 신사들은 어부 쪽으로 걸어갔다. 반면 어부의 아내는 정신을 잃은 것처럼 한 손을 쭉 뻗은 채 여전히 그대로 서 있었다. 그 손이 가리키는 곳에서 남편은 이미 비틀거리며 사라지고 없었다.

"이보게" 하고 낮고 부드러운 목소리로 리베리우스가 말했다. 이제 리베리우스라고 하는 것은, 이 낯선 사람들이 바로 리베리우스와 섹스투스 아니키우스 프로부스이기 때문이다. 그러므로 나는 우리가 이미 알고 있는 이 사람들을 마침내 그 이름으로 부르는 것이다.

"이보게" 하고 교황청 원로[5]인 리베리우스가 말했다.

"우리에게 얘기를 해서 마음을 가볍게 하도록 하게. 물고기의 뱃속에서 발견한 것이 자네의 마음을 눈뜨게 해서 옛날의 과오를 인정하게 한 모양이로군! 내게 고해성사를 해보시게! 그 물건에 대체 무슨 사정이 있는 겐가? 자네 손에 들고 있는 그 열쇠 말일세!"

이리하여 얼굴이 파랗게 질린 어부는 몸을 일으켜 참회했고, 그러는 동안 그의 아내는 두 손을 합장하고 남편 옆에 무릎을 꿇고 있었다. 어부는 오래 전에 거지 차림을 하고 이 오두막에 왔던 길 잃은 한 남자 이야기를 한 것이다.

'그 남자를 나는 잔뜩 비웃고 증오했는데, 만약 아내가 무마하지 않았다면 내 집에서 묵게 하지도 않았을 것이다. 그 남자를 사기꾼으로 생각했기 때문에 나는 모욕적인 말을 하면서 그를 엄청 괴롭혀 주었다. 그 남자는 참회자의 마음으로 그 모든 것을 겸허하게 감내했다. 또한 마지막에 가서는, 자기가 지은 죄에 걸맞은 극단적 참회를 할 수 있는 황량한 장소가 있냐고 내게 묻기도 했다. 그래서 나는 그 이튿날 아침 그 남자를 호수 안에 있는 험한 바위로 데리고 가서 그곳에 내버려 두고 돌아왔다. 물론 그 남자가 바라던 대로 해준 것이긴 하지만, 그의 위선에 찬물을 끼얹으려는 악의도 있었다. 게다가 또 자물쇠가 있는 족쇄를 그의 발에 채우고는 열쇠를 호수 안에 던져 버렸다. 그리

5　교황 바로 아래 직책을 지닌 바티칸의 성직자.

고 만약 내가 그 열쇠를 호수 바닥에서 다시 찾아 건져 내기라도 한다면, 그 남자가 성스러운 참회자라는 것을 믿고 그에게 사죄하겠노라고, 스스로를 저주하는 말을 내뱉었다.'

이렇게 말한 어부는 "저주받았습니다, 저주받았어요" 하며 신음했다.

"오랜 세월이 지난 지금 신이 제게 벌을 주셔서 이런 기적을 일으켜 저를 치신 것입니다. 여기 이 열쇠를 보십시오, 물고기가 삼켜버린 열쇠 말입니다. 물고기 뱃속에서 발견되었습니다. 그 사람에게는 영광을 주시고, 제게는 저주를 퍼붓는다는 신의 징표입니다. 저는 그 성인을 조롱하여 지옥불에 탈 저주스러운 몸이 되었습니다. 사죄를 한다 해도 이미 시간이 너무 늦어 버렸으니 말입니다."

어부는 다시 탁자 위에 팔꿈치를 괴고 양손으로 머리를 쥐어뜯었다. 하지만 그때 두 손님의 감동은 얼마나 컸겠는가!

"내 영혼이 주를 찬양하네, 그대의 증거가 우리를 도왔도다!" 리베리우스는 하늘을 향해 말한 다음, 혼란에 빠진 어부에게 몸을 돌려 "이보게" 하고 말을 걸었다.

"기운을 내시게. 열쇠가 자네에게 보내진 것은 교황권, 그리고 속박하고 풀어 주기도 하는 신성한 권력이 주어질 분에게 자네가 잠자리를 베풀었다는 표시이네. 그분께서는 자네를 풀어 주시고 용서해 주실 것이네. 자네가 그분을 알아보지 못하고, 그분의 의지에 따른 것이긴 해도 증오 속에서 예전에 저지른 일도 그렇다네. 사죄는 이제라도 늦지 않았네. 내일 날이 새기 전에 우리를 그 바위로 데려다주게나. 그 바위로 말일세! 그분을 바위에서 모시고 내려와야 하네. 우리는 그분을 찾기 위해서 파견된 것이니까. 그렇게 두 번째 배를 띄운다면 자네는 첫 번째 배를 띄웠던 죄에서 풀려날 것이네."

"아, 고귀하고도 가련한 어르신들!" 어부는 탄식했다.

"배를 띄운들 무슨 소용이 있겠습니까? 배를 띄우기는 하겠습니다만, 아마도 저는 영원히 배를 띄워야만 하며 영겁의 벌을 받아 언제까지나 이리저리 떠돌아다녀야 할 것입니다. 하지만 어르신들께서는 어떻게 제가 20년 전에 심술 고약하게 내버려 두고 온 곳에서 그 성인 분을 만날 수 있다는 희망을 가지시는 것입니까?"

"17년일세." 프로부스는 어부의 말을 정정했다.

"17년이지, 어부 양반."

"17년이든 20년이든!" 어부는 한탄했다.

"그게 무슨 차이가 있겠습니까? 그중 1년이라도, 아니 1년의 12분의 1이라도 그 성인께서 그곳을 견뎌 내 살아 계실 것이라는 희망은 갖지 마십시오! 저는 그분을 헐벗은 바위 위 온갖 고통 속에 내버려 두고 왔습니다. 그 고통 중 하나만으로도 모든 희망을 죽이기에 충분합니다. 만약 거센 비바람이 그분을 곧장 쓸어버리지 않았다면, 아마도 그분은 굶주려서 세상을 떠나셨을 것입니다. 아마 헐벗은 몸보다는 굶주림이 그분의 목숨을 더 빨리 앗아갔을 것입니다. 그 바위 정상에서 우리가 찾아낼 수 있는 것은 기껏해야 그분의 뼈 몇 조각이 고작일 것입니다. 그러니 어르신들께서는 성인의 유골만 들고 새 예루살렘으로 돌아가시게 되겠지요. 그렇지만 저는 유골에 대고 사죄할 수도 없고, 유골이 저를 죄에서 풀어 줄 수도 없으니, 제 죄의 대가로 바위와 나루터 사이를 배를 타고 영원히 떠돌아다니게 될 것입니다."

그 말을 들은 두 신사는 미소를 지으며 서로의 얼굴을 쳐다보고 고개를 저었다. 그리고 어깨를 약간 들썩거리며 웃음을 터뜨렸다.

"이보게, 자네가 말하는 것은 자네의 머리로만 알고 있는 것이라네" 하고 신부가 말했다. 그리고 그의 세속 귀족 친구가 이렇게 덧붙였다.

"자네 소심하구먼, 자네 아낙을 좀 보게나!"

턱 밑에 두 손을 모으고 합장한 채 그 자리에 무릎을 꿇고 있는 그녀의 마음은 신앙과 행복으로 충만해 있어, 방 안의 어두침침한 불빛 속에서도 그녀의 머리 주변만은 뭔가 밝은 빛이 또렷이 비치고 있었던 것이다.

✠

발견

　그 생선은 요리되지도 않았고 누구의 입에도 들어가지 않았다. 모두
는 열쇠를 운반해 준 그 물고기에 기름을 발라 먹는 일을 부당하다고
여겼고, 신사들은 빵과 포도주로 만족했는데, 나는 그것을 당연한 일
이라고 생각한다. 어부의 가련한 영혼은 생선 값을 몽땅 날렸다 해도
그것을 원망할 여지 따위는 전혀 없었을 것이다. 그는 성인을 알아보
지 못한 탓에 배를 타고 나루터와 바위 사이를 영원히 떠돌아야 하지
않나 하는 불안감으로 가득 찼기 때문이다. 그럼에도 불구하고 어부
는 그 돈을 손에 넣었다. 관대한 손님들은 주문한 것에 대해서는 어쨌
든 값을 지불해야 한다고 생각했기 때문이다. 그래서 어부는 비록 다
른 일로는 말할 수 없이 걱정이 되고 괴로웠지만, 생선 값이라는 부차
적인 문제에 대해서는 안심을 하게 되었다.

　어부는 기도하고 있는 아내의 머리 주위로 비치는 후광을 그녀의
사사로운 일로 여겼다. 그것은 완전히 그녀의 광신주의적인 산물일

뿐, 바위 위에는 거지 차림의 그 성인의 흔적이 아무것도 남아 있지 않을 거라는 그의 확신을 뒤집을 수 있는 징표는 아니라고 생각했다. 만일 잔해가 있다 해도 그것은 생각만 해도 오싹한 유골에 지나지 않을 거라고 그는 확신했다. 열쇠를 발견함으로써 끔찍하리만큼 수치를 느끼며 응분의 벌을 받고 있는 어부는 악의로 잔인한 행동을 했던 그 장소로 다시 배를 저어 가는 것이 두려웠다. 또한 어르신들이 엄청난 노고를 해봤자 그들을 기다리고 있는 것은 실망뿐일 거라는 생각 때문에 두려웠는데, 이 고령의 귀인들을 그 바위 위로 끌어올리는 것도 보통 일이 아닐 것이며, 막상 끌어올려 봐야 이렇게도 먼 길을 달려온 끝에 도달한 목적지에서 그들이 찾는 것이 주어질 리도 없다고 생각했기 때문이었다.

나는 이 거칠고 상스러운 어부의 걱정을 내 나름대로 헤아리고 있는 것이다. 왜냐하면 나는, 나뿐 아니라 나에게서 모든 이야기를 듣고 있는 독자들 역시, 계시와 위탁을 받은 이 두 귀인 앞에 어떤 시련이 기다리고 있었는지를 잘 알고 있기 때문이다! 이 이야기의 주인으로서 앞으로의 일까지 내다볼 수 있는 나는, 흡사 이 시련이라는 것이 소위 장난질 같은 것에 지나지 않고 결국에는 만사가 순조롭게 끝난다는 것 때문에 위로를 받을 수는 있을 것이다. 그럼에도 불구하고 이러한 확신에 앞서 그들이 목적지에서 먼저 당하게 될 엄청난 낭패와 혼란을 생각하니 나는 마음이 무겁다.

신실한 어부 아내는 이 파견된 귀인들을 위해 자기네 부부 침상에 있던 넓은 요를 가져와 부엌방에 깔아 주었다. 그 위에 두 사람 다 누워 몇 시간가량 초조하게 선잠을 잤거나, 아니면 한 사람만 요 위에서 자고 다른 한 사람은 의자에 앉아 꾸벅꾸벅 졸았을 것이다. 그러나 날이 새자마자 그들은 활기차게 움직이며 어부에게 물을 달라고 해서 원기를 회복했고, 어부의 아내가 가져온 밀가루 수프를 두서너 숟갈 떠먹은 후 출발을 조금도 지체하려들지 않았다. 그들은 나루터까지의 짧은 구간은 어부의 안내를 받아 자신들의 말을 타고 갔다. 어부는 우울한 심정으로 사다리와 곡괭이 한 자루, 또 두서너 개의 밧줄도 실어 날랐다. 로마에서 따라온 하인은 고삐를 잡고 백마를 끌고 와 나루터에서 일행을 기다려야 했는데, 그것을 본 어부는 고개를 설레설레 저었다. 하인은 또 약간의 식료품과 빵, 포도주도 운반해 왔다. 그리고 백마의 등에는 마땅히 필요로 할 분을 위해 준비된 품위 있는 옷들이 놓여 있었다. 옷과 음료, 식품은 여타 도구들과 함께 작은 배에 실렸다. 그러나 예의 그 열쇠는 리베리우스가 입가를 경건하게 내린 채 자신의 몸에 소지하고 있었다.

그리하여 어부는 이따금 무거운 한숨을 내쉬며 그들을 태우고 잔잔한 물 위를 저어 갔다. 한 시간, 아니 두 시간쯤 지났을까? 그들은 시간 같은 것에는 아무런 관심도 없었다. 그들은 그 어린 양이 자신들에게 고지해 준 바위 쪽을 주시하고 있었다. 그리고 마침내 그것은 황량하고 광활한 풍경 속에 모습을 드러냈다. 붉은 기운이 도는 회색의 원추형 벌거숭이 암초로서 상당히 높은 바위였다. 사제 리베리우스는 경건하게 "바위다"라고 중얼거렸고, 두 손을 깍지 끼며 "페트라"[1] 하고 덧붙였다. 그러나 일행이 바위에 다가갔을 때 프로부스는 말했다.

---

1   *petra.* 바위를 뜻하는 헬라어.

"저 바위 위에는 아직 아무것도, 아무도 보이지 않는구려."

그는 '아직'이란 말에 힘을 주긴 했어도 친구로부터 엄중하게 "기다리시오!" 하는 꾸지람을 들었다.

"기다리고 있소" 아니키우스 가의 프로부스는 대답했다.

"하지만 저 위에는 아직 움막이나 그밖에 지붕 삼을 만한 그 어떤 것도 보이지 않고, 또한 인간의 모습도 보이지 않는구려."

"대체 무엇으로, 뭘 사용하여 그분께서 숙소를 지었겠습니까!" 어부는 우울한 마음으로 퉁명스럽게 중얼거렸다.

리베리우스는 그 말을 못 들은 체했다. "좀더 힘껏 젓게!" 그는 엄하게 명령했다. "노를 힘껏 저어 배를 바위에 바짝 대서 우리가 지체 없이 기어오를 수 있도록 하게나!"

"그래, 바위를 기어올라야 해!" 그의 친구가 힘주어 다시 말했다. 몸이 뚱뚱한 그로서는 바위를 오르는 일이 심히 걱정스러웠는데도 말이다. 사실 말이 쉽지 그것은 나이 오십을 넘긴 사람들에게는 힘든 일이었다. 어부는 배를 바위에 대고 고정시킬 수 있었다. 힘겨운 시도와 실패를 거듭한 끝에 마침내 사다리의 갈고리를 바위의 돌출 부분 두 곳에 적절히 걸 수 있었던 것이다. 그곳까지 닿은 사다리는 거의 수직에 가까운 절벽에서 약간 떨어져 있어 흔들리긴 했지만 바위의 돌출부까지 비교적 안전한 층계가 되어 주었다. 그렇지만 알다시피 그것은 결코 바위 끝 평평한 면까지 이어지지는 않았다. 손님들을 사다리 위뿐 아니라 벌거숭이 바위까지 계속 모시고 가야 하는 임무는, 그렇지 않아도 절망한 어부에게는 실제로 쉽지 않을뿐더러 지금까지 상상했던 것보다 훨씬 더 어렵다는 것이 확인되었다.

어부는 세 사람의 몸을 밧줄로 묶고 흔들리는 사다리 위로 오르도록 했는데, 자신이 앞에 나서고, 이어서 리베리우스가, 그리고 프로부스가 맨 뒤를 따르도록 했다. 신앙으로 마음을 다지지도 못한 채, 이 죄 많은 어부는 이미 사다리의 윗부분에서부터 힘겹게 그들을 끌거나 받쳐 줘야 했는데, 사다리 계단이 끝나고 정상까지 올라가기 위해 디뎌야 할 마지막 바위 구간에 더 이상 발을 디딜 만한 아무것도 보이지 않게 될 때에는 더욱 그러했다. 그는 갖고 있던 괭이로 자기 뒤로 기어오르는 이들에게 바위에 디딜 곳을 만들어 주려고 몇 차례 시도했지만, 그래 봐야 너무 옹색해 그저 시늉만 내는 정도였다. 두 사람은 헐떡이면서 손발로 최대한 그것을 이용했다. 금방이라도 숨이 끊어질 듯 헐떡이며 추위 속에서도 땀에 젖은 채 그들은 차례로 바위 위에 도착했고, 원추형의 평평한 면으로 기어올라와 몸을 일으킨 후 눈을 들어 주위를 둘러보았다. 어부는 건성으로 별 기대 없이 둘러보았지만, 귀인들은 간절한 마음으로 두 눈을 부릅뜨고 주변을 살폈다.

그곳에는 멀리서나 아래에서 탐지할 수 있었던 것 말고는 아무것도 없었다. 그들이 그토록 고생해서 도착한 헐벗은 정방형 평지에는 텅 빈 공허밖에 없었던 것이다. 당황스러운 실망감과 깊은 비통이 굴욕감과 함께 그들을 엄습했다. 두 사람이 받은 계시와 지시가 이들을 모두 속이고 우롱한 것이었을까? 이 순간까지 간직해 온 어린 양의 말이 마지막 목적지에 도착한 순간 거짓말로 드러날 수 있단 말인가? 자신들도 모르게 프로부스와 리베리우스는 서로 손을 맞잡고 꼭 쥐었다.

그랬었다. 그런데 그때 어부를 포함해 그 세 사람은 동시에 하나의 물체, 뭔가 생물 같은 것이 평지 한가운데에서 가장자리를 향해 움직여 가는 것을 보았다. 고슴도치보다 약간 큰 하나의 생명체였는데, 그것은 네 발로 기는가 싶더니 곧 몸을 일으켰다가 다시 앞발을 바닥에 붙이고 몸통을 늘어뜨렸다. 그 달리는 모양으로 보아 도망치는 것 같았는데, 그러나 어느 쪽으로 향해도 몸을 숨길 곳은 없었다. 그런데 바위 귀퉁이에 녹으로 뒤덮인 채 반은 부서져 있는 하나의 물체가 있었고, 그것이 어부의 눈에 들어왔다.

"족쇄다!" 그가 소리쳤다. 그러나 두 친구의 입술에서는 다음과 같은 억누른 외침 소리가 흘러나왔다.

"생명체다!"

서로 붙잡고 있던 그들의 손이 떨렸다. 다른 손으로는 둘 다 성호를 그었다.

리베리우스가 어부에게 물었다. "급히 도망가는 이 생물이 무슨 종인지 아는가?"

"모릅니다" 어부가 대답했다. "저런 것은 처음 봅니다. 제가 그 성인을 이곳에 모시고 왔을 때는 바위 위에 저런 생명체는 없었습죠."

"그런데 자네가 저기 있는 물건을 보고 소리친 건 무엇 때문이었는가?" 하며 프로부스가 궁금해했다.

"그것은 다리를 묶는 족쇄입니다" 어부가 내뱉듯 말했다. "비바람 때문에 너덜너덜해졌습니다. 전 예전에 그것을 그 성인에게 채운 후, 저주를 하면서 그 열쇠를 호수 속에 던져 버렸지요…. 그런데 그걸 물고기가 삼킨 겁니다. 어르신들께서는 여기에 그 열쇠를 갖고 계시고, 저기에 그 족쇄가 아직 잠긴 채로 있습니다. 하지만 이젠 어느 누구의 족쇄도 아닙니다. 성인께서는 거기에서 빠져나가셨습니다. 아마 그분은 하늘로 올라가셨을 겁니다."

"우리에게 내려진 가르침은 그런 것이 아니었네" 교황청 원로가 울적해져서 응수했다.

"그분은 바위 위에 교회를 세우고 승천하셨구나. 너무나 달콤한 지시를 받았는데도 바위가 비어 있는 걸 보다니 씁쓸하기 그지없네. 우리의 이런 고통을 당치 않는 억측으로 달래는 것은 우리에게 그다지 도움이 되지 않아."

"비었다고 당신은 말하지만" 하고 프로부스가 끼어들었다.

"그 말은 진실에 완전히 부합되지는 않아요. 이 바위가 완전히 비어 있다고는, 우리가 파견되어 찾고 있는 그분의 흔적이 전혀 없다고는 할 수 없습니다. 저기에 그분이 찼던 족쇄가 있어요. 그분 자신의 모습은 보이지 않습니다. 그러나 우리가 기독교인으로서 보이지 않는 것을 존재하지 않는 것과 동일시해야 할까요? 우리가 믿음 안에서 흔들려도 될까요? 오히려 비어 있다는 것 배후에, 겉보기에 아무것도 없는 그 배후에 확증이 분명히 숨겨져 있다는 확신을 가져야 하는 것은 아닐까요? 정말이지, 어린 양이 우리에게 알려 준 장소에 살아 있는 것이라면 저기 족쇄 옆에서 도망치는 저 신의 피조물뿐입니다. 그것은 선택받은 분이 여기에 머물렀을 때는 없었지만 지금은 여기에 있습니다. 우리 가까이 가봅시다."

"뻣뻣한 털이 서 있군요" 리베리우스가 거부감을 나타내며 말했다.

"그렇군요" 프로부스도 시인했다.

"그렇지만 그 행동은 성질이 나빠서가 아니라 오히려 겁내고 있기 때문이라고 할 수 있겠어요. 저것 때문에 두려워할 필요는 전혀 없어요···. 저 생물에게 뭔가 기대를 걸어 보는 것이 어떻겠습니까? 그쪽으로 가봅시다!"

그때 그는 아직 친구의 손을 잡고 있었으므로, 내켜하지 않는 친구를 끌어당겨 평평한 부분의 가장자리로, 녹슨 족쇄와 그 곁에 예의 그 생물이 웅크리고 있는 쪽으로 갔다. 그런데 두 친구와 어부의 경악은 얼마나 컸던가, 그들의 호흡이 어떻게 멈췄으며, 그들의 몸은 그 지점에서 어떻게 굳어 버렸던가! 그 생물은 다가오는 그들에 맞서 짧은 앞발 하나를 내밀었으며, 더부룩한 털에 덮인 입술에서는 틀림없는 인간의 목소리가 흘러나와 그들의 귓전에 울렸던 것이다.

"내게서 떨어지시오! 여기서 사라져 주시오! 신 앞에서 최악의 죄를 저지른 자의 참회를 방해하지 말아 주시오!"

두 신사는 얼이 빠진 채 서로를 바라보았다. 그들은 손을 한층 더 굳게 움켜잡았다. 사제는 열쇠로 성호를 그었다. 그가 말했다.

"말을 하는구나, 피조물이여. 그렇다면 그대는 인간의 부류에 속한다고 볼 수 있는가?"

"나는 인간의 부류에 들지 않는 몸입니다" 대답이 돌아왔다.

"내게 주어진 이곳을 떠나 주시오. 그래서 극단적인 참회를 통해 내가 행여라도 신께 도달할 수 있도록 해주시오!"

"피조물이여" 프로부스가 이때 가운데에 서서 말했다.

"우리는 당신의 거처를 두고 언쟁하려는 것이 아니오. 그러나 우리 또한 너무나 달콤한 이중의 환영을 통해 이곳으로 오라는 지시를 받았고, 신이 선택하신 분을 이곳에서 찾을 것이라는 약속을 받았소."

"여기에서 당신들이 찾을 수 있는 것은 신이 가장 비천한 최악의 죄인으로 선택한 사람뿐이오."

"그것 역시" 하고 아니키우스 가의 프로부스가 도시인다운 정중함으로 대답했다.

"흥미로운 만남이군요. 그러나 우리가 찾아 모셔 가도록 부름을 받은 분은 신께 선택되어 신의 보좌신부, 모든 주교들의 주교, 만백성의 목자, 로마의 교황이 될 분이시오. 아시겠소? 우리는 로마 사람, 새 예루살렘의 아들들이오. 그곳에 있는 세계의 왕좌는 비어 있소. 그 자리를 채우려고 하다 보니 사람들의 정신이 혼란에 빠졌기 때문이오. 그런데 사제인 이 친구와 나는 각자 따로 똑같은 환영을 보았는데, 이를 통해 너무나 감동적인 어린 양이 죄를 속박하고 푸는 권력이 누구에게 주어져야 하는지, 신이 직접 선택을 하셨다는 것을 알려주었소. 선택받은 그분은 먼 나라의 어느 바위 위, 즉 이 바위 위에서 만날 수 있을 것이며, 그분은 17년째 그 바위 위에서 살고 있다고 신의 어린 양이 말씀하셨소. 그런데 우리는 그분을 찾지 못하고 이 족쇄를 발견했을 뿐이며, 그 열쇠는 호수가 물고기를 통해 되돌려 주었고, 우리는 선택받은 분 대신 당신을 만나게 된 것이오. 부디 말해 보시오. 선택받은 그분에 대해 우리에게 뭔가 알려 줄 것이 있는지?"

"이제 그만두시오!" 리베리우스는 돌연 두려움에 휩싸여 말하고 있는 사람의 팔을 붙잡으며 소리쳤다. 그런데 그때 그들은 그 생물의 두 눈에서 털이 수북하고 마법에 홀린 듯한 얼굴 위로 눈물이 두 방울 흘러 떨어지는 것을 보게 되었다.

"울고 있군요, 피조물이여" 이것을 본 프로부스는 자신도 눈물을 억제하지 못하고 말했다.

"그렇게 우는 것이 말하는 능력보다는 훨씬 더, 그대가 인간 부류에 속한다는 증거요. 어린 양의 피를 걸고 묻겠는데, 당신은 지금의 형체가 되기 이전에는 인간이었소?"

"비록 인간 축에 들지는 않았지만, 인간이었습니다"라는 대답이 돌아왔다.

"그러면 세례도 받았소?"

"독실한 수도원장님께서 제게 세례를 베풀고 그분의 이름을 세례명으로 주셨습니다."

"어떤 이름인가?"

"묻지 마시오!" 리베리우스가 극도의 불안감에 싸여 소리치며 키가 큰 자신의 몸을 친구와 그 생물 사이로 들이밀려 했다. 그러나 생물은 대답했다.

"그레고리우스."

"맙소사!" 사제는 절규하며 양손으로 얼굴을 감싸면서 무릎을 꿇었다. 그의 동행인 프로부스도 그에게로 몸을 굽혔다. 프로부스는 키가 더 작았지만 지금은 그의 몸이 더 위로 솟아 있었다.

"진정합시다, 친구여!" 그가 말했다.

"이것은 혼란스러운 일이지만 감동적이고 위대한 기적이오. 난 인정하겠소. 이런 일을 당하게 되면 우리 인간의 지혜 따위는 전혀 쓸모가 없게 됩니다."

"이건 악마의 농간이고 지옥의 속임수요!" 사제가 얼굴을 감싼 두 손 사이로 내뱉었다.

"어서 가버립시다! 우리는 악마에게 조롱당한 바보들이오! 신은 거칠고 뻣뻣한 털로 싸인 야생 짐승을 그분의 주교인 교황으로 선택하시지는 않았소. 그런데 이자는 선택받은 분의 이름을 수없이 자신에게 붙이는군. 여길 떠납시다, 지옥의 짓궂은 장난질이 행해지는 이곳을 떠나자고요!"

그는 벌떡 일어서서 서둘러 떠나려고 했다. 프로부스는 그의 옷을 꼭 붙잡았다. 그런데 그들 뒤로 겸손하게 말하는 소리가 들려왔다.

"저는 일찍이 문법과 신학과 법률을 공부했습니다."

"들었소?" 프로부스가 물었다.

"저이는 말을 하고 울 뿐만 아니라, 죄를 속박하고 푸는 권력을 행사할 수 있는 학문적 교육도 이미 철저히 받았답니다. 그에게 열쇠를 건네는 것이 좋을 듯하오."

"절대로!" 사제는 정신 나간 듯 소리쳤다.

"리베리우스" 동행인 친구는 부드러운 어조로 그를 설득했다.

"오두막의 아낙을 생각해 보시오. 그녀는 거지의 넝마를 걸친 사람을 보고도 그가 성인인 것을 알아보았소. 우리는 그 여인의 머리 주위에 신앙의 후광이 둘러져 있는 것을 보았소! 우리가 그 여인에게 부끄러움을 당하면 되겠소? 미천한 모습을 하고 있다고 선택받은 분을 미처 알아보지 못함으로써 말이오. 어린 양이 그렇게 정확히 계시해 주었는데 우리가 혼란에 빠져서야 되겠소?"

"우리가 본 환영에는 처음부터 무언가 맞지 않는 게 있었소" 리베리우스가 대꾸했다.

"당신은 어린 양의 피가 장미로 변하는 것을 보았다고 주장했지만,

내 쪽에는 그런 시현(示現)은 주어지지 않았소."

"당신의 해석에 의하면" 하고 프로부스가 응수했다. "교회의 아들
이며 주인으로서 그런 믿음의 근거는 필요치 않은 것이지요."

"그렇지요" 리베리우스가 외쳤다.

"나는 교회의 종, 신성한 위엄을 지키는 파수꾼입니다. 당신은 세
속의 사람이니 나의 심정을 공유할 수는 없을 것이오. 당신의 신앙으
로는 쉽사리 호의적으로 나올 수 있으나, 교회의 대변자로서 내 마음
은 수치심 속에 묶여 있소. 나는 당신과 함께 신이 택하신 주교들 위
의 주교, 제후와 왕들의 아버지, 지상의 순환을 조정하는 분을 모셔
오기 위해 파견되었소. 고슴도치만 한 괴물을 가슴에 안고 고국으로
돌아가서 교황의 관을 씌우고 세디아 게스타토리아2에 앉게 하여 도
시와 세상이 그것을 교황으로 받들도록 해야 하겠소? 투르크족3과 이
교도들은 교회를 조롱하겠지. 교회는 ··· ."

그가 말을 멈추었다. 그들 뒤에서 이런 소리가 들렸다.

"내 모습 때문에 충격받지 마십시오! 유아처럼 먹고 하늘이 내린
비바람을 버티느라 이런 몰골이 되었습니다. 다시 어른의 모습으로
돌아갈 것입니다."

"들었소? 들었소?" 프로부스가 의기양양한 어조로 말했다.

"그의 외형은 나아질 수 있어요. 그런데 친구여, 당신은 너무 일방
적으로 교회의 귀족적인 면만을 강조하고 교회의 대중성은 잊고 있습

---

2   교황의 전용 가마.
3   이슬람교도였던 중세의 오스만 투르크족을 말한다.

니다. 그 대중적인 면을 보여 주기 위해 신은 보다시피 여기에 확실한 예를 제시하셨소. 교회의 수장을 선택하는 데 있어서는 세상에서 매기는 고하의 단계는 아무 소용이 없습니다. 혈통이나 가문, 출신 배경도 소용없고 심지어 성직자로 봉직했다 해도 아무 소용이 없지요. 아무리 미천하고 미미한 사람이라도 기독교 세례를 받았고 이교도나 이단자가 아니라면, 또 성직매매의 혐의가 없는 사람이라면 교황이 될 수 있어요. 당신도 알지 않소. 그리고 그대, 참회하는 자여, 저기 희끗한 수염의 남자를 아십니까?"

"저 사람이 저를 이곳으로 데려왔습니다."

"당신은 이 족쇄를 차고 있었소?"

"차고 있었습니다. 제 몸이 줄어들어 빠져 버릴 때까지요. 제가 참회를 하는 데에는 어떤 족쇄도 필요하지 않았습니다. 저는 온 힘을 집중해 꼭 쥔 손으로 제 몸을 굳게 잡고 참회하고 있었습니다. 저의 죄에도 불구하고 저는 어떤 투쟁에서도 비상하게 정신을 집중할 수 있었습니다."

"그대는 이미 선택의 결과를 받아들일 준비가 되어 보이는군요?"

"인간들 속에 저의 설 자리는 없었습니다. 신의 측량할 길 없는 은총으로 모든 인간 위에 설 자리를 허락해주신다면, 저는 속박하고 풀 수 있는 권한을 말할 수 없이 감사한 마음으로 받아들이겠습니다."

"팔라티노 언덕 아래에 있는 성 아나스타시아 교회의 감독 추기경이여" 프로부스는 의기양양하게 키가 훨씬 더 큰 옆의 친구 쪽으로 발돋움을 했다.

"신이 만드신 이 피조물에게 그 열쇠를 주시오!"

리베리우스는 더 이상 반대하지 않았다.

"저는 당신에게 천국의 열쇠를 드리겠습니다"[4] 그는 중얼거리면서 무릎을 꿇고 물고기가 오두막으로 가져다 준 것을, 참회하는 자에게 건넸다. 구부정한 팔로 그것을 받아 든 그 사람은 열쇠를 자신의 앙상한 가슴에 갖다 댔다. 그가 말했다. "고귀한 부모님, 그대들의 죄를 풀어 드리겠습니다."

---

4 예수가 반석 위에 교회를 세우게 될 베드로에게 했던 말씀과 같다. 《신약성서》
   〈마태복음〉 16장 18~19절 참조.

✠

변모

그들은 선택받은 그분을 바위 위로 데려갔던 어부가 다시 그를 팔에
안고 배까지 내려가는 것으로 결정했다. 내려가는 일은 몹시 힘들었
으며 기어오르는 것보다도 더 힘들 지경이었다. 하지만 다행히도 네
사람 모두 벌거숭이 바위를 지나 사다리까지 가서 사다리 발판을 타
고 내려와 작은 배에 이르렀으며, 교황 열쇠를 받은 그 사람을 배 가
장자리로 조심스럽게 내려놓았다. 그러고 나서 어부는 자신이 바위
와 나루터 사이를 영원히 떠돌지 않아도 되리라는 희망으로 기뻐하면
서, 온 힘을 다하여 집 쪽으로 노를 저었다.

　리베리우스는 괴로운 심정으로 바위로부터 데려온 참회자를 지켜
보고 있었다. 그리고 나는, 그곳 의자에 있는 교황을 바라보면서 프
로부스가 느낀 의혹도 성직자인 친구의 고민보다 훨씬 가벼운 것이었
다고는 생각하기 힘들다. 그의 영혼 역시 교황의 체면이라는 문제로
은밀한 불안에 꽉 차 있었다. 더욱이 그가 많은 책임을 떠맡았으며,

자기 행동의 대담성이 교만에서, 말하자면 자신에게만 주어진 그 장미의 기적에 대한 자만심에서 나온 것이 아니었을까, 하며 기독교도답게 자기비판을 하지 않을 수 없었으므로 불안은 한층 더 컸다. 그것 말고도 나에게는, 배를 타고 있는 사람들의 숨 막히는 불안감이 이 이야기에 귀를 기울이고 있는 독자의 얼굴에도 그려져 있는 것이 보이는 듯하다. 오로지 나만이 모든 것을 미리 알고 있는 이야기의 전달자로서 온전히 쾌활한 상태이며 아무런 근심도 없다. 왜냐하면 나는 이 난처한 상황, 즉 그레고르의 오그라든 흉한 모습과 그가 부여받은 고귀한 지위 간의 모순이 나루터로 가는 길에 쉽고 자연스럽게 해결될 것을 다 알고 있었기 때문이다. 말하자면 채 두 시간도 지나지 않아, 더 이상 뻣뻣한 털을 더부룩하게 흐트러트린 야생의 생물이 아니라, 40세쯤 된 나이의 훌륭한 모습의 남자가 그들과 함께 배 안에 앉아 있는 것을 보고 이 로마의 귀인들이 더할 나위 없이 만족하고 안도하게 된 것도 말이다. 그는 균형 잡힌 몸이었는데, 검은 머리를 길게 기르고 얼굴에는 더부룩한 검은 수염이 늘어져 있었지만, 그 수염도 그의 준수한 용모를 완전하게 감추진 못했다.

어떻게 그러한 변화가 이루어졌을까? 정말로 이만큼 간단하고 이해하기 쉬운 일은 없을 것이다. 태고로부터 내려온 어머니 젖가슴인 대지에서 17년 동안 젖을 빨아 온 터였지만, 바위의 젖먹이를 어른의 모습으로 되돌리는 데에는 그저 좀더 제대로 된 음식물을 다시 입술에 닿게 하는 것으로 족했던 것이다. 그의 본성이 이것을 알고 있었다는 것은 분명하다. 사공인 어부가 몇 번 노를 젓기도 전에 그는 "배고프고 목이 마릅니다"라고 말했다. 그들은 의기소침해 있어서 그들 쪽에서 음식 대접할 생각을 미처 하지 못한 데 대해 부끄러워하며 그에게 배 안에 싣고 있던 포도주와 흰 밀빵을 내밀었다. 그는 빵을 먹고 포도주를 마셨다. 그러자 그때부터 은근하고 끊임없이, 완만한 속도로 변화가 이루어졌다고 나는 말할 수 있다. 내가 단언하건대, 야단법석을 떨지도 않으면서, 그것을 목격한 사람들이 특별히 놀라거나 당황하는 일조차 없이 시작된 그러한 변화는 '아고니아 데이' 수도원 원장의 양자이며 용을 물리치고 그때부터 남자로 성숙한 그리고르스를 우리에게 한창 나이의 남성으로 되돌려주었다. 그러므로 우리로서는 그의 머리를 덮고 있는 덤불과 같은 머리카락을 한시라도 빨리 가위나 면도날로 잘라서 빌리기스와 지빌라의 매력적인 모습을 쏙 빼닮은 그의 친숙한 얼굴을 분명하고 생생하게 다시 보게 되기만을 바랄 뿐이다.

그가 아무것도 걸치고 있지 않았으므로 그들은 동정심을 느끼며 가지고 온 옷가지를 그에게 건네주었는데, 작은 성직자 모자에 짤막한 칼라가 달린 흰 모직 옷이었다. 그는 그렇게 옷을 입었고, 일행은 호숫가 나루터에 도착했다. 그는 재갈을 물린 백마에 올라탔다. 그 말은 로마에서 따라온 하인이 귀인들의 말과 함께 그곳에서 대기하며 지키고 있었다. 그렇게 해서 자신을 데려오는 사람들과 함께 그도 호반의 저지대를 지나 어부의 오두막으로 말을 타고 갔다. 거기에서는 시들고 있는 어부의 아낙이 무릎을 꿇고 그를 맞이했는데, 그가 말에서 내리자 눈물로 그의 발을 적시는 것이었다.

"부인, 내가 전에 이 오두막을 방문했을 때 부인은 내게 친절히 대해 주었습니다" 그가 그녀 쪽으로 몸을 굽히며 말했다. "부인이 빗속에서 나를 데리러 왔고, 다음날 아침에는 내 자리로 가는 배를 놓치지 않도록 나를 깨워 준 것을 난 잊지 않았습니다."

"아아, 신성하신 분" 하고 말하며 그녀는 흐느껴 울었다. "저를 기억하고 해주시는 그 치하를 받을 자격이 없습니다. 하느님께서는 저의 죄를 알고 계십니다. 그날 어부가 당신에게 욕할 때 제가 당신을 두둔하자, 그는 제가 음탕하게 육욕에 끌려 당신에게 반한 거라며 저를 책망했습니다. 그때 저는 그런 혐의를 부인했는데, 그것이 실은 위선이었다는 것을 오늘 고백합니다. 제 눈은 사실 거지의 넝마를 걸친 당신의 육체와 기품 있는 얼굴에 끌렸으며, 당신에게 친절을 베푼 저변에는 색정이 깔려 있었던 것입니다. 아아, 저는 천벌을 받을 여자입니다!"

"그것은 사소한 일입니다" 그레고리우스는 대답했다.

"문제 삼을 일은 아니지요. 선한 일 속에서 죄가 될 만한 점을 지적해 보여 주는 사람을 완전히 잘못되었다고 할 수는 없습니다. 설령 그것이 육욕에 뿌리박은 일이었다 할지라도 신께서는 그 선행을 자비롭게 봐주실 것이오. 나는 그대를 용서하겠소" 이것이 그의 말이었다. 그것은 그가 교황으로서 보여 주어야 할 그 범상치 않은 관용의 첫 예였다. 그것은 앞으로 엄숙주의자들에게는 많은 거부감을 줄지언정, 수많은 사람들에게는 큰 위로가 되는 것이었다.

아낙은 행복했다. 내 생각에는, 그녀는 그가 죄를 용서해 준 것을 지금도 여전히 어느 정도 육체적으로 그를 사랑해도 좋다는 허락으로 여긴 것 같다. 반면 그는 **단 하나의** 걱정으로 마음이 무거웠다. 그것은 바위 위에서 비바람을 맞으며 보낸 17년 동안 잠을 잘 때 말고는 그를 떠난 적이 없는 걱정이었다. 귀인들이 지체하지 않고 로마로 계속 가자고 해도, 더욱이 그들의 하인이 나서서 머리와 수염을 자르자고 해도, 그에게는 무엇보다도 그 걱정이 우선이었다. 그것은 자신의 서판에 대한 걱정이었다. 그가 어부의 뒤를 따르려고 급히 서두르던 그날 아침, 그는 하룻밤을 보낸 헛간의 갈대 침상 안에 그 서판을 깜박 잊고 두고 나왔던 것이다. 다급하게 그는 서판이 어디 있는지를 물었다. 그러나 누가 그때 그의 마음을 위로할 수 있었겠는가?

"아아, 신성한 분이시여" 어부가 말했다. "천박한 제 말과도 같이 저는 그날 밤 당신을 형편없는 곳에서 재워 드렸습니다. 눈이 어두워 당신을 몰라보고 내어 드린 헛간은 다 부서져 가는 것이었습니다. 당신을 바위로 모시고 간 이후 간신히 3개월 정도는 그대로 버티다가 이후 바람에 날려 산산이 부서져 버렸습니다. 지붕과 벽은 제가 땔감으로 썼습니다. 그리고 헛간이 서 있던 곳에는, 직접 보십시오, 거긴 황폐해서 아무것도 없습니다. 오직 쐐기풀과 잡초만 무성해 그 장소를 덮고 있을 뿐이지요. 그렇게 많은 세월이 흘렀는데 우리가 어떻게 그 옛날 당신이 거기에 놓고 간 물건의 작은 조각인들 찾을 수 있겠습니까? 아, 비통하지만, 찾은들 무슨 소용이 있겠습니까? 이미 오래전에 썩어 흔적도 없어졌지요. 그러지 않을 거라는 희망은 모두 버리십시오!"

"이 사람아, 생각나는가?" 하고 리베리우스가 엄숙한 어조로 그에게 대답했다. "자네는 우리가 그 바위까지 데려다 달라고 부탁했을 때에도 거의 똑같은 말을 했네! 무엇이든 어느 누구이든 거기에서 찾을 수 있을 거라는 희망을 가져서는 안 된다고 자네는 투덜대며 말했지. 그런데 하느님께서는 자네의 믿음이 약하다는 것을 얼마나 확실하게 확인시켜 주셨는가!"

"교황님은 아주 값진 물건을 잃어버리신 것이네" 하고 프로부스가 덧붙였다.

"괭이와 삽을 주게! 이분을 위해 곧장 파보아야겠네."

그러나 그레고르는 이에 반대했다.

"연장은 내게만 주시오" 그는 명령했다. "그리고 오두막에 들어가 주십시오. 나 혼자 팔 것이고, 내가 하는 일을 아무도 보지 않기를 바랍니다."

"교황님께 감히 말씀드립니다만" 하고 리베리우스가 항의했다.

"교황님께서 여기서 손수 삽을 휘두르고 얼굴에 땀을 흘리며 흙을 파신다면, 교회의 품위에 어울리지 않을 것입니다. 또한 그것은 사자인 우리가 할 일도 아니며 어부와 하인의 일이지요."

"난 이미 말했소" 그리고르스는 대답했고, 결국 그의 뜻대로 일이 진행되었다. 옷소매를 걷어 올리고 그는 전에 자기가 누웠던 곳 여기저기에 삽질을 했으며, 무릎을 대고 직접 손으로 먼지 속을 휘저어보기도 했다. 그러니 자신의 죄의 내력이 적힌 문서 내지 증서를 그렇게 열정적으로 찾는 사람은 아무도 없을 거라고 말할 수 있을 것이다. 쐐기풀에 손을 베었지만 그는 개의치 않았다. 그리고 신께서는 그의 수고와 뜨거운 열정, 땀에 보답하셨던 것이다. 보라! 오물과 부식토 가운데서 그의 눈앞에 번쩍거리는 것이 있었으니 말이다. 그는 막 공예가의 손에서 나온 것처럼 산뜻하고 깨끗한, 글자 색깔조차 조금도 바래지 않은 어린 시절의 지참품, 자기 어머니가 고통스럽게 죄악을 고백한 그 서판을 꺼내었다. 예전에 성실한 수도원장이 맡아주던 그 17년의 세월 동안을 이번에는 대지가 그를 위해 맡아 준 것이었다.

그러자 그것을 한 손에 들고 다른 손에는 열쇠를 든 채, 그는 혼자서 시구를 읊었다.

저의 암담하고 두려운 생명을
이제는 당신의 광명 속에서 보게 됩니다 ─
주여! 어찌 찬양하리이까,
육체의 수치와 고통을
정신의 세계로 정화시키신
당신의 거룩한 연금술을.
죄악의 아들이며 남편인 이 몸은
무한한 영광을 얻었으니,
이 세상을 구하기 위해서라면 어디서든
천국의 문을 열겠습니다.

✠
위대한 교황

종소리, 도시의 하늘에, 온 도시의 하늘에, 여운으로 가득 찬 공중에 거센 파도와 같이 울려 퍼지는 종소리! 누가 종을 울리는가? 아무도 아니다. 단지 이야기의 정령일 뿐이다. 그 정령은 선택받은 분이 입성하기 사흘 전부터 이미 종이라는 종이 모조리 스스로 울리기 시작해 성 베드로 성당 앞에서 그의 대관식이 끝날 때까지 멈추지 않고 울렸다고 전해 주고 있다. 이것은 이야기가 전해 주는 사실이다. 그렇지만 아무리 기적적인 아름다운 일이라 해도 그것이 도시의 주민들에게는 반드시 유쾌한 일이라고만은 할 수 없다. 사흘 밤낮 내내 로마의 모든 종이 멈추지 않았으며 여기저기에서 엄청난 힘으로 한꺼번에 울린 것이다. 그 사이 계속 이 어마어마한 굉음과 울림을 귓전으로 들으라는 것은 인간에게는 무리한 요구였다는 것을 이야기의 정령도 잘 알고 있다. 그것은 일종의 신성한 시련이며 신성한 재난이었고, 연약한 심령을 가진 자들은 종소리를 그치게 해달라고 자주 하늘을 향해 기도를 올렸다. 그러나 나도 충분히 이해하는 바이지만, 하늘은 그렇게 하찮은 간구에 귀를 기울이기에는 너무 장엄한 분위기였다. 하늘은 치욕의 자식이며 자기 어머니의 남편이 되고 자기 할아버지의 사위, 자기 아버지의 매부가 된, 또 자기 아이들의 혐오스러운 형제가 된 남자를 성 베드로 성당의 보좌에 앉게 했으며, 또한 나는 이해하건 대, 하늘 자신도 이해할 수 없는 일에 깊이 감동되었고 그 감동이 바뀌어 일곱 교구의 종이라는 종이 모두 저절로 힘차게 흔들리며 울리게 되었기 때문이다. 그런데 이 숭고한 재앙은 귀에 꽂는 솜뭉치의 수요를 대폭 높였으며 언제나 그렇듯이, 상인들 쪽에서 매점매석해서 가격을 올리려는 사태도 늘어났다. 그러나 이 숭고한 재앙을 보고 사람들은 범상치 않게 거룩한 한 분의 교황께서 가까이 오고 계시다는 것을 알 수 있었다.

교황은 자줏빛 천으로 덮인 백마를 타고 기독교계 나라들을 통과하고 있었는데, 수염을 깎은 얼굴에 남성다운 아름다움을 지닌 모습이었다. 그의 행렬을 에워싼 사람들의 수는 날마다 늘어났다. 수많은 교회의 수장, 지방 방백 외에도 단순히 순례하고 싶은 욕구에 사로잡혀 교황의 대관 선서식에 참석하려는 사람들이 도중에 그의 행렬에 합류했기 때문이다. 17년 동안을 바위 위에서 보냈고 이제는 신에 의해 선택받아 왕좌 중의 왕좌에 앉게 된 한 위대한 참회자의 명성은 그의 행렬보다 앞서 빠르게 퍼져 나갔다. 그래서 길거리에는 수많은 병자와 불구자가 그가 만져 주기라도 하면, 아니면 그저 말을 걸어 주거나 눈길을 주기만 해도 치유되리라 소망하면서 여기저기 누워 있었다. 그들 중 얼마나 많은 사람들이 고통에서 해방되었는지 이 이야기는 알고 있다. 그런데 필시 중병을 앓고 있으면서도 침상에서 몸을 끌고 나가 거리에 누워, 아마도 복된 죽음을 맞이함으로써 고통에서 구원받은 사람들도 더러 있었을 수도 있다. 그러나 그의 옷깃이라도 스쳤거나 멀리서라도 그의 축복의 말을 들은 사람들은 지팡이와 붕대를 내던지고 그를 찬양하면서, 이보다 더 기운이 나는 느낌은 가져 본 적이 없다고 선언하였다.

　그 유명한 로마는 그를 환호로 맞이하였다. 일부 사람들은 그가 도착했으니 제어할 수 없는 이 종소리가 아마도 이제 곧 멈출 것이라는 인간적인 생각에서 환호하기도 했다. 내가 알게 된 바에 따르면, 그는 열네 번째 이정표에 노멘툼 마을, 즉 주교 거주지가 위치해 있는 그 노멘툼 거리에서 자신의 수행원과 함께 오고 있었다. 그를 맞이하기 위하여 로마에 있는 교회당들의 십자가와 깃발을 든 사람들이 이미 그곳까지 나와 있었다. 그리고 그는 민족의 모든 계급, 즉 성직자, 귀족, 저마다의 깃발을 든 민병대 무리, 시민 조합, 어린 학생들이 종려나무와 감람나무 가지를 손에 들고 그를 환영하기 위하여 나란히 서 있는 것을 보았다. 그들의 찬미가는 저 멀리서부터 들려오는 금속이 울리는 소리에 섞여, 사람 손을 빌리지 않고도 울리는 노멘툼 마을의 종소리가 하나로 어우러졌다. 사람들은 이 종에 대한 기적을 그에게 알려 주었고, 그는 자신에게 주어진 명예에 대하여 진심으로 기뻐하였다. 날이 이미 저물었기 때문에, 그날 밤 그는 주교의 집에 머물렀다. 아침이 되어서야 비로소 그는 노래로 가득하며 길게 물결치듯 늘어선 행렬 속에서 도시로 입성하였다. 기록에 따르면 그는 노멘툼 문을 통과하지 않고 성벽을 따라서 가다가 밀비안 다리를 건너 사도

대성당[1]으로 들어갔다고 한다. 그곳에서는 수많은 사람들이 입을 크게 벌리고 부른 찬가가 하늘로 울려 퍼졌다.

"백성들아, 모두 함께 환호하라!
유대, 로마 그리고 그리스,
이집트, 트라키아, 페르시아, 스키티아,
한 왕이 이 모두의 위에서 다스리시나니!"

지상에 존재하는 온갖 잡다한 곤궁함을 다스리는 왕으로 앉혀진 자는, 수도원장에 의해 발견되었으며 바위에서 나온 젖을 마신 그 사람이었다. 그런 그가 성묘 교회의 아트리움으로 향하는 넓게 펼쳐진 대리석 계단을 올라갈 때에, 수없이 많은 사람들의 무리가 성전 앞 우물가 광장을 가득 메우고 있었고, 그를 맞이하는 신부들의 합창 소리가 울려 퍼졌다.

"주의 이름으로 오는 자는 행복할지어다."

만백성 앞에서, 기둥으로 둘러싸인 파라디수스의 현관 앞 옥상 테라스에서 그는 부주교로부터 머리에는 삼중보관을, 어깨에는 팔리움[2]을, 손에는 목자의 지팡이를, 손가락에는 어부의 반지를 넘겨받았다. 그때였는지 아니면 이미 그의 입성식 때였는지 모르지만, 사도 바울과 사도 베드로 청동 입상이 기둥 위에서 각각 징표를 나타냈는

---

1   열두 사도를 모신 성묘 교회를 말한다.
2   대관식용 망토.

데, 하나는 지상의 검을, 다른 하나는 천국의 열쇠를 기쁜 듯이 높이 위로 치켜 올렸다고 한다. 그것이 사실인지 아닌지는 확실치 않다. 나는 그것을 부정하지도 않고, 또한 꼭 믿을 만한 것으로 여기지도 않는다. 어쨌든 그레고리우스에게는 많은 예복이 입혀졌다. 흰색 비단으로 만든 팔다,3 아마와 금빛 허리끈을 단 레이스로 만들어진 알바,4 금사와 적사를 섞어 짠 어깨걸이, 또한 영대(領帶)와 장식띠와 허리걸이 외에도 미사복이 삼중으로 겹쳐 입혀졌는데, 이 모든 것이 흰 비단에 금사로 수놓아져 있었다. 다음에는 교황의 양말이 신겨졌는데, 그 양말은 매우 두꺼운 옷감과 금 자수 때문에 뻣뻣해서 마치 장화처럼 무거웠다. 그의 목에 둘러진 금빛 레이스 끈에는 반짝이는 주교의 십자가가 걸렸고, 비단 장갑을 낀 그의 손에는 어부의 반지가 끼워졌으며, 그가 입은 아홉 가지 예복 위에 마지막으로 가장 육중한 의복인, 자락이 끌리는 외투가 펼쳐졌다. 그 외투는 아침놀과 저녁놀 같아 보였으며, 값진 자수의 무게 때문에 바람에 나부끼지도 않았다. 사람들은 그렇게 차려진 그를 금빛 가마에 앉혔으며, 붉은색 비단옷을 입은 소년들이 그 가마를 메고 교회당 구석구석을 돌았다. 교회당은 중앙 본당의 높은 천장 아래에 넓고 길게 자리하고 있으며, 멀리 성당의 반원형 벽감에서 빛나는 모자이크의 광채로 눈이 부셨고, 같은 하중의 지붕 아래 이중으로 된 주랑식 홀의 양 측면으로 팔을 벌린 듯 펼쳐져 있었는데, 그 교회당 바닥에 박힌 마지막 이교도풍 대리석

---

3 법의 속에 있는 흰색 제의.
4 사제가 입는 흰색 제의.

조각에 이르기까지 경건한 신도들로 가득 차 있었다.

사람들은 그를 묘소 위에 있는 본 제단으로 모시고 갔다. 그곳에서 그는 자신의 대관식을 거행했는데, 이미 예전에 '신의 고뇌' 수도원에서 자신을 발견한 아버지가 행하는 모든 예법을 봐두었기 때문에, 대관식을 매우 잘 치를 수 있었다. 많은 주교들과 추기경들이 그의 곁에 둘러앉아 있었고, 그들은 별처럼 빛났다. 또한 귀족, 수도원장, 재판장 등 다른 이들도 많이 자리했다. 그곳의 노래와 기쁨은 크고도 다채로웠다. 대관식 후에 그는 여전히 종이 울리고 있는 동안에 성 베드로 광장을 돌았다. 그러고 나서 사람들은 전통적으로 행차해 온 길을 통하여, 언덕을 오르내리며 테오도시우스, 발렌티니아누스, 그라티아누스, 티투스, 베스파시아누스 등의 황제의 개선문을 지나, 지방관 크로마티우스의 저택이 있는, 유대인들이 나란히 서서 머리를 흔들며 그를 찬양하고 있는 레기온 파리오네를 거쳐, 콜로세움 옆의 신성한 길을 지나 그가 거처하게 될 라테란궁까지 그를 모시고 갔다.

이제 그대 독자들에게 그 후의 상황에 대해 들려주겠다. 마침내 종소리가 잠잠해진 이후에 찾아온 쾌적한 정적 속에서, 그는 입고 있던 여러 벌의 예복을 벗자마자 바로 기독교계를 다스리고 여러 민족을 보살피며, 지상의 가지각색의 궁핍함 위로 축복을 베풀기 시작하였다. 바위에서 난 그레고리우스는 짧은 시간 안에 자신이 매우 위대한 교황임을 입증했다. 그는 다른 지역에서 가져 온 어떤 로마 교회 기둥의 하단부에 새겨져 있는 회화 속에 그려져 있는, 반신(半神) 헤라클레스의 공과 같은 업적을 이루어 낸 것이었다. 나는 어디서부터 그에게 찬사를 보내야 할지 잘 모르겠다. 그는 매우 시급했던 아우렐리우스 성벽 강화 작업을 완수하였고, 라디코파니와 오르테라는 이름을 가진 도시의 방어시설도 새롭게 강화했으며, 교회, 다리, 광장, 수도원, 병원을 짓고, 고아원도 하나 세웠으며, 성 베드로 성당 아트리움의 바닥을 대리석판으로 깔았고, 그 곳에 있는 우물을 반암기둥으로 이루어진 벽감으로 장식하였다. 이러한 일들은 극히 미미한 것에 불과하였다. 그는 온 힘을 집중해 꼭 쥔 손으로 로마 교회의 세습영지를 지키거나 창설할 줄도 알았는데, 사르데냐, 프랑스와 닿아 있는 알프스 서쪽 지역, 칼라브리아, 시칠리아 지역에서 그렇게 했을 뿐만 아니라, 평지대의 군주나 반항적인 남작들 또한 교황에게 복종시켰다. 교회의 영지를 되찾기 위해 부드럽게 설득하거나 때로는 더욱 강력한 방법을 동원하여 그들이 자신들의 성을 헌납케 함으로써 말이다. 그렇게 그들은 자유로운 귀족에서 베드로를 따르는 보통 시민이 되었다.

그렇다면 이것이 그의 업적의 전부에 해당할까? 어림없는 소리! 그의 의지는 매우 확고해서 마니교도나 프리스킬리아누스파, 펠라기우스파, 그리고 단성론자5 같은 이교도를 가차 없이 엄격하게 제압하였으며, 일리리아와 갈리아 지역의 고집 센 주교들을 성 베드로의 교권 앞에 무릎 꿇렸고, 사제 서품을 놓고 기부를 받던 성직자들에 대하여 단호하게 대처하였기 때문에 이러한 악습은 잠시 동안이나마 지상에서 거의 흔적도 없이 사라지게 되었다.

나는 지금 그의 강한 면에 대하여 말하고 있기는 하지만, 무엇보다

---

5 프리스킬리아누스파, 펠라기우스파, 단성론자 모두 중세 기독교의 교파 중 하나로 정통적인 교리 해석과는 다른 교리 해석을 좇았다.

도 그의 명성이 꽃을 피운 것은 그러한 강함에서가 아니라 관대함과 겸손함에서였다. 그는 최초로 성직의 명예와 존엄을 그 직책을 맡은 자의 고결함과 상관없는 것으로 구별하였으며, 이미 악명 높았던 테르툴리아누스처럼, 오점 하나 없이 깨끗한 이들의 성직만 유효한 것으로 인정하려 했던 아프리카 도나투스교파의 과도한 엄격함을 교황의 권한으로 비난하였다. 그는 누구든 그 직책에 적합하리만큼 고결한 사람은 없으며, 그 자신도 육적인 면에서는 교황의 품위에 가장 합당치 못한 몸이지만, 어쩌다 극단적인 선택에 의해 그 자리에 오른 것뿐이라고 말했기 때문이었다. 그것은 신의 정원에 있는 여러 악한과 잡배들에게는 유리한 말로 들렸을지 모르지만, 그럼에도 인간적인 연약함이 가져올 모든 경멸로부터 성직을 미리 보호하는 것이므로 교회 입장에서 보았을 때 매우 현명한 처사였다.

그의 관용과 자비는, 필요한 경우에 나타나는 그의 확고함에 필적하는 것이었다. 신조차도 몸소 생각이 미치지 못했을 법한 사례들에서 신이 자비를 베풀도록 이끌어 내는 그의 저돌성은 온 기독교계의 이목을 집중시켰다. 외아들을 죽였다는 누명을 쓰고 애원하는 과부에게 바로 그 자리에서 공정한 처리를 해준 황제 트라야누스를 지옥에서 풀어 달라고 기도한 것도 다른 누구도 아닌 바로 그였다. 그 일은 일부에서는 분노를 사기까지 했다. 그리고 풍문에 의하면, 그 이교도가 축복받은 자들 사이로 옮겨졌지만, 두 번 다시 그러한 일로 간구하지 말았으면 좋겠노라고, 신께서 그에게 말씀하셨다고 한다.

그 풍문이 사실이건 아니건 간에, 그레고르의 평생에 있어 죄를 풀어 주려는 성향은 속박하려는 성향보다 더 컸다. 그리고 이러한 성향으로 인해서 그가 법정에서 공포한 결정과 판결들이 처음에는 종종 교회 자체 내에서나 민중들 사이에서 의구심을 불러일으켰지만, 마지막에는 항상 경탄의 대상이 되곤 하였다. 그런 이유로 그는 멀리 있는 미개한 나라들을 계몽시킬 때에도 상당히 자유로운 방식을 사용하였다. 여전히 이교도 사원이 있는 곳에서는 사원들을 부수지 말고 그냥 신상만 제거하고 담장에 성수를 뿌리면 된다고 하였다. 그렇게 해서 미개한 사람들이 지금까지 예배드렸던 곳에서 단지 이제는 계몽된 정신으로 예배드릴 수 있도록 한 것이다. 그는 설명하기를, 성 베드로 성당은 이미 잘 알려진 것처럼 위에서부터 아래에 이르기까지 극악무도한 칼리굴라 황제의 원형 경기장 자재로 지어진 것이므로 그야말로 온통 치욕과 수치로 이루어졌으나, 오직 성묘와 그곳에서 드려지는 예배의 정신에 의해서만 신성하게 될 수 있다고 하였다. 문제는 정신이다. 미개인들이 예전에 악마에게 소를 잡아 바쳤다면, 계속 그들이 소를 잡고 먹게 두어야 하되, 단지 이제는 유일하신 하느님을 숭배하기 위해서 그렇게 해야 할 것이라는 것이었다.

그의 앞에는 정말로 온갖 질문이 던져지지 않았던가! 그 모든 질문에 대하여 그는 기억에 남을 만한 대답을 하였다. 사람들은 그에게 병자가 제물을 헌납하지 않고 사순절에 고기를 먹어도 되는지를 물었다. 그는 그렇게 해도 된다고, 때로는 필요가 율법보다 우선한다고 대답하였다. 사람들은 그에게 사생아도 주교가 될 수 있는지를 질문하였다. 그렇게 될 수 있다고 그는 답하였다. 전승된 법에서는 그것을 금하고 있기는 하다. 법을 공부했다면 그것을 쉽게 알 수 있을 것이다. 그러나 그 사생아가 의인이며 경건하고, 온 힘을 집중해 꼭 쥔 손을 가진 사람이라면, 상황이 불가피하고 선거인들의 의견이 일치할 경우 예외를 감수하는 것이 그 법에 유익할 것이라고 했다. 제네바의 한 수도사 중 외과 의술을 터득한 사람이 있었는데, 그는 할 수 있는 상황에서는 수술을 하였다. 그는 한 촌부의 종양을 제거하고 그녀에게 침상에서 안정을 취하라고 일렀다. 그러나 그 촌부는 그 말을 따르지 않고 일을 하다가 죽었다. 그럼에도 그가 성직을 계속 유지해도 되는가? 그레고르는 된다고 대답하였다. 성직에 있는 자가 그러한 수술을 행하는 것을 전적으로 인정할 수는 없을 것이다. 그러나 그는 돈 욕심 때문이 아니라 인정과 의술에 대한 애정과 종양에 대한 혐오 때문에 수술을 하였으며, 그뿐 아니라 의학적으로 고려하여 주의할 점까지 지시하였으므로, 촌부가 그것을 소홀히 한 것에 대해서는 그가 할 수 있는 일은 아무것도 없었을 것이다. 그러므로 그가 가벼운 참회를 마치기만 한다면, 다시 미사를 드려도 좋다고 한 것이다. 가나안 땅에서 개종한 이슬람교도들 건은 극도로 인심을 자극하는 일이었다. 그들은 신실하게도 저마다 네 명의 부인과 그에 딸린 아이들을 데리고 세례를 받으러 와 있었다. 세상에, 그들이 도대체 기독교도가 될 수 있단 말인가? 시종이 전하는 바에 따르면, 이 일로 교황은 하룻밤을 꼬박 새웠다고 한다. 그리고 나서 그는 아브라함과, 여호와가 보시는 가운데 터키인들과 다를 바 없이 살았던 다른 조상들을 떠올렸다. 그는 일어나서 사서에게 이런 답을 받아쓰게 했다. '신약 복음서 자체에는, 하물며 구약에도 일부다처제를 명확하게 금한다는 말은 찾아볼 수 없다. 분명히 이교도들에게는 그들의 예법에 따라 다수의 아내를 두는 것이 정당할 것이기 때문에, 그들은 기독교도가 된 후에도 족장들의 모범에 따라 여러 아내를 거느려도 상관없다. 까닭 없이 개종을 어렵게 하는 것은 어리석은 일일 것이며, 만약 그들에게 아내들 중 한 명만 새로운 삶에 동반하고 나머지 다른 부인들과 죄 없는 아이들은 암흑 속으로 도로 밀어 넣으라고 한다면, 필히 인간적인 갈등이 생겨날 것이고, 그로 인해 교회는 많은 영혼을 잃게 될 것이다. 선교는 이러한 관점에 입각하여 할 것임을 명하는 바이다. 이른 아침 로마의 라테란궁에서, 그레고리우스의 친서.'

그 일이 세간에서 얼마나 큰 이목을 끌었는지! 그 소식은 트라키아와 스키티아까지 전해졌다. 만일 그가 성직매매자와 이교도, 또 교황의 수위권을 고집스럽게 부정하는 이들에게 엄격한 조치를 취하지 않았다면, 그에게는 너무 태만하다는 죄가 씌워졌을 것이다. 그러나 그는 세례가 예수의 이름으로 베풀어진다는 이유에서, 이교에서 교회로 개종한 한 남자의 세례를 한 번만 유효하다고 선언하고, 다시 세례주기를 거부함으로써 그러한 죄를 뒤집어쓸 상황을 다시금 촉발시켰다. 이러한 그의 처사에 대하여 아프리카와 아시아의 몇몇 주교들이 격분하였다. 그는 절대권력을 잘못 사용하였다고 항의하러 온 카르타고의 사신을 그냥 돌려보냈으며, 이 문제와 관련하여 매우 무례하게 굴었던 아프리카의 수석 대주교에게 이미 파문을 선고했다. 만약 그레고리우스가 바로 그때에, 모세가 파라오 앞에서 행하였던 것처럼 성스러운 기적의 마술로 신이 그의 편에 서 있다는 것을 입증하지 못했다면, 그것 때문에 거의 로마 교회의 분열로까지 사태가 악화되었을 것이다. 기적의 마술이란, 그는 단순히 손을 흔들어 베드로가 예루살렘과 로마 부분으로 나누어 가지고 있던 사슬을 서로 묶어 하나로 연결시켰는데, 그렇게 해서 그 사슬들이 이제는 서른여덟 개의 고리로 된 하나의 사슬이 된 일을 말한다. 사슬제라는 베드로 축제는 그로부터 유래한다. 물론 이것이 근거도 기원도 없는 이야기라고는 할 수 없으며, 따라서 이 축제는 그레고리우스의 사슬 연결 행위에 대한 기록의 진실성을 뒷받침해 준다.

이렇게 함으로써 그는 교황이 너무 관대하다는 여러 사람들의 불평을 잠재우거나 그런 불평이 나오지 않도록 예방 조치를 하는 것이었다. 하지만 불평가들 중에는 그가 간통과 매춘 등 용서할 수 없는 죄악들까지도 용서하려 한다고 주장하는 사람도 있었다. 그것은 옳지 않은 말이었다. 그런 죄인들에게 그는 제법 무거운 참회를 하도록 지시하였지만, 그것이 단지 너무 고된 것이 아니었을 뿐이다. 그는 고된 참회를 좋아하지 않았고, 그런 참회를 부과하는 것을 반대했다. 그 자신은 극심한 참회를 한 사람이었고, 신에 의해서 각질(角質)의 껍데기에다 털투성이의 모습을 하고 대지의 젖을 먹는 조그만 피조물로 격하되기도 했던 전력을 지니고 있었지만, 그는 모든 죄인들에게 온화한 참회를 처방함으로써 그들의 고통을 덜어 주고, 그 결과 회개하는 것이 즐거울 수 있도록 해줘야 한다는 의견이었으며, 고해를 담당하는 모든 신부들과 종교 재판관들에게도 자신의 이런 견해를 공유하도록 지시하였다. 정의는 못투성이의 단단한 손에서 나오지만, 육체의 세계에 필요한 것은 견고하면서도 부드러운 손인 것이다. 죄인을 너무 심하게 추궁하다 보면 그의 영혼을 구원해 주기보다는 그의 영혼에 해악을 끼치기 쉬운 법이다. 그것도 그럴 것이 은총을 구하는 자에게 너무 지독한 참회를 요구하면, 그는 그런 참회를 주저할 수도 있고, 그것을 못 견뎌 지금까지 악마가 시키는 대로 해 오던 것처럼, 자칫 신이 아닌 악마에게 회개하고 다시금 악마의 하수인이 됨으로써 또다시 신을 등질 수도 있기 때문이다. 그러므로 정의보다 은총을 앞세워야 한다는 것은 위대한 정책이다. 왜냐하면 이 정책에 따라 죄인들은 구원을 받고, 선한 사람들은 언제까지나 선하게 살아갈 수 있기 때문이다. 말하자면 그러한 정책은 신앙생활에서 올바른 척도가 되어 줄 것이다. 그렇게 하면 로마 제국에서 신의 명예는 말할 수 없이 치솟게 될 것이다.

이런 가르침을 듣고 기뻐하지 않을 사람이 있었겠는가? 사람들은 모두 다 기뻐하였다. 단지 몇몇 엄숙주의자들은 예외였지만, 교황 특유의 권위가 이자들의 언동을 제어할 수 있었다. 그는 또한, 어떤 연유에선지는 몰라도 죄악의 씨로 태어난 아이들이 흔히 그렇듯이, 매우 아름다운 외모를 지녔으며 멋있는 남자였던 것이다.

"사랑하는 사람이 하는 말은 좋게 들린다"라는 속담도 있다. 그래서인지 사람들이 그의 말을 좋게 들어 주었기 때문에, 그는 페르시아나 트라키아에 이르기까지 사랑을 받았다. 그의 놀라운 교시(敎示) 때문에 그는 "사도와 같은 예언자"로 불렸다. 그러나 그의 온유함 때문에 그는 "감미로운 박사님"으로 지칭되기도 했는데, 이것은 꿀처럼 감미로운 가르침을 주시는 스승님이라는 뜻이다.

✠
펭크하르트

그의 어머니, 고모, 아내 ― 그들은 단 **하나**의 몸일 뿐이었다. 그리고 그 몸은 고된 세월과 더불어 이제 나이가 들어 근력이 약해지고 신색이 바랬다. 그토록 그녀는 회개와 고통의 옷을 입은 채 그 긴 세월 동안 끊임없이 겸허의 물을 마셔온 것이었다. 그녀의 남편이자 아들인 그 남자가 그녀의 나라를 하직하고 참회의 순례길을 떠나면서 그녀에게 부과한 그 일을 그녀는 자기 몸과 재산, 그리고 꾸준한 마음을 다 바쳐 해냈다. 20년도 넘는 긴 세월이었다. 그가 떠나던 해에 그녀는 이미 서른여덟 살이었다.

그 당시 그는 아직 정말 젊은 나이였다. 만약 좀더 성숙한 나이였더라면 아마도 그는 좀더 부드러운 조치를 취했을 것이었다. 성숙한 안목이 있었더라면 그는 아마도, 자기가 떠난 후 플랑드르 및 아르투아의 군주가 된 그녀의 먼 친척 베림발트가, 외로운 처지에서 속세에서 물러나 겸허의 물을 마시겠다는 그녀의 소망을 그야말로 노골적으로 악용

385

하고 온갖 수단을 다 동원해 과부가 된 그녀의 재산을 어떻게든 좀먹으리라는 것 정도는 가히 예견할 수 있었을 테니 말이다. 사실 그녀가 성기슭 큰길가에 지은 구휼소란 아주 초라하기 짝이 없는 것이어서 일종의 임시 막사보다 나을 게 없었으며, 거기에는 그녀가 따로 잠을 잘 수 있는 공간조차 없었다. 그래서 그녀는 자신이 큰길에서 데리고 왔거나 또는 그녀의 판자문을 두드려 스스로 찾아온 불구자들 및 병자들 사이에서 잠을 잤다. 그들에게 잠자리를 펴주고 밀가루죽과 시큼한 우유를 먹여 주는 그녀는 그들에게는 재색 옷을 입은 천사에 다름 아니었다.

그곳 짚을 깐 자리 위에서 그녀는 또한 자신의 둘째딸을 낳았는데, 이 아이도 맏딸 헤라트와 마찬가지로 그녀의 손녀로 부를 수도 있을 아이였다. 방랑 중인 어떤 요술사로부터 죄악의 씨를 잉태하고 있어서 자기 자신도 만삭이 된 여자 하나가 괴로운 출산의 시간에 그녀를 도왔는데, 그 여자는 그 요술사와 함께 있던 현장을 남편에게 들켰다고 했다. 지빌라가 해산한 지 사흘밖에 지나지 않았는데, 이번에는 두엄용 쇠스랑으로 위협하는 남편한테서 쫓겨났다는 그 여자가 분만을 시작했다. 그러자 지빌라는 산후 조리를 하던 침대에서 일어나 그 여자의 출산을 도왔다. 그래서 그 여자는 한 사내아이를 낳았다. 이 죄 지은 여인 구둘라는 그녀의 곁에 머물면서 그녀를 도와 병자들을 먹이고 그들의 상처를 씻어 주고 그들을 목욕시키고 그들의 잠자리를 돌보아 주었다. 지빌라의 딸들도 장성해 감에 따라 재색 옷을 입고 그녀의 그런 일을 도왔는데, 얼굴이 희고 사과처럼 바알간 헤라트도 어머니를 도왔다. 그 아이의 세례명은 분수에 넘치는 것이었고, 애당초 그녀가 세례를 받은 것은 잘못된 일이었으므로, 지금은 '스툴티티아'

라는 이름으로 불리고 있었다. 나중에는 둘째딸도 그녀를 도왔는데, 세례를 받지 않고 '후밀리타스'라는 이름으로 불리는 그 아이는 라틴계 혈통의 예의 그 연갈색 피부와 푸른 기미가 도는 검은 두 눈을 지니고 있었고, 그녀의 할아버지이기도 하고 삼촌이기도 한 빌리기스를 빼닮았으며, 따라서 그녀의 아버지이기도 한 오빠를 빼닮아 있었다. 그 때문에 지빌라는 이러한 친탁 외모와는 딴판인 스툴티티아보다 후밀리타스를 훨씬 더 엄하게 대하는 것이었다.

그러나 그 여자, 즉 구둘라와 그 요술사 사이에 태어난 아들은 세례식에서 펭크하르트라는 이름을 받았으며 이 이름을 명예롭게 지니고 다녔다. 이렇게 말하는 까닭인즉, 그는 대단히 착실하게 자라 벌써 소년으로서 구휼소의 경건하고도 상냥한 심부름꾼이 되었기 때문이었다. 그리고 나중의 일이긴 하지만, 그는 많은 실용적 작업에 두루 재능이 있어서 침대 짜는 가구공, 양초 제조공, 제화공, 화덕 만드는 사람에다가 양봉가이고 야채를 재배하는 농부이기도 했으며, 여주인이 더 많은 병자들을 수용할 수 있도록 하고, 나병 환자들을 따로 격리하고, 여주인이 두 딸과 함께 딴방에서 잠을 잘 수 있도록 구휼소 막사에다 여러 개의 새 골방과 침대들을 놓을 새 헛간들을 붙여 지을 수 있는 목수이기도 했다.

그뿐만 아니었다. 그 숙소들의 내벽을 진기하게 장식하는 일도 이 방크하르트[1]의 몫이었다. 일찍부터 그에게는 이런 일이 즐거움이었기

---

1   원문의 'Bankhart'에 들어 있는 'Bank'라는 단어는 '벤치, 선반'이라는 뜻으로, 이 이름을 통해 이름의 소유자가 벤치, 선반 등을 만드는 사람임을 연상시킨다.

때문이다. 그렇다고 그 즐거움이란 무슨 특별한 것이 아니라, 단지 그의 다른 손재주들과 마찬가지로, 그저 어디서나 빈 평면이 있으면 숯과 석판 그리고 흑연을 사용하여 형상들을 그리고, 그다음에는 물과 계란 흰자와 꿀을 배합하여 안료를 만들고, 이것으로써 짐승이나 사람, 그리고 사도나 천사 같은 그보다 고귀한 존재들을 아주 실물을 보는 듯이 매우 자연스러운 채색을 해서 눈앞에 두려는 것이었다. 이 부문에서 그는 재능을 발휘하였고 갈수록 더욱더 진보했다. 17세가 되었을 때 그는 새로운 방을 몇 개 더 만들었는데 ― 그는 땅딸막한 체구에 가무잡잡하고 갸름한 얼굴의 청년이 되었고 얼굴 양옆으로는 귀밑머리가 아래로 축 늘어져서 마치 양 볼에 구레나룻이 난 것처럼 보였다 ― 그 안쪽 벽들에다 젖은 석회를 바른 다음 그 위에다 자루가 긴 붓을 사용하여 아주 놀라운 수채화들을 그렸다. 즉, 그는 성스러운 후광을 인 채 병사들에 의해 고문을 당하며 피를 흘리고 있는 한 주교의 그림, 아무 일도 없었다는 듯한 표정으로 골리앗의 정수리 털을 움켜쥔 채 그의 머리를 들고 귀환하는 다윗의 그림, 그리고 요단강에서 세례를 받는 주 예수의 그림과 예수가 교회 지붕 위에서 꼬리가 달린 사탄으로부터 뛰어내리라는 유혹을 받고 있는 그림 외에도 이런 비슷한 그림들을 더 많이 그렸다. 이 작업이 끝나자 그는 다시 배추를 심고 구두를 만들었다. 성안의 신사 숙녀들이 병자들의 고름과 신음에는 온갖 구역질을 느끼면서도 그가 묘사한 장면들을 보기 위해서 구휼소로 내려오고 있는 사실에는 전혀 관심을 두지 않았다. 그러나 베림발트 공은 내려오지 않았는데, 그것은 펭크하르트가 그 성스러운 주교의 고문을 지휘하고 감독하는 용병대장의 얼굴 모습을 자기와 혼동할 정도로 꼭 닮게 그려놓았다는 소문을 들은 바 있었기 때문이었다.

호기심 많은 사람들이 지빌라도 볼 수 있을까 하고 눈여겨 살펴보았지만 그들은 그녀를 볼 수 없었다. 그들이 그녀를 보고자 했던 것도 당연했다. 이렇게 말할 수 있는 것은 자기와 똑같이 우아한 오빠 말고는 아무도 자기와 동등하다고 여기지 않았던 그리말트의 딸이 나이를 먹고 참회자의 옷을 걸치고 있었음에도 불구하고 여전히, 비록 슬픔에 여윈 아름다움이긴 했지만 그래도 군주다운 아름다움을 지니고 있었기 때문이었다. 그녀의 두 뺨은 분명 슬픔에 여위었고, 두 눈썹 사이에는 두 개의 지워지지 않는 주름이 패어 있었다. 그러나 세월의 흐름도, 그녀가 짊어진 무거운 죄악도, 병상이나 목욕시키는 물통 위로 그렇게 많이 몸을 굽힌 일도 그녀의 자태를 일그러뜨릴 수는 없었다. 그녀의 자태는 그리고르스가 그 고난에 찬 브뤼주의 사원에서 처음으로 그녀를 향해 다가오던 그때와 꼭 같이 꼿꼿하고 여군주다웠으며, 걸음걸이는 아직도 위풍당당하였다. 실로 기독교적 죄의식 때문에 영혼이 이미 굴복해 버린 데에 대항해서 육체는 이상하게도 아직 자신의 고귀함을 주장하고 있었던 것이었다. 사람들은 그녀의 이마까지 가려 버리는 그녀의 머리띠2 때문에 그 아래에 있는 그녀의 머리카락이 회색인지 백발인지는 볼 수 없었다. 그러나 크나큰 죄악을 거듭 범함으로써 그렇게 다년간 흘린 불안과 후회의 쓰라린 눈물도 그녀의 상앗빛 얼굴의 그 특이한 아름다움을 파괴할 수는 없었다. 머리띠 아래로 창백한 초승달 모습을 하고 있는 그 아름다운 매력을 나는 다시

---

2   중세 때 여인들이 쓰던 턱끈이 달린 머리 및 이마 가리개.

한 번 묘사하려는 시도는 하지 않으련다. 나는 펭크하르트가 아니라서 그 매력을 그려 낼 수 없기 때문이다. 그러나 유감스럽게도 그들은 모두 자기들끼리, 오빠와 누이동생, 아들과 어머니, 그러한 이중의 친족관계 속에서 자기들끼리만 애정을 주고받았던 것이다.

결국 참회녀 지빌라만이, 슬픔에 여윈 형태이기는 하지만, 나이 들어서도 그 매력을 보여 주고 있었다. 이렇게 말하는 것은, 빌리기스는 세상을 떠났고, 속죄의 길을 떠난 그리고르스도 그 사체가 그녀 앞에 돌아오지는 않았지만 추측건대 그 역시 세상을 떠났을 거라고 생각되었기 때문이었다. 그러나 그 사랑스러운 남자 빌리기스가 여린 마음 때문에 죽어서 무덤으로 들어간 것이라면, 그녀의 두 번째 남편 그리고르스는 틀림없이 자부심이 강한 젊은이의 남자다움 때문에 희생되었을 것이다. 그 아이는 틀림없이 도에 넘는 참회를 한 나머지 자신의 몸을 돌보지 않고, 그녀와 결혼생활의 즐거움을 함께했던 그 아름다운 육체를 성지에서 휘어진 칼로 결딴내고 말았을 것이다. 그럼으로써 그의 영혼이 지옥의 불길을 피해 갈 수 있었을까? 그리고 빌리기스의 영혼은? 누가 이런 물음에 대해 그녀에게 답을 해줄 수 있을 것인가? 고름이 질질 흐르는 상처와 같은 용서받을 수 없는 대죄를 뒤집어쓴 그녀 자신의 영혼은 어떤 상태에 있는 것일까? 게다가 그렇게도 많은 겸허의 물을 마셨건만, 그녀가 언젠간 신을 바라볼 수 있는 가능성이 털끝만큼이라도 있는 것인지? 이런 물음에까지 그 누가 대답을 해줄 수 있을 것인가? 병자들을 목욕시키다 쉬는 시간이면 그녀는 많이 울었다. 그리고는 털썩 무릎을 꿇고는 그들 세 사람을 위해, 서로 무섭게 얽힌 그들의 관계 때문에 불안에 가득 차서 기도를 올리곤 하였다.

그런데 나이 육십이 되었을 때, 그녀는 로마에 대단히 위대한 교황이 취임했다는 소식을 들었다. 그레고리우스라는 황명(皇名)을 지닌 이 교황은 지금까지 교황의 열쇠를 지니고 행사했던 그 누구보다도 죄인들을 위로해 주는 사람이요 영혼의 상처를 치료하는 훌륭한 의사이며 속박하는 것보다는 풀어 주기를 훨씬 더 좋아한다는 소문이었다. 그녀가 그에 대한 소식을 어찌 듣지 못했겠는가? 온 세상이, 모든 기독교계 나라가 다 그에 대한 소식을 듣고 있었다. 그리고 내게는 마치 그가 온 지구와 더불어 그녀 역시 자신에 대한 소문을 들을 수 있도록 아주 미리부터 용의주도하게 계획해 왔던 것 같은 생각이 자꾸만 드는 것이다. 그가 그렇게도 위대한 교황이 되었던 것은 어쩌면 그의 명성이 방방곡곡으로, 그러니까 그녀에게도 전해지도록 하기 위해서가 아니었을까? 어쨌든 그가 그렇게도 훌륭한 군주가 되었던 것은 자기가 속이고 있는 그녀를 위해 훌륭하게 될 필요가 아주 절실했기 때문이 아니었던가 말이다. 사람들은 무엇인가 다른 사람들보다 더 절실한 필요성을 통감하고서야 비로소 인류 사이에 명성을 떨치게 되는 것이다.

그래서 그 여인의 마음속에는 노년이 되면 그 성스러운 교황님을 만나러 로마로 순례의 길을 떠나겠다는 결심이 무르익게 되었다. 교황님이시라면 그녀가 중심이 되어 서로 뒤엉킨 이 극단적 죄악의 경우에 대해 적어도 관심은 가지실 게 틀림없었다. 그러므로 그녀는 최소한 조언이나 위안이라도 얻고자 그분께 이 일을 고해 드릴 결심을 하게 된 것이었다. 그녀는 자신의 이런 결심을 조수 구둘라에게도 털어놓았다.

"구둘라!" 그녀가 말했다. "내가 암시도 받았고 해서 그러는데, 그 위대하신 교황님한테 순례를 가서 지금까지 전혀 듣도 보도 못한 나의 이야기를 그분께 직접 여쭈며 고해하려고 해. 기도를 거듭하다 보니 그렇게 해야겠다는 생각이 무르익게 되었어. 이렇게 도를 넘은 크나큰 죄악에 대해서는 그분도 아마 들어 보신 적이 없겠지만, 그분이 이런 죄악에 대해서도 아시는 것이 마땅할 것 같아. 그분만이 이 과도한 죄악과 신의 충만하신 은총을 비교해 보시고, 은총이 그 과도한 죄악에 압도될지, 아니면 은총 또한 철철 흘러넘쳐 도에 넘친 죄악의 무게에 지지 않고 평형을 이룰 수 있을 것인지는 그분만이 헤아리실 수 있을 게야. 그걸 알 수는 없어. 어쩌면 교황님은 양손을 쳐들고 나를 저주하고 기독교계 바깥으로 추방해 이글이글 타는 지옥의 불바다에 내맡기실지도 모르지. 그렇게 되면 그야말로 모든 게 끝장이고, 난 내 처지를 확인하게 되겠지. 그러나 어쩌면 내가 그런 고해를 통해 안정을 얻게 될지도 모르겠어. 이 세상에서는 마음의 안정을, 그리고 저세상에서는 다소나마 복을 얻을지 몰라, 설령 한정된 복이라 해도 —나를 위한, 그리고 내가 사랑한 사람들을 위한 복 말이야."

구둘라는 재색 옷의 양 소매에 두 손을 찔러 넣은 채 고개를 끄덕이며 이 말을 유심히 듣고 있었다.

"난 스툴티티아와 후밀리타스도 함께 데리고 가고 싶어" 지빌라는 계속해서 말했다. "그리고 내 크나큰 치욕의 열매들인, 복 받지 못한 죄 없는 딸들을 교황님께 데리고 갈 거야. 혹여 그분으로부터 후밀리타스가 기독교 세례를 받을 수 있을지 몰라. 그 애의 아버지 그리고르스는 그걸 남자답게 금지했지만 말이야. 그레고르 교황께서는 세례에 대해서 아주 관대하시다는 소문이잖아. 그리고 많은 처를 거느린

회교도들과 그들의 모든 자식들에게도 세례를 허락하셨다는 소문을 도처에서 들을 수 있었지. 그래서 그 동안 내 마음으로 충분히 생각한 바인데, 내가 없는 동안 너에게 여기 구휼소 일을 맡길 생각이니, 저주를 받든 구원을 받든, 내가 돌아올 때까지 이 구휼소를 네 생각대로 운영해 줘."

"마님!" 구둘라가 대답했다. "차라리 저도 함께 데리고 가주십시오. 저도 그 요술사와 통정한 저의 옛 죄악을 교황님께 고해하고, 그분이 제 죄의 무게를 신의 은총과 대비해서 헤아려 주셨으면 해서요."

"아, 구둘라" 하고 지빌라가 그녀에게 대답했다. "교황님께서 너의 고해를 들으시면 미소 지으실 거야, 또 네가 그런 이유로 베드로의 보좌 앞에 나온 걸 아시면 웃으시겠다! 요술사와 시시덕거린 일은 정말이지 아무것도 아니야, 내 생각엔 벌써 오래전에 넌 그 죗값을 치렀어, 그리고 네 아들 펭크하르트는 아주 훌륭한 청년이야. 난 이제 로마에 보낼 편지를 쓸 텐데, 그에게 편지 심부름을 시키려고 해. 난 더이상 군주가 아니야, 그러니 내가 교황님께 직접 편지를 쓰는 건 적절치 않아. 하지만 나는 한때 군주였기 때문에 어떻게 일을 처리해야 할지 알아. 나는 교황 성하의 호명 담당 사제에게 편지를 쓸 거야. 너도 알아 둬야 해. 그는 은총에 관한 일에 있어 교황님의 고문역을 맡고 있으며, 고아들과 과부들과 모든 곤경에 처한 자들의 대변인이야. 우리가 교황님께 청원할 일이 있으면 그에게 도움을 구하며 문의하면 돼. 그분께 내가 바로 상상 불허의 죄악과 관련된 어느 이야기의 중심인물이라고 쓰려 해. 이 늙은 여자는 태생은 고귀하지만 벌써 오래전에 죄를 지어 속죄의 길을 걷고 있는 사람인데, 전(全) 기독교도의 아버지 되시는 분의 발치에 엎드려, 듣는 것만으로도 괴롭고 끔찍한 나의 잔혹한 인생사를 그분 귀에다 대고 고해할 수 있는 은총을 내려 주십사 한다고, 어지간히 굳건한 남자가 아니라면 그 이야기를 끝까지 참고 들을 수도 없으며, 신께서도 그 이야기는 참아 내지 못하시리라 믿는다고, 이런 식으로 쓰려고 해. 그래서 호명 담당 사제와 교황님의 호기심을 자극해 보겠어. 우리가 왜 여자겠어, 이런 때 잔꾀를 좀 부릴 줄도 알아야 하지 않겠어? 어쨌든 편지는 내 머리 속에 다 써놓은 거나 다를 바 없으니 그 내용을 양피지에 옮겨 적기만 하면 돼. 그러면 펭크하르트 편에 로마로 보낼 거야. 그리고 네 이야기는 교황님께서 내게 귀를 기울이실 때 살짝 곁들여 말씀드려야겠어. 그분은 분명 네 이야기를 잘 들어주실 거야. 사실 그건 내 얘기에 비하면 미소를 금치 못할 얘기에 지나지 않으니 말이야." —

"그런데 펭크하르트는 어찌된 일일까?" 수개월이 지난 후 그녀는 구둘라에게 말했다. "그 애는 대체 어디 있는 거지? 너무 초조하구나, 시간이 너무 길게 느껴지고. 그 애가 벌써 돌아오고도 남을 시간인 것 같은데. 윤허 통지서든 불허 통지서든 답을 가지고 어쨌건 그 아이가 돌아와야만 하는데. 구둘라, 난 너무 초조해져서 이젠 걱정이 된다. 나 때문이 아니라, 그 애와 너 때문이야. 여행 중에 그 애가 무슨 사고를 당하기라도 했다면, 아니면 강도를 만나 맞아 죽거나 골짜기에 떨어지기라도 해서 그 애 소식을 더 이상 못 듣게 된다면, 내가 무슨 면목으로 널 볼 수 있겠어? 그리되면 그 애가 불허 통지서를 가져오는 것보다 더 끔찍한 일이 될 거야."

"제발 진정하세요, 마님. 좀 기다려 보세요!" 구둘라는 두 손을 소매에 엇갈려 넣은 자세로 그녀를 위로했다. "제 아들 펭크하르트는 틀림없이 돌아옵니다."

실제 사정은 이러했을 뿐이다. 펭크하르트는 로마에서 젊은이들 몇 명을 알게 되었는데, 이들은 그와 마찬가지로 그림을 그리고 채색을 하는 자들이었다. 펭크하르트는 그들과 우정을 맺었고, 그들은 자신들에게 안료 만드는 법과 붓질하는 법을 가르쳐준 스승에게 그를 데리고 갔다. 그 스승은 펭크하르트를 앞에 두고 그에게 뭔가 형상을 그려 보도록 시켰는데, 그를 칭찬하며 조언도 해주었다. 그런 사정이 있었으므로, 그렇게 성실한 펭크하르트였건만 그는 진작부터 가방 안에 호명 담당 사제에게서 받은 교황의 윤허 통지서를 갖고 있었음에도 불구하고, 그 도시에 너무 오래 지체하게 되었던 것이다. 그는 정말 아쉬운 마음으로 로마와 자신의 동료들과 그들의 스승 곁을 떠났다. 마침내 그는 늦은 데 대해 여러 가지로 사과하면서 지빌라에게 윤허 통지서를 전달하게 되었다. 그때 그녀로부터 이제 막 자신도 스툴티티아와 후밀리타스를 데리고 로마로 출발하려고 하는데 그도 곧바로 다시 합류해, 그들의 여행길에 보좌인이 되어 그의 경험을 유용하게 참조해 달라는 말을 듣고 너무나 기뻐했던 데는 바로 위와 같은 이유가 있었던 것이다. 그리하여 그는 아주 신중하고 능숙하고 사려 깊게 그들의 여행길을 도왔고 모녀들을 기분 좋게 해주었으며, 그들이 돌멩이 하나에도 발부리를 차이는 일 없이, 그에게 이미 익숙한 무시무시한 길들을 통과해 고지의 황야를 넘고 향기로운 들판을 지나, 도시들 중 최고의 도시로 내려가 교황의 호명 담당 사제 앞에 당도했다. 이 사제는 그들에게 라테란궁 바로 옆에 있는 '세르기우스와 바쿠

스' 수녀원에서 여장을 풀고 환대를 받을 수 있도록 지시했다. 그러고
는 고해성사 청원자에게 날짜와 시간을 말해주었는데, 교황이 밀실
에서 그녀의 말을 경청하고 그녀의 단독 알현을 윤허하기로 한 때는
바로 다음날이었다.

알현

'세르기우스와 바쿠스'의 수녀들은 그들을 다정하게 맞이했다. 그리고 이튿날 아침 미사를 드린 후 곧바로, 즉 지정된 시간이 되기도 전에 교황의 침실 담당 시종 등이 수도원으로 와서 순례자들을 교황청으로 안내해 갔다. 교황청 첫 번째 홀에서 시종은 그들을 기록계장에게 넘겨주었다. 계속해서 기록계장은 그들을 의복 담당 시종에게 인계했고, 이어 교황청 재무관이 그들을 맞이했으며, 이어 그들은 방위단장에게 인계되었다. 이런 식으로 계속해서 홀에서 홀로 나아갔다. 그렇게 여러 사람들의 손을 거쳐 갔고, 열 개의 석조 홀을 지나갔다. 가장 깊숙이 있는 밀실에 이르는 길에 놓인 이 홀들은 교황령 사병들, 근위병들, 문지기들, 혈색 좋은 가마꾼들이 지키고 있었다. 가장 큰 홀에 교황의 옥좌가 있었다. 이 홀을 통과하는 길에 그들은 두 명의 명예시종으로부터 호위를 받았고, 문을 나서기도 전에 두 명의 비밀시종에게 넘겨졌다. 이제 그들은 일곱 번째 홀인 비밀 대기실에 이르렀다. 이곳에서 스툴티티아와 후밀리타스는 내실 담당의 두 사제의 보호 하에 남겨졌다. 하지만 지빌라는 쿠로팔라타라는 노인의 호위를 받으며 계속 걸어야 했는데, 비밀 대기실이 가장 안쪽 방의 바로 앞에 있는 것이 아니었기 때문이다. 비밀 대기실 바로 옆에 홀이 하나 더 있었고, 그 홀 옆에 또 하나의 홀이 있었다. 이 홀들은 거리를 확보하는 데 이바지할 뿐 그 이상의 의미는 없었다. 그 옆으로 다시 옥좌를 갖춘 작은 홀이 나왔는데, 이 역시 거리 유지에 도움이 되는 홀일 뿐이었다. 그런데 이 홀의 끝에 이르자 떡갈나무 재목으로 된 문이 하나 나왔다. 문 위쪽에는 교황의 문장이 대리석에 장식되어 있었고, 좌우 양쪽에서는 진홍색 복장의 경비원들이 문을 지키고 있었다. 이들을 향해 쿠로팔라타가 고개를 들어 보이자, 양쪽 문을 열어 주었다. 노인은 뒤로 물러났다. 그러나 지빌라는 문을 통과해 걸어 들어갔고, 가장 깊숙이 있는 방에 들어서게 되었다.

기독교계의 아버지는 어림잡아 나이가 마흔둘쯤 돼 보였는데(그가 재위한 지 5년째이니까 내 짐작이 맞을 것이다), 붉은 가죽을 얇게 펴 만든 커다란 탁자 앞 붉은 황금빛 의자에 앉아 있었고, 그 탁자 위로는 필기도구와 두루마리들이 놓여 있었다. 그는 홀 안에 들어선 그녀 쪽에서 옆모습이 보이도록 앉아 있었고, 그녀는 문 앞에서부터 벌써 무릎을 구부리고 정중하게 첫 번째 예를 갖추어 깊이 무릎을 굽혔다. 그는 그녀를 향해 고개를 돌렸다. 그는 족제비 털로 가장자리가 장식되고, 목덜미에 닿으면서 절반쯤 귀를 덮는 붉은 비로드 모자를 머리에 쓰고 있었는데, 이것은 교황이 쓰는 고급 머리덮개였다. 그리고 흰색 달마티카 위로 그의 어깨를 감싸고 있는, 모자와 같은 소재로 된 짧은 망토도 상당히 내 마음에 들었는데, 망토 위로 그는 십자가가 수놓인 팔리움을 두르고 있었다. 교황 모자를 쓴 데다 수염도 없이 말끔한 그의 얼굴은 근엄했다. 그의 얼굴에서 도드라져 보이는 광대뼈는 매끈하고 아주 힘 있어 보였는데, 다물고 있는 턱 때문에 더 튀어나와 보이는 게 아닐까 생각되었다. 그리고 코 밑에서 앞을 내민 듯한 윗입술은 지나치리만큼 진지하게 아랫입술을 가로 덮고 있었다. 그러나 어두운 빛이 도는 그의 눈은 참회하러 들어온 여자 쪽을 바라보았을 때 눈물에 젖어 희미하게 반짝거렸다. 그렇다고 해서 그의 시선이 흔들린 건 아니었다. 이처럼 눈물을 머금은 가운데서도 시선을 흐리지 않는다는 것은 보기 드문 아름다운 모습이었다.

그 모습을 그녀는 보지 못했다. 세 차례나 무릎을 구부리고 정중하게 인사를 올리며 다가와서 그의 발밑에 엎드리는 동안, 그녀는 두 눈을 경건하게 내려뜨고 있었기 때문이었다. 그는 교황으로서의 위엄에 걸맞지 않게 아주 재빠른 동작으로 그녀를 일으켜 세워, 그녀가 십자가로 수놓인 그의 모로코가죽 슬리퍼에 입 맞추는 것을 막았다. 대신 그는 자신의 반지를 내밀어 입 맞추게 했다. 그러고는 그의 옆쪽에 놓인 붉은 비로드 천을 씌운 무릎의자를 가리켜 보였다. 무릎을 꿇고 앉을 수 있는 그 의자에는 쿠션이 달린 상판이 있어 양손을 올려놓을 수 있게 되어 있었다. 거기 앉아 그녀는 신의 대리인 쪽으로 두 눈을 올려 뜨고서 경건하게 그의 얼굴을 쳐다보았다. 그 나이 든 여인이 말이다! 그녀는 그를 바라보면서 눈을 깜빡이는 것도 잊어버렸으며 눈

1   주교가 입는 미사복.

꺼풀을 내리고 올리는 것도 잊어버렸다. 독자 여러분은 내 말을 잘 알아들으시라, 그녀는 속눈썹 깜박이는 동작도 멈춰 버렸다. 그럼으로써 시선이 곧바로 고정되는 게 아니라 오히려 몽롱하게 흐릿해지다가, 상대에 가 닿는 순간 흐릿해져서 더 이상 상대를 붙잡지 못한 채 막연히 먼 곳을 향하고 있는 것처럼 보이는 것이었다. 그러느니 차라리 그녀는 두 눈을 감아 버렸고, 손가락 끝으로 가볍게 이마를 쓸었다. 그러고는 합장했던 자신의 두 손을 내려다보았다.

"고귀하신 부인, 우리의 따님" 하고 그녀의 고해를 들어줄 성직자는 억제한 목소리로 운을 뗐다. "먼 나라에서 이렇게 우리에게 오셨군요. 듣자하니 그대는 한때 그 나라를 통치하셨다지요. 마음을 우리에게 열어 보이시고 마음의 짐을 내려놓으시려는 그대의 바람은 분명 크실 겁니다. 그럴 시간이 왔습니다. 교황인 제가 듣고 있습니다."

"네, 교황님" 하고 그녀가 대답했다. "그 시간이 왔습니다. 교황님의 자비로우심 덕분이지요. 그런데 교황님의 자비로움은 일시적일 뿐이며 또 경청해 주시는 것만으로 그치게 될 것이라는 것을 저는 잘 알고 있습니다. 저의 고해를 들으신 후 교황님과 신의 자비로움이 어떻게 변할는지 모르기 때문이지요. 그걸 생각하면 저는 겁이 납니다."

"교황이 듣겠습니다." 그가 반복해 말했다. 그러면서 그는 비로드 모자로 반쯤 가려진 귀를 그녀의 입가로 좀더 가까이 갖다 댔다.

"신이시여, 저를 도와주소서." 그녀가 소곤거렸다. "들어주십시오. 제가 이야기를 시작할 수 있게 하소서! 교황님, 저는 제가 지은 죄에 대한 벌로서 거리의 부랑자들을 위한 구휼소를 책임지게 되었습니다. 그 일은 누군가의 간곡한 부탁에 따른 것이었지요. 구휼소에는 저를 도와주는 충실한 조수가 한 명 있습니다. 구둘라라는 이름의 여자인데, 못된 죄를 지은 죄인이지요. 이유인즉, 20년 전에 유랑하는 요술사에게 푹 빠져 그녀는 완전히 자제력을 잃게 되었습니다. 그러다 남편에게 불륜 현장이 발각되었고, 당연히 분노한 그는 농기구를 휘두르며 그녀를 쫓아내 버렸지요. 그렇게 해서 그녀는 제게 오게 되었고, 그녀의 속죄행위는 저의 속죄행위와 하나가 되었습니다. 그런데 그녀가 제게 교황님께 말씀 좀 잘 드려서 죄업에서 풀려날 수 있게 해달라고 간청을 해왔습니다. 이렇게 감히 제가 그녀를 위해 조정자로 나설 수 있는 것은 신께서 그녀를 용서하실 의향이 있으신 것 같아 보여서입니다. 그도 그럴 것이, 신께서는 그녀에게 요술가의 아들을 잉태하게 해주셨습니다. 펭크하르트라는 이름의 그 아들은 뛰어난 청년이며, 그녀의 남편에게서 나온 자식보다 아마 더 훌륭할 겁니다. 온갖 일에 손재주가 매우 능하고, 아주 생생하게 색을 넣어 그릴 줄 안답니다. 그래서 교황님께 여쭙고 싶을 정도인데, 그가 교황청에 일자리를 하나 얻을 수 없을까요, 그렇게 돼서 신의 영광을 위해 그리고 그의 모친을 죄업에서 풀어주신 교황님께 대한 감사의 표현으로 교황님의 방들과 여러 예배당에 그림을 그려 드려도 될까요."

"부인" 그가 말했다. 그러고는 그녀 쪽으로 내밀었던 귀를 다시 거두었다. "이렇게 하찮은 일을 들려주시려고 멀리서 이곳까지 오신 겁니까? 그대가 우리 호명 담당 사제에게 쓰신 모든 내용에 따르면, 저 여인과 요술사 간에 일어났던 일은 그대가 지은 죄에 비하면 하찮은 일에 지나지 않아서 그럽니다."

"너무나 옳습니다, 교황님" 그녀는 인정했다. "저는 내심 두려웠습니다. 저는 제 자신의 영적 구원을 뒤로 미룬 채 이타심을 앞세워 어느 죄 지은 자매의 영적 구원을 두고 그녀를 위해 먼저 부탁드렸을 뿐만 아니라, 손재주 뛰어난 그녀의 아들 방크하르트의 일자리까지 부탁드렸습니다. 그런 사실을 두고 교황님께서 그 속도 모르시고 저를 칭찬하시면 어쩔까 걱정도 되었습니다. 그렇게 생각될 수도 있었겠습니다만, 교황님께서는 당연히 그렇게 해석하지 않으셔서 다행입니다. 제가 구둘라에 관해 먼저 말씀드린 건 이타심 때문이 아니었으니까요, 저는 시간을 벌기 위해서 그녀 이야기를 먼저 꺼냈을 뿐입니다. 그리고 저는 제 자신의 이야기를 말씀드리는 것이, 그럼으로써 교황님의 귀를 공포의 전율로 채워드리는 것이 몹시 겁났기 때문입니다."

"이 귀와 이 가슴은" 하고 그가 대답했다. "견고합니다. 자꾸 미루지 마시고 말씀하십시오! 교황은 듣고 있습니다."

그러자 그녀는 쿠션 위에 내려놓은 아름답고 여윈 손을 이따금씩 비비기도 하고 이따금씩 말이 막혀 멈추기도 하며, 또 이따금씩 속삭이는 목소리가 흐느낌으로 막히기도 하면서 모든 이야기를, 내가 독자 여러분에게 전했던 그 모든 극단적인 이야기를 속삭이듯 그에게 말했다. 물론 그중 그가 노르망디 지방의 섬에서 지낸 17년과 바위섬에서 지낸 17년, 그녀로서는 알 수 없는 그 두 번의 17년 세월은 제외하고는 말이다. 그녀는 자신의 사랑스러운 오빠에 대해, 오빠와 그녀 두 사람은 오직 서로만을 자신의 고귀한 아름다움에 대등하게 어울리는 상대로 인정했던 점에 대해, 그리말트 공의 기사도에 대해, 그리고 공이 숨을 거두고 누워 있을 때, 탑 주위로 올빼미들이 아주 불안하게 울어댔고, 충견 하네기프는 위 천정을 향해 격렬하게 울부짖었으나 서로만이 동급이라는 지독한 기쁨에 취해 있던 그들은 개를 죽여 버리고 말았다는 사실에 대해 속삭이듯 말을 했다. 그들 오누이는 계속해서 그 짓을 했고, 그러다 누이동생의 몸이 잔인하게도 오빠의 아이를 잉태하게 되었다는 사실에 대해, 아이젠그라인 씨와 그의 선의에서 나온 가혹한 처분에 대해, 빌리기스가 길을 떠나 유약하게 죽음을 맞이하게 된 일에 대해, 수성(水城)에서 아이젠그라인 부인의 도움을 받으며 출산했던 일에 대해, 잘생긴 사내아이를 사람들이 그녀의 품에서 떼어 내어 작은 통 속에 넣고 통을 잠가 버린 일에 대해, 그래서 그때 아기가 바다를 항해하는 데 필요한 약간의 것들, 즉 아기의 사연을 적은 서판과 금을 가득 넣은 빵과 동양산 값진 천 몇 필을 장만해 넣어 줄 시간도 간신히 확보했던 일에 대해 그녀는 소곤거리듯 말했다. 또한 그녀의 가슴을 꿰뚫은 다섯 자루의 칼에 관해, 그리고 신과의 불화에 관해서도, 즉 신께 자신은 이제 더 이상 여자이고 싶지 않으며 결코 더는 여자가 되지 않을 것이라고 주장한 일, 그래서 모든 구혼자들을 물리치는 바람에 나라를 도탄에 빠뜨린 일에 관해서도 말했다. 그녀는 자신의 오래된 꿈 이야기도 고해했다. 용을 한 마리 낳는 꿈이었는데, 용이 그녀의 자궁을 찢고 나와서 날아가 버렸지만 다시 돌아와 무리하게 그녀의 자궁 속으로 다시 들어갔다는 이야기였다. 그리고 실제 그런 일이 일어났다는 것도 말했다. 분명 어렸던 아이가 장성한 남자가 되어, 아니 남성다움을 한껏 드러내고 기사도를 갖춘 청년이 되어 있었을뿐더러, 당시 그녀의 봉토에서 한사코 덤벼들던 구혼자들을 믿을 수 없을 만큼 온 힘을 집중해 꼭 쥔 손으로 장악해 버렸다는 것이었다. 그리고 "교황님!" 하며 그녀가 속삭이는 말투로 털어놓은 내용인즉, 자신은 그 연인을, 그러니까 자기가 오랜 세월 끝에 마침내 사랑할 수 있게 되었고, 사랑할 수밖에 없었던 그 유일한 사람을 남편으로 받아들였으며, 그와 함께 3년간 금슬 좋은 부부생활을 누리다가 딸까지 하나 낳게 되었는데, 딸은 뽀얀 데다 능금같이 불그스레한 모습이 무척 귀여웠고, 후에 또 얻게 된 딸아이는 남편과 자신을 빼닮았더라는 것이었다. 그런데 우연히 문제의 서판을 발견하게 되면서, 라고 그녀는 흐느끼며 말을 이어갔다. 그때부터 끔찍스럽게도 자식과 남편이 동일한 사람이라는 사실이 그녀에게 밝혀졌고, 자기는 너무나 놀란 나머지 정신을 잃어버렸는데, 사실 그냥 정신을 잃은 체한 것일 뿐이었다고 털어놓았다. 그 내막인즉, 사람의 영혼이란 것이 원래 상층부에서는 자신을 꾸며서 자기에게 매력적인 속임수의 본성을 내보이는 것 같지만, 진실이 고요히 머무는 그 아래 깊숙한 곳에는 속임수가 없었다고 했다. 오히려 그 깊은 곳에서 그녀는 첫눈에 남편과 아들이 동일한 인물이라는 것을 알아차렸으며, 모르는 듯 알면서 자신의 아들을 남편으로 삼았으니, 그 이유는 오로지 그 아이만이 그녀와 필적할 만한 존재였기 때문이라는 것이었다. 그래, 그랬었노라고, 이로써 고백을 다 한 것이라고 했다. 그녀는 자기 영혼의 속임수를 아무런 속셈 없이 털어놓지 않는다면, 자기는 교황님의 귀를 더럽힐 가치가 없을 것이라고 했다. 그러니 이제 교황님은 노여움으로 얼굴을 붉힌 채 두 손을 치켜들고 주먹을 움켜쥐며, 지옥의 석쇠에나 처박히라고 그녀에게 저주를 퍼부으라는 것이었다. 그것이 자신에게는 차라리 낫겠다고, 자기가 속으로는 모든 것을 알고 있었으나, 자신의 영혼이 예의 저 사실을 알게 된 순간에 그냥 모르는 척했음을 신과 교황님 앞에서 속이고 밝히지 않는 것보다는 차라리 그게 낫겠다고 했다.

그녀는 입을 다물었다. 침묵이 흘렀다. 그녀가 이렇게 말을 덧붙였다. "제 말소리를 오래 들어 주셨습니다. 그레고리우스 교황님, 이제 교황님의 말씀을 들려주십시오."

그녀는 교황의 목소리를 다시 듣게 되었다. 그는 마치 고해석에 앉은 사제처럼 목소리를 낮춰 말했기 때문에 온전한 목소리는 아니었다.

"부인, 그대의 죄는 크고 엄청납니다. 그런데 그런 죄를 그대는 교황에게 철저히 고백하셨습니다. 극단까지 간 그 철저함이야말로 그대가 죄 지은 남편의 지시에 따라 걸인들의 발을 씻겨 주는 일보다 더 큰 참회가 됩니다. 그대는 내가 팔을 들어 올리며 그대에게 저주를 퍼붓기를 기다리고 있군요. 지금까지 누군가 신학을 공부한 사람이 그대에게 이렇게 말한 적은 없었습니까? 신께서는 어떤 죄에 대해서든 진정으로 후회한다면 그것을 참회로서 받아들이신다고 말이오. 그리고 어떤 인간의 영혼이 아무리 병들었다 해도, 마음 깊은 후회로 인해 그의 눈이 단 한 시간이라도 눈물에 젖는다면, 그는 구원받은 것이라고 말이오."

"있었습니다. 그런 말을 이미 들은 적이 있습니다" 그녀가 대답했다. "그런데 그 말을 교황님으로부터 다시 들으니 가슴이 벅차오릅니다. 하지만 저는 혼자만 구원받는 것은 원치 않을뿐더러 그럴 수도 없고, 저의 남편이자 아들인 사람과 함께가 아니면 안 됩니다. 황송하오나, 그는 어찌 되는 건가요?"

"먼저 그 얘긴 내가 그대에게 묻겠습니다" 그가 대답했다. "그대는 그 이후에 그가 어떻게 되었는지, 생사 여부에 관해서도 들어 본 적이 없습니까?"

"전혀 없습니다, 교황님. 그의 소식은 들어 본 적이 없습니다. 하지만 그의 생사 여부에 관한 문제라면, 저는 그가 죽었을 것으로 확신하고 있습니다. 그는 워낙 남자다웠던 터라 분명 도를 넘을 정도로 너무나 가혹한 참회를 했을 것이기 때문입니다. 그는 자신의 죄가 저의 죄보다 더 크다고 생각했거든요. 저는 그걸 인정할 수 없지만요. 비록 그의 육신이 속속들이 죄로 물들었다 해도, 그가 자기 부모의 죄에서 태어났다 하더라도, 그 자신의 죄는 단지 아무것도 모른 채 어머니와 잠자리를 함께한 것뿐이기 때문입니다. 그런데 저는 오빠를 상대로 하여 남편을 낳았습니다."

"죄의 정도 문제는" 하고 그가 대꾸했다. "신 앞에서는 논란의 여지가 있는 법입니다. 그대의 자식도, 영혼이 허튼 장난을 치지 않는 마음 깊은 곳에서는 자신이 사랑한 상대가 바로 자기 어머니였음을 역시 잘 알고 있었기에 더욱 당연한 일입니다."

"오, 기독교계의 아버지이신 교황님, 그 아이에게 어찌 그렇게 무거운 죄를 씌우시는 겁니까!"

"그렇게 무겁지는 않습니다. 교황인 저는 그 풋내기를 봐주어 그대가 그대 스스로를 대한 것보다 더 가볍게 대할 생각은 없습니다. 자신의 어머니를 찾고자 먼 길을 떠났고, 또 아무리 아름답더라도 자신의 어머니일지도 모르는 한 여인을 쟁취한 젊은이라면, 자기가 결혼할 여인이 자신의 어머니라는 점을 헤아려야만 하는 법이오. 그의 판단력은 그 정도라 해도, 그의 피 속에서 그는 아내와 어머니가 동일인이라는 사실을 분명히 알고 있었습니다. 그가 그 진실을 알게 되고 그 일에 대해 그야말로 경악하는 척하기 훨씬 전부터 말이오."

"교황님의 말씀이지만, 저는 그걸 믿을 수가 없습니다."

"부인, 그가 '우리' 자신에게 그 말을 하였습니다."

"뭐, 뭐라고요? 그럼 교황님은 그가 죽기 전에 그를 보셨나요?"

"그는 버젓이 살아 있습니다."

"무슨 말씀이신지! 어디, 어디에 있나요?"

"여기서 그리 멀지 않은 곳입니다. 신께서 그를 그대에게 보여 주신다면, 그를 알아볼 자신이 있겠소?"

"교황 성하, 한눈에 알 수 있습니다!"

"그러면 더 묻겠습니다. 그와 재회한다면, 그대는 많이 괴로울 것 같소, 아니면 기쁨이 더 클 것 같소?"

"기쁨이 더 크기만 할 따름이겠습니까? 오직 신의 섭리 속에서 더할 나위 없이 행복할 것입니다. 그것은 은총입니다. 부디 교황님, 그를 만나게 해주십시오!"

"그럼, 우선 이것을 보십시오."

그 말과 함께 그는 탁자 위 서류들 아래에서 어떤 물건 하나를 꺼내어 그녀에게 건네주었다. 그것은 테를 두르고 편지처럼 글을 써 넣은, 상아로 만든 바로 그 서판이었다. 그녀는 그 서판을 양손으로 받아 쥐고 있었다.

"아아, 도대체 어떻게 된 것입니까?" 그녀가 말했다. "이건 제가 교황님께 말씀드린 바로 그 물건입니다. 제가 17년하고 또 17년 전, 그리고 또 3년하고 5년 전에 제 아이를 넣었던 작은 나무통 속에 함께

넣었던 바로 그것이라고요. 아아, 대체 이게 무슨 일입니까? 제가 이
것을 다시 손에 들고 있다니요 — 벌써 세 번째 일입니다. 제가 아이
의 사정을 이 서판에다 적어 넣을 때 이것을 들고 있었고, 또 제 몹쓸
하녀가 가르쳐준 대로 제 남편의 방 어딘가를 열어 보게 된 그 무서운
순간에도 이것을 손에 들고 있었습니다. 그때 이 죄 많은 영혼은 남편
이 어떻게 그것을 지니게 되었을지 알아내려고 얼마나 괴로웠는지
요! 아들과 남편 — 영혼은 그 둘이 서로 상관없는 사이라고 우기며,
둘이 동일인임을 한사코 인정하려들지 않았어요. 아이가 남편에게
이 서판을 주었을 것이다, 하고 제 영혼은 오랫동안 주장했습니다.
그런데 교황님께 이것을 드린 사람은 제 남편인가요, 경애하는 교황
님?"

"그것은 옛날부터 내 것이었습니다. 저는 그것을 소지한 채 처음에
는 바다의 어떤 섬에 도달하였고, 나중에는 그대와 저의 조상의 나라
에 도착했습니다. 너무나 사랑스러운 분이여, 저는 그대의 영혼에 새
로운 과제를 부과해야 합니다. 그러나 그것은 신의 자비가 넘치는 과
제입니다. 아들과 남편과 교황이 동일한 한 사람이라는 것을 납득하
는 일이니 말입니다."

"머리가 혼란스럽습니다."

"그래도 아셔야 합니다, 지빌라. 저는 당신의 아들입니다."

그녀는 미소를 띠며 자신의 손 밑에 깔린 방석 위로 몸을 숙였다.
그동안의 세월과 참회로 인해 여윈 뺨 위로 눈물이 흘러내렸다. 그녀
는 미소 지으면서도 눈물을 흘리며 말했다.

"그건 저도 이미 한참 전부터 알고 있습니다."

"뭐라고요?" 그가 말했다. "그럼, 공식석상에서 교황을 보며 저를 알아보셨단 말입니까? 그렇게 오랜 세월이 흘렀는데요?"

"교황 성하, 한눈에 알아보지요. 저는 언제든 알아볼 수 있습니다."

"그럼, 짓궂은 부인이시여, 그대는 저를 가지고 장난치신 것이오?"

"교황님께서 저를 가지고 장난치려 하셨으니까……."

"저는 그렇게 하여 신을 즐겁게 해드릴 생각이었습니다."

"그리고 저는 기꺼이 교황님의 생각에 맞장구를 쳐드린 것입니다. 하지만 그건 장난이 아니었어요. 왜냐하면 삼위가 일체이긴 할지라도, 교황님은 아들이나 남편과는 한참 거리가 먼 존재이시니까요. 저는 신으로부터 선택받은 분에게 진심으로 참회한 것입니다."

"어머니!" 그가 외쳤다.

"아버지이신 교황님!" 그녀도 외쳤다. "내 아이들의 아버지, 영원히 사랑하는 아들아!"

그리고 그들은 서로 목을 얼싸안고 함께 울었다.

"그리고르스, 너무나 가엾은 아이!" 그녀는 그의 머리를 자신의 머리에 맞대고 말했다. "신께서 너를 이렇게 우리 모든 죄인들 위에 오르게 하셨으니, 네가 얼마나 가혹한 참회를 견뎠을까!"

"그런 말씀은 더 이상 말아 주세요" 그가 대답했다.

"물론 제가 지내던 곳은 정말로 삭막한 곳이었지요. 그러나 하늘의 별들, 바람과 폭풍우 때문에 여러 가지로 기분을 돌릴 수 있었습니다. 게다가 신께서는 저를 낮은 위치로 끌어내려 고슴도치 꼴로 만들어 주셨기 때문에, 그다지 괴롭게 느껴지지도 않았습니다. 그런데 사랑하고 사랑하는 어머니 … . 어머니는 교황이 아들이라는 것을 알아 보시고도 놀라지 않으셨나요?"

"아아, 그리고르스" 그녀가 대꾸했다. "이 모든 이야기는 너무 극단 적이어서, 가장 놀라운 일이라 해도 더 이상은 놀랍지도 않아. 그런 데 신께서 너를 그렇게 낮은 위치로 끌어내리신 정도로 만족하시고, 교황으로 높이 오르게 하신 지혜를 어떻게 다 찬미해야 할지! 왜냐하 면 아직도 지속되고 있는 경악스러운 일을 해결하는 일, 우리의 결혼 관계를 끊는 일이 이제 너의 권한에 맡겨져 있으니까 말이다. 우리가 오늘 이때까지 기독교의 법에 따라 결혼한 상태라는 사실을 깊이 생 각해라!"

"진심으로 경애하는 어머니" 그가 말했다. "그 문제는 신께 맡기기 로 하지요. 그래서 우리의 결혼 같은 악마적인 일을 인정해 주실지 어 떨지는 신의 판단에 맡기도록 하지요. 이혼 판결을 내리고 우리의 관 계를 모자 관계로 되돌리는 일은 그다지 제게 적합하지 않을 듯합니 다. 모든 상황을 잘 헤아려 보면, 제가 당신의 아들이 아닌 편이 낫지 않을까 생각됩니다."

"그렇다면, 애야, 우리는 서로 어떤 관계일 수 있느냐?"

"형제자매 관계입니다" 그가 대답했다. "사랑과 고통과 참회 속에 서, 또 신의 은총 속에서 맺어진 관계 말입니다."

그녀는 곰곰이 생각해보았다.

"형제자매라. 그럼 빌리기스의 영혼은 어디에 있을까?"

"제 아버지의 영혼 말입니까? 여인이여, 당신은 우리가 이교도의 황제를 위한 기도를 마치고 그를 지옥에서 구해 낸 얘기를 들은 적이 없으시다는 말씀이십니까? 그러니 이제 나의 소중한 삼촌 때문에 걱정하지 마십시오. 내가 그분을 생전에 한번 꼭 만나 뵐 수 있었더라면 좋았겠지만, 언젠가는 천국에서 만나게 될 것입니다."

"아들아, 교황의 권한에 영광이 있어 그렇게 되기를 바란다! 네가 내 곁을 떠나며 우리의 둘째딸이 세례 받는 것을 거부했을 때는 넌 너무 어렸다. 이제는 네가 교황으로서 성숙한 지금은 그 아이에게 세례를 허용하겠느냐?"

"우리 딸들!" 그가 소리쳤다. "그 아이들은 어디에 있습니까?"

"내가 사실 마음이 좀 편치 않았어" 그녀가 대꾸했다. "네가 그 아이들에 대해 아직 아무것도 묻지 않아서 말이야. 그 아이들은 알현 대기실에 있다."

"이곳에서 그렇게 가까이 있단 말입니까? 아이들을 내 앞에 데려오라 해야겠어요, 당장에!"

그 말대로 되었다. 스툴티티아와 후밀리타스는 그들이 있는 내실로 들어왔고, 슬리퍼가 아니라 반지에 입을 맞추는 것이 허용되었다.

"사랑하는 조카들아" 그레고리우스가 말했다. "내가 너희를 그렇게 부르는 것은, 교황이 먼 친척이 된다는 것을 너희 어머니가 생각해 냈기 때문이다. 제각각 사랑스러운 모습이 다르구나. 너희를 처음으로 보게 되어서 나는 가슴이 뛸 정도로 기쁘다."

그런데 지빌라를 향해서는 그는 이렇게 말했다.

"존경스럽고 사랑스러운 분이시여. 보시는 바와 같이 사탄은 전능하지 못해, 제가 실수로 이 아이들과도 관계를 맺어 그들의 자식이라도 낳는 그런 극단적인 사태로까지는 몰아갈 수 없으니, 신을 찬미할 일입니다. 만일 그런 일이 생겼다면 친족관계는 완전히 몰락해 버렸을 것이니까요. 무슨 일이든 한계가 있는 법입니다. 세상은 유한하지요."

이 외에도 그들은 서로 많은 이야기를 나누었다. 훨씬 더 행복해진 상황이기는 하지만 예전처럼 그레고리우스는 여러 가지를 조처를 강구해 주었다. 그는 남자인 데다 교황이었던 것이다. 일단 그는 지빌라를 조카딸들과 함께 '세르기우스와 바쿠스' 수녀원에 머물라고 했지만, 머지않아 그녀 자신의 수녀원을 지어 줄 생각이었다. 그곳에서 그녀가 대공부인이며 수녀원장이라는 높은 지위를 가지고 그 수녀원을 주재하게 하겠다는 것이었다. 그가 말한 대로 일이 진행되었고, 스툴티티아는 부원장으로서 어머니 곁에 머물렀지만, 후밀리타스는 기독교 세례를 받고 난 뒤, 형상 제작자인 펭크하르트와 결혼을 했다. 그 둘은 이미 오래전부터 서로를 좋아하고 있었던 것이다. 펭크하르트의 손재주는 날이 갈수록 발전했다. 그리고 로마에서 높은 직책을 맡아 수많은 벽에 그림을 그릴 수 있게 되었는데, 그의 재능 덕분이기도 했지만, 다른 한편으로는 교황의 조카딸을 아내로 두었기 때문이었다. 이런 것을 족벌주의라고 하지만, 그의 업적이 정당하다면, 그런 것을 꼭 부정적으로 얘기할 수는 없다.

이와 같이 그들은 함께 기쁨을 누리며 살았고, 각자 시간을 두고 차례로 찾아온 죽음을 맞았다. 먼저 지빌라가 여든 살의 나이에 세상을 떠났다. 그녀가 더 오래 살지 못한 것은 일찍부터 너무 많은 괴로움을 겪었고, 혹독한 참회의 세월이 그녀의 생명을 단축했기 때문이었을 것이다. 그녀의 형제이며 아들인 교황은 그녀보다 거의 한 세대를 더 살았다. 그는 아흔 살이 되었는데, 만민의 목자로서 여전히 더욱더 명성을 떨쳤다. 마지막 순간까지 그는 사도의 예언과 '감미로운 박사'로서 세계의 경탄을 자아냈던 것이다. 다른 사람들은 한동안 더이 세상에 머물렀다. 가장 오래 남았던 사람은 펭크하르트와 후밀리타스의 아이들이었다. 이들은 제대로 된 방향에서 앞을 향해 탄생해, 그렇게 살아간 쾌활한 사람들이었다. 그러나 얼마나 길게 살았으랴. 그들 역시 여름날의 풀잎이 시들듯이 누렇게 시들어 대지의 거름이 되었으며, 그 대지 위에서는 또 새로 태어난 유한한 사람들이 삶을 영위하며 푸르게 번영하다가 시들어 갔다. 이렇게 세상은 유한하고, 영원한 것은 오직 신의 영광뿐이다.

자, 이 이야기를 목적지까지 이끌어 온 이 클레멘스는 독자 여러분이 주의 깊게 들어 준 것에 감사를 드리고, 또한 그가 이 작품에 쏟은 수고에 대한 독자 여러분의 감사도 기꺼이 받아들인다. 다만 이 이야기에 흥미를 느낀 사람이라면 누구든 여기서 잘못된 교훈을 이끌어내어, 죄라는 것은 결국 별것 아니라고 생각하는 일이 없기를 바란다. '자, 이제 신나게 죄를 지어 보아라! 이런 사람들의 삶도 결국 그렇게 멋지게 되었다면, 나라고 뭐가 잘못되겠어?' 하고 스스로에게 말하지 말라는 것이다. 이런 말은 악마의 속삭임에 지나지 않는다. 어디 한번 일단 17년을 바위 위에서 보내 보라. 고슴도치 꼴로 끌어내려진 채 말이다. 그리고 병자들을 20년 이상 목욕시키다 보면, 그게 과연 재미나는 일인지 알게 될 것이다! 물론 죄인을 보며 그가 선택받은 사람임을 예감하는 것은 현명한 일이며, 또한 현명한 일이기

는 죄인 자신에게도 마찬가지이다. 하긴 자신이 선택받은 사람임을
예감한다는 것은 죄인에게 품위를 주고, 그의 죄 많은 처지를 생산적
으로 만들어 결국 그가 높이 비상하도록 해줄지 모르니까 말이다.

나는 이런 경고와 조언에 대한 보답으로 독자 여러분이 내게 호의
를 베풀어 주기를 부탁드린다. 우리 모두 내가 이야기해 준 사람들과
언젠가 천국에서 다시 만나게 해달라는 그대들의 기도 속에 나도 함
께 포함시켜 주기를 바라는 바이다.

안녕히!

• 이 이야기의 핵심 부분은 주로 중세 고지 독일의 시인 하르트만 폰 아
우에의 중고독일어로 된 서사시 〈그레고리우스〉를 토대로 하고 있다.
하르트만은 그의 〈선한 죄인의 이야기〉2를 프랑스어로 된 〈성 그레구
아르의 생애〉에서 차용하였다.

2　〈그레고리우스〉 서사시의 다른 이름이다.

옮긴이 해제

1. 토마스 만의 작품세계

독일의 대표적 산문작가 중 한 사람인 토마스 만(1875~1955)은 독일 북부의 한자 자유도시 뤼베크에서 태어났다. 북부 출신의 '시민적' 기질의 인물을 아버지로, 남부 출신의 '예술적' 기질이 다분한 인물을 어머니로 두었던 그의 작품들에는 시민적 세계와 예술적 세계 사이에서 방황하는 주인공들이 많이 등장한다. 특히 초기 작품들에서 토마스 만은 삶과 죽음, 시민성과 예술성이라는 대립적 세계 사이에서 방황하고 갈등하는 예술가적 자아의 문제에 대해 고뇌하면서, 그 갈등과 고뇌를 작품에 담았다. 젊은 시절 그에게 있어 예술의 세계란 사랑 그리고 병 내지 죽음의 그림자에 드리워져 시민적 세계와 융화하지 못하는 특유의 병적 섬세함과 결부되어 있었다. 따라서 그의 청년기를 에워쌌던 그러한 세기말의 암울한 데카당스적 분위기는 후일 그에게 노벨문학상을 안겨 주게 된 자전적 장편소설 《부덴브로크 가의 사람들》(1901)을 비롯해 중편소설 〈베니스에서의 죽음〉(1912)에 이르기까지 그의 초기 문학세계를 지배하고 있다.

이후 두 번의 세계대전과 파시즘의 집권 등 역사의 엄청난 소용돌이 속에서 시대의 운명을 몸으로 체험한 토마스 만은 그러한 유미주의(唯美主義) 성향과 정치적 보수주의를 벗어나 이른바 '공화주의자'로 입장을 전환하며 간접적으로나마 반(反)나치 저항 운동에 참여하게 된다. 나치의 탄압을 피해 망명한 미국에서 수많은 강연과 연설문을 통해서 반파시즘 운동에 적극적으로 가담하는 가운데서도 그는 예술 창작의 끈을 놓지 않았다. 양자를 확실하게 구분하여 소설에서는 결코 직접적인 정치적 색깔을 드러내지 않고 예술작품의 심미적 기능을 우선시한 것이 그의 작가적 특징이라 할 수 있다. 따라서 《마의 산》(1924)과 같은 정치적 격변의 한가운데서 나온 1920년대 이후의 소설들은 시대의 아픔으로 인한 온갖 상흔을 감추고 있는 가운데서도 인간 존재의 가장 본질적인 문제라 할 수 있는 삶과 죽음, 예술과 사랑, 그리고 세계 속에서의 개인의 역할 등에 관한 사유를 멈추지 않았다.

후반기 대작들은 그처럼 정치적·사회적 문제를 성찰하는 가운데서도 궁극적으로 예술가 존재와 본질에 대한 문제를 다시 제기한다. 독일과 예술가 문제에 대한 심오한 성찰의 결산인 《파우스트 박사》(1947)뿐 아니라, 먼 과거의 신화적 소재를 끌어들여 현실적 문제로 형상화시킨 가운데 토마스 만 특유의 해학(諧謔, Humor)을 보여 주는 4부작 장편소설 《요셉과 그 형제들》(1943)이나 《선택받은 사람》(1951), 마지막 작품 《사기꾼 펠릭스 크룰의 고백》(1954)은 결국 예술가 문제에 최후까지 몰두한 그의 집념을 보여 준다.

작가는 만년에 이르러 잔혹했던 당대의 현실에서 눈을 돌려 먼 과거의 전설이나 신화적 소재를 즐겨 다루게 되는데, 《선택받은 사람》은 그처럼 신화적 소재를 현대적으로 형상화시킨 후반기 장편소설로서, 중세 시인 하르트만 폰 아우에(1165~1210)의 서사시 〈그레고리우스〉의 내용을 소재로 하고 있다. 남매간, 그리고 모자(母子) 간에 행해진 이중의 근친상간, 그리고 속죄와 구원에 대해 이야기하고 있는 이 작품에서는, '죄와 구원'이라는 진지한 문제가 독자적인 쾌활한 글쓰기를 통해 새롭게 형상화되어 있어 토마스 만 후기의 서사세계와 해학적 세계관이 뚜렷이 나타난다.

2. 해학의 미학 속에 담긴 '새로운 인간애'

《선택받은 사람》은 남매간, 또한 모자간에 저질러진 이중의 근친상간이라는 죄와 극단적인 참회, 그리고 신의 은총과 구원에 관해 이야기하고 있다. 이야기는 로마에 울려 퍼지는 종소리를 알리는 서술자인 수도사 클레멘스를 통한 이른바 '이야기의 정령'에 의해 진행된다. 그는 그레고리우스의 로마 입성식 장면으로 독자들을 안내하고 나서 다음의 이야기를 시작한다.

속세의 모든 부귀와 영화를 누리면서도 자식이 없었던 플랑드르의 군주 그리말트 대공 부부는 뒤늦게 쌍둥이 남매를 낳았고, 출산 중 부인은 죽음을 맞는다. 대공의 보호 하에서 자라난 남매 빌리기스와 지빌라는 자신들에게 어울릴 짝은 세상에서 가장 우월한 서로뿐이라는 일종의 선민의식에 사로잡힌 가운데 서로에게만 이끌린다. 이들은 연인이 되어 부친 그리말트 공이 죽던 날 그 시신이 안치된 방 안에서 시작한 근친상간의 죄악을 계속 저지르고, 결국 지빌라는 임신하게 된다. 당황한 남매는 자신들이 저지른 일에 대해 두려움과 수치를 느끼면서 충신 아이젠그라인 남작에게 도움을 청한다.

남작의 권유에 따라 십자군 전쟁에 참여하기 위해 순례를 떠난 오빠 빌리기스는 죽음을 맞이하고, 지빌라는 아이젠그라인 부인의 보호 하에서 은밀하게 아기를 출산한다. 그러나 남작의 지시에 의해 이들은 어쩔 수 없이 아기를 출생의 비밀이 적힌 상아 서판과 금화가 들어있는 빵조각과 함께 나무통에 담아 바다에 떠내려 보낸다. 신의 도움으로 아기는 잉글랜드 해협에서 어부 형제에게 발견되어 작은 섬마을에 있는 '아고니아 데이' 수도원의 그레고리우스 수도원장의 품 안에 안긴다. 서판을 통해 아기의 출생배경에 대해 알게 된 수도원장은 자신의 이름, '그레고리우스'라는 이름으로 아기에게 세례를 주고, 양육비를 지불하며 어부 부부에게 아기의 양육을 위탁한다.

어느 정도 성장하자 수도원으로 들어가 원장의 보살핌 속에서 다양한 교육을 받은 젊은 그레고리우스(그리고르스)는 수도원 학업에 특별한 두각을 드러내면서도 '슬픔에 잠긴 사람'이라 불릴 정도로 자주 우수에 젖곤 한다. 그러던 중 그는 젖먹이 형제 플란과의 싸움에 말려들게 되고, 그 바람에 그 스스로도 늘 의문이었던 자신의 출생의 비밀에 대해 알게 된다. 아버지 같은 수도원장의 만류에도 불구하고 그레고리우스는 수도사의 길을 접고, 기사의 옷을 입은 채 부모를 찾아 방랑의 길을 떠난다.

한편 죽은 오빠 대신 군주로서 나라를 다스리고 있던 지빌라는 구혼자들의 청혼을 모두 거절했으며, 특히 악명 높은 한 구혼자의 끈질긴 구애와 침략으로 인해 아이젠그라인 남작을 비롯한 충신들은 거의 죽고 나라는 폐허가 된 상태이다. 그때 그레고리우스가 그곳에 당도하게 되고, 기사 수업을 받은 적도 없는 '애송이'였던 그는 오로지 정신력을 '집중해서 꼭 쥔 한 손'으로 노련한 기사인 상대방을 제압하고 그 나라를 구한다. 그는 여군주 지빌라와 결혼해 나라를 회복시키며 행복하게 지내면서도 죄악의 열매인 자신과 자신의 부모로 인해 매일 눈물로 참회한다. 지빌라는 그레고리우스의 상아 서판을 발견하게 되고, 결국 모든 것이 밝혀져 그레고리우스는 아내인 지빌라가 자신의 어머니임을 알게 된다.

자신들이 저지른 짓에 경악한 그레고리우스와 지빌라는 가혹한 속죄의 삶을 살기로 결단한다. 곧바로 지빌라에게 구제소에서 병자들을 돌보며 살아가도록 지시한 그레고리우스는 거지 차림으로 출생의 진실이 담겨 있는 서판만을 가슴에 지닌 채 정처 없는 속죄의 길을 떠나고, 결국은 어느 호수 한가운데 있는 황량한 바위섬에서 17년간 혹독한 참회의 나날을 보낸다.

그즈음 로마는 교황을 선출하는 문제로 혼란과 갈등에 싸여 있었는데, 결국 교황이 부재하는 상황이 벌어진다. 그로 인해 고민하던 두 경건한 로마 귀족은 놀랍게도 동시에 거의 같은 환상을 통해, 외딴섬에 있는 그레고리우스를 데려와 교황의 보좌에 앉히라는 어린 양의 계시를 받는다. 우여곡절 끝에 이 두 사람은 외딴 바위섬에 찾아가 고슴도치처럼 왜소해져 있는 그레고리우스를 데려오는데, 그는 곧 인간의 모습으로 회복되며, 마침내 로마의 모든 종이 울리는 가운데 거대한 입성식이 거행된다. 그와 같은 신의 용서와 은총 속에서 그레고리우스는 뛰어난 지혜와 능력으로 만민을 돕는 '위대한 교황'이 된다.

지빌라는 이 새 교황을 찾아가 그녀의 죄를 고백하며 용서를 구하고, 두 사람은 서로가 어머니/아내 - 아들/남편 관계였음을 알게 된다. 그레고리우스는 그렇게 해서 지빌라 그리고 그녀와의 사이에서 낳은 자녀들과 해후하며, 소설은 '모든 죄인들에게 내려진 신의 용서와 구원'이라는 은총의 이야기로 막을 내린다.

그런데 죄와 속죄, 구원을 다룬 이 심각한 이야기는 무겁고 부담스러운 것으로 다가오지 않으며, 오히려 독자는 쾌활하게 웃으면서 그 진지함에 여유 있게 공감하게 된다. 이중의 근친상간이라는 경악스러운 죄와 인간의 한계를 넘어선 극단적 참회의 세월, 그리고 신이 베푼 기적적 은총과 구원에 관한 이 한없이 심각한 이야기를 진지하게 읽어 나가면서도 독자는 줄곧 웃음과 그로 인한 유쾌한 기분을 감출 수 없게 되는 것이다. 진지함 속에서 터져 나오는 웃음이라니, 어떻게 그러한 모순적 상황이 가능한가? 그것은 이야기의 대가로서 토마스 만이 만년에 보여준 해학적 글쓰기와 세계관에서 나온 독자적 효과라 할 수 있다.

이야기의 서술자 클레멘스는 그러한 해학적 글쓰기의 중요한 통로가 된다. 일단 작가는 기독교도의 입장에서 차마 입에 담기 힘든 근친상간의 장면, 혹은 위에서 말하고 있는 활동적인 기사의 세계 등에 대해 이야기하는 서술자로서 하필이면 경건하고 사색적인 수도사를 택하고 있다. 그러한 모순된 상황 자체가 서사적 유희를 유발하는데, 이를 이용해 서술자가 토로하는 자기성찰이나 이야기에 대한 주석 등을 통해 이야기는 해학에 가득 찬 분위기를 띠게 된다. 작품 곳곳에서 서술자의 그러한 유희가 행해지는데, 이를테면 그레고리우스의 아버지 빌리기스가 받는 기사 교육에 대해 설명하는 클레멘스의 다음의 말은 그의 넋두리처럼 들린다.

내가 기사도나 사냥에 대해 뭘 알겠는가! 나는 일개 수도사로서 기본적으로 이 모든 것에 대해 무지할뿐더러 얼마간의 불안감마저도 느낀다. 나는 산돼지 한 마리도 잡아 본 적이 없고, 수사슴이 쓰러질 때 시끄럽게 울려 퍼지는 뿔피리 소리를 들어 본 적도 없으며, 또한 사냥한 짐승의 가죽을 벗기고 고기를 잘라, 잡아온 짐승의 지배자라는 이유로 맛있는 부분을 숯불 위에 굽게 해본 적도 없다. 나는 단지 공자 빌리기스가 어떻게 자랐는지에 대해 마치 제대로 알아 이야기하고 있는 것처럼 처신할 뿐이다. 변명을 하자면, 나는 손에 짧은 창을 들고 휘둘러 본 적도 없거니와 옆구리에 꽂아 둔 긴 창을 던져 보지도 못했다. 또한 나뭇잎을 불어서 숲속 동물을 속인 일도 없는데, 짐짓 유창하게 사용하고 있는 "피리를 불어서 유인한다"라는 말 역시 그저 어쩌다 들어 본 것에 불과하다. 그러나 내가 체현하고 있는 이야기의 정령이 쓰는 방식이란 무릇 그런 것이어서, 그 영은 자신이 보고하는 모든 일에 있어 충분히 경험을 쌓은 것처럼 유유자적하게 행동한다. (34~35쪽)

아일랜드의 수도사 클레멘스는 서두에서 스스로 밝히고 있듯이 "도처에 편재하며 장소에 얽매이지 않은 채" 이야기를 진행하는 '이야기의 정령'이 체화된 존재로서 이야기 전체를 마음대로 넘나들면서 독자나 자기 자신, 혹은 이야기 자체를 상대로 지속적으로 유희를 벌이고 있으며, 그러한 서사적 유희는 바로 작품 전반에 걸쳐 쾌활한 분위기를 자아내는 직접적 요소가 된다.

이러한 유희의 사소한 예를 하나 더 들어 볼 수도 있다. 수도원을 떠난 그레고리우스와 그의 일행은 정처 없는 항해를 하다가 가까스로 발견한 어느 항구 도시로 다가갈 때 그들을 경계하는 도시 시민들의 공격을 받아, 선원들이 희생당한 후에야 간신히 그곳에 닿을 수 있게 된다. 일행은 막막한 항해 끝에 결국 어머니의 나라에 도착하게 되는데, 그 나라 사람들이 낯선 배가 들어오는 것을 경계해 방어하는 것은 당연한 일이라서 그레고리우스 쪽 사람들 중 희생자가 나올 수밖에 없는 상황이다. 이를 어찌해야 한단 말인가? 그런데 이 일을 보고하는 서술자는 시민들이 던진 물체에 맞아 머리가 피투성이가 된 그 선원들에 대해 "그러나 그들은 그저 조연에 불과한 인물들일 뿐이었다"(186쪽)라고 너스레를 떨며 이 상황을 마무리짓는다.

연애전쟁에 말려들어 곤경을 겪고 있는 지빌라와 그녀의 왕국을 구하기 위해 막강한 상대 로저 공과 싸우는 그레고리우스는 로저가 탄 말을 목숨 걸고 성안으로 끌어들여 승리를 거두는데, 이 장면에서도 서술자는 그레고리우스 쪽 희생자들에 대해 동일한 말을 하고 있다.

유감스럽게도 많은 수의 도시 병사들이 성안으로 들어오지 못하게 되었는데, 그들은 필시 성 밖에서 죽음을 당했을 것이다. 그러나 그들은 원래 조연에 지나지 않는 인물들이었다. 이리하여 뾰족수염 로저는 포로가 되었다. (228쪽)

이 부분에서 독자는 웃음을 금치 못하는 동시에 중요한 인물과 줄거리에 주의를 집중하도록 유도하는 서술자의 의도를 파악하게 된다. 이야기를 전달하면서 인물들에 대한 자신의 입장을 주저 없이 말하는 서술자의 개입은 토마스 만이 의도한 해학적 글쓰기의 단면을 보여 준다.

반드시 서술자를 통하지 않고도 작가는 이야기 구성 자체를 통해서도 그러한 해학을 만들어 내고 있는데, 한 예로서 '계시' 장을 들 수 있겠다. 이 장에서는 교황의 옥좌가 비게 되어 혼란에 빠진 로마에서 두 명의 경건한 귀족에게 동시에 주어진 어린 양의 계시에 대해 이야기된다. 그 두 친구는 동일하게 받은 어린 양의 계시에 따라 교황이 될 인물인 그레고리우스를 힘겹게 찾아내며, 로마에서 그레고리우스는 교황의 자리에 오르게 된다.

그런데 이야기는 여기서 그대로 넘어가지 않고 한 가지 내용이 기어이 추가된다. 두 경건한 친구가 그처럼 동일하게 어린 양의 계시를 받았음에도 불구하고 한 친구에게만 나타난 어떤 다른 환상이 있었다는 것이다. 그것은 세속 귀족인 프로부스 혼자만 체험한 장미꽃 환상이다. "나에게는 수많은 장미꽃이 보였습니다!" 하고 프로부스는 확신에 차 말하는 반면, 성직자 귀족인 리베리우스는 이렇게 대답한다.

그저 내게는 장미꽃은 나타나지 않았다는 말을 되풀이할 수밖에 없소. 그러나 친구여, 그렇다고 우리가 서로 시샘하여 이렇게 훌륭한 일을 욕되게 하는 일은 없도록 합시다! 어린 양은 내가 교회의 아들이요 주교라는 신분을 감안해, 장미꽃의 기적으로 나의 신앙을 뒷받침해 줄 필요는 없다고 여겼을지도 모릅니다. (328~329쪽)

경건한 두 귀족 친구들에게 동일하게 어린 양의 계시가 주어졌다면 그것만으로 충분히 극적인 이야기가 진행될 수 있을 것을, 이야기꾼 토마스 만은 그 계시의 동일성을 살짝 뒤틀어, 어린 양의 피가 수많은 장미꽃으로 변해 주변이 장미꽃 향기로 가득하게 된 환상은 세속 귀족인 프로부스 한 사람에게만 나타난 것으로 하고 있다. 그 사실을 듣고 마음이 상했을 성직자 리베리우스는 시샘하지 않고 마음을 진정시키려 애쓰며 주교의 신분인 자신의 신앙으로는 구태여 장미꽃 기적까지는 체험할 필요가 없었을 거라고 그 상황을 애써 정당화시키고 있다. 이러한 사소한 이야기 구조를 통해서도 작가는 독자의 은근한 미소를 유도해 내고 있는 것이다.

그러면 이처럼 먼 과거의 전설에서 취한 진지하고 무거운 주제를 가지고 이런 식으로 쾌활하고 즐겁게 읽도록 한 작가의 의도는 무엇이었을까? 그레고리우스는 죄지은 부모를 찾아 수도원을 떠날 때 수도원장에게 다음과 같이 말한다.

저는 지금은 비록 불쌍한 괴물에 지나지 않지만, 죄의 용서를 통해 인간성을 획득할 것입니다. (178쪽)

그의 이 말은 바로 이 모든 서사의 핵심적 의도를 집약하고 있다고 볼 수 있을 것이다. 즉, 토마스 만은 이러한 해학적 글쓰기를 통해 심각하고 어두운 이야기를 오히려 윤리적이고 인간적인 것으로 만들고자 한 것이다. 나치 정권의 집권과 전쟁으로 암울했던 시대, 가장 절박했던 것은 무서운 죄악과 과오를 저지른 '괴물'이었다 할지라도 '인간성을 획득할' 가능성의 여지를 남겨 두는 것이었으며, 그 가능성의 여지를, 산문작가 토마스 만은 해학이라는 서사정신을 통해 보여 주고 있다.

이전의 토마스 만 작품들에서 대립적 상황, 가령 삶의 세계와 예술의 세계 사이에서 그 중간 지점에서 갈팡질팡 머뭇거리는 중도의 태도로서 '반어'(反語, Ironie) 의 정신이 지배적이었다면, 여기에서 보여 준 '해학'이란 대립을 초월해 그 모든 것을 위에서 내려다보며 웃음 지을 수 있는 일종의 포용적 세계관이며, 이른바 '쾌활성의 미학'이다. 그러한 쾌활성은 허무주의적 조소(嘲笑)가 아니라 따뜻한 인간애가 가득한 웃음으로서 삶에 대한 우호적이고 긍정적인 태도를 보여 준다. 우리는 후기 토마스 만의 이 소설에서 암울한 현실에 대한 인식과 극복, 공감과 포용의 정신인, 이러한 인간애의 이념을 읽을 수 있다. 토마스 만은 예술이란 '유희하면서 인간적인 것에 몰두하는 것', '인간적인 것을 상실하지 않는 것'이라 하였다. 그러한 예술관에 걸맞게 창작된 이 소설은 쾌활하고 해학적인 서사를 통한 전설의 현대화이며, 이를 통해 나타난 인간애의 이념은 불합리하고 모순에 찬 당시의 현실 속에서 지배적이었던 증오와 어리석음의 분위기를 해소시키려는 작가의 문학적 시도라 할 수 있겠다.

3. '슬픔에 잠긴 사람'에서 '만민의 목자'로

작가가 평생 천착했던 예술성과 시민성이라는 이원론적 문제를 놓고 생각해 볼 때, 그레고리우스는 토마스 만적 의미에서 전형적 예술가 기질을 지닌 인물이라고 할 수 있다. 물론 그가 실제 예술가로 등장하는 것은 아니지만, '선택받음'이라는 모티브 자체가 그와 예술가 존재의 연관성을 생각해보게 만든다.

일차적으로 근친상간을 저지른 그의 부모 빌리기스와 지빌라, 고귀한 신분으로 태어난 이 쌍둥이 남매는 자신들만이 가장 우수한 존재라는 일종의 선민의식에 사로잡혀 있는 나르시스적 존재들이다. 그들은 자신들끼리 말고는 서로에게 어울리는 사람이 없다고 생각하기 때문에, 빌리기스는 지빌라에게 "나는 이 세상에서 나의 짝이 되는 여자인 너만을 바라볼 뿐이야. 다른 여자들은 다 이질적인 존재들이며, 나와 동등한 사람은 나와 함께 태어난 너뿐이지", "우리 두 사람에게 어울리는 사람은 아무도 없고, 우리끼리만 서로에게 어울릴 뿐이니까. 우리는 완전히 특별한 아이들이고 태생부터 고귀하니 세상 사람들은 모두 우리에게 정중하고 경건한 태도를 취해야 해" 등의 말을 하며, 그녀를 "모든 처녀 중 유일하게 나에게 어울리는 최고의 처녀인 너"라고 칭한다(39~41쪽).

고귀한 신분으로 태어나 나머지 사회와는 구분된 존재인 이들은 우월감 속에서 세상 사람들로부터 스스로 고립되어 그들만의 세계 안에 사로잡혀 있는 예술가적 아웃사이더들이다.

사랑스럽고 세련되고 아름다운 외모 또한 이들을 다른 사람들과 구분하는 요소로서, "상앗빛 창백함", "검푸른 눈", "얇은 콧방울", 이마에 있는 "초승달 모양의 흉터"와 같은 외적 특징은 토마스 만의 여타 작품들에 등장하는 예술가적 인물들의 경우와도 같이, 이들을 선택받은 예술가적 존재로 특징짓는다.

서술자는 빌리기스에 대해 "그는 사람이 상상할 수 있는 한 가장 아름다운 열다섯 살 소년이었다"(35쪽)라고 말하며, 지빌라에 대해서는 "내가 이런 식으로 대공의 딸의 모습을 묘사해 간다면 많은 처녀들이 부러움에 사로잡힐지도 모르겠다. 그것은 생기 있게 움직이는 검푸른 눈동자를 에워싼 그녀의 속눈썹이 길어서이기도 하겠지만, 그밖에도 내가 나 자신의 눈을 수도사답게 내리깔고서, 이미 꽃을 피우기 시작한 그녀의 가슴이 비로드와 보석 아래에서 출렁거렸다는 것을 전하고, 또한 너무나 빼어나게 아름다운 그녀의 손에 관해서도 말하지 않을 수가 없기 때문일 것이다. … 그녀는 날씬했고 사랑스러운 허리선을 지녔으며, 오빠와 마찬가지로 윗입술이 작고 예쁜 코의 바로 앞쪽으로 튀어나와 가운데가 볼록하게 활 모양으로 부풀어 있었다. 얇은 콧방울은 그녀의 오빠와 똑같이 벌름거렸다"(36~37쪽)라고 그 특유의 넉살 섞인 말투로 전하고 있다.

그들의 이러한 나르시시즘 내지 선민의식은 결국 근친상간의 죄악으로 이어지며, 더욱이 그것은 두 남매 사이뿐 아니라 아들과 어머니 사이에도 벌어지는 이중의 근친상간이라는 극단의 죄악이 되고 만다. 이 쌍둥이 남매의 근친상간으로 태어난 그레고리우스 역시 부모처럼 눈에 띄게 아름답고 우아한 외모를 지닌 존재이다. 그는 나무통에 담겨 바다에 버려졌다가 어느 섬마을 어부 가족의 일원이 되어 거칠고 조야한 어부의 자녀들과 함께 성장하지만, 그들과는 어울리지 않는 품위와 두드러진 아름다움을 지니고 있다. 또한 그는 타인들로 부터 스스로 고립된 아웃사이더적 존재로서 수도원에 들어간 후에도 자신의 존재 내지 정체성에 대해 회의한다. 수도사가 되기 위한 교육을 받는 그레고리우스는 학업 등 매사에 영특함과 민첩성을 보이면서도 정신적으로 늘 고립되어 있다. 그는 항상 자기에게 어울리지 않는 옷을 입고 있다는 생각을 하며 스스로 이방인처럼 지내기 때문에, 사람들은 그를 "슬픔에 잠긴 사람"이라고 부른다.

> 슬픔에 잠긴 사람, 그리고르스는 언제나 보기에도 기분 좋은 모습이었다. 경기를 할 때의 그의 모습은 위에서 말한 이유 때문에 정말 아름다웠는데, 누구나 그 점은 인정하지 않을 수 없었다. 긴장된 이마에는 다른 친구들보다 더 부드러운 갈색 머리칼이 흘러내렸고, 갸름한 얼굴엔 지나치게 부풀어 오른 윗입술이 아랫입술 위에 다부지게 덮여 있었으며 날렵한 콧잔등이 벌룩거렸다. 이 얼굴은 긴장하면 친구들처럼 칠면조같이 벌겋게 달아 부풀어 오르지 않고 도리어 한층 더 흐릿한, 창백한 빛을 띠었는데, 거기에서는 푸르스름한 눈이 특별한 힘으로 타오르며 주변을 모두 살폈다. (142~143쪽)

이처럼 타인들과 구분되는 아름다움과 고독 속에서 자주 기사(騎士)가 되는 꿈을 남몰래 꾸며 몽상에 잠기곤 하는 그의 몽상가적 기질을 보면 토마스 만의 여느 주인공들처럼 그 또한 일종의 예술가적 존재처럼 보인다. 그의 고독 역시 그의 부모가 그랬던 것처럼 그에게 내재된 일종의 선민의식에서 기인한 것이라 할 수 있겠다. 그러한 고독은 17년간의 가혹한 속죄의 시기에 극에 달한다. 그런데 그러한 극단적인 고립 내지 고독을 통해 그레고리우스는 오히려 바깥세상과 융합할 능력을 얻는다.

서두에 언급했다시피, 토마스 만의 초기 작품들에서는 삶과 죽음, 시민성과 예술성이라는 대립적 세계 사이에서 방황하고 갈등을 겪는 예술가적 인물들이 사랑과 병 내지 죽음의 그림자에 드리워져 시민적 세계와 융화하지 못하는, 특유의 데카당스적인 병적 섬세함을 보인다. 그와는 달리, 만년에 들어선 작가의 이 작품에서는 사랑과 죄악, 고독 속에서 고뇌하던 인물이 궁극적으로 세상을 포용하고 타인들을 돕는 자로 고양된다. 그는 가장 드높은 곳에서 가장 낮은 곳으로 추락했다가 구원의 은총 속에서 다시 높은 곳으로 승화되는 것이다. 《요셉과 그 형제들》의 주인공 요셉이 결국에는 만민의 '부양자'가 되어 인류를 돕게 되듯이, 외로운 몽상가, '꿈꾸는 자'였던 그레고리우스는 죄악과 극단적인 속죄의 과정을 겪은 후 이제 "기독교계를 다스리고 여러 민족을 보살피며, 지상의 가지각색의 궁핍함 위로 축복을 베풀기 시작"(377쪽)한 위대한 교황이 되어 정신적 세계뿐 아니라 현실적 세계의 뛰어난 지도자로서 사람들을 돕는 "만민의 목자"(413쪽)가 된다.

이것은 바로 예술과 삶이라는 대립적 세계 사이에서 고뇌하던 작가 토마스 만이 만년에 보여 준 해학의 이념, 즉 대립을 뛰어넘어 그 모든 것을 위에서 내려다보며 웃으면서 포용하는 세계관과 그에 따른 인간애를 바탕에 둔 사고와도 일맥상통한다.

4. 그는 오이디푸스인가?

이 작품에서 빌리기스의 부친 그리말트 공의 죽음과 그의 누이와의 결합, 또 그레고리우스의 부친인 빌리기스의 죽음과 그의 모친과의 결합이라는 이중의 근친상간에 대해 생각해 보면, 프로이트 정신분석학의 핵심 개념인 '오이디푸스 콤플렉스'와 관련해 그것을 해석해 볼 수 있을 것이다. 그레고리우스에게서 기독교적 배경 속에서 형상화된 오이디푸스의 모습을 볼 수 있을까?

우선 프로이트가 그의 정신분석학 정립에 끌어들였던 오이디푸스 신화를 보자. 테베의 왕 라이오스는 아들이 태어나면 그 아들이 아버지인 자신을 죽이게 될 것이라는 신탁을 듣는다. 그래서 태어나자마자 버려진 그의 아들이 바로 오이디푸스이며, 목동에 의해 발견된 그는 코린트 왕의 아들로 성장하게 된다. 오이디푸스는 나중에 테베로 가는 중에 아버지 라이오스와 맞닥뜨리자 상대가 아버지인 줄 모르고 죽이게 된다. 테베 왕국은 스핑크스의 수수께끼를 풀지 못해 재앙을 겪고 있었는데, 오이디푸스가 그 수수께끼를 풀자 스핑크스는 자살한다. 그렇게 테베를 구한 오이디푸스는 남편을 잃은 왕비 이오카스테가 자신의 어머니인 줄 모르고 그녀와 결혼한다. 후에 모든 사실이 밝혀지자 이오카스테는 자살했으며, 오이디푸스는 스스로 자신의 두 눈을 찔러 멀게 하고 딸 안티고네 등의 도움을 받으며 방랑길에 오른다.

이 신화 속의 오이디푸스는 길에서 맞닥뜨린 라이오스가 자신의 친부인 줄 '모르고' 죽였으며, 테베의 왕비가 자신의 친모인 줄 '모르고' 그녀와 결혼한다. 프로이트의 정신분석적 사고에 따라 보자면, 이 '모르고'란 바로 의식하지 못했다는 것, 즉 의식 속에서 알지 못했을 뿐 그 것은 무의식 차원에서는 이미 내재된 충동 내지 욕구라고 할 수 있다. 그렇게 볼 때 오이디푸스는 무의식적으로는 '알면서' 의식적으로는 '모 르고' 부친 살해와 근친상간을 저지른 것이다. 프로이트는 인류에게 내재된 이 두 기본 충동을 중심으로 '오이디푸스 콤플렉스'라는 개념을 내세워 특히 성장기 남아의 심리에 대해 설명하였다.

무의식의 이러한 오이디푸스적 구조를 《선택받은 사람》에서 읽을 수 있다. 먼저 그레고리우스의 부모인 쌍둥이 남매 빌리기스와 지빌 라, 그들의 부친 그리말트 대공의 관계를 보면, 그것은 마치 오이디푸 스적 삼각구도를 이루고 있는 듯하다. 근친상간을 저지르게 되는 빌 리기스와 지빌라는 애당초 부친을 자신들의 관계를 가로막는 방해물 로 생각한다. 그리말트 대공은 천국의 광명을 입었다고 여긴 딸을 아 들보다 사랑했으며, 두 남매가 다정하게 이야기를 나누고 있을 때면 자주 그곳에 나타나, 어린 처녀인 딸과 둘이서만 다정히 이야기하기 위해서 사나운 말로 공자를 쫓아내 버리곤 한다. "난 오라버니와 키스 하는 것이 우리의 존귀하신 아버님의 불그스레한 코밑수염에 목이나 뺨을 할퀴이는 것보다 더 좋아요", "아버님이 우리를 방문하실 때마 다, 우리가 진심으로 기뻐한다고 할 수는 없죠. 그런데 아버님은 지금 당장이라도 오실지 몰라요"(41쪽) 하는 지빌라의 말에서 아버지의 존 재로 인해 이들이 겪는 심리적 불편함이 나타난다.

또한 그 아버지가 딸을 두고 하는, "넌 몸매가 아름답구나!" 혹은 "프랑스인들이 '꽃봉오리'라고 부르곤 하는 그런 한창시절이 바야흐로 너한테서 찬연히 빛나고 있어. 네 꽃봉오리가 결국 아주 근사하게 피

어났구나. ··· 너무나 사랑스러운 딸아, 그리말트가 네 아비임을 잊어
서는 안 된다. ··· 아주 일찍 네 엄마를 잃은 아비가 아니더냐"(42~43
쪽)와 같은 말은, 서술자 클레멘스가 "그 노(老)기사가 하는 언행은
나와 같은 일개 수도사로서는 가히 상상하기 어려운 것이었다"(42쪽)
라고 말할 정도로 이상야릇하다. 이는 딸 지빌라가 아버지 그리말트
공에게는 아내의 자리를 대신하는 존재라는 의구심을 갖게 한다.

또한 어머니가 부재하는 상황에서 누이 지빌라에 대한 빌리기스의
애착 역시 지빌라가 죽은 어머니를 대신하는 존재가 됨을 확인시켜 준
다. 그러므로 누이와 결합하고자 하는 그의 욕구는 어머니에 대한 근
친상간의 욕구라 할 수 있겠으며, 아버지의 존재에 대한 불편한 마음
은 바로 오이디푸스적 부친 살해 욕구와 유사하다고 볼 수 있다. 따라
서 그리말트 공이 죽음을 맞이한 날 빌리기스는 부친의 시신이 안치되
어 있는 그 방에서, 즉 부친의 죽음 앞에서 곧바로 누이와의 근친상간
을 저지르게 된다.

그러나 빌리기스는 아버지의 죽음과 자신에게 펼쳐질 삶에 대한 생각으
로 흥분해 있었으며, 육체의 가시와 악마 발란데의 가시에 찔려 신음했
다. 결국 그는 더 이상 참지 못하고 자신의 침대에서 빠져 나와 맨발로
하네기프를 돌아가서 지빌라의 이불을 살짝 들어올렸다. 그런 다음 신
의 버림을 받은 이자는 금지된 키스를 끊임없이 퍼부으며 누이에게 다
가갔다. (51~52쪽)

아버지를 죽이고 어머니와 결합한 오이디푸스와도 같이 빌리기스

432

는 이처럼 아버지의 죽음 앞에서 누이와 결합하는 것이다.

그러면 주인공 그레고리우스는 어떤가? 그의 아버지이며 삼촌이 되기도 하는 빌리기스 역시 참회의 순례여행길에서 일찍이 죽음을 맞이하게 되며, 그레고리우스는 지빌라가 자신의 어머니이며 고모인 줄 '알지 못하고' 그녀와 결혼하고 자녀들을 낳게 된다. 오이디푸스가 테베의 여왕이 자신의 어머니인 줄 '알지 못하고' 그녀와 결혼한 것처럼 말이다. 아버지의 죽음, 그리고 어머니와의 근친상간적 결합은 바로 프로이트가 말한 인류의 원초적인 무의식의 욕망, 즉 부친 살해와 근친상간의 욕구의 실현이라고 볼 수 있다.

교황이 된 그레고리우스에게, 그의 어머니이자 아내였던 지빌라가 한 다음의 말은 그녀에게 내재된 무의식적 욕망에 대한 고백이다.

"교황님!" 하며 그녀가 속삭이는 말투로 털어놓은 내용인즉, … 그때부터 끔찍스럽게도 자식과 남편이 동일한 사람이라는 사실이 그녀에게 밝혀졌고, 자기는 너무나 놀란 나머지 정신을 잃어버렸는데, 사실 그냥 정신을 잃은 체한 것일 뿐이었다고 털어놓았다. 왜냐하면 사람의 영혼이란 것이 원래 상층부에서는 자신을 꾸며서 자기에게 매력적인 속임수의 본성을 내보이는 것 같지만, 진실이 고요히 머무는 그 아래 깊숙한 곳에는 속임수가 없었다고 했다. 오히려 그 깊은 곳에서 그녀는 첫눈에 남편과 아들이 동일한 인물이라는 것을 알아차렸으며, **모르는 듯 알면서** (*wissentlich-unwissentlich*) 자신의 아들을 남편으로 삼았으니, 그 이유는 오로지 그 아이만이 그녀와 필적할 만한 존재였기 때문이라는 것이었다. (403~404쪽. 강조는 역자)

그레고리우스 또한 "자신이 사랑한 상대가 바로 자기 어머니였음 잘 알고 있었"(406쪽)다고 고백한다. 그레고리우스와 지빌라는 서로가 어머니와 아들이라는 것을 의식적으로는 '모르는 듯'했으나 무의식에서는 '알면서' 피차 결합한 것이다. 니체, 쇼펜하우어, 프로이트를 삼태성(三台星)이라 했을 정도로 프로이트의 정신분석학에 지대한 관심을 보였던 작가 토마스 만이 프로이트의 무의식-의식 개념을 염두에 두고 의도적으로 '모르는 듯-알면서'라는 어휘를 치밀하게 그리고 유희적으로 구사하며 해학적인 효과까지도 자아내고 있음은 의심할 여지가 없어 보인다.

'모르는 듯 알면서' 한 어머니와의 결혼뿐 아니라 그에 이어지는 그레고리우스의 극단적인 속죄 역시 자신의 두 눈을 찌르고 속죄의 방랑을 하는 오이디푸스를 연상시킨다. 모든 사실이 밝혀진 후, 자신의 눈을 멀게 하고 스스로를 추방한 오이디푸스처럼 그레고리우스는 호수 한가운데에 있는 바위 위에서 스스로 족쇄를 차고 참회를 한다.

어머니와 결합하려는 오이디푸스적 욕망이 퇴행적으로 어머니의 자궁 속으로 회귀하려는 본능이라고 본다면, 그레고리우스가 바로 어머니의 자궁과도 같은 "모태처럼 어두운 통"(122쪽)인 작은 통나무 상자에 실려 바다로 떠내려갔던 것도 의미심장하다. 또한 바위에서 참회하는 그레고리우스는 '위대한 어머니'인 대지가 제공하는 '모액'을 섭취하며 생명을 유지한다. 이 모든 것은 죄의 용서와 구원이 이루어지기 전 어머니의 자궁과 결합되어 있던 오이디푸스적 과정이라 할 수 있다.

그런데 여기에서는 그러한 극단적 죄악을 범한 오이디푸스 같은 인물에게 오히려 흠 없고도 순결한 인류의 구원자 예수의 이미지가 덧씌워져 있다. 그레고리우스의 탄생은 그 자체로는 근친상간으로 인한 것이지만, 다른 한편 그것은 마치 동정녀로부터의 탄생인 듯한 묘한 암시가 이루어지고 있다.

> 지빌라는 더 이상 처녀가 아니었는데도 유부녀가 아침에 하는 머리장식, 즉 묶어 올린 모양을 할 수 없었기 때문에, 남의 눈을 속이며 자신의 오빠에 의해 찢겨진 처녀의 화관을 치켜 올리지 않은 머리 위에 또다시 쓰지 않으면 안 되었다. … 본래대로라면 이 처녀 공작부인은 그 몸을 티끌 속에라도 숨겨야 했을 텐데 말이다. 그러나 그녀는 이상야릇한 견해를 피력하였으니, 즉 남편 아닌 남편에게 말하길, 육친인 오빠의 소유가 된 여자는 보통의 의미로는 아내가 된 것이 아니라 여전히 처녀이므로 당연히 화관을 쓸 수 있다고 한 것이다. (55~56쪽)

또한 지빌라의 머리 위로는 "부드러운 여성의 천상의 빛"(27쪽)이 비추인다고 서술되어 있어, 그녀는 예수의 모친 마리아를 연상시킨다. 이렇게 가장 큰 욕망의 주체이면서도 가장 순결한 동정녀의 이미지가 교차된 기묘한 특성 속에서 그려지고 있다.

다른 한편, 그레고리우스를 볼 때, 예수가 베들레헴의 마구간에서 태어났듯, 어부의 오두막이 그의 어린 시절 보금자리가 된다. 또한 출생의 비밀을 알고 수도원을 떠나는 그레고리우스는 예수의 상징인 "물고기 기사"로 그려진다. 이에 대해 서술자는 다음과 같이 전하고 있다.

그런데 외투에는 문장(紋章)이 들어 있었다. 가슴께에 길고 둥근 기운 조각이 들어 있었고 거기에 물고기 형상이 수놓아져 있었던 것이다. 그것은 이 젊은이가 생각해낸 것으로서 방랑길에 나선 그의 여행을 표시해 주는 문장이 될 것이었다. 나는 그것이 그가 준비한 장비 중 정말로 내 마음에 드는 유일한 것이라고 말하지 않을 수 없다. 물고기는 이 나그네가 어부의 오두막으로부터 왔다는 것을 표시하는 동시에, 그 형상은 그리스도의 상징이기도 하며 그것을 지닌 자가 종교적 울타리 안에서 성장했음을 입증해 주기 때문이다. 나는 이 점을 칭송하는 바이다. (182~183쪽)

그 물고기 문장을 보고 심지어 "멋진 분, 물고기 기사님 … 당신을 낳은 분은 분명 순결한 여인일 것입니다"(188쪽)라고 하는 시장의 말 또한 순결한 그리스도의 형상과 겹쳐진 오이디푸스를 연상시킨다. 또한 백마를 타고 로마에 입성하는 그레고리우스에게서 예루살렘에 입성하는 그리스도가 연상되지 않는가?

이처럼 여러 면에서 토마스 만의 이 작품에서는 오이디푸스 신화의 주제에 기독교적 의미가 살며시 덧입혀져 있는데, 그러한 이미지 속에 죄악과 참회 그리고 구원의 의미가 교차된다. 이 또한 전설의 현대화, 즉 신화를 인류애적인 것으로 재형상화함으로써 작가가 내보이고자 한 인간애의 이념과 맞물린다.

5. 망명작가 토마스 만과 《선택받은 사람》

토마스 만은 노년에 정치적 소용돌이 속에서 먼 과거의 신화적 소재를 취하여 소설로 형상화시키게 되는데, 《구약성서》 중 〈창세기〉의 요셉 이야기를 4부작 장편소설로 만든 《요셉과 그 형제들》과, 이 《선택받은 사람》 등이 그것이다. 이 소설들에서는 나치의 탄압으로 인해 망명하게 된 작가의 정신적·현실적 체험을 암시적으로 읽을 수 있다. 그레고리우스의 고향 상실, 정처 없는 방황, 빈곤, 절망적인 처지, 미래의 암울함, 그를 늘 음울하게 만든 정체성 상실 등은 1933년부터 시작된 토마스 만 자신의 망명 체험을 연상시킨다.

'한 비정치적('낭만적', '독일적', '정신적으로 귀족적') 인간'이었던 토마스 만은 1922년부터 점진적으로 정치적 개안(開眼)이 이루어져 점차 민주주의자, 공화주의자로 변신해 간다. 그는 1933년 히틀러가 집권하자 거처를 스위스로 옮겼다. 그러나 형 하인리히나 딸 에리카, 아들 클라우스와 달리, 토마스 만은 문필활동을 통해 나치 독일에 적극적으로 맞서지 않았기 때문에, 그가 과연 망명작가인가 하는 이른바 '망명자 논란'에 휩싸이기도 한다.

그렇게 주저하던 끝에 토마스 만은 1936년 초 마침내 망명작가의 대열에 공개적으로 합류하며 정치적 소용돌이에 휘말리게 되고, 그에 따라 나치 정권에 의해 독일 국적을 박탈당하며 그 여파로 본 대학의 명예박사학위도 상실하게 된다. 1939년 그는 스위스에서 다시 미국으로 망명했으며, 미국 프린스턴대학교의 객원교수로 있으면서 유럽 각지의 독일인 망명객들을 미국으로 구출해 오기 위한 '긴급 구조위원회' 일원으로서 활동하기도 했다. 또한 영국 BBC 방송의 '독일에 계신 청취자 여러분!'이란 방송연설 시리즈를 통해 반나치 운동을 벌였는데, "파시즘을 지원하는 지식인들한테서 신화를 빼앗아 그 신화를 인간적으로 만들어야 합니다"라는 그의 말은 자신의 문학이 궁극적으로 추구해야 할 목표를 스스로가 뚜렷하게 의식하게 되었음을 드러내 주고 있다.

토마스 만은 망명지 미국에서 크게 인정을 받으며 '긴급 구조위원회'의 일을 돕고, 수많은 강연을 통해 '독일과 독일인'의 선한 진면목을 알리기 위해 노력하는, '활동하는 작가'가 되었다. 여기서 시민성과 예술성 사이에서 고뇌하던 초기 토마스 만의 '반어'는 이제 '해학'의 경지로 상승하여, 초기 토마스 만의 모든 모순과 갈등이 고차원적으로 극복되었음을 알 수 있다.

뤼베크 시민계급의 후예가 '길을 잃어', '나르시스적 예술가'가 되고, 이 예술가가 다시 '실천적 작가', 즉 이국의 땅에서 새로운 '세계시민'으로 고양되는 것이다. 이 고양을 위해 반어적 고뇌가 있었고, 망명이라는 시련이 있었다.[1]

그레고리우스가 겪은 외딴섬에서의 절대적 고립과 내팽개쳐짐은 사실상 현실적 결핍을 심하게 겪지 않았던 토마스 만의 망명 체험과는 거리가 멀지만, 정신적·심리적 체험과는 무관하지 않다고 볼 수 있겠다. 《요셉과 그 형제들》의 요셉을 보면, 예술가 기질의 나르시스적 인물로 출발해 '구덩이'에 처박히는 시련을 겪은 후 뜻밖에도,

---

1   안삼환(2016), 《새 독일문학사》, 549~556쪽 참조.

'시민적 실천행위'까지도 훌륭히 수행해 내는 경세가로 변모하게 된다. 더 이상 나르시스가 아니고 만민의 부양자가 되는 요셉처럼, '슬픔에 잠긴 사람'으로서 고독하게 자기 자신에게 몰두해 있던 그레고리우스는 이제 위대한 교황, '만민의 목자'가 된다. 이 모든 과정에 극도의 고립과 고통을 겪는 망명적 체험이 있었고, 거기에는 작가 자신의 망명 체험이 스며들어 있다.

지금까지 이야기의 대가 토마스 만의 후기 소설 《선택받은 사람》에 대하여 해학적 세계관과 글쓰기, 그로 인한 인간애의 이념을 중심으로 살펴보았으며, 더불어 정신분석적 방향의 해석 가능성, 또한 망명 소설로서의 요소에 대해서도 언급하였다. 토마스 만의 후기 소설들이 그러하듯이, 《선택받은 사람》에서는 당대의 직접적인 현실이 아닌, 먼 과거 속에서 끌어 낸 신화적 소재를 문학적으로 재형상화하는 가운데 작가의 미학적 사유와 더불어 현실에 대한 이념이 간접적으로 암시되고 있다.

그렇지만 이 모든 것은 이해를 위한 역자의 제안일 뿐, 모든 해석은 독자의 몫으로 남는다. 다만 소설에 담긴 독자적인 해학과 그것이 주는 쾌활함을 놓치지 않고 따뜻한 인간애를 가득히 느끼는 독서가 되기를 바랄 뿐이다.

지은이 소개

토마스 만 Thomas Mann, 1875~1955

북부 독일의 유서 깊은 도시 뤼베크에서 곡물상을 경영하는 상인의 아들로 태어났다. 아버지의 사망으로 집안이 몰락하자 가족이 뮌헨으로 이주했고, 토마스 만은 보험회사에 근무하면서 글을 써 19세 때 최초의 단편소설 〈타락〉을 발표했다. 1901년에 출간한 자전적인 장편소설 《부덴브로크 가의 사람들》의 성공으로 작가로서의 명성과 부를 얻고 1929년에 노벨문학상을 수상한다. 초기에는 〈토니오 크뢰거〉(1903), 〈트리스탄〉(1903), 〈베니스에서의 죽음〉(1912)을 비롯한 다수의 단편소설을 통해 삶과 죽음, 시민성과 예술성이라는 이원성의 문제를 다루었고, 《대공전하》(1909), 《마의 산》(1924) 등의 장편소설을 발표했다. 1933년 국외로 강연 여행을 떠난 채 망명하여 스위스를 거쳐 미국에 정착했고, 미국 사회에서 독일인의 입장을 옹호했다. 특히 1940년부터는 영국 BBC 방송을 통해 '독일 청취자 여러분!'이라는 제목으로 독일 국민에게 나치 타도를 호소했다. 후기 작품으로 《바이마르의 로테》(1939), 4부작 《요셉과 그 형제들》(1943), 《파우스트 박사》(1947), 《선택받은 사람》(1951), 《사기꾼 펠릭스 크룰의 고백》(1954) 등의 장편소설이 있다. 1955년 동독 및 서독에서 실러의 기념강연을 하고, 고향 도시 뤼베크의 명예시민이 되어 스위스로 돌아왔지만, 7월 21일 혈전증 진단을 받아 8월 12일 사망한다. 취리히 근교 킬히베르크 교회 묘지에 안장되어 있다.

옮긴이 소개

김현진

연세대학교 문과대 독어독문학과를 졸업하고 동 대학원에서 문학박사 학위를 취득했다. 독일 뒤셀도르프대학에서 수학했으며, 서울대학교에서 박사후 연수(post-doc) 과정을 수료했다. 연세대학교, 홍익대학교 등에서 강의했으며 조선대학교 연구교수를 역임했고, '한국융연구원'의 번역위원으로서 활동했다. 현재 연세대학교 인문학연구원 전문연구원으로 있다. 주로 소설과 문학이론, 문화학 분야를 중심으로 연구해 왔으며, 저서로 《기억과 망각》(공저), 《토마스 만》(공저) 등이 있고, 역서로는 《융》, 《레만 씨 이야기》, 《꿈에 나타난 개성화 과정의 상징》, 《그림의 혁명》, 《상징과 리비도》, 《요양객》, 《서사론의 새로운 연구 방향》(공역), 《창조신화》 등이 있다.

Surveiller et punir

감시와 처벌 감옥의 탄생

장기
베스트
셀러!

20년 만에 재번역된 번역 개정판

보이는 감옥이건 보이지 않는 감옥이건 지배권력의 가장 중요한 기구이자 장치인 감옥의 탄생은 군대·병원·공장·학교 등의 소단위 권력체제를 통해 지금도 확산되고 있다.

미셸 푸코 지음 / 오생근 옮김
신국판·양장본 / 560면 / 25,000원

Histoire de la folie à l'âge classique

광기의 역사

이성에 의해 침묵할 수밖에 없었던 광기를 만나다.

푸코를 세상에 알린 기념비적 작품으로 '이성적'시기로 알려진 고전주의 시대, 이성에 의해 비이성·광기가 감금·배제되는 과정을 현란한 문체로 써내려간 푸코의 역작!

미셸 푸코 지음 / 이규현 옮김 / 오생근 감수
신국판·양장본 / 950면 내외 / 42,000원

나남
nanam   Tel: 031-955-4601
www.nanam.net

신화로 남은 최초의 신부
김대건이 걸어간 십자가의 길

최초의 신부
김대건

이승하(시인, 중앙대 문예창작학과 교수) 지음

이 책은 19세기 초 폐쇄적 유교문화의 가치관과 서학이라는 새로운 가
치관이 충돌한 격동기 조선에서 김대건 신부가 남긴 의미를 좇는다. 또
한 가혹한 종교 박해를 당하며 느낀 고독과 두려움을 생생하게 묘사하
여 청년 김대건의 심리에 공감하게 한다. 현대문으로 옮겨 실은 김대건
신부의 편지는 숱한 고난에도 굴복하지 않고 민중을 구원하려 했던 그
의 단단한 삶의 태도를 독자에게 전한다.

46판 / 204면 / 9,800원

나남 Tel: 031-955-4601
nanam www.nanam.net